Grabes
Stimme

*Die Autorin*

Patricia McElroy Carlson, Ex-Präsidentin der *Sisters in Crime*, gehört zu den Grandes Dames des Frauenkrimigenres.
Ihrer Thriller-Serie um Marty Hopkins gelang der Sprung auf die vorderen Plätze internationaler Bestsellerlisten.

P. M. Carlson

# Grabes Stimme

Roman

Aus dem Englischen von
Sigrid Sengpiel

Scherz

*Für Geoff, Richard und Marvin*

Besuchen Sie uns im Internet:
www.scherzverlag.de

Titel der Originalausgabe: »Gravestone«

Taschenbuchausgabe Scherz Verlag, Bern, 2003
Copyright © 1993 by P. M. Carlson
Copyright © 1996 der deutschsprachigen Erstausgabe bei
Argument Verlag, Hamburg
Alle Rechte der Verbreitung, auch durch Funk, Fernsehen,
fotomechanische Wiedergabe, Tonträger jeder Art und
auszugsweisen Nachdruck, sind vorbehalten.
ISBN 3-502-51936-6
Umschlaggestaltung: ja DESIGN, Bern: Julie Ting & Andreas Rufer
Umschlagbild: Getty Images, München
Gesamtherstellung: Ebner & Spiegel, Ulm

# 1

In Südindiana sind die Gräber nicht tief. Die rauhen Hügel sind mit Judasbaum, Hickory, roten Spornblumen und Schlingpflanzen überwuchert. Aber unter den spärlichen Schichten von Humus und rotem Lehm erstreckt sich der Kalkstein, knochenhart. Um tiefer zu graben, braucht man Dynamit. Deshalb werden die Särge vorsichtig hinabgelassen und in vier Fuß Tiefe auf das Muttergestein gebettet, mit Erde bedeckt und mit Grabsteinen versehen, die aus dem gleichen Fels gehauen sind.

Dieses Grab hatte keinen Grabstein. Es war mit einem selbstgemachten Kreuz bezeichnet, zwei angesengte Stöcke zusammengebunden. Es war auch nicht bis zum Muttergestein versenkt. Eineinhalb Fuß tief vielleicht. Der Nachtfalke strich die letzten Erdklumpen flach, kickte ein paar Blätter drüber und machte sich auf den Heimweg. Der Himmel war wieder schwarz, der Nebel feucht. Er machte sich Sorgen wegen des anderen, des Ungewarnten. Aber er glaubte, er hatte das Richtige getan.

Royce Denton erwachte vom Gebell der Jagdhunde. Nein, da war noch etwas. Am anderen Ende der Halle hatte es einen Ausruf, ein Gepolter, gegeben. Jetzt hörte er die leise Stimme seiner Mutter. Er versuchte, die Uhr zu erkennen: vier Uhr zwanzig, draußen immer noch stockschwarze Nacht. Sein Vater schrie wieder, und Royce schloß die Augen. Sinnlos, daß alle aufstanden. Aber er konnte sich an dieses Haus nicht mehr gewöhnen. Dorothy hatte ihn vor fast einem Jahr verlassen, daher hatte er ohne weiteres nach Hause zurückkommen und nach dem Rechten sehen können, als Vater krank wurde. Aber der große quadratische Raum, in dem er als Junge geschlafen hatte, war ihm jetzt unvertraut, das Haus voll fremdartiger Schwingungen, etwas, das er nicht recht einordnen konnte.

Obwohl, andererseits konnte er es doch. Es lag an Vater, natürlich. In seiner Kindheit war Dad eine solche Macht gewesen.

Jetzt war er alt und krank. Durch den Wachwechsel fühlte sich das Haus anders an.

Der alte Mann brüllte wieder. Zum Teufel, warum konnte sie ihn nicht zum Schweigen bringen? Was war denn los? Keine Aussicht auf Schlaf. Royce setzte sich auf, schob seine Füße in die Pantoffeln und ging mit langen Schritten den Flur entlang zu seines Vaters Zimmer.

In den Hügeln war die Nacht schwarz. Aber die Frau, die aus dem Gestrüpp des trockenen Flußbettes auftauchte, trug eine Kappe mit Grubenlampe wie ihren eigenen Mond. In den Händen hielt sie einen mit Codenummern gestempelten Plastikbehälter. Sie trug ihn behutsam, fast bekümmert, als trüge sie einen Kindersarg. In dem Behälter befand sich der Körper eines kleinen Fisches. Der Fisch war bleich, fast weiß. Er hatte keine Augen.

Die Frau kletterte auf höheres Gelände und ging zur Straße. Hinter ihr lösten sich drei niedrige Schatten aus der Nacht und folgten ihr.

Martine LaForte Hopkins, neunundzwanzig Jahre alt und mehr oder weniger verheiratet, versuchte, trotz des Gebimmels weiterzuschlafen. Aber Chrissies kleine Hand, die ihre Schulter rüttelte, ließ sich nicht so leicht ignorieren.

»Telefon, Mama.«

»Hä?« Marty rollte sich auf den Rücken und blinzelte zum Fenster. Schwarzer Himmel; noch vor Sonnenaufgang. Brad vielleicht?

»Es ist eine Dame«, drängte Chrissie. »Sagt, sie möchte mit der Frau Sheriff reden.«

»Verflixt.« Marty quälte sich hoch und nahm den Hörer von Chrissie entgegen. »Hallo, Hilfssheriff Hopkins am Apparat.«

»Miz Hopkins, da war sowas Unheimliches drüben an der Lawrence Road.« Die Stimme klang aufgeregt. »Wie ein kleines Feuer, und jemand hat getanzt.«

»Ein Feuer? Haben Sie die Feuerwehr angerufen?«

»Nein, es war ganz klein, nicht mal so groß wie ein Lagerfeuer. Und es ist kein Haus in der Nähe. Knapp zwei Kilometer südlich von Hutchinsons, wissen Sie? Ehe die Straße bergauf nach Dunning geht?«

»Mm-hm.«

»Aber es war so unheimlich. Im Nebel und alles.«

»In Ordnung.« Es war kalt. Marty zog sich mühsam die Decke um die Schultern. »Also, wer sind Sie?«

»Oh, tut mir leid. Hier ist Lucille Kinser. Ich bin Krankenschwester. Und ich war auf der Rückfahrt von meiner Schicht im Krankenhaus, genau wie immer. Aber in den ganzen fünfzehn Jahren habe ich sowas noch nie gesehen.«

»Gut, wir werden das überprüfen, Miz Kinser.«

»Danke. Ich, öh, ich wollte nicht im Büro des Sheriffs anrufen. Wußte ja nicht, ob es ein Verbrechen war oder was. Ich dachte, Sie würden das wissen.«

»Ja, schon gut, wir prüfen das nach.«

Marty legte auf und schwang ihre Beine über die Bettkante. Es war kalt. Sie zog ihren BH von dem Stuhl, auf den sie ihn gestern abend geworfen hatte. »Geh du wieder ins Bett, Chrissie, du erfrierst ja.«

»Hat die Dame ein Feuer gesehen? Ist es das, was du überprüfen mußt?« Chrissie war neun, neugierig und unempfindlich gegen Kälte, es sei denn, sie war in jämmerlicher Stimmung.

»Nein, wahrscheinlich kein Feuer. Wahrscheinlich bloß ein Hirngespinst. Geh jetzt wieder ins Bett.« Marty zog ihr Uniformhemd an und wählte. »Hallo, Roy. Hier ist Marty. Grady Sims hat heute nacht Dienst, nicht? Sag ihm, er soll zur Lawrence Road rüberfahren, wenn er kann, knapp zwei Kilometer südlich von Hutchinsons. Da geht möglicherweise irgendwas vor. Vielleicht auch nicht.«

»Wird gemacht. Er hat heute nacht Johnny Peters eingeliefert, der im Suff versuchte, die Haustür seiner Frau zu erschießen. Wir haben noch Papierkram zu erledigen.«

»So, na gut, wann immer er weg kann. Liegt ganz bei euch.«

Marty legte auf und stieg in ihre Hosen. Was zum Teufel fiel ihr eigentlich ein, sich jetzt anzuziehen? Sie mußte erst in drei Stunden zum Dienst, nicht früher, und bestimmt nicht wegen eines blöden Hirngespinstes im Nebel. Sogar die Anruferin, wie hieß sie gleich, Kinser, sogar sie hatte gewußt, daß es sich nach nichts Rechtem anhörte. Hatte sich nicht mal getraut, den Sheriff anzurufen, sondern statt dessen Martys Nummer herausgesucht. Nahm wohl an, daß eine Frau sie nicht auslachen würde.

Jetzt konnte sich Marty auslachen lassen. Hopkins sieht Gespenster, würde es heißen. Martys Fata Morgana.

Sie legte ihre Ohrringe an, schlichte Knöpfe für die Arbeit.

Unten in der Küche schrillte der Teekessel. Martys Lippen wurden schmal, und sie fegte in Chrissies Zimmer und schnappte sich das Sweatshirt ihrer Tochter, ehe sie nach unten rannte. Ja natürlich, da stand Chrissie, dünn und barfuß in ihrem verschossenen Schlafanzug und den neuen rosa Muschelohrringen, die Puppe Polly unterm Arm. Sie hatte sich eine Tasse heißen Kakao gemacht. Das Mädchen sah besorgt hoch und sagte: »Ich dachte, du könntest Kaffee brauchen.«

»Hier, zieh das an«, befahl Marty und warf ihr das Sweatshirt zu. »Du siehst aus wie eine Kriegswaise. Der Schlafanzug ist ja nur noch ein Lendenschurz.« Chrissie grinste und zog das Sweatshirt an, setzte sich dann an den Tisch und stützte die Füße auf die Stuhlsprossen, weg vom kalten Linoleum. Marty löffelte Kaffeepulver in einen Becher. »Was ist nur in dich gefahren? Jede halbwegs vernünftige Person läge jetzt gemütlich im Bett.«

»Ich habe das Telefon gehört. Ich dachte, vielleicht –« Sie zuckte die Achseln. »Aber es war diese Dame. Sie klang so aufgeregt.«

»Ja. Stimmt.« Marty setzte sich neben Chrissie und zog sie an sich. Das Kind hatte recht – die Stimme dieser Krankenschwester hatte sowas an sich gehabt, eindringlich und verstört. »Deswegen geh' ich auch, weil sie so aufgeregt war. Ansonsten hört es sich nicht nach etwas Ernstem an.«

»Vielleicht ist das Feuer inzwischen größer.« Von Brad hatte

Chrissie die dunklen Augen und das Haar, von Marty die Wißbegier.

»Ja. Na, ich sehe besser nach.« Marty schüttete ihren Kaffee hinunter und ging ihre Jacke aus dem vorderen Schrank holen.

Tante Vonnie stand auf der halben Treppe, fest in ihren Morgenmantel aus rosa Chenille gewickelt, das gebleichte Haar in Lockenwickeln. »Was geht hier vor?«

»Nichts. Bloß ein Anruf.« Marty rückte ihren Pistolengurt zurecht und sah zu ihrer Tante auf. »Alle können wieder ins Bett gehen.«

»Mein Gott, ich weiß wirklich nicht, warum du dir nicht einen Job mit regulären Arbeitszeiten suchst«, beschwerte sich Tante Vonnie. Ihr junger Ehemann war vor Jahren in Korea gefallen, und sie hatte nie wieder geheiratet, sondern brachte sich mit einer jämmerlichen Armeepension und ihrer Arbeit in Reiners Bäckerei am Marktplatz in Dunning durch. Vor ein paar Jahren war sie aus ihrem uralten Wohnwagen ins Haus gezogen, um ihre Schwester, Martys Mutter, im Endstadium ihrer Krankheit zu pflegen. Nach der Beerdigung hatte Marty sie gebeten, zu bleiben und für Chrissie zu sorgen. Es gab Reibereien wegen Martys Job, und wenn Brad in der Stadt war, flogen die Funken. Aber sie konnte gut mit Chrissie umgehen, und schließlich und endlich wußten sie und Marty recht gut, daß sie einander brauchten.

Marty knöpfte ihre Jacke zu. »Sieh mal, Tante Vonnie, ich bin ganz deiner Meinung. Ich wäre viel lieber reich und lebte in New York und ließe mir vom Zimmerkellner das Frühstück bringen. Mit Kaviar und einer Rose in einer Stielvase.« Und Brad, reich und berühmt, wäre bei ihr; aber das sagte sie Tante Vonnie nicht.

Tante Vonnie lächelte widerwillig. »So weit kommt's noch!«

»Du, es tut mir leid, daß ich dich aufgeweckt habe. Geh nur wieder ins Bett. Bis später.« Marty setzte ihren Stetson auf und eilte hinaus.

Die erste Andeutung von Tageslicht versilberte den östlichen Horizont, aber der Bodennebel lag immer noch dicht an den tiefergelegenen Stellen der Straße. Bei Straubs Tankstelle hielt sie an. Gil Newton kam gemächlich heraus und tankte ihren Wagen auf, einsilbig wie immer. Marty ließ es dem Sheriff auf die Rechnung setzen und fuhr Richtung Lawrence Road. Südlich von Hutchinsons wurde sie langsamer, fuhr dreimal vorbei. Nichts. Kein Feuer, keine Tänze, nur die Dunkelheit, der Nebel und die dichteren Schatten von Bäumen und Gebüsch.

Beim vierten Durchgang tauchte ein Wagen auf. Streifenwagen. Sie parkte am Straßenrand und stieg aus, um Grady Sims zu begrüßen. »Hallo«, sagte sie.

»Hallo, Marty.« Grady war groß, hager, eckig wie ein Ladebaum, und es störte ihn nicht sehr, daß sie weiblich war. »Was gibt's denn?«

»Wahrscheinlich nichts. Eine Meldung, daß jemand um ein kleines Feuer herumgetanzt ist.«

»Party, was? Jetzt vorbei«, bemerkte Grady, aber er folgte ihr über den Graben und durch den Zaun.

Nichts. Sie suchten die Gegend ab, aber nach einer halben Stunde Herumstolpern in der nebligen Dämmerung hatten sie nichts gefunden. »UFOs«, schloß Grady finster.

»Außerirdische«, stimmte Marty zu. »Bald stehen wir an jedem Kiosk in ganz Amerika in den Schlagzeilen.«

Aber als sie sich auf den Rückweg machten, zog in dem Dunst etwas ihre Blicke an. Zweige, ein wenig zu ebenmäßig, ein wenig zu dunkel. Zwischen dem Geißblatt und dem Heckenahorn am Rand des Feldes fand sie es. Ein versengtes Kreuz markierte das ominöse Rechteck aus frisch umgegrabener Erde.

»Jemand hat seinen alten Jagdhund vergraben«, sagte Grady hoffnungsvoll.

»Warum dann das Kreuz?« wandte Marty ein. »Und warum ihn mitten in der Nacht vergraben?«

Grady nickte. Nüchtern und professionell gingen sie vorsichtig in ihren Fußstapfen zurück, riefen Sheriff Cochran an und sperrten das Gebiet ab.

Eine Stunde später hielt Marty mit ein paar ihrer Kollegen Wache und sah zu, wie Grady Sims und Roy Adams die Erde mit Maurerkellen herauslöffelten, behutsam wie Archäologen.

Ein Motor grummelte hinter ihnen. Sheriff Cochran kehrte von seinem Gespräch mit dem Bezirksstaatsanwalt zurück. Eilig entstieg er dem Streifenwagen und stampfte den abgesteckten Pfad entlang zu der flachen Grube. Cochran war ein stämmiger, silberhaariger Mann, dessen Gesicht in der Morgensonne rosig schimmerte. Er schaute auf die Grabenden hinunter.

Gradys hagere Gestalt bestand nur aus Ecken, als er etwas neuausgehobene Erde beiseite schob. »Mein Gott!« entfuhr es ihm. »Schaut bloß, was sie ihm angetan haben! Armer Wichser!«

Ein ersticktes Kichern kam von Roy Adams. »Falsches Wort für ihn jetzt, Grady. Falsches Wort.«

Marty reckte den Hals. Die Leiche eines Mannes, etwas mit seinem Gesicht. Abscheu zog ihr den Hals zu, noch ehe ihr Verstand erfaßte, was man ihm in den Mund gestopft hatte.

»Großer Gott!« sagte Sheriff Cochran. »Also, alle raus da und auf den staatlichen Erkennungsdienst warten, oder die reißen mir den Arsch auf.« Er trat vom Grab zurück und faßte seine Hilfssheriffs ins Auge. »Mason!«

»Ja, Sir?«

»Sie sind doch mit dieser Mrs. Kinser verwandt, die angerufen hat, nicht?«

»Mein Vater ist ihr Cousin.«

»Gut. Fahren Sie rüber und nehmen Sie eine Aussage auf. Jede Kleinigkeit, an die sie sich erinnern kann. Hopkins!«

»Ja, Sir.« Marty sprang vor.

»Für Sie habe ich auch ein Projekt.«

Sie nickte einmal knapp und richtete sich zu ihrer vollen Größe von einssiebzig auf. Das wäre gar nicht klein, nur war die Mehrheit der Mannschaft vom Sheriffbüro früher Basketball-Star gewesen. Auch der hünenhafte Wes Cochran, vor langer Zeit, ehe die Jahre seinen Bauch gepolstert hatten.

Er wühlte in einer Hosentasche hinter seinem Halfter und zog ein zerknülltes gelbes Papier heraus. »Wir hatten einen Anruf. Der alte Richter Denton meint wohl, jemand trachtet ihm nach dem Leben. Ich möchte, daß Sie genauere Informationen einholen.«

Bleischwere Enttäuschung durchdrang Marty vom Kopf bis in die Eingeweide. »Aber Richter Denton ist nicht mehr bei Verstand!«

»Sein Sohn hat angerufen. Hal junior.«

»Ach so.« Marty ließ die Schultern hängen. Hal Denton junior war einer der besten Freunde von Staatsanwalt Pfann. Außerdem wollte er in den Kongreß gewählt werden. Cochran hatte recht – er konnte den Anruf nicht ignorieren, ganz gleich wie unzurechnungsfähig der alte Richter auch sein mochte. Aber mußte es ausgerechnet Marty sein, die hinging und sich sein Gelaber anhörte? Sie war ja nicht Mutter Teresa. Sie machte einen letzten Versuch. »Ich bin gut im Suchen. Sir.«

»Ihr Fund heute nacht ist bemerkt worden, Hopkins«, sagte Cochran trocken. »Jetzt lassen Sie diese wichtigen Leute nicht warten.«

Marty stakste zu ihrem Wagen. Verflixt. Fünf Jahre in der Abteilung, und wieder ein Kindergartenjob. Die Vorzeigefrau. Die Polizistendame. Sie seufzte. Nimm Vernunft an, Hopkins, du weißt, wie es auf der Welt zugeht. Nicht anders als zu ihrer Zeit auf der Universität von Indiana, ehe sie das Studium aufgeben mußte. Die Jungs hatten ihr Radrennen, das *Little 500*. Es war berühmt, Hollywood machte Filme darüber. Und dann gab es das Mädchenrennen. Auf Dreirädern. Es war schwer, mit einem Dreirad auf Tempo zu kommen, dauernd stießen einem die Knie gegen die Ellbogen. Es war eigentlich eine echte sportliche Leistung, obwohl alles darüber lachte. In dem Jahr, als sie das Rennen fuhr, hatte Wes Cochran auf der Tribüne gestanden. Er hatte sie von hinten herankommen sehen, mit wild auf- und abfliegenden Knien, mühselig und unharmonisch wie ein rennender Strauß. Er hatte auch gelacht; aber als Brad bei seinen Versuchen, im Rundfunk anzukommen, die ersten Rückschläge erfuhr und sie den Sheriff um einen Job bitten mußte, da erinnerte er sich, daß sie nicht aufgegeben hatte, bis sie gewann.

Und verflixt, so gern sie auch New York sehen wollte, sie mochte diese Gegend, Menschen, die meist hart arbeiteten und versuchten, dem Weg des Herrn zu folgen, außer an manchen Samstagabenden. Und sie mochte diesen Job. Leuten helfen war viel besser als rumsitzen und Briefe tippen. Menschen, Action, das mochte Marty. Und sie hatte die Sache im Griff, das hatte sie wieder und wieder bewiesen. Autobahnunfälle, Raubüberfälle, verlorene Kühe. Sogar Schwerverbrechen wie den Totschlag damals, als Bert Gantz in der Bar mit Tammy Donnelli geflirtet und John Donnelli ihn nach Hause verfolgt und mit einem Lochspaten erschlagen hatte. Marty und Grady Sims hatten den Anruf entgegengenommen, und bis die anderen ankamen und Grady bei der Leiche des armen Gantz ablösten, hatte Marty hinter dem Silo Donnelli aufgespürt, ihn soweit besänftigt, daß er ihr den Lochspaten aushändigte, und seinen Rücken getätschelt, während er seinen Jammer über die Grausamkeit des Lebens heraussprudelte. Sie war gut darin, Betrunkenen zuzuhören, keine Frage.

Aber Richter Denton war kein Trinker. Nicht bei Trost, ja, und es hieß, es würde immer schlimmer. Nach seinem ersten Anfall vor sechs Monaten aus dem Amt geschieden. Sehr bedauerlich. Sie hatte ein paarmal vor ihm ausgesagt, und er hatte nie zugelassen, daß Star-Verteidiger aus Madison oder Bloomington die Beobachtungsgabe von Hilfssheriffs in Zweifel zogen.

Sie sah Sheriff Cochrans silbernes Haupt in ihre Richtung schwenken und drehte hastig den Zündschlüssel. Mach schon, Hopkins, sagte sie sich. Stimmt, du hast das Grab gefunden, aber der Fall gehört dir nicht. Egal wie neugierig du bist wegen diesem armen Tropf, der wohl an jemand sehr viel Schlimmeres als John Donnelli geraten ist. Außerdem, kläre die Denton-Geschichte schnell, und vielleicht setzt Cochran dich wieder an den Fall. Es ging ja nur darum, einem besorgten Politiker die Hand zu halten, vielleicht auch darum, den Hirngespinsten seines kranken alten Daddys zuzuhören.

Ehe sie auf die Straße fuhr, drehte sie den Rückspiegel herunter und inspizierte ihr Gesicht. Richtig, wenn sie einem Kongreßkandidaten begegnen wollte, waren erst Reparaturen erforderlich. Sie spuckte auf ein Tempotaschentuch, rieb einen dunklen Schmutzfleck auf ihrer Wange weg und streifte sich das Geißblatt aus den braunen Locken. Heute abend war eine Haarwäsche fällig. Sie zog den Lippenstift aus der Tasche und atmete tief durch. Gleichmut, Hopkins. Trag mit Fassung, was du nicht ändern kannst.

Der Morgennebel hatte sich verzogen. Sie drehte den Spiegel wieder zurecht und legte den Gang ein. Der Wagen rumpelte über die Böschung auf die Straße wie ein alter Bär. Marty wendete ihn Richtung Denton, trat den Gashebel durch und fuhr mit kreischenden Reifen los.

# 2

Im neunzehnten Jahrhundert hatten die Dentons eine Eisenbahn besessen, eine der großen Linien, die Blöcke erstklassigen Salem Kalksteins aus den Steinbrüchen der Region ins ganze Land transportierten. Ihre Erben hatten verkauft, solange die Bahn noch einigermaßen rentabel war, und hatten sich dem Bankgeschäft, der Juristerei oder der Politik zugewandt. Aber der Richter wohnte immer noch in dem großzügigen quadratischen Kalksteinhaus, das sein Großvater erbaut hatte. Es lag abseits der Autostraße, die in nördlicher Richtung von Dunning nach Bloomington und Indianapolis führte. Schwere Steinsimse ragten wie Augenbrauen über die Fenster mit der Aussicht auf den Rasen und die lange Auffahrt. Das Haus selbst stand im Schatten von Nußbäumen und Eichen.

Martys Großvater hatte in den Steinbrüchen gearbeitet und seinen Erben das windschiefe Fachwerkhaus an der Seitenstraße hinterlassen, in dem Marty jetzt wohnte und versuchte, genug zu sparen, um es streichen zu können. Aber einen Walnußbaum hatte es auch.

Im Wendehammer parkten zwei Wagen, ein Oldsmobile und ein Buick. Von der Rückseite des Hauses her meldete das Gebell der Jagdhunde ihre Ankunft, tief und weich wie Glocken. Sie nahm ihr Notizbuch und wischte ein Jelängerjelieber-Blatt von ihrem Ärmel. Wäre ihr Großvater je hierherbestellt worden, hätte er den Dienstboteneingang benutzt. »Jetzt schau her, Großpapa«, murmelte Marty und steuerte den säulenverzierten Vordereingang an.

Sie überlegte, ob sie jetzt wohl schon den Mann aus seinem provisorischen Grab hoben. Wer zum Teufel tat einem menschlichen Wesen so etwas an? Verdammt, *er* verdiente ihre Zeit und Aufmerksamkeit, nicht diese reichen politischen Gönner des Sheriffs. Aber sie schob ihren Groll in eines der hinteren Fächer ihres Bewußtseins und wandte sich ihrer Aufgabe zu.

Die Frau, die ihr die massive Tür öffnete, war kleiner als Marty und trug ein teures grau-weiß bedrucktes Kleid. Ihr Haar war von einem warmen Braun, vom Schönheitssalon sorgfältig in Wellen gelegt, und ihre Haut schimmerte. »Ja?«
»Ich bin Marty Hopkins vom Sheriffbüro.«
»Oh, ja, kommen Sie doch herein. Mein Sohn hat angerufen, glaube ich. Ich bin Elizabeth Denton.« Als die Tür weiter aufging, zeigte sich im helleren Licht, daß der Schimmer auf Elizabeth Dentons Haut nur aus Make-up bestand, daß ihre Augen leblos waren. »Ich gehe und sage den Jungen, daß Sie hier sind. Und ich muß den Stecker aus dem Bügeleisen ziehen, ich war gerade dabei, Hals Hemden zu bügeln.« Elizabeth Denton ging auf eine Tür hinter der breiten Treppe zu. »Bitte, nehmen Sie Platz, ich bin gleich wieder da.«
Also bügelte sie selber. Merkwürdig, in einem so protzigen Haus. Gegenüber dem Türbogen zum Wohnzimmer sah Marty eine Tür, die in ein großes Studierzimmer führte. Schöne alte Möbel, vielleicht Antiquitäten, die noch von den Eisenbahn-Dentons stammten.
Das Haus roch dumpf, fast muffig, und darüber lag noch etwas Süßliches. Sie verfolgte den Geruch bis zu einer kleinen Schale mit getrockneten Blütenblättern und Kräutern auf einem Tisch in der Halle. Potpourri. Vornehm. Über dem Tisch hing ein großes Gemälde im verschnörkelten Goldrahmen. Eine Frau und ein Mädchen, lebensgroß, beide in langen weißen Gewändern mit einem Rosenzweig in der Hand. Beide strahlten eine Ruhe aus, die bei der Frau recht anziehend wirkte, aber bei dem Kind, das nicht viel älter als zehn sein konnte, eher eigenartig. Ungefähr in Chrissies Alter, aber Chrissie und ihre Freundinnen waren äußerst lebhafte Geschöpfe voller Unternehmungsgeist, unruhig wie ein Sack voll Flöhe. Vielleicht waren Zehnjährige in alten Zeiten stiller gewesen. Der Künstler hatte den Schmuck gut gemalt. Kette und Armband der Frau waren funkelnde Rubine, während die des Mädchens aus schimmerndem Gold in einem schwungvollen Blattmuster bestanden.

Aus dem Treppenhaus über Martys Kopf kam plötzliches Poltern und die volltönende Stimme eines Mannes. »Mackay! Idiot!«

»Oh, es tut mir leid, ich hätte Sie ins Wohnzimmer führen sollen.« Elizabeth Denton tauchte am hinteren Ende der Halle wieder auf.

Erschrocken starrte Marty sie an. Verflixt. Konnte das sein? »Die Frau auf dem Gemälde«, sagte sie. »Das sind Sie?«

»Ja, das war ich –« Elizabeth Denton schaute zu Boden und strich ihren Rock glatt. »Es wurde vor zehn Jahren gemalt.«

Vor zehn ungnädigen Jahren. Also doch nicht aus alten Zeiten. Marty murmelte: »Es ist ein wunderschönes Bild.«

»Danke. Bitte, kommen Sie und setzen Sie sich.« Elizabeth huschte zu den Doppeltüren. »Sie werden gleich da sein.«

Marty folgte ihr. Ein paar antike Polsterstühle und ein Sofa waren vor einem Kamin mit Kalksteinornamenten gruppiert. Ein weiteres Potpourri stand auf einem Beistelltisch. Ehe sie sich setzen konnten, ertönten Stimmen in der Halle, und zwei Männer eilten herein. Beide trugen pastellfarbene Oberhemden mit offenem Kragen und elegante Straßenschuhe, die viel blanker waren als Martys robuste Halbschuhe.

»Ah, der weibliche Sheriff! Danke, daß Sie gekommen sind. Ich bin Hal Denton.« Der größere von beiden war ganz liebenswürdiges Lächeln und aufrichtige blaue Augen, durch Plakate und Fernsehen gut bekannt. Sein Händedruck war geschäftsmäßig.

»Ich bin Marty Hopkins.«

»Meine Mutter kennen Sie schon. Und das ist mein Bruder, Royce Denton.«

Sie hatte auch Royce schon früher gesehen. Er war ein bekannter Verteidiger. Sein Lächeln war langsamer als das von Hal, und sein Händedruck löste sich nur zögernd von ihrer Handfläche. Er sagte: »Ich habe Sie bei Gericht gesehen. Hallo.«

»Freut mich, Sie alle kennenzulernen«, erwiderte sie und schlug ihr Notizbuch auf. »Also, was können wir für Sie tun?«

»Zunächst einmal, setzen wir uns.« Hal deutete mit der Hand auf das Sofa. Marty setzte sich in die nächstliegende Sofaecke.

Royce ging hinten herum zum anderen Ende und lehnte sich so weit zurück, als wollte er ein Nickerchen halten. Hal und Elizabeth saßen ihnen gegenüber auf Stühlen. Hal entschuldigte sich, aber seine blauen Politikeraugen musterten sie abschätzend. »Es tut mir leid, daß ich Sie heute rufen mußte. Wes Cochran hat mir gesagt, daß gerade ein großer Fall aufgetaucht ist, aber das Problem ist, daß Royce und ich zu einem Essen der Handelskammer nach Paoli müssen, und ich fahre weiter nach Indianapolis zu einer Beratung über ein Autobahngesetz.«

Schon gut, schon gut, dachte Marty, ich weiß daß du unseren Bezirk im Landesparlament vertrittst, und ich weiß, daß du ein vielbeschäftigter Mann bist und außerdem der Kumpel von meinem Boß. Laß uns weiterkommen. Sie sagte geduldig: »Also was können wir für Sie tun?«

Hal rieb sich den Nacken. »Die Sache ist die, Royce sagt ja, das ist nichts Neues, aber – tja, sehen Sie, ich muß so viel in Indianapolis sein, daß ich nicht so oft hierherkommen kann, wie ich gern möchte.«

Marty nickte.

»Als mein Vater krank wurde, fiel die Last hauptsächlich auf Royce und Mutter. Royce arbeitet in der Nähe, und er konnte ohne weiteres hier einziehen und mehr aushelfen. Sitzt bei Vater, überwacht die Arbeit im Hof –«

»Hans Dampf in allen Gassen.« Royce saß immer noch bequem hingegossen am anderen Ende des Sofas. »Manchmal gehe ich sogar mit seinen Hunden raus.«

Sie sagte: »Ich verstehe.«

»Wir haben Krankenschwestern eingestellt«, fuhr Hal fort, »und ich komme her, so oft ich kann. Aber es war für uns alle sehr schwierig. Vater ist nicht mehr ganz bei Verstand, und er hat Krämpfe. Es handelt sich um multiple Hirntumoren«, erklärte er eindringlich. »Dr. Hendricks hat ihn für ein Computertomogramm in ein Labor nach Indianapolis geschickt. Er sagt, dort haben sie all diese kleinen Gewächse gefunden – na ja, all diese Details wollen Sie sicher nicht hören.«

»Das Fazit ist, es ist inoperabel«, sagte Royce. Marty spürte eine tiefe Erschöpfung in seiner Stimme. Verflixt, Sheriff Cochran hatte recht, auch diese Leute verdienten einige Aufmerksamkeit. Selbst wenn man sich Krankenschwestern leisten kann, ist der Schmerz real.

»Dr. Hendricks hat ihn natürlich sofort auf Antitumor-Medikamente gesetzt. Trotzdem –« Hals Augen begegneten denen von Royce, ehe er fortfuhr. »Royce sieht Vater natürlich häufiger. Aber mir scheint, daß sein Zustand weit schlechter ist als noch vor zwei Wochen. Und ich würde mich einfach nicht wohl fühlen, wenn wir der Sache nicht nachgingen.«

»Klar«, sagte Marty. »Welcher Sache?«

»Er hat gesagt: ›Sie bringen mich um. Phyllis.‹ Ich saß direkt an seinem Bett, und er hat es ganz deutlich gesagt. Ich hab' ihm geantwortet: ›Niemand will dich umbringen.‹ Und er sagte: ›Doch. Umbringen. Mackay –‹, tja, ich will nicht wiederholen, wie er ihn genannt hat.«

Royce hatte seine Beine mit gekreuzten Knöcheln vor sich ausgestreckt und einen Arm auf die Rücklehne drapiert. Seine Fingerspitzen waren nur Zentimeter von Martys Schulter entfernt. Ihr Blick traf auf ein spöttisches Grinsen, das um seine Mundwinkel zuckte. Er bemerkte: »Ich wette, das Sheriffbüro kriegt auch gelegentlich schlimme Ausdrücke zu hören, Hal.«

Marty versuchte, den Namen einzuordnen. »Mackay. Es gibt einen Mackay, der mit Gil Newton zusammen in Straubs Tankstelle arbeitet. War er es nicht, der vor längerer Zeit jemanden von der Straße abgedrängt hat?«

»Genau der«, sagte Hal. »Bert Mackay. Vor etwa zehn Jahren hat er sich eines Abends betrunken und das Motorrad des jungen Johnny Victor in den Graben gedrängt. Hat ihn umgebracht. Na ja, Vater kannte die Victors, der Vater ist Manager der Landesbank Salem, kennen Sie ihn?«

Marty nickte. Die Victors waren ebenfalls eine der ersten Familien von Nichols County.

»Also hat Vater Mackay zur Höchststrafe verurteilt. Aber er

war natürlich betrunken, daher konnten sie ihn nicht für immer einsperren. Er ist jetzt seit zwei Jahren draußen.«

»Hat er Ihren Vater bedroht?«

»Nicht, daß wir wüßten.« Royce drehte den Kopf zu Marty. Trotz seiner Geschäftsmann-Kleidung hatte er den Teint eines Mannes, der viel im Freien ist, gebräunt und wettergegerbt. Nicht so verzärtelt wie sein Bruder. »Und natürlich mußte Vater im Laufe der Zeit eine Menge unserer heimischen Bösewichter verurteilen. Er erwähnt ja auch andere Namen, nicht, Mutter?«

»Ja.« Elizabeth Denton sprach sehr leise. »Rogers, Hoadley, Phyllis –«

»Zum Teufel, ich dachte, du wolltest nicht –« Royce unterbrach sich. Elizabeth blickte auf ihren Schoß. »Hal hat es auch gehört.«

»Schon gut, ich bin überstimmt.« Royce zuckte die Achseln. »Phyllis ist unsere liebe kleine Schwester, Miss Hopkins. Im reifen Alter von zwölf Jahren entdeckte sie die Jungen, nur waren das Zwanzigjährige mit Motorrädern, und so machte sie sich in einer Lederjacke auf und verschwand im Sonnenuntergang. Sie hat zwei Karten geschrieben, irgendwer hat sie hier eingeworfen, dann war Schluß.«

»Sie haben seitdem nichts von ihr gehört?«

Elizabeth Denton schüttelte stumm den Kopf und starrte weiter auf ihren Schoß. Hal erklärte: »Wes hat uns geholfen. Ihr Vorgesetzter. Er hat im Stillen getan, was er konnte. Fand ein paar Motorradfahrer in Terre Haute, aber daraus ergab sich auch nichts.«

»Wie lange ist das her?«

»Acht Jahre.« Auch in Hals Stimme lag Schmerz. »Royce und ich waren natürlich viel älter als Phyl, kamen gerade auf die Highschool, als sie geboren wurde. Ich war erstaunt, als sie weglief, sie war so ein süßes Kind gewesen. O Mutter, es tut mir leid!«

Tränen liefen Elizabeth Denton über die Wangen. Sie wandte ihr Gesicht von Hal ab und betupfte es mit einem weißen Taschentuch.

»Ich weiß nicht, was ich tun soll!« Hal sprang von seinem Stuhl auf und legte ihr eine Hand auf die Schulter. »Mutter, sieh mal, die Polizei könnte vielleicht helfen, wenn Vater wirklich von Phyl gehört hat –«

»Es ist in seinem Kopf«, sagte Royce weich. »Er hat sich nie wirklich damit abgefunden, daß sie gegangen ist.«

»Nein, mir kam es so vor, als hätte er es akzeptiert«, widersprach Hal. »Deshalb ist es so merkwürdig, daß er sie jetzt erwähnt.«

»Es akzeptiert?« Elizabeth sah zu Hal auf. Unter ihrem linken Auge, wo die Tränen das Makeup aufgelöst hatten, war die Haut dunkel. »Er hat sein Testament nie geändert. Abgesehen von meinem Treuhandvermögen soll der Besitz zu gleichen Teilen unter seinen überlebenden Kindern aufgeteilt werden. Allen.«

»Ja, schon. Aber ich denke doch, wir sollten es versuchen.«

Vor Marty taten sich neue Möglichkeiten auf, und sie sah Hal prüfend an. Diese Männer liebten ihre Familie, klar, aber sie dachten auch an das, worauf es letztlich ankam. Und in diesem Fall war das die Tatsache, daß eine Schwester, die verschwunden, aber noch im Testament berücksichtigt war, die Regelung der Erbschaftsangelegenheiten sehr lange hinauszögern konnte. »Mr. Denton«, sagte sie, und beide blauen Augenpaare wandten sich ihr zu. »Mir ist nicht ganz klar, was Sie jetzt von uns wollen.«

»Na ja, da ist Phyl«, antwortete Hal. »Vielleicht könnte Wes Cochran sich nochmal nach ihr umhören.«

»Sehen Sie, Hal junior möchte in den Kongreß gewählt werden, wie Sie sicher wissen«, setzte Royce hinzu, wobei wieder ein Grinsen seine müden Mundwinkel umspielte. »Es wäre doch nett, die Finanzlage der Familie geklärt zu wissen. Und wenn diese dunklen Familienangelegenheiten in die Debatte geworfen werden, möchte er sagen können, daß er das Menschenmögliche getan hat.«

»Klar, das ist die eine Sache.« Hals Blick war ernsthaft und offen. »Aber verdammt, ich glaube, wir schulden es Vater und Phyllis, herauszufinden, ob an seiner Geschichte irgendwas dran ist.«

»Kann ich ihn sehen?« fragte Marty.

»Wahrscheinlich ist nichts Vernünftiges aus ihm herauszukriegen.« Hal, plötzlich vorsichtig geworden, richtete sich auf und sah auf die Uhr.

Royce erhob sich lässig. »Aber alles, was Miss Hopkins bisher von uns erfahren hat, ist Hörensagen, Hal. Pack du deinen Kram zusammen. Ich bringe sie rauf.«

Oben gelangte man von einer zentralen Halle aus in die Schlafzimmer. Royce berührte sie am Ellenbogen, deutete auf eine der Türen und folgte ihr hinein. Ein Farbfernseher lief ohne Ton und flackerte golden, rosa, kräuterlikörgrün. Eine blonde Frau in Schwesterntracht saß in einem Schaukelstuhl, von dem aus sie sowohl den Bildschirm wie den vor sich hindämmernden Patienten in dem Doppelbett aus Mahagoni im Auge hatte. Marty war erschüttert, als sie sah, wie gebrechlich Richter Denton aussah. Die Knochen zeichneten sich unter der dünngewordenen Haut scharf ab. Er hatte alles Haar verloren.

Die Schwester nahm die Kopfhörer ab und stand auf, wobei sie Royce Denton mit einem warmen Lächeln begrüßte. »Hallo, Royce.«

»Hallo, Lisa. Dies ist Martha Hopkins vom Sheriffbüro.«
»Marty Hopkins«, berichtigte sie. »Guten Tag, Lisa.«

»Ja, Tag.« Lisa hatte ein dreieckiges Gesicht, lächelnde Augen und eine Fülle rötlichblonden Haares, das mit einer Schleife im Nacken zusammengehalten war. Sie fügte hinzu: »Ich glaube, ich habe Sie vor ein paar Jahren schon einmal getroffen. Im Herz As. Sie sind die Frau von Brad Hopkins, stimmt's?«

Das Herz As. Dunkle Eichennischen, bernsteinfarbenes Licht schimmert im Dunst des Zigarettenrauchs, Bierseidel, die rhythmischen Klänge von Elvis-Songs im Hintergrund. Brad knufft einen Freund zur Begrüßung in den Rücken, zieht ihn und sein rotblondes Mädchen zur Nische herüber, um Marty vorzustellen. Alle vier singen zusammen, *Ain't nothin' but a hound dog*, und Brad heult wie ein Hund als alberner Kontrast. Marty hatte gegackert wie ein Schulmädchen. Verflixt, Brad fehlte ihr.

»Alte Bekannte, was?« Royce lächelte, wandte sich dann an Lisa. »Wie geht's Ihrem Patienten?«

»Ganz gut. Ich habe das Bett frisch bezogen, und er hat gleich danach sein Beruhigungsmittel genommen. Es ist nur – tja, sein Körper reagiert nicht gut auf die Medikation.«

»Dr. Hendricks sagt, es ist seine einzige Chance. Operieren geht nicht.«

»Ich weiß. Na, wenn irgendwer damit fertig wird, dann er.«

»Sie sagen, er steht unter Beruhigungsmitteln. Besteht eine Chance, daß er aufwacht?« Marty hatte gehofft, sie könnte ihn nach Phyllis, nach Mackay fragen.

»Schwer zu sagen«, entgegnete Lisa. »Das Sedativ für den Tag ist nicht allzu stark. Aber er braucht etwas.«

Marty bemerkte, daß die Hände des Richters an den Bettpfosten festgebunden waren. Royce folgte ihrem Blick. »Hauptsächlich um ihn zu schützen«, sagte er leise. »Aber uns auch. Vielleicht haben Sie Mutters Veilchen bemerkt? Er hat Zuckungen. Und er ist immer noch überraschend stark.«

»Wie ein Ochse«, sagte Lisa.

Marty wußte seit ihrer Kindheit, wie schwer es war, auf einen berserkerhaften Mann aufzupassen. Taktvoll wandte sie sich wieder an Lisa. »Hat er irgend etwas zu Ihnen gesagt, woraus Sie schließen würden, daß es möglicherweise etwas für uns zu untersuchen gibt?«

»Nun – Mr. Denton, Hal, meint ja.«

»Welche Art Sachen haben Sie ihn sagen hören?«

»Ich kümmere mich nicht sehr darum. Meist hat es wenig Sinn.«

Besonders, wenn man Kopfhörer trägt. Aber verflixt, Hopkins, dafür kannst du Lisa nicht die Schuld geben. Dieser Job ist schon deprimierend genug, auch ohne sich das wahnsinnige Gefasel eines Kranken anhören zu müssen. Sie fragte: »Erwähnt er seine Tochter?«

»Meine Tochter.« Die Stimme war voll und wohlklingend, und einen Augenblick lang brachte Marty sie nicht in Verbindung mit der ausgezehrten Gestalt im Bett. Dann sah sie die Augen des

Richters. Sie waren von wildem Blau und zogen sie zu ihm.
»Phyllis«, sagte er. »Sie sind nicht Phyllis.«

»Ich komme von Büro des Sheriffs.«

»Sheriff. Finden Sie meine Tochter.«

»Wir werden es versuchen, Sir.«

»Sie bringt mich um.«

»Ja, Sir. Wie macht sie das?«

»Innen. Bohrt sich hinein.« Die hellen Augen schlossen sich, öffneten sich dann wieder. »Wolf.«

Die Stimme hatte eine solche Überzeugungskraft, daß Marty sich beinahe nach grauem Pelz umschaute, obwohl ihr schmerzlich bewußt war, daß der Wahnsinn aus ihm sprach. »Ich verstehe, Sir.«

Royce murmelte leise: »Als Phyl weglief, ist er fast zerbrochen. Aber schließlich kam er wieder auf die Füße, und er –«

»Royce, halt den Mund«, brüllte der alte Mann. »Oder du gehst ohne Essen ins Bett.«

Royce zog bedeutungsvoll die Brauen hoch, als wollte er sagen: ›Da sehen Sie, was ich meine‹, und antwortete, »Ja, Sir.«

Marty fragte: »Richter Denton. Was ist mit Mackay?«

»Mackay. Idiot.«

»Sir, was hat Mackay Ihnen getan?«

Seine Lippen arbeiteten einen Augenblick, aber plötzlich umwölkte sich der blaue Blick, und die Lider schlossen sich wieder.

Na, Hopkins, dies Interwiew bringt dir keine Belobigung ein. Marty trat vom Bett zurück. »Also gut. Vielen Dank, Lisa, ich denke, mehr können wir hier nicht tun. Rufen Sie das Büro an, wenn sich noch etwas ergeben sollte, ja?« Marty kritzelte die Nummer auf eine neue Seite und riß sie ihr heraus.

»Klar. Bis dann.« Lisa steckte das Papier ein und griff nach ihren Kopfhörern.

Marty folgte Royce Denton hinaus in die dämmerige Halle. Er blieb oben an der Treppe stehen und blockierte ihr den Weg. »Tut mir leid, daß ich Ihren Namen falsch verstanden habe, Marty Hopkins«, murmelte er.

»Kein Problem.«

Er stand so dicht bei ihr, daß sie sein Aftershave riechen konnte. Seine Hand berührte sanft ihren Hals. Marty spannte sich. Sein Grinsen kam wieder, und er hielt das Geißblattzweiglein hoch, das er von ihrem Kragen gezupft hatte.

»Oh. Danke.« Sie hoffte, sie würde nicht rot.

»Jederzeit, Mrs. Hopkins.«

Sie ging energisch an ihm vorbei und die Treppe hinunter. Hal Denton stand in der Halle und band sich die Krawatte. »Wie geht es ihm?« fragte er.

»Ziemlich genau, wie Sie gesagt haben. Hat er Ihnen gegenüber einen Wolf erwähnt?«

»Einen Wolf? Nicht, daß ich wüßte.« Seine blauen Augen, sanfter als die seines Vaters, fixierten sie. »Sehen Sie, es tut mir leid, daß wir Sie auf eine wahrscheinlich sinnlose Jagd schicken. Aber fragen mußte ich. Können wir sonst noch etwas tun, ehe wir losrasen?«

»Im Moment nicht, Mr. Denton. Aber bitte bleiben Sie in Verbindung. Wir stellen ein paar Nachforschungen an und lassen Sie wissen, wenn etwas dabei herauskommt.«

»Danke.« Er schnappte sich ein blaues Jackett aus dem Schrank. »Komm, Royce, gehen wir.«

»Hal, Royce, vergeßt eure sauberen Hemden nicht«, ertönte Elizabeths sanfte Stimme unter dem Bogen zum Wohnzimmer.

»Verdammt.« Die beiden Männer eilten in den rückwärtigen Teil des Hauses.

Elizabeth Denton schaute Marty prüfend an, und während ihre Augen zwischen Dienstmarke und Gesicht hin und herwanderten, wirkten sie zum erstenmal lebendig.

»Gibt es sonst noch etwas, Mrs. Denton?«

»Eigentlich nicht. Es sei denn – er hat ›Wolf‹ gesagt?«

»Ja.«

»Vielleicht –« Sie starrte Marty eindringlich an. »Versuchen Sie es mal im Fachbereich Biologie.«

»Im Fachbereich Biologie?«

Sie blickte kurz zur Tür und flüsterte: »An der Universität von Indiana. Professor Wolfe.« Sie trat zurück unter den Türbogen, da die Männer herauskamen. »Auf Wiedersehen.«

Tränen glitzerten in ihren Augen. Hal und Royce küßten sie zum Abschied und brachten Marty nach draußen zu den Wagen, begleitet vom klagenden Geheul der Hunde.

# 3

Wes Cochran betrachtete die Gegenstände aus der Brieftasche, die der Mann von der staatlichen Spurensicherung ihm zeigte. Kein Geld; das war einleuchtend. Aber die Ausweise waren noch da. Führerschein des Staates Indiana für einen David Goldstein, einsachtundsiebzig, hundertfünfzig Pfund, braun und braun. Siebenundzwanzig Jahre alt. Adresse draußen an der Lawrence Road. Dann ein Studentenausweis der Universität von Indiana. Was zum Teufel tat ein Student der UI so weit südlich? Er schaute sich das Datum an – sechs Jahre her. Also Ex-Student. Goldstein hatte ihn wahrscheinlich behalten, um ermäßigte Eintrittskarten zu bekommen. Als nächstes ein Bankausweis, Landesbank Salem. Keine Kreditkarten. Das Foto einer lächelnden schwarzen Frau, jung und hübsch. Mist. Er hatte kein gutes Gefühl bei diesem Fall. Wes Cochran bedankte sich mit einem Nicken bei dem Mann von der Spurensicherung und schaute über die Hügel in den blassen Himmel. Es würde heute dreißig Grad heiß werden. Und zuviel zu tun. Letztes Jahr hatte Doc Hendricks über Cochrans Blutdruck den Kopf geschüttelt. »Sie müssen kürzer treten, Wes. Sie arbeiten zu hart. Überlassen Sie den jungen Leuten die Rennerei.«

»Mist, Doc, Sie wissen, daß es mich fertigmacht, im Büro zu hocken. Als mein Bein damals den Knacks weghatte, bin ich vor Langeweile fast gestorben.«

Doch hin und wieder drückte etwas seinen Brustkorb zusammen wie ein Schraubstock, und wenn er sich dann einen Augenblick keuchend ausruhte und darauf wartete, daß es vorüberging, fragte er sich, ob Doc vielleicht recht hatte, ob dieser Job vielleicht allmählich zuviel wurde für die alte Pumpe. Aber Teufel auch, er war erst achtundfünfzig. In ihm steckten noch eine Menge guter Jahre.

Nur, dieser Fall fühlte sich nicht gut an. Überhaupt nicht. Wie hast du dich in derartige Schwierigkeiten gebracht, mein Sohn?

Was hast du aufgerührt in diesen Hügeln?

Grady Sims, das lange Gesicht sorgenvoll, kam gemächlich herbei und überreichte ihm einen Plastikbeutel, wie man ihn für Beweisstücke benutzt. Darin befand sich eine acht mal zwölf Zentimeter große Karte. Darauf hatte jemand einen Kreis gezeichnet, fast ausgefüllt von einem dicken Plus-Zeichen. In der Mitte davon saß eine Raute, und darin ein spitz zulaufendes Oval, das einen Blutstropfen darstellen mochte. Ein krudes, handgemaltes Klan-Zeichen.

»Scheiße«, sagte Cochran und blickte auf, um Grady Sims in die Augen zu sehen.

»Es war auf dem Grab«, erklärte Sims. »Wir haben es gleich gefunden, als wir zu graben anfingen.«

»Hat die Staatspolizei es gesehen?«

»Nein, Sir. Wir fanden das, ehe wir sie gerufen haben.«

»Lassen wir es erstmal dabei.«

Sims nickte und kehrte zu den anderen zurück. Während er ihm nachsah, hörte Cochran Schritte hinter sich. Es war Hopkins. Er lächelte.

Er mochte Marty Hopkins. Er hatte sie schon gekannt, als sie noch die kleine Marty LaForte war, die draufgängerische Tochter seines Freundes Rusty LaForte. Rusty und er hatten ihr Basketball beigebracht, nach Jungensart, und sie hatten gebrüllt und sich gegenseitig auf den Rücken geklatscht, als sie alle anderen Neunjährigen in der Gegend im Dribbeln und Torschießen übertraf, selbst seinen eigenen Sohn Billy. Aber nachdem Rusty sich einmal zu oft betrunken und seinen Kübelwagen um einen Baum gewickelt hatte, war Martys Mutter mit ihr nach Bloomington im Norden gezogen und hatte sie als Stadtkind erzogen. Cochran hatte sie nur einmal in zehn Jahren gesehen, damals, als er mit ein paar Kumpeln übers Wochenende zum *Little 500* gefahren war, und da saß sie auf dem Dreirad, erwachsen geworden und ganz entzückend, strampelte aber mit derselben dickschädeligen Entschlossenheit um den Sieg, die er von früher kannte. Er hatte es sich nicht nehmen lassen, hinunterzugehen und ihr zu gratulieren.

»He, Marty LaForte. Gut gemacht!«

»Danke.« Sie hatte zu ihm aufgeblickt, rosig vor Siegesfreude, und Wiedererkennen und Entzücken erleuchteten ihr Gesicht. »Coach?«

»Jep.«

»Na sowas! Coach!«

»Jep.« Er hatte das Bier in seiner Dose kreisen lassen. »Hrm, wie geht's deiner Mutter?«

»Nicht schlecht. Und wie sieht's bei euch da unten aus?«

»Nicht schlecht.«

Aber ehe sie mehr sagen konnten, war ein Schwarm ihrer Kommilitoninnen gekommen und hatte sie mit sich fortgerissen, wohl zu irgendeiner jugendlicheren Festivität. Später war ihre Mutter wieder hergezogen, aber Marty hatte er nicht mehr gesehen bis vor fünf Jahren, als ihr Taugenichts von Ehemann sich wieder einmal auf die Suche nach Medienruhm gemacht hatte und sie hierher zurückgekehrt war. Eines Tages tauchte sie mit ihrer Vierjährigen an der Hand vor seinem Schreibtisch auf und sagte: »Sheriff Cochran, ich brauche ganz dringend einen Job.« Es stellte sich heraus, daß sie an der Uni bei der Schutztruppe gearbeitet hatte. Wes erinnerte sich an ihren Vater, wie er Billy geholfen hatte, als sie beide noch lebten. Also hatte er Marty übernommen und sie ans Telefon gesetzt. Aber sie war noch so ehrgeizig wie eh und je. Hatte so lange auf ihn eingeredet, bis er sie auf Patrouille schickte. Nannte ihn jetzt ›Sir‹ statt ›Coach‹, aber sie wollte immer noch nach Jungensregeln spielen.

»Oh, hallo, Hopkins«, sagte er. »Was gibt's bei den Dentons?«

»Nicht viel, Sir.« Sie schob sich eine braune Locke aus der Stirn. »Die Familie ist ganz fertig, weil es dem Richter so schlecht geht. Er ist ziemlich hinüber.«

»Sie haben ihn gesehen?«

»Versucht, mit ihm zu reden. Aber was er sagt, ergibt nicht viel Sinn. Hal junior meinte, er beschuldigt jemanden, ihn töten zu wollen. Vielleicht jemand, den er verurteilt hat. Aber ich sehe nicht, wie irgendwer ihm einen Gehirntumor verpassen könnte.«

»Tja. Jemand, den er verurteilt hat – jemand Spezielles?«
»Der Richter hat Mackay erwähnt. Auch andere.«
»Ach ja, Bert Mackay von der Tankstelle. Hat den Jungen von der Straße gedrängt, als er betrunken war. Aber der hat uns schon eine ganze Weile keine Schwierigkeiten mehr gemacht.«
»Und seine Tochter, die vor einiger Zeit weggelaufen ist, hat er auch erwähnt.«
»Ja. Das war vor Ihrer Rückkehr hierher.«
»Sie möchten, daß wir noch eine Fahndungsmeldung nach ihr herausgeben.«
»Mist, das bringt doch nichts. Sie wird inzwischen erwachsen sein, und wir haben nicht mal ein Foto. Glaubt Hal Denton im Ernst, daß seine Schwester etwas mit den Problemen seines Vaters zu tun hat?«
»So, wie ich es verstehe, hat Hal Denton seine eigenen Probleme. Er möchte nicht, daß die Leute ihn für einen herzlosen Bruder und einen herzlosen Sohn halten. Außerdem wird er das Geld brauchen.«
»Für die Wahlkampagne, meinen Sie.«
»Jawohl. Verstehen Sie, als sein Vater noch gesund war, hätte er es wahrscheinlich von ihm borgen können. Aber das geht jetzt nicht. Und wenn sein Vater stirbt, liegt das Geld fest, solange noch nach der Tochter gesucht wird. Es soll zu gleichen Teilen an seine überlebenden Kinder gehen.«
»Man sollte doch meinen, daß sie mit drei Anwälten in der Familie ein besseres Testament zustande gebracht hätten, nachdem sie weglief.« Cochran schaute wieder auf die Hügel hinaus. »Aber doch, ich kann mir vorstellen, wie es gekommen ist. Erst wollen Hal und Royce den alten Mann nicht damit belästigen, bis er sich über ihr Verschwinden beruhigt hat. Am Anfang war er wirklich vollkommen außer sich. Dauernd war ihm schlecht. Es hieß, er hätte einen Bandwurm oder was, aber ich habe mir immer gedacht, daß er sich um das Mädchen grämt. Also jedenfalls warten Hal und Royce ab, ehe sie die Sache aufs Tapet bringen. Und dann, *zack*, verliert er den Verstand. Also kann er jetzt

keine gültige Testamentsänderung vornehmen. Was halten Sie davon, Hopkins?« Er sah sie scharf an.

»Vom Testament?«

»Von seinem Verstand.«

»Ich denke, er hat ihn wirklich verloren. Ein paar Sachen, die er gesagt hat, klangen fast vernünftig, aber das meiste war nur sinnloses Gerede. Soweit ich das verstanden habe, sagte er, daß seine Tochter ihn umbringt. Er hat auch von einem Wolf geredet.«

»Mist. Ein Wolf?«

»Seine Frau nahm an, er meinte Professor Wolfe. Biologieprofessor. Hat mir aber nicht gesagt, wieso sie das denkt.«

»Professor Wolfe. Kann ich nicht unterbringen.« Er starrte die Hügel an und schüttelte dann den Kopf. Die Sonne stand jetzt höher am diesigen Himmel, die Schatten wurden kürzer.

»Sir?«

»Ja?«

»Wissen Sie, wer in dem Grab war?« Sie deutete über das Feld, auf dem die Spurensicherung immer noch im Gange war.

»Ach so. Noch nichts Offizielles, aber der Paß gehört einem David Goldstein. Adresse Lawrence Road. Vor ein paar Jahren Student an der UI.«

»Kann ich dabei etwas tun?«

Ihr Eifer vibrierte in der Luft und machte ihn wütend.

»Zum Teufel, nein, Hopkins! Mit dem Fall haben Sie nichts zu tun!«

Ihr Kiefer spannte sich, und es tat ihm leid, daß er gebrüllt hatte. Milder sagte er: »Ich möchte, daß Sie folgendes tun: erstens, den Denton-Kram überprüfen. Die Fahndungsmeldung über die Tochter gebe ich selbst heraus. Sie gehen zu Mackay und diesem Professor Wolfe.«

»Jawohl, Sir.« Groll schwelte in ihren grauen Augen.

»Und das ist ein Befehl.«

»Jawohl, Sir. Aber Sie müssen mich nicht beschützen, Sir. Ich kann alles, was die können.« Heftig deutete sie mit dem Kopf auf die Männer, die das flache Grab untersuchten.

»Das weiß ich, Hopkins«, blaffte Cochran. »Aber die Wähler wissen es nicht. Mal angenommen, einer von den Männern wird bei der Arbeit verletzt, dann ist er ein Held, kein Problem. Aber wenn Ihnen etwas passiert, muß ich vierzig Stunden am Tag damit verbringen zu erklären, wieso Sie da waren. Reporter tauchen auf und Fernsehteams und Großkopfeten von der Regierung. Das ist die Sache nicht wert.«

Hopkins überging seinen Zorn und ihren eigenen und kam direkt zur Sache. »Also glauben Sie, daß jemand verletzt wird.«

Er zuckte die Achseln. »Wir haben es hier mit einem rauhen Kunden zu tun.«

»Mit mehr als einem, richtig?« Ihre Stimme war ruhig, professionell. »Wir haben einen ermordeten Juden. Und ein verbranntes Kreuz.« Sie deutete auf den Beutel mit den Indizien, die er noch in der Hand hielt. »Und eine Zeichnung von einem Kreuz und einem Blutstropfen. Wir reden vom Klan, nicht wahr?«

»Hopkins, Sie haben Ihre Befehle!«

»Jawohl, Sir.«

»Der Klan hat hier nichts Ernstes mehr gemacht, seit ich ihn vor fünfzehn Jahren festgenagelt habe, weil sie Emmet Hines zusammengeschlagen hatten! Kapiert?«

»Jawohl, Sir. Sie kennen die Leute in der Gegend besser als ich. Aber –« Sie holte tief Luft. »Wissen Sie, Sir, ich muß doch nach Bloomington, um diesen Professor Wolfe für die Dentons zu befragen. Es würde ja nicht viel länger dauern, mich nach der Studienzeit von Goldstein zu erkundigen.«

Empört funkelte er sie an.

Sie fügte hinzu: »Natürlich, wenn es sich um den Klan handelt, wird das FBI den Fall vielleicht übernehmen, und keiner von uns bearbeitet ihn.«

»FBI? Die Schwachköpfe holen wir nicht! Den Fall lösen wir hier, schleunigst! Das FBI weiß überhaupt nichts über diese Hügel!«

Ihre grauen Augen blickten ihn unverwandt an. Sie mußte nicht erst sagen: »Ich kenne diese Hügel.«

Geschlagen knurrte er: »Also gut, recherchieren Sie den Goldstein-Hintergrund, wenn Sie da sind. Aber die Denton-Geschichte geht vor, verstanden?«

»Jawohl, Sir.« Schon war sie auf dem Weg zu ihrem Wagen, flink wie ein Reh.

Wes Cochran schaute auf die Zeichnung mit dem Blutstropfen hinunter und bereute sofort, daß er ihr erlaubt hatte, sich da einzumischen. Er hatte ihr nicht gesagt, daß allem Anschein nach noch ein paar zusätzliche Wunden an dem Körper waren. Nicht nur die Genitalien abgeschnitten und in den Mund gestopft. Sondern Nagellöcher, eigentlich große Bolzen, in Füßen und Handflächen.

Er hoffte, sie würden sich als post mortem zugefügt erweisen.

# 4

Der Angestellte in der Registratur der Universität von Indiana zeigte Marty Hopkins die spärlichen Unterlagen, die sich mit David Goldstein befaßten. Er hatte vier Semester studiert, englische Literatur und Geschichte des Westens. Seine Noten, Gut und Befriedigend in den ersten beiden Semestern, waren im dritten abgesackt und hatten sich im letzten zu ein paar ›nur sporadisch teilgenommen‹ verflüchtigt. Marty schrieb sich die Namen seiner Professoren auf. Nur ein Name, McHale, kam zweimal vor. Sie hatte Glück; Professor McHale war in seinem Büro in Ballantine Hall.

»Goldstein. Ja, an den kann ich mich vage erinnern«, sagte McHale. Von einem kleinen Kugelbauch abgesehen war er dürr und hatte die Angewohnheit, beim Nachdenken die Mitte seiner Oberlippe mit der Zunge anzutippen. »Ein gescheiter Student, aber er schwänzte Vorlesungen, reichte Referate zu spät ein – ah, richtig, da hätten wir es.« Er zog ein kleines grünes Notenbüchlein aus einem Stapel ähnlicher hervor. »Hier. ›Der Roman des zwanzigsten Jahrhunderts.‹ Ja, sehen Sie, er bekam eine Eins – für zwei Referate, eine Vier im Examen, und das dritte Referat hat er nie abgegeben.«

»Haben Sie ihn je näher kennengelernt?«

»Nein. Man kann Studenten nicht beraten, wenn sie nicht kommen und darum bitten. Nach der Vorlesung habe ich ihn gelegentlich gesprochen, aber er ist nie ins Büro gekommen.«

»Erinnern Sie sich, ob er irgendwelche besonderen Freunde hatte?«

McHales Zunge stieß an seine Lippe. »Freunde. Wissen Sie, ich hab' ihn mal bei *Plums* gesehen. Er saß mit ein paar Leuten am Tisch. Einen davon habe ich erkannt, er spielt dort manchmal Jazz. Saxophon. Oh, wie heißt er gleich? Ein Farbiger.«

Mh-hm. Das paßte zur Klan-Karte. Marty bekam allmählich ein Bild von Goldstein.

»Carter?« überlegte McHale. »Oder so ähnlich. Tut mir leid, ich kann mich an den Namen nicht erinnern.«

»Ich werde bei *Plums* nachfragen. Hier, bitte rufen Sie an, wenn Ihnen zu Goldstein sonst noch etwas einfällt.« Sie überreichte ihm die Telefonnummer.

Als sie aus Ballantine Hall herauskam, war sonniger Nachmittag. Ein paar Autos fuhren die gewundene, baumgesäumte Auffahrt vor dem hohen Gebäude entlang. Sie hatte den Streifenwagen auf der anderen Straßenseite geparkt, auf dem Gelände der Memorial Union, das mit blühenden Bäumen bestanden war und an ein winziges Flüßchen grenzte. Der schönste Parkplatz in diesem Staat, dachte sie. Sollte sie jetzt erst zu *Plums* gehen? Nein, direkt hinter Ballantine stand der neue Gebäudeflügel des Fachbereichs Biologie, aus Glas und Stahl, Jordan Hall. Deswegen war sie offiziell hier. Der Fall Denton, nicht der Goldsteinmord. Marty seufzte, wandte sich um und marschierte über eine hölzerne Brücke Richtung Jordan Hall.

Niemand antwortete auf ihr Klopfen an Professor Wolfes Bürotür im dritten Stock, aber vier Türen weiter auf dem gleichen Flur stand ein mit Bücherregalen gesäumtes Büro offen. Auf der Karte an der Tür stand RONALD HART. Eine Tüte Chips lag offen auf dem Schreibtisch. Ein breitschultriger Mann im grauen Strickpullover zog ein Buch aus einem der Regale. »Entschuldigen Sie«, sagte Marty zu seinem Rücken. »Ich suche Professor Wolfe.«

Mit einem Ausdruck von Abscheu drehte er sich um, aber der wandelte sich zu plötzlichem Interesse, als er ihre Uniform bemerkte. »Oh-oh! Und was hat unser liebes Professorchen Wolfe diesmal angestellt? Jemanden mit dem alten Kübelwagen überfahren? Oder beschweren sich die Eltern eines der Mägdelein?«

»Ich möchte nur ein paar Fragen stellen«, sagte Marty ruhig.

»Das sagen alle die Mägdelein.« Der Mann seufzte. »Aber ich dachte, ein Sheriff-Mägdelein wäre vielleicht anders.« Sein braunes Haar war mit Silber durchzogen, sein Körper wurde allmählich schlaff. Haselnußbraune Augen wanderten abschätzend über ihre Uniform. Die meisten Männer fanden sie ernüchternd, aber Marty hatte das Gefühl, als könnte dieser sie in seine Phantasien einbauen.

Sie sagte kühl: »Können Sie mir sagen, wo ich Professor Wolfe finde?«

»Ausnahmsweise kann ich das. Es ist gerade Vorlesung.« Stirnrunzelnd schaute er auf seine aufwendige Digitaluhr, als ob er versuchte, die Zeit aus den Monaten, Gezeiten und Mondphasen herauszusortieren. »Sie kommen in zehn Minuten raus«, verkündete er. »Und das könnte Ihre einzige Chance sein, dieser flüchtigen Kreatur ansichtig zu werden.«

»Gut. Sie sind Professor Hart?«

»Richtig.«

»Ich bin Hilfssheriff Hopkins. Nichols County. Professor Hart, können Sie mir irgend etwas über Professor Wolfe sagen?«

»Dann *ist* sie also in Schwierigkeiten?« Hart hörte sich fast begierig an.

Sie. Na gut. Marty fragte: »Sie erwarten, daß sie in Schwierigkeiten ist?«

»Tja, es heißt ja, sie hätte einmal einen Mann getötet.«

Er schaute ihr scharf ins Gesicht, und Marty achtete darauf, daß ihre Stimme kalt und distanziert blieb. »Wann war das?«

Hart nahm die Chips und hielt ihr die Tüte hin. Als sie den Kopf schüttelte, nahm er selbst eine Handvoll und sagte: »Einzelheiten kenne ich nicht. Nur Studentengerede. Notwehr, hieß es, irgendein Kerl, der sie draußen im Gelände belästigt haben soll.«

»Ach so. Und die Namen dieser Studenten?«

»Ach, Gott, das weiß ich doch nicht mehr. Muß schon fünf Jahre her sein.«

Marty beschloß, später darauf zurückzukommen. »Schön. Sie sind beide Biologen?«

»Und damit endet die Übereinstimmung.« Er lachte kurz auf und nahm sich noch eine Handvoll Chips. Durch das Knuspern und Kauen knisterte seine Stimme wie ein schlecht entstörtes Radio. »Ich bin ein schwer arbeitender Professor. Sie ist dauernd draußen im Gelände oder unterwegs zu Studien in freier Natur. Nie arbeitet sie in einem Ausschuß mit, nie ist sie im Büro.«

Marty warf einen Blick auf die Bücherregale. »Professoren publizieren viel, nicht wahr? Tut sie das auch?«

»Ja, sicher, sie publiziert. Keine Ahnung, warum das verdammte Zeug so gut ankommt. Diese ganze neumodische Wissenschaft von der Erde, nichts als Spekulation. Angeblich unterrichtet sie evolutionäre Biologie, aber sie mischt bei allem mit.« Er wandte sich wieder den Regalen zu und zog drei Bücher heraus. Das oberste, grau, trug die Illustration eines flachen, segmentierten Wurmes auf dem Deckel. Seine Mundöffnung war von häßlichen Haken umgeben. *Evolution der Parasiten*. Das nächste hatte ein abstraktes welliges Muster auf Marineblau. *Fauna und Flora des Azoikums*. Das dritte war etwas über plazentare Säugetiere. Wolfe war bei allen dreien als Autorin angegeben. Hart verzog die Mundwinkel. »Und im Augenblick arbeitet sie an Höhlenfauna, wie sie sagt. Anpassung an die Dunkelheit. Kein Mensch kann auf all diesen Gebieten Experte sein. Platte Bücher, nicht viel Substanz.«

»Sind Sie Experte auf einem dieser Gebiete?«

»Nö.« Er sah sie scharf an, als wollte er sich vergewissern, ob er eben beleidigt worden war. »Ich spezialisiere mich auf Pflanzenkrankheiten, und Sie können mir glauben, das ist mehr als genug. In bezug auf Pflanzenparasiten überschneidet sich mein Spezialgebiet natürlich mit dem von Wolfe. Und in ihren Kapiteln über Pflanzenparasiten war nicht ein neuartiges Faktum!«

Marty schaute sich die Regale an, die alphabetisch nach Verfassern angeordnet waren. Unter Hart fand sich ein einziges, großformatiges, buntfarbiges Buch, *Einführung in die Pflanzenkrankheiten*. Eindeutig ein Lehrbuch. Sie hatte die vage Vorstellung, daß Lehrbücher unter professionellen Akademikern nicht so viel Ansehen genossen wie andere Bücher. Wenn aber berufliche Eifersucht der Grund für seine Abneigung gegen Professor Wolfe war, dann fragte sie jetzt besser nicht. Sie brauchte seine Kooperation. »Ist sie bei den Studenten beliebt?« fragte sie.

»Ein paar mögen sie. Ihre kleinen Sklavinnen. Ewig rennen sie mit ihr in die Hügel. Die meisten Studenten machen sich so oder so nichts aus Biologie. Wandern ab und nehmen Geschichte als Hauptfach, sobald sie merken, daß man für Biologie schwere Sachen wie Chemie braucht. Was sie angeht, sie kommt her, hält ihre Vorlesung, schnappt sich die Post und verschwindet.«

»Wohin geht sie, wenn sie verschwindet?«

»Ins Gelände. Nein, nein, fragen Sie nicht, ich habe keinen Schimmer! Niemand weiß, was Geländestudien bei Professor Wolfe und ihren Mägdelein bedeuten. Aber hier ist die Adresse.« Er kritzelte sie auf einen Block. Marty fiel auf, daß er nicht erst nachsehen mußte. Er fuhr fort: »Aber das ist natürlich nur das augenblickliche Hauptquartier. Sie kommt herum. Wahrscheinlich wird sie binnen kurzem zu einer sogenannten Dienstreise in die Tropen aufbrechen. Von den letzten zehn Jahren ist sie nur drei hiergewesen! Alles andere sind Forschungssemester. Feldstudien.«

»Na, vielen Dank für Ihre Hilfe. Ich gehe besser und versuche, sie nach der Vorlesung zu erwischen. Welcher Raum?«

Hart war seiner Kollegin nicht gerade wohlgesonnen, überlegte Marty auf dem Weg zum Hörsaal im Erdgeschoß, den Hart genannt hatte. Aber lieber nicht vorschnell urteilen. Manchmal hatten auch übelgesonnene Leute recht.

Der Hörsaal war einer von denen, die nach hinten anstiegen, damit man besser sehen konnte. Marty ging die Treppe im Flur hinauf, um den Hörsaal von hinten zu betreten. Drinnen war es dunkel, das einzige Licht kam von den Rändern der Jalousien und von einem leuchtenden Bild auf einer Leinwand im vorderen Teil des Raumes. Es handelte sich um eine Art Landkarte, aber Marty konnte die Gegend nicht identifizieren.

»Hier sehen Sie, wie Südamerika und Afrika zusammenpassen.« Eine Frau sprach, eine angenehme dunkle Stimme, während ein leuchtender Pfeil über die Karte kroch. »Wir haben an den Fossilien schon gesehen, daß in dieser Periode identische Arten in diesen benachbarten Gebieten gediehen. Jetzt wollen wir einen

Sprung nach vorn wagen, bis vor zweihundert Millionen Jahren. Ein System von Spalten direkt an dieser Linie entlang brach Pangäa auseinander, und der atlantische Ozean begann sich zu öffnen.« Ein neues Dia mit vertrauteren Kontinenten ersetzte die erste Karte. »Dieser Prozeß ist noch nicht abgeschlossen. Selbst heute noch wird der Ozean größer. Ein neuer Meeresboden formiert sich an dem Spalt entlang, und der eurasische und der afrikanische Kontinent driften jedes Jahr etwa zweieinhalb Zentimeter weiter auseinander.« Der kleine Pfeil wurde ausgeknipst. »Schluß für heute. Nächstes Mal werden wir über die Evolution der Arten auf den getrennten Kontinenten sprechen.«

Die Lichter flammten auf, und Marty mußte blinzeln. Die Studenten klappten Notizbücher zu und schoben sich durch die abschüssigen Gänge zu den Türen vor. Unten im vorderen Teil des Hörsaals packte die Professorin ein Rundmagazin Dias zusammen. Sie war eine große, braunhaarige Frau im weißen Laborkittel. Mehrere junge Frauen drängten sich um sie, aber sie wirkte nervös, beinahe verstört, deutete auf die Tür und schmetterte ihren Aktenkoffer zu. Marty wollte den Gang hinuntergehen, aber er war von Studenten verstopft, also ging sie zu der Tür hinaus, durch die sie hereingekommen war, und rannte die Treppen hinunter, wich Leuten aus und überholte, aber als sie unten in der Halle ankam, war die auch voller Studenten. Sie erhaschte einen Blick auf Professor Wolfe, die eilig voranschritt und um die Ecke bog.

Verflixt. Sie hätte nicht so höflich sein sollen, im Hintergrund zu warten. Aber die meisten Professoren, die sie kannte, blieben nach dem Unterricht noch ein Weilchen, um Fragen zu beantworten.

Als sie in der Halle ankam, war Professor Wolfe nicht da. Sie hastete in den dritten Stock, aber in Wolfes Büro war es dunkel. Professor Hart hingegen stand an seinem Fenster und starrte hinaus.

»Entschuldigen Sie, Professor Hart. Haben Sie Professor Wolfe gesehen?«

»Ach, da sind Sie.« Er warf einen Blick über die Schulter und winkte sie heran. »Ist Ihnen durch die Lappen gegangen, was? Sehen Sie.«

Marty kam zum Fenster. Ein verbeulter schwarzer Kübelwagen fuhr unten aus der Auffahrt und bog auf der Third Street nach Westen ab. »Verflixt«, sagte Marty. »Na, dann muß ich später mit ihr sprechen. Haben Sie ihre Telefonnummer?«

»Oh, etwas so Bürgerliches wie ein Telefon hat sie nicht. Meine Güte, so etwas doch nicht. Sie sagt, wenn es wirklich wichtig ist, werden die Leute sie schon finden. Wenn es nicht wichtig ist, was kümmert es sie?«

»Logisch«, gab Marty zu. »Na, danke für Ihre Hilfe.«

War ihre Frage an Professor Wolfe wirklich wichtig? Nein. Die Wahnvorstellung eines kranken alten Mannes. Aber Hal junior wollte eine Untersuchung, und er war ein wichtiger Mann. Und Elizabeth Dentons Erschütterung ging Marty immer noch nach.

Während sie zum Streifenwagen zurückging, warf sie einen Blick auf die Adresse, die Hart ihr gegeben hatte. Nach Süden zu *Plums*, um Goldsteins Freunde zu befragen, oder westlich am Gericht vorbei, um Professor Wolfe aufzusuchen? Sie kannte *Plums* noch aus ihren Studientagen. Es hatte lange auf, die Stammgäste kamen erst nach zehn. *Plums* dann also später.

Wolfe zuerst.

# 5

Marty fuhr am Gerichtsplatz vorbei und bei Whitehall Pike hinaus auf die ländlichen Straßen. Auf den geraden Strecken fuhr sie hundertzehn. Nachdem sie beinahe eine Katze überfahren hatte, wurde sie etwas langsamer. Immer mit der Ruhe, Hopkins. Hat ja keinen Sinn, mit heißen Reifen zu fahren, wenn du es nicht mal eilig hast, sondern bloß frustriert bist, weil die Professorin schneller zur Tür raus war als du.

Ein langer Fahrweg mit tiefen Reifenspuren führte durch ein Dickicht von Bäumen und Schlingpflanzen einen Hügel hinauf. Auf einer großen Lichtung, fast einer Wiese, lag eingebettet zwischen Wildblumen und hohen Gräsern ein Haus. Der schwarze Kübelwagen und ein VW Käfer standen friedlich in der Nähe. Drei junge Frauen beugten sich auf der Veranda über ein Buch.

»Hallo«, rief Marty ihnen beim Aussteigen zu. »Ist Professor Wolfe in der Nähe?«

»Nein, ist sie nicht.«

Marty schaute kurz auf den Kübelwagen. »Erwarten Sie sie bald zurück?«

Eine von ihnen kam die Treppe herunter, flink, mit Grübchen. Sie trug ein Yogi-Bär T-Shirt. »Das wissen wir nie.«

»Ich komme vom Sheriffbüro, und wir haben ein paar wichtige Fragen an sie.«

Die junge Frau warf einen schnellen Blick auf ihr Abzeichen und nickte langsam.

»Können Sie mir sagen, wo ich sie finden kann?«

Die zwei Frauen auf der Veranda lachten. Sie schienen die Codenummern auf irgendwelchen Plastikbehältern zu vergleichen. Das Yogi-Bär-Shirt sagte: »Sie hat es nicht gern, wenn man sie stört.«

»Ja, das hab' ich schon mitgekriegt. Es wird auch nicht lange dauern.«

Sie zuckte die Achseln und deutete armwedelnd auf die Hügel hinter dem Haus.

»Versuchen Sie es drüben beim alten Steinbruch, hinter den Zedern da.«

»Gibt es eine Straße dahin?« Marty wies auf ihr Auto.

»Die Brücke wurde vor Jahren weggeschwemmt.«

»Na gut. Dann laufe ich.«

Marty überquerte die Wiese und drang in den Wald ein. Es gab eine Art Trampelpfad, aber das Unterholz hatte ihn halb überwuchert, und die Schlingpflanzen klammerten oben die Zweige aneinander, so daß sie sich oft bücken mußte. Nachdem sie zehn Minuten gelaufen war, hörte sie Frösche und die heiseren Schreie von Hähern.

Der Steinbruch war eine große Narbe im Boden, die Decke aus Erde und Vegetation vom blassen Stein gerissen. Große schnaufende Maschinen und Männer hatten gebohrt und gehämmert, Blöcke aus dem nackten Fels gesprengt und eine riesige Grube hinterlassen, die wie ein siebenstöckiges V geformt war. Am Grund hatte sie sich mit Wasser gefüllt, das unter dem heißen Himmel türkisblau schimmerte. Im Wasser rosteten verdrehte Kabel und Schienen, die vor langer Zeit von der abreisenden Steinbruchgesellschaft dort hineingeworfen worden waren, um Schwimmer abzuschrecken. Am entfernteren Ende konnte sie das schattige Skelett eines Autos erkennen, das halb aus dem Wasser ragte, mit Einschußlöchern gesprenkelt, und Rostschwaden in der Farbe alten Blutes von sich gab.

Marty suchte mit den Augen den steinernen Rand der Grube ab. Da war niemand. »Professor Wolfe?« rief sie. Ihre Stimme hörte sich zerbrechlich an in der Weite von Grube und Wald und Himmel. Die Frösche unterbrachen kurz ihr Konzert und fingen dann wieder von vorne an.

In einem anderen, saubereren Steinbruch hatten sie und Brad herumgeplantscht und einander im Mittsommermondlicht geküßt.

Sie schüttelte sich den Kopf klar und sah auf die Uhr. Schon bald vier. Diese vergebliche Schnitzeljagd hatte jetzt lange genug gedauert. Sie würde ins Einkaufszentrum gehen. Von da konnte sie Tante Vonnie anrufen und kam vielleicht noch dazu, für Chrissie einen Schlafanzug im Sonderangebot zu finden, ehe es Zeit wurde, sich was zu essen zu besorgen und zu *Plums* zu fahren. Goldstein, der Klan – das war der Fall, an dem sie mit allen Fasern interessiert war. Aber erst sollte sie lieber um den Steinbruch herum auf die andere Seite gehen und noch einmal rufen, um Cochran bei Laune zu halten.

Es war nicht leicht, voranzukommen. Pappeln wuchsen zwischen den Haufen riesiger zerbrochener Kalksteinblöcke, die von den Steinbrucharbeitern zurückgelassen worden waren. Sie kletterte mühsam eine Art Pfad zwischen den Felsbrocken entlang. Wie hatte ihr Großvater sie genannt? Bruch, Ausschußgestein. Die besten Blöcke waren alle in die Mühlen gekommen, wo sie behauen wurden und dann weggeschafft, um Gerichtsgebäude oder Colleges zu werden. Diese fehlerhaften Steine blieben übrig. Sie ruhten in unregelmäßigen Haufen und bildeten Höhlen für Coyoten, beherbergten Schlangen, ließen Gesetzeshüterinnen stolpern.

War das ein Coyote, da drüben links?

Wahrscheinlich nicht. Coyoten ließen sich bei Tag nicht sehen. Sie waren scheu.

Sie ließ ihre Hand auf ihre Pistole sinken und schnallte den Halfter auf.

Unten am Wasser saßen rotgeflügelte Amseln zwischen den Rohrkolben, die am Ufer gerade genug Erde vorgefunden hatten, um sich zu halten.

Marty rief: »Professor Wolfe?«

Ihre Worte schallten von der gegenüberliegenden Wand zurück. Die Frösche schwiegen, und dann war alles wie zuvor, als hätte sie eine Münze in das plätschernde Wasser da unten geworfen.

Zur Hölle damit.

Zeit, sich um nützlichere Dinge zu kümmern. Wie Essen, zum Beispiel. Sie kehrte um.

Ein Schock von Bildern: Wanderschuhe, ein steinfarbenes Hemd, ein Gewehr, ein grauer Coyote dahinter.

Das Gewehr war auf sie gerichtet.

Ihre Hand, die sich wieder um die Pistole legen wollte, blieb auf halbem Wege in der Luft hängen. Marty erstarrte, sah dann langsam auf, um den ernsten braunen Augen einer Frau zu begegnen. Professor Wolfe sagte: »Machen Sie Jagd auf mich?«

Das Gewehr wurde locker in Hüfthöhe gehalten, bewegungslos, schußbereit. Professor Harts Stimme ertönte in Martys innerem Ohr: *Es heißt, sie hat einmal einen Mann getötet.* Durch trockene Lippen brachte Marty heraus: »Es sieht eher aus, als ob Sie mich jagen.«

»Ja.« Die Professorin nickte langsam, und Marty spürte, daß die Antwort ihr irgendwie gefallen hatte. Gut. Ruhig bleiben, rede sie nieder.

»Sie sind Professor Wolfe, die Biologin?«

»Ja.« Jetzt standen zwei Coyoten neben ihr. Nein, größer als Coyoten, aber auch keine Wölfe. Sie hatten die dichtgeringelten Schwänze arktischer Hunde. Aus der Nähe betrachtet hatte Profssor Wolfe ein nettes, ernstes Gesicht. Schwer, ihr Alter zu schätzen. Dreißig, fünfzig? Hier wirkte sie sicher, zu Hause, nicht nervös, wie sie im Hörsaal gewesen war. Sie fragte: »Wer sind Sie?«

»Ich komme vom Sheriffbüro in Nichols County.«

»Das ist offensichtlich. Wie es so schön heißt, es steht Ihnen im Gesicht geschrieben, jedenfalls drumrum.« Die Gewehrmündung zeichnete einen zarten Kreis in die Luft und deutete dabei auf Martys Abzeichen und ihren Stetson. Aber die Stimme blieb freundlich. »Ich kenne also Ihre Art. Aber wer sind Sie?«

»Oh – Marty Hopkins.«

Professor Wolfe runzelte leicht die Stirn. »Nicht Martha.«

»Nein, nicht Martha. Martine.«

»Gut, das ist viel besser. Nach dem Gott des Krieges und der Zwietracht.«

»Ja, ich glaub' schon.« Marty leckte die Lippen. »Hm, apropos Krieg und Zwietracht, könnten Sie wohl mit Ihrem Gewehr woanders hinzielen?«

Das Gewehr änderte die Zielrichtung nicht. Professor Wolfe sagte freundlich: »Sie sind bewaffnet gekommen, Martine.«

»Schon, aber nicht, um auf etwas zu schießen. Wir sind angewiesen, unsere Pistolen zu tragen.«

»Mit offenem Halfter?« Diese klugen braunen Augen schätzten sie ab.

»Ich bin nervös geworden«, erklärte Marty. »Hatte das Gefühl, jemand beobachtet mich.«

»So war es auch.« Unvermittelt richtete die Professorin die Gewehrmündung nach oben und hängte es sich über die Schulter.

Erleichterung durchströmte Marty, und sie merkte zum ersten Mal, wieviel Angst sie gehabt hatte. »Gut«, sagte sie. »Ich glaube nicht, daß wir uns gegenseitig erschießen wollen.«

»Wahrscheinlich nicht«, stimmte Professor Wolfe zu, mit einer Spur von Erheiterung. »Also, Sie sind doch hier auf der Jagd nach irgend etwas.«

Sie standen immer noch zehn Fuß auseinander auf dem Haufen Bruchstein, oben wispernde Pappeln, unten die Frösche und flötenden Amseln. Ein dritter grauer Hund, größer als die beiden anderen, kam herangetrottet, schaute Professor Wolfe erwartungsvoll an und wedelte mit seinem dichtgerollten Schwanz.

»Ja, man könnte sagen, ich bin auf der Jagd«, erwiderte Marty. Sie konzentrierte ihre Energien: Beobachte die Person, sei bereit, hinter den nächsten Felsen zu springen, wenn diese eigenartige Frau die Frage falsch auffaßt. »Ich bin hier, um herauszufinden, ob Sie mir etwas über Richter Denton sagen können.«

Das alterslose Gesicht blieb ruhig. »Richter Denton. Ach ja. Wie geht es dem Richter?«

»Nun, nicht gut. Ziemlich schlecht.«

»Was fehlt ihm denn?«

»Gehirntumoren. Anfälle, geistige Verwirrung.«

Professor Wolfe nickte gleichmütig. »Ich kann ihn nicht heilen, wissen Sie.«

»Oh, verflixt, ich habe nicht erwartet – er hat jede Menge Ärzte!«

Hinter den dunklen Augen fand eine schnelle Neueinschätzung statt. »Manchmal kommen die Leute mit den falschen Fragen zu mir. Eine Biologin soll ja über das Leben Bescheid wissen, denken sie, folglich müßte ich in der Lage sein, einfach alles zu beantworten.«

»Ja. Auch Hilfssheriffs werden manchmal verrückte Fragen gestellt. Aber die Sache ist die, der Richter redet davon, daß ihn jemand umbringt. Wahrscheinlich nur Phantastereien, aber er spricht von seiner Tochter, die vor langer Zeit davongelaufen ist, und von einem Wolf. Seine Frau hat gesagt, damit könnten Sie gemeint sein.«

Die braunen Augen blickten versonnen über den tiefen Steinbruch. »Also Elizabeth hat Sie geschickt«, sagte Professor Wolfe. »Nicht der Richter.«

»Ich dachte, es wäre bloß sinnloses Gerede«, erklärte Marty. »Aber seine Söhne – na, sie haben Sie nicht erwähnt, aber sie möchten herausfinden, ob die Reden des alten Mannes etwas zu bedeuten haben. Und Mrs. Denton wünschte anscheinend, daß ich Sie aufsuche. Deshalb bin ich gekommen, um den Dentons zu helfen«, schloß sie lahm. »Können Sie mir also weiterhelfen? Ich weiß nicht recht, wonach ich fragen muß.«

»Elisabeth hat nicht gesagt, was Sie fragen sollen?« Die ernsten Augen richteten sich wieder auf Marty, abschätzend. »Das ist nicht sehr hilfreich, nicht wahr? Es sei denn – tja, manchmal kommt die Antwort zuerst, und dann weiß man, wie die Frage lautete. Wenn man klug ist.«

»Sie haben also eine Antwort?«

»Ich habe möglicherweise ein Fragment.«

»Nun, alles, was den Dentons helfen könnte.«

Die Professorin machte eine ungeduldige Bewegung. »Sie können andere nicht retten, Martine. Sie haben Glück, wenn Sie Ihr Selbst retten können.«

Es würde schwer werden, diese hier bei der Sache zu halten. Aber es war keine Eile, und gute Informationen kamen manchmal aus eigenartigen Quellen. Marty schob sich eine Locke aus der Stirn und versuchte es noch einmal. »Also schön. Keine Rettungen. Aber vielleicht könnte ich etwas mehr erfahren. Sie sind Biologin, nicht wahr? Ich habe mich gefragt, ob Elisabeth Denton Sie erwähnt hat, weil sie glaubt, der Richter würde irgendwie vergiftet. Wenn das der Fall wäre, könnten Sie uns das sagen?«

»Er hat doch Ärzte, sagen Sie.«

»Ja.« Das war richtig, er hatte Ärzte. Wenn Elisabeth Denton ein zweites Gutachten wollte, könnte sie sich einfach eins besorgen, statt Marty in die Wildnis zu schicken, um diese einsiedlerische Professorin zu belästigen. »Hören Sie, es tut mir leid, daß ich Sie gestört habe. Aber –«

»Ich bin keine Ärztin, Martine. Ich bin keine Rechtsanwältin. Ich bin keine Sozialarbeiterin. Ich bin eine Wissenschaftlerin, die sich für alle Lebensformen interessiert.«

»Aber Ihr Name ist aufgetaucht. Ich hatte einfach gehofft, Sie würden irgend etwas darüber wissen. Was haben Sie mit Fragment gemeint?«

»Na gut. Kommen Sie mit.« Professor Wolfe sprang leichtfüßig die Geröllhalde hinunter. Marty war sportlich keine Niete, aber sie mußte sich ganz schön abstrampeln, um Schritt zu halten. Sie kamen auf einem der oberen Felsvorsprünge in der gestuften Steinbruchwand heraus, einem etwa fünfzig Zentimeter breiten Balkon ohne Geländer. Unterhalb von Marty ging es drei Meter senkrecht hinab bis zum nächsten Vorsprung, und so weiter, Felsbank um Felsbank, Steilhang um Steilhang, bis tief hinunter ins türkisblaue Wasser. Neben ihr erhob sich eine senkrechte Klippe drei Meter hoch bis zum nächsten Vorsprung, und weiter hinauf bis zu den Baumwipfeln und dem unendlichen Himmel.

Professor Wolfe streichelte die Felswand neben ihnen. »Salem-Kalkstein«, sagte sie. »Wissen Sie über Kalkstein Bescheid, Martine?«

»Ein bißchen. Mein Großvater hat im Steinbruch gearbeitet. Das Empire State Building ausgegraben, hat er immer gesagt. Ich weiß, daß Salem der beste ist.«

»Sie wissen, daß es sich um uralten Meeresboden handelt.«

»Ja, ich glaube, ich habe in der Highschool darüber gelesen. Hab' es aber nie genau verstanden.«

»Er besteht aus Leichen.«

Marty schaute den Felsen scharf an, dann Professor Wolfe. »Wie meinen Sie das, Leichen?«

»Aus alten Zeiten. Stellen Sie sich ein großes Meer vor über Amerika, von Pennsylvanien bis Nebraska. Angenommen, Sie segeln hinaus bis in die Mitte und gehen über Indiana vor Anker. Der Kontinent befindet sich unten am Äquator, also herrscht schönes tropisches Wetter, Sie bringen besser eine Sonnenbrille mit. Unter Ihnen gibt es viele kleine Meereslebewesen in Schalen. Foraminiferen, Brachiopoden, Krinoiden – Seelilien, würden Sie sagen. Auch viele andere. Wellen, Sonnenschein und eine Generation von Tieren nach der anderen. Bleiben Sie eine Weile in dem Boot sitzen.« Professor Wolfes Augen waren vor Begeisterung dunkel geworden, als ob sie dies längstverschwundene Meer wirklich vor sich sähe. »Fünf Millionen Jahre lang geht alles gut. Die Tiere wachsen, bilden Panzer aus gelösten Mineralien, vermehren sich, sterben. Die Wasser mahlen und glätten ihre Panzer und zementieren sie zu Stein. Eine Generation nach der anderen. Dann schieben unterirdische Kräfte den Meeresboden hoch, so daß er Land bildet. Und da sind wir.« Sie klatschte auf die Felswand, als wäre es die Flanke eines Pferdes. »Dieser Stein hat einmal gelebt. Er ist dem Leben immer noch wohlgesinnt. Sie könnten ihn zu Pulver zermahlen und herunterschlucken, und Ihr Körper würde wissen, wie man ihn zu Nerven und Knochen verarbeitet.«

»Klingt nicht besonders lecker.« Marty war fasziniert, von der Frau ebenso wie von der Geschichte, die sie erzählte.

Professor Wolfe lächelte. »Das stimmt. Ich persönlich nehme mein Kalzium lieber in Form von Austern und Milchshakes zu mir.«

»Sind da Fossilien drin? Ich sehe keine«, sagte Marty.

»Er ist ein Fossil. Die Skelette im Salem-Kalkstein stammen vorwiegend von winzigen einzelligen Organismen, und die größeren sind oft sehr fein zermahlen, direkt aufgelöst. Daher ist er glatt. Aber doch, es gibt auch größere Fossilien. Tiere aus Gebieten, die dem Zermahlenwerden entgangen sind.« Sie zeigte auf eine Schicht in der Kalksteinwand. Marty schaute genau hin. Winzige, exotische Formen, Spiralen und Kreise und Sterne, waren im Gestein gefangen. Jetzt waren sie still, aber einst waren sie lebendig gewesen, hatten sich abgemüht wie sie selbst, gezappelt und sich wiegen lassen von den Wassern dieses längstvergangenen tropischen Meeres, sich gesonnt in den längstvergangenen Strahlen der gleichen Sonne, die jetzt auf sie herunterschien. Marty spürte, wie ihre Fingerspitzen segnend über die winzigen erstarrten Kreaturen strichen. Leben und Tod, im Gestein eng miteinander verbunden.

Sie bemerkte den ernsten Blick von Professor Wolfe. Er schien sie zu durchdringen, wie er vor wenigen Minuten Jahrmillionen durchdrungen hatte bis zu dem uralten Meer. Marty riß ihre Hand weg und platzte heraus: »Auch Dinosaurierknochen?«

Dann hätte sie sich am liebsten getreten. Sie hätte nach Richter Denton fragen sollen, dies Gespräch wieder auf den Punkt bringen. Aber vielleicht war es doch eine gute Strategie, denn Professor Wolfe schien erfreut über die Frage. »Nein, die kamen viel später. Etwa um die Zeit, als sich der atlantische Ozean auftat.«

»Diese kleinen Fossilien sind älter als der Ozean?«

»Also gut, gehen wir einen Augenblick linear vor.« Amüsiert zog sich Professor Wolfe das Gewehr von der Schulter und stellte es aufrecht zwischen sie. »Dies ist etwas über ein Meter zwanzig hoch. Sagen wir, jeweils dreißig Zentimeter repräsentieren hundert Millionen Jahre.«

»Gut.«

»Die Mündung hier oben ist die Gegenwart. Ungefähr zwanzig Zentimeter darunter entwickeln sich die ersten Säugetiere und Vögel. Fünfzig Zentimeter unterhalb der Mündung ist die Periode der Dinosaurier.«

»Aha.«

»Ganz da unten am Kolben, etwa in Knöchelhöhe, bildete sich der Kalkstein.«

»Mein Gott. Ganz schön alt!«

Professor Wolfe zuckte die Achseln. »Es gibt noch viel Älteres. Das Leben begann drei oder vier Vorsprünge weiter unten. Unter Wasser.«

Marty blickte den schwindelnden Abgrund hinunter auf das bewegte Wasser, dann schnell wieder hoch zu Professor Wolfe. »Wann waren die Höhlenmenschen?«

Professor Wolfes Blick war fast mitleidig. Sie bückte sich nach einer Prise Staub und streute ihn auf die nach oben gekehrte Mündung des Gewehrlaufs. »Sehen Sie den Staubkreis hier?«

»Ja.«

»Das ist die Menschheit. Von ihren Anfängen bis heute.«

Marty starrte den kleinen Ring aus Staub an. Professor Wolfe, die ihr zusah, lächelte und pustete kurz auf das Gewehr. Durch ihren Atem wirbelte die ganze Menschheit einen Augenblick im Sonnenschein und verschwand.

»Wie können Sie so leben?« wollte Marty wissen. »In so langen Zeiträumen denken? Es ist unheimlich. Macht alles so unwichtig.«

»Ja. Man lebt in der menschlichen Zeit, aber man verliert seine Bindung daran. Manchmal sieht man eine Katastrophe und denkt ›Na und‹? Das ist die Gefahr dabei.« Die braunen Augen der Professorin waren dunkel geworden und weit entfernt. »Das ist natürlich gleichzeitig das Faszinierende.« Auf leisen Sohlen wandte sie sich abrupt ab und ging weiter auf dem Vorsprung entlang.

Das brachte die Ermittlungen keinen Schritt weiter. Marty eilte hinterher. »Professor Wolfe«, rief sie, »sind Sie mit Elisabeth Denton befreundet? Wissen Sie, warum sie wollte, daß ich Sie aufsuche?«

Professor Wolfe blieb stehen und blickte freundlich zurück. »Nein. Aber vielleicht wünschte sie, daß ich Zyklen erkläre.«

»Was haben denn Zyklen mit irgendwas zu tun?«

»Sie haben mit allem zu tun. Tage, Monate, Jahre, menschliche Generationen und tierische Generationen. Sehen Sie den Stein an.«

Marty schaute ihn an. Ein Riß spaltete hier den Fels, die schmaler werdende Fortsetzung einer tiefen Wasserrinne auf der Oberfläche des Steins. »Großvater nannte sowas Furchen«, erinnerte sie sich. »Als erstes mußte er immer die Erde herausgraben, damit sie sauberes Gestein zu brechen hatten. Er sang immer dieses Lied, wissen Sie? ›Ew'ger Fels, für mich gespalten, Zuflucht suche ich in dir‹.«

Professor Wolfe lächelte. »Fels wird durch Wasser gespalten«, sagte sie. »Der Regen wäscht Kohlendioxyd aus der Luft und der Erde und wird zu Kohlensäure. Schwache Säure, aber stark genug, Stein aufzulösen. Das Wasser sickert durch die Poren im Kalkstein und vergrößert sie. Auf der Oberfläche sehen wir Furchen und Löcher. Unter der Erde finden wir Risse, Höhlen, unterirdische Flüsse. Schneidet man diese Gegend in Scheiben, dann sieht sie aus wie vollgesogener Schweizer Käse. Haben Sie die Mammuthöhle in Kentucky gesehen?«

»Ja. Aber das hat doch mit Richter Denton nichts zu tun!«

»Ich kann Ihnen keine Denton-Geheimnisse erzählen. Ich kann nur erzählen, was ich weiß.«

Marty schaute sie mißtrauisch an. Der weise, geduldige Blick der Professorin begegnete ihrem. Konnte sie wirklich glauben, daß das, was sie wußte, relevant war? Professoren waren merkwürdig, das wußte Marty noch aus ihren Studientagen. Sie liebten es, zu belehren, und sie glaubten, ihr eigenes Spezialgebiet wäre der Schlüssel zum Universum. Also gut, Hopkins, vermassele es nicht, indem du sie zu sehr drängst. *Plums* mußte sowieso noch ein Weilchen warten. Es war Zeit genug, ihr nachzugeben, sie auszuhorchen, herauszufinden, ob sich wirklich etwas ergab. Außerdem, dieser Kram über Gestein war irgendwie spannend. Marty sagte: »Ich habe die Mammuthöhle gesehen, als ich klein war. Wollen Sie damit sagen, daß der Regen alle diese Höhlen ausgewaschen hat?«

»Das ist richtig. Und all dieser aufgelöste Stein wird von den Flüssen ins Meer geschwemmt. Kleine Lebewesen machen sich wieder ihre Panzer daraus, und sterben wieder, und bilden wieder

Fels auf dem Meeresboden. Ein Teil dieses Bodens rutscht an die Außenhaut der Erde, und Vulkantätigkeit schleudert sie als Kohlendioxyd wieder zurück in die Atmosphäre. Mit Regen vermischt – wieder Kohlensäure.«

»Ein Zyklus«, sagte Marty. Konnte Kohlensäure den Richter vergiften? Was zum Teufel versuchte diese merkwürdige Frau ihr mitzuteilen?

»Ja, ein Zyklus. Inzwischen wird anderer Fels vom Meeresboden hochgedrückt, um neues Land zu werden. Wußten Sie, daß die Spitze des Mount Everest aus Kalkstein ist?«

»Der Mount Everest? Wirklich?« sagte Marty. »Muscheln am Himmel.«

»Muscheln am Himmel.« Ein anerkennendes Blitzen in den dunklen Augen. »Neues Gestein, neue Säure, Millionen von Jahren. Die Erde und ihre Lebensformen in einem langsamen, präzisen Tanz. Unsere winzigen menschlichen Zyklen ein Aufblitzen auf der Oberfläche der großen. Zeit zu gehen, Martine.«

»Das ist alles, was Sie mir sagen können? Was ist mit Richter Denton?«

»Das ist alles. Wenn mir noch etwas einfällt, das ich Ihnen sagen sollte, werde ich das tun.«

Marty wandte sich von dem Spalt ab. Welche Zeitverschwendung! Und doch war sie halb enttäuscht, aus der kosmischen Sphäre, die Professor Wolfe bewohnte, wieder in die Alltagswelt zurückzukehren. Die Gefahr, das Faszinierende – auch sie konnte das spüren, die Anziehungskraft dieser uralten Muscheln im Fels. Aber es hatte zum Teufel überhaupt nichts mit der Untersuchung zu tun. Beim Rückweg ging Marty auf dem schmalen Felsvorsprung voran. Die drei Hunde warteten zwischen den Bruchsteinen mit heraushängenden Zungen, dem hündischen Lächeln.

Als sie den Pfad wieder erreicht hatten, sagte Professor Wolfe sachlich: »Halten Sie auf dem Rückweg die Augen offen. Gelegentlich tauchen hier Leute auf, um Zielübungen zu machen. Sie schießen gern auf das rostige alte Auto im Wasser, aber sie probieren es mit allem, was sich bewegt, wenn man sie nicht entmutigt. Es ist kein Fehler, die Pistole parat zu haben.«

Sie griff hinter einen Felsblock und zog einen Plastikkoffer hervor. Toshiba. Ein Laptop-Computer. So also wurden die vielen Bücher geschrieben, dachte Marty. Professor Wolfe sagte noch: »Es war mir ein Vergnügen, Ihre Bekanntschaft zu machen, Martine.«

»Ganz meinerseits.« Und es war wahr, stellte Marty überrascht fest. Klar, es war nervig, daß die Professorin sich nicht auf die Frage konzentrierte, daß sie von der wirklichen Welt ziemlich abgehoben war. Aber sie war eingestimmt auf etwas anderes, etwas, das in Marty ein unerwartetes Glücksgefühl geweckt hatte. Sie fast wünschen ließ, sie wäre wieder Studentin. »Lassen Sie es mich wissen, wenn Ihnen zu Richter Denton noch etwas einfällt. Und danke, daß sie mir – Sie wissen schon – das Gestein gezeigt haben.«

Zur Antwort neigte Professor Wolfe ernst den Kopf. Dann kletterte sie mit den Hunden schnell in die Felsen hinauf und verschwand.

Marty marschierte auf dem unebenen Trampelpfad zurück, aber ihr Kopf segelte immer noch auf vergangenen Meeren. Die Schatten waren jetzt länger, das Wasser unten lag im Halbschatten der Kalksteinwände. Dicht am Rand des Abgrunds blieb sie stehen, um einen riesigen Kalksteinblock zu betrachten. Uralter Fels. Waren das Fossilien? Ja! Seelilien, und fora-sonstwas – wie hatte sie noch gesagt?

»Martine?«

Marty wandte sich um. »Ja?«

Professor Wolfe stand vierzig Meter von ihr entfernt, fast ganz oben. »Phyllis Denton«, rief sie. Mit dem Arm deutete sie weitläufig nach Süden. »Sie ist da unten. Unterhalb Stineburg.«

»Phyllis Denton? Die Tochter des Richters?«

Aber Professor Wolfe war schon wieder entschwunden.

Verdammtes Weib! Marty verschwendete eine halbe Stunde damit, den Steinbruch abzusuchen, ehe sie es aufgab. Offensichtlich wollte Professor Wolfe nicht mehr gefunden werden. Egal. Stineburg lag in Martys Heimatbezirk. Eine winzige Stadt, kaum mehr als eine Wegkreuzung. Würde nicht sehr lange dauern, da zu suchen. Marty eilte zu ihrem Wagen zurück und achtete nicht darauf, daß Hände und Ellbogen von der rauhen Kletterei zerkratzt wurden. Sie war verschwitzt und aufgeregt. Vielleicht, ganz vielleicht, hatte sie hier doch einen Fall.

Aber jetzt mußte sie zu *Plums*.

# 6

Die Veranda an Holtz' Haus sackte ab, die Farbe blätterte, ein paar Ahornbäume, Jelängerjelieber am Zaun. An den Landstraßen gab es wohl tausend Häuser wie dieses, aber für Wes Cochran würde dies eine immer den Geschmack von Galle im Mund hervorrufen, eine scheußliche, fünfzehn Jahre alte Erinnerung: ein schwarzer Mann lag in den Wäldern, stöhnend, nackt und zerschlagen, der Mund zerschmettert, blutend aus den Wunden von drei ausgeschlagenen Zähnen, ein Bein in einem unmöglichen Winkel. Wes hatte ihn dort gefunden, nachdem Mrs. Hines, die in den Revierbüros saubermachte, angerufen hatte. Sie war kühl und zweckdienlich in ihren Angaben gewesen, bis er versprochen hatte, hinzukommen, dann war sie in Schluchzen ausgebrochen. »Mein Emmet braucht einen Krankenwagen, ehrlich, Sheriff, es ist echt schlimm!«

Wes schüttelte die Bilder ab, als er aus dem Wagen stieg. Im Seitengarten bellte ein Colliemischling, der an eine Wäscheleine gekettet war, wie wild. Wes rückte den Hosenbund zurecht und ging über das struppige Gras, wobei er gegen die tiefstehende, schräge Sonne blinzeln mußte. Der alte Mann auf der Veranda beobachtete ihn. Wes sagte: »Hallo, Lester.«

Lester saß auf einem alten Holzfaß, das mit Bedacht so hingestellt war, daß die Nachmittagssonnenstrahlen es nicht erreichen konnten. Er lächelte Wes an. »Hallo, Wes.« Aber seine Augen waren auf der Hut.

»Wie geht's denn so?«

»Ganz gut. Bis auf die Arthritis.« Lester deutete vage auf seine Beine.

»Ja, die kann einen Mann schon fertigmachen.« Wes blieb auf den Verandastufen stehen, seitwärts, mit dem rechten Fuß eine Stufe höher als dem linken, so daß er Lester Holtz direkt ansah.

»Das stimmt.« Lester lächelte wieder sein vorsichtiges Lächeln und schaute sein Knie an. »Aspirin hilft ein bißchen.«

»Ja. Gut, daß es keine von diesen Superpillen ist. Würde ein Vermögen kosten.«

Lester setzte zu einem Nicken an, dann blickten seine scharfen blauen Augen Wes plötzlich ins Gesicht. »Na, und was führt Sie den weiten Weg hierher, Sheriff?«

»Tja.« Wes lehnte sich an den Pfosten und schaute auf seine Schuhe hinunter. »Also, die Sache ist die, Lester. Ich wollte mal wissen, was Sie mir über die Jungs sagen können, mit denen Sie immer zusammengesteckt haben.«

»Das ist lange her.«

»Ja, mag sein.«

Wes schaute kurz zu dem Collie hinüber, der noch immer knurrend an seiner Kette hin- und herlief.

»Wissen Sie, Lester, wir haben ein Problem. Müssen genau wissen, was ihr so gemacht habt, Sie und die Jungs.«

»Überhaupt nichts. Das haben wir gemacht.«

»So. Aber diesmal ist es Mord, Lester.«

Lesters wachsame Augen zuckten.

»Es war ein Jude, Lester.«

»Ach, Gottchen.«

»Ja. Goldstein, drüben an der Lawrence Road. Wenn wir es hier nicht selber rauskriegen, müssen wir das FBI einschalten.«

Lester beugte sich vor, schnitt eine Grimasse und spuckte über das Geländer der Veranda auf die unkrautbewachsene Erde dahinter.

Wes sagte: »Die Geschichte von vor fünfzehn Jahren ist jetzt aus und vorbei.«

Die wachsamen Augen blitzten einen Augenblick in siedendem Haß. »Aus und vorbei? Sie haben uns ein Bußgeld aufgebrummt, das die Bank gesprengt hat, Sheriff! Konnten das Geld nie zurückverdienen.«

Wes blieb sanft und geduldig. »Emmet Hines hinkte immer noch, als ich ihn zuletzt gesehen habe.«

»Er hat Als Frau angegafft, verdammt nochmal!«

»Zwischen gaffen und was tun ist ein Unterschied, Lester. Das

FBI hätte euch eingelocht für das, was ihr Jungs getan habt. Hätte euch nicht mit einem Bußgeld laufen lassen.«

»FBI.« Der alte Mann spuckte wieder übers Geländer.

»Da bin ich ja Ihrer Meinung«, gab Wes zu.

»Hrm.« Lester sah Wes kurz an und sagte dann mürrisch: »Also, Wes, ich sag' die Wahrheit. Ich bin nicht mehr so gut zu Fuß. Monate her, seit ich wen gesehen habe, außer Al. Und der hat kein Wort von einem Judenbengel gesagt.«

»So.« Wes nickte unverbindlich. Schade, daß seine beste Informationsquelle so weit an den Rand gerutscht war, alt, vergessen. Na, er würde Lester Zeit geben, sich umzuhören. »Wenn Sie was hören, sagen Sie mir Bescheid, ja? Ich komme wieder.«

»Klar.« Kühner geworden, grinste Lester jetzt mit einem Anflug von Bosheit. »Wir wollen ja kein FBI in unserer Gegend, was?«

»Nein. Wollen wir nicht.« Fest und ohne zu lächeln schaute Wes ihm in die Augen, bis dem alten Mann das Grinsen verging. Dann ging er die Stufen wieder hinunter und über das ruppige Gras zum Wagen. Der Köter kläffte und tanzte am Ende seiner Kette.

Im Büro war noch kein Bericht von der staatlichen Spurensicherung eingetroffen, aber das hatte er auch nicht erwartet. Noch tagelang nicht. Leute im Labor mit Jobs von neun bis fünf konnten ja nicht viel Sinn für Eile haben. Na ja, um ehrlich zu sein, wenn er ihnen etwas von dem Klan-Symbol gesagt hätte, würden sie sich vielleicht mehr anstrengen. Aber das wollte er ihnen nicht sagen. Es handelte sich hier um einen einzelnen Irren, davon war er überzeugt. Sinnlos, die schwere Artillerie der Bundespolizei herbeizurufen, wenn es nicht unbedingt nötig war.

Mason hatte einen schlecht getippten Bericht abgeliefert über die Befragung der Cousine seines Vaters, Lucille Kinser, die das Feuer und den Tanz gemeldet hatte. Wes überflog den Text; im Grunde nichts Neues. Sie war achtzig gefahren, so schnell, wie man auf dieser Straße im Nebel überhaupt fahren konnte, also hatte sie nicht viel gesehen. Sims und Mason zusammen hatten die Nachbarn abgeklappert, aber die meisten sagten, sie hätten geschlafen. Der Hund von Joe Matthews hatte gebellt, er war aufgestanden, um ihn zur Ruhe zu bringen, und hatte weit weg hinter den Bäumen ein Licht flackern sehen. Er hatte sich gedacht, es wäre einfach jemand mit der Taschenlampe draußen, Waschbären jagen oder so, und war wieder ins Bett gegangen.

Marty Hopkins hatte noch keinen Bericht abgeliefert, nur eine telefonische Nachricht. Sie hatte die Professorin verhört, von der die Dentons meinten, sie hätte einen Hinweis auf die entlaufene Tochter. Gott! Nach so vielen Jahren? Wes schüttelte skeptisch den Kopf.

Hopkins hatte auch Goldsteins Studienunterlagen eingesehen und hatte vor, mit einem seiner Freunde zu reden, ehe sie aus Bloomington abfuhr. Wes bekam schmale Lippen. Sie hätte ihn unterrichten müssen, ihm die Entscheidung überlassen, wer mit dem Freund reden sollte, sich selbst raushalten. Dickschädeliges Weib.

Andererseits hätte sie ihn möglicherweise weichgekriegt. Schließlich war sie sowieso schon in Bloomington. Er klatschte die Nachricht wieder in seinen Eingangskorb.

Auf dem Heimweg hielt er zum Tanken bei Straubs Werkstatt an. Gil Newton kam aus dem Büro, nickte ihm zu und stellte die Pumpe an. Wes stieg aus und streckte sich. »Wie läuft's denn so, Gil?«

»Gut.« Gil war drahtig, dunkelhaarig, ein ruhiger Typ, der lieber mit Autos herumwerkelte als mit den Kumpeln einen zu trinken.

»Bert in der Gegend?«

»Essen gegangen. So um acht wieder da.«

»Dann seh' ich ihn später noch.« Er wollte Bert nach Richter Denton fragen, wissen, wieso sein Name in den wirren Reden des Richters vorgekommen war. Na, keine Eile. Er hielt eine Hand hoch, um Gil zu stoppen. »Nein, lassen Sie nur die Windschutzscheibe. Ich unterschreibe einfach und fahre heim.«

Das Hinterzimmer bei *Plums* war immer noch groß, viereckig und rustikal. In Martys Unitagen hatte sie einen falschen Ausweis gebraucht, um sich hier einzuschmuggeln. Man hatte sie nur einmal erwischt. Sie erinnerte sich an das herrliche Gefühl, illegal in die Bar zu kommen, zu beweisen, daß sie als Erwachsene durchgehen konnte. Chrissie hatte sie davon kuriert.

Sie kehrte in den kleinen Durchgang mit den Telefonzellen zurück und warf Münzen ein. »Hallo. Chrissie?«

»Hallo, Mama!«

Ihre Worte klagen undeutlich. Hatte wahrscheinlich den Mund voll. Marty konnte sie direkt vor sich sehen, dunkles Haar, blitzende Ohrringe, Neugier in den Augen und einen Keks in der Backentasche. Ein Lächeln kam in ihre Stimme. »Wie geht's dir so?«

»Ziemlich gut. Hast du das Feuer gefunden?«

»Das Feuer war aus. Aber wir haben einen toten Mann gefunden.«

»Einen toten Mann! Wahnsinn! Ist er verbrannt?«

»Nein.« Blitzartig sah Marty das flache Grab, das versengte Kreuz, das Klan-Zeichen. »Wir versuchen immer noch, herauszukriegen, was passiert ist. Und was hast du in der Schule gemacht?«

»Wir haben was Neues angefangen, die Geschichte von Indiana. Ich hab' mir die Steinbrüche ausgesucht, wegen Großvater.«

»Gute Idee. Sag mal, hast du gewußt daß Kalkstein aus Leichen gemacht ist?«

»Wahnsinn!«

»Winzige Kreaturen mit Schalen. Wie Fossilien. Hör zu, ich erzähl' dir später mehr davon. Ist Tante Vonnie da?«

»Ja. Tante Vonnie!« kreischte sie in Marties Ohr.

Marty trat so weit zurück, wie die Strippe erlaubte, und spähte ins Hinterzimmer. Keine Spur von der Band.

»Laß mich raten«, Tante Vonnies Stimme klang schrill. »Du kommst nicht zum Abendessen.«

»Ich fürchte nicht«, gab Marty zu und hielt den Hörer wieder ans Ohr. »Ich bin in Bloomington. In etwa drei Stunden bin ich zurück.« Sie konnte hören, wie Tante Vonnie Luft holte, um zu schimpfen, und fügte hastig hinzu: »Ich arbeite an zwei Fällen, Tante Vonnie. Einer davon ist ein Mord.«

»O Schatz, sei bloß vorsichtig!« Die Angst, die sich unter Tante Vonnies giftigen Bemerkungen über Martys Job verbarg, kam plötzlich zum Vorschein. »Die dürften das nicht –«

»Ich stelle bloß Fragen, meilenweit vom Tatort«, beruhigte Marty sie.

»Sie dürften das trotzdem nicht von dir verlangen.« Plötzlich klang ihre Stimme entfernter, gedämpft durch die Hand über der Sprechmulde. »Chrissie, Liebes, lauf raus und geh spielen.«

Eine kurze Auseinandersetzung am anderen Ende schloß mit einem Türenknallen. Tante Vonnies Stimme war wieder da, leise und eindringlich. »Marty, ich wollte das nicht vor Chrissie sagen. Brad hat angerufen.«

»Brad?« Martys Hand krallte sich um den Hörer. Sinnliche Wahrnehmungen tobten durch ihr Gedächtnis: das Leuchten dunkler Augen, der helle Schimmer von Schweiß auf Schultern und Bizeps, das Kitzeln seines Schnurrbartes. Versprechen von Nerz, von Penthäusern in New York. Und dann das leere Bett, die Tränen in Chrissies Augen, fröhliche Postkarten im Briefkasten. Sie atmete langsam aus und bemühte sich um einen ruhigen Tonfall. »Aus New York? Was hat er gesagt?«

»Nicht viel. Wollte wissen, wann du zu arbeiten aufhörst, damit er noch einmal anrufen kann. Ich habe ihm gesagt, da muß er den Sheriff fragen.«

»Ach so. Und mit Chrissie hat er nicht gesprochen?«

»Das war gegen Mittag. Sie war in der Schule.«

»Also was hat er dann gewollt?« Es war zwei Wochen her, seit sie zuletzt von ihm gehört hatte. Er wäre drauf und dran, einen Job als Discjockey zu kriegen, hatte er da berichtet, in dem Club, wo er Barkeeper war. Waren das jetzt also gute Nachrichten? Schlechte?

Tante Vonnies Stimme war sauer wie Grapefruit. »Sonst hat er nur noch gesagt, ich soll dir ausrichten, daß er dich liebt.«

Marty mußte lachen. »Wenn er wüßte, wie du das sagst, Tante Vonnie, würde er dich darum nicht bitten!«

»Schatz, sieh es endlich ein, er ist nichts für dich! Er ist ein charmanter Mann, aber du solltest dich einfach scheiden lassen und Schluß damit!«

Hinter Marty trudelten allmählich Leute ein, die ins Hinterzimmer gingen. Sie wischte sich eine Locke aus der Stirn. »Tante Vonnie, er versucht, sich in einem harten Geschäft durchzusetzen, ja? Und er ist Chrissies Vater. Ob es dir gefällt oder nicht.« Ein paar Musiker mit Instrumenten kamen vorbei. »Hör zu, Tante Vonnie, ich muß weiter!«

Der Saxophonist war ein mittelgroßer, schlanker schwarzer Mann mit federndem Gang, Schokoladenhaut und elegantem Sakko. Sie rief: »Mr. Cartwright!«

»Mister Cartwright! Wer nennt mich denn da Mister?« Heiter lächelnd drehte er sich um, aber das Lächeln gefror beim Anblick ihrer Uniform.

Marty erklärte: »Ich bin Marty Hopkins. Sheriffbüro, Nichols County. Ich habe ein paar Fragen über jemanden, den Sie kennen. Möchten Sie jetzt mit mir reden oder nach dem Auftritt?«

»Himmel, Lady. Oder Sir, oder was immer.« Er schaute auf seine Uhr und seufzte. »Halb zehn. Teufel, ich habe eine Minute Zeit, also kann ich auch jetzt reden.«

Marty deutete auf einen Tisch. Cartwright setzte sich und kippte den Stuhl auf die Hinterbeine, die dunklen Augen wachsam. »Also wer sitzt in der Tinte?«

»Jemand names Goldstein. David Goldstein.«

»Goldie?« Cartwrights Augenbrauen gingen in die Höhe. »Der ist nicht der Typ, der in Schwierigkeiten gerät. Spielt bloß Klavier, das ist alles. Was hat er getan?«

»Wann haben Sie ihn zuletzt gesehen?«

»Vor ein paar Wochen. Mal sehen. Samstag war's. Er und Kizzy tauchten hier auf, wir holten sie für eine Gastnummer auf die Bühne. Danach sagten sie, sie müßten zum Vorspielen in einen

Club oben in Naptown. Aber ich habe nie erfahren, ob sie den Job gekriegt haben.«

»Wer ist Kizzy?«

»Kizzy Horton. Das süßeste schwarze Ding, das je Jazz gesungen hat. Außerdem Goldies Frau.«

»Seine Frau«, sagte Marty ausdruckslos, aber ihre Nerven kribbelten. Das war es, das war der Schlüssel.

Ein Schatten lief über sein Gesicht. »Deswegen schikanieren Sie sie doch nicht, oder? Dazu haben Sie keinen Grund!«

»Nein. Ich schikaniere sie nicht. Hat jemand sie schikaniert?«

Er zuckte die Achseln. »Nicht sehr. Bloomington ist in Ordnung, weitgehend. Manchmal gibt es Bemerkungen, wissen Sie, oder irgendein unbelehrbarer ewig Gestriger, der auf dem Rathausplatz herumsitzt, schmeißt eine Flasche nach ihnen. 'türlich wissen wir alle, daß man einige Bars besser meidet. Kein Problem, die nehmen sowieso keine schwarzen Musiker. Oder jüdischen.«

»Oh ja.« Marty kannte die Orte, die er meinte, einige westlich von Bloomington, ein paar in ihrem eigenen Bezirk. Da schwafelten die Leute, größtenteils ewig Gestrige, von rassischer Reinheit. Es gab Prügeleien, klar, aber sie brachten niemanden um. Oder doch? Marty sagte: »Goldstein lebte südlich von hier, unten in Nichols County. Hat er je erwähnt, daß er dort Schwierigkeiten hatte?«

»Mir gegenüber nicht. Sie sind erst vor ein paar Monaten dahingezogen.« Cartwright betrachtete sie versonnen. Plötzlich platzte er heraus: »Etwas wirklich Schlimmes ist ihm passiert, stimmt's? Sonst würden Sie all diese Fragen ihm stellen.«

Marty sah ihm in die Augen und sagte so behutsam wie sie konnte: »Ja, er wurde umgebracht.«

»Gottverdammtnochmal!« Er schlug krachend mit der Faust auf den Tisch und sah sie dann gequält an. »Kizzy«, sagte er. »Was ist mit Kizzy?«

»Ich weiß nicht. Ein anderer Hilfssheriff hat Goldsteins Wohnung überprüft, vielleicht war sie da. Wenn nicht – tja, wo würde sie hingehen?«

»Wenn sie nicht – zu ihrer Kusine.« Cartwright war auf den Füßen, in Eile, fischte ein kleines Adreßbuch heraus und blätterte es durch, während er mit langen Schritten zum Telefon eilte. Marty folgte ihm.

»Bernice? Hier ist Tom Cartwright... Ja. Ich suche nach Kizzy... Ist sie? Gottseidank! Ich war so... Ja. Ja, ich habe gerade gehört, daß Goldie umgebracht worden ist... Oh Gott!« Cartwright erstarrte. »Sie hat es nicht gewußt?... Großer Gott. Also, sag ihr, wir stehen alle zu ihr.«

Langsam legte er auf. All sein Schwung und seine Begeisterung waren verflogen.

»Ich werde die Adresse brauchen«, sagte sie sanft.

»Ja. In Ordnung.« Er zog das kleine Büchlein wieder hervor und hielt dann inne. Als er sprach, klang seine Stimme hart. »Wenn ich Ihnen das gebe, wozu soll das gut sein? Sie schikanieren sie und liefern sie womöglich den Kluxern aus, die Goldie umgebracht haben?«

Also wußten Bernice und Kizzy, daß der Klan damit zu tun hatte. Und wenn Cartwright der Polizei Übles zutraute, tja, sie wußte, daß die Geschichte ihm recht gab. Sie fragte: »Haben sie Kizzy auch etwas getan?«

»Nein, Bernice sagt, sie hat sich schon letzte Woche nach Indy verzogen. Aber mein Gott, was für weißen Abschaum habt ihr denn da in eurem Bezirk?«

Seine Frage widerhallte in ihr wie ein tiefer Glockenton und zwang sie, den Tatsachen ins Gesicht zu sehen. Irgendwie war das Unaussprechliche in ihrer heimatlichen Gegend passiert. All ihre Beteuerungen, daß es im Grunde anständige Leute wären, konnten diese Tatsache nicht vom Tisch wischen. Sie sagte: »Mein Job ist, diesen Abschaum zu finden und aus dem Verkehr zu ziehen.«

Er sah sie aus schmalen Augen an, nicht überzeugt.

»Hören Sie, Sie wissen, daß wir sie früher oder später finden, wir brauchen Informationen von ihr. Natürlich wird es schwer für sie sein, die ganze verdammte Situation ist schwer für sie.

Aber es wird ihr nicht leichter, wenn wir sie erst nach langen Umwegen finden.«

Cartwright nickte kurz. »Passen Sie mal auf. Ich mein's nicht persönlich, und ich behaupte nicht, daß Sie dazugehören, aber Sie sind eine Frau. Sagen die harten Jungs Ihnen alles? Können Sie schwören, daß Ihre eigene Truppe nicht mit drinhängt?«

Darauf gab es keine richtige Antwort. Für gewöhnlich kam sie mit den anderen Hilfssheriffs gut zurecht, aber wußte sie genug über sie, um zu schwören? »Ich kann nicht für alle die Hand ins Feuer legen. Aber der Sheriff selbst hat sich vor fünfzehn Jahren für einen Schwarzen rückhaltlos eingesetzt. Es gibt Weiße im Bezirk, die seitdem nicht mit ihm gesprochen haben.«

Unglücklich rieb er sich den Schädel. »Tja, Sie haben recht, Sie finden sie sowieso. Besser Sie als – können Sie versprechen, das selbst zu machen? Niemand anderen die Adresse wissen lassen?«

»Also, dem Sheriff muß ich es sagen.«

»Ja, ja, dem rechtschaffenen Sheriff. Aber sonst niemandem.«

»Das verspreche ich.«

Er hielt ihr das Buch hin, und sie schrieb den Namen ab, Bernice Brown, und eine Adresse in Indianapolis. Dann fügte er hitzig hinzu: »Besser, Sie erwischen diese Schweine, hören Sie? Lassen Sie die Kluxer Kizzy nicht kriegen.«

»Ich werde mein Bestes tun.«

Er zuckte die Achseln, hob sein Saxophon auf und schaute es bekümmert an. »Na«, sagte er auf dem Weg zur Bühne, »den heutigen Abend widmen wir Goldie.«

# 7

Mit einem Bourbon in der Hand schaute Royce Denton aus seines Vaters Schlafzimmerfenster in die Finsternis draußen. Wegen der Lampe im Krankenzimmer konnte er wenig mehr erkennen als die verschwommene Linie, wo der dunkle Himmel auf dunklere Hügel traf. Selbst der riesige Umriß des Walnußbaums dicht am Haus war eher zu ahnen als zu sehen.

Die Gestalt im Bett rührte sich, und Royce wandte sich wieder dem Zimmer zu. Verdammt deprimierend, diese Nachtwache. Der energische Mann, der seine Kindheit beherrscht hatte, war ihm unsterblich vorgekommen. Gottgleich. Immun gegen die Zeit. Seine Mutter war ihm immer zarter erschienen, und als Junge hatte er sich öfter Sorgen gemacht, sie könnte früh sterben und die drei allein in dem großen Haus zurücklassen. Nein, vier, nachdem Phyl geboren wurde.

Wo zum Teufel war Phyl? Er erinnerte sich hauptsächlich an einen süßen kleinen Blondschopf im rosa Kleidchen. Mutter zog ihr immer hübsche Kleidchen an. Schließlich war sie eine Denton. Und Vater, entzückt von dieser Frucht seiner mittleren Jahre, ließ sie beim Fernsehen neben sich sitzen oder bat sie, ihnen Liedchen vorzusingen. »Sunshine on my shoulders«, das hatte sie gesungen, er erinnerte sich.

Aber als sie erst fünf oder sechs war, folgte Royce Hal junior an die Universität von Indiana, und dann kamen die Armee und das Jurastudium. Wenn er auf Besuch zu Hause war, scherzte er mit seiner kleinen Schwester, aber im Grunde lagen seine Interessen anderswo. Er war im letzten Studienjahr und hatte seit Monaten kaum an seine kleine Schwester gedacht, als der barsche Anruf kam. »Du und Hal, ihr kommt heute abend nach Hause«, hatte sein Vater befohlen. »Phyllis ist verschwunden.«

Sie hatten Kriegsrat gehalten: er und Hal bekümmert, voller Fragen, seine Mutter weinend, kaum fähig zu antworten, sein Vater schäumend vor kaum beherrschter Wut. Sie würden es geheimhalten, hatten sie endlich beschlossen. Sie würde bald zurückkommen, und es war nicht nötig, ihr Leben zu ruinieren. Sie hatten unter ihren Freundinnen herumgefragt, aber Phyllis war ein schüchternes Kind gewesen, und niemand wußte etwas.

Zwei Tage später hatten sie Wes Cochran hinzugezogen, und der hatte die Fahndungsmeldung herausgegeben.

Und dann hatte Mutter den Schnappschuß in der hinteren Ecke einer Schublade gefunden: Phyllis in schwarzen Hosen und einer ledernen Nietenjacke neben einem Motorrad. Unfaßlich. Sein Vater war außer sich. »Wieso habe ich davon nichts gewußt? Mein Gott, sie ist erst zwölf! Elizabeth, du mußt diese Jacke gesehen haben! Warum hast du mir nichts gesagt?«

»Ich habe sie nie gesehen! Sie muß sie anderswo aufbewahrt haben!« Furcht stand in den Augen seiner Mutter, und es stimmte, daß sein Vater aussah, als würde er sie gleich schlagen, aus Verbitterung und Schmerz zuschlagen.

Hal, der den Schnappschuß in der Hand hielt, sagte: »Sieh mal, Vater, wir können ein Stück vom Nummernschild erkennen. Nützt das was?« Ihr Vater kam zu ihnen, und alle drei brüteten über dem Foto. Aber es gab nur wenige Anhaltspunkte, und schließlich erwiesen sie sich als nutzlos. Der Sheriff hatte alles versucht, aber Phyllis war nie gefunden worden.

Vielleicht war es blöd, die Suche jetzt wieder aufzunehmen. Wenn Wes Cochran sie nicht finden konnte, als die Spur noch frisch war, was sollte er jetzt erreichen, Jahre später? Aber es bestand die vage Möglichkeit, daß sie irgendwie Kontakt aufgenommen hatte, daß die wilden Phantasien seines Vaters von etwas angeheizt wurden, das erst kürzlich geschehen war, nicht von fernen Erinnerungen. Sollte die kleine grauäugige Marty Hopkins es ruhig versuchen. Sie war gescheit, wie Roy sich aus dem Gerichtssaal erinnerte. Verhedderte sich nicht beim Kreuzverhör wie ein paar andere Hilfssheriffs. Nette Stimme. Hübscher Mund ...

Vom Bett ertönte ein dumpfer Schlag, dann noch einer. Royce stellte sein Glas ab und eilte zum Bett, prüfte die Gurte und Kissen, in denen sich der Körper des alten Mannes aufbäumte und zuckte. Er war so stark. Sah aus wie ein Skelett, konnte kaum zwei zusammenhängende Worte sagen, aber wenn er in einem Anfall um sich schlug, war er hart wie Maschinenstahl. Royce erinnerte sich, wie er als Teenager einmal den Umgang mit einer Kettensäge geübt hatte, und etwas im Kontrollmechanismus hatte sich verklemmt, so daß er sie nicht abschalten konnte. Ablegen konnte er sie auch nicht, weil sie in wilden Sprüngen auf der Lichtung herumrasen und jeden Ast und jedes menschliche Schienbein anfallen würde, das ihr in die Quere kam. Eine Ewigkeit hielt er sie fest, vielleicht eine halbe Stunde, bis endlich das Benzin alle war und sie in seinen tauben Händen die letzten Zuckungen machte.

Das Umsichschlagen seines Vaters ließ nach. Royce stellte die Gurte nach und sah auf die Uhr. Noch zwei Stunden, bis Mutter an der Reihe war.

Eine Frage brannte in seinem Hinterkopf: War dies erblich? Er wußte, daß Tumoren nicht auf direktem Wege weitergegeben wurden, aber vielleicht eine gewisse Anfälligkeit? Er hatte seinen Vater für so mächtig gehalten, und er war in seine Fußtapfen getreten, Jurastudium und alles, in der fast abergläubischen Überzeugung, daß auch die Macht auf ihn übergehen würde. Wie ein kleiner Junge im Superman-Kostüm.

Der gefallene Held atmete jetzt ruhiger. Royce füllte seinen Bourbon auf und trat ans Fenster, um wieder in die Finsternis zu schauen.


Die Nacht war kühl auf dem Rückweg von Bloomington, verschwommen sah man den Halbmond hinter den Dunstschleiern. Teiche zarten Nebels bildeten sich in den Bodenwellen der Straße. Dies Land war einmal Meeresgrund gewesen, hatte Professor Wolfe gesagt, aber hier in der Gegend war der glatte Fels von Millionen Jahren Regen und Schnee zu den jetzigen rollenden Hügeln und Tälern zernagt und geschliffen worden. Marty ertappte sich dabei, wie sie Großvaters liebstes Lied summte: »Ew'ger Fels, für mich gespalten.« Sie erinnerte sich an die Steinbruchwand, wie Professor Wolfe ihr einen kurzen Blick in die Tiefen der Zeit verschafft hatte, und erschauerte.

Wie auch immer, Tante Vonnie jedenfalls lebte in der ganz normalen alten Menschenzeit und würde morgen ziemlich bissige Bemerkungen über ihre heutige Verspätung machen.

Martys Haus war zwei Stockwerke hoch, mit spitzen Giebeln, abblätternder Farbe und einer Doppelgarage am hinteren Ende, die früher ein großer Wagenschuppen gewesen war. Das Licht auf der rückwärtigen Veranda schien trübe auf den Asphalt. In der Garage parkte sie neben Tante Vonnies Wagen, zog ihre Schultertasche vom Nebensitz, stieg aus und reckte sich. Gott, das war ein langer Tag. Mit der Suche nach Kizzy Horton würde auch der morgige Tag lang werden. Sie ging auf die Veranda zu.

Da waren Schritte hinter ihr. Sie wirbelte herum, die rechte Hand am Halfter, und sah einen Basketball vor sich auf den Asphalt prallen. Sie fing den Ball auf, und da kauerte er unter dem Korbring, den er mit ausgebreiteten Armen sicherte. Zur Hölle mit dem Kerl! In einem Widerstreit von Wut und Entzücken streckte Marty das Kinn vor, ließ ihre Tasche fallen, ließ den Ball einmal aufdotzen und sprang dann hoch, um ihn in den Korb zu werfen. Aber er sprang auch hoch und schlug ihn beiseite. Marty fing ihn auf, täuschte einen hohen Wurf vor und tauchte dann unter seinem Arm durch für einen Sprungwurf, der einmal um den Rand rollte und dann durchs Netz fiel. Er schnappte den Ball unter dem Korb weg, und sie blockierte ihn viermal, ehe er über ihre ausgestreckten Fingerspitzen hinweg einen Treffer landete. Er war größer, aber sie war schneller, und es war ein gutes Match, lebhaft und geräuschlos abgesehen vom Aufklatschen des Balles auf dem Asphalt und den vibrierenden Donnerschlägen, wenn er auf die Rückwand traf. Marty lag ihrer Meinung nach zwei Körbe vorn, als sie hoch sprang, um wieder einen Treffer zu landen. Der Ball fiel durch, aber sie kam nicht herunter. Er hatte sie in der Luft gepackt, seine Arme umklammerten Rücken und Po, und seine Nase drückte gegen ihre Brust.

Der Ball hüpfte unbeachtet die Auffahrt entlang.

Ihre Wut war verflogen. »He, du«, murmelte sie und sah auf sein dunkles, zerzaustes Haar hinunter, das im Licht der Verandabeleuchtung glänzte. »Persönliches Foul.«

»Stimmt.« Sanft setzte er sie ab, hielt sie aber noch fest umschlungen, sein Vagabundengrinsen nur Zentimeter entfernt. »He, Kleines, du schnaufst ja.«

»He, Kleiner, du auch.«

Vorsichtig küßten sie sich. Er hatte einen Cheeseburger gegessen, wie sie merkte, und plötzlich war ihr ganz schwindelig vor Freude, und sie küßte ihn noch einmal, diesmal nicht vorsichtig. Was auch geschah, dies war ihr Mann.

Nach ein paar Minuten machte sie sich los und fragte: »Was gibt's also Neues?«

»Tja, ich fürchte, dein Nerz ist diesmal ziemlich klein.« Er drückte ihr etwas in die Hand, winzig, seidig. »Aber es ist echter Nerz.«

Sie schaute in das schnurrhaarige Spielzeuggesicht. »Er ist wunderbar!«

»Wir hatten einen kleinen Rückschlag, Kätzchen. Ich will jetzt nicht darüber reden, aber ich habe eine wundervolle neue Idee!«

»Was –«

»Später, Kätzchen.«

Sie würgte ihre Fragen hinunter und erkundigte sich statt dessen: »Wie bist du Chrissie losgeworden?«

»Ich bin nicht mal im Haus gewesen.«

»Also, dann gehen wir jetzt hinein. Das Kind ist wild darauf, dich zu sehen.«

»Ja. Ich auch. Aber ihr Schlafzimmerlicht ist aus. Laß uns ein paar Minuten hier draußen bleiben. Ich brauche dich.«

Marty berührte seine Wange, seinen weichen Schnurrbart. »Tante Vonnie –«

Seine Arme umschlangen sie fester. »Ihr Licht ist auch aus. Tante Vonnie kann warten. Ich brauche dich, Kätzchen.«

»Ja, aber –«

»Aber, aber, aber! Komm schon!« Er zog sie zur Garage.

»Komm schon wohin?«

»Du hast doch einen Rücksitz, oder? Zum Gedenken an alte Zeiten.«

»Verflixt, Brad!« Sie kicherte. »Das war so unbequem!«

»Schon, aber es ging doch, oder?« Er küßte ihre Handfläche. »Komm schon, Kätzchen. Du willst doch jetzt nicht wirklich mit Tante Vonnie reden, nicht? Ich wette, im Augenblick willst du genau, was ich auch will.«

Er hatte natürlich recht. Marty ließ sich von ihm zur Garage führen. Als er ihr die Tür öffnete, hob sie ihre Schultertasche vom Asphalt auf. Ein Weilchen saßen sie im dunklen Auto und horchten. Das Haus war still, es gab nur das Rascheln von tausend Erinnerungen. Dann streichelten seine Fingerspitzen ihre Wange, ihr Haar. Marty erschauerte.

Aber ehe sie auch nur den Revolvergürtel ablegte, grub sie in ihrer Tasche. Gut, immer noch da. Sie reichte ihm ein Kondom.

»He. Was soll das denn bedeuten?« flüsterte er. Seine Finger stockten in ihrem Haar.

»Das bedeutet, ich nehme die Pille nicht, wenn du weg bist.« Als er immer noch zögerte, fügte sie hinzu: »Chrissie ist auf dem Rücksitz passiert, weißt du noch? Wir wissen doch, daß du keine Platzpatronen abschießt, Brad.«

»Mein Gott. Was für eine Frau.« Besänftigt nahm er das Päckchen und liebkoste ihren Hals. »Ich habe dich so vermißt, Kätzchen. So sehr vermißt.«

»Ich dich auch«, flüsterte Marty und schnallte den Gürtel auf.


Der Nachtfalke hatte fertig geduscht und sein Gymnastikprogramm beendet. Aufsetzen, Kniebeugen, Liegestütze, je hundert. Alles schweigend, das war der Trick. Kein Röcheln, kein schweres Atmen, nur die Luft ungehindert ein- und ausströmen lassen, ruhig, effizient, Ventilation für eine reibungslos funktionierende Maschine. Danach hatte er noch einmal geduscht. Man mußte sich viel waschen, um sauber zu bleiben. Weißer als Schnee.

Er sollte die Heilige im gespaltenen Fels besuchen. Er fühlte sich rein neben der Heiligen. Vielleicht morgen.

Der Sheriff hatte die Leiche verdammt schnell gefunden. Komisch, er hatte gedacht, sie fänden die andere zuerst. Mußte das brennende Kreuz gewesen sein, so klein es auch war. Jemand hatte etwas gesehen. Kein Problem, der Sheriff würde nicht mehr finden, als er sollte.

Er hoffte, er bekäme jetzt ein Zeichen, bezüglich der Leichen, bezüglich der Frau aus Kentucky. Jetzt würde ihm der Große Titan doch bestimmt ein Zeichen geben.

Der Nachtfalke zog seine Malerhosen und ein weißes Hemd an, setzte sich an seinen frischgescheuerten Küchentisch und öffnete seine Bibel. ›Und er sprach zu mir: Diese sind's, die gekommen sind aus der großen Trübsal und haben ihre Kleider gewaschen und haben ihre Kleider hell gemacht im Blut des Lammes. Darum sind sie vor dem Thron Gottes und dienen ihm Tag und Nacht in seinem Tempel, und der auf dem Thron sitzt, wird über ihnen wohnen. Sie wird nicht mehr hungern noch dürsten; es wird auch nicht auf sie fallen die Sonne oder irgendeine Hitze; denn das Lamm mitten auf dem Thron wird sie weiden und leiten zu den lebendigen Wasserbrunnen, und Gott wird abwischen alle Tränen von ihren Augen.‹

Der Nachtfalke schlief nie gut. Aber der Absatz beruhigte ihn, und er legte sich auf sein sauberes Bett nieder und ruhte eine Weile.

# 8

»Also los, fangen wir an«, sagte Wes Cochran zu seinen versammelten Hilfskräften. Marty Hopkins war zehn Minuten zu spät gekommen, und er wollte endlich aufbrechen. »Sims, Mason, ihr nehmt euch Goldsteins Vermieter vor. Er lebt oben in Monroe County, hier ist die Adresse. Ich sehe mich mal bei ein paar Ehemaligen hier in der Gegend um. Adams, Sie übernehmen heute die Meldezentrale. Foley, Sie schlafen besser eine Runde, Sie sind heute abend wieder dran. Hopkins, hier sind ein paar Fotos von Phyllis Denton. Das mit dem Motorrad ist das neueste. Sie gehen dem Tip mit Stineburg nach.«

Er hätte es wissen müssen. Hopkins nahm die Fotos, aber über ihre Miene legte sich dieser gewisse Gleichmut, irreführend für Leute, die sie nicht kannten. Sie sagte: »Sir, ich hätte gern unter vier Augen mit Ihnen gesprochen.«

Don Foley grinste anzüglich. »Ihr Mann ist wieder da. Daher das späte Frühstück. Sie braucht etwas Freizeit.«

Wes runzelte die Stirn. »Stimmt das, Hopkins? Brad ist zurück?«

»Ich brauche keine Freizeit.«

Also war er wieder da. Teufel, das hatte ihm noch gefehlt, daß Hopkins abgelenkt war, wo sie ihre kühle Intelligenz brauchten. Wes sagte: »Was gibt's also zu bereden?«

»Das hat nichts mit meinem Privatleben zu tun«, schnappte sie. »Oder mit dem von Don.«

»Hal-loo!« gnickerte Grady Sims. »Was haste zu verbergen, Don?«

»Raus hier!« brüllte Wes. »Auf den Weg, Jungs. Hopkins, kommen Sie rein und schildern Sie ihr Problem.« Er ruckte mit dem Kopf Richtung Büro, wider Willen neugierig.

Drinnen bemerkte er: »Sie waren heute morgen spät dran, Hopkins.«

»Brads Wagen hat den Geist aufgegeben. Ich mußte ihn in die Stadt fahren.«

»Von jetzt an ist er besser beizeiten fertig.«

»Jawohl, Sir.«

»Also, was wollten Sie mir sagen?«

Sie holte einmal tief Luft, kam aber gleich zur Sache. »Sir, ich habe gestern abend erfahren, daß Goldstein mit einer schwarzen Frau verheiratet war. Ich weiß, wo sie ist.«

»Sie wissen –« Wes fiel der Schnappschuß in Goldsteins Brieftasche wieder ein. Er schlug mit der Faust auf den Schreibtisch, und die Papiere darauf machten einen Luftsprung. »Verdammt nochmal, Hopkins, wir sind angeblich ein Team! Warum haben Sie mir das nicht gesagt?«

»Weil sie eine schwarze Frau ist. Weil die Person, die es mir erzählt hat, Angst hatte, der Mörder könnte eine Verbindung zu unserer Abteilung haben.«

»Unserer Abteilung!« Wes starrte sie an. »Warum?«

»Einen besonderen Grund hat er nicht gesagt. Ich habe mir gedacht, weil Polizisten aus Indiana früher manchmal das Laken getragen haben, und –«

»Nicht, seit ich hier der Chef bin!«

»Niemand beschuldigt Sie, Sir.«

Wes stellte einen Fuß auf den Stuhl und forschte in ihrem Gesicht. »Hopkins, was wissen Sie über den Klan?«

Ihre grauen Augen waren besorgt. »Ich weiß, daß der Klan in den zwanziger Jahren diesen ganzen Staat beherrscht hat, und in diesem Bezirk haben sie sich noch lange gehalten. Paps kannte ein paar, Al Evans und Lester Holtz – die meisten von denen gibt es wohl noch. Aber hatten Sie den Klan nicht aufgelöst, als Emmet Hines zusammengeschlagen wurde?«

»Ja und nein«, sagte Wes. »Man muß sich klarmachen, daß diese Typen meist Verlierer sind. Sie suchen Gründe dafür, warum sie miese Jobs und keine Aussichten haben. Sie vergessen, daß sie die Highschool nicht geschafft haben. Sie vergessen, daß sie jeden Samstag ihren Wochenlohn vertrinken. Das ist leichter zu ertragen, wenn sie sich gegenseitig vormachen, daß es eine große Verschwörung von Juden und Schwarzen gibt, um sie unten zu halten. In den alten Zeiten putschten sie sich an Samstagabenden gegenseitig auf und zogen dann los und peitschten einen armen schwarzen Kerl aus. Als ich ihnen unmißverständlich klar machte, daß der Teil der Angelegenheit verboten ist, zogen sie die Schwänze ein und beschränkten sich aufs Schimpfen.«

»Aber sie treffen sich immer noch, zum Schimpfen?«

»Klar. Sind ja auch nur Menschen. Sie bilden sich gern ein, daß sie eines Tages die Weltherrschaft übernehmen. Aber ich würde einen Batzen darauf wetten, daß der Goldsteinmörder allein arbeitet. Vielleicht ist er ein Kumpel von den anderen Klanmitgliedern, aber er hat es ihnen wahrscheinlich nicht mal erzählt. Sie sind Verlierer, schon, aber ich habe ihnen ein bißchen Verstand eingebläut.«

Hopkins nickte langsam. »Ja, Sir. Aber – tja, sehen Sie, ich weiß, daß Sie sich hundertprozentig für diesen schwarzen Typ, Emmet Hines, eingesetzt haben. Und Grady, na, ich habe gehört, daß sein bester Freund in Vietnam ein Schwarzer war. Die anderen sind vermutlich auch okay. Aber ich weiß es einfach nicht mit Sicherheit. Und ich habe versprochen, Goldsteins Frau nicht dem Klan auszuliefern.«

Diese Insubordination mußte im Keim erstickt werden. Aber es war verzwickt, weil ein Körnchen Wahrheit in ihren Worten steckte. Grady, Bobby, Don, Roy – klar, sie gehörten nicht zum Klan, sie kannten das Gesetz. Aber sie hatten Brüder, Vettern, Onkel. Wenn er die Information bekommen hätte, wäre er auch vorsichtig gewesen. Andererseits konnte er es nicht durchgehen lassen, daß Marty sich in diese Untersuchung hineinschlängelte. So fuhr der Zug nun mal nicht.

Wes sagte: »Hopkins, Sie haben den Denton-Fall. Punkt. Sie sollen Phyllis Denton finden und herauskriegen, ob jemand den Richter bedroht.«

Sie schaute zu Boden. »Ja, Sir. Aber was ist mit Goldsteins Frau?«

»Die ist nicht Ihr Problem. Ich bin hier der Sheriff, Hopkins.«

»Jawohl, Sir. Das müssen Sie mir nicht extra sagen.«

»Muß ich nicht? Sie kommen hier herein und schlagen einen Tauschhandel vor, Informationen gegen Mithilfe beim Goldstein-Fall. So funktioniert das hier nicht.«

»Ich weiß, so habe ich es auch nicht gemeint. Ich möchte nur Goldsteins Frau helfen. Ich habe versprochen, sie zu schützen.«

Er konnte sehen, wie betroffen sie war. Manchmal fuhr sie ihre Beschützerinstinkte so weit aus, daß sie überhaupt nicht merkte, wie aufsässig sie war. Er fragte sanft: »Sie glauben, ich würde das nicht tun?«

»Ich weiß, daß *Sie* es tun. Aber sehen Sie, Grady und Bobby reden mit Goldsteins Hauswirt. Der erzählt ihnen wahrscheinlich von seiner Frau.«

»Richtig. Und?«

»Na, ich könnte eher da sein, und –«

Unnachgiebig schüttelte Wes den Kopf. »Nix. Kommt nicht in Frage. Sie fahren nach Stineburg.«

Marty schaute zu Tür, und Wes konnte fast hören, wie die Rädchen heißliefen: sie hatte keine Möglichkeit, die Frau und Stineburg gleichzeitig zu schaffen; keine Möglichkeit, Sims und Mason zuvorzukommen, es sei denn – sie schaute wieder Wes an, die grauen Augen kalt. »Sir, sie heißt Kizzy Horton, und sie wohnt bei ihrer Cousine. Bernice Brown, hundertsiebzehnte Straße in Indy.«

»In Ordnung. Und jetzt machen Sie sich auf nach Stineburg.«

»Ja, Sir. Und wo gehen Sie hin?«

»Als erstes mach' ich mal einen kleinen Ausflug nach Indy.«

»Danke, Sir. Bis später. Sir.« Sie marschierte hinaus, nicht glücklich, aber wieder ein guter Soldat. Die mußte man immer wieder ermahnen. Bloß weil sie gescheit war, bildete sie sich ein, sie könnte die Abteilung leiten.

Wes warf einen Blick auf seine Nachrichten, sagte Roy, er würde von Indianapolis aus anrufen, und machte sich auf den Weg nach Norden.

Um drei Uhr hatte Marty von Stineburg die Nase voll, machte sich Sorgen wegen Brad, war immer noch ärgerlich auf Wes Cochran und wütend auf Professor Wolfe. Man sollte sie einlochen wegen Falschinformationen, Behinderung der Justiz, die ganze Latte. Es war klar, daß Phyllis Denton nicht hier war, und vermutlich auch nie hier gewesen.

Nicht, daß man sich in der Gegend um Stineburg nicht verstecken könnte, dachte Marty, als sie die verwitterte Auffahrt zu einem weiteren Farmhaus hochrumpelte. Die Landschaft bestand hier aus den gleichen steinigen Erhebungen und Vertiefungen wie der Rest des Bezirks, und war mit den gleichen Platanen und Nußbäumen, Schlingpflanzen und Disteln bewachsen. Ein Bandit oder ein Einsiedler könnte sich hier mit Leichtigkeit in einem Dickicht oder einem zur Müllkippe verkommenen Steinbruch unsichtbar machen. Die Sache war die, daß die Leute trotzdem wissen würden, daß er da war. In Padgetts Kolonialwarenladen hatte sie von zwei solchen gehört. Der verrückte alte Jack Cooley lagerte drüben in der Nähe von White River und lebte von Beeren, Opossums und der Illusion, daß Jesus ihn zum zweiten Moses erwählt hatte und ihn nun jeden Moment aus der Wildnis führen würde. Der Sohn von Jane Wall versteckte sich jetzt seit Monaten in einem der Steinbrüche, weil er ein Klassenzimmer zu Kleinholz gemacht hatte und Wes Cochran persönlich hergekommen war, um mit ihm zu reden. Der Junge war zur Hintertür hinausgerast und seitdem nicht zu Hause gewesen. Bei Padgetts dachten alle, Marty wäre deswegen gekommen, um den Wall-Jungen zu finden. Sie rieten ihr, aufzupassen, er hatte ein Gewehr mitgenommen.

Aber als sie hörten, daß sie eine vermißte Person suchte, weiblich, jetzt zwanzig Jahre alt, blauäugig, wußten sie nicht weiter. Stirnrunzelnd schauten sie die Fotos an. »Wie heißt sie?«

»Phyllis Denton. Aber den Namen benutzt sie vielleicht nicht. Kennen Sie jemanden, auf den die Beschreibung paßt?«

Sah Jeannette ein bißchen ähnlich. Nein, nicht Jeannette, die hatte braune Augen. Und Helen? Keine große Ähnlichkeit.

Außerdem hatten Helen und Jeannette beide ihr ganzes Leben hier gewohnt.

»Irgendwelche Neuankömmlinge?« fragte sie.

»Die Professoren da, nördlich der Stadt. Drew Brewster und seine Frau sind die einzigen, die noch geblieben sind. Er ist schon seit Jahren hier, aber sie ist neu. Er unterrichtet oben in Indy an der Uni. Sie versuchen uns beizubringen, wie man eine Farm führt.« Amüsiertes Glucksen von den versammelten Zuhörern.

»Wie sieht die Frau aus?« fragte Marty.

»Karen? Älter als zwanzig, würde ich sagen.« Zustimmendes Nicken von den anderen. »Und sie sieht Ihren Fotos nicht sehr ähnlich.«

»Ich rede wohl trotzdem besser mit ihr. Wo wohnen sie?«

Sie setzte die Brewster-Farm auf ihre Liste. Sie lag weiter nördlich als die anderen Adressen, und sie hatte schon mit fast jedem im Umkreis von Stineburg gesprochen, als sie bei einem verblichenen Schild mit der Aufschrift *Rivendell* einbog. Sie war müde, schon überzeugt, daß sie sich auf dem Holzweg befand, daß Professor Wolfe sich irrte. Und Schnappschüsse vom Morgen drängten sich dauernd in ihre Gedanken: Brad, am Kopfteil ihres Bettes an ein Kissen gelehnt, die Hände hinter dem Kopf verschränkt, prahlte unbewußt mit den athletischen Linien seines Torsos im frühen Morgenlicht. Streich das, es war keineswegs unbewußt gewesen. Augenblicke später hatte Chrissie an die Tür geballert und war hereingestürmt und hatte sich ihm in die Arme geworfen, fast ehe er seine Jeans anhatte. Beim Zusehen war wieder Hoffnung in Marty aufgekeimt. Sie beteten einander an. Diesmal vielleicht ... Aber nach neun Jahren wußte sie, daß Liebe nicht genug war. Andere Dinge waren wichtig, wie Gehaltsschecks zum Beispiel. Und er hatte ihr noch nichts von seinem großen Plan erzählt, nur, daß aus dem Job als DJ nichts geworden war, mit dem er in seinem New Yorker Club gerechnet hatte. Der Vetter des Besitzers hatte ihn statt dessen gekriegt.

Sie rumpelte die Auffahrt entlang auf ein weitläufiges graues Haus zu. Am Fuß einer langen Wiese glitzerte der White River.

Es war noch abgelegener als Martys Haus. Gott, wenn sie und Brad soviel Geld hätten, wie diese Uniprofessoren verdienten, würden sie es bestimmt nicht hier ausgeben.

Wie sich zeigte, hielt sich Karen im Garten auf. Sie war eine stämmige Frau mit braunen Zöpfen, gekleidet in eine blaue Kattunbluse, Jeans und Arbeitsstiefel. Marty parkte dicht beim Haus und ging an Hühnern und ein paar angebundenen Ziegen vorbei zum Garten. Der hatte eine Menge Raupen angezogen. Karen sammelte sie von den Blättern. »Es ist alles biologisch-dynamisch«, belehrte sie Marty stolz mit leichtem Ostküstenakzent. »Wir versuchen, die Erde wieder zu bereichern. Pflanzen Bohnen auf denselben Hügeln wie den Mais.«

»Ja, ich habe schon gehört, daß das ganz gut funktioniert.« Marty studierte sie aufmerksam. Sie war keineswegs blauäugig, sie war eher dreißig als zwanzig, und sie hatte keinerlei Ähnlichkeit mit den Fotos. Trotzdem, besser die Routine durchhalten. »Wie lange wohnen Sie hier schon?«

»Zweieinhalb Jahre. Ich liebe die Arbeit. Außer – na, manchmal ist sie ziemlich gleichförmig. Manche Leute mögen das nicht.«

»Tja, also für Raupen konnte ich mich auch noch nie richtig begeistern. Wo waren Sie, ehe Sie hierherkamen?«

»Da habe ich in Indianapolis Englisch an der Highschool unterrichtet. Und wissen Sie, sobald Drew und ich die Kommune wieder aufgebaut haben, versuchen wir, die Schule wieder zu eröffnen. Vielleicht in Verbindung mit der Geschichte des alten Dorfes unten am Fluß.« Glücklich schaute sie sich in ihrem Reich um: der raupenzerfressene Garten, die selbstgebauten Schuppen, die Ziegen, und hatte offenbar eine Vision vor Augen, der Marty nicht ganz folgen konnte. »Das erste Mal lag die Schwierigkeit darin, daß wir alles auf einmal tun wollten, und ein paar von den Eltern meinten, ihre Kinder müßten zu viel arbeiten. Aber wenn die Farm erst reibungslos läuft, wird es schon klappen, meinen Sie nicht? Wir werden großartige Bücher haben und eine natürliche Umgebung, so daß die Kinder ihre Intelligenz und ihren Geist in Harmonie mit der Natur entwickeln können.«

»Aha.« Marty dachte an Chrissie, deren Intelligenz und Geist sich mehr auf die Häppchen und Schnäppchen richtete, die sie im Fernsehen sah, deren Ehrgeiz es war, nach New York zu fahren. Brad hatte ihr ein schwarzes T-Shirt mit der Skyline von Manhattan mitgebracht, die Gebäude glitzerten auf dem schwarzen Hintergrund. Mit leuchtenden Augen hatte sie den ganzen Morgen in diesem Liebeszeichen ihres Vaters geschwelgt und sich darin gesonnt. Sie von diesem Traum wegzulocken, dazu würde weit mehr gehören als großartige Bücher und Raupen. Marty fragte: »Haben Sie studiert, Mrs. Brewster?«

»Vor fünf Jahren habe ich mein Examen gemacht, an der Uni in Indianapolis. Dort habe ich Drew kennengelernt, in meinem letzten Jahr. Warum stellen Sie diese Fragen?«

»Wir suchen nach einer vermißten Person. Phyllis Denton, aber vielleicht nennt sie sich jetzt anders. Hier ist ein altes Foto. Sie ist jetzt ungefähr zwanzig. Jemand sagte, sie wäre hier in der Gegend.«

»Und Sie dachten, ich könnte sie kennen?«

Marty zuckte die Achseln. »Ich frage bloß herum.«

Karen schüttelte langsam den Kopf. »Nein. Ich habe sie nie gesehen.«

»Hätte Phyllis hier in der Schule sein können? Sie war zwölf, als sie vor acht Jahren weglief.«

»Nein. Der Murray-Junge war der älteste in der Schule, und der ist jetzt erst fünfzehn. Außerdem sind alle weg.« Ein bißchen sehnsüchtig lächelte sie Marty an. »Wenn Sie jemanden kennen, dem Ziegen und Raupen nichts ausmachen, wir haben hier eine Kommune.«

»Ich werde dran denken. Danke.« Marty überreichte Karen ihre Telefonnummer. »Bitte setzen Sie sich mit mir in Verbindung, wenn Ihnen oder Drew etwas einfällt, das uns helfen könnte, die junge Frau zu finden.«

»Steckt sie in Schwierigkeiten?« fragte Karen.

»Nicht, was uns betrifft«, beruhigte Marty sie. »Sie war sehr jung, als sie weglief, und ihre Familie hofft auf eine Versöhnung. Ihr Vater stirbt.«

»Das ist traurig. Gut, ich rufe Sie an, wenn ich etwas höre.«

»Danke. Und Ihnen viel Glück mit dem Garten. Und mit Ihrer Schule.«

So. Das war's. Stineburg war eine große Pleite. Verdammte Professor Wolfe. Wieder im Auto, zog Marty die Übersichtskarte heraus, die sie benutzt hatte, und schaute die kleinen schwarzen Vierecke, die Farmhäuser bedeuteten, genau an. Sie hatte alle aufgesucht. In dreien war niemand zu Hause gewesen, aber der jeweils nächste Nachbar schwor, daß dort keine jungen Frauen wohnten. Niemand kannte eine Person, die Phyllis Denton sein konnte. Und in einer so kleinen Gemeinde, wo ein einziger Laden als Lebensmittelgeschäft, Postamt, Eisenwarenladen und Bar diente, hätte jemand etwas bemerkt, wenn Phyllis in der Gegend wäre.

Es weiter weg zu versuchen, war sinnlos. Karens Farm gehörte eigentlich schon nicht mehr zu Stineburg; sie lag näher an New Concord im Westen. Und das gleiche galt für die anderen Richtungen. Marty hatte bei jedem nachgefragt, der überhaupt als Einwohner von Stineburg in Frage kam, und mehr.

Frustriert trat sie aufs Gas und schoß Karens Zufahrt hinunter, wobei sie eine Wolke von biologisch-organischem Staub aufwirbelte. Aber sie wurde langsamer, als sie auf die Stineburg-Kreuzung zufuhr, suchte die Landschaft ab, versuchte, nicht voreingenommen zu sein und zu überlegen, ob sie etwas übersehen hatte. Sie kam zur Kreuzung: Padgetts Laden, acht Häuser, und die winzige Kirche auf dem Hügel dahinter.

Die Kirche.

*Sie ist da unten. Unterhalb Stineburg.*

Grimmig fuhr Marty den Hügel hinauf. Ja, da war er, ein kleiner Friedhof am Abhang dahinter, an den Rändern von Unkraut überwachsen, aber fleißig gemäht, auf einigen Gräbern Plastikblumen. Mit dem Notizbuch in der Hand las sie die Grabinschriften. Corbetts, Millers, Smiths, Padgetts. Sogar Stines. Aber das Wichtige waren natürlich nicht die Namen, sondern die Todesdaten.

»Tagchen.«

»Hallo.« Marty wandte sich um und grüßte einen Mann in Jeans, Arbeitshemd und einer Baseballmütze, die für Buchecker Kautabak Reklame machte. Er war einer der schweigsameren von den Männern, die sie bei Padgetts getroffen hatte.

»Hier ist sie auch nicht«, sagte er.

»Sie kennen den Friedhof?«

»Ja, ich bin der Aufseher.«

»Hier sind in den letzten Jahren keine jungen Frauen beerdigt worden? Oder Mädchen, sie wäre ja jetzt erst zwanzig.«

»Tja, da war natürlich Annie Corbett. Ist bei dem Unfall drüben bei Needmore umgekommen.« Er deutete auf eine propere Gedenktafel aus Kalkstein. »Aber Annie kannten wir alle.«

»Sie sind ganz sicher, daß es Annie war, die Sie begraben haben? Jemand hat sie gesehen?«

»O ja.« Er schob seine Mütze zurück und schaute sie scharf an. Ihre Unterstellung schockierte ihn. »Es war ein gebrochenes Genick, verstehen Sie, keine Brandwunden oder sowas. Sie haben sie echt hübsch zurechtgemacht. Offener Sarg, wir haben sie alle gesehen.«

»Aha.« Resigniert schloß Marty ihr Notizbuch. »Gibt es hier in der Gegend noch andere Friedhöfe?«

»Keine, die noch benutzt werden. Ein paar Familiengräber, aber seit sechzig Jahren ist niemand mehr hineingekommen.«

»Tja, vielleicht könnten Sie mir einfach die hiesigen Gräber der letzten paar Jahre zeigen.«

Es gab ein Dutzend davon: zwei Kleinkinder, sechs Männer, drei alte Frauen und Annie. Der Aufseher wußte zu jedem eine Geschichte zu erzählen. Keine paßte auf Phyllis.

Na, da geht er hin, dein heißer Tip, Hopkins. Sie bedankte sich bei dem Friedhofsgärtner, und er tippte an den Schirm seiner Bucheckermütze. Beim Einsteigen in den Streifenwagen sah sie auf die Uhr. Drei Uhr vierzig. Bis sie wieder in Dunning ankam, wäre ihre Dienstzeit vorbei. Sie würde Chrissie in der Bäckerei abholen, Tante Vonnie beruhigen und sehen, ob sie Brad auftreiben konnte. Zeit, ihr Privatleben auf die Reihe zu kriegen, wo sie bei der Arbeit schon eine Niete gezogen hatte.

Verdammt sollte sie sein, diese Professor Wolfe.

Sie überlegte neidvoll, was Wes Cochran wohl von Kizzy erfahren hatte.

# 9

Bernice Brown weigerte sich, Wes hereinzulassen.

»Nein, Sir«, sagte sie und pflanzte sich energisch vor ihrer geschlossenen Tür auf. »Niemand kriegt Kizzy zu sehen, wenn sie nicht will.«

»Es geht um ihren Mann.«

»Tut mir leid, Sir.« Ihre dunklen Augen funkelten vor Entschlossenheit.

»Hören Sie, ich will ihr doch bloß ein paar Fragen stellen.«

Bernice war eine stämmige schwarze Frau in den Dreißigern im ordentlichen korallenroten Hosenanzug, mit glänzendem, gewelltem Haar und sorgfältig aufgelegtem Makeup. Sie sah aus wie eine Empfangsdame oder eine Bürovorsteherin. Sie sah auch verdammt stur aus. Verflixtes Weib. Aber er konnte nicht einfach eindringen. Es war nicht mal sein Bezirk. Bei Sachen wie dieser sollte er sich eigentlich mit Indianapolis zusammentun, aber er wollte nicht, daß die mögliche Beteiligung des Klans herumgetratscht wurde und jeden ungeschickten Möchtegern-Helden im ganzen Land herbeilockte.

Er sagte zu Bernice: »Ich meine, wie zum Teufel sollen wir die Kerle erwischen, die das getan haben, wenn keiner mit uns redet?«

»Tut mir leid, Sir.«

Wes schaute sich in der Straße um. Es war ein Arbeiterviertel. Die Reihenhäuser zeigten hier einen frischen Anstrich, dort eine provisorisch reparierte Veranda, und die meisten winzigen Vorgärten quollen vor Blumen nur so über. Ein paar schwarze Frauen und Männer gingen vorbei. Niemand schaute in die Richtung des weißen Sheriffs, aber sie wußten, daß er da war, das war klar.

»Also gut, passen Sie auf«, sagte Wes. »Sagen Sie ihr, Sheriff Cochran möchte mit ihr über ihren Mann sprechen. Fragen Sie, ob sie sich irgendwo mit mir treffen will, in einem Restaurant vielleicht. Es liegt ganz bei ihr. Ich warte hier so lange.«

Hinter Bernice ging die Tür auf. »Bernice, ich werde mit ihm reden. Du paßt auf.«

»Kizzy, du brauchst nicht –«

»Das geht schon in Ordnung. Tom ist hier, und Russell.«

Bernice zog sich kopfschüttelnd ins Haus zurück. Wes schaute wieder die Straße entlang und nach den Fenstern des Hauses, wegen Tom und Russell. Er konnte niemanden sehen, aber er zweifelte keine Minute an ihren Worten. Er sagte: »Es tut mir wirklich leid, Sie zu belästigen. Ich muß nur ein paar Fragen stellen.«

»Ja. Tom hat mir gesagt, daß Goldie – getötet wurde«, sagte Kizzy mit spürbarer Anstrengung. Sie sah erschöpft aus, die großen Augen eingesunken, die Mundwinkel herunterhängend. Selbst so war sie noch schön, mit zarten Knochen, glatter brauner Haut und einer anrührenden Zähigkeit in ihrer Haltung. Sie trug eine weiße Bluse und seidige schwarze Hosen, die um die schlanke Taille gekräuselt waren. In der Hand hielt sie einen großen braunen Umschlag. »Sie sagen, Sie werden die Arschlöcher erwischen?«

»Ich werde mein Bestes tun.« Wes zückte sein Notizbuch. »Also, Sie heißen Kizzy Horton?«

»Richtig. Kizzy Elizabeth Horton Goldstein.«

»Okay. Mrs. Goldstein, war dies Ihr Mann?« Er zeigte ihr das Foto.

»Ja.« Die müden Augen zwinkerten einmal.

»Und Sie wohnten wo?«

»Die letzten zwei Monate unten in Ihrem Bezirk. Nichols County, bei Dunning. Weil es billig war und Musiker nicht so wahnsinnig viel verdienen. Wir kannten einen Typ in Bloomington, dem das alte Farmhaus an der Lawrence Road gehört. Er hat es uns vermietet.«

»Ja.« Er schrieb es auf.

»Werden Sie mir sagen, was sie ihm angetan haben?«

»Er wurde ermordet, Mrs. Goldstein.«

»Erschossen? Erstochen? Erschlagen?«

Die Erschütterung über einen brutalen Mord lockerte manchmal Informationen. Aber Wes kam sich grausam vor, als er sagte: »Alles auf einmal.«

»Ja.« Sie schien nicht überrascht, obwohl ihre Lippen einen Augenblick schmal wurden, als sie ihn forschend ansah. Dann sagte sie: »Ich wußte, daß es schlimm wird. Vor zwei Wochen fanden wir das hier an die Haustür genagelt.« Sie überreichte ihm den braunen Umschlag.

Wes öffnete ihn. Drinnen war ein Blatt Papier, die Fotokopie eines kleineren Papiers. Oben war eine sorgsam gezeichnete Version des Kreuz-und-Blutstropfen-Motivs. Darunter hieß es: ›KKK sieht euch! Rassenschande raus!‹

»Das ist eine Kopie«, sagte Wes.

»Ja. Das Original ist eine kleine Karte, acht mal zwölf. Ich fürchte, die können Sie nicht haben.«

»Es wäre nützlich, wenn ich sie sehen könnte.«

Sie schüttelte den Kopf. »Verhaften Sie jemanden. Sie bekommen sie bestimmt zur Verhandlung.«

Wes beschloß, das im Augenblick nicht weiterzuverfolgen. »Also, was haben Sie getan, als Sie das an Ihrer Tür fanden?«

»Ich bin abgehauen. Wie geheißen. Aber Goldie wollte nicht weg.« Ihr Mund zitterte. »Er war aus dem Osten, der arme Trottel. Er sagte, ihm könne niemand befehlen, wie er sein Leben führen sollte. Hielt es für einen Witz.«

»Tja.« Wes rieb sein Ohr. »Ich wünschte, er hätte recht behalten. Er hätte recht haben sollen.«

»Ach ja.« Sie nickte, ohne zu lächeln. »Die Welt ist voller Dinge, die hätten sein sollen.«

»Allerdings, das ist wahr.« Er mochte diese zähe kleine Frau, verstand, warum Goldie sich verliebt hatte. »Sie sind also abgehauen, und Ihr Mann ist dageblieben.«

»Ja. Und bis jetzt war nichts passiert. Wir trafen uns regelmäßig in Bloomington oder redeten ein paarmal täglich am Telefon miteinander, und ich dachte schon...« Ihre Stimme versagte, sie mußte blinzeln.

»Sie dachten schon, er hätte doch recht behalten?« stocherte er behutsam weiter.

»Nein, nein, ich wußte, daß ich es richtig einschätze. Aber ich dachte, vielleicht wollten sie nur, daß *ich* verschwinde. Sie wissen schon: ›Nigger, vor Sonnenuntergang bist du über die Staatsgrenze oder tot‹, die Nummer.«

»Aha.«

»Ich konnte es Goldie einfach nicht begreiflich machen! Seine Mama war eine von denen, die in den sechziger Jahren für die Bürgerrechte marschiert sind. Er zeigte mir ein Bild von sich, wo er ungefähr sieben Jahre alt ist und neben ihr geht mit einem kleinen *We shall overcome*-Schild. Er sagte, ein Mensch sollte sich gegen Ungerechtigkeit auflehnen. Ich sagte, prima, mach das, sei du der Held, ich haue ab, ich will nur Musik machen –«Ihre Stimme brach. Beim Aufsehen merkte Wes, daß sie ihr Gesicht mit den Händen bedeckt hatte.

»Tjaa«, murmelte er betreten. »Hrm, Miz Horton, war diese Karte die einzige Warnung, die Sie erhalten haben?«

»Ja.« Die Hände kamen herunter, aber die Tränen glänzten immer noch auf ihrem hübschen braunen Gesicht. »Das war alles. Keine verbrannten Kreuze auf dem Rasen, nichts in der Art.«

»Niemand hat Sie beleidigt, dumme Bemerkungen gemacht, irgend so etwas?«

»Nicht in Ihrem Bezirk, Sheriff. Aber wir haben in Ihrem Bezirk auch nicht viel unternommen, weil wir nicht viel zu Hause waren. Klar, wir haben Briefe eingeworfen, ein paar Lebensmittel gekauft, Benzin, so Kleinigkeiten eben. Aber wir haben viel Zeit in Bloomington verbracht oder hier in Indy, also war es einfacher, die meisten Einkäufe hier zu machen. Da unten sind wir noch nicht mal unseren Nachbarn begegnet. Falls Nachbarn das richtige Wort ist.«

»Und bei der Arbeit? In Bloomington oder hier? Hatte Ihr Mann Feinde? Irgendwelche bösartigen Streitigkeiten?«

»Nichts, das ich für ernst gehalten hätte. Rick und Kurt aus dem *Keg* haben sich mit ihm über Politik gestritten, bis sie sich schließlich aus dem Wege gingen. Aber er hat sich hauptsächlich für Musik interessiert. Mit Musikern ist er prima ausgekommen.«

»Und was ist mit Ihnen? Oder mit Ihnen beiden?«

Kizzy zuckte die Achseln, hübsch anzusehen in der weichen weißen Bluse. »Ich weiß, was Sie wissen wollen. Ja, einigen Leuten war es unangenehm, daß Goldie und ich ein Paar waren. Aber wir haben es nie an die große Glocke gehängt. Wollen Sie sagen, daß jemand, den wir in Indy oder Bloomington gekannt haben, den ganzen Weg da runter gemacht hat, um uns die Karte anzuhängen?«

»Muß alle Möglichkeiten untersuchen.«

»Ja. Trotzdem, wieso sollten sie warten, bis wir so weit weg sind?«

»Diese Leute, denen es unangenehm war, wer waren die?«

»Die Namen weiß ich nicht, Sheriff. Verschiedene Leute, bei verschiedenen Gelegenheiten, einfach Fremde. Die am Rathausplatz herumsitzen oder so und Goldie ›Niggerlover‹ nachschreien. Vielleicht würde sich so jemand die Mühe machen, rauszukriegen, wer wir sind, ich weiß es nicht.«

»Ja. Haben Sie oder Ihr Mann darauf geantwortet?«

»Nein. Goldie hatte ein ausgeglichenes Temperament, außer wenn es um Politik ging. Diese Typen auf der Straße argumentierten ja nicht, sie gaben einfach tierische Laute von sich. Wir hatten besseres zu tun, als zurückzugrunzen.«

»Ja. Gescheit.« Er zögerte, dann fragte er: »Wie steht es mit Ihren Freunden? War es von denen welchen unangenehm?«

»Nein. Nicht auf die Art. Ein paar von ihnen sagten, wir wären blöd, in diesem Staat zu heiraten. Bernice da drin hat das gesagt.« Sie ruckte mit dem Kopf zur Tür hinter ihr.

»Keine eifersüchtigen Rivalen, sowas in der Art?«

»He, Moment mal.« Kizzys dunkle Augen funkelten vor Zorn. Sie stemmte die Fäuste in die Hüften, die Ellbogen aggressiv angewinkelt. »Wollen Sie damit andeuten, es handelt sich um eine Familienkabbelei? Wollen Sie einen schwarzen Bruder verhaften und der Welt verkünden, er hätte sich als Kluxer verkleidet, um Sie von seiner Spur abzulenken?«

»Nein, das will ich nicht damit sagen, Mrs. Goldstein.«

»Der einzige Grund, warum ich überhaupt ein Wort mit Ihnen rede, ist der, daß Emmet und Della Hines mir erzählt haben, Sie hätten die Arschlöcher erwischt, die ihn vor fünfzehn Jahren zusammengeschlagen haben.«

»Richtig, und diesen werde ich auch erwischen.«

»Nicht, wenn Sie hinter den falschen Leuten her sind!«

Wes hob seine Handfläche als Friedensgeste. »Sehen Sie, ich muß das fragen, es gehört zur Routine.«

»Also schreiben Sie hin, die Antwort ist nein.« Mit ärgerlich ausgestrecktem Zeigefinger stieß sie nach seinem Notizbuch.

»Schon gut. Damit wären die Fragen sowieso abgeschlossen, es sei denn, Ihnen fällt noch etwas ein.«

»Nein. Nur –« Sie schlug die Arme unter. »Na, ich nehme an, bei der Autopsie und allem werden Sie mir die Leiche noch eine Weile nicht herausgeben.«

»Wir rufen Sie an, sobald wir fertig sind. Hier, unter der Nummer von Bernice?«

»Ja.«

»Und Sie rufen uns an, wenn Ihnen etwas einfällt.« Er gab ihr eine Karte.

»Einverstanden.«

»Das einzige ist, es wäre eine Hilfe, wenn wir die Karte sehen könnten, die sie hinterlassen haben. Das Original.«

»Oh, die werden sie Ihnen sicher igendwann zeigen.«

»Sie?«

»Gestern abend, als Tom anrief und sagte, Goldie sei ermordet worden, habe ich sie ans FBI geschickt.«

»Ach so.« Mist. Das bedeutete, er hatte nur einen oder zwei Tage, um Lester und den anderen die Zunge zu lösen, ehe das FBI sich reinhängte und jedermann alles vergaß, was er je gesehen hatte.

»Wissen Sie, wer es getan hat, Sheriff?«

»Ich weiß, wo ich mit Fragen anfangen muß«, sagte er. »Danach hängt es vom lieben Gott ab.«

Kizzy nickte und öffnete die Tür. Bernice zog sie beschützend nach drinnen.

Gute Leute. Lester würde sagen, die Leute sollten sich gefälligst an ihresgleichen halten. Wes fand, die impulsive Kizzy und Bernice waren viel eher seinesgleichen als alte Klanmitglieder, die alles, nur nicht sich selber für ihre Probleme verantwortlich machten.

Aber er wünschte wirklich, Kizzy hätte das FBI nicht eingeschaltet. Jetzt mußte er die Sache sofort berichten und sich mit den Idioten herumschlagen, die sie herschicken würden.

Er fuhr zu Arbys, kaufte sich ein verspätetes Mittagessen und fuhr kauend Richtung Heimat. Südlich von Indianapolis erstreckte sich eine weite Ebene nach allen Richtungen, flach wie das Meer. Als daher bei Martinsville die ersten Falten im Gelände sich zu Hügeln formten, war es eine willkommene Abwechslung, als ob man die Küste erreichte.

Bis vor zwei Jahren war Martinsville die Heimatstadt des obersten Klansmanns gewesen. Solche Gefühle schliefen immer noch in den Hügeln, wie eine Schlange in der Sonne.

Vor vier Uhr war er zurück im Hauptquartier. Foley überreichte ihm die Post und die Nachrichten. Noch keine Laborberichte; die Staatspolizei hatte eine kurze Liste aller Wagen, die Goldie je besessen hatte. Sims und Mason waren fertig, und Bobby Mason tippte eifrig den Bericht, unter Verwendung beider Zeigefinger. Er teilte Wes mit, der Vermieter hätte ihm gesagt, daß Goldsteins Frau schwarz wäre.

»Ja. Ich komme gerade von einer Unterhaltung mit ihr.«

»Oh.« Mason blinzelte. »Das war aber schnell. Der Vermieter sagte, sie wäre eine Art Sängerin.«

Sie wurden unterbrochen, weil Marty Hopkins steifbeinig hereinmarschiert kam.

»Sie sehen aus wie ein Gewitter kurz vor dem Wolkenbruch, Hopkins«, sagte Wes.

»Ja, Sir.« Sie warf eine zusammengerollte Karte auf den Aktenschrank. »Da unten war überhaupt nichts. Niemand in der Gegend von Stineburg hat von Phyllis Denton etwas gehört oder gesehen. Ich weiß nicht, was diese verrückte Professor Wolfe sich gedacht hat. Vielleicht hat sie eine andere Stadt gemeint.«

»Möglich.«

»Oder vielleicht tickt sie nicht ganz richtig.«

Wes runzelte die Stirn. »Hatten Sie den Eindruck, als Sie mit ihr geredet haben?«

Er konnte sehen, wie ihr Gehirn wieder zur Detektivarbeit zurückklickte und diese Frage erwog. »Eigentlich nicht«, gab sie zu. »Ich mußte mich langsam hinarbeiten. Sie blieb nicht beim Thema. Aber zu dem Zeitpunkt, doch, da hielt ich es für eine solide Information.«

»Selbst wenn wir genau wüßten, daß sie reif für die Klapse ist, einem solchen Tip mußten wir nachgehen.«

»Ich weiß. Es war trotzdem verteufelt langweilig.« Sie warf einen Blick auf Mason, der immer noch auf der Schreibmaschine herumhackte, und sah dann wieder Wes an. »Wie war Ihr Tag?« fragte sie vorsichtig.

»Prima. Ich habe mit ihr geredet. Morgen kriegt ihr alle einen Bericht. Jetzt muß ich noch mit ein paar anderen Leuten reden.«

»Gut. Sir, ich habe nichts zu berichten. Ist es okay, wenn ich das morgen tippe?«

»Klar. Ihre Schicht ist sowieso jetzt um.«

»Ja. Dann bis morgen, Sir.« Sie rannte hinaus zur Bäckerei Reiners, um ihr Kind abzuholen.

## 10

»Chrissie ist nicht da. Brad hat sie vor einer Viertelstunde abgeholt.« Tante Vonnie, in ihrer frischgestärkten Schürze, sortierte die Blaubeerküchlein im Glaskasten der Bäckerei.

»Wo sind sie hingegangen?«

»Spielplatz bei der Schule, hat er gesagt.« Tante Vonnies müde Augen sahen Marty einen Moment ins Gesicht. »Er ist ein charmanter Mann. Chrissie betet ihn einfach an, nicht?«

»Ja.«

»Ich erinnere mich, daß du deinen Papa auch angebetet hast. Noch ein charmanter Mann. Deine arme Mama –«

»Aach, komm schon, Tante Vonnie, wir können nicht alle so gescheit sein wie du.« Marty eilte hinaus. Sie hatte keine Lust, diese uralten Schlachten zu schlagen.

Ein paar Blocks weiter, auf dem Schulhof der Dunning-Grundschule, holte Chrissie eifrig Schwung auf der Schaukel und sprach dabei mit Brad. »Malinda hat gesagt, das wären nicht die echten Wolkenkratzer von New York«, sagte sie. Sie trug das T-Shirt mit der Skyline von Manhattan, das Brad ihr mitgebracht hatte. »Aber das hat sie nur gesagt, weil sie so neidisch war. Janie und Susan haben zu mir gehalten.«

»Janie und Susan haben recht.« Brad hatte sich gegen das Stützrohr der Wippe gelehnt und saß halb. »Das Muster ist ein absolut genaues Bild der Skyline. Gleich sage ich dir die Namen der Gebäude.« Er blickte auf und grinste Marty an. »He, Kätzchen, sieh mal, wie hoch diese Chrissie schaukelt!«

Er ergriff Martys Hand und zog sie auf den Wippebalken neben sich. Chrissie grinste und schaukelte noch höher. Während sie zusah, wie ihre Tochter vor- und zurückflog, sagte Marty zu Brad: »Also, jetzt erzähl mir von deiner neuen Idee.«

»Tja, ich habe nachgedacht.« Seine Augen schweiften zu Chrissie ab, während er überlegte, was er sagen sollte, und ihr Herz sank. »Manchmal ist der beste Weg zum Ziel ein Umweg.«

»Ja.«

»Siehst du, das Problem ist, daß es in großen Städten wie New York oder Indianapolis so viele Leute gibt, die einen Durchbruch im Rundfunk versuchen, die Leute, auf die es ankommt, sehen einen nicht mal an. Die geben den Job einfach jemandem, den sie kennen.«

»Wie dein Chef in New York, der den Job, den er dir versprochen hatte, seinem Cousin gegeben hat?«

»Du hast's erfaßt. Dagegen kommt man nicht an, wenn man nicht schon Beziehungen hat. Also muß man es irgendwo versuchen, wo man eine Chance hat. An einem kleinen Ort. Und wenn man dann eine lokale Berühmtheit erlangt hat, eine besondere Masche, und viele Bänder zum Rumzeigen, tja, dann können sie einen nicht mehr ignorieren.«

»Daddy! Schau mal!« rief Chrissie. Hoch über ihnen flog sie dahin, so hoch wie die Umzäunung. Marty erinnerte sich, wie sie selber das getan hatte, an das Gefühl, in den Raum zu stoßen, endlich frei.

»Phantastisch!« Brad klatschte in die Hände. »Ich schwöre, du wirst eines Tages eine berühmte Trapezkünstlerin!«

Marty applaudierte auch. »Astronautin wirst du werden!«

Chrissie kicherte vor Entzücken. »Ja, klar. He, können wir jetzt nach Hause gehen? Ich habe versprochen, Daddy meine Ohrringsammlung zu zeigen.«

»Sicher, sowie wir nach Daddys Auto gesehen haben«, rief Marty. Sie schaute wieder Brad an und sagte leiser: »Du hast also vor, an einem kleineren Ort zu arbeiten? Wo, Bloomington?«

»Nee, die Uni hat Bloomington fest im Griff. So schlimm wie die großen Städte. Nein, Kleines, Alaska ist der richtige Ort für uns.«

»Alaska!«

»Der letzte Vorposten. Hör zu, es ist perfekt, Marty! Ein junger, herausfordernder Ort, der gerade erst im Kommen ist.«

»Alaska.« Sie rieb sich die Stirn.

»Ja. Weißt du, ich habe diese Typen aus Alaska in New York getroffen. Jason und Steve. Sie machten Ferien und erzählten mir, wie die Dinge da liegen. Und ich habe sofort gespürt, das ist die Idee, verstehst du? Eine Masche. Der letzte Vorposten.« Sein Gesicht leuchtete vor Begeisterung. »Marty, von Alaska aus kann ich mich direkt an die Spitze katapultieren! Wie Garrison Keillor, weißt du? Oder Wolfmann! Aber noch besser! Und Jason und Steve haben mir ihre Adressen hinterlassen, sagten, ich soll sie anrufen. Sie wüßten ein paar Sender dort, die mich gut brauchen könnten.«

»Alaska. Mein Gott, Brad!«

Chrissie stand vor ihnen, wieder erdgebunden, mit ängstlichen dunklen Augen. »Bedeutet das, daß wir nicht nach New York gehen?«

»Nein, mein Schatz, das heißt es überhaupt nicht.« Brad beugte sich vor und sagte eindringlich: »Es bedeutet, daß wir auf lange Sicht schneller nach New York kommen. Wir gehen nach Alaska, alle zusammen, und ich mache mir da einen Namen. Kriege den Dreh, den ich brauche. Und dann werden die Rundfunkleute in New York schon sehen, was ich kann.«

»Brad, sieh mal«, sagte Marty. »Wie wär's mit Bloomington? Ich meine, du hast schon recht, die Universität hat da das Sagen. Aber das könntest du nutzen. Kurse in Kommunikation belegen, oder wie sie das nennen, ein paar Programme für Indiana machen...«

»Aach, Marty, du weißt nicht, wovon du redest! In New York würden sie da keinen Blick drauf verschwenden. Sie würden es für Kinderkram halten. Teufel auch, es ist Kinderkram. Außerdem, Indiana hat kein Image. Die New Yorker können es von Illinois oder Iowa nicht unterscheiden. Sieh mal, ich habe viel hierüber nachgedacht. Ich weiß, was ich tue.«

Was sollte sie jetzt sagen? Daß er nicht wußte, was er tat? Ihn fertigmachen, während er noch blutete von seinem langen vergeblichen Kampf in New York? Er versuchte es mit aller Kraft. Vielleicht steckte er seine Ziele zu hoch, aber verdammt nochmal, dieser Traum war auch ein Teil von ihm. Marty wünschte, sie könnte so fest an ihn glauben wie früher.

Chrissie beobachtete sie mit großen Augen. Marty sagte: »Na gut, laß mich drüber nachdenken.«

Er grinste, zog sie näher an sich und küßte sie auf die Wange. »Ich weiß, es kommt plötzlich. Wir reden später darüber. Jetzt soll ich Chrissie erst mal die Skyline erklären. Komm her.« Er winkte Chrissie näher und zog sorgfältig ihr T-Shirt glatt. »Also hier. Siehst du diese beiden Gebäude, die oben viereckig sind?«

»Ja.« Chrissies Kinn verschwand in ihrem Hals bei der Betrachtung des T-Shirts.

»Na, das ist das World Trade Center. Und dies hier drüben ist das Chrysler Building.«

»Chrysler Building«, wiederholte Chrissie wie eine Litanei.

»Und das hier mit der schönen Turmspitze ist das beste von allen. Das Empire State Building.«

»Das, an dem Großvater gearbeitet hat?«

»Richtig. Sag Malinda, sie kann es nachschlagen. Es ist alles wahr.« Er grinste und berührte Chrissies herzförmige Ohrringe. »Und jetzt gehen wir den Rest deiner Sammlung anschauen.«

Auf dem Heimweg blieben sie bei Straubs Autowerkstatt stehen und warfen einen Blick auf Brads Auto. Gil Newton und Bert Mackay waren da, zwei kontrastierende Typen: Gil dunkelhaarig, drahtig und schweigsam, Bert vierschrötig und blond, wobei das blonde Haar dünner wurde und der muskulöse Körper dicker. Beide trugen dunkelblaue Overalls.

»Keine guten Nachrichten, Brad«, sagte Bert, während er den Zapfhahn löste, um Martys Auto aufzutanken.

Alle stiegen aus und gingen mit Gil in die Werkstatt. Brads Wagen war ein zehn Jahre alter schwarzer Camaro. Im Jahr nach Chrissies Geburt hatte er ihn gebraucht gekauft, von dem Geld, das Marty für die Ausbildung des Babys hatte beiseite legen wollen. Brad hatte erklärt: »Sieh mal, du mußt das als Investition betrachten. Wir haben jetzt Verpflichtungen, also brauchen wir ein anständiges Transportmittel.«

Jetzt saß die Investition in Augenhöhe aufgebockt auf der

Hebebühne, und Gil erklärte Brad, daß es ein Getriebeproblem sei. »Fünf- oder sechshundert Dollar.«

»Scheiße!« Brad trat gegen die Betonwand. »Das ist verdammt viel Geld!«

Gil zuckte die Achseln.

»Ich müßte mir sowieso ein neues Auto zulegen«, sagte Brad.

»Das kostet auch verdammt viel Geld«, protestierte Marty. »Gil, wie wie sieht es denn sonst aus?«

Gil überlegte. »Nicht schlecht«, sagte er schließlich. Er schob seine verschmierten Hände in die Taschen seines Overalls und dachte noch einen Augenblick nach. »Genau kann ich's nicht sagen. Aber er ist gut gewartet.«

»Gott, ja, ich habe eine Menge Schweiß in das Ding investiert«, sagte Brad. Er fuhr mit dem Finger an der unteren Türkante entlang. Marty erinnerte sich, wie er die Scharten und den Rost mit Sandpapier abgeschliffen hatte, ehe er es liebevoll neu lackierte. Er hatte so geschuftet.

Sie sagte: »Brad, das ist ein prima Wagen, ich habe etwas gespart, um das Haus neu zu streichen. Ich kann dir mit der Rechnung ein bißchen aushelfen.«

»Nein, ich will nicht, daß du das tust, Marty.«

»Nein, wirklich, es ist ein großartiger Wagen.«

»Das ist er.« Zärtlich tätschelte er den Kotflügel. Chrissie fuhr mit ihrem kleinen Daumen an der Türkante entlang. »Also, Gil, machen wir die Reparatur. Wo genau liegt denn der Fehler?«

Marty wartete Gils langsame Antwort nicht ab, sondern kehrte zu ihrem Wagen zurück. Sie wollte mit Bert Mackay reden, der gerade mit dem Auftanken fertig war. Sie stellte es dem Sheriffbüro in Rechnung und fragte: »Bert, wissen Sie etwas über Richter Denton?«

Bert verstaute die Rechnung in seiner Tasche und sagte vorsichtig: »Ich höre, er ist jetzt schwer krank.«

»Ja. Es ist schlimm. Haben Sie ihn in letzter Zeit gesehen?«

»Nein. Seit zwei Monaten nicht. Sonst kam er dauernd zum Tanken her, aber nicht, seit er krank ist.«

»Ja. Bert, er hat Sie vor ein paar Jahren zu einer Gefängnisstrafe verurteilt. Damals haben Sie ein paar ziemlich üble Dinge über ihn gesagt.«

»Ja, aber ich – also ich bin Alkoholiker«, erklärte Bert ernsthaft. »Damals habe ich das nicht zugegeben. Ich suchte dauernd nach Entschuldigungen für die ganzen Schwierigkeiten, die ich hatte. Also gab ich dem Richter die Schuld, und meinem Anwalt. Gott verzeih mir, ich habe sogar dem Jungen die Schuld gegeben. Aber selbst da wußte ich, daß ich unrecht hatte, ich wollte es bloß nicht zugeben.«

»Ja.«

»Das Gefängnis war schrecklich, eine schreckliche Zeit.« Bert starrte auf den staubigen Asphalt hinunter und schüttelte den Kopf. »Aber sie hat mich wachgerüttelt. Der Geistliche da, der Kaplan, hat ein paar von uns zu den AA gebracht. Und als wir rauskamen, sagte er, das wäre eine neue Chance.«

»Mm-hm.«

»Tja, ich habe mir das zu Herzen genommen. Der alte Tom Straub hat mir hier an der Tankstelle eine Chance gegeben, und ich schwöre, seitdem bin ich auf dem rechten Weg geblieben.«

»Ja, mir ist auch nichts anderes zu Ohren gekommen«, gab Marty zu.

»Wissen Sie, ich bin neu geboren. Wie der Pfarrer sagte, der liebe Gott gibt mir eine zweite Chance.«

»Ja.« Marty erwähnte nicht, daß sie von Zeit zu Zeit nicht nur Ungebesserte, sondern auch neu Geborene hatte verhaften müssen. »Bert, Sie sagen, Sie haben den Richter nicht gesehen, seit er krank geworden ist.«

»Das stimmt. Mann, ich konnte schon vor zwei Monaten merken, daß er nicht mehr ganz beisammen war. Er kam zum Tanken und sagte mir, er hätte eine Nachricht für den Mechaniker. Gab mir einen Zettel, aber es stand nur drauf ›Noch ist nicht Zeit‹, also habe ich ihn weggeschmissen. Und er hatte schreckliche Mühe mit dem Wegfahren, das Auto ruckte herum, er schüttelte die Fäuste. Es war einer von seinen Anfällen. Habe ihn nie mehr gesehen. Royce ist direkt danach wieder hingezogen, um auszuhelfen.«

»Und davor, hat es mal Streit gegeben zwischen Ihnen oder so?«

»Nein! Hören Sie, ich bin immer respektvoll gewesen, seit ich rauskam. Was soll das alles?« Berts rosiges Gesicht wurde röter.

Marty erklärte eilig. »Es ist nur was, das ich nachprüfen muß. Der Richter glaubt, jemand bringt ihn um. Und einer der Namen, die er genannt hat, war Ihrer.«

»Meiner? Sie machen Witze!« Verblüfft starrte Bert sie an. »He, aber Moment mal, Royce sagt, sein Vater redet manchmal irre. Er muß irre reden.«

»Möglich. Das kommt und geht. Wir müssen es nachprüfen.«

Brad kam zu ihnen herübergetrabt, mit Chrissie auf den Fersen. »Können wir?« fragte er.

»Augenblick noch. Ich habe noch ein paar Fragen an Bert. Was wissen Sie über die Tochter des Richters?«

»Seine Tochter? Die ist doch abgehauen, oder? Vor langer Zeit, ehe –«

»He, Kleines, du hast dienstfrei, weißt du noch?« Brad legte ihr einen Arm um die Schultern.

»Ja. Wir sind gleich fertig.« Marty schüttelte seinen Arm ab. »Ehe was, Bert?«

»Ach, Sie wissen schon.« Mit der Schuhspitze klopfte er an einen Ölkanister. »Ehe ich in den Knast kam.«

»Ja. Also hören Sie, Bert, wenn Ihnen irgendwas einfällt, lassen Sie es mich wissen, klar? Ich will bloß rauskriegen, wieso Ihr Name aufgetaucht ist.«

»Ja, klar, Marty.«

Brad schlug Bert auf die Schulter. »Bis die Tage.« Mit einem beunruhigten Blick auf Marty stieg er ins Auto, sagte aber nichts mehr. Sie fuhren heim, Chrissies Ohrringe bewundern.

# 11

Samstag morgen saß Marty an der vielbenutzten Schreibmaschine und hämmerte den Bericht über ihre nutzlose Fahrt nach Stineburg herunter. Die R-Type klemmte, und das E war voll schwarzer Tinte, aber sie war verdammt viel schneller als Bobby Mason. Vielleicht wollte Wes Cochran sie deshalb beim Denton-Fall haben, überlegte sie finster. Hal junior und Royce waren Anwälte, und Anwälte mochten Haufen von Papierkram. Also hatte Wes sie drangesetzt, weil sie am besten tippen konnte.

Im Augenblick nahm sie auch Telefonanrufe entgegen, weil Don Foley Doughnuts holen gegangen war.

Verflixt, vielleicht hatte Brad recht. Vielleicht gehörte sie nach Alaska. Zeit für einen Neuanfang. Mit ihrer Hilfe würde er besser zurechtkommen, das stand fest. Die ersten drei Jahre in Bloomington hatte er sich wunderbar gemacht, sich von den Nachtprogrammen zum Nachmittagsprogramm hochgearbeitet, bis Gary, der Manager, einen Job in Indianapolis annahm. Der neue Programmdirektor hatte das Format ändern wollen, noch einen Nachrichtensprecher einstellen. Brad hatte gekündigt und war Gary nach Indy gefolgt, aber Gary hatte da noch nicht viele Verbindungen und konnte ihm nicht helfen. Marty, die ohne Geld für die Miete zurückgeblieben war, hatte Chrissie in das Haus ihrer Mutter hier in Nichols County gebracht und war beim Sheriff arbeiten gegangen.

Aber wenn der Sheriff anfing, sie gewaltsam zu bremsen, weil sie an den großen Fällen mitmachen wollte, wenn er sie in eine verdammte Tippse und Anrufbeantworterin verwandelte, tja, dann sah Alaska ganz gut aus.

Ihre Finger hielten auf den Tasten inne. Verflixt, wie hieß noch die Straße, wo Karens biologisch-dynamische Farm lag?

Marty sprang ungeduldig vom Stuhl und rollte die Übersichtskarte auf. Sie müßte in nördlicher Richtung verlaufen, Richtung –

Das winzige Symbol schien ihr aus der Karte ins Gesicht zu springen. Sie hatte ein dutzendmal direkt daran vorbeigeschaut, aber plötzlich leuchte das dünne schwarze Y so hell wie Neon zwischen den verblichenen braunen Umrißlinien der Hügelkette: das Symbol für einen Höhleneingang.

*Sie ist da unten, unterhalb Stineburg.*
*Schneide diese Landschaft in Scheiben, und sie sieht aus wie ein vollgesogener Schweizer Käse.*

»Verflixt, verflixt, verflixt!« Marty schnappte sich das Telefon. Wie hieß der Kerl noch, der Naturkundler vom Spring Mill State Park, der ihnen geholfen hatte, als die Moore-Kinder vermißt wurden? Russel. Floyd Russel. Sie wählte eilig.

»Ja, Floyd kommt heute vormittag rein, er soll eine Runde drehen«, sagte der diensthabende Naturkundler.

»Hier ist das Sheriffbüro von Nichols. Sagen Sie ihm, er möchte mich an der Donaldson Road treffen, zwei Meilen nördlich der Kreuzung Bundesstraße 860. Sagen Sie ihm, er soll seine Ausrüstung mitbringen.«

»Haben Sie einen Notfall?«

»Ich hoffe nicht. Aber möglich ist es allemal.«

»Gut. Er wird da sein.«

Marty kritzelte eine Nachricht für Don, probierte ihre Taschenlampe aus und rannte hinaus, ohne auch nur ihren Bericht aus der Schreibmaschine zu ziehen. Sie fuhr den ganzen Weg zur Donaldson Road mit heißen Reifen, und als Floyd Russels Landrover zwanzig Minuten später ankam, suchte sie schon zwischen den Judasbäumen und Dornsträuchern der Hügel herum. Sie eilte zu ihm hinunter.

»Hallo, Floyd. Ich bin Marty Hopkins.«

»Ja, ich erinnere mich.« Er grinste sie an, ein kleiner, muskulöser Mann in uralten Jeans und Sweatshirt. Das Abzeichen des Naturschutzparks war seine einzige Uniform. Seine pockennarbige Haut war teilweise hinter einem braunen Bart versteckt. »Was gibt's?«

»Vermißte Person. Alte Geschichte, aber wir haben gerade einen

Bericht bekommen, daß sie in der Stineburg-Höhle sein soll.«
Marty ohrfeigte sich noch immer, weil sie nicht schneller von Begriff gewesen war.

»Bestimmt?« Floyd musterte den Berghang. »Ist sie denn wieder offen?«

»Wie meinen Sie das?«

»Vor ein paar Jahren ist der Eingang zu dieser Höhle eingestürzt. Ich bin seit acht oder zehn Jahren nicht mehr drin gewesen, und ich kenne auch sonst niemanden, der drin war. Wie ist sie also hineingekommen?«

»Verflixt.« Marty schaute wieder zum Berghang hinauf. »Sie haben recht, ich habe nur etwas gefunden, das wie ein Steinschlag aussieht.«

»Jawoll. Genau das ist es.«

»Würden Sie trotzdem mal nachsehen? Für alle Fälle?«

Er zuckte die Achseln. »Wo wir schon hier sind, wieso nicht?« Er zog Werkzeuge und Seile aus dem Landrover, zögerte, warf sich dann einen Rucksack über die Schulter und gab ihr auch einen.

Gesteinsbrocken waren den Hang herunter gerollt. »Sehen Sie, hier, wo wir stehen, war die Höhlenöffnung«, erklärte Floyd. »Dann brach der Gesteinsvorsprung über dem Eingang zusammen und blockierte die Öffnung. Da ist niemand drin.«

»Es gibt keinen anderen Eingang in die Höhle?«

»Hängt davon ab, was Sie mit ›die Höhle‹ meinen«, erklärte Floyd. Er stocherte mit einem Brecheisen zwischen den Felsen und Büschen herum. »Es gibt lange Tunnel- und Spaltensysteme, die miteinander in Verbindung stehen. Aber die meisten sind nicht groß genug für Menschen. Diese Höhle hat ein paar ziemlich große Hohlräume, die durch einen Kriechgang verbunden sind, und dahinter kann man durch einen Spalt noch mehr Höhle sehen, aber er ist zu klein, um sich durchzuzwängen. Also praktisch gesehen war dies der einzige Eingang. Aber theoretisch führt wahrscheinlich jedes Sickerloch im Umkreis von zwei Meilen in das System, selbst wenn man von hier aus nicht hineinkann.«

Halbherzig versuchte er, mit dem Brecheisen einen Felsen zu bewegen.

»Dann gibt es jetzt also keinen Eingang«, sagte sie.

Er richtete sich auf und warf einen Blick auf seinen Landrover, offensichtlich bereit, aufzugeben. »Spinnen und Grillen kommen prima rein. Auch Fische. Aber Menschen? Ich fürchte, jemand hat Sie an der Nase herumgeführt.«

*Im Augenblick studiert sie Höhlenfauna*, hatte der eifersüchtige Professor Hart ihr neulich an der UI erzählt. Marty sagte stur: »Die Person, die mir gesagt hat, ich sollte hier suchen, hat sie wahrscheinlich gesehen. Kennen Sie diese Biologin von der Uni von Indiana? Professor Wolfe?«

»Wolfe!« Er sah sie scharf an. »Ich habe ein paarmal mit ihr gesprochen, ja. Sie schickt mir Studenten zum Unterricht. Professor Wolfe hat Ihnen gesagt, hier wäre jemand drin?«

»Ja.«

Er trat zurück und musterte den Steinhaufen zum ersten Mal mit echtem Interesse. »Wie zum Teufel konnte sie –«

»Sie glauben ihr also?« fragte Marty.

»Hat sich meines Wissens noch nie geirrt.« Er kletterte etwas höher hinauf, schob das Brecheisen unter einen Felsbrocken und drückte es nach unten. »Na gut. Zeit für die harten Hüte.« Er kam wieder herunter, setzte sich einen Grubenhelm auf und gab Marty auch einen. »Setzen Sie den auf und kommen Sie helfen.«

Marty zog sich den Kinnriemen fest und kraxelte neben ihn. Er sagte: »Ich glaube, dieser läßt sich bewegen.«

So war es. Als er sich gegen das Brecheisen stemmte und Marty schob, rollte der Felsbrocken ein paar Zentimeter auf den darunter.

»Was sagt man dazu!« bemerkte Floyd.

Marty leuchtete mit ihrer Taschenlampe hinein. Ein steiler Felshang führte ins Schwarze. Sie fühlte einen Schauer der Erregung, wie in dem Augenblick vor einem Rennen. Floyd sagte: »Sieht aus, als kämen wir jetzt vom zweiten Stock aus rein. Sie werden Ihre Hände brauchen. Wissen Sie, wie diese Karbidlampen funktionieren?«

Er hatte die Lampe von seinem Helm abgenommen und hielt sie ihr zur Ansicht hin. Im Zentrum eines Reflektors befand sich eine winzige Düse, und dahinter zwei zusammengeschraubte Kammern. Marty runzelte die Stirn. »Ich habe noch nie eine aus der Nähe gesehen.«

»Im Grunde stellt man sein eigenes Azetylengas her und verbrennt es.« Er schraubte die untere Kammer auf und schüttete aus einem Behälter kleine Stücke hinein. »Das Karbid kommt ins untere Fach. Also los, machen Sie Ihre klar.«

Die Lampe war mit einer Klammer an ihrem Helm befestigt. Marty nahm sie ab und schraubte sie auf, folgte dann seinem Beispiel und schüttete erdnußgroße Karbidstückchen hinein. Floyd schraubte seine Lampe wieder zusammen. »Das Wasser kommt in die obere Kammer, tropft durch ein Ventil und produziert das Gas. Das Gas strömt durch die Brennerdüse heraus, und schon hat man Licht.« Er zeigte ihr ein kleines Werkzeug mit feinen Drähten, die aus einem Röhrchen ragten. »Dies ist ein Düsenreiniger. Manchmal verstopft der Brenner. Man reinigt ihn mit einem Draht. Die Drähte rutschen zum Transport in das Röhrchen zurück. Jetzt –«

»Muß ich das alles wissen?« Marty schäumte vor Jagdeifer.

»Unbedingt!« Seine haselnußbraunen Augen blitzten nachdrücklich. »Wenn mir da drin ein Stein auf den Kopf fällt, dann müssen Sie wissen, wie Sie Ihre Lampe lange genug am Brennen halten können, um Hilfe zu holen. Dies ist keine Touristenhöhle mit einem Telefon an jeder dritten Ecke. Hier handelt es sich um die rauhe Wirklichkeit.«

»Okay, ich seh's ein.« Er hatte recht. Selbst wenn Phyllis da drin war, ohne Licht konnten sie kaum etwas anfangen.

Floyd fuhr fort: »So, und dies Dings hier kontrolliert das Tropfventil, und das ist ein Klappverschluß, wo man Wasser nachfüllt. Eine Wasserflasche ist in Ihrem Höhlenrucksack. Ebenso zusätzliches Karbid.«

»Macht man denn keine elektrischen Lampen?«

»Doch. Aber für so viel Licht braucht man eine große, schwere

Batterie. Schwer am Kopf. Manche Höhlenforscher schnallen sie an ihren Körper. Aber wenn man an eine enge Stelle kommt, kann man die Batterie abstreifen oder die Drähte herausreißen. Ich fühle mich mit der altbewährten und zuverlässigen Technik wohler.«

»Gut.«

»So, und jetzt lassen wir das Wasser hereintropfen.« Er füllte die obere Kammer. »Sehen Sie dies kleine Rädchen? Funkenzünder. Ich halte meistens einen Augenblick meine Hand über den Reflektor, damit sich ein bißchen Gas sammelt, und drehe dann das Rädchen.« Er tat es. Mit einem Puff fing das Gas Feuer. Er befestigte die Lampe wieder auf seinem Helm. »Jetzt Sie.«

Marty ahmte ihn nach. Beim dritten Versuch flammte ihr Licht auf. Er half ihr die Lampe in die Halterung stecken und sagte dann: »Großartig. Alles, was Sie sonst noch brauchen, ist im Rucksack. Gehen wir.« Er quetschte sich durch den Spalt, den sie geöffnet hatten.

Marty kraxelte eilig hinter ihm her. Die Öffnung war schmal, von heruntergefallenen Steinen blockiert, aber als sie weiter nach unten kamen, weitete sich der Gang. Es war sehr kühl. Bald waren sie in einer gewundenen Höhlung, ungefähr drei Meter breit und zwei Meter hoch. Die lederfarbenen Steinwände waren von einem längst versiegten Fluß geglättet. Vor ihnen waren auch schon Menschen dagewesen – an der Wand entlang lagen ein paar Bierdosen, ein alter Gürtel, die Tülle eines Ölkännchens, ein paar verrostete Taschenlampenbatterien. »Diese Höhle ist wie ein wackliges H geformt«, sagte Floyd, als sie knapp dreißig Meter gegangen waren. »Der Eingang ist unten am linken Arm. Gehen wir mal durch den Querbalken zum rechten Arm. Hier, rechts rum.«

Für Marty sah es nicht wie eine Rechtskurve aus. Es sah aus wie ein Loch in der Wand, neunzig Zentimeter Durchmesser in Taillenhöhe. Floyd sagte: »Knieschoner sind im Rucksack, falls Sie die brauchen. Aber er ist nur sieben Meter lang.« Er verschwand im Loch. Marty schaute zurück. Der dünne Lichtstreif, der den Eingang markierte, war schon außer Sicht. Sie folgte Floyd.

Zuerst war es nicht schwer, obwohl es ihr komisch vorkam, wie ein Baby durch eine Steinröhre zu krabbeln, die so anders war als die Landschaft direkt darüber. Sie konnte sich Richter Dentons Tochter an einem solchen Ort nicht vorstellen. Von irgendwoher kam der modrige Geruch von feuchter Tonerde. Der Tunnel neigte sich abwärts, und allmählich merkte sie, daß die Seiten näher rückten und die Decke niedriger wurde. Ohne Bosheit, ohne jedes Gefühl rückte das Gestein ihr zu Leibe. Der Rückweg zum Eingang kam ihr jetzt schon lang vor. Floyd rief: »Biegung hier«, und verschwand um eine Ecke. Als seine Stimme erstarb, waren die einzigen Geräusche ihr eigener rauher Atem, das rhythmische Kratzen ihrer Schuhspitzen auf dem Kalksteinboden, das schwächere Kratzen von Floyd irgendwo weiter vorn. Und ein merkwürdiges Gurgeln. Martys Herz begann rasend zu klopfen. Was war das für ein Geräusch? Wo war Floyd? War das irgendein Insekt, das hastig vor ihrer Lampe davonschwirrte?

Ihr Rucksack stieß gegen die Decke. Sie befreite einen Arm daraus und ließ ihn von ihrer Schulter baumeln, wobei sie hinter Floyd herkroch, so schnell sie konnte. Der Boden wurde jetzt feucht, die dünne Staubschicht wandelte sich zu Matsch. Dann schrapte ihr Rücken gegen den Kalkstein oben. Vor sich konnte sie sehen, wie die Tunneldecke sich langsam senkte, immer niedriger, und die Sohlen von Floyds Schuhen, die weiterruckten. »Robben«, rief er munter nach hinten.

Verflixt. Was tat sie hier unten? Phyllis konnte nicht hier sein.

Dann war die Kriecherei plötzlich zu Ende. Marty zwängte sich durch die letzte Verengung in ein großes Kalksteingemach, dessen bräunliche Wände von ihrer und Floyds Lampe erhellt wurden. Ein Flüßchen stürzte durch einen Spalt oben auf der rechten Seite des Gewölbes und verschwand in einem Steinhaufen am anderen Ende. Es hatte diese ganze gerundete Galerie ausgewaschen. Marty schaute zur steinernen Decke hoch und fragte sich, wie weit unterhalb der Judasbäume sie jetzt wohl waren.

Floyd stand neben dem Flüßchen. »Haben Sie je einen blinden Fisch gesehen?«

Marty ging zu ihm und spähte ins Wasser. Eine seltsame weiße Kreatur bewegte sich aus ihrem Lichtschein weg. »Mein Gott, wie ein Gespenst«, staunte sie.

»Auch Grillen«, sagte er, und deutete mit dem Kopf auf die Wand neben ihnen. Bleiche, spindeldürre Insekten kauerten unter einem Felsbrocken und zitterten mit den Fühlern. Marty ging näher hin, aber die Kreaturen flüchteten sich in die Schatten. »Die sind wie Science Fiction, nicht?«

Floyd lächelte. »Gefällt's Ihnen?«

Stirnrunzelnd schaute sie sich um. »Schon, aber – nicht so richtig. Es ist ein wilder Ort, nicht? Eine Wildnis. Die haben das Licht nie gesehen, diese Grillen. Ich komme mir wie ein Eindringling vor.«

Sein Lächeln wurde breiter. »Sie sind in Ordnung, Marty Hopkins.«

»Und das erforscht Professor Wolfe?« fragte sie.

»Evolution«, sagte er. »Anpassung an das Leben im Dunkeln.«

»Und Fossilien auch.«

»Ja, sie erforscht alles mögliche. Ich bin nur einmal mit ihr in einer Höhle gewesen, vor langer Zeit, drüben in Washington. Wir waren zwei Meilen unter der Erde – eine schwierige, wilde, nasse Höhle – und wir machten Rast, um was zu essen, beide voller Schlamm. Sie lehnte sich an die Höhlenwand und hatte diesen absolut seligen Gesichtsausdruck. Tja, die meisten von uns sind wegen der Herausforderung dabei. Hindernisse überwinden, uns selbst erproben, dahin gehen, wo noch kein Mensch gewesen ist. Also habe ich sie gefragt, warum sie gerne Höhlen erforscht, und sie sagte ganz ernst: ›Ich bin pervers.‹ Sie sagte: ›Ich bin in die Erde verliebt. Ich möchte mir jedes ihrer Grübchen einprägen.‹ Hat mich richtig erschüttert, kann ich Ihnen sagen.«

In die Erde verliebt. Merkwürdige Frau. Hatte sie wirklich Phyllis hier gesehen? Marty sah sich mit zusammengekniffenen

Augen in der Höhle um und fragte: »Es gibt keinen anderen Weg nach draußen?«

»Einen kleinen Tunnel da oben in den Felsen, wo das Flüßchen herauskommt. Wird viel zu eng für jeden über zehn«, sagte er. »Und es gibt noch eine Erweiterung dieser Höhle.« Er führte sie zu einem vertikalen Spalt neben dem Steinhaufen, in dem der Fluß verschwand. Sie konnten fast aufrecht gehen, rechts, dann links in ein trockenes, rundes Gewölbe mit einer flachen Einbuchtung auf der Rückseite. Eine alte rostige Eisenkette führte von einem Eisenring weg, der im Boden befestigt war. »Aus Schmugglerzeiten«, erklärte Floyd.

Ihr wurde ganz anders. »Tja, hier ist niemand. Wir suchen besser weiter.«

Er lächelte. »Sie gehen vor. Zurück durch den Kriechgang.«

»Mach' ich.« Marty kehrte in das Gewölbe mit dem Flüßchen zurück, quetschte sich wieder in den Kriechgang und kroch den ganzen Weg zur Haupthöhle voran. Sie kam sich fast wie eine alte Höhlenforscherin vor.

Floyd war direkt hinter ihr. »Gut«, sagte er. »H-förmig, wissen Sie noch? Wir haben alles gesehen bis auf den oberen Teil des ersten Armes. Dieser Teil neigt sich ein wenig und wird nach etwa sechs Metern weiter.«

Sie gingen schon, während er sprach. Ein dunkler Schimmer rechts, wo der Gang breiter wurde. Zu blank, zu regelmäßig. Ihre linke Hand packte Floyds Ellbogen, ihre rechte griff nach dem Revolver.

Floyd folgte ihrem Blick. »Himmel! Das habe ich noch nie gesehen!«

Ruhig, Hopkins, sagte sie sich. Ihre aufgeschreckten Sinne nahmen die Umgebung in sich auf: die Stille, laut nach dem gurgelnden Flüßchen; das Gewölbe aus blondem Stein an Wänden und Decke; der ungleichmäßige Haufen herabgefallener Felsbrocken am Ende des Raums. Und der gelb-weiße Schimmer ihrer Lampen, reflektiert von dem dunklen, blanken Rechteck hinter dem Felsen da. War das –

Sie hielt ihre Stimme ruhig, neutral. »Warten Sie mal eine Sekunde, Floyd, ja?«

Sie schaute sich gründlich um. Niemand. Staub lag da, keine dicke Schicht, und der Boden war schon betreten worden. Angespannt und darauf bedacht, wo sie hintrat, damit sie die Szene nicht zu sehr veränderte, ging Marty darauf zu. Ja, ein Sarg. Auf die vorgewölbte Steinwand dahinter hatte jemand mit Kerzenruß ein großes Kreuz gemalt. Auf dem Sarg lag kein Staub, wie sie bemerkte. Hübsche Arbeit aus poliertem Holz.

Sollte sie Wes rufen? Noch nicht, Hopkins, sieh erst nach, was da ist.

Marty leckte sich die trockenen Lippen. Der Deckel hatte gut funktionierende Scharniere, obwohl sie ein wenig quietschten, als sie ihn anhob.

Die Eile war doch nicht nötig gewesen. Für das zarte Skelett da drinnen, in eine modrige Häkeldecke gewickelt, kam jede Hilfe viel zu spät. Dichtes, stumpfes, lockiges Haar lag wie eine braune Rüsche auf dem Satinkissen unter dem Schädel. Die Hände waren über einer kleinen Bibel gefaltet, die man ihr auf die Brust gelegt hatte, und ein goldenes Armband lag zwischen den kleinen Handknochen. Das Armband hatte das gleiche Blattmuster, das sie auf dem Portrait bei Dentons gesehen hatte.

Eine Seite aus dem Gesangbuch war neben den Schädel gesteckt. ›Ew'ger Fels ...‹

Sanft legte Marty den Deckel wieder auf und hob den Blick zur Höhlenwand dahinter. Kalkstein. Aus Leichen gebildet.

*Ew'ger Fels, für mich gespalten, Zuflucht suche ich in dir...*

Phyllis Dentons Zuflucht war nicht länger geheim.

## 12

Royce Denton saß in der Bibliothek seines Vaters und bezahlte seines Vaters Rechnungen von seines Vaters Konto. Nach den ersten beiden Anfällen hatte der alte Mann seinen beiden Söhnen Vollmacht gegeben, bestimmte Rechnungen zu bezahlen. Hal junior war wütend gewesen über die strengen Bedingungen, die daran geknüpft waren. »Er hält uns immer noch für Kinder«, fauchte er. »Denkt er vielleicht, wir geben sein ganzes Geld für Dauerlutscher aus? Oder daß ich mir selber Gelder für die Wahlkampagne bewillige?«

»Wer weiß schon, was er denkt?« antwortete Royce. »Wahrscheinlich will er bloß die Illusion nicht aufgeben, daß er alles unter Kontrolle hat. Ginge dir das nicht genauso?«

Halb schuldbewußt zuckte Hal die Achseln. »Ja. Kann sein.«

In der Zeit, ehe die Anfälle zum täglichen Ereignis wurden, hatte sein Vater sich tatsächlich bereit erklärt, ein paar mittlere Beträge zu Hals Wahlkampagne beizusteuern. Das kam jetzt nicht mehr in Frage; sie waren berechtigt, für den Lebensunterhalt, die Autoreparaturen und die Pflegekosten zu bezahlen, und das war so ziemlich alles. Royce hoffte, das Dach würde noch eine Weile halten.

Von oben hörte man das regelmäßige Quietschen des Schaukelstuhls der Schwester. Aus der Küche kam das gedämpfte Dröhnen der Maschinen seiner Mutter. Sie hatte für heute abend Hackbraten versprochen.

Er steckte den Scheck in den Umschlag. Der Schreibtisch, an dem er saß, gehörte seinem Vater, und davor hatte er seinem Großvater gehört – ein schweres eichenes Rollpult mit zerkratzter Arbeitsfläche und Myriaden kleiner Schlitze und Abteile und Schublädchen. Alles hatte seinen Platz. Hal fand ihn altmodisch, aber Royce mochte den Schreibtisch, der ihm das Gefühl vermittelte, geschäftstüchtige Männer hielten damit für lange Zeit ihr Leben in Ordnung. Er roch nach Möbelpolitur mit einer Andeutung von Tabak. Royce vermutete, daß sowohl sein Vater wie sein Großvater ihre Zigarren in einer der kleinen Schubladen verwahrt hatten. Sein Vater hatte das Rauchen vor Jahren aufgegeben, aber der alte Schreibtisch hatte es nicht vergessen.

Die Meutehunde fingen an zu bellen, und dann hörte man das Knirschen von Reifen auf dem Kies-Wendehammer. Royce stand auf, um aus dem Fenster zu sehen. Ein Streifenwagen vom Sheriffbüro, und die lockenhaarige Marty Hopkins sprang aus der Beifahrertür. Sie hat was an sich, dachte Royce. Ernsthaft und sachlich, ja, aber er hatte Zärtlichkeit und Mitgefühl dahinter entdeckt, und einen rührenden Anflug von Verlegenheit, als er den Jelängerjelieber auf ihrem Kragen fand.

Im Augenblick sah sie allerdings grimmig aus.

Schlechte Nachrichten also. Er wollte nicht, daß seine Mutter zuerst damit konfrontiert wurde. Royce ging in die Eingangshalle, und als es an der Tür klingelte, rief er nach hinten in die Küche: »Ich gehe schon, Mutter. Ich bin gerade da.« Er machte die Tür auf.

Marty Hopkins war nicht allein. Sie stand einen Schritt hinter Wes Cochrans massiger Gestalt. Royce hob die Augenbrauen. »Sheriff Cochran! Nun, kommen Sie herein! Hallo, Marty.« Er nickte ihnen zu, während sie ernst die schattige Eingangshalle betraten.

»Wie geht es Ihnen, Royce?« Wes Cochran überragte beide und blickte so grimmig wie Marty. »Hrm, ich fürchte, wir haben schlimme Nachrichten über Ihre Schwester.« Er machte eine Pause. »Wir haben eine Leiche gefunden.«

»Und Sie glauben, es ist ihre?« Royce konnte seinen Unglauben nicht ganz verbergen.

Wes Cochran sagte: »Es werden noch Tests gemacht. Aber wir haben dies bei der Leiche gefunden.« Er zeigte Royce einen Plastikbeutel mit einem goldenen Armband, das mit einem komplizierten Muster ineinander verschlungener Blätter verziert war. Royce' Blicke wanderten zum Portrait. Das Armband war dasselbe.

»Ja. Es ist ihrs«, sagte er. Es war, als hätte man ihm einen Hieb versetzt, und er wunderte sich, weil er geglaubt hatte, er sei auf alles vorbereitet. Er hatte oft gedacht, sie könnte tot sein. Aber das war ein kalter Gedanke, rein verstandesmäßig, und erst jetzt wurde ihm klar, daß er immer erwartet hatte, sie würde sich eines Tages wieder mit ihnen in Verbindung setzen.

Royce hatte die Augen schmerzlich zugekniffen. Wes murmelte etwas Mitfühlendes, aber es war die Hand von Marty Hopkins auf seinem Arm, die ihn zurückholte. »Alles in Ordnung mit Ihnen?« fragte sie.

»Ja, ja.« Er fuhr sich mit der Hand über die Stirn und sah einen Augenblick in ihre grauen Augen. »Es ist nur ein solcher Schock. Ich hätte nicht gedacht – Sie war so jung, wissen Sie.«

Marty nickte.

»Wie ist sie gestorben?«

»Das wissen wir noch nicht«, sagte Wes. »Wir wissen nur, daß es vor Jahren geschehen ist. Wahrscheinlich bald nach ihrem Verschwinden.«

»Vor so langer Zeit! War es ein Verkehrsunfall? Oder hat jemand...« Er schaute von Wes zu Marty und wieder zurück.

»Wir wissen es noch nicht«, wiederholte Wes. »Es wird eine Weile dauern, die Antwort zu finden. Wir arbeiten dran.«

»Ja, ich weiß.« Royce rieb sich wieder die Stirn. Wut regte sich in ihm.

»Sie können uns bei ein paar Fragen helfen«, sagte Marty.

»Selbstverständlich. Was immer ich tun kann.«

»Wir haben sie nicht weit von Stineburg in einer Höhle gefunden.«

»In einer Höhle – o Gott, ich kenne diese Höhle! Hal und ich haben dort gespielt, als wir klein waren! Das Gelände gehört Vater noch immer. Davor hat es meinem Großonkel gehört.« Wes wie Marty beobachteten ihn genau, mitfühlend, aber aufmerksam; Royce merkte, daß das, was er sagte, für den Fall wichtig sein könnte. »Aber vor ein paar Jahren wurde die Höhle versiegelt, wie ich hörte. Als sie die Landstraße instandsetzten, haben die

Sprengungen oder was einen Einsturz verursacht. Ist das die Höhle, die Sie meinen?«

»Genau die«, sagte Marty.

»Ist Phyllis – ist sie da drin gestorben?«

»Schwer zu sagen«, meinte Wes. »Wir tragen noch Einzelheiten zusammen.«

Marty fügte leise hinzu: »Aber jemand hat sie richtig schön aufgebahrt. Mit Sarg und allem.«

Royce erinnerte sich an das Foto von Phyllis in ihrer Lederjacke und schüttelte den Kopf. »Ich verstehe das nicht. Sie ist mit diesen Motorradfreaks durchgebrannt – also muß es doch irgendein Unfall gewesen sein, stimmt's? Warum sollten die sie in die Höhle legen? In einem Sarg?«

Marty Hopkins sagte: »Vielleicht wollten sie es einfach nicht mit der Polizei zu tun kriegen.«

»Ja, verdammt nochmal, dann kriegen sie es eben jetzt!« Royce schlug sich mit der Faust in die Hand. »Wir ziehen alle Register! Verdammt! Wie konnte ihr das passieren?«

Marty fragte: »Kannte Phyllis die Höhle auch?«

Royce atmete tief durch und versuchte sich zu erinnern. »Ich weiß nicht. Wahrscheinlich. Wir gingen da öfter zum Picknick hin. Vater angelte gern in dem Fluß in der Nähe. Aber Hal und ich waren viel älter. Ich war schon weg auf dem College, ehe Phyllis alt genug war, viel herumzustromern.«

»Sie hat also später, wenn Sie zu Besuch nach Hause kamen, nicht davon gesprochen?«

»Nicht, daß ich wüßte. Aber wenn ich heimkam, redeten Phyl und ich meist über Fernsehshows und so was.«

»Tja –« Marty warf Wes einen Blick zu. »Wir bringen die Nachricht jetzt besser Ihrer Mutter bei.«

»Ja, natürlich.« Seine Mutter. Verdammt. Er wußte nicht, ob er im Augenblick dem Anblick seiner Mutter gewachsen war, dem Anblick ihrer Tränen. »Sie ist in der Küche und macht Abendessen.«

Wes deutete zum Hintergrund der Halle, und zögernd ging Royce voraus zur Küche, einem großen quadratischen Raum mit zwei Tresenwänden und einer Arbeitsinsel aus Ahornholz. Auf dieser Insel summte der elektrische Fleischwolf, den seine Mutter mit roten Rindfleischstücken fütterte. Eine Masse durchgedrehten Fleisches quoll aus seiner Tülle in eine Glasschüssel. Seine Mutter sah auf, blickte von einem zum anderen und wandte sich schnell ab, um ihre Hände im Spülbecken abzuwaschen. Sie fragte: »Was ist geschehen?«

Wes sagte: »Ich fürchte, wir haben schlechte Neuigkeiten über Ihre Tochter, Mrs. Denton.«

Langsam wandte sie sich um und sah ihm ins Gesicht.

»Wir glauben, sie ist tot. Es tut mir leid.«

Zwei langsame Tränen quollen aus ihren Augen. Sie bedeckte das Gesicht mit den Händen. Marty ging auf sie zu, hielt aber inne, als Royce zu seiner Mutter eilte. »Mutter. Gott, ist das furchtbar.«

Sie erlaubte ihm, die Arme um sie zu legen, blieb aber steif stehen, wies den Trost von sich. Nach einem Augenblick trat er einen Schritt zurück und fragte sanft: »Bist du in Ordnung? Ich weiß, es ist ein Schock.«

Sie ließ die Hände sinken und sah ihn mit tränenglitzernden Augen an. »Nein. Ich wußte es.«

»Schon. In gewisser Weise wußte ich es auch. Es ist trotzdem ein Schock, wenn es sich bestätigt.«

Wes Cochran räusperte sich und fragte rauh: »Mrs. Denton, woher wußten Sie es?«

Sie schaute ihn abwesend an, als ob sie ihn nicht verstünde.

»Hat es Ihnen jemand gesagt?« fragte Marty.

»Gesagt – ?« Von oben hörte man einen Aufschlag auf den Fußboden. Sie schaute Marty an, schien aber angstvoll auf das Quietschen des Schaukelstuhls der Schwester zu horchen. »Nein«, sagte Elizabeth. »Ich wußte es einfach.«

»Sie hat zweimal geschrieben und dann aufgehört«, sagte Royce. »Ich machte mir Sorgen, daß sie gekidnappt oder verletzt war. Aber es kamen keine Lösegeldforderungen. Ich habe mir gedacht, sie ist eben ein Kind, das weggerannt ist, und Kinder vergessen zu schreiben.«

»Hrm, Mrs. Denton«, brummte der Sheriff mit seiner tiefen Stimme, »dürfen wir Ihnen ein paar Fragen über die Zeit unmittelbar vor Phyllis' Verschwinden stellen?«

»Ja.« Ihre Stimme war flach, unlebendig.

»Also, soweit ich mich erinnere, sagten Sie, Sie hätten keine Ahnung, daß sie mit dieser Motorradgruppe zu tun hatte?«

»Nein. Keine.« Sie warf Royce einen schnellen, angstvollen Blick zu.

Er tätschelte ihr beruhigend die Schulter. »Keiner von uns hatte eine Ahnung, Sheriff. Nicht, bis das Foto auftauchte.«

»Ja, ich erinnere mich. Sie zeigten es mir ein paar Wochen später. Nun, Mrs. Denton, unten bei Stineburg ist eine Höhle. Ihr Sohn sagt, sie liegt auf Ihrem Grund und Boden.«

»Ja.« Seine Mutter runzelte die Stirn und holte zittrig Luft.

»Können Sie sich erinnern, ob Ihre Tochter je etwas über diese Höhle gesagt hat?«

»Ja. Sie mochte die Höhle. Alle Kinder taten das. Weißt du noch, Royce, du und Hal junior, ihr habt auch darin gespielt.«

»Ja, ich weiß es noch. Phyl hat sie auch erforscht?«

»Ja. Ihr Vater und ich sind natürlich nur ein paar Schritte hineingegangen, aber sie hat gern da gespielt. Natürlich ist sie nicht weit gegangen, weil es so schwer ist, an den engen Stellen eine Taschenlampe zu tragen. Und wir regten uns auch auf. Einmal, als sie neun war, nahm sie die Taschenlampe und war fast eine Stunde weg. Ich war außer mir vor Angst. Aber sie fand immer den Weg –« Die Tränen flossen wieder über. Marty fand eine Papierserviette und reichte sie ihr.

Dem Sheriff war unbehaglich. »Es tut mir leid, Sie zu belästigen, Mrs. Denton«, sagte er. »Aber hat Phyllis etwas über die Höhle gesagt? Ich meine, zu der Zeit, als sie verschwand?«

»Nein.« Sie schüttelte den Kopf. »Ich glaube nicht.«

»Gut. Also, Ihnen gehört das Land da. Haben andere Leute die Höhle besucht?«

Sie schaute Royce an, und er antwortete: »Ein paarmal war jemand da. Wir fanden immer mal Bierdosen am Eingang.

Oder Graffitti. Hal junior und ich brachten das wieder in Ordnung.«

»Fällt Ihnen irgendeine Verbindung zwischen diesen Eindringlingen und Ihrer Schwester ein?«

»Nein. Wir wußten ja nie, wer es gewesen war. Aber das ist eine interessante Idee«, fügte Royce hinzu. »Vielleicht, wenn wir herausfinden könnten – Mutter, hast du eine Ahnung, wer sie waren?«

»Nein. Abgesehen von dem Packer-Jungen, der seinen Namen an der Felswand hinterlassen hat«, antwortete sie. »Wir kannten ihn nicht. Die Jungen haben es abgewaschen.«

»Was ist mit Professor Wolfe?« fragte Marty.

»Ich weiß nicht.«

»Wer ist Professor Wolfe?« fragte Royce.

»Eine Professorin an der UI«, sagte Marty. »Arbeitet in Höhlen. Hat mir gesagt, daß Phyllis da wäre. Was hat sie Ihnen gesagt, Mrs. Denton?«

»Sie hätte Phyllis in der Höhle gesehen.«

»Sie hätte sie gesehen?« rief Royce. »Wann?«

»Ich weiß nicht. Das ist Jahre her.«

»Warum hast du mir das nicht gesagt?« Royce trat ärgerlich gegen die Arbeitsinsel. »Verdammt, Mutter, wir haben Zeit verschwendet!«

»Aber Royce – wir haben so viele Meldungen bekommen. Alle falsch, erinnerst du dich? Und dein Vater regte sich jedesmal dermaßen auf – Sheriff, Sie erinnern sich doch!«

»Ja.« Wes nickte. »Sie waren selten hier, Royce. Aber sie hat recht. Obwohl wir die Sache nicht groß aufbauschten und Publicity vermieden haben, meldeten sich alle möglichen Verrückten und behaupteten, sie hätten die Kleine gesehen. Ein Typ besuchte seine Omi in Minneapolis und glaubte, er hätte sie dort gesehen, ein anderer war unten in French Lick – wir haben Dutzende von Hinweisen überprüft.« Er schaute Royce's Mutter an. »Wann hat die Professorin Ihnen das erzählt?«

»Das weiß ich nicht mehr genau. Vielleicht ein Jahr, nachdem Phyllis verschwunden war.«

Royce platzte heraus: »Mutter, das hättest du uns sagen müssen! Diese Meldung hat gestimmt!«

Sie weinte wieder und hielt ihr Gesicht hinter der Serviette verborgen, die Marty ihr gegeben hatte. »Es gab Dutzende von Meldungen, von denen ich euch nichts gesagt habe! Sie haben nicht gestimmt!«

Wes Cochran sagte: »Seien Sie nicht zu hart mit ihr, Royce.«

Marty Hopkins' mitfühlende Hand lag auf seinem Arm und besänftigte ihn. »Außerdem, diesmal hat sie uns gesagt, wir sollten uns bei Wolfe erkundigen.«

»Schon, aber nach so viel verlorener Zeit!« Royce fuhr sich mit der Hand übers Gesicht. Sie hatten recht, dieser Ärger war Energieverschwendung. Reg dich ab, mach dich an die Arbeit. Er schaute zum Sheriff hinüber. »Verdammt, es ist einfach dermaßen frustrierend. Aber jetzt wissen wir es. Und jetzt ist es an der Zeit, alle Register zu ziehen, richtig?« Er sah dem Sheriff in die Augen. »Wir werden die Mistkerle kriegen, die das getan haben. Sie werden dafür bezahlen.«

Die Augen seiner Mutter glitzerten von Tränen, aber seine Worte hatten auch in ihr etwas wie Zorn geweckt. »Ja!« sagte sie, mit einer Intensität, die ihn überraschte. »Ja, sie werden bezahlen!«

Marty berührte seine Mutter an der Schulter. »Wir werden unser Bestes tun, Mrs. Denton. Und, Royce, Ihre Mutter hat sich an Professor Wolfe erinnert, weil Ihr Vater etwas gesagt hat.«

»Das stimmt!« rief Royce aus. Er konnte seinen Vater fast hören, wie er von Idioten faselte, von Phyllis, davon, daß er aufgefressen würde, von Wölfen.

»Ich denke, wir sollten mit ihm reden«, sagte Wes Cochran.

Royce sagte: »Seine Reden ergeben nicht viel Sinn, Sheriff.«

»Tja, das hat Hopkins mir schon gesagt. Trotzdem, wir sollten es versuchen.« Wes räusperte sich. »Hopkins, Sie bleiben bei Mrs. Denton, ja?«

Marty nickte. Aber seine Mutter sagte: »Ich wäre lieber ein paar Minuten allein.«

»Aber sicher, Mrs. Denton.« Royce war überrascht, den Sheriff mit so sanfter Stimme sprechen zu hören. Im Gerichtssaal hatte er immer einen ganz anderen Mann gesehen, von einer stählernen Sachlichkeit, die durch und durch zu gehen schien. Er hielt Wes und Marty die Tür auf, und sie gingen wieder in die Halle. Hinter ihnen surrte immer noch der Fleischwolf.

Als Royce die Treppe hinaufgehen wollte, sah er Marty zum Portrait aufblicken. Er schaute es auch an, seit vielen Jahren zum ersten Mal richtig. Der traurige, stille, gemalte Blick von Phyllis begegnete seinem und rührte ihn zu Tränen. Er ließ sie natürlich nicht heraus, aber den ganzen Weg nach oben brannten sie hinter seinen Augen. Irgendwie würde er diese Mistkerle erwischen, die seine kleine Schwester getötet hatten.

Sein Vater schlief. Royce berührte Lisas blonden Kopf, und sie fuhr eiligst aus ihrem Stuhl hoch und nahm die Stöpsel aus den Ohren. »Oh, hallo Royce!«

»Sheriff Cochran, das ist Lisa.«

»Guten Tag, Lisa.« Aber der Sheriff, unfähig, seinen Schock vollständig zu verbergen, starrte die hagere schlafende Gestalt auf dem Bett an.

»Sollten wir ihn aufwecken?« fragte Royce Lisa.

»O je, ich habe ihn eben erst zur Ruhe gebracht.«

»Ja, ich habe ihn vorhin um sich schlagen hören.« Er sah Wes Cochran an, der kummervoll den Kopf schüttelte. »Sheriff, wenn es Ihnen recht ist, würde ich lieber warten und es ihm mitteilen, wenn er wach ist.«

»Er bekommt nicht viel Ruhe und Frieden«, erklärte Lisa.

»Ja.« Der Sheriff zog seinen Gürtel zurecht. »Ich wußte nicht, daß es ihm so schlecht geht.«

»Was wollten Sie ihm sagen?« fragte Lisa.

»Meine Schwester. Man hat sie gerade gefunden. Sie ist tot«, sagte Royce unverblümt.

»Oh, das tut mir leid!« Lisa bedeckte den Mund mit der Hand.

»Ja. Jedenfalls, wenn er mit klarem Kopf aufwacht, lassen Sie es mich wissen.«

»Die Nachricht wird hart für ihn sein«, sagte Lisa. »Vielleicht sollten wir warten, bis er wieder mehr bei Kräften ist.«

Wes wandte sich an Lisa. »Wir versuchen, etwas über Professor Wolfe zu erfahren. Wie ich höre, hat er den Namen erwähnt?«

Sie wirkte verunsichert. Royce sah Marty einen Blick auf die Kopfhörer und dann auf Wes werfen, und er sah, wie Wes die Botschaft zur Kenntnis nahm. Lisa sagte: »Kann sein. Aber meist kann man nicht draus schlau werden.«

»Na gut, lassen Sie uns wissen, wenn er etwas sagt. Danke.«

»Gut, das machen wir.« Royce rieb sich die Stirn. »Oh Gott, ich möchte diese Mistkerle erwischen!«

Marty Hopkins sah ihn aus ihren ernsten, grauen Augen an. »Wir werden unser Bestes tun, Mr. Denton.«

Irgendwie wußte Royce, daß er ein Gelübde gehört hatte.

# 13

In seinem Büro knallte Wes Cochran den Hörer hin. Sie waren nach Monroe County gefahren, aber in Professor Wolfes Farmhaus war niemand gewesen, und obwohl Hopkins ihn gewarnt hatte, daß sie kein Telefon besäße, hatte er nicht geglaubt, daß sie so primitiv sein könnte. War sie aber. Er rollte seinen Stuhl zur Tür des Hauptzimmers und funkelte Hopkins an. »Mist, die Frau ist unmöglich!«

Sie ratschte Papier aus ihrer Schreibmaschine und legte es zu den anderen Seiten ihres Berichts. »Kein Anschluß, was? Tja, es gibt ja kein Gesetz, das die Leute zwingt, Telefone zu haben. Wir könnten Professor Hart anrufen. Vielleicht hätte der eine Ahnung, wo sie ist.« Von der Seite warf sie einen Blick auf Wes' finsteres Gesicht und fügte hinzu, »Sir.«

Wes schlug mit der Faust auf die Armlehne seines Stuhls, während er darüber nachdachte. »Ich habe nicht die geringste Lust, auf – wann war das? – Dienstag in einer Woche zu warten, wenn sie Vorlesung hat. Teufel auch, es gibt beim Goldstein Fall noch so viel zu tun.« Rumms, Rumms. »Ich will Ihnen mal was sagen, Hopkins, hat keinen Zweck, daß zwei von uns angenagelt sind. Sie übernehmen es, diese Wolfe-Type zu finden. Versuchen Sie mal, ob Sie sie vor nächstem Dienstag aufspüren können.« Er stand auf und versetzte seinem Stuhl einen wütenden Stoß, der ihn bis zum Schreibtisch beförderte. »Ich gehe nachsehen, was die Spurensicherung in der Höhle gefunden hat. Dann muß ich mich wieder um Goldstein kümmern.«

»Gut.«

Wes fing an, seine Sachen einzusammeln. Notizbuch, Sonnenbrille. Jacke würde er wohl nicht brauchen. Na, doch besser mitnehmen, es könnte spät werden. Draußen im Hauptbüro konnte er Hopkins am Telefon hören. »Professor Hart? Ich rufe an, um zu fragen, ob Sie uns sagen können, wo Professor Wolfe ist... Ja, wir würden gern noch einmal mit ihr reden... Ja. Ich hatte gedacht,

Sie wüßten vielleicht, wo wir sie vorher finden könnten... Am Haus haben wir es versucht, ja. Niemand zu Hause... Wohin würde sie eine Exkursion machen?«

Exkursion! Das war doch was für kleine Kinder, oder? Wes mochte diese schwer zu fassende Frau nicht, der er nie begegnet war. Er überlegte finster, ob sie die kleine Denton selbst getötet hatte. Ziemlich spät für ein Geständnis jetzt, aber vielleicht hatte ihr Gewissen sie all die Jahre geplagt, und sie wollte es endlich loswerden.

Hopkins legte den Hörer auf. Wes schnappte seinen Hut und marschierte ins Hauptbüro. »Glück gehabt?«

»Möglich. Er sagte sie wäre irgendwo in der Wildnis auf einer Exkursion. Er scheint zu wissen, wann sie geht, aber nicht, wohin. Meist ist sie vor Tagesanbruch zurück, aber danach geht sie möglicherweise wieder weg.«

»Wie kann man sie also erreichen?«

Hopkins zuckte die Achseln. »Vor Morgengrauen an ihrem Haus sein.«

»Mist. Vor Morgengrauen!« Er sah Grady Sims in den Parkplatz einbiegen und schaute auf die Uhr. »Also, Hopkins, improvisieren Sie, aber vorsichtig. Denken Sie dran, das Mädel könnte die Mörderin sein. Ich komme zu Hilfe, wenn es nötig ist. Rufen Sie an.«

»Wird wahrscheinlich nicht nötig sein, Sir. Aber ich lasse Sie wissen, wo ich bin.«

»Ja. Seien Sie vorsichtig. Jetzt ist Ihre Schicht vorbei. Sie können nach Hause gehen.«

»Ich könnte auf dem Heimweg mit Ihnen in der Höhle nachsehen.«

Wes seufzte. »Hopkins, Sie sind Hilfssheriff. Ich bin der regulär gewählte Beamte dieses großartigen Bezirks, und der schwarze Peter bleibt an mir hängen. Ich werde Ihre Sonnenaufgangs-Safari genehmigen, aber dies nicht. Wenn Sie so scharf auf unbezahlte Überstunden sind, müssen Sie mich bei den nächsten Wahlen schlagen.«

»Jawohl, Sir.«

»Mit Brad alles okay?« sagte er noch.

»Ihm geht's gut. Überlegt sich seinen nächsten Schritt.«

Das klang nicht sehr vielversprechend. Na, es war ihr Problem. Er sagte »bis morgen« und schob die Tür auf, gerade als Grady Sims hereinkam. »Sims, wie geht's?«

»Gut. Irgendwas los?«

»Dieselben alten Sachen. Sie sind immer noch an Goldsteins Hauswirt, nicht?«

»Ja, Sir. Bisher ist nichts rausgekommen.«

»Die Klan-Jungs sagen, sie sind die Unschuld in Person. Haben Sie was anderes gehört?«

Sims zuckte die Achseln. »Vor'n paar Monaten ist Al zu so'ner Großversammlung unten in Kentucky gefahren, sagt Onkel Mel. Seitdem eigentlich nichts.«

»Na, halten Sie die Ohren offen.« Wes eilte zu seinem Wagen. Wegen dieser Zusammenkunft würde er besser Lester fragen. Ob die alternden Klansmänner hier in der Gegend wohl Außenseiter ermutigen würden, herzukommen und ihre Dreckarbeit zu machen? Fremde, die zuschlugen und dann verschwanden, waren schwere Fälle, selbst wenn man andere Bezirke benachrichtigte. Na, wenn das FBI kam, würde er ihnen von der Kentucky-Verbindung erzählen, und vielleicht gingen sie dann eine Weile weg. Er fragte sich, wieviel Zeit ihm noch blieb, ehe sie auf ihren weißen Rossen auftauchten. Um sich abzusichern, hatte er sie schriftlich über die Klan-Karte in Goldsteins Grab informiert, nachdem er mit Kizzy Horton gesprochen hatte. Aber er hoffte, es würde noch ein oder zwei Tage dauern, bis sie die Nachricht bekamen. Wegen der Verzögerung würde er was zu hören kriegen, aber Teufel auch, die Wähler hatten es nicht gern, wenn das FBI herumschnüffelte. Sie würden es verstehen. Jedenfalls würde Kizzys Brief bald ankommen, vielleicht Montag.

Seine Hände krallten sich ums Lenkrad. Verdammtes FBI. Er hatte so ein Gefühl in den Knochen, daß dieser Fall nach einer lokalen Kloake roch.

Und der verdammte Denton-Kram mußte auch gerade jetzt akut werden. So war es eben immer, Wochen der Langeweile, und dann fiel ihnen plötzlich der Himmel auf den Kopf. Diese Woche mußten also die Raser im Bezirk einfach weiter rasen, und wenn eine Kuh in die Jauchegrube fiel, war das eben Pech.

Der Druck, den er quer über der Brust gespürt hatte, konzentrierte sich hinter seinem Brustbein und drückte fester. Verdammt, für diese Art Blödsinn hatte er keine Zeit! Aber der Schmerz breitete sich aus und zog sich zur linken Schulter. Keuchend fuhr er an den Straßenrand und tastete nach seinen Tabletten. Da waren sie, in seiner rechten Tasche. Wes legte sich eine unter die Zunge. Dann zog er sein Notizbuch hervor und tat eine Minute lang so, als läse er darin, während er auf die Wirkung des Nitroglycerins wartete. Er hatte nichts Anstrengendes getan. Sich Sorgen gemacht, das war alles. Natürlich hatte Doc gesagt, er sollte sich die Dinge nicht zu Herzen nehmen, aber bei zwei Leichen, und eine davon wahrscheinlich ein Klan-Mord, wer könnte das schon? Doc hatte auch gesagt, er sollte sich Bewegung machen. Verdammt, er hatte reichlich Bewegung. Obwohl nicht sehr regelmäßig. Klar, er hatte es versucht, aber es war schwer, die Zeit zu finden, und deprimierend war es auch, weil es ihn an alles erinnerte, was er nicht mehr konnte. Schnelles Dribbeln, harte Treibschläge über den Platz, Finten und Sprünge. Er erinnerte sich an die Großartigkeit seines Teenager-Körpers, an die Menge, die ihm zujubelte, an die glühende Siegesfreude, an den Stolz, zu den Meisterschaftsspielen zu gehen. An Shirls strahlende Augen. Und selbst nach der Army und nachdem er zwei Jahre einen Lastwagen gefahren hatte, waren die Basketball-Triumphe noch frisch im Bewußtsein der Leute, und er war ohne große Mühe zum Sheriff gewählt worden, besonders, da der alte Sheriff Cowgill in Indy mit einem leichten Mädchen gesehen worden war. Seitdem war Wes immer Sheriff gewesen. In dem Jahr, als er Lester und Al eingelocht hatte, weil sie den armen Emmet Hines zusammengeschlagen hatten, war er nahe daran gewesen, die Wahl zu verlieren. Aber es war das gleiche Jahr, in dem er den ehemaligen Sträfling aus Kentucky erwischte, der die Fiske-Frau vergewaltigt hatte, und die Botschaft war bei den Wählern angekommen: Sheriff Cochran löst Bezirksprobleme im Bezirk. Er schickt Unruhestifter von außerhalb zum Teufel, ob es nun Ex-Sträflinge sind oder das FBI.

Diesmal aber konnte er sie nicht draußen halten. Er konnte nur versuchen, die Informationen zu bekommen, ehe sie ankamen und alles zerwühlten.

Er fühlte sich viel besser. Er legte das Notizbuch beiseite und fuhr wieder auf die Landstraße nach Stineburg. Aber der Herr hatte nicht die Absicht, ihn heute diese Höhle inspizieren zu lassen, denn er war erst ein paar Meilen gefahren, als das Funkgerät knisterte.

Foleys Stimme kam ganz schwach. »Zehn-fünfundfünfzig. Sechs-Null-Zwei Maple.«

Das hieß, noch eine Leiche. »Schon identifiziert?« fragte Wes.

»Alter schwarzer Mann namens Willie Sears. Und, Sir, da ist wieder eine von diesen Karten.«

Wes wendete auf der Stelle und trat den Gashebel bei heulenden Sirenen bis zum Boden durch.

In der Milchbar ließ Chrissie ihre Puppe ungeduldig auf den Knien hopsen. »Also gehen wir jetzt nach Alaska?«

Brad und Marty antworteten gleichzeitig. Sie sagte: »Nein, nicht sofort«, und er sagte: »Wir reden noch darüber.«

»Na, ich bin ja bloß das Kind«, sagte Chrissie, »aber ich finde, wir sollten genug Geld kriegen, um nach New York zu gehen.«

»Da hast du recht.« Brad grinste sie an. »Das ist das Ziel, Chrissie. Das Ende des guten alten Regenbogens. Und Alaska ist der Weg dahin. He, Marty, laß uns bestellen. Was möchtest du?«

Er hatte recht, Chrissie komplizierte die Lage. Besser später darüber reden. Sie sagte: »Schoko-Shake.«

Die Glastüren öffneten sich und ließen Eddie Bronson in seinem farbverkleckerten Overall herein. »Brad! Alter Gauner! Dachte, du wärst in New York!«

»Hallo, Eddie!« Brad schlug ihm auf die Schulter.

»Alter Gauner! Was ist passiert? Hast du jemandem die Brooklyn-Brücke verkauft und dich mit dem Gewinn zur Ruhe gesetzt? Tag, Marty.«

Mit dem Mund voll Eiskrem nickte Marty Eddie zu.

Brad sagte: »Mann, an der alten Brooklyn-Geschichte ist echt was Wahres, Eddie.«

»Und das wäre?« Eddie grinste in freudiger Erwartung.

»Weißt du, eines Tages ist mir ein Licht aufgegangen. Ich stromerte an der Upper East Side herum, du weißt schon, wo die ganzen Millionäre wohnen. Und ich kam an dieser Bäckerei vorbei. Hieß natürlich nicht Bäckerei, sondern hatte so einen affigen französischen Namen. Und da im Fenster, direkt neben den Torten und Pasteten, verkauften die doch tatsächlich Käfer.«

»Käfer?« Eddies rundes Gesicht war genauso gespannt wie Chrissies.

Brad beugte sich vor, die Ellbogen nach außen, Handgelenke nach innen, die Finger gespreizt und gebogen. »Schokoladengrashüpfer! Bonbon-Ameisen!« Alle drei lachten. Brad grinste, lehnte sich wieder zurück und wackelte mit den Zeigefingern über dem Kopf wie mit Fühlern. »Sogar eine riesige Küchenschabe aus Karamel. Ich schwöre bei Gott, sie war so groß wie mein Finger. Stellt euch bloß vor, da reinzubeißen! Mann, mir hat sich der Magen umgedreht! Aber siehst du, der Kerl kannte das Geheimnis von New York.«

»Und was ist das?« fragte Eddie.

»Eine Masche.« Brads Augen blickten ganz kurz auf Marty, nur einen Moment, um sicherzugehen, daß auch sie die Botschaft verstand. »Der Kerl muß sich keine Sorgen darüber machen, ob seine Süßigkeiten besser schmecken als irgendwelche anderen. Diese New Yorker, verstehst du, die kennen schon alles. Also gibst du ihnen was Neues, und sie laufen sich die Hacken ab, dich dafür zu bezahlen. Die Küchenschabe kostete fünf Dollar.«

»Du machst Witze!«

»Ich schwöre bei Gott, Eddie.«

»Hast du Zeit für einen Drink? Mann, wir haben uns so viel zu erzählen!« Eddie hatte nicht aufgehört zu grinsen.

Brad zuckte die Achseln. »Das wird warten müssen. Mein Wagen ist drüben bei Gil Newton. Getriebeprobleme.«

»Au, das kann scheußlich sein.« Eddie war mitfühlend. »Aber komm schon, ich kann dich hinterher nach Hause fahren. Dies eine Mal läßt du ihn doch laufen, nicht, Marty?«

Das war keine wirkliche Frage. Selbst Chrissie wußte das, die mit schaukelnden Beinen auf dem Plastiksitz der Nische hockte und methodisch an ihrem Eis leckte. Marty zuckte nur die Achseln.

Brad war vor Mitternacht zurück. Er kam geschrubbt und mit Minze-Atem ins Bett und weckte sie mit Küssen aufs Ohr, wobei er murmelte, wie sehr er sie brauchte. Mit einer Art Verzweiflung rollte sie in seine Arme. Sein Hunger auf sie war wunderbar. Chrissie war nicht das einzige, was die Situation komplizierte.


Auch Sheriff Wes Cochran machte sich gegen Mitternacht auf den Heimweg.

Ehe er ging, schaute er sich noch ein letztes Mal in Willie Sears' Küche um. Willie war Hausmeister in der Highschool und lebte allein, sagte sein Bruder aus Evanston. Die Frau war vor mehreren Jahren an Herzversagen gestorben. Das Haus war klein, voller behelfsmäßiger, aber funktionstüchtiger Reparaturen: Deckel von Blechdosen über Astlöcher im Fußboden genagelt, Sturmfenster aus Plastik noch an einige der Fenster getackert, Klebestreifen um ein ausgefranstes Elektrokabel gewickelt. Das abgetretene Linoleum vor der Hintertür war mit einem anderen Muster geflickt. Im Nebenzimmer war ein Kieferbett auseinandergenommen, die Matratze schief auf dem Boden. Trotzdem, das schäbige Haus schien gut gepflegt, bis auf den Blutfleck von Willie Sears auf dem Boden neben der Küchenwand. Das Geschirr war abgewaschen bis auf einen Topf, der seit drei Tagen weichte.

Nicht überraschend. Willie Sears war schon drei Tage tot gewesen, als der Bruder aus Evanston schließlich nach ihm sah.

»Sieht ziemlich wie bei Goldstein aus«, hatte Wes gesagt, sobald Grady ihm die Leiche gezeigt hatte.

»Ja, Sir. Aber nicht ganz.« Beide hielten sich Taschentücher vor die Nase.

»Ich wette, Goldstein ist auch an ein Kreuz genagelt gewesen.«

»Ein umgedrehtes Kreuz wie das da?«

»Wir fragen die Jungs von der Spurensicherung, ob es medizinische Anhaltspunkte gibt, daß Goldstein kopfunter gehangen hat. Du kannst bei ihm noch einmal nach etwas suchen, das ein Kreuz gewesen sein könnte.«

»Okay.«

»Sieht aus, als wäre dieses aus Seitenteilen von einem Bett gemacht.«

»Ja, Sir. Ein auseinandergenommenes Bett ist im Zimmer nebenan. Ich werde bei Goldstein nochmal rund ums Haus nachsehen, ob sich was in der Art findet.«

»Möchte wissen, wieso der Mörder den begraben hat und diesen nicht?«

»Weiß nicht, Sir. Goldstein war noch nicht so lange tot.«

Das stimmte. Willie Sears fing an, ziemlich übel zu riechen. Dann gab es noch einen Unterschied. Beide Leichen waren verstümmelt. Aber Goldstein war kastriert worden, und man hatte ihm seine Genitalien in den Mund gestopft. An Willie Sears fehlte nichts, wenn man von den blutverkrusteten, madigen Höhlen absah, wo seine Augen gewesen waren.

Die handgezeichnete Klan-Karte war die gleiche. Diesmal überließ Wes sie der staatlichen Spurensicherung.

Er schickte Sims nach Hause und wartete darauf, daß die Leute von der Spurensicherung gingen. Aber selbst ohne diese Ablenkung kam ihm keine Erleuchtung.

Er wußte, daß die Mörder eine Botschaft übermittelten. Goldstein hatte die falsche Frau gefickt. Willie Sears hatte das Falsche gesehen.

Aber was? Was zum Teufel hatte er gesehen?

# 14

Um vier Uhr rasselte der Wecker. Marty schlug nach ihm, bis er verstummte. Brad murmelte trunken im Schlaf. Halb mitleidig, halb grollend tätschelte sie seine Schulter, ehe sie aus dem Bett schlüpfte und ihre Uniform anzog. Im Hauptquartier brauchte sie nicht anzurufen. Wes Cochran wußte, wo sie sein würde.

Die kühle Nachtluft war angenehm, und sie konnte die lange Fahrt zum Farmhaus beim alten Steinbruch fast genießen. Sie parkte im Gras hinter einem Käfer. Vom Pritschenwagen war nichts zu sehen, und nirgends war Licht. Als sie die Scheinwerfer ausgeschaltet hatte, brauchte sie die Taschenlampe, um zur Tür zu kommen.

Sie klingelte mehrmals, rief, klopfte an die Tür.

Nichts.

Verflixt. Professor Hart mußte sich geirrt haben. Aber Marty hatte keine anderen Hinweise.

Marty setzte sich auf die Verandastufen, knipste die Taschenlampe aus und lehnte die Schulter gegen den Pfosten. Hart hatte gesagt, sie sollte vor Sonnenaufgang hier sein. Es war noch etwas Zeit bis Sonnenaufgang. Sie würde ein paar Minuten warten, für alle Fälle.

Im Westen ging ein verschwommener Mond hinter dünnen Wolken unter. Selbst die hellsten Sterne standen diesig und blaß, ohne Persönlichkeit, am schwarzen Himmel. Die Wälder waren noch schwärzer, aber auch formlos. Unmöglich zu sagen, wie nah oder wie fern die Bäume waren. Nur das Haus hatte Umriß und konkrete Masse in der Schwärze.

Sie wünschte, sie wäre in ihrem eigenen Haus. In tiefem Schlaf.

Paß auf, Hopkins, nicht eindösen.

Es war so dunkel, schwarz wie Chrissies New York T-Shirt. In der Stadt war die Nacht bestimmt anders, ein Hintergrund für das Funkeln der Menschheit, das helle Leuchten von Freundschaft, Rivalität, Musik, Gelächter. Oh Gott, sie wünschte sich so, New York zu sehen! Brad gehörte an so einen Ort. Ihn heute mit Eddie zu sehen, hatte sie an all die Abende mit ihren Freunden in Bloomington erinnert, wo Brad die Geschichten erzählte und das Lachen anführte. Er war ein Stadtmensch. Vielleicht ein New York-Mensch.

Kein Alaskamensch. Mit Maske oder ohne.

Gott, war sie schläfrig. Sie lehnte ihren Kopf an den Pfosten neben sich und schloß die Augen.

Was zum Teufel war die Antwort? Was war das Beste für Brad, für Chrissie? Für Leute, die sie brauchten, wie die Dentons oder Kizzy Horton? Hier wußte sie, wie sie den Menschen helfen konnte. Aber in New York? In Alaska?

Sie hatte gehört, daß es in Alaska manchmal fast die ganze Nacht hell war. Und manchmal den ganzen Tag so finster wie jetzt...

Ein grollendes Knurren.

Marty riß die Augen auf. Reißzähne, Fell, gingen auf sie los.

Eine heisere Stimme rief: »Luna, Ursula. Genug!«

Die Hunde kamen schliddernd zum Stehen. Alle drei, jetzt mit wedelnden Ringelschwänzen. Marty atmete wieder und fand sich in Kampfstellung zusammengekauert, mit gezücktem Revolver und rasendem Puls. Sie drehte den Kopf, um die Frau anzusehen, die vom Pritschenwagen herbeikam. Groß, Licht flammte von ihrem Helm. Hinter ihr verbreiteten vier weitere Helme einen unruhigen Lichtkreis. Marty sah Schlammstreifen auf den Kleidern der Frau, auf ihren Händen und – ja, auf ihrem Halfter, als sie die Pistole zurücksteckte.

Marty steckte ihre eigene Pistole weg, atmete tief ein und sagte: »Sie waren schürfen.«

»Ja, Martine. Sie auch?«

Marty schaute die anderen an, die am Fuß der Treppe stehengeblieben waren. Auch sie waren schlammbespritzt. Professor Wolfe sagte zu ihnen: »Geht schon rein. Duscht. Ich muß Martine ein paar Fragen stellen.«

Sie trotteten die Stufen hinauf und ließen ihre Höhlenrucksäcke auf die Veranda fallen. Die Hunde schnüffelten daran und ließen sich in der Nähe nieder. Eine Studentin knipste die Verandalampe an, und alle drehten ihre Grubenlampen ab, ehe sie hineingingen.

»Sie haben sie also gefunden.« Professor Wolfe nahm ihren Helm ab, löschte die Flamme und ließ sich behende auf derselben Stufe nieder, Marty gegenüber. Die Verandabeleuchtung oben und hinter ihnen zeichnete die Linien ihres Gesichts scharf ab.

Marty lehnte sich an den Pfosten. »Direkt leicht haben Sie es mir nicht gemacht.«

»Es ist keine leichte Situation. Jemand Intelligentes war nötig.«

»Haben Sie Phyllis Denton getötet?« Marty hegte keine sehr freundlichen Gefühle.

Die Antwort kam glatt, ohne Groll oder Zögern. »Nein, Martine, das habe ich nicht getan.«

»Aber Sie wußten seit Jahren, wo sie war!«

»Sagen Sie mir, wie hat die Familie reagiert?«

»Mrs. Denton hat geweint, was denken Sie denn? Royce, der Bruder, wurde wütend und schwor, er würde die Kerle kriegen, die seine Schwester getötet hatten. Richter Denton war zu krank, um es zu begreifen. Er ist sediert und meist verrückt, wenn er aufwacht. Vielleicht begreift er es nie mehr.« Sie beobachtete Professor Wolfe genau und kehrte hartnäckig zu ihrer Frage zurück. »Sie haben es seit Jahren gewußt! Warum haben Sie es uns nicht gesagt?«

Aber der Blick, den die Professorin zurückgab, war unbewegt, nicht zu deuten. »Wozu hätten Sie das wissen müssen?«

»Wozu – mein Gott, um die Kerle zu kriegen, die es getan haben! Sie ließen ein Kind sterben, haben es vielleicht getötet und sind dann verschwunden!«

»Um sie zu kriegen. Aus Rache?«

Marty schloß einen Moment die Augen. Paß auf, Hopkins. Diese Frau hat Informationen, ist vielleicht sogar die Mörderin. Und Empörung ist bei der Ermittlungsarbeit kein sehr nützliches Gefühl. Sie sagte: »Ja, von mir aus Rache, was auch immer. Um zu verhindern, daß es noch einmal passiert.«

»Verhindern ist ein schwer zu erreichendes Ziel, Martine. Aber Rache – ja, Rache kann ich verstehen.«

»Entscheidend ist, Sie hätten es uns sagen müssen.«

»Martine, bitte machen Sie nicht den Fehler zu denken, daß ich ein guter Bürger bin. Ich bin Wissenschaftlerin. Ich kümmere mich um andere Dinge. Ich habe es Elizabeth Denton gesagt, weil es Elizabeths Angelegenheit war. Nicht meine. Nicht einmal Ihre.«

Marty behielt ihre Geduld. »Ich habe nicht speziell mich gemeint. Ich bin Vertreterin des Gesetzes, das habe ich gemeint. Jeder x-beliebige Beamte hätte genügt.«

»Und doch scheint es für Sie eine persönliche Sache zu sein.«

»Jetzt ist es das auch. Ich habe die Dentons kennengelernt.« Sie schaute hinüber, um die Reaktion der anderen Frau auszuloten. »Diese Leute sind voller Schmerz, Professor Wolfe.«

Die Professorin studierte sie mit diesem seelenentblößenden Blick, den sie hatte. »Das glaube ich wohl. Ich will ihn nicht vergrößern. Aber für Sie ist noch etwas anderes im Spiel, nicht wahr, Martine? Haben Sie eine Tochter?«

»Schon, aber das tut nichts zur Sache!« Marty schlug mit der Faust auf die Verandastufe, merkte, daß sie die Fassung zu verlieren drohte, und atmete tief durch. »Sehen Sie, was ich tue, tue ich für jedermanns Töchter. Oder Söhne.«

»Natürlich.« Professor Wolfe schaute weg, nach Osten. Fast unmerklich wandelte sich der schwarze Himmel zu Tintenblau.

Marty sagte: »Es wäre eine große Hilfe, wenn Sie erklären würden, wie es kam, daß Sie die Leiche fanden.«

»Hat Ihnen Elizabeth das nicht gesagt?«

Marty sagte automatisch: »Ja, aber es ist besser, wenn wir es in Ihren eigenen Worten hören.«

Die dunklen Augen richteten sich schnell wieder auf Marty, diesmal mit einem Anflug von Verschmitztheit. »Das zieht nicht, Martine. Ich habe in Pennsylvanien einen Mann getötet. Und ein paar der besten Vernehmungsbeamten im Staat haben mir ihre Techniken vorgeführt.«

Sie bekam eine Gänsehaut, nicht so sehr wegen der Bestätigung von Professor Harts bösartiger Geschichte, als vielmehr wegen der beiläufigen Art, mit der Professor Wolfe davon sprach. Marty versuchte ebenfalls, beiläufig zu klingen. »Ja, davon habe ich gehört. Worum ging es da?«

»Er war auf der Jagd, außerhalb der Saison«, sagte Professor Wolfe bereitwillig. »Auch betrunken. Er hat ein Reh geschossen. Ich habe in der Nähe an meinem Projekt mit Plazenta-Säugetieren gearbeitet. Das Reh schwankte fast vor meine Füße, halb wahnsinnig vor Schmerz. Hustete Blut, die Eingeweide hingen heraus. Ich hatte nur mein Messer, aber ich habe sie getötet. Seitdem habe ich immer Morphium bei mir.« Auf Martys Blick hin fügte sie hinzu: »Ich bin staatlich geprüfte Tierärztin. Na, der Jäger stürmte hinter ihr her. Er wurde kampflustig, zielte mit dem Gewehr auf mich. Seine Logik schien zu sein, daß ich ihn seiner Beute beraubt hatte, also mußte ich seine Beute werden. Befahl mir, die Kleider auszuziehen.« Sie verfiel in Schweigen und schaute wieder nach Osten. Der Horizont nahm als diesige Silhouette Gestalt an, zerzauste Zedernwipfel, rundlichere Pappeln und Ahorne, in der Ferne ein Feuerturm.

»Was ist passiert?« drängte Marty.

Die dunklen Augen kehrten von einem fernen Ort zurück. »Ach. Tja, auf kurze Entfernung nützt ein Gewehr nicht viel, nicht wahr? Ein Messer wohl. Außerdem, als ich mein Hemd aufgeknöpft hatte, schien er ziemlich abgelenkt.«

»Ich verstehe.« Marty erschauerte.

»Es stellte sich heraus, daß der Kerl schon zweimal wegen Verdacht auf Sexualstraftaten festgenommen, aber nie verurteilt worden war.«

»Ich verstehe. Ähm, wo in Pennsylvanien ist das passiert?«

Das spitzbübische Lächeln war wieder da. »Ich will Ihnen etwas Zeit sparen, Hilfssheriff Hopkins. Der Mann, den Sie kontaktieren wollen, heißt Joseph Cooper, Bezirksstaatsanwalt von Haughton. Er hat das Untersuchungsverfahren geführt.«

»Danke.« Marty machte sich eine Notiz.

»Nach den ganzen Verhören entschied Cooper, ich hätte in Verteidigung meines Selbst gehandelt.«

»Klingt richtig, Selbstverteidigung, Notwehr.«

»Manchmal sind Ihre Gesetze gar nicht so weit ab vom Schuß, Martine. Das Selbst sollte verteidigt werden.«

Marty begenete dem ernsten Blick direkt. »Ja. Das finde ich auch. Aber das gilt auch für Töchter.«

»Das ist richtig. Verteidigt, oder gerächt. Also, Elizabeth Denton hat Ihnen erzählt, daß ich die Leiche gefunden habe. Was noch?«

Marty zögerte. Professor Wolfe hatte gerade zugegeben, daß sie einen Mann erstochen hatte. Wes würde wahrscheinlich vor Begeisterung jodeln. Aber Marty kam es jetzt noch unwahrscheinlicher vor, daß die Professorin Phyllis Denton getötet haben könnte. Marty konnte sich vorstellen, daß sie selbst genauso auf einen betrunkenen Jäger reagiert hätte. Zum Teufel, vor ein paar Minuten hätte sie beinahe die Hunde der Professorin erschossen. Sie entschied, daß sie mehr aus Wolfe herauskriegen würde, wenn sie die Spielchen sein ließ. »Mrs. Denton hat nicht viel mehr gesagt. Sie sagte, Sie hätten es ihr erzählt, aber sie hätte es nicht an uns weitergeleitet, weil es schon so oft falschen Alarm gegeben hatte. Das ist alles, was sie gesagt hat. Sie war so erschüttert, weinte, ich konnte sie nicht trösten. Ihr Sohn auch nicht.«

Professor Wolfe runzelte die Stirn. »Glauben Sie, Rache würde sie trösten, Martine?«

»Trösten?« Marty schaute hinaus auf den Horizont, während sie darüber nachdachte. Der Himmel wurde jetzt silbern, und die ersten Lichtstrahlen spiegelten sich im Feuerturm. »Trösten eigentlich nicht. Nichts könnte mich trösten, wenn ich Chrissie verlieren sollte. Aber Rache könnte mir vielleicht wenigstens das Gefühl geben, daß Schmerz durch Schmerz aufgewogen wird.«

Die Professorin nickte langsam. »Eine gute und ehrliche Antwort, Martine. Dann will ich es Ihnen sagen. Meine Arbeit hier besteht aus einer zwanzigjährigen Studie über die Entwicklung der Höhlenfauna. Einer der Orte, die ich für die Studie in Betracht gezogen habe, war die Stineburg-Höhle. Vor sechs Jahren habe ich nachgesehen, ob sie dafür geeignet ist.«

»Wie sind Sie hineingekommen?«

Nach Floyds Aussage war der Höhleneingang schon davor eingestürzt.

Professor Wolfe sagte: »Auf dem einfachsten Weg. Ein Felsbrocken oben dicht am Eingang läßt sich rollen.«

»Ja. Weiter.«

»Ich habe Phyllis dort gesehen, in ihrem Sarg. Ich sprach mit ihrer Mutter und überließ alles übrige ihrer Entscheidung.«

»Aber sie dachte, es wäre ein falscher Alarm. Haben Sie ihr keine Beweise gebracht?«

»Sie meinen, eine Locke von ihrem Haar, einen Schuh? Natürlich nicht. Ich wollte nicht daran rühren. Nur die Karte habe ich genommen, um die Familie zu finden.«

»Was für eine Karte?«

»Es war eine Karte da. Ihr Name, Geburts- und Todesdatum.«

»Wie hat Ihnen das geholfen, die Familie zu finden?«

»Ich habe nicht Ihre Möglichkeiten, Martine, also mußte ich selbst zum Standesamt gehen und die Geburtenregister nachsehen. Glücklicherweise war sie in Nichols County geboren.« Die dunklen Augen hefteten sich wieder auf Marty. »Geburtenregister können manchmal sehr nützlich sein.«

»Gut, also Sie fanden die Dentons und sprachen mit Elizabeth. Haben Sie auch mit dem Richter gesprochen?«

»Nein. Ich weiß, daß es der Richter war, der meinen Namen erwähnt hat. Dazu kann ich nur sagen, daß Elizabeth es ihm erzählt haben muß.«

Marty nickte, stirnrunzelnd. Wenn Elizabeth ihm von diesem sogenannten falschen Alarm erzählt und er das mit etwas anderem in Verbindung gebracht hatte – aber warum war er dann der Sache nicht nachgegangen? War er erst kürzlich auf die Verbindung gestoßen? »Haben Sie seitdem mit irgendeinem von den Dentons gesprochen?«

»Nein.«

»Und Sie haben Mrs. Denton nicht gedrängt, den Sheriff zu rufen?«

»Das war ihre Entscheidung, Martine. Vielleicht hätten Sie anders entschieden.«

»Allerdings!« Marty seufzte. Zivilisten brachten Untersuchungen wahrhaftig durcheinander. Na, wenigstens hatte sie jetzt den Grund erfahren, warum Professor Wolfe die Polizei nicht gerufen hatte. Blöder Grund, aber er paßte zu allem anderen, was sie über die Professorin wußte. Und sie konnte gut verstehen, wieso Elizabeth Denton die Geschichte dieser eigenartigen Frau bloß für eine weitere falsche Spur gehalten hatte. Zeit, weiterzumachen. Marty sagte: »Also gut, zurück zur Höhle. Wann haben Sie sie gefunden?«

»Im Mai vor sechs Jahren.«

»War sie – na ja, ich weiß, daß Sie keine Gerichtsmedizinerin sind, aber Sie sind Wissenschaftlerin. Könnten Sie sagen, wie sie getötet wurde?«

»Nein, es gab nichts Offensichtliches.«

»Keine Vermutungen? Ich meine, sollen wir annehmen, daß Phyllis Denton einen Sarg in die Höhle geschleift, sich hineingelegt und zu Tode gehungert hat?«

»Als ich die Leiche sah, war die Verwesung in vollem Gange«, sagte die Professorin sanft. »Die Todesursache war nicht zu erkennen.«

»Tja, können Sie ungefähr sagen, wie lange sie schon da war?«

»Ohne jeden Anspruch auf Genauigkeit. In einer Höhle gibt es weniger Insekten und andere Spezies zur Zersetzung des Körpers, und die kühlen Temperaturen machen die Organismen langsamer. Ich würde sagen, länger als einen Monat, weniger als ein Jahr. Das Todesdatum schien einleuchtend.«

»Sie haben keine Tests gemacht?«

Ein Lächeln zuckte um Professor Wolfes Mundwinkel. »Ah, Sie fangen an, mich zu durchschauen, Martine. Natürlich habe ich daran gedacht. Ein Teil meiner Studien hat damit zu tun, wie Höhlenwesen die Nahrungsquellen ausnutzen, die von der

Oberfläche hereinkommen. Aber solche Studien hat man de facto schon gemacht, mit Tierkadavern, und es hätte sich nicht viel Neues daraus ergeben, diese zu analysieren.«

»Ach so.« Marty fand den Gedanken, daß ein toter Mensch eine Nahrungsquelle für Höhlenwesen sein sollte, ekelerregend, und die nächste Bemerkung von Professor Wolfe traf sie unvermutet:

»Ich habe die Leiche nicht angerührt. Ich habe den Felsbrocken am Eingang wieder zurechtgerückt und bin nie mehr in den Teil der Höhle zurückgekehrt, weil er eine Art Schrein zu sein schien. Wie Sie, Martine, betrauere ich den Tod des Kindes.«

Aufschreckend begegnete Marty den dunklen Augen der Professorin und sah, daß es die Wahrheit war. Sie beide trauerten um die junge Phyllis Denton. Professor Wolfe fügte hinzu: »Das überrascht Sie?«

Marty rutschte auf der Stufe herum. »Na ja, meist sind Sie so distanziert. Sagen, es ist nicht Ihr Problem. Reden über Millionen von Jahren, und über Studien, und über ein totes Kind als Nahrungsquelle für Höhlenwesen.«

»Auch das ist Wahrheit, Martine. Andere Tode sind notwendig für unser Leben. Wir töten Fische und Gemüse, um uns davon zu ernähren, wir töten Bakterien und Bandwürmer, um unsere Gesundheit zu erhalten. Und wenn wir sterben, ernähren sich Bakterien und Insekten und Pflanzen von uns. Der Tod ist im Herzen des Lebens.«

»Das hat was Grauenhaftes!«

»Ja. Aber es ist auch Schönheit darin, in der Mannigfaltigkeit. Blinde Fische, Rehe, Bandwürmer, Menschen – eine kleine Drehung der DNA, und neue Formen entfalten sich. Das Leben hat unendliche Möglichkeiten. Aber gerade das macht jede tatsächliche Kreatur unendlich unwahrscheinlich, unendlich kostbar. Genau wie die unerschöpflichen Tiefen der Zeit das Wunder dieses vergänglichen Augenblicks unterstreichen.« Die hypnotische Stimme der Professorin schien die ganze Welt zu liebkosen. Mit einem Mal verstand Marty die Studentinnen, die dieser Frau in die Höhlen, die Mikrokosmen, in die Tiefen der Zeit folgten.

»Dieser Augenblick. Der Duft der Zedern, das schwache Licht, die Geschäftigkeit der erwachenden Vögel, zwei menschliche Wesen, deren Gedanken sich berühren. Ich trauere darum, daß Phyllis Denton so wenig Zeit hatte zu erfahren, wie hinreißend es ist.«

Martys Hals war zugeschnürt, und sie konnte nur nicken. Sie brauchte einen Moment, sich zu erinnern, daß sie ja eigentlich Fragen stellen sollte. Komm zu dir, Hopkins! Sie überlegte krampfhaft. Sie hatten das Auffinden der Leiche, die Mitteilung an Elizabeth Denton und sogar den Totschlag in Pennsylvanien abgehakt. Was blieb noch übrig? Marty fuhr sich mit den Fingern durch die Haare und sagte: »Ähm, mal sehen. Ach, haben Sie die Karte noch, die Sie von der Leiche genommen haben?«

»Nein. Sie wurde weggeworfen.«

»Verflixt! Es hätte eine Handschrift drauf sein können, etwas –«

»Das ist alles, was ich Ihnen sagen kann.« Professor Wolfe stand abrupt auf. Im rosigen Schimmer der Morgendämmerung sah man die rotbraunen Schatten des Höhlenschlamms, der sie von der Stirn bis zu den Stiefeln verschmiert hatte. »Mutter Sonne ist da, und ich brauche eine Dusche. Martine, reden Sie unter vier Augen mit Elizabeth, wenn sich die Dinge beruhigt haben. Und meine besten Wünsche für Ihre Chrissie.«

»Gut.« Auch Marty kam auf die Füße. »Ähm – Professor Wolfe, wenn ich das tippe, was Sie mir gerade gesagt haben, würden Sie die Aussage unterschreiben?«

»Wahrscheinlich nicht. Aber bringen Sie mir die Neuigkeiten, und irgendwann, ehe ich abreise, reden wir noch einmal.«

»Ehe Sie abreisen?«

»Ich habe andere Studien an anderen Orten.« Die Professorin betrat die Veranda. »Leben Sie wohl, Martine. Und verteidigen Sie weiter jedermanns Töchter.«

»Ich tue mein Bestes.«

»Und verteidigen Sie Ihr Selbst.«

»Mich?«

»Es werden viele Anforderungen an Sie gestellt, denke ich. Ihr Job, Ihre Tochter, vielleicht ein Ehemann.«

»Au Mann, Sie sagen es!« gab Marty mit mehr Vehemenz zu, als sie vorgehabt hatte.

»Verteidigen Sie Ihr Selbst. Auch um Ihrer Tochter willen.«

Diese dunklen Augen hielten ihren Blick mit erstaunlicher Dringlichkeit fest. »Na schön«, versprach Marty.

Professor Wolfe verschwand im Haus. Die Tür schlug hinter ihr zu.

Marty ging langsam zum Auto und überdachte, was sie gehört hatte. Sie hatten die Punkte abgehakt, derentwegen sie gekommen war. Wes würde besonders erfreut sein, von dem Totschlag in Pennsylvanien zu hören. Man mußte den Bezirksstaatsanwalt anrufen, aber die Geschichte würde sich bestätigen, da war Marty sicher.

Also hatten sie alles besprochen, was sie herausfinden wollte, und noch einiges mehr. Trotzdem fühlte sich Marty nicht erleichtert. Es fehlte noch etwas. Professor Wolfe hätte ihr mehr erzählen können, wenn sie nur gewußt hätte, welche Fragen sie stellen sollte.

Hinter ihr kamen die vier Studentinnen aus dem Haus, in sauberen Kleidern und mit feuchtem Haar. Sie winkten, zwängten sich in den VW-Käfer und fuhren um Martys Wagen herum ab. Marty schaltete die Zündung ein und folgte ihnen den holprigen Weg hinunter. Im schrägen Licht der Morgendämmerung fuhr sie nach Hause.

# 15

»Guten Morgen, Sonnengesicht.« Shirley Cochran trug eine Latzschürze über ihrem rosa Sonntagskleid. »Keine Umarmungen. Mein Hände sind ganz voll Mehl.«

»Hallo, Schätzchen.« Wes, in Oberhemd und Anzughose, beugte sich herunter, um sie zu küssen. Zwischen ihnen gab es satte dreißig Zentimeter Größenunterschied, aber er hatte nur zwei Verabredungen gebraucht, damals in seinem letzten Highschooljahr, um zu erkennen, daß es jede Verrenkung wert war, die Lippen der hübschen Shirl zu finden. Er richtete sich wieder auf und grinste auf sie runter, eine quirlige, schmunzelnde Frau, die ihre mehligen Hände sorgfältig von ihrem Rock weghielt. Sie war inzwischen ein paar Pfund schwerer, und ihr blondes Haar zeigte graue Ansätze statt braune, aber noch genauso süß und energisch wie in ihren Cheerleadertagen. Nur wenn sie sich an Billy erinnerte, verloren ihre Augen das lustige Funkeln. Wes deutete mit dem Kopf auf die rosa-weiße Küche hinter ihr. »Was machst du denn Schönes?«

»Bloß Hefebrötchen. Und fang ja nicht an, so dick Butter draufzuklatschen, du weißt, was Doc Hendricks sagt.« Rasch kehrte sie zu ihrer rosaroten Arbeitsplatte zurück, wo sie Kreise aus einem Teig stach.

»Gut.« Er blieb am Spülbecken stehen, um sich die Hände zu scheuern.

»Du hast letzte Nacht nicht so gut geschlafen.« Sie schob die Brötchen in den Backofen. Ein warmer Lufthauch strich über seine Halsseite, als sie die Ofentür schloß. Shirl kam zu ihm ans Spülbecken und fing an, sich das Mehl von den Händen zu waschen, dann richtete sich ihr wissender Blick wieder auf ihn. »Ein übler Fall, was.«

»Aach, Morde sind nie schön«, sagte er ausweichend.

Shirl nahm ihm das Handtuch weg, um ihre Hände trockenzureiben. »Hol dir mal 'ne Tasse Kaffee, Sportsfreund, und laß dich in acht Minuten an diesem Tisch sehen. Du brauchst ein gutes Frühstück, ich hab' nämlich das Gefühl, du willst heute arbeiten.«

»Marty! Zeit zu gehen!« Tante Vonnies Stimme tönte scharf wie eine Säge von unten herauf.

»Fast fertig!« schrie Marty. Brad zuckte zusammen. Marty fühlte einen Stich Mitleid gemischt mit Ärger und fügte leiser hinzu: »Chrissie, lauf und sag ihr, wir ziehen gerade die Schuhe an.«

Chrissie rannte hinaus. Brad betastete seine Schläfen und sagte: »Oh, Mann. Fühlt sich an wie eine Wassermelone, nicht wie ein Kopf.«

Marty hatte sich umgezogen. Statt der Uniform, die sie bei Professor Wolfe angehabt hatte, trug sie jetzt ihr leichtes blaues Kleid mit der kleinen Spitzenkante am Kragen und an der Passe. Sie warf einen Blick auf die Uhr, als sie ihre weißen, hochhackigen Sandalen anzog. Gut, sie würden ein paar Minuten zu spät kommen, dafür brauchte er eine Stunde lang mit niemandem zu reden.

Die Methodistenkirche Zedern des Libanon war ein quadratisches Steingebäude, das Anfang des Jahrhunderts von den ortsansässigen Steinmetzen erbaut worden war. Viel Zierschnitzerei war nicht dran. Zedern des Libanon gab sich sachlich und protestantisch mit viereckigen Fensterstürzen und schlichten Fenstern, die Schönheit ergab sich aus den wunderbar behauenen rötlichbraunen Kalksteinblöcken. Drinnen hatten sie Chorgestühl aus Goldeiche mit geraden Rücken und ein schlichtes Kreuz.

Eben als das zweite Lied anfing, schlüpften sie in eine der hinteren Bänke. Tante Vonnie sah aus wie ein drohendes Unwetter, die Stirn unter ihren hochgetürmten goldenen Locken niedrig und gerunzelt. Chrissie kam als nächste. Sie hatte ihr rot-weiß bedrucktes Kleid an und ein Paar rotweißer Ohrringe wie kleine Ausrufungszeichen. Sie klammerte sich an Brads Hand, als ob sie Angst hätte, er könnte wegfliegen. Marty, die Nachhut, dachte grimmig, er lief wohl eher Gefahr, unter die Bank zu rutschen.

Sie nickte Shirley Cochran zu, die von der anderen Seite des Kirchenschiffes herüberlächelte. Neben Shirley starrte der große, silberhaarige Wes finster nach vorne. Marty folgte seinem Blick zu dem großen Eichenkreuz. Verdammt, das mußte schrecklich gewesen sein, der arme Kerl mit dem Kopf nach unten angenagelt. Sie hatte selbst unruhig geschlafen, und nicht nur wegen ihrer Unterhaltung mit Professor Wolfe. Das kleine Skelett in der Höhle hatte sie mehr als einmal mit seiner abgründigen Traurigkeit aufgeweckt. Aber Marty war sich nicht sicher, ob sie im Moment mit Wes ihre Träume tauschen wollte. Was ging bloß vor in diesem Land?

Sie fand das Lied, das sie gerade sangen, gab Brad das Buch und schlug selbst ein anderes Gesangbuch auf. ›Unter deinem Schirmen bin ich vor den Stürmen aller Feinde frei‹, sang sie und entspannte sich ein wenig bei den bekannten Worten, die sie mit Erinnerungen an leichtere Zeiten umgaben.

Bekannte Menschen umgaben sie auch. Wie konnten so scheußliche Dinge unter diesen Leuten geschehen? Vertraute Menschen, Freunde, Mitarbeiter. Die Cochrans natürlich. Bobby Mason und seine Familie. Die Johnsons, die Tippetts, die Russels. Eddie Bronson, genauso verquollen wie Brad. Grady Sims war heute nicht da. Und natürlich keine Dentons oder Pfanns. Die würden für einen gewöhnlichen Sonntagsgottesdienst nicht hierherkommen, weil sie Presbyterianer waren wie die meisten reichen Leute in der Gegend. Aber wenn sie wegkommen konnte, würde Elizabeth Denton vielleicht in die presbyterianische Kirche oben an der Straße gehen. Hal junior mochte sie begleiten, sofern er keine politischen Audienzen wahrzunehmen hatte. Und Royce ganz bestimmt, mit seinem trägen Lächeln und seinen trauernden blauen Augen. Marty hoffte, er fand in seiner Kirche Trost.

Ein paar Reihen vor ihr stand Bert Mackay von Straubs Tankstelle neben seiner hübschen kleinen Frau und drei zappeligen Kindern. Warum hatte Richter Denton gesagt, er wäre ein Idiot? Wahrscheinlich bloß Delirium. Berts Partner Gil Newton sang drei Reihen weiter ganz allein. Hinter ihm stand der alte Lester

Holtz neben Al Evans und dem dicklichen Laurie Evans. Al war groß, einen Kopf größer als der Rest der Gemeinde, wie Wes. Vor langer Zeit war er Basketballstar gewesen, im gleichen Jahr wie Wes und ihr eigener Vater, hatte ihr jemand erzählt. Nach der schmutzigen Angelegenheit mit Emmet Hines wollte Al natürlich nicht mehr mit Wes reden. Wollte ihn nicht mal auf seine Farm lassen, hatte Grady ihr erzählt. Schwer zu glauben, daß diese Alten in ihren engen Anzügen dahintersteckten. Oder hinter den Verstümmelungen und Morden an David Goldstein und Willie Sears. Nach all diesen Jahren, warum sollten sie jetzt wild losschlagen?

Aber wenn nicht Lester oder Al, wer dann?

Hier lebten anständige Leute, die sich bemühten, ihre Kinder ordentlich aufzuziehen und die Gebote zu befolgen, das hatte Marty jedenfalls immer geglaubt. Es mochte wohl sein, daß Tante Vonnie glaubte, es würde nur Unheil bringen, wenn man mit einem Schwarzen ausging, aber sie würde ihn mitfühlend behandeln, wenn er krank oder hungrig war. Marty hatte angenommen, alle hier wären wie Tante Vonnie, hatte geglaubt, ihre Aufgabe als Polizistin bedeutete im wesentlichen, bei Unfällen zu helfen oder übermütige Teenager und Betrunkene zu beruhigen. Aber jetzt, ganz abgesehen von Phyllis Denton, hatten sie binnen weniger Tage zwei grauenhafte Morde gehabt. Wahrscheinlich ein einzelner Amokläufer, sagte sie sich. Das war auch, was Wes dachte. Aber selbst dann war es denkbar, daß sich der Kerl von den bitteren Gefühlen nährte, die unter der Oberfläche dieser guten, anständigen Menschen hier in diesem Raum schwelten. Es war unheimlich. *Was für weißen Abschaum habt ihr da in eurem Bezirk?* Na, es war besser, die Klan-Leute Wes zu überlassen. Der kannte sie.

›Gute Nacht, ihr Sünden, bleibet weit dahinten, kommt nicht mehr ans Licht‹, sang Brad neben ihr. Er schien sich besser zu fühlen, denn seine Stimme wurde kräftiger. Es war eine schöne Stimme. Er hatte dran gedacht, Sänger zu werden, ehe er entdeckte, daß es noch mehr Spaß machte, Songs anzusagen. Nicht, daß es besser bezahlt wurde. Verdammt, wenn er doch nur auf sie hören wollte, wenn er sich in den Griff kriegen und aufhören würde, bierselige Träume über Ruhm und Reichtum zu hegen, wie schön könnte alles sein...

Aber die Musik liebte er wirklich. Sie hörte ihn neben sich, mit volltönender Stimme trotz des schmerzenden Kopfes. Er wollte tun, was er am liebsten tat. Dafür hatte sie jedes Verständnis. Verflixt, sie wollte ja auch in dem Job arbeiten, der zu ihr paßte. Aber was zu Brad paßte, war schwerer zu finden. Natürlich war er frustriert, wenn man ihm die Türen vor der Nase zuschlug. Sie wollte ihm helfen, verdammt nochmal. Wenn sie nur wüßte, wie!

Brad hatte seine eigenen Vorstellungen davon, wie sie helfen könnte. Behauptete, er hätte sich gestern nur vollaufen lassen, weil sie so wenig Begeisterung für seinen großen Plan zeigte, seine Masche. »Das tut weh, Marty. Das tut echt weh«, hatte er gesagt, und sie hatte sich gefühlt wie ein selbstsüchtiger Wurm. Aber verflixt, war er nicht auch selbstsüchtig? Warum sollte sie ihre geliebte Arbeit für Alaska aufgeben? Für eine fifty-fifty Chance, daß er da endlich fand, was er suchte?

Wenigstens gab es in Alaska keine Klan-Mörder. Jedenfalls nicht, daß sie wüßte.

Und Chrissie. Was war am besten für Chrissie? Vielleicht hatte Brad recht, und man sollte sie aus diesem mörderischen Ort wegschaffen. Aber etwas in ihr sperrte sich. Sie wollte nicht den Schwanz einziehen und weglaufen, nicht ehe sie diesen Kerl geschnappt hatten. Und wenn sie ihn geschnappt hatten, würde es wieder ein guter Ort sein für ihre Tochter. Oder nicht?

Das Lied war zu Ende. Sie setzten sich, und Marty spürte, wie ihr Aufbruch um vier Uhr morgens sie einholte. Ihre Lider klappten herunter, während die Bibeltexte gelesen wurden, und gegen Ende der Predigt schlief sie fast ein, bis sie einen scharfen Kniff an ihrem Hinterteil fühlte. Marty fuhr fast aus dem Stuhl hoch und ihre Augen schossen zu Brad hinüber. Aber der schaute selbstvergessen den Prediger an.

War das wirklich passiert? War sie eingenickt und hatte bloß geträumt? Aber dann schauten seine lachenden Augen eine Sekunde zu ihr herüber, dunkel wie die eines Kobolds, und Marty mußte das wilde Kichern herunterwürgen, das mitten in der Kirche in ihr aufstieg.

Verdammt, er machte das Leben wirklich spannend.

Nach dem Gottesdienst kamen Wes und Shirley herüber, während Chrissie davonhopste, um Janie Tippett und Malinda Russel zu treffen. »Hallo, Marty. Und Brad Hopkins! Wunderbar, Sie wieder mal hier zu sehen!« rief Shirley.

»Es ist schön, wieder da zu sein.« Brad ging es wirklich besser, sein Lächeln war wieder bezaubernd. Er sah umwerfend aus in Schlips und Jacke.

»Bleiben Sie jetzt eine Weile?« fragte ihn Wes.

»Ja, ein Weilchen schon. Ich habe ein paar Eisen im Feuer, muß aber abwarten, bis ich was höre. Inzwischen helfe ich Eddie Bronson, das Wilsonhaus zu streichen.«

»Na, es ist wirklich schön, Sie zu sehen«, sagte Shirley. »Vonnie, wie geht's dir denn so? Kommst du Freitag zum Kränzchen?«

»Natürlich. Es ist diesmal bei Joy Anne, nicht?« Tante Vonnie und Shirley steckten ihre blonden Köpfe dicht zusammen beim Reden. Wes runzelte die Stirn. Marty folgte seiner Blickrichtung und sah den alten Lester Holtz mit Al Evans sprechen. Al warf Wes einen mörderischen Blick zu.

Chrissie kam mit fliegenden rotweißen Ohrringen zurückgaloppiert. »Daddy! Malinda sagt – oh.« Sie bemerkte Wes und verstummte.

»Hei, Chrissie, wie geht's dir?« fragte Wes.

»Gut, danke.«

»Nur zu!« Wes grinste das Mädchen an. »Sag deinem Daddy, was du sagen wolltest.«

»Tja, also, Malinda sagt, ihre Eltern wollen mit ihr nach New York fahren!«

Brad ließ sich auf ein Knie nieder, damit er Chrissie direkt in die Augen sehen konnte. Das Sonnenlicht schimmerte auf seinem dunklen Haar und seinem gepflegten Schnurrbart, als er eindringlich sagte: »Ich fahre auch mit dir hin, Chrissie. Sobald ich kann. Und das ist ein Versprechen.«

»Na gut«, sagte sie zweifelnd.

»Und wir gehen auf dem Empire State Building ganz bis nach oben.« Seine Finger bewegten sich treppensteigend bis zu einem Punkt hoch über ihrem Kopf. »Schließlich ist es das Gebäude deines Großvaters, nicht? Er hat die Steine dafür behauen. Wir gehen ganz bis nach oben, und dann schauen wir auf all die anderen hohen Gebäude herunter, wir schauen auf die Leute und die Autos und die Kirchen herunter. Wir sehen alles, meilenweit nach allen Richtungen. Du wirst die Prinzessin der Welt sein!«

Marty konnte sehen, wie die Vision von Chrissie Besitz ergriff und tief in ihren Augen ein seliges Strahlen aufglomm. Erinnerungen an gebrochene Versprechen und verratene Träume drifteten in ihr Bewußtsein. Verdammt, Brad, hör auf! schrie sie innerlich.

Wes hatte Chrissie erheitert zugesehen und wandte sich jetzt mit zustimmendem Grinsen Marty zu. Aber etwas von dem, was in ihr vorging, mußte sich in ihrem Ausdruck gezeigt haben. »Alles in Ordnung?« fragte er weich.

Ihre Augen sahen ihn an, wichen dann aber aus. »Ooch, ich mußte nur an meinen Vater denken, wissen Sie.«

»Ja. Mir fehlt er auch.« Als er Brad und Chrissie wieder ansah, schien er nachdenklich.

»Gehen wir mal Malinda hallo sagen und das klarkriegen«, sagte Brad und stand wieder auf. Er gab Chrissie die Hand. Sie steuerten auf den Rasen neben der Kirche zu, wo die Russels mit den Tippetts und den Mackays sprachen.

»Gibt's noch was Neues über den Schwarzen, wie hieß er gleich?« fragte Marty Wes.

»Willie Sears. Grady ist heute rübergefahren, um mit seinem Bruder zu reden. Ansonsten warten wir auf den Laborbericht.«

»Die Nachbarn haben nichts gesagt?«

»Niemand was bemerkt. Unser Täter muß ziemlich normal aussehen, ein normales Auto fahren. Sie sagen, sie hätten Willie Sears ein paar Tage nicht gesehen. Die Häuser stehen ziemlich weit auseinander, also ist niemand auf die Idee gekommen, nach ihm zu sehen. Sie dachten, sie hätten ihn einfach verpaßt.« Er schaute Marty an. »Wie steht's bei Ihnen? Haben Sie diese Professor Wolfe heute nacht angetroffen?«

»Ja. Bin um vier Uhr aufgestanden.«

»Dachte mir schon, daß Sie ein bißchen mitgenommen aussehen. Was hat sie gesagt?«

»Noch kann man sie nicht verhaften. Sie sagt, sie hat die Höhle erforscht und die Leiche in ihrem Sarg gesehen. Sie fand eine Karte mit Namen und Geburtsdatum von Phyllis, suchte die Familie im Geburtenregister des Bezirks und sagte Elizabeth Denton, wo die Leiche war. Dann...« Marty unterbrach sich. Sie wußte nicht, wie sie Wes den magischen Moment erklären sollte, als sie durch Professor Wolfes Augen einen Blick auf den hinreißenden Vorgang der Schöpfung getan hatte. Zwei menschliche Wesen, deren Gedanken sich berühren. »Dann ist sie weggegangen und hat bedeutende Gedanken gewälzt, sagt sie.«

»Und sie glaubt, damit kommt sie durch? Verdammte Intellektuelle.«

»Schon. Möglich, daß sie lügt. Nur hat sie mir erzählt, sie hätte in Pennsylvanien einen Mann getötet. Notwehr, hat sie gesagt.«

»Mist, Marty! Das könnte ein Durchbruch sein! Warum zum Donner haben Sie das nicht durchtelefoniert?«

»Hier. Sir.« Sie kam sich blöd vor, unprofessionell in ihrem blauen Kleid mit der Spitze. Wie eine, die tat, als sei sie bei der Polizei. Sie gab ihm die Notiz über den Bezirksstaatsanwalt in Pennsylvanien. »Sie sagte, der hat den Fall behandelt.«

»Sie sind ja nicht sonderlich begeistert«, sagte Wes vorwurfsvoll.

»Die Frau ist merkwürdig, schon richtig.« Marty runzelte die Stirn und versuchte, es zu erklären. »Es ist nur – tja, nur so ein Gefühl. Ich glaube, sie hat die Wahrheit gesagt. Sie wurde angegriffen, sie hat sich gewehrt.«

Wes schnaubte.

»Hören Sie, reden Sie mit dem Staatsanwalt, ja? Der Punkt ist, ich kann mir nicht vorstellen, daß ein Kind wie Phyllis Denton für sie in dieselbe Kategorie gehört wie ein bewaffneter Angreifer.«

Wes blinzelte zum Parkplatz hinüber. Im dunklen Anzug, mit seiner Größe und dem weißen Haar, sah er fast majestätisch aus. »Also, Sie sagen, die Professorin findet es in Ordnung, bewaffnete Räuber umzulegen. Na gut.« Seine blauen Augen wanderten zu Marty und funkelten sie an. »Woher wissen Sie, daß Phyllis sie nicht angegriffen hat? Laut Aussage der Dentons lief das Kind mit einer üblen Bande rum.«

Marty zuckte die Achseln. »Klar. Das ist möglich. Sir.«

Er betrachtete sie einen Augenblick eingehend, und sie wußte, daß er ihre intuitive Überzeugung, die Professorin hätte Phyllis nicht getötet, in die komplizierte Bilanz dieses Falles einordnete. Nach einer Minute sagte er: »Sonst hat Ihnen die Professorin also nichts mitgeteilt?«

»Na ja, sie hat mir erzählt, wie die Szene vor sechs Jahren ausgesehen hat, als sie da war. Aber verstehen Sie, sie sagt, sie ist seitdem nicht wieder hingegangen. Sagt, sie nahm die Karte mit Phyllis' Namen drauf, sonst nichts. Das ist alles, was sie mir sagen konnte. Ich hab' sie gefragt, wieso es der Richter war, der ihren Namen erwähnte, wo sie doch mit Elizabeth Denton gesprochen hat. Sie sagt, sie weiß es nicht, ich soll die Dentons fragen.«

»Himmel.« Wes schaute auf den Zettel mit dem Namen des Bezirksstaatsanwalts herunter.

»Na, ich dachte mir, wir können das ja nachprüfen. Rufen Sie in Pennsylvanien an?«

»Ja. Morgen.«

»Ich werde die Dentons fragen, woher der Richter es gewußt haben kann, vielleicht heute, und dann am Dienstag die Professorin wieder abpassen, wenn wir Näheres wissen.«

Wes rückte seinen Hosenbund zurecht. »Ja. Tun Sie das. Ich für meinen Teil werde rausfinden, was Al Evans Lester Holtz erzählt hat.«

## 16

Als Marty Brad und Chrissie beim Eiscafé absetzte und zum großen Kalksteinhaus des Richters weiterfuhr, war der Nachmittag halb herum. Beim Aussteigen hörte sie die Hunde in der Ferne. Die diesige Nachmittagsluft war schwer vom Duft der Zedern und wilden Kirschen aus dem Wald hinter dem Rasen. Im Schatten höherer Bäume blühten ein paar Hartriegel, weiß wie Gespenster. Während sie die steinernen Stufen hinaufging, wurde Marty klar, daß sie sich diesmal würdiger fühlte, das Denton-Haus zu betreten, weil sie ihr Sonntagskleid anhatte.

Na toll, Hopkins, demnächst wirst du dir noch Diamanten wünschen.

Elizabeth Denton kam an die Tür. »Bitte, kommen Sie herein. Royce müßte bald zurück sein. Er führt die Hunde aus.« Ihr Kleid war aus marineblauer Seide mit verstreuten winzigen cremefarbenen Blüten.

»Tja, ich kann später mit ihm sprechen.« Marty schob ihre Schultertasche in eine bequemere Lage. »Aber vielleicht würden Sie mir ein paar Fragen beantworten. Und wenn der Richter aufwacht, vielleicht...«

Elizabeth schüttelte traurig den Kopf. »Was er sagt, hat nicht viel Sinn. Es wird jeden Tag schlimmer. Gibt es eine besondere Frage, die Sie stellen wollen?«

»Ja, sehen Sie, ich habe noch einmal mit Professor Wolfe gesprochen.«

Elizabeth Denton bewegte sich nicht, aber Marty kam es vor, als wäre die ältere Frau plötzlich angespannt. »Hat sie – nun, hat sie erklärt, was geschehen ist?«

»Ja, sie hat die Szene beschrieben und wie sie darauf gestoßen ist.« Marty sprach sanft, da sie den Schimmer von Tränen auf Elizabeths Gesicht sah. »Sie sagte, sie hätte Ihnen berichtet, was sie in der Höhle gefunden hat.«

»Ja, wir haben miteinander geredet.«

»Aber uns haben Sie das nicht gesagt. Haben Sie es Ihrem Mann gesagt?«

»Nicht gleich.«

»Also, wissen Sie, ich habe mich gefragt, wie er darauf gekommen ist. Er war es ja, der sie zuerst erwähnt hat. Hat Professor Wolfe auch mit ihm gesprochen?«

»Möglich. Aber ich glaube nicht. Es ist noch gar nicht lange her, daß ich ihm erzählt habe, was sie gesagt hat.«

»Nicht lange her. Sie meinen, nachdem er krank wurde?«

»Ja. Vor zwei Wochen etwa. Er war eine Zeitlang bei klarem Verstand, und wir kamen auf Phyllis zu sprechen.«

»Mrs. Denton, Professor Wolfe hat Ihnen das vor sechs Jahren gesagt. In der ganzen Zeit haben Sie ihrem Mann nichts erzählt?«

»Nein, weil – wissen Sie, es war mehr als ein Jahr, nachdem Phyllis gegangen war, aber er regte sich immer noch dermaßen auf über all die Falschmeldungen.«

»Sie wollten ihn schonen?«

»Ich wollte nicht, daß er sich aufregt.« Elizabeth Denton schaute die Treppe hinauf. »Ich müßte jetzt nach ihm sehen.«

»Oh, selbstverständlich«, stimmte Marty zu. Sie folgte Elizabeth die Treppe hinauf und sagte noch: »Es muß schwer für Sie sein, die ganze Pflege.«

»Oh nein! Überhaupt nicht!« Elizabeth drehte sich um, eine welke Hand auf dem Geländer. »Ich tue das gern. Royce hilft mir, und Lisa an Wochentagen. Aber ich würde liebend gern alles allein machen.«

Marty nickte. Manchmal fühlte sie sich auch so, so glücklich, helfen zu können, ganz in Fürsorge aufzugehen. Aber die Leute wußten das oft nicht zu würdigen, wollten ihren Rat nicht annehmen. Und schließlich fühlte sie sich wie ein Fußabtreter statt wie eine Heilige. Sie hoffte, die Dentons wüßten Elizabeths Bemühungen mehr zu schätzen.

Als sie das Krankenzimmer betraten, war klar zu erkennen, daß der hagere alte Mann schlief. Sein rasselnder Atem kam mit der Regelmäßigkeit einer Maschine.

»Er scheint richtig zu schlafen«, sagte Marty in ermutigendem Ton.

Elizabeth Denton machte sich an der Decke zu schaffen. »Ja. Er schläft jetzt viel. Es ist schwer.« Abrupt wandte sie sich zu Marty um. »Bitte, sagen Sie mir etwas. Hat Professor Wolfe Alma erwähnt?«

»Nein. Welche Alma?«

»Nicht? Ich dachte, sie hätte vielleicht... Nein, wahrscheinlich nicht.«

»Idioten!«

Elizabeth wirbelte herum und starrte ihren Patienten an. Die Augen des Richters funkelten blau. Marty ging an Elizabeth vorbei und trat dem alten Mann gegenüber. »Richter Denton. Wissen Sie, daß wir das Grab Ihrer Tochter gefunden haben?« Verflixt, sie hatte keine Ahnung, wieviel sie sagen sollte. Sie hätte als erstes fragen müssen, was man ihm erzählt hatte.

»Phyllis ist tot«, sagte er. Die funkelnden Augen waren auf sie gerichtet. Sie war sicher, daß er ihr etwas sagen wollte.

Und dies mochte ihre letzte Chance sein. Sie sagte: »Phyllis war in einem Sarg. In einer Höhle, wie Professor Wolfe gesagt hat.«

»Ich sterbe«, sagte er. »Aufgefressen.« Seine Stimme war kräftig, kam aber stockend, stoßweise. »Phyllis. Meine Tochter. Mein Baby.«

Aufgefressen. Nahrung für Höhlenwesen. Marty schluckte hastig und sagte ermunternd: »Ja. Wissen Sie, wie Phyllis starb, Richter Denton?«

Seine gequälten Augen verdunkelten sich zu schießeisenblau. Die dünnen Lippen öffneten sich, schlossen sich, öffneten sich wieder. Dann bäumte sich zu Martys Entsetzen der gebrechliche Körper auf, gehalten von den Armgurten. »Betten Sie seinen Kopf!« bellte Elizabeth, die plötzlich das Kommando übernahm. Marty ließ ihre Tasche fallen und sprang vor, den um sich schlagenden Schädel zu packen. Er war so dünn, es war, als hielte sie den blanken Knochen. Es gelang ihr, das Kissen darumzulegen und festzudrücken, um die kolbenstoßartigen Zuckungen seiner gemarterten Gestalt möglichst abzumildern. Speichelfäden landeten auf ihren Händen und Handgelenken. Elizabeth hielt seine Füße gepackt, die in ihren Gurten zuckten. Der ausgemergelte Körper bäumte sich auf und fiel zurück, wieder und wieder, und es schien Äonen zu dauern, bis es nachließ.

Elizabeth kam mit einem Waschlappen an Martys Ende des Bettes. Marty sagte erschüttert: »Mein Gott! Haben meine Fragen das ausgelöst?«

»Möglich.« Grimmig wischte Elizabeth ihrem Mann den Mund ab.

»Es tut mir leid.«

Elizabeth hob die Augen und bemerkte Martys Elend. »O nein, nein. Sie dürfen sich keine Vorwürfe machen. Jede beliebige Bemerkung hätte das auslösen können.«

»Ja. Ich verstehe.« Du versiehst deinen Dienst an der Allgemeinheit heute wunderbar, was, Hopkins? Du solltest die Opfer trösten, nicht sie dich. Sie fragte: »Ist es jetzt vorbei?«

»Für ein Weilchen.« Elizabeth nickte zur Tür. »Royce ist wieder da. Möchten Sie mit ihm reden?«

Marty drehte sich um und sah Royce von der Treppe herbeieilen. »Na sowas! Hilfssheriff Hopkins! Was tun – oh.« Seine Augen ruhten auf dem Waschlappen in der Hand seiner Mutter, und die Begeisterung schwand aus seiner Stimme. »Ich entnehme dem, daß mein Vater noch nicht in der Lage ist, sich zu erklären.«

»Er hatte gerade wieder einen Anfall«, sagte Elizabeth ruhig.

Royce schaute den alten Mann an und sagte fast flüsternd: »Ich weiß nicht, wie er das durchhält. Er ist so stark.«

Marty nickte, ebenfalls eingeschüchtert von der Kraft in diesem verfallenen Körper. »Er ist wirklich erstaunlich. Ich hoffe bloß, ich komme dahinter, was er uns sagen will.« Als sie aufsah, merkte sie, daß Royce sie betrachtete, die Andeutung eines freundlichen Lächelns in den Augenwinkeln. Er trug Jeans, Jagdstiefel und ein marineblaues Kordhemd, das am Hals offenstand. So sollte er auch aussehen, dachte sie, wie ein Mann, der sich auf dem Land wohlfühlt, nicht in einen Städteranzug gezwängt wie sein Bruder.

»Vater versucht, Ihnen etwas zu sagen?« fragte er.

»Ich habe einfach das Gefühl, daß er mehr darüber weiß. Vielleicht ist ihm etwas eingefallen, während er einfach so daliegt.«

Royce runzelte die Stirn, dann nickte er langsam. »Richtig, er hat mehr und mehr über Phyllis gesprochen. Am Anfang, als er krank wurde, redete er über Rechnungen, die bezahlt werden mußten, über seine Freunde und so weiter. Stimmt's nicht, Mutter?«

»Ja. Über die redet er nicht mehr viel.«

Royce sagte: »Vielleicht denkt er, daß er stirbt, konzentriert sich auf die Familie.«

»Dich oder mich erwähnt er nicht, Royce«, stellte Elizabeth ruhig klar. »Außer, um uns gelegentlich anzuschreien.«

Marty sah den schmerzlichen Schimmer in Royce' Augen und wollte die Hand nach ihm ausstrecken. Aber er sagte leichthin: »Ach ja, es ist immer das verlorene Kind, das beachtet wird, nicht?«

Sie wünschte, sie könnte Royce trösten, aber sie war auch begierig, diese neue Möglichkeit zu verfolgen. Sie fragte: »Mal angenommen, wir haben recht, er versucht, uns etwas zu sagen. Er hat ja gerade erst von Professor Wolfe gehört. Also Sie haben nicht erkannt, daß Professor Wolfes Geschichte stimmte. Aber er, irgendwie. Vielleicht paßte sie zu etwas anderem, das er wußte. Wir sollten herausfinden, was das war. Vielleicht mit seinen Fällen anfangen.«

»Gute Idee. Dabei kann ich helfen. Und was ist mit seinem Terminkalender?« schlug Royce vor. »Damit Sie sehen, mit wem er geredet hat, was er wissen könnte.«

»Haben Sie den?« fragte Mary eifrig.

»In seinem Schreibtisch unten.«

»Sehen wir nach.« Sie nahm ihre Schultertasche an sich.

In dem von Büchern gesäumten Arbeitszimmer war Marty noch nicht gewesen. Auf einem großen Tisch in der Mitte des Raumes lagen ein paar Ordner und Sportzeitschriften. An der Wand stand ein riesiges Rollpult aus Goldeiche, davor ein bequemer Schreibtischstuhl mit roten Polstern, und außerdem zwei Ohrensessel aus rotem Leder. Tante Vonnie sah sich gelegentlich eine Folge von *Meisterwerke der Bühne* an, und dies Zimmer erinnerte Marty an das aus der Einführungsszene. Die Atmosphäre von Geschichte, Reichtum und komplexen menschlichen Wesen mit komplexen Geschichten, alles melancholisch überhaucht durch die Tragödie der Krankheit und der verlorenen Tochter. Diese Kümmernisse waren etwas ganz anderes als solche Bagatellen wie Barprügeleien und häusliche Kabbeleien, mit denen sie normalerweise zu tun hatte, etwas ganz anderes als die scheußlichen Klan-Morde.

Und auch weit entfernt von Motorradbanden. Das paßte nicht zusammen. Was war Phylllis' Problem gewesen? Hatte sie dieses Haus bedrückend gefunden? Marty schaute auf ihre weißen Schuhe hinunter, die auf dem Orientteppich standen. Hey, das war überhaupt nicht bedrückend. Sie könnte sich verdammt schnell an sowas gewöhnen.

Das Bild des zarten Skeletts in der Höhle tauchte wieder vor ihrem inneren Auge auf. Reiß dich zusammen, Hopkins, ermahnte sie sich. Finde raus, was der Richter dir über den Tod seiner Tochter sagen will.

Royce war direkt zu dem großen Rollpult gegangen und hatte es aufgeschlossen. Er zog einen Terminkalender aus einer Schreibtischnische und sagte: »Diesen hat er benutzt, als er letzten Herbst krank wurde. Die früheren sind in der untersten Schublade.«

»Wir werden alle brauchen, aber fangen wir mit dem neuesten an«, sagte Marty. Sie stellte sich neben ihn an den Schreibtisch und sah begierig zu, wie er die Seiten umdrehte.

Der Terminkalender war umfassend. »Er hat sogar seine Fälle bei Gericht eingetragen«, sagte Marty anerkennend.

»Ja, er war ziemlich systematisch«, sagte Royce. Er blätterte die Seiten um, und sie studierten sie ein Weilchen schweigend. Das frühere Leben des Richters nahm für Marty eine verschwommene Faßbarkeit an, während sie über Essen mit Geschäftsleuten las, die sie kannte, über die Gerichtsverfahren der Einbrecher und betrunkenen Rowdys, die sie und andere Hilfssheriffs eingeliefert hatten. Hier war der Richter beim Zahnarzt, hier in Indianapolis zu einer Gerichtstagung, hier holte er Wäsche aus der Reinigung.

»Das hier ist eine Tagung für Hals Kampagne.« Er schnickte mit dem Fingernagel gegen eine Seite. Der Duft seines Aftershaves mischte sich mit einem Anflug von Schweiß und einem Hauch aus den Wäldern, wo er die Hunde hatte laufen lassen. Er hatte neuerdings einiges zusätzlich auf den Schultern.

»Er muß doch mehr als nur diese eine Sitzung für seine Kampagne gehabt haben.«

»Oh, sicher, aber Vater ging nur hin, wenn auch wichtigere Politiker da sein würden.« Er blätterte um.

»Dr. Storey«, sagte Marty und zeigte darauf. »Wer ist das?«

»Der Tierarzt. Vielleicht war einer der Hunde krank. Und hier ist eine Notiz, daß das Auto aus der Werkstatt geholt werden muß.«

»Wo?«

»Andere Seite.« Er nahm ihren ausgestreckten Finger und dirigierte ihn sanft auf die gegenüberliegende Seite. *Auto bei Straub*, lauteten die hingekritzelten Worte unter ihrer Fingerspitze. Seine Hand auf ihrer fühlte sich warm an.

Sie wich zurück und sagte hastig: »Erlauben Sie, daß ich die Kalender mit ins Büro nehme? Wes entdeckt vielleicht mehr als ich. Ich gebe Ihnen eine Empfangsbestätigung. In Ordnung?«

»In Ordnung.« Es lag Heiterkeit in seinem Blick, als er sich bückte und die alten Terminkalender aus einer unteren Schublade holte. »Hier sind sie. Wissen Sie, Sie sind ein sehr ungewöhnlicher Hilfssheriff, Marty Hopkins.«

»Wie meinen Sie das?«

Sein Grinsen war herausfordernd. »Na, zum Beispiel gewinnen nur sehr wenige Hilfssheriffs Dreiradrennen.«

»Ja.« Sie wühlte in ihrer Tasche nach einer Empfangsbestätigung. Warum brachte er sie so durcheinander? Sie wollte ihm doch nur helfen, herauskriegen, was zum Teufel mit seiner Schwester passiert war.

Er sagte: »Und sehr wenige sehen in Spitzenkragen so gut aus.«

Oh Mann, paß bloß auf, Hopkins. Sie antwortete nicht, schrieb nur schweigend die Empfangsbestätigung aus. »Bitte sehr.«

»Danke sehr, Mrs. H.« Er nahm das Papier. »Wie ich sehe, ist Mr. H. wieder in der Stadt. Habe ihn gestern abend im Herz As gesehen.«

Verflixt! Und Brad eifrig dabei, sich einen anzutrinken!

Royce fügte sanft hinzu: »Verzeihen Sie mir den Gedanken, daß er ein verdammter Glückspilz ist.«

Marty sah ihn kurz an, gerade lange genug, um zu sehen, daß er sie doch nicht aufzog. Sie steckte die Terminkalender in die Tasche und klappte sie zu. »Lassen Sie es mich wissen, wenn Ihr Vater was Brauchbares äußert«, sagte sie, so gelassen sie konnte. »Ich melde mich, wenn wir etwas Neues hören.«

Auf dem Rückweg zum Wagen versuchte sie, möglichst würdevoll auszusehen. Verdammt, Hopkins, von jetzt an redest du mit den Dentons nur noch in Uniform.


Wes Cochran folgte dem Geräusch einer Kettensäge zum Zaun hinter Lester Holtz' Schuppen. Das ohrenzerreißende Jaulen übertönte das hektische Gebell des alternden Collie, der ihn mit ergrauter Schnauze, aber kampfbereit begrüßte. Lester, der in einer blauen Rauchwolke die Kettensäge führte, konnte das Gebell nicht hören, bemerkte aber nach einem Weilchen die wütende Haltung des Hundes und zog die Säge vorsichtig aus dem schenkeldicken Ahornast, den er zersägte. Er schaute sich zu Wes um und schaltete die Säge ab. In der plötzlichen Stille klang das Gebell des Hundes jämmerlich und schrill.

»Hör mit dem Gebell auf, Cutter!« brüllte Lester. Der Hund regte sich ab und drückte sich zwischen den verstreuten Holzklötzen und Büschen in der Nähe seines Herrn herum. Wes sah ein Schrotgewehr an ein Geißblatt gelehnt. Lester legte die Säge weg und wischte sich mit einem blauen Halstuch die Stirn. »Gibt nichts zu berichten«, sagte er zu Wes.

So fingen Unterhaltungen mit Lester meistens an. Wes sagte milde: »Mit Al geredet?«

»Jaa. Hat nie was von einem Judenbengel gehört.«

»Und was ist mit dem Schul-Hausmeister? Willie Sears?«

»War das der Nigger, wo getötet wurde?«

»Was hat er getan, Lester?«

Der alte Mann zuckte betont die Achseln. »War ja nicht mein Auftrag, nach dem zu fragen.«

»Hat Al was über ihn gesagt?«

»Hat sich auch gewundert. Wir waren's nicht.«

»Bestimmt nicht? Wer dann?«

Wieder ein Achselzucken.

Wes stellte einen Fuß auf den dicksten Stumpf beim Zaun und ignorierte das erneute Grollen des alten Collie. Die Auspuffgase der Kettensäge hingen in der Luft. »Soll das heißen, Al wußte nicht, daß der Weiße ein Jude war? Und er wußte nicht, warum Willie Sears gestorben ist? Na los, Lester, Sie können mir doch nicht erzählen, daß das Unsichtbare Königreich so schlecht dran ist.«

»Wir hatten sechs Monate kein Treffen mehr, da ist es schwer, auf dem Laufenden zu bleiben.«

»Das kann ich mir denken.« Er musterte Lester scharf. Mit diesem Kerl reden war wie Seiltanzen. Ein Zeichen der Schwäche, und er sagte gar nichts mehr. Wenn man ihn aber zu sehr bedrängte, sagte er auch nichts mehr. Lester war der Gescheiteste der alten Klansmänner, der einzige, der zu begreifen schien, daß Wes ihnen beim Emmet Hines Fall einen Gefallen getan hatte, indem er ihnen Geldbußen statt Gefängnis aufbrummte. Die anderen hatten sich verraten gefühlt, weil der Fall in einem Land, das rassistische Verbrechen seit einem Jahrhundert ignorierte, überhaupt vor Gericht gekommen war. Wes erinnerte ihn: »Wir versuchen, das FBI da rauszuhalten, Lester. Ich will die hier nicht haben, und Sie und Al, ihr wollt doch bestimmt nicht, daß sie in euren Personalakten rumschnüffeln. Also, beim dem Treffen vor sechs Monaten, worüber habt ihr geredet?«

Lester antwortete mürrisch: »Über eine große Versammlung in Kentucky. Al ist hingefahren, aber meine Arthritis machte Mucken, ich bin also dageblieben.«

»Die Großversammlung? Das ist alles, worüber sie gesprochen haben?«

»Ja.« Der alte Mann spuckte in die Büsche. »Sonst gibt's hier nichts Neues.«

Wes glaubte ihm nicht. »Und seitdem hat es bestimmt keine Treffen mehr gegeben?«

»Soll das heißen, die würden mir von einem Treffen nichts sagen? Merken Sie sich das, die würden es mir sagen!« Lester ging auf das Schrotgewehr zu und funkelte Wes wütend an. Wie ein Kind, das mit seiner Mitgliedskarte zu einem Geheimklub herumfuchtelte.

»Doch, Sie haben sich Ihre Streifen verdient, Lester«, sagte Wes beschwichtigend. Er beugte sich vor, hielt die Augen auf das Schrotgewehr gerichtet und die Hand so, daß er jederzeit die Pistole aus dem Halfter ziehen konnte, wenn es sein mußte. »Die Sache ist eben die, daß wir zwei Morde haben. Sagen wir mal, Sie und Al, ihr wißt nichts. Ich frage auch nicht, wer das Sagen hat, ich weiß, ihr dürft das nicht verraten. Aber ich brauche einen Namen, jemand, mit dem ich reden kann, damit ich das in Ordnung bringe, ehe das FBI dazukommt.«

»Wieso sind Sie so sicher, daß wir das waren? Al wußte ja auch von nichts.«

»Er hatte die Karte gekriegt, Lester.« Wes wurde übel von dem triumphierenden Leuchten in Lesters Augen bei dieser Nachricht. Er fügte hinzu: »Vielleicht denken die, Sie und Al, ihr seid zu alt zum Mitmachen.«

»Den Teufel sind wir!« Der Triumph verschwand langsam, und Schmerz trat an seine Stelle. Wes sah es mit Vergnügen.

»Also raus damit, Lester. Mit wem rede ich?«

»Kann ich nicht sagen.«

»Sie können ihm sagen, er soll sich bei mir melden, und es bleibt in der Familie.«

»Kann ich auch nicht machen.« Selbstgefällige Widerborstigkeit erschien auf Lesters Gesicht. »Tja, die Jungs wissen, daß Sie nicht auf der richtigen Seite stehen. Also tragen wir Kapuzen. Auf die Art kennen wir uns nicht und können nichts sagen.«

»Mein Gott, Lester, das soll ich glauben? Sie sind doch kein Idiot. Sie erkennen Stimmen, Sie erkennen Wagen.«

»Heutzutage sind wir vorsichtig. Wir lassen die Wagen hinter der Bar bei allen anderen.«

»Dann die Stimmen. Sie sind doch kein Rindvieh, Lester!«

»Ich sag' die Wahrheit, Al und Sam erkenne ich, aber die Neuen, ich schwöre, ich weiß nicht, wer die sind. Die haben mit dem Kapuzenkram angefangen, damit wir uns nichts tun können, wenn jemand die Seite wechselt.«

»Helfen könnt ihr euch auch nicht.« Wes wartete eine Sekunde und kniff die Augen zusammen in dem Versuch, Lesters Ausdruck zu deuten. »Also, Lester, Sie wollen mir wirklich weismachen, daß ein alter Fuchs wie Sie keine Ahnung hat, wer der Mann an der Spitze ist? Der Wieheißternoch, der Große Titan?«

»Keine Ahnung.«

»Na, dann geben Sie mir nicht die Schuld, wenn das FBI anrückt.«

»Denen kann ich auch nichts sagen.« Aber er wirkte betreten, vielleicht wurde ihm endlich klar, daß er derjenige mit einer Vorstrafe war, daß er es war, der für die Kerle, die er schützte, die Suppe auslöffeln mußte.

»Heißt das, ich sollte Al fragen?«

»Sheriff, der schießt in dem Augenblick, wo Sie einen Fuß auf sein Land setzen.«

»Den Teufel wird er tun. *Ich* würde schießen, sobald er die Hand nach einem Gewehr ausstreckt. Und das wissen Sie, Lester.«

»Ja.«

»Deswegen frage ich ja Sie, um allen eine Menge Ärger zu ersparen.«

»Ich weiß einfach nichts von einem Juden. Oder Hausmeister.«

»So, und was ist mit Auswärtigen? Was hat Al über die Großversammlung in Kentucky erzählt?«

Lester zuckte die Achseln. »Reden, Kreuzverbrennungen, Hymnen. Das Übliche.«

»Wie viele Leute aus diesem Bezirk?«

»Al meinte, etwa ein halbes Dutzend. Er wußte es nicht genau, weil wir, wie ich schon sagte, bei den Treffen Kapuzen tragen.«

»So.«

»Und alle sagten, arbeiten wir zusammen«, fügte Lester stolz hinzu. »Indiana und Kentucky und Illinois und ein paar andere. Tun wir uns zusammen.«

Gott, waren diese Typen erbärmlich. Aber Wes konnte sich nicht leisten, dem alten Mann zu sagen, wie erbärmlich er war. Lester war sein einziges brüchiges Verbindungsglied zu den Klansmännern der Gegend. Wes sagte: »Na gut, Lester, das ist im Augenblick alles. Aber in ein paar Tagen wird das FBI kommen und herumschnüffeln, und wenn ich die Antwort nicht auf einem Tablett servieren kann, kriegt ihr ganz schön was um die Ohren, Sie und Al.«

»Ja.« Aber dann hob der Alte den Kopf. »Die vergiften unser Land, Juden und Nigger. Mußte gemacht werden.«

»Den Teufel mußte es! Früher habt ihr euer Ziel mit Warnungen erreicht, stimmt's? Und die Frau ist auch abgehauen. War zwei Wochen weg, als der Mann es abkriegte. Und ein Schulhausmeister, Herrgottnochmal! Das ist eine saudumme Art, das Spiel zu spielen. Wollen Sie vielleicht für so ein Arschloch den Kopf hinhalten?« Er seufzte, richtete sich auf. Der Collie knurrte. »Denken Sie drüber nach, Lester. Und Ihrem Hund können Sie sagen, wenn er noch näher kommt, trete ich ihn.«

Lester packte den Hund am Halsband, und Wes ging am Schuppen und am Haus vorbei zurück zum Wagen. Er spürte immer ein Kribbeln in den Schultern, wenn er diesen alten Knaben und ihren Schrotgewehren den Rücken zukehrte. Aber Lester hatte ihn fast überzeugt, daß er nichts wußte. Vielleicht war er wirklich draußen. Zu alt.

Andererseits, eine Kettensäge war kein Kinderspielzeug. In den alten Armen steckte noch eine Menge Kraft. Wes fragte sich, ob die Arthritis nicht speziell für den Sheriff bemüht wurde.

# 17

Sie kamen eher, als Wes erwartete, am frühen Montagmorgen. Er war immer noch dabei, die Hilfssheriffs über den Tod von Willie Sears zu instruieren, über die Notwendigkeit, die letzten Tage des alten schwarzen Mannes zu rekonstruieren, weil es keine direkten Hinweise auf seinen Mörder gab. Die Tür flog auf, und ein grimmig blickender Staatsanwalt Pfann kam hereingetuckert, flankiert von zwei Fremden so steif wie Ehrengarden.

Ach, Scheiße. Das FBI. Jetzt konnte er in der Goldstein-Sears Ermittlung ebensogut gleich das Handtuch werfen. Wes fühlte, wie sich seine Schultern strafften, hielt seine Stimme aber friedlich. »Hallo, Art. Was können wir für Sie tun?«

»Hallo, Wes. Wir haben ein kleines Hühnchen zu rupfen und eine Menge Arbeit vor.« Der junge Art Pfann, erst letztes Jahr zum Staatsanwalt gewählt, hatte eine dröhnende Stimme, die ihm im Gerichtssaal und bei Wahlveranstaltungen gute Dienste leistete.

»Aber sicher. Mason und Foley, ihr macht euch gleich an die Verhöre«, sagte Wes glatt, nur um zu betonen, wer hier im Büro das Sagen hatte. »Adams, Sie besetzen die Meldezentrale. Hopkins, bleiben Sie in der Nähe, bis ich mit den Herren fertig bin.«

»Jawohl, Sir.« Die Hilfstruppen zerstreuten sich schleunigst, und Wes gab ihnen die volle Punktzahl für Loyalität. Marty Hopkins fing an, einen Bericht zu tippen, während die Tür noch hinter Mason und Foley zuschwang.

»Kommen Sie herein.« Wes ging in sein Privatbüro voraus und stellte sich hinter seinen schartigen graugestrichenen Schreibtisch. Es gab nur einen weiteren Stuhl im Büro, also setzte er sich nicht. Das war in Ordnung. Im Stehen hatte er allen Anwesenden fünfzehn Zentimeter voraus, dem kleinen Geschniegelten zwanzig. Pfann schloß die Tür hinter ihnen.

»Wes, darf ich Ihnen die Sonderbevollmächtigten John Jessup und L.D. Manning vorstellen. FBI. Dies ist Sheriff Wes Cochran.«

»Mr. Jessup.« Wes streckte die Hand aus, und der kleinere der beiden Agenten ergriff sie zackig. Jessup hatte helle Haut mit intensiven dunklen Augen, dunkle dicke Brauen und dunkles Haar, das so glatt war, als wäre es aufgemalt. Seine Bewegungen waren schnell, fast mechanisch. Er erinnerte Wes an ein Geburtstagsgeschenk, das sein Sohn Billy der kleinen Marty LaForte zu ihrem vierten Geburtstag gemacht hatte, einen Blechhund zum Aufziehen, der ein paar Sekunden lang ruckartig hierhin und dorthin lief und dann stehen blieb, um zwei blecherne Kläffer von sich zu geben, ehe alles von vorne anfing.

»Sheriff Cochran. Wie geht's, wie geht's.« Richtig, Jessups Stimme war auch blechern. Seine dunklen Augen ruhten nur einen kurzen Moment auf Wes, ehe sie seinem Blick auswichen, um das Büro zu mustern – die auf dem Schreibtisch verstreuten Berichtformulare, die abgestoßene Farbe, das goldgerahmte Portraitfoto von Shirl und dem halbwüchsigen Billy, wo sie so zauberhaft lächelten, die Schnappschüsse von Wes und dem Bürgermeister mit einer Menge Luftballons am Wahltag, von Wes mit einem vierzig Zentimeter langen Flußbarsch, den er geangelt hatte.

Wes sagte: »Erfreut, Sie kennenzulernen. Und Mr. Manning.« Er wandte sich um, dem zweiten Agenten die Hand zu schütteln, einem jungen Mann mit plumpen Zügen, der Jessup in Alter und Rang deutlich unterlegen war. Manning murmelte etwas, und Wes wandte sich an Art Pfann.

»Wollen Sie erst das Hühnchen rupfen?« fragte er freundlich.

Art sagte: »Tja, Wes, wir haben uns nur gewundert. Sie haben diesen Goldstein Donnerstag morgen gefunden. Haben es dem FBI erst am späten Freitag gemeldet. Haben mir von dem Klan-Aspekt erst am Samstag berichtet, als auch die Leiche von Sears auftauchte. Ich habe natürlich sofort angerufen, und diese Herren sind hergekommen, so schnell sie konnten, aber mit dem Wochenende und allem haben wir vier Tage verloren.«

Wes nickte und stützte einen Fuß auf seinen Schreibtischstuhl. »Es war zuerst nicht ganz klar, was los war«, sagte er.

»Wie, wie meinen Sie das?« fragte Jessup.

»Na ja, wir können Sie ja nicht jedesmal rufen, wenn irgendein Schüler jemandem ›Nigger‹ nachruft«, erklärte Wes. »Wir hatten ein weißes Opfer und eine handgemalte Karte, nichts, das offiziell aussah. Ich habe natürlich mit Nachforschungen angefangen, aber –«

»Das nächste Mal überlassen Sie die Nachforschungen uns«, schnappte Jessup. Seine blecherne Stimme klang ungeduldig. »Aber machen wir weiter. Jetzt sind wir ja, sind wir ja hier. Wir haben eine Mitteilung von Mrs. Goldstein bekommen.«

»Ja. Sie sagte, daß sie Ihnen die handgemalte Karte geschickt hat, die an ihre Tür genagelt war«, sagte Wes. »Ich habe Freitag mit ihr gesprochen. Schwarze Jazzsängerin. Art hat meinen Bericht über das Verhör, und Ihnen lassen wir Kopien machen.«

Jessup fragte scharf: »Warum hat sie uns unterrichtet statt Sie?«

Wes lächelte ihn wohlwollend an. »Sie war in Indianapolis zu Besuch bei ihrer Cousine, als ihr Mann getötet wurde. Vielleicht hatte sie kein Vertrauen zu den Bullen hier.«

Jessup machte den Mund auf, überlegte es sich aber anders. Art Pfann sagte: »Also gut, jetzt sollten wir lieber eine Methode ausarbeiten, wie wir die Sache angehen.«

»Gut, gut.« Jessup zog ein Stück Papier hervor. »Wir haben hier die Namen einiger hiesiger Leute, die wir gern verhören möchten. Sagen Sie uns, ob diese Adressen stimmen. Al Evans, Monroe Road?«

»Richtig.«

»Lester Holtz, Maple Valley Road?«

»Jep.«

»Mitch Carney, North Quarry Road?«

»Nein, der ist umgezogen.«

»Adresse?«

»Keine Ahnung. Irgendwo in Florida.«

»Aha. Wie lange ist das her?«

»So etwa sieben Jahre.«

»Aha. So, und was ist mit Melvyn Sims, Bald Hill Road?«

Verdammt. Mel war Gradys Onkel. Wes hatte Visionen von langen Nachmittagen ohne Grady, von Personalmangel bei der Arbeit, während Jessup Grady wegen möglicher Verbindungen zum Klan befragte. Ganz gut, daß Grady heute frei hatte. Wes sagte: »Ja, Mel Sims ist noch da. Tom Straub natürlich nicht.«

»Tom Straub?«

»Tja, er ist inzwischen tot. Aber er war mal der Große Titan, bis der Klan in diesem Bezirk aufgelöst wurde.«

»Aber in den sechzigern war er aktiv.«

»Klar. Aber heutzutage gibt es keine offizielle Organisation mehr«, sagte Wes. »Also ich weiß, daß Al Evans im Februar zu einer Großveranstaltung in Kentucky gefahren ist. Möglicherweise waren auch andere dabei, ich weiß es nicht.«

»Eine Großveranstaltung? Woher wissen Sie das?« wollte Jessup wissen.

»Wie ich schon sagte, ich habe angefangen, nachzuforschen, als ich die handgeschriebene Karte sah. Der erste Schritt ist ja offensichtlich, sich die Jungs anzusehen, die früher im Klan waren.«

»Hm, ja. Was haben sie Ihnen gesagt?«

»Nicht viel. Sie hatten von einem Weißen gehört, der mit einer Schwarzen zusammenlebte. Daß er Jude war, wußten sie nicht.«

»Wissen Sie das bestimmt?« fragte Art Pfann.

»Nein.«

»Wieso nicht?«

»Keine Zeit zum Nachprüfen gehabt. Kaum hatte ich das gehört, fanden wir die Leiche des Denton-Mädchens, und dann den toten Sears.«

»Wer ist dies Denton-Mädchen?« fragte Jessup scharf.

»Alte Geschichte, hat hiermit nichts zu tun«, erklärte Art Pfann. »Sie stammt aus einer guten Familie hier in der Gegend und verschwand, als sie zwölf oder dreizehn war, vor sieben Jahren. Ein Hilfssheriff hat gerade die Knochen in einer Höhle hier in der Nähe gefunden. Ganz vertrackte Geschichte.« Art schien wirklich traurig. Na, er war seit der Highschool ein guter Kumpel von Hal junior und hatte die kleine Schwester gekannt. Wes erinnerte sich, wie er ihn vor sieben Jahren, als er sein Jurastudium gerade beendet hatte, nach Motorradfahrern ausfragte, die Phyllis gekannt haben könnten. Art war auch damals keine große Hilfe gewesen.

»Zurück zu diesem, diesem Fall«, sagte Jessup. Er sprach so schnell, daß er manchmal stotterte, als ob seinen kleinen Aufziehmechanismen ein Zahn fehlte und sie gelegentlich rutschten. »Gibt es noch mehr Klan-Sympathisanten, von denen Sie wissen?«

»Ungefähr neunzig Prozent der Bevölkerung hier sympathisiert mit ein paar von ihren Ideen«, sagte Wes. »Trotzdem sind nahezu hundert Prozent von uns gegen Mord.«

»Nahezu?« fragte Art Pfann.

Wes sah ihm in die Augen. »Mittwoch hätte ich gesagt, hundert Prozent, Punkt. Sie nicht?«

»Ja. Dies ist im Grunde kein übler Bezirk. Aber jetzt –« Er schüttelte den Kopf.

»Art, ich habe nachgedacht«, sagte Wes. »Diese Großveranstaltung in Kentucky. Meinen Sie, Al könnte da jemanden aufgestachelt haben? Mit Gerede über die beiden, die zusammenlebten?«

Art stürzte sich auf den Gedanken. »Das muß es sein! Wir hatten hier seit Jahren keine Schwierigkeiten, und dann aus heiterem Himmel –«

»Es hat reichlich Versammlungen gegeben im Laufe der Jahre«, sagte Jessup.

Wes strahlte ihn an. »Richtig! Ich wußte, Sie würden den großen Überblick haben. Wenn dies eine Bundesangelegenheit ist – wohlgemerkt, ich sage nicht, daß es so ist – dann haben wir nicht die Leute. Wir stellen schon hin und wieder mal eine Frage außerhalb unseres Bezirks, aber ihr seid die mit den Computern.«

»Wir gehen dem nach, klar. Aber hier müssen wir auch nachforschen«, sagte Jessup kühl, und Wes erkannte, daß er sich nicht so leicht ablenken lassen würde. »Verschwörungen auf nationaler Ebene müssen lokale Stützpunkte haben. Hat dieser Al Evans Ihnen gesagt, er hätte, hätte da mit jemandem geredet?«

»Al Evans schüttet mir nicht gerade sein Herz aus«, sagte Wes. Die Untertreibung des Jahres. »Vielleicht haben Sie mehr Glück. Ich sollte es Ihnen wohl sagen, er ist bewaffnet.«

»Wir, wir auch. Okay, fassen wir zusammen. Keine offenkundigen Klan-Aktivitäten in diesem Bezirk seit den Sechzigern. Immer noch ein paar Mitglieder in der Gegend – Verzeihung, Ex-Mitglieder. Ein paar davon gehen zu Versammlungen. Inklusive der in Kentucky im Februar. Keine Verbindungen zum Martinsville-Klan?«

»Möglich. Ich weiß von keinen«, sagte Wes. »Im ganzen Bezirk gibt es Nester von sogenannten Sympathisanten. Typen, die bei jeder kleinen wirtschaftlichen Flaute Schwarzen und Juden die Schuld geben. Hier.« Er nahm seine Berichte vom Schreibtisch. »Die kann ich für Sie kopieren lassen. Sehen Sie sie durch und stellen Sie fest, ob Sie noch mehr Fragen haben.«

Jessup warf einen Blick darauf und gab sie Manning. »Gut. Sehen wir die schnell durch und dann los.«

Das Telefon klingelte und Wes schnappte sich den Hörer. Adams' Stimme sagte: »Die Presse ist da. *Indianapolis Star*, wegen des Goldstein-Mordes.«

»Komme sofort«, sagte Wes. Er legte den Hörer auf und zog seine Hosen hoch. »Die Presse ist da«, wiederholte er für die anderen. »Was sagen wir denen?«

Art Pfann schaute Jessup an, der die Stirn runzelte. »Nur, daß die Untersuchung gut, gut vorankommt. Das FBI untersucht mögliche Verletzungen der Bürgerrechte. Erwähnen Sie den Klan noch nicht.« Er nickte Art zu. »Pfann, Sie sind der Sprecher. Wir werden alle Kommentare Ihnen überlassen.«

»Ist mir recht. Sie können besser reden als ich, Art«, sagte Wes. Er war nicht unglücklich darüber. Wenn der kleine Jessup mit der blechernen Stimme versuchte, aus den alten Knaben Informationen rauszuholen, war der Fall vorläufig im Eimer. In ein paar Tagen würde er vielleicht Lester noch einmal aufsuchen, sehen, wie der Hase lief. Aber für den Augenblick sah er massives Schweigen voraus. Also sollte Art Pfann ruhig seine dröhnende Stimme einsetzen, um keinerlei Fortschritt zu berichten.

Art öffnete die Tür, und Jessup und Manning wollten hinausgehen. Wes sagte: »Einen Moment«, und legte seine Hand auf Mannings Schulter.

»Was ist denn?« fragte Jessup. Art machte die Tür wieder zu.

»Wir haben noch keine Kopien gemacht«, erklärte Wes.

»Wir arbeiten lieber mit den, mit den Originalen.«

»In Ordnung. Kein Problem. Aber ich brauche auch eine Kopie davon.«

»Wir bringen sie zurück, sobald wir sie durchgesehen haben.«

Wes machte einen Schritt auf sie zu, so daß Jessup den Kopf zurücklegen mußte, um zu ihm aufzusehen. »Dieser Fall ist eine offene Morduntersuchung«, sagte er milde. »Noch keine Beweise, daß es sich wirklich um den Klan handelt oder sonst etwas, das Bundesbeamte erforderlich machen könnte.«

Hinter Jessups Rücken gestikulierte Art Pfann, Wes sollte die Klappe halten. Wes kümmerte sich nicht darum. Also kam die Feindseligkeit ans Licht, na und? Diese ganze Untersuchung war sowieso gestorben, bis die Außenseiter wieder weg waren.

Jessup funkelte zu ihm hoch, aber er nahm Manning die Papiere ab und gab sie Wes. Wes lächelte Pfann an und winkte ihn hinaus. Pfann atmete tief durch, öffnete die Tür und ging hinaus, um den Mann vom *Star* abzuwimmeln. Wes brachte den Bericht zum Kopierer und ließ eine Kopie durchlaufen. Er zeigte Jessup beide und redete laut genug, daß der Reporter ihn hören konnte.

»Hier bitte. Der Bericht und eine Kopie. Präzise Kopie. Suchen Sie sich's aus.«

»Danke«, sagte Jessup knapp und nahm das Original. »Gehen wir, Manning.« Sie steuerten auf den Ausgang zu und umgingen dabei Pfann und den Reporter vom *Star*.

»Hopkins«, sagte Wes und deutete auf sein Privatbüro. »Zeit, den Dentonfall durchzukauen.« Als sie durch die Tür kam, fügte er leise hinzu: »Erinnern Sie sich an den kleinen Blechhund zum Aufziehen, den wir Ihnen geschenkt haben, als Sie vier waren?«

»Den kleinen Kläffer?« fragte sie verwirrt.
»Genau.« Er ruckte mit dem Kopf in Richtung auf Jessups Rücken. Sie schaute sich kurz um und folgte ihm kichernd in sein Büro.

## 18

Wenn man den Ohio nach Süden überquert und nach Kentucky hineinkommt, ändert sich die Landschaft nicht sehr. Es ist immer noch Kalkstein-Land, nur die Bänder von Gestein unter der rötlichen Erde sind nicht so dick und makellos wie der feinkörnige Gürtel, der im südlichen Indiana an die Oberfläche kommt. Daher gibt es weniger in die Erde gesprengte Steinbrüche, weniger Menschen, die den gewachsenen Fels behauen und zersägen. Aber der Regen fällt auch in Kentucky, und das Wasser formt den Kalkstein wie in Indiana, bildet rundliche Hügel und Täler und Erosionstrichter, höhlt so großartige Kavernen aus wie Mammoth und zersetzt die oberste Gesteinsschicht zu Erdreich, in dem ein dichter Pelz von Ahorn und Judasbäumen und wildem Wein gedeihen kann. Indiana ist bekannt für den Zuckerguß auf seinen Kürbissen und für den Kakipudding, aber Kürbisse und Kakipflaumen wachsen auch in Kentucky. Und in Süd-Indiana wie in Kentucky bringt der Boden Minze für Juleps hervor und färbt das blaue Rispengras grün.

Er macht auch die Gärten grün. In den Außenbezirken von Louisville, wo die Gärten weiträumig und von Hecken und Zäunen umgeben sind, jäteten eine Frau und ein kleines Mädchen ihr Gemüsebeet im Hintergarten. Die Frau war in den Fünfzigern, stämmig und mit freundlichem Gesicht, haselnußbraunen Augen und braunem, silberdurchzogenem Haar. Sie trug alte, khakifarbene Twillhosen, eine grüngestreifte Baumwollbluse und eine Baseballmütze mit grünem Schirm gegen die Sonne. Das kleine blauäugige Mädchen im Kindergartenalter hatte einen Pferdeschwanz, trug abgetragene Jeans und ein blaues Polohemd. »Großmama, was sind das für welche?« fragte sie.

Vor dem Haus fuhren ein paar Autos vorbei, und der Briefträger ging gemächlich zum Ende des Blocks. Die Frau inspizierte die Pflanze, auf die der schmuddelige kleine Finger zeigte. »Karotten«, sagte sie. »Siehst du die fiederigen Blättchen?«

»Sieht aus wie kleine Haare.« Das Mädchen schaute sich die winzigen Pflanzen genau an. Sie hatte einen Schmutzstreifen auf der Wange.

»Ganz recht, so sieht es aus, Milly.«

»Und diese hier? Soll ich die ausreißen?«

»Nein. Das wird mal eine Paprika. Aber die hier ziehen wir besser raus. Es ist eine Winde, und die schlingt sich um die anderen Pflanzen und erwürgt sie.«

»Erwürgen? So?« Milly legte sich die Hände um den Hals, rollte mit den Augen und streckte die Zunge heraus. »Ga-a-ah!«

Die Frau lachte. Das Kind war blitzgescheit, aber manchmal ein richtiger Clown. »Nicht ganz genau so, aber die Pflanzen sind genauso tot, wenn es vorbei ist. Deshalb reißen wir die Winden lieber aus, wenn wir können.«

»Die ist stark, Großmama.« Milly zerrte eifrig an der Ranke.

»Muß sie auch sein, wenn sie die anderen Pflanzen erwürgen will. Hier, grab mal um die Wurzeln ein bißchen auf, dann geht sie leichter raus.« Sie gab Milly ihre kleine Grabgabel, hockte sich dann auf die Fersen und schaute sich um. Ein schöner Tag, ganz ruhig, abgesehen vom Summen der Insekten, sporadischem Vogelgesang und vorbeifahrenden Autos. Die meisten Frauen in dieser Mittelstandsgegend arbeiteten tagsüber, und mit Ausnahme von Jan und ihrer Vorschulgruppe am Ende des Blocks gab es wenige menschliche Geräusche. Ein alternder schwarzer Sportwagen rollte auf der Straße vorbei, stotterte und hielt nebenan am Kantstein. Der Fahrer stieg aus, und sie hörte das Quietschen einer Motorhaube, die geöffnet wurde. Er schob seine weiße Baseballmütze zurück und starrte durch seine Sonnenbrille etwas an. Bestimmt den Motor, obwohl sie nur schwer erkennen konnte, was er anschaute, weil die Hecke zwischen den Gärten bis zur Straße ging und die Vorderseite des Autos verdeckte. Sie sah ihn den Kopf schütteln. Armer Kerl. Ob sie ihm anbieten sollte, eine Werkstatt anzurufen? Er ging um den Wagen herum nach hinten und öffnete den Kofferraum. Er warf eine Decke neben die Hecke und nahm einen metallenen Werkzeugkasten heraus, und einen Augenblick später hörte sie ihn am Wagen herumklopfen. Also konnte er es wohl selber reparieren.

Die Bienen summten, und sie konnte Jans Vierjährigen in seinem Garten am Ende des Blocks laut rufen hören. Milly grub emsig Winden aus, aber das würde nicht lange dauern. Und richtig, einen Augenblick später sagte das kleine Mädchen: »Ich will Löwenzähne jäten.«

»Aber das haben wir doch gestern getan, Liebling. Nächste Woche müssen wir es wahrscheinlich nochmal machen, aber jetzt noch nicht. Weißt du was, ich wette, die Post war da. Geh doch mal nachsehen, ob was im Kasten ist.«

»Ich kann sie auch auf den Tisch legen.«

»Gut, aber erst wasch dir die Hände. Und paß auf, daß sie richtig sauber sind. Und dann komm wieder und erzähl mir, ob was Besonderes bei der Post ist.«

»Was ist besonders?«

»Wenn auf dem Umschlag Handschrift ist statt nur Getipptes.«

»Okay.« Milly trottete zum Haus, und die Fliegentür knallte hinter ihr zu.

Die Frau nahm ihre Grabgabel an sich und beugte sich wieder über das Beet. Sie sah nicht, daß der Fahrer des schwarzen Sportwagens an der Hecke entlanggeschlichen war, die ihren Seitengarten säumte. Sie hörte nicht, wie er über das Gras hinter ihr leise näherkam. Einen Augenblick spürte sie, daß er ihr ein Tuch über Mund und Nase drückte, aber sie war zu schnell bewußtlos, um zu merken, daß er sie in die Decke wickelte, schnell an der Hecke entlangschleifte, einen Augenblick innehielt, um nach Passanten Ausschau zu halten, und sie dann auf den Rücksitz schob.

Leise fuhr das schwarze Auto los, der Motor stotterte kein bißchen.

Milly, mit fast sauberen Händen aber noch verschmierter Wange, schoß einen Augenblick später aus dem Haus. »Großmama?« rief sie. Einen Moment schaute sie sich im stillen Garten um, rannte, um in beiden Seitengärten nachzusehen, sah im Haus nach, oben und unten und auf der vorderen Veranda, und ging mit verwirrtem Stirnrunzeln wieder hinaus. Aber dann erhellte sich ihr Gesicht. Wenn Großmama etwas brauchte, ging sie meistens zu Timmys Haus und fragte Jan. Da war sie jetzt wahrscheinlich auch. Milly hopste die Straße entlang, ernsthaft, wegen der Wichtigkeit ihrer Mission. Sie mußte Großmama sagen, daß auf einem der Briefe, die sie hereingeholt hatte, Handschrift war.

# 19

»Weißt du, ich hab' irgendwie Angst, weil New York so groß ist und ich nicht weiß, wo was ist«, sagte Chrissie.

Sie trug schon wieder ihr Manhattan T-Shirt. Bis zum 4. Juli würde es nur noch ein alter Fetzen sein, dachte Marty, und streichelte den dunklen Kopf ihrer Tochter, als sie sagte: »Ja, es ist irgendwie unheimlich, in eine große Stadt zu kommen, wo man noch nie gewesen ist.«

»Aber das ist doch kein Grund zur Sorge, Engelchen! Ein gescheites Kind wie du?« Brad klopfe Chrissie ermutigend auf die Schulter.

Sie saßen an einem der äußeren Tische bei MacDonalds. Wes hatte Marty gesagt, sie sollte eine lange Mittagspause machen, weil er wollte, daß sie um vier Uhr mit ihm zu der Höhle hinausfuhr, wo man die Leiche von Phyllis Denton gefunden hatte. Also hatte Marty sich die Haare waschen lassen und dann, immer noch in Uniform, Chrissie von der Schule abgeholt. Brad half zwar Eddie Bronson, das Wilson-Haus zu streichen, war aber ganz dankbar für eine Unterbrechung und kam auf eine Cola mit.

Chrissie hatte ihre Puppe Polly aus der Schultasche genommen und ließ sie auf ihrem Knie reiten, immer ein Zeichen dafür, daß sie sich Sorgen machte. »Aber es sind so viele Menschen in New York«, sagte sie. »Ich kenne dann keinen. Und in Alaska kenne ich auch niemanden, und wenn ich dann schließlich jemanden kenne, dann gehen wir nach New York!«

Marty sagte: »Ja, ich weiß, wie –«

»He, hört mal zu, ihr beiden!« Brad hielt eine protestierende Hand hoch. Sie saßen im Schatten der Markise, aber das reflektierende Licht vom Zementbürgersteig hob die Linien von Wange und Kinn hervor, beleuchtete den gelben Farbklecks auf seinem Arbeitshemd und betonte die Gesten seiner lebhaften Hände. »Seht mal, ich war eine ganze Weile da, richtig? Und am Anfang werde ich da sein und euch rumführen. Zweitens werdet ihr euch sehr bald selbst zurechtfinden. Ich meine, klar, es ist groß, aber ihr müßt ja nicht gleich in der ersten Woche überall hingehen, stimmt's?«

»Ja, eins nach dem anderen«, stimmte Marty zu.

»Das ist richtig. Außerdem, so schwer ist es nicht, Leute kennenzulernen. Es wird Spaß machen, Engelchen!«

»Ich graule mich trotzdem.« Chrissie ließ Polly noch schneller reiten.

»Nein, tust du nicht. Du hast keine Angst«, beharrte Brad. »Weil New York wundervoll ist. Unglaublich.« Er beugte sich ernsthaft zu Chrissie hinüber, und sie beruhigte sich bei seinem glühenden Enthusiasmus. »Es ist einfach der Gipfel von allem, verstehst du? Denk dir was aus, irgendwas, und es ist das Tollste.«

»Was zum Beispiel?«

»Ach – Musik. Gebäude. Drachen.«

»Drachen?« Chrissie zog ein ungläubiges Gesicht und warf Marty einen Blick zu.

Brad lachte. »Du denkst, ich zieh' dich auf? Kein bißchen. Sieh mal, eines Samstags ging ich am Central Park entlang, und ich sah diesen Drachen am Himmel. Er sah komisch aus, wie ein Vogel oder was. Also ging ich in den Park, um zu sehen, was es war.«

»Und was war es?«

»Es war schon ein Drachen, das stimmt. Ein amerikanischer Adler-Drachen. Ein tolles Ding. Als der Typ ihn runterholte, konnte man jede einzelne aufgemalte Feder sehen.«

»Ja, klingt nett«, sagte Chrissie höflich.

»Und das war noch nicht alles. Weißt du, ein ganzer Drachenclub war da. Jede Menge Leute. Und sie hatten jede Art Drachen, die du dir vorstellen kannst. Manche waren so ganz schnittige, aerodynamische Dinger. Du weißt schon, wissenschaftlich ausgetüftelt. Ganz merkwürdig aussehend. Und andere hatten Phantasiegestalten, wie der amerikanische Adler. Einer sah aus wie ein Hai.« Seine Hand schwamm und tauchte mit zusammengelegten Fingerspitzen durch die Luft. »Ein bösartiger Hai. Große Zähne.

Richtig toll. Und dann gab es diese Ente. Eine braune Ente, und statt Schleifchen am Drachenschwanz hatte sie eine ganze Reihe kleiner, aufgeplusterter Entchen. Alle schwammen. Schwammen durch die Luft. Und da war noch ein wirklich hübscher Drache, eine Art durchsichtiges Plastik in verschiedenen Farben, und er sah aus wie so ein Kirchenfenster. Sagenhaft! Da flog es, oben am Himmel, und segelte über die Leute, über den Park, über die hohen Häuser.«

Marty konnte sie fast vor sich sehen, die herrlichen Drachen über der herrlichen Stadt. Brad beugte sich über den Tisch, die Stimme vertraulich, eine Hand lag auf Chrissies Schulter, und eine beschrieb die hochfliegenden Drachen in der Luft. Er sollte im Fernsehen sein, nicht bloß im Radio, dachte Marty. Bei ihm schien das Leben wie ein Gedicht. Er sagte: »Und weißt du, was noch?«

»Was?« Auch Chrissie war wie verhext von der Vision. Die Puppe hopste nicht mehr, sondern lag schlapp und vergessen auf ihrem Schoß.

»Da war ein Drache, ganz Pailletten und Glitzer. Und das war Elvis.«

»Elvis?« Chrissie sperrte Mund und Nase auf.

»Ich schwöre es bei Gott, Chrissie. Der alte Elvis funkelte da oben am Himmel. Schaute vom blauen Himmel auf uns alle herunter. Ich meine, ich sah diese Drachen, und ich dachte, diese Stadt ist nicht nur eine große Stadt. Diese Stadt ist magisch, sie ist ein Zauber!«

»Ich will da hin«, flüsterte Chrissie.

»Ich auch«, gab Marty zu. Hochfliegende Drachen, hochfliegende Häuser, hochfliegende Träume. Eine Stadt, in der Drachen wie Elvis aussahen und Bonbons wie Kakerlaken, und Brad war reich, weil er die Schlüssel zu dem allem in der Hand hielt.

»Klar wollt ihr. Und ich bringe euch hin, sobald ich da einen Fuß in die Tür kriege. Diese Familie ist durch nichts aufzuhalten!« Seine Hand ruhte immer noch auf Chrissies Schulter, aber seine magnetischen Augen waren voll auf Marty gerichtet.

Sie riß den Blick los und sah den vernarbten Tisch an, die staubigen Straßenbäume, die großen Zahlen auf den Schildern der Tankstelle nebenan, die Hügel und Täler der Kalksteinlandschaft dahinter. Ihr Großvater hatte diesen Stein ausgegraben, ihre Mutter hatte in dieser Erde gegärtnert, und ihr Vater war auf diesen Landstraßen gestorben.

Aber auch sie fühlte sich von der großen Stadt angezogen. Der Gipfel von allem.

Brad fragte: »Was sagst du also?«

»Hier gibt es nur eine kleine Einkaufsstraße«, sagte Marty.

»Mann, als ob ich das nicht wüßte!« Das Lachen funkelte in seinen dunklen Augen.

Marty holte tief Luft. »Brad, ich möchte nicht nach Alaska.«

»Nicht Alaska! Wir reden von New York! Das hab' ich doch schon alles erklärt.« Er zählte es an seinen Fingern ab. »Man braucht eine Masche, um die Leute in New York zu beeindrucken. Und Alaska ist die perfekte Masche. Und also gehen wir nach Alaska. Es ist nur vorübergehend. Ein verdammtes Sprungbrett!«

Sie schüttelte den Kopf. »Vielleicht können wir ein anderes Sprungbrett finden. Sieh mal, meine Familie hat hier gelebt. Mir gehört das Haus. Ich habe einen guten Job. Chrissie hat Freunde –«

Ihre Stimme erstarb, als er ärgerlich auf den Tisch schlug und sich zurücklehnte. »Hörst du dich selber reden, Marty?« wollte er wissen. »*Ich* dies, *ich* das! Was ist mit dem Rest der Familie? Sind wir dir gleichgültig?«

»Gott, Brad, natürlich nicht!«

»Du hast 'ne verdammt komische Art, das zu zeigen.«

»Also gut, sag mir nur eins. Können wir nach Alaska kommen, ohne das Haus hier zu verkaufen?«

Sein Blick wich ihr aus, nur einen Augenblick, und sie hatte ihre Antwort. Er sagte: »Verdammt, ich weiß nicht. Wir müssen uns entscheiden, was wir vom Leben wollen, und danach die Einzelheiten austüfteln. Es anpacken.«

»Ja.« Hinter Martys Wimpern brannten Tränen. »Genau das müssen wir entscheiden.«

»Mein Gott, du bist so stur! Kannst du nicht mal –« Er stand auf und warf seinen Stuhl krachend an den Tisch. »Bis nachher.« Mit langen Schritten ging er auf das halb gestrichene Wilson-Haus zu.

»Daddy!« Chrissie schoß hinter ihm her. Polly fiel unbemerkt zu Boden. »Daddy, warte!«

Traurig sah er auf sie hinunter. »Ich bin bald zurück, Engelchen.«

»Daddy, wir finden einen Weg!« Sie sprach überstürzt. »Wir wollen alle hin. Ich hatte nicht wirklich Angst, keine Sorge. Ich will wirklich hin.«

»Ich weiß, Engelchen.« Er schloß sie in die Arme.

»Wir finden eine Möglichkeit.«

»Ja. Deine Mutter braucht nur etwas Zeit zum Überlegen.« Er küßte sie auf die Stirn. »Ich sehe dich ganz bald zu Hause.«

»Okay.«

Sie stand still und sah ihm nach, und Marty erinnerte sich plötzlich, wie vor vielen Jahren ein anderes neunjähriges Mädchen ihrem davonstürmenden Vater nachgesehen hatte. »Nein, Rusty, ich tausche unser Zuhause nicht gegen die alte Klapperkiste«, hatte ihre Mutter beharrlich wiederholt. Und die junge Marty war innerlich verwelkt. Sie haßte die Sturheit ihrer Mutter, fürchtete den Verrat ihres Vaters. Als sie erwachsen wurde, hatte sie sich geschworen, daß es niemals so sein würde.

Es war, als ob sie in einen Abgrund starrte.

Chrissie kam langsam zurück, entdeckte Polly auf dem Zement und nahm sie auf. Marty räusperte sich und sagte: »Chrissie, irgendwie kommt schon alles Ordnung. Ich weiß, daß es Angst macht.«

»Ich habe *keine* Angst!«

Sie kauerte sich still in der entferntesten Ecke des Autositzes zusammen und hielt Polly den ganzen Heimweg über fest im Arm.

# 20

Wes Cochran schlug die nächste Seite in seinem Notizblock auf. »Gut, also zum nächsten Opfer. Willie Sears«, sagte er. »Mason, was haben wir über ihn?«

Bobby Mason rutschte unbehaglich in der Ecke herum. Sie drängten sich alle in Wes' Privatbüro, sechs Mann hoch – Wes, Mason, Foley, Bezirksstaatsanwalt Pfann und die beiden FBI-Agenten, Jessup und Manning. Das Vorzimmer war voller Reporter, vom *Star*, dem *Herald Telephone*, dem *Courier Journal* und von der einen oder anderen Rundfunkstation. Also hatte Wes die Gesetzeshüter zur Lagebesprechung in sein Büro gestopft.

Mason berichtete: »Sears arbeitete an der Highschool. Hausmeister, Gartenarbeiten und so weiter. Mittwoch abend hatten sie ein Baseballspiel, und er war noch spät da und räumte auf. Am Donnerstag wollten sie eine Art ganztägiges Sportfest für die ganze Schule veranstalten, deshalb konnte das nicht warten.«

»Warum hat niemand, niemand angerufen, daß er Donnerstag gefehlt hat?« fragte Jessup mit seiner blechernen Stimme.

»Er hatte Donnerstag frei. Sollte dafür Samstag abend arbeiten, da hatten sie eine Tanzveranstaltung. Und Freitag rief der Schulaufseher zwei- oder dreimal bei ihm zu Hause an. Schrieb einen Verweis in seine Akte. Rechnete natürlich nicht mit so etwas.«

»Na gut«, sagte Wes. »Um wieviel Uhr hat er Mittwoch abend die Highschool verlassen?«

»Sein Mitarbeiter sagte, es war kurz nach elf. Und wir haben einen Bericht, daß er gegen viertel vor zwölf bei Gus' Mini-Markt anhielt und Bier kaufte.«

»Gute Arbeit.« Wes hielt inne, weil die Tür aufging. Marty Hopkins quetschte sich herein. Er hatte ihr gesagt, sie sollte eine lange Mittagspause machen. War es denn schon vier? Er sah auf die Uhr. Gott, tatsächlich. Er war erstaunt, wie mitgenommen Marty aussah. Was zum Teufel hatte sie angestellt? Na, jetzt war keine Zeit, danach zu fragen. Er sagte: »Hopkins, gut. Würden Sie die Bezirkskarte da draußen holen und herbringen?«

»Ja, Sir.« In zwei Sekunden war sie mit der Karte wieder da. Wes rollte sie auf seinem Schreibtisch auseinander und ließ Mason und Hopkins die Ecken festhalten.

Wes zeigte auf eine Stelle südlich vom Stadtzentrum. »Also, hier liegt die Highschool. Willie Sears geht nach elf dort weg.« Er sah, daß Jessup gespannt über Hopkins Schulter spähte. Sie waren fast gleich groß. Er fuhr fort: »Und hier am Stadtrand ist der Laden von Gus, wo Sears sein Bier geholt hat. Viertel vor zwölf. Würde man zwanzig Minuten brauchen, um dahin zu kommen?«

»Eher zehn«, sagte Bobby Mason. »Aber die Zeiten, die ich genannt habe, waren geschätzt.«

Wes nickte. »Und hier draußen ist Sears' Haus. Ja, richtig, wenn er eine Sechserpackung mit nach Hause nehmen wollte, würde er bei Gus anhalten.«

»Noch etwas anderes«, sagte Hopkins und sah mit zusammengekniffenen Augen auf die Karte. »Das Haus, wo Goldstein gewohnt hat, liegt an der Straße.«

»Nein, das ist an der nächsten. Lawrence Road.« Jessup langte um sie herum und zeigte darauf.

»Ja, Sir.« Hopkins sah kurz zu dem kleinen FBI-Mann hinüber. »Aber die Rückseite des Grundstücks reicht bis zu dieser Straße, und man kann die Rückseite von Goldsteins Haus von da unten sehen.«

»Foley, machen Sie eine Notiz«, sagte Wes. »Untersuchen Sie den Straßenrand da, wo man Goldsteins Haus sehen kann.«

»Nach Reifenspuren suchen«, erklärte Jessup. »Prüfen, ob sie zu Sears' Reifen passen.«

Großer Gott, dachte der, sie wären im Kindergarten? Wes strahlte ihn übertrieben an. »Gute Idee. Nun, zufällig betrifft unser nächster Bericht Reifenspuren. Das Staatslabor berichtet von einer Übereinstimmung – sie haben einen deutlichen Abdruck von Willie Sears' Auffahrt.«

»Welche Übereinstimmung?« Jessup sah mürrisch aus.

»Stimmt mit dem Reifenabdruck aus der Goldstein-Auffahrt überein, dem Teilstück, das wir an der rechten Kante entnommen haben.«

»Großartig!« sagte Art Pfann begeistert.

»Ja, wenn es nicht das Postauto ist«, sagte Wes. »Und jetzt, wie steht's mit den Verhören der Ex-Klansmänner?«

Jessup sah überrascht aus. »Ich werde den Bericht heute abend schreiben.«

»Ach so.« Wes hielt alle Emotionen aus seiner Stimme heraus. »Sie denken, die Abmachung ist, daß wir Ihnen alles sagen, sowie wir es herausgefunden haben, und Sie sagen uns, was Sie finden, wenn Sie Zeit hatten, einen Bericht zu schreiben.«

Art Pfann runzelte die Stirn. Jessup, das glänzende Gesicht einen Hauch rötlicher, sagte: »Da ist, da ist noch nicht viel zu berichten.«

»Nicht mal von Lester Holtz?« fragte Wes.

»Er wußte nichts. Und sein verdammter Hund bellte andauernd.«

»Was ist mit dem alten Sims?«

»Erzählte uns von derselben, derselben Kundgebung in Kentucky. Wir haben die Berichte über die Kundgebung angefordert.«

»Sie meinen, Sie wissen, wer alles da war?«

»Öhm, nicht alle. Die wichtigsten Sprecher.«

»Jedenfalls gut, die Liste zu haben«, sagte Wes gutmütig. »Was ist mit Al Evans?«

Jessup strich sein glattes Haar zurück. »Behauptete, er wüßte nichts. Sagte, wir sollten lieber eine Vorladung mitbringen, falls wir wiederkämen.«

Genau, das würde Al zwischen den Salven aus seiner Schrotflinte brüllen. Wes sagte: »Evans hat in bezug auf Polizeiorgane ziemlich heftige Gefühle. Also gut, sehen wir mal. Bleibt nur noch Grady Sims' Bericht. Er hat ihn auch noch nicht getippt. Zwei Berichte, genaugenommen. Der erste betrifft ein Gespräch mit Willie Sears' Bruder Jimmy, der von Evansville hergefahren ist, um nach ihm zu sehen. Dieser Bruder sagt, daß Sears seit dem

Tod seiner Frau vor zwei Jahren zu einer Menge Freunde den Kontakt verloren hat. Keine besonderen Probleme, nur gelegentliche Klagen über seinen Vorgesetzten an der Highschool, wie gewöhnlich. Was den zweiten Bericht angeht. Sims hat das Grundstück bei Goldstein nochmal abgesucht, und da waren ein paar Bretter, die Teile eines Kreuzes gewesen sein könnten. Das Staatslabor arbeitet dran. Irgendwelche Anmerkungen?« Er schaute Pfann an.

»Sieht nach einer langwierigen Plackerei aus«, sagte Pfann nüchtern. »Ist die Befragung der Nachbarschaft abgeschlossen?«

Mason sagte: »Wir haben mit allen geredet bis auf zwei. Die kriegen wir morgen, bei der Arbeit, wenn es sein muß.«

»Gut, machen Sie das, Mason. Jetzt zum Denton-Fall. Die Staatspolizei sagt, sie sind mit der Stineburg-Höhle fertig und möchten den Tatort freigeben, also muß ich mir Zeit nehmen, um rauszufahren. Art, bei der ganzen Aufregung wegen Sears sind Sie auch nie in die Höhle gekommen, oder?«

»Nein. Ich sollte sie mir wohl auch ansehen.«

»Hopkins, Sie sind am Denton-Fall, Sie kommen auch mit. Ihr anderen schreibt eure Berichte und geht dann nach Hause. Mr. Jessup, ich bin gespannt zu erfahren, was Sie über die Kundgebung in Kentucky kriegen.« Er lächelte Jessup an und nickte Don Foley zu, der die Tür aufhielt.

Die Reporter sprangen von ihren Wartesitzen auf und fingen an, Fragen abzuschießen. Wes sagte zu Art: »Irgendwas werden Sie ihnen sagen müssen. Ich treffe Sie bei der Höhle.«

Art Pfann nickte resigniert und ging durch die Tür in den Vorraum. »Meine Herren und Damen«, dröhnte er, »ich habe eine kurze Verlautbarung über...« Seine Stimme orgelte weiter.

Wes packte Marty Hopkins am Ellbogen und steuerte sie zur Tür hinaus zum Wagen. »Gute Beobachtung mit Goldsteins Hinterhof«, sagte er.

Sie kletterte auf den Beifahrersitz. »Ich erinnerte mich, wie Sie sagten, dem armen Kerl sind die Augen ausgestochen worden. Glauben Sie –«

»Kann man jetzt noch nicht sagen.« Er drehte den Zündschlüssel.

»Coach, ich dachte, dies wäre ein gutes Land. Gute Menschen. Wie kommt es, daß wir auf einmal diese scheußlichen Klan-Geschichten haben?«

»Unsere Leute hier sind genauso gut oder so schlecht wie die meisten. Es gibt immer Verlierer, die anderen die Schuld für ihre Probleme in die Schuhe schieben möchten.«

»Sie glauben, die fühlen sich als Verlierer? Wie kommt das?«

Wes schnaubte. »Wer weiß? Vielleicht hat man sie nie ins Oberstufenteam gewählt, oder ihr Pappi hat sie zu oft verprügelt, oder sie haben in der Schule im Rechnen versagt. Also beschließen sie, daß Juden und Neger daran Schuld sind. Und mir ist es völlig egal, wem sie die Schuld geben, solange sie den anderen Leuten nichts tun. Dann ist es mein Job.«

Er warf von der Seite einen Blick auf sie. »Die meisten Leute hier sind in Ordnung, Marty – sie grummeln nur. Was wir hier haben, ist bloß ein einzelner Irrer. Und jetzt wieder zu Phyllis Denton. Gehen wir es nochmal durch, von Anfang an.«

»Gut.« Sie schob sich das Haar aus der Stirn. Sah erschöpft aus. »Wir wissen, daß Phyllis mit dreizehn weggelaufen ist, keine Anzeichen von Schwierigkeiten davor. Oder keine, von denen wir gehört hätten.«

»Was soll das heißen?« fragte Wes scharf.

»Nichts. Nicht relevant.« Sie klang verlegen. »Ich dachte an meine eigene Tochter.«

»Ist sie weggelaufen?«

»Nein, nein. Es hat nichts mit dem Fall zu tun. Tut mir leid, Sir.«

Wes schaute kurz zu ihr hinüber. Sie versuchte, professionell auszusehen, Unterkiefer straff, Schultern gerade, versuchte, den Schmerz in ihren Augen zu verbergen. Er starrte auf die Landstraße und grübelte einen Augenblick über ihre Worte nach. Dieser Idiot von Ehemann, entschied er und wünschte, er könnte helfen. Aber er erinnerte sich an Shirls Ratschlag, als er früher schon wegen Marty besorgt gewesen war. »Sie will zum Team gehören, Wes, das weißt du, seit sie ganz klein war. Wenn du sie verpäppelst, wird sie es hassen, und die Jungs werden es übelnehmen und ihr alles noch schwerer machen.«

Er bog in die Donaldson Road zur Höhle ein und sagte: »Also gut, Hopkins, lassen Sie mich wissen, wenn ich helfen kann. Im Augenblick machen wir weiter mit dem Denton-Fall. Das Kind läuft weg.«

»Ja, Sir«, sagte sie dankbar. »Als nächstes wurde das Foto gefunden, das Sie mir gezeigt haben. Phyllis im Motorrad-Outfit. Wo war das genau?«

»In einer Schublade, wo Phyllis Hemden und anderes aufbewahrte. Nach hinten geschoben. Die meisten ihrer Bücher und Papiere waren weg, also muß sie das übersehen haben.«

»Ich habe sie nicht gekannt. Können Sie schätzen, wann es gemacht wurde?«

»Nicht lange vor ihrem Verschwinden. In dem Alter verändern sich Kinder schnell, aber sie sah ungefähr so aus wie beim letzten Mal, als ich sie gesehen habe. Abgesehen von der Ledermontur.« Wes schüttelte den Kopf bei der Erinnerung. Vor diesem Foto hatte er die kleine Phyllis nie anders als in Rüschen gesehen.

»In ihrem Sarg trug sie kein Leder«, sagte Hopkins.

»Nein.«

»Gut. Also, Sie suchen überall, schicken Bulletins raus, aber nichts ergibt sich. Ein Haufen Gerüchte, aber keine Fakten.« Sie kniete sich wieder rein, wirkte belebt. Shirl wußte, wie man sie nehmen mußte, das stand fest. »Die nächste echte Neuigkeit kommt über ein Jahr später. Professor Wolfe kommt in die Stineburg-Höhle, findet die Leiche und sagt Elizabeth Denton Bescheid.«

»Ja. Richtig.«

»Aber Mrs. Denton glaubt, es ist wieder ein falsches Gerücht. Ihr Mann ist sowieso krank, und sie will ihn nicht aufregen. Und die Professorin sagt es sonst niemandem. Vielleicht will sie nicht schon wieder mit dem Gesetz zu tun bekommen. Haben wir schon Rückmeldung aus Pennsylvanien wegen dem Jäger, den sie getötet hat?«

»Der Bezirksstaatsanwalt dort erinnert sich an den Fall. Er schickt die Einzelheiten. Sagte, sie sei eine merkwürdige Frau, aber es war Notwehr, das haut hin.«

»Ja. Gut. Also jedenfalls weiß sonst niemand etwas von der Höhle, und jahrelang passiert gar nichts. Dann kriegt der Richter diese Tumoren, und seine Frau erzählt ihm zufällig, was die Professorin gesagt hat, und er versucht uns etwas mitzuteilen. Ich denke, daß die Geschichte der Professorin zu etwas anderem paßte, das er schon wußte.«

»Wie kommen Sie mit den Terminkalendern voran?«

»Ungefähr halb fertig. Es geht langsam. Ich bin die zwei Jahre nach ihrem Verschwinden durchgegangen, und bisher gibt es nichts Offensichtliches.«

»Gut. Nachdem wir uns die Höhle angesehen haben, entscheiden wir, was Sie die Professorin morgen fragen sollten. Da sind wir.« Er fuhr an den Straßenrand. Sie erklommen den felsübersäten Hügel zum Höhleneingang, wo ein gelangweilter Ranger saß und mit der Fußspitze zum Rhythmus eines Rocksenders klopfte. Er drehte das Radio ab und sprang auf, als Wes und Marty näherkamen.

»Hallo«, sagte Wes.

»Hallo, Sheriff. Sergeant Weaver ist schon drin. Er hat die Berichte.«

»Gut, wir gehen zu ihm. Mr. Pfann wird bald kommen. Der Staatsanwalt.«

»Wie ich sehe, haben Sie Licht«, sagte Hopkins angesichts des Generators am Eingang.

»Ja, sie haben Notbeleuchtung da drin«, sagte der Ranger.

»Okay.« Wes trat über die Polizeisperre, betrachtete zweifelnd die dunkle Öffnung zwischen den Felsbrocken und winkte Hopkins. Sie schlüpfte durch, und er beugte den Kopf und ächzte hinter ihr her. Mußte was gegen diesen verdammten Wanst unternehmen.

Der Kommentar von Hopkins war auch nicht hilfreich. »Sie haben die Öffnung erweitert«, stellte sie fest. »Wahrscheinlich, um den Sarg rauszubringen.«

Drinnen führte ein Haufen Felsbrocken nach unten auf den glatten Höhlenboden. Der Tunnel war über drei Meter breit, und unter der zwei Meter hohen Decke konnte er sich aufrichten. Arbeitslampen waren an einer Wand aufgehängt und gossen alle neun Meter Licht auf den bräunlichen Stein. Dazwischen war es dämmerig, sogar schwarz, wo immer eine Unebenheit in der Höhlenwand einen Schatten warf. »Unheimlich hier«, sagte Wes.

»Versuchen Sie's mal ohne Arbeitsbeleuchtung«, sagte Hopkins.

»He, Sheriff!« Eine Gestalt erschien am Ende der Höhle.

»Sergeant Weaver?«

»Richtig. Schön, Sie zu sehen. Bringen wir die Sache mal hinter uns.«

»Einverstanden. Pfann wird jeden Augenblick hier sein. Aber wir können ja schon anfangen.«

»Prima«, sagte Weaver. »Ich kann Ihnen sagen, meinen Leuten hängt dieser Ort zum Hals heraus. Wir werden froh sein, den Tatort freizugeben und hier rauszukommen. Hätten wir schon früher getan, aber jemand ganz oben hat gesagt, wir sollten streng nach Vorschrift vorgehen. Politik.«

»Ja. Die Dentons haben damit zu tun.«

»Schon. Aber das ist doch alles verdammt lange her.«

»Richtig, keine Chance, hier noch rauchende Pistolen zu finden«, stimmte Wes zu.

In der Kammer, wo Weaver stand, gab es mehr Lichter. Wes studierte den staubigen Boden mit Dutzenden von Fußabdrücken. Meist die von Polizisten. »Irgendwelche nützlichen Fußspuren?« fragte er.

»Wir haben Fotos. Wir werden zur Eliminierung noch Abdrücke von Ihrem Hilfssheriff und diesem Naturschützer vom Park brauchen. Aber es wird schwer sein, irgendwas zu beweisen. Es hat eine Menge Verkehr gegeben, ist aber schwer zu sagen, wann. Kein Regen, der Älteres wegwäscht.«

Wes grunzte. »Tja, bleiben Sie dran. War das hier, wo der Sarg gestanden hat?« Er stand vor der Wand, auf die sich die meisten Lichter konzentrierten. Zwei niedrige, flache Felsblöcke lagen eineinhalb Meter auseinander, und in der Mitte über ihnen war ein Kreuz mit Ruß an die Wand gemalt.

»Ja. Hier ist das Höhleninventar von den Spurenleuten. Wir haben es erst vor einer Stunde bekommen.« Er überreichte Wes ein getipptes Blatt Papier.

Marty Hopkins spähte in eine schwarze Nische auf einer Seite der Kammer. »Haben Sie diese Seitengänge auch untersucht?« fragte sie.

»Ja, Sonntag. Der da ist nur neunzig Zentimeter tief. Näher am Eingang ist ein Kriechtunnel, der zu einer Höhle mit einem Flüßchen führt, und das wär's schon. Sie haben nur ein paar Käfer und Fische gefunden, das war alles.«

»Sie haben sie doch nicht umgebracht, oder?« fragte Hopkins streng. Wes schaute sie an, überrascht von ihrer Schärfe.

»Das glaube ich nicht«, sagte Weaver. »Ich hatte den Eindruck, daß Menschen und Käfer sich in entgegengesetzten Richtungen davonmachten.«

Wes grinste. »Sehen wir uns Ihre Liste an.«

Die drei drängten sich um eine gelbe Arbeitslampe und sahen das Inventar durch. Nahe beim Eingang hatten die Spurensucher einige wenige Gegenstände gefunden und zur Analyse mitgenommen: einen alten Gürtel, mehrere Bierdosen, Butterbrotpapier, ein kaputtes Taschenmesser, die Tülle eines Ölkännchens, zwei Colaflaschen alten Stils und etwas, das als ›möglicherweise trockene menschliche Fäkalien‹ aufgeführt war. In der Kammer, in der sie standen, hatte die Staatspolizei zwei weitere Bierdosen und den Sarg gefunden, sonst nichts. Der Inhalt des Sarges war auch aufgelistet – das Skelett, die Fragmente verrotteter Kleidung, das Armband, Polster und Kissen: ›Ew'ger Fels‹ aus einem Gesangbuch gerissen, eine Bibel mit einem ledernen Lesezeichen, und eine –

»Scheiße!« sagte Marty Hopkins. »Oh, Scheiße!«

Wes' Augen, eine Sekunde langsamer als ihre, sahen es dann auch. »Scheiße!« echote er und trat gegen die Höhlenwand.

Art Pfann kam um die Biegung herbei, sein dunkler Anzug vom Höhlenstaub verschmiert. »Was gibt's denn?« Seine volltönende Gerichtssaalstimme hallte von der Höhlenwand wider.

Wes atmete tief durch. »Wir können diesen Tatort nicht freigeben. Das FBI wird ihn sehen wollen. Es gibt Komplikationen.«

»Was für Komplikationen?«

»Die verdammte Leiche hatte eine Bibel in der Hand«, erklärte Wes. »Und da steckte eine Karte drin, mit einem handgemalten Kreuz und einem Blutstropfen.«

»Scheiße!« dröhnte Art Pfann und trat ebenfalls gegen die Höhlenwand.

# 21

Der richtige Name des Nachtfalken war ausgelöscht.

Das war gut so. So mußte es sein. Sein Name war wertlos, ohne Bedeutung, entstanden aus Rauch, vergangen wie ein Rauch. Ein Schatten. Außer seiner Mutter hatte ihn sowieso nie jemand bei seinem richtigen Namen genannt. Sie hatte ihm biblische Geschichten über das liebe Jesuskind vorgelesen und Lieder über christliche Soldaten gesungen und seine Stirn geküßt und ihn bei seinem richtigen Namen gerufen, und dann war sie eines Tages irgendwohin fortgelaufen. Als er nach ihr fragte, hatte sein Vater ihn verprügelt. Schsch, hatte sein großer Bruder Chip gesagt, sei nicht traurig, sie ist sowieso nur eine nichtsnutzige Schlampe. Ohne sie sind wir besser dran.

Chip hatte ihn immer Schatten genannt, weil er die ganze Zeit an ihm klebte, und weil er damals schon leise um Ecken schleichen und in winzigen Winkeln verschwinden konnte. Alle anderen, sein Vater und sein ältester Bruder und alle anderen nannten ihn Pip. Da kommen sie, Chip und Pip, sagten sie. Pip für Pipifax. Wertloser, unwichtiger Pipifax. Der kleine Bruder, der unwichtige kleine Bruder.

Aber jetzt nicht mehr. Jetzt würde niemand sagen, der Nachtfalke wäre ohne Bedeutung. Er, der überwindet, das war der Nachtfalke.

Der Nachtfalke war Teil eines großen, heiligen, historischen Krieges. Eines Krieges gegen den menschlichen Dreck, Kains Sippe, Satans Volk. Er hatte durch Chip alles über das Drecksvolk erfahren, von Chip auf Heimaturlaub, und aus seinen Zeitschriften, dem *Vanguard*, dem *Crusader*, dem *National Alliance Bulletin*. Das Drecksvolk regierte die Welt. Die kontrollierten die internationalen Banken, die Geschäfte, das Geld und fast alles andere. Aber wenn der Krieg kam, dann würden sie ausgelöscht in Feuer und Wasser. Dann würden sie schon sehen. Dann würden sie ihn nicht mehr Pipifax nennen!

Und die Dinge kamen in Bewegung.

Er tat jetzt den Willen des Großen Titan. Der Große Titan gab nicht immer klare Anweisungen, aber das war richtig so. Am Ende verstand sie der Nachtfalke immer. Diese letzte verstand er noch nicht ganz, aber schließlich würde eine Botschaft kommen, da war er sicher. Er brauchte nur Geduld – Geduld und Geschick. Gedulde dich noch eine kleine Weile. Er konnte auf die Botschaft warten.

Jetzt wartete er still im Finsteren. Das Wasser gurgelte neben ihm, aber seine Aufmerksamkeit richtete sich auf den Quertunnel. Er horchte auf Zeichen von Aktivität. Noch war niemand da. Er war überrascht gewesen, als die zweite Serie von Polizisten am früheren Abend aufgetaucht war. Er hatte gedacht, sie wären fertig, weil die letzten beiden Tage nur sporadisch Posten dagewesen waren. Vielleicht waren sie jetzt wirklich fertig, aber Vorsicht war im Krieg immer wichtig.

Alles schien so zu sein, wie es sollte. Er kannte den Ablauf: zur vollen Stunde rappelte sich der Wachtposten aus seinem Halbschlaf im Streifenwagen auf, kam in die Höhle, leuchtete mit seiner Lampe in den Quertunnel und ging weiter in die Haupthöhle zu der Kammer, wo die Leiche der Heiligen sonst aufgebahrt war. Dann drehte sich der Polizist um, ging durch die Höhle zurück, kletterte über den Steinhaufen am Eingang und setzte sich draußen hin, um eine Zigarette zu rauchen. Der Trick war, hinauszuschlüpfen, während der Bulle die Kammer tief in der Höhle ansah, ehe er umdrehte.

Der Nachtfalke wartete in der Fluß-Höhle. Diese Höhle hatte er entdeckt, als er zehn war und mit seinem Bruder auf Entdeckungstouren ging. Er kannte sie auswendig. Sie hatte die Form eines H – eine Haupthöhle, die parallel zu dieser Flußhöhle verlief, und ein niedriger Quertunnel, der sie verband. Hinter einem winzigen V-förmigen Durchlaß auf der anderen Seite des Steinhaufens, wo der Fluß verschwand, ging die Höhle noch weiter, aber natürlich paßte er da jetzt nicht mehr durch. Der Nachtfalke war jetzt stark, ein mächtiges Werkzeug des

Herrn, weit entfernt von dem kleinen Pipifax, der diese Höhle vor langer Zeit erforscht hatte.

Es drangen immer noch keine Geräusche aus der Haupt-Eingangshöhle herüber. Der Nachtfalke schlug seine schwarze Manschette zurück, um auf das leuchtende Zifferblatt seiner Uhr zu sehen. Noch zwei Minuten; Zeit zum Aufbruch. Er deckte seine Uhr wieder ab und bewegte sich dann auf den horizontalen Spalt zu, der in den Kriechgang zur Eingangshöhle führte, sicheren Schrittes im vertrauten Dunkel. Ein Schatten unter Schatten. *Und sie werden nicht bedürfen einer Leuchte oder des Lichts der Sonne; denn Gott der Herr wird sie erleuchten, und sie werden regieren von Ewigkeit zu Ewigkeit.* Als er noch klein war, hatte er sich vor den bleichen Fischen und Grillen gefürchtet, die es hier gab, aber jetzt wußte er, daß sie sich vor ihm zurückzogen, äußerst empfindlich für seine Gegenwart, und er konnte sich ohne Angst in der Höhle bewegen. Sie waren bleich, vielleicht die weißen Geschöpfe des Herrn, dachte er. Weißer als Schnee. Nicht wie die schlammfarbenen Insekten und Fische draußen.

Eines Tages würde auch er weiße Kleider tragen, hell gemacht im Blut des Lammes, und er würde die Herrlichkeit des Herrn erfahren. Aber vorläufig mußte er im Finstern wandeln. *Das Volk, so im Finstern wandelt, siehet ein großes Licht.*

Er tastete sich zum Verbindungstunnel vor, robbte geräuschlos durch den Kriechgang bis zur Kurve und wartete dort. Von hier aus war das Gurgeln des Flusses nur noch ein Wispern; und noch schwächer ertönte ein Ruf weit hinter ihm, kläglich gegen die immensen Wände aus Stein. Kein Problem.

Dann kam es: plumpe Polizistenschritte, und die Taschenlampe leuchtete in den Seitengang, Licht wanderte nachlässig über die Seitenwände vor ihm, ohne einen Verdacht auf die Schatten direkt hinter der Kurve. Die Geräusche der Schritte entfernten sich zur Kammer der Heiligen, und der Nachtfalke, wieder ins freundliche Dunkel gehüllt, kroch so mühelos hinaus, als liefe er auf Rädern, ein gutgeöltes Werkzeug der Nacht, scharf und leise, das schwarze Schwert des Herrn.

Als nächstes kam der gefährliche Teil. Die Lampen hingen an der gegenüberliegenden Wand und würden ihn bloßstellen, schwarz gegen den blassen Stein, während er aus diesem Tunnel zu den riesigen Felsblöcken hinüberwechselte, die in den Eingang gerollt waren. Einmal dort, würde er mit ihren Schatten verschmelzen.

Langsam streckte er seinen Kopf vor, um nach hinten in die Höhle zu schauen. Der Polizist war hinter der Biegung nicht zu sehen, aber seine Schritte waren noch zu hören, die sich ohne Eile entfernten. Der Nachtfalke rollte sich im Schatten wie eine Sprungfeder zusammen, dann schoß er, unhörbar auf Gummisohlen, aus dem Tunnel hervor und erreichte die Schatten der Felsen fast im gleichen Augenblick. Dort angekommen, schaute er noch einmal zurück, spannte sich, und sprang wieder los. Geschickt federte er von einem Schatten zum anderen bis zum Höhleneingang.

Einen kurzen Augenblick kauerte er sich in die Schwärze daneben.

War jemand da und wartete auf den Polizisten?

Die Nacht war mondhell. Er haßte Mondlicht. Es drang in seine Welt ein, das kalte, gleichgültige Mondlicht, und erleuchtete große Räume, wo die Lichtliebenden sein könnten.

Aber heute nacht war niemand da.

Der Nachtfalke schlich sich vom Höhleneingang fort in die Wälder, die wohlbekannten Pfade entlang.

Am Höhleneingang erschien einen Augenblick später der Polizist, gähnte, und klopfte seine Taschen nach den Zigaretten ab. Er fragte sich, welches weltletzte Arschloch es für nötig befunden hatte, ein leeres Loch im Boden zu bewachen.

## 22

Marty Hopkins stand still und aufmerksam vor der Tür des Hörsaals in Jordan Hall, und eiskalte Wut brannte in ihren Adern. Sie war wütend auf Professor Wolfe, wütend auf das FBI. Wütend auf Brad.

Denk nicht daran.

Setze deine Wut gezielt ein, hatte Wes gesagt. Benutze sie, wenn du kannst, klammere sie aus, wenn sie ablenkt. Denk nicht daran. Tu deine Arbeit.

Ein paar Leute, meist Studenten in Blue Jeans, wanderten durch die Hallen. Hinter den Doppeltüren hörte sie Stimmen. Für Donnerstag war eine Art abschließendes Examen angesetzt, und die Studenten fragten, welches Material durchgearbeitet werden mußte. Professor Wolfes Antworten, leise in ihrer rauhen, angenehmen Stimme, hatten heute einen Anflug von Ungeduld. Na, um so besser. Marty bewegte prüfend ihre Finger. Heute würde sie sich nicht einfach so abwimmeln lassen. Und es könnte ganz nützlich sein, wenn Professor Wolfe etwas aus der Fassung war. Wolfe hatte ihnen in diesem Fall lange genug auf der Nase herumgetanzt, mit dem ganzen verdammten Gerede über Kalkstein und Zyklen. Schlimm genug, als der Tod von Phyllis Denton noch eine traurige häusliche Tragödie war. Aber jetzt wußten sie, daß der Klan damit zu tun hatte, und das FBI saß Marty hechelnd im Nacken. Wes hatte ihr geholfen, unauffällig wegzukommen, während er den kleinen Kläffer Jessup mit den Akten über Richter Denton und die Arbeit, die sie vor sieben Jahren getan hatten, bei Laune hielt. Aber die Agenten würden vermutlich bald hier sein mit ihren Computerverbindungen und ihren gebügelten Socken. Also hatte sie nur diese eine Chance, Professor Wolfe den Rest zu entlocken. Und die kannte den Rest, Marty konnte es in ihren Knochen spüren.

Heute morgen, wie gerädert nach einer Nacht ohne Schlaf und ohne Liebe, hatte sie mit Wes ein paar Ideen ventiliert, bis Jessup sie unterbrach. Wes glaubte immer noch, es handele sich um einen einzelnen Irren, aber Marty war überzeugt, daß Richter Denton ihnen etwas über den Zusammenhang mit dem Klan mitteilen wollte. Das Problem bestand darin, daß es mehr als nur eine mögliche Verbindung gab. Erstens einmal hatte Richter Denton den Vorsitz gehabt, als Al Evans und Lester Holtz in dem lange zurückliegenden Emmet Hines-Fall ihr Bußgeld aufgebrummt bekamen. Natürlich hatten sie sich jetzt seit fünfzehn Jahren mehr oder weniger einwandfrei aufgeführt, aber bei den beiden hielt ein alter Groll lange vor. Zum anderen war da Bert Mackay. Tom Straub war Großer Titan des Klans gewesen, bis er vor fünf Jahren starb, und Tom Straub hatte seinerzeit Bert Mackay eingestellt. Unglücklicherweise war Bert vor sieben Jahren noch im Gefängnis gewesen. Und, wie Al und Lester, in den letzten Jahren rein wie frischgefallener Schnee. Außerdem gab es noch die schattenhaften Gestalten der Motorradgang. Wes war vor sieben Jahren verschiedentlich in Sackgassen geraten, aber im Rückblick bestand die Möglichkeit, daß unter den Gangmitgliedern Juden oder gar Schwarze gewesen waren. Die Tochter eines Richters in einer solchen Gruppe, das hätte womöglich schon genügt, um ein Klanmitglied durchdrehen zu lassen.

Wes blieb bei seiner Theorie vom Einzeltäter, obwohl er zugeben mußte, daß der bestimmt schon eine Weile in der Gegend war. Aber Marty beschlich Panik. Es war schon schlimm genug, wenn die Opfer Juden oder Schwarze waren, die üblichen Ziele der Hasser. Aber Phyllis war weiß und christlich, ein Mädchen wie Chrissie. Wes wies darauf hin, daß sie anders behandelt worden war als die anderen. Ihr Sarg war wie ein Schrein. Aber es machte Marty Angst, und sie war wütend über jedes Hindernis, auf das sie trafen.

Das FBI war in dem Augenblick hereingeplatzt, als Wes eben beschlossen hatte, sie zur Universität von Indiana zu schicken, um mit Professor Wolfe zu reden, solange das möglich war. Jessup hatte die Neuigkeit von der Klan-Verbindung gehört und sich auf den Fall gestürzt wie ein hungriger Geier. Sie war hinausgeschlüpft und hatte es Wes überlassen, ihn mit seiner üblichen Mischung aus breitem Lächeln und der Kunst, ihm um eine Nasenlänge voraus zu sein, abzufertigen. Er rechnete also auf sie, und darum durfte sie die heutige Befragung auf keinen Fall verbaseln.

Im Hörsaal nahm das Füßescharren plötzlich zu. Stühlerücken, Stimmengemurmel. Marty verlagerte ihr Gewicht auf die Fußballen. Die ersten Studenten rissen die Tür auf, und nur wenige Schritte hinter ihnen kam Professor Wolfe in ihrem weißen Labormantel, ihre Aktentasche vor der Brust wie einen Schild.

»Professor Wolfe!« Marty sprang zwischen zwei Studentinnen und trat ihr gegenüber.

»Martine.« Professor Wolfe ging um sie herum und eilte den Flur hinunter. »Ich gehe jetzt.«

Marty blieb dran, tanzte zur Seite und breitete die Arme aus wie ein Verteidiger beim Baseball, wobei sie ein oder zwei Studenten aus dem Weg schubste. »Wir müssen reden.«

Wolfe verlangsamte ihre langen, federnden Schritte nicht. Sie sah genervt und grimmig aus. »Anderswo, Martine.«

»Jetzt, Professor Wolfe. Es paßt Ihnen vielleicht nicht, aber es ist wichtig.«

»Nicht hier!« Die meisten anderen hatten sie hinter sich gelassen, und Wolfes lange Schritte hatten sie schon um die Ecke in die nächste Halle geführt. Marty blieb gleichauf, wendete, wenn sie wendete, klebte an ihr wie ein Schatten. Nur eine Studentin war noch bei ihnen, im Schweinsgalopp wie Marty. Marty erkannte die junge Frau, die draußen am Farmhaus das Yogi-Bär T-Shirt getragen hatte.

»Es ist wichtig«, wiederholte Marty. »Was ist mit Ihrem Büro? Die Treppen sind gleich hier. Nur ein paar Minuten.«

»Nein.« Professor Wolfes Riesenschritte führten an der Treppe vorbei und steuerten den Ausgang zum Parkplatz an.

Zornig sprang Marty vor und stellte sich breitbeinig und mit ausgestreckten Armen vor die Doppeltür. »Es tut mir leid, Professor Wolfe. Es muß jetzt sein.«

Wolfe und ihre Studentin hielten an und Wolfes dunkle Augen schauten in Martys. »Martine, Sie sind aufgeregt«, bemerkte sie. »Ich sagte, nicht hier. Ich habe nicht gesagt, nicht jetzt.«

»Sie meinen, wir können jetzt reden, aber nicht hier?« Vorsicht; Hopkins, du hast noch nicht gewonnen. »Wo also?«

»Haben Sie einen Wagen hier?«

»Ja.«

Professor Wolfe verlagerte die Aktentasche in ihre linke Hand und faßte in die rechte Tasche. Unter dem Labormantel konnte Marty eine Khakiuniform, eine Fotografenweste voller Taschen und einen Patronengürtel erkennen. Marty griff nach ihrem eigenen Pistolenhalfter. Aber die Hand der Professorin förderte nichts als einen Autoschlüssel zutage. Sie gab ihn ihrer Studentin. »Hier, Callie, nehmen Sie den Pritschenwagen, und ich treffe Sie beim Haus.«

»Klar.« Callie grinste Marty an. »Ich wünsche ein gutes Gespräch.«

Sie gingen hinaus, und Callie trabte zum Pritschenwagen. Marty geleitete ihre Beute zu dem braun-beigen Streifenwagen auf der anderen Seite und hätte die Professorin am liebsten auf den Rücksitz hinter die Schutzwand für Gefangene verfrachtet, wo an den Türen innen keine Griffe waren. Aber Professor Wolfe schien gesonnen zu kooperieren, sogar bereitwillig. Sie streifte ihren Labormantel ab und stieg ein, sowie Marty die Beifahrertür entriegelt hatte. Marty fuhr schnell an und rollte schon vom Parkplatz, ehe der Pritschenwagen noch rückwärts aus seiner Bucht gefahren war. Sie fürchtete immer noch halb, die Professorin zu verlieren, und hatte unbestimmte Visionen, wie der Pritschenwagen vorbeiraste, Wolfe hinüber sprang, eine wilde Verfolgungsjagd durch die Kalksteinhügel.

Okay, Hopkins, beruhige dich. Tu deine Arbeit. Sie macht schließlich mehr oder weniger mit. »Sie haben's ja schrecklich eilig, nach Haus zu kommen«, sagte Marty, als sie die Third Street entlangfuhren.

»Ich mag keine Städte.«

»Wird Ihnen nicht langweilig da draußen, wo nichts passiert?«
»Sie meinen, draußen, wo nicht viele Menschen sind. Nein, es wird mir nicht langweilig.«

Marty hielt an einer Ampel und warf ihrer Beifahrerin einen Blick zu. Professor Wolfe saß ganz ruhig, ihre lange Gestalt gelassen, nur die Hände hielten die Aktentasche umklammert. Marty holte tief Luft und vergewisserte sich, daß ihre Stimme kühl und neutral blieb. »Sehen Sie, Professor Wolfe, es hat im Denton-Fall eine scheußliche Wendung gegeben. Und ich glaube nicht, daß Sie ganz offen zu mir gewesen sind.« Es wurde grün, und sie fuhr Richtung Whitehall Pike.

Professor Wolfe sagte gereizt: »Ich habe Ihre Fragen beantwortet, Martine. Aber stellen Sie mehr Fragen, wenn Sie wollen.«

»Gut. Sie haben Phyllis' Sarg geöffnet, nicht? Vor sechs Jahren, als sie ihn gefunden haben?«

»Ja, und ehe ich ging, habe ich ihn wieder geschlossen.«

»Gut. Sagen Sie mir, was drin war.«

»Die fast skelettierte Leiche eines Mädchens von etwa zwölf Jahren. Anzeichen von Insektentätigkeit.«

»Ja, ja. Was noch?«

»Kleider? Es schien ein Kleid zu sein, in rascher Zersetzung begriffen. Am Handgelenk war ein goldenes Armband. Kissen und Polster unter der Leiche, die übliche Sargausstattung, weniger zersetzt als das Kleid. Eine Decke. Ich nehme an, daß das Kissen und die Decke aus Synthetikfasern waren, das Kleid aus natürlicher Baumwolle. Biologisch abbaubar, wie man so schön sagt.«

»Ja, gut. Was noch?«

»Unter der Hand des Kindes lag eine Bibel. Und eine Karte steckte darin.«

»Gottverdammtnochmal!« Marty schlug mit dem Handballen aufs Lenkrad. »Warum haben Sie mir von der verdammten Karte nichts gesagt? Es war eine Klan-Karte! Wir haben zwei weitere Klanmorde gehabt, wußten Sie das nicht?« Wahrscheinlich nicht, Hopkins, flüsterte ihr eine kleine Stimme zu; Wes hatte den Zeitungen nichts gesagt. Aber Marty hielt ihren Zorn fest. Benutze ihn, hatte Wes gesagt, besonders, wenn du jemanden befragst, der schon nervös ist. Vielleicht kannst du sie so verunsichern, daß sie die Wahrheit sagen. »Zwei weitere Morde, Professor Wolfe. Und Sie hätten uns sagen können, daß dieser dazugehört. Hätten bei der Aufklärung von allen dreien helfen können. Professor Wolfe, das sieht sehr nach Behinderung der Justiz aus.«

»Der Klan? Wie merkwürdig.« Die Professorin betrachtete sie mit ehrlichem Interesse. »Deswegen sind Sie also so zornig. Aber nein, ich glaube nicht, daß ich die Justiz behindere. Sagen Sie mir, Martine, welche Art Justiz behindere ich angeblich?«

»Sie behindern die Ausübung der Gesetze. Was sonst? Sie bremsen unsere Untersuchung. Drei Untersuchungen!«

»Biegen Sie hier ab, Martine.«

Marty warf einen Blick auf die Straßenschilder, erkannte, daß Professor Wolfe recht hatte, und riß unvermittelt das Lenkrad herum. Der Wagen schleuderte mit quietschenden Reifen um die Kurve, aber die Professorin schien unberührt. Marty richtete den Wagen auf der Landstraße wieder geradeaus und beschleunigte erneut. Professor Wolfe streckte sich gemütlich, bewegte Arme und Schultern. Sie sagte: »Sie wollen also den Gesetzen Nachdruck verleihen, Martine. Und Sie glauben, ich behindere sie. Aber wahren Gesetzen muß man keinen Nachdruck verleihen.«

»Sind Sie verrückt? Wir haben drei tote Menschen!«

Professor Wolfe drehte ihr Fenster noch etwas weiter herunter und sog zufrieden die Maibrise ein. Sie schien entspannter, mächtiger. Die Nervosität, die Marty in Jordan Hall bemerkt hatte, war verschwunden, als ob die Kraft ihr aus dieser wilderen Umgebung zuströmte. In ihrem Blick auf Marty lag sogar ein Hauch von Schabernack. »Ich bin nur Wissenschaftlerin, Martine. Kein Vollstreckungsbeamter. Aber die Gesetze, die ich respektiere, braucht man nicht zu vollstrecken. Die Gesetze der Schwerkraft, die Gesetze der Chemie, die Gesetze der Physik.«

»Hören Sie auf, mit Worten zu spielen! Das meine ich nicht!«

»Martine, wenn Sie eben, als Sie auf diese Landstraße einbogen, nur ein wenig schneller gefahren wären, hätten die Gesetze der Physik uns in den Graben gerollt. Auch Sie gehorchen den Gesetzen der Physik. Keine Vollstreckung erforderlich.«

»Na und? Ich rede von den Gesetzen, die wir selber machen, damit wir miteinander leben können.«

»Zum Beispiel?«

»Sachen wie ›Du sollst nicht töten‹. Schon mal gehört?«

»Oft. Besonders vom Staatsanwalt in Pennsylvanien.« Professor Wolfe schien von der Erinnerung nicht betroffen. »Wie ich höre, gibt es Ausnahmen, in Notwehr, oder im Krieg, oder wenn man ein nichtmenschliches Wesen tötet.«

»Und was ist mit ›du sollst kein falsch Zeugnis ablegen wider deinen Nächsten‹? Sowas in der Art. Unsere Gesetze in Staat, Bezirk und Bund basieren auf diesen Ideen. Mit vernünftigen Ausnahmen.«

»Ja. In uns ist eine Wildnis, Martine. Ihre Gesetze versuchen, diese Wildnis unter Kontrolle zu halten. ›Du sollst nicht töten; du sollst kein falsch Zeugnis ablegen; du sollst Vater und Mutter ehren.‹ Ihre Tochter – ehrt sie ihren Vater?«

Die Frage traf Marty überraschend, und sie hörte sich antworten: »Ja, nur zu sehr«, ehe sie sich fing.

Die Professorin runzelte die Stirn. »Zu sehr? Ja, ich dachte mir schon, daß da noch ein Problem wäre. Martine, werden Sie Ihr Selbst verteidigen?«

»Wechseln Sie nicht das Thema!«

»Sie haben aber versprochen, Sie würden Ihr Selbst verteidigen.«

»Schon gut, schon gut! Verdammt, kommen wir wieder zur Sache!«

Professor Wolfe nickte. »Die Sache ist die, daß Ihre Gesetze veränderlich sind, Martine. Andere Gesellschaften, andere Zeiten, andere Gesetze. Und andere Menschen. Es heißt: ›du sollst Vater und Mutter ehren‹, aber Väter und Mütter verdienen nicht alle gleich viel Ehre. Es läuft darauf hinaus, daß Ihre Gesetze nicht immer mit unserer Individualität, unserer inneren Wildnis fertig werden können.«

»Aber sie sind alles, was wir haben. Also verleihe ich ihnen Nachdruck.«

»Ja. Ich sage nicht, daß sich das nicht lohnt. Manchmal sind sie besser als gar nichts.«

»Und sie besagen, daß ich Sie verhaften kann wegen Behinderung der Justiz.«

»Ich habe Sie verstanden, Martine.« Die dunklen Augen der Professorin ruhten auf ihr, forschten in ihrem Gesicht. »Aber ich hoffe, Sie haben mich auch verstanden. Sie sind gut in Ihrer Arbeit. Sie haben sie gut gewählt. Aber ich habe eine andere Berufung. Angenommen, Sie sind tief in einer wilden Höhle, wo noch kein Mensch je gewesen ist, wo kein Sonnenschein hingefallen ist, seit der Stein lebendes Meeresgetier war, vor dreihundert und fünfzig Millionen Jahren. Oder angenommen, Sie sind hoch oben auf einem Berg, oberhalb der Baumgrenze, oberhalb jeder menschlichen Besiedelung, und erklettern den gezackten Rand der Kollision zweier Kontinente. In so konzentrierten Zeiten weiß man, daß man allein ist. Man hat nur sich selbst. Und man weiß, man wird sterben. Die eigene Sterblichkeit wird zur Tatsache, wie die Schwerkraft.«

»*Du mußt ein einsam Tal durchwandern*«, murmelte Marty.

»*Und du mußt wandern ganz allein*. Ja, in den Gospelsongs steckt eine Menge Wahrheit«, sagte Professor Wolfe. »Sie zapfen diese weise, beängstigende Wildnis in uns an und sagen uns, ja, wir sind allein. Ja, wir werden sterben. Und sie versuchen uns auch das andere zu sagen. Die überwältigend beglückende Erfahrung, die aus dem Wissen kommt, daß unser Leben und unsere Einsamkeit und unser Tod Teil von etwas Größerem, Wilderem, Schönerem sind.«

Marty erinnerte sich an die Fossilien im Steinbruch, diese kleinen Kristallisationen von Leben und Tod und Äonen. Sie fuhr sich mit der Hand durchs Haar. Paß auf, Hopkins, laß dich von diesem verdammten Weib nicht wieder einwickeln. Tu deine Arbeit. Sie sagte: »Okay, Sie haben wahrscheinlich recht. Jetzt sollten wir über den Klan reden.«

»Ich weiß nichts über den Klan.«

»Professor Wolfe, Sie haben eben gesagt, daß Sie die Klan-Karte in der Bibel gefunden haben!«

»Nein, Martine. Ich habe Ihnen schon von der Karte erzählt, die ich gefunden habe. Sie lag vorne in der Bibel. Phyllis' Name, Geburts- und Todesdatum standen darauf.«

Verflixt. Die hatte sie ganz vergessen. Marty sagte: »Die Klan-Karte haben Sie nicht gesehen?«

»Nein, habe ich nicht.« Sie runzelte die Stirn. »Sie sagen, die lag auch in der Bibel? War sie leicht zu finden? Nein, das kann nicht sein, denn Sie haben Phyllis Samstag gesehen, und als wir am Sonntag miteinander sprachen, haben Sie nichts darüber gesagt.«

»Stimmt.« Auch Marty runzelte die Stirn. »Ich habe die Bibel überhaupt nicht aufgemacht. Das Labor hat die Klan-Karte drin gefunden.«

»Ich habe sie nicht gesehen.«

»Na gut, sagen Sie mir, was Sie gesehen haben. Gab es irgendwas, das nach dem Klan aussah?«

»Nein. Aber ich weiß nichts über den Klan.«

»Versuchen Sie es doch, Professor Wolfe. Elizabeth Denton hat Richter Denton Ihre Geschichte erst ganz vor kurzem erzählt. Und seitdem versucht er, uns etwas mitzuteilen. Vielleicht über den Klan.«

Die Professorin schüttelte den Kopf. »Da kann ich nicht helfen.«

»Wir hatten drei Morde. Ein Jude, ein Schwarzer, ein weißes Schulmädchen. Wir müssen rauskriegen, was los ist!«

»Ja. Martine, bedroht der Klan Sie? Ihre Familie?«

»Nein.« Martys Hände krampften sich ums Lenkrad. Wenn sie Phyllis getötet hatten, dann bedrohten sie natürlich auch sie selbst. Sie bedrohen jede Frau, jedes Kind. »Nicht speziell.«

»Aber Sie fühlen sich so betroffen.«

»Jemand Böses hat diese Dinge getan, Professor Wolfe. Abgrundtief böse. Ich will, daß das aufhört.«

»Ist das Ihr Ziel im Leben, Martine?«

»Ja! Ja, ich meine, ich möchte den Menschen helfen, glücklich zu sein. Meiner Tochter, meinem Mann, so vielen Leuten, wie ich kann. Diesen Schuften Einhalt zu gebieten ist ein guter erster Schritt. Glauben Sie nicht auch? Ist das nicht auch Ihr Ziel?«

»Mein Ziel ist ein anderes, Martine, und sicherer zu erreichen.«

»Was ist es?«

»Eines Tages mit der Erde zu verschmelzen. Ihren Seen, ihren Steinen, ihren Bergen. Vielleicht sogar, Muscheln am Himmel zu werden.«

»Pfff. Tolles Ziel.« Marty schnaubte. »Voraussichtlich mache ich dabei sogar mit. Aber könnten Sie vorher kurz mal Pause machen und uns bei ein paar Schuften helfen? An diesen ist sogar das FBI interessiert.«

»Das FBI. Ja, die werden jetzt auch bald hier sein, nicht?« Die Professorin sah beunruhigt aus und schaute über die Wälder und Felder. »Nun, Martine, Sie haben recht, Ihre Arbeit zu verteidigen. Aber was den Klan angeht, kann ich nicht helfen.«

»Na schön. Aber ich habe da ein Problem, Professor Wolfe. Richter Denton sagt Ihren Namen. Gut, ich rede mit Ihnen draußen beim Steinbruch. Und ich lerne eine Menge über Fossilien und Zyklen und Kalkstein und den Mount Everest. Und richtig, ganz nebenbei sagen Sie, Phyllis Denton ist unterhalb Stineburg. Ich verschwende einen ganzen Tag damit, in Stineburg herumzusuchen. Einen ganzen Tag!«

»Aber schließlich haben Sie sie gefunden. Und Sie waren froh.«

»Natürlich! Ich meine – ich war entsetzt. Bis dahin wußten wir ja nicht mal sicher, daß sie tot war. Aber –«

»Aber Ihre Intelligenz, Ihre Zähigkeit hat sie schließlich gefunden. Es war ein Triumph. Das wissen Sie.«

»Hören Sie, ich brauche niemanden, der mir kleine Testaufgaben stellt, damit ich dann triumphieren kann. Ich brauche klare Aussagen, damit ich herausfinden kann, wer hinter diesen scheußlichen Morden steckt. Und ich habe einen Tag verschwendet. Sie sind doch diejenige, die von kosmischer Zeit redet und wie wenig wir davon haben, ehe wir – Sie wissen schon, Nahrung für andere Lebewesen werden. Und davon habe ich einen Tag verschwendet!«

»Martine, Sie sind der Traum jeder Lehrerin.«

»Nein. Ich bin Polizistin«, sagte Marty hartnäckig. Sie hatten den zerklüfteten Weg erreicht, der zum Farmhaus beim Steinbruch führte. Zögernd bog sie ein.

»Aber lassen Sie die Lehrerin kurz zu Wort kommen. Erstens, Ihr verlorener Tag wäre sowieso verloren gewesen, wenn wir nicht miteinander geredet hätten. Und ich bin froh, daß Sie die Verschwendung jetzt in Begriffe von Zyklen und unauslotbarer Zeit fassen.«

»Schön und gut.« Marty fuhr langsamer, weil die drei Hunde aufgetaucht waren und sie das letzte Stück Weg begleiteten. »Wie wär's, wenn Sie mir jetzt sagen, was Sie über Phyllis wissen?«

»Ich bin Phyllis nie begegnet, als sie noch lebte, Martine.«

»Verdammt, der Klan hängt mit drin!«

Die Professorin schüttelte den Kopf. »Ich weiß nur, daß die Klanmänner verängstigte, klägliche Gestalten sind, die einen Blick auf ihre innere Wildnis erhascht haben und so entsetzt sind, daß sie versuchen, sie auf andere zu projizieren und zu töten. Wirklich, ich kann beim Klan nicht helfen.«

Teufel auch, sie könnte recht haben. Professoren hatten mit dem Klan nicht viel zu tun. Marty schaltete den Motor ab. »Sie haben mir alles gesagt, was Sie können?«

»Ich glaube, ja. Sagen Sie mir, wie geht's dem Richter?«

»Schlechter und schlechter. Royce und Elizabeth Denton haben alle Hände voll zu tun.« Bei der Erinnerung schüttelte Marty den Kopf. »Er hatte einen Anfall, als ich zum letztenmal da war. Er ist noch so stark. Erstaunlich stark. Sein Verstand ist zerstört, größtenteils, aber ich glaube wirklich, daß er versucht, uns etwas mitzuteilen, über seine Krankheit, über seine Tochter, vielleicht über den Klan – ich weiß nicht.«

»Sie haben Elizabeth natürlich gefragt, ob ihr etwas dazu einfällt.«

»Ja, und Royce, und die Tagesschwester. Nichts. Elisabeth hat allerdings bestätigt, daß sie Richter Denton Ihre Geschichte erst ganz vor kurzem erzählt hat, also daher kennt er Ihren Namen.«

»Ja, das ist einleuchtend. Hat sie sonst noch etwas gesagt?«

»Nein. Warten Sie, sie hat noch etwas erwähnt. Wollte wissen, ob Sie mir von – nicht Anna. Fing aber mit A an. Alma. Richtig, Alma, erzählt hätten.«

»Alma. Wissen Sie, das ist eine gute Idee. Mit Alma werden Sie reden wollen. Sie kann Ihnen viel mehr sagen als ich. Fragen Sie sie nach dem Geburtstag des Mädchens.« Plötzlich war Professor Wolfe aus dem Auto heraus und hielt Aktentasche und Labormantel in der linken Hand. Sie beugte sich herunter, um durchs Fenster zu sprechen. »Es ist Alma Willison. Sie wohnt an der Madison Road im Randbezirk von Louisville. Leben Sie wohl, Martine.«

»Louisville? Warten Sie!« Marty sprang aus dem Wagen. »Wer ist Alma?«

Die Professorin war schon halb die Verandastufen hinauf. »Reden Sie mit ihr. Sie kannte Phyllis.«

»Wie meinen Sie das? Woher kannte sie sie?« Marty rannte hinterher, blieb aber am Fuß der Treppe stehen, als Professor Wolfe sich umdrehte und ihr ins Gesicht sah. Eine freundliche Sonne beleuchtete die Lichtung, aber die Veranda war schattig, und die große Frau über ihr, die warnend ihre rechte Handfläche hob, schien aus einer Art Dämmer zu sprechen.

»Fragen Sie sie, Martine. Ich habe Ihnen alles gesagt, was ich konnte. Wenn Sie keine Zeit verschwenden wollen, reden Sie mit Alma.«

»Ja, gut.« Marty nickte, ernüchtert von der Bestimmtheit der Professorin. Aber als Professor Wolfe freundlich den Kopf neigte und sich wieder der Tür zuwandte, konnte sie nicht anders, sie mußte noch fragen: »Können Sie mir nicht wenigstens sagen, woher Sie Alma kennen?«

»Ich kenne sie nicht. Leben Sie wohl, Martine.« Sie verschwand im Haus.

Verflixt! Marty trat gegen die Verandastufe. Jetzt ein SWAT-Team rufen, das Haus stürmen und sie einsperren, bis sie den Rest auch noch sagte. Aber Teufel auch, es gab keine Beweise, daß sie über Phyllis noch mehr wußte. Oder über den Klan, oder selbst über Alma, was das betraf. Vielleicht hatte Wolfe wirklich nicht mehr getan, als die Leiche zu finden und der Familie Bescheid zu sagen, genau wie sie behauptete.

Aber wer zum Teufel war diese Alma? Alma, die Phyllis kannte und ihr viel mehr sagen konnte? Vielleicht würde sie etwas berichten, das ihnen ermöglichte, Professor Wolfe festzunehmen. Marty murmelte »verdammtes Biest« und stieg wieder in den Wagen.

In einer Staubwolke rumpelte der Pritschenwagen in die Auffahrt. Marty fuhr rückwärts drumrum und schlug nachdenklich die Richtung nach Süden ein. Sie würde Wes keinen Gefallen tun, wenn sie ihm jetzt Bericht erstattete, das wußte sie. Er würde alles einfach ans FBI weitergeben müssen. Sie würde es auch gern mit den Dentons besprechen, aber inzwischen waren die FBI-Agenten wahrscheinlich schon da und schikanierten sie.

Nimm dich in acht, Hopkins, die Staatsgrenze zu übertreten ist wirklich heikel.

Aber verflixt, es wird allmählich Zeit, mit jemandem zu reden, der Phyllis gekannt hat.

Marty beschloß, Wes später anzurufen. »Und du mußt wandern ganz allein«, summte sie und fuhr Richtung Louisville.

# 23

Die Welt war schwarz. Und kalt.

Und sie wußte nicht, warum.

Er hatte ihr eine Art Polster und eine Decke gegeben, aber ihr war trotzdem kalt. Und ihr Kopf tat weh, ein anfangs brüllender Schmerz, der rationales Denken unmöglich machte. Bewegung machte ihn schlimmer.

Aber hier zu sitzen und zu zittern war auch nicht gerade lustig.

Wie lang war es her? Hatte sie geschlafen oder war sie wach gewesen?

Jetzt war sie wach. Vielleicht. Es war so dunkel. Nur Träume waren so dunkel, richtig?

Und still. Da war etwas, oder war das nur ein Summen in ihren Ohren? Sie hielt sich die Ohren zu, nahm die Hände weg, hielt sie wieder zu. Ja, außerhalb gab es ein Geräusch, ein kleines, stetiges dunkles Zischeln, wie Reifen auf dem Pflaster oder Wasser aus dem Hahn.

Nach einer Weile kam es ihr so vor, als wären die Kopfschmerzen vielleicht nicht mehr ganz so schlimm. Vielleicht konnte sie noch einmal versuchen, hier herauszukommen. Sie hatte eine dunkle Erinnerung daran, daß sie schon einmal nach einem Ausgang gesucht hatte, damals, als die Kopfschmerzen noch schlimmer waren. Vielleicht war ihr etwas entgangen.

Ihre Gelenke knirschten auch. Sie war für so etwas zu alt. Es mußte ein Irrtum sein. Großmütter wurden nicht gekidnappt, Kinder wurden gekidnappt. Sie hatte Milly beigebracht, niemals mit Fremden zu reden und alles. Doch sie hätte sich nicht träumen lassen, daß es *so* passierte. War es Milly, hinter der sie eigentlich her waren? Vielleicht war das kleine Mädchen auch gefangen, vielleicht...

Ihre Gedanken wirbelten davon in ein Alptraumland entsetzlicher Vorstellungen. Sie zerrte sie zurück. Verzweifeln würde Milly nicht helfen. Überleben vielleicht. Hier rauskommen ganz bestimmt. Zeit, etwas zu unternehmen, sich auf die Gegenwart zu konzentrieren. Es gelang ihr, wieder aufzustehen und ihren Kopf ein paarmal herumrollen zu lassen, um locker zu werden. Sie bewegte die Schultern und zog die Decke hoch, damit ihre Brust wieder wärmer wurde. Dann stellte sie einen Fuß vor. Ihr Bein war ein Eisblock, kein Gefühl drin. Und es ertönte ein unerwartetes Klirren. Sie probierte das andere Bein. Dasselbe. Eine dumpfe Erinnerung regte sich, gefärbt vom Kopfschmerz. Etwas an ihren Beinen. Sie hockte sich nieder und befühlte ihre Knöchel.

Fußschellen.

Sie war angekettet.

Mit den Fingern fuhr sie an den kalten Metallgliedern entlang. Sie waren an den metallenen Manschetten um ihre Knöchel befestigt. Da war eine Art Verschluß an den Manschetten, aber ihre Finger konnten den Mechanismus nicht erkennen. Eine zweite Kette war in der Mitte der Knöchelkette befestigt. Sie ging halb in die Hocke und folgte mit den Fingern mühsam der Kette, die auf dem Boden lag. Dann stieß sie mit dem Kopf an etwas, und wieder überkamen sie Wellen von Schmerz.

Aber sie hatte die Stelle gefunden, wo die Kette endete, einen großen Metallring, der in Stein eingelassen war.

Und der Boden war auch aus Stein. Und die Wände. Mit der flachen Hand klopfte sie die Wand ab, rund um den Ring und nach oben bis zu dem Punkt, wo sie sich den Kopf gestoßen hatte. Langsam, mit den Händen voraus, folgte sie der Krümmung der Wand weiter hinauf. Beim Ansteigen bog sie sich einwärts. Ein paar Fuß über dem Metallring bildete sie eine Kuppel außerhalb der Reichweite ihrer Hände.

Jetzt ganz methodisch sein. Überlege, was dies für ein Raum ist und sieh nach, ob vielleicht eine Art Tür da ist. Sie stand neben dem Ring, ihrem bisher einzigen Orientierungspunkt. Also gut, jetzt vom Ring aus nach links, nachsehen, was da ist. Außer, daß *sehen* hier natürlich ein blödes Wort war. Sie trat vorsichtig nach links und ließ dabei die rechte Hand über die Wand streifen. Die Ketten klirrten und schleiften. Ein paar Schritt weiter hörte die

Wand plötzlich auf. Vorsichtig fuhr sie mit den Händen über die Kante. Hinter der Ecke ging die Wand weiter. Aber als sie darauf zu ging, traf ihre linke Hand wieder auf die Wand, und sie stieß mit dem Zeh an. Also keine Tür. Nur eine schmale Öffnung, vielleicht fünfundzwanzig Zentimeter breit. Oben noch schmaler. Und sie reichte nicht ganz bis zum Boden. Es schienen Felsbrocken darin aufgetürmt zu sein. Eine Rückwand konnte sie nicht fühlen. Es war ein tiefer Spalt, schwarz wie der Rest der Welt. Aber irgendwo mußte es eine größere Öffnung geben, oder sie wäre nicht hier, richtig? Sie ging weiter nach links, immer an der kalten, unebenen Wand entlang, bis ein schmerzhafter Ruck an ihrem Knöchel sie an die Kette erinnerte. Die war straff gespannt.

Gut. Andere Richtung.

Sie schlurfte zurück, an dem Spalt in der Wand vorbei, und stolperte, fiel beinahe hin. Etwas Weiches. Sie zog erschreckt die Luft ein, bückte sich und tastete mit zitternden Fingern danach.

Die Decke. Sie war heruntergefallen. Sie hatte sich so auf die Erforschung ihrer Umgebung konzentriert, daß sie an die Kälte gar nicht gedacht hatte.

Jetzt zog sie die Decke wieder um ihre Schultern. Die Bewegung tat gut, wärmte das Blut ein wenig. Sie fand zwei Ecken der Decke und verknotete sie umständlich. Dann forschte sie weiter.

Da war wieder der Ring.

Diesmal sollte sie nach rechts gehen. Sie untersuchte alles sorgfältig, die Hände klopften die Wand ab, die Ketten klirrten. Etwas schrammte gegen ihr Schienbein. Etwas Rundes, Hartes. Es fühlte sich wie ein Felsblock an. Die Wand über ihr wölbte sich immer noch nach innen, war hinter dem Block immer noch fest. Sie umging ihn und folgte der Wand. Die blieb kalt, felsenfest, gewölbt, bis zum Ende der Kette.

Was jetzt? Sie setzte sich einen Augenblick, um nachzudenken, und lehnte den Rücken gegen die Wand.

Und da die Ketten jetzt still waren, hörte sie noch etwas. Einen schwachen Aufschlag, eine Pause, wieder ein Aufschlag. Vielleicht war sie deswegen wach. Das Zischeln war immer da, aber der Aufschlag war anders.

Und Licht. Plötzlich war ein Licht vor ihr. Sie kniff die Augen zusammen. Vielleicht nur eine Täuschung ihrer überanstrengten Augen. Aber es wurde langsam heller, eine merkwürdige gelbliche Form in der Schwärze. Die dumpfen Geräusche wurden auch lauter. Und eine Art Kratzen.

Plötzlich bekam der gelbliche Schein etwas Grelles, und sie sah ihre eigenen Hände und Füße vor sich im reflektierten Licht. Und dann erschien ein schmerzhaft flammender Lichtkreis. Ihr stockte der Atem, und sie wandte ihre geblendeten Augen ab. Sie konnte ihren Arm sehen, den braunen Boden, die blonde Wand. Durch die Wimpern schaute sie mit zusammengekniffenen Augen das grelle Licht an. Eine Person – dieser Mann, dachte sie – schob etwas zu ihr hin. Sie konnte kräftige Hände, schwarze Arbeitsschuhe und schwarze Jeans in dem Licht sehen. Das Licht war auf dem Hut der Person, und sie konnte hinter dem Licht weder sein Gesicht noch sonst etwas erkennen.

»Hier«, flüsterte er. Er flüsterte immer.

Blinzelnd schaute sie auf die Schachtel hinunter, die er zu ihr schob. »Was ist das?«

Es gab eine kurze Pause. Er sagte: »Eier McMuffin.«

Sie brachte ihre kalten Finger dazu, die Schachtel zu öffnen. Schaumstoffschachtel. Er hatte recht, drinnen war ein Eier McMuffin. Mit großen Bissen schluckte sie es hinunter. Es war auch Kaffee da. Sie trank davon und sagte: »Danke. Äh, kann ich bald gehen?«

Er schien über die Antwort nachzudenken. Schließlich sagte er: »Wenn ich Nachricht bekomme.«

»Was für eine Nachricht? Wie meinen Sie das?«

Er antwortete nicht.

Sie fragte: »Warum bin ich hier?«

Er sagte nichts, wandte sich nur ab.

Sie sagte: »Wir sind nicht reich, wissen Sie. Ich hoffe, Sie wissen das. Wir können Ihnen nicht viel Geld geben. Wir haben nur das

Bißchen, das wir gespart haben für – o Gott, bitte hören Sie zu! Gehen Sie nicht weg!«

Aber er war schon gegangen, und mit ihm das Licht.

Sie rappelte sich auf die Füße und eilte hinterher, aber die Fußschellen bremsten sie, und sie fiel, wobei sie den restlichen Kaffee verschüttete. »Bitte! Bitte, kommen Sie zurück!« rief sie und versuchte, ihm nachzukriechen, riß an ihren Knöcheln, bis der Schmerz zu groß wurde.

Er kam nicht zurück. Sie sah das Licht blaß werden und verschwinden, hörte den dumpfen Aufprall seiner Schritte schwächer und schwächer werden. Bald war es wieder schwarz und still. Lange Zeit lag sie schluchzend im Dunkeln.

## 24

Wes rutschte in seinem alten Schreibtischstuhl hin und her. Grady Sims, ihm gegenüber, leckte sich die Lippen. »Nein, Sir. Onkel Mel hat nie was davon gesagt, daß er mit nach Kentucky fahren wollte.«

»Es war eine wichtige Klan-Versammlung«, kläffte Sonderbevollmächtigter Jessup. »Gar nicht so lange her, letzten November. Es wäre Ihnen aufgefallen, wenn Ihr Onkel zwei Tage nicht da war.«

»Nein, Sir. Manchmal vergehen Wochen, ohne daß ich mit ihm rede.«

»Aber Sie haben doch gesagt, Sie hätten ein gutes Verhältnis zueinander.«

»Ja, Sir. Wir streiten nicht. Wir lassen uns eher in Ruhe.«

Wes fragte: »Wie kommen Sie mit ihren Onkeln aus, Mr. Jessup?«

Jessup sah ihn kalt an. Er hatte es vermieden, sich auf den dritten Stuhl zu setzen und sich der zusätzlichen Höhe wegen auf Wes' Schreibtischkante gehockt, die Schulter Wes zugekehrt, dem unglückseligen Grady fast direkt gegenüber. Der hatte sich wie eine ausziehbare Lampe in den Besucherstuhl gefaltet. Wes hatte Grady schon im voraus gewarnt: »Das wird jetzt nicht von Mann zu Mann. Unser kleiner Sonderbevollmächtigter will Sie verhören.«

Grady hatte die Achseln gezuckt. »Bringen wir es also hinter uns.«

Aber im Augenblick sah er mächtig beklommen aus. Wes war froh, als die Sprechanlage summte und Foley sagte: »Royce Denton ist da und möchte mit Ihnen sprechen, Sir.«

Höflich schaute Wes zu Jessup. »Möchten Sie mit dem Bruder des Kongreßkandidaten sprechen?«

»Selbstverständlich!« Jessup wedelte ungeduldig mit der Hand.

»Schicken Sie ihn rein«, sagte Wes zu Foley, dann sah er Grady an. »Sims, gehen Sie und sehen Sie die Aussagen der Nachbarn von Goldstein und Sears durch. Achten Sie auf alles über Autos. Ob Ihnen irgendwas komisch vorkommt.«

»Ja, Sir.« Grady entfaltete seine langen Gliedmaßen und entfloh dankbar, wobei er nur innehielt, um Royce Denton beim Eintreten die Tür aufzuhalten.

»Sheriff! Schön, Sie zu sehen!« Mit ausgestreckter Hand kam Royce Denton hereingeeilt.

Wes schüttelte sie und sagte: »Dies ist der Sonderbevollmächtigte Jessup.«

»Ja, wir sind uns schon begegnet«, sagte Royce. »Ist es wahr? Es gibt eine Verbindung zum Klan?«

»So sieht's aus«, sagte Jessup.

»Möchten Sie sich setzen?« fragte Wes.

»Nein, nein, es dauert nur eine Minute. Aber ich – tja, es ist einfach so unglaublich! Ich meine, in den Sechzigern gab es eine Menge Klan-Mitglieder hier, viele davon gehörten zu Vaters politischen Anhängern, wie Tom Straub. Aber ich dachte, nach der Hines-Sache hätte das alles aufgehört.« Royce kam Wes hochgradig nervös vor. Um seine Augen herum zeigte sich Anspannung, und von seinem stets bereiten Lächeln war nichts zu sehen. Kein Wunder. Zu erfahren, daß die kleine Schwester durch die Hand des Klans gestorben war, mußte ein Schock sein, und dieser Mann hatte so schon eine Menge zu verkraften. Wes erinnerte sich, wie ausgemergelt der einst so starke Richter gewesen war. Im Augenblick hatte Royce eine schwere Zeit durchzustehen.

Jessup stand jetzt auch, zu seiner vollen Höhe aufgerichtet, soweit man davon sprechen konnte. Das fluoreszierende Licht schimmerte blau auf seinem glatten Haar. Er sagte: »Wir untersuchen gerade eine Reihe von Möglichkeiten. Goldstein und Sears sind nicht im nationalen Computer, aber wir haben einige Informationen über Klanmitglieder in diesem Bezirk.«

Wes sagte: »Alle, die mal aktiv waren. Er überprüft auch diejenigen, die beim letzten Klantreffen in Kentucky waren.«

»Ja, ja, natürlich.« Jessup hatte nur ungern zugegeben, daß es noch andere Möglichkeiten gab, als Inkompetenz in Wes' Abteilung, und Wes freute sich zu sehen, daß sich in Gegenwart von Royce die Manieren des kleinen Agenten besserten. Er beschloß, still zu sein und Jessup fortfahren zu lassen. »Wir haben mit Goldsteins Frau gesprochen und nach möglichen Verbindungen zu dem Schwarzen gesucht, der getötet wurde. Wir überprüfen, was wir können. Aber durch diese, diese traurige Entdeckung wegen Ihrer Schwester sieht es aus, als hätten wir es mit einem Problem zu tun, das schon seit langem besteht. Deshalb habe ich auch um alle Informationen gebeten, die wir aus der Zeit kriegen können.«

Royce sagte: »Das sollte einige der Möglichkeiten eliminieren, nicht? Muß jemand sein, der schon eine Weile da ist. Aber die ganzen Ehemaligen sind natürlich auch nicht gerade Neuankömmlinge.«

Da traf er den Nagel auf den Kopf, überlegte Wes. Al Evans, Mel Sims, Lester Holtz – sie waren alle schon lange in der Gegend. Tom Straub war vor ein paar Jahren gestorben und hatte seine Tankstelle Gil Newton und Bert Mackay hinterlassen. Aber bei Geheimbünden und unsichtbaren Königreichen war schwer zu erkennen, wer drin war und wer nicht.

Jessup fragte: »Haben Sie eine Ahnung, wie ihre Schwester sich mit dem Klan in Verbindung bringen ließe?« Royce schüttelte schon den Kopf, aber Jessup fuhr fort: »Ich habe zum Beispiel gehört, daß sie sich für Motorräder interessierte. Könnte es da einen Zusammenhang geben?«

»Wes, was meinen Sie?« fragte Royce. »Sie sind den Kram doch mit einem Läusekamm durchgegangen.«

»Stimmt.« Wes zog sich die Hosen hoch. »Wir haben diese Motorradfahrer nicht zu fassen bekommen, außer zum Reden. Wir konnten nur mutmaßen, wer sie waren, eine Bande, die zwischen Bloomington und Terre Haute rumsauste, wahrscheinlich Drogenhandel und sowas. Der Häuptling war Charlie Hatchet, wie er sich nannte. Wir nahmen ihn fest, redeten mit ihm, hörten alles über seine Lebensphilosophie und was seiner Meinung nach mit Sheriffs und ihrem Hilfspersonal gemacht werden müßte. Nichts davon hatte mit der kleinen Phyllis zu tun. Einer seiner Kumpel wurde ein bißchen weich, nannte mir die Namen von Mädchen, mit denen sie in Terre Haute rumhingen.«

»Das haben Sie mir nicht erzählt!« rief Royce aus.

»Ich habe Ihnen die Namen genannt«, sagte Wes. »Gefragt, ob Sie sie schon mal gehört hätten. Aber wissen Sie, die Namen der Mädchen waren Puma, Rocket und Karly King.«

»Ach ja, ich erinnere mich. Ich hatte keine Ahnung, wovon Sie reden.«

»Die hatte keiner. Kein so toller Hinweis, dachten wir damals. Wir haben uns umgesehen, konnten aber keine andere organisierte Motorradgang finden.«

Jessup sagte: »Im Bericht standen andere Namen für diese Mädchen.«

»Keine Nachnamen«, sagte Wes. »Terre Haute hat nachgeforscht. Lori, Michelle und Karla war alles, was sie rauskriegen konnten. Terre Haute meinte, sie hätten Interesse an Drogen und Leder und Ketten und wären um die fünfzehn Jahre alt.«

Royce Denton sagte mit belegter Stimme: »Phyllis war erst zwölf, als sie verschwand.«

»Ja. Deshalb habe ich Ihnen damals nicht mehr Details berichtet. Terre Haute konnte weder Fahrer noch Mädchen zu dem Eingeständnis bringen, sie hätten Phyllis oder sonst jemanden aus dieser Gegend gekannt. Keiner von ihrer Familie oder ihren Schulfreunden hatte je von irgendeinem Mitglied der Bande gehört. Schien sinnvoller, nach einer anderen Erklärung für das Lederjackenfoto zu suchen. Aber wir konnten keine finden.«

Jessup sagte: »Unserer Erfahrung nach sind Verfechter der weißen Überlegenheit und Motorradbanden politisch nicht immer einer Meinung.«

»Unserer Erfahrung nach auch nicht«, sagte Wes.

»Aber Sie haben in Terre Haute noch einmal nachgefragt?« wollte Royce wissen.

Wes nickte. »Wir haben angerufen, sowie Hopkins die Leiche gefunden hatte, und ihnen gesagt, sie sollten es jetzt als verdächtigen Todesfall behandeln und uns die neuesten Erkenntnisse über alle Bandenmitglieder und ihre Mädchen durchgeben. Bisher noch kein Wort. Vielleicht könnte der Sonderbevollmächtigte Jessup ihnen Beine machen.«

Jessup nickte kurz und notierte es sich.

Wes sagte: »Irgendwas vom Richter? Hopkins glaubt, daß er vielleicht versucht, uns etwas über die Klanverbindung mitzuteilen.«

Royce schüttelte den Kopf. »Nein. Er ist in furchtbar schlechter Verfassung. Gestern hat er ein paar Minuten verständlich gesprochen. Aber er war mehr daran interessiert, daß man sein Essen wegnahm. Es paßte ihm nicht. Vielleicht ist jetzt auch sein Appetit vergangen. Aber Mutter und ich versuchen, auf alles zu achten.«

»Die Schwester?« fragte Wes.

Royce zuckte die Achseln. »Wir haben sie drum gebeten, aber sie hat nicht viel berichtet. Wie kommt Hilfssheriff Hopkins mit den Terminkalendern voran?«

»Sie arbeitet dran«, sagte Wes, »sieht die Verabredungen durch. Und heute ist sie nach Bloomington gefahren, um mit dieser Professorin zu reden, die die Leiche gefunden hat. Irgend etwas in ihrer Geschichte könnte Ihren Vater auf das gebracht haben, was er uns mitzuteilen versucht.«

»Ja, diese Professorin interessiert mich ebenfalls«, sagte Royce. »Hilfssheriff Hopkins meinte, sie wäre merkwürdig. Meine Mutter sagt das auch – sie hat ihr die Geschichte zuerst nicht geglaubt. Vater schon, wie es aussieht.«

Wes nickte. »Ja, Hopkins hofft, daß es ihm gelingt, uns verständlich zu machen, was er weiß. Oder vermutet.«

»Das ist wirklich eine Sisyphusarbeit«, sagte Royce nüchtern. Jessup nickte weise, und in Wes gärte es schon wieder. Dieser Jessup kam hier hereingetrampelt, hatte den Richter nicht mal gekannt, und hier stand er und nickte und zog ein langes Gesicht, als ob er wüßte, was Royce meinte.

Royce fragte: »Hilfssheriff Hopkins hat sich noch nicht gemeldet?«

»Noch nicht.« Wes sah auf die Uhr. »Dürfte nicht mehr lange dauern.« Tatsächlich hätte sie schon vor einer ganzen Weile Bericht erstatten müssen. Wahrscheinlich hatte sie etwas erfahren und ging dem nach, ehe sie sich meldete. Normalerweise würde er sie zusammenstauchen, aber jetzt erkannte er mit heimlichem Vergnügen, daß sein Team die Chance hatte, Punkte zu machen, ohne daß sich Außenseiter einmischten.

Aber warum zum Teufel hatte Professor Wolfe ihr nicht schon früher gesagt, was immer es war? Dies war das dritte gottverdammte Mal, daß Marty sie befragte.

Jessup sagte gerade zu Royce: »Unser Büro arbeitet mit sämtlichen zur Verfügung stehenden Mitteln an den Klanverbindungen und anderen Gruppen in der Gegend, die an weiße Überlegenheit glauben. Sehen wir mal, was wir über die Motorradgang noch dazukriegen können. Wir recherchieren ebenfalls das Umfeld von Goldstein und Sears. Aber Ihre Schwester war so jung, da ist es natürlich schwieriger. Wenn Sie irgendwelche Informationen beisteuern würden, könnte das sehr hilfreich sein.«

Royce nickte. »Also ist das Beste, was wir tun können, nach Hause zu gehen und dem alten Mann zuzuhören.«

»Ich fürchte, ja, Sir«, sagte Jessup. »Reden wir morgen noch einmal miteinander. Möglicherweise habe ich bis dahin einen Bericht.«

»Danke.« Sie schüttelten sich die Hand, und Royce Denton ging.

Kaum hatte sich die Tür geschlossen, da fuhr Jessup herum und sah Wes ins Gesicht. Seine dunklen Brauen wirkten wie ein aufgemaltes Stirnrunzeln auf seinem glatten Gesicht. »Professor Wolfe«, bellte er. »Sie haben kein Wort darüber gesagt, daß diese Professorin nochmals befragt wird.«

»Kann Ihnen ja nicht alles auf einmal sagen«, bemerkte Wes milde. Jetzt, wo Marty Hopkins dagewesen war, konnte Jessup nach Herzenslust herumpfuschen. Also fügte er hinzu: »Die

Professorin hat in Pennsylvanien einen Mann getötet. Notwehr. Erst heute morgen habe ich den Bericht bekommen.« Er klopfte auf den Papierstapel von Bezirksstaatsanwalt Attorney Cooper.

»Warum zum Teufel haben Sie das nicht erwähnt?« Jessup schnappte sich die Papiere und blätterte sie durch.

»Darauf wollte ich noch kommen«, sagte Wes. »Aber das Gespräch mit Hilfssheriff Sims hat uns abgelenkt.«

Jessup funkelte ihn an. »Wo kann ich ... kann ich diese Professor Wolfe finden?«

»Universität von Indiana, Fachbereich Biologie«, sagte Wes hilfreich. »Jordan Hall. Die Büronummer habe ich vergessen.«

»Bis später.« Voller Tatendrang hastete Jessup zur Tür hinaus.

Wes setzte sich und zog Papiere aus seinem Eingangskorb. Er lächelte vor sich hin. Die Vorstellung, daß es das FBI jetzt mit Professor Wolfe zu tun bekam, gefiel ihm irgendwie. Geschah allen beiden recht.

# 25

Als Marty die Madison Road endlich gefunden hatte, dämmerte es schon, und sie beschloß, lieber Tante Vonnie anzurufen. Aber Brad ging ans Telefon. »Kleines! Wo zum Teufel bleibst du?«

»Überstunden. Ich wollte bloß hören, wie es so läuft.«

»Wir müssen reden, Kleines.«

»Ja. Ich weiß. Aber dies ist ein wichtiger Fall, Brad.«

»Laß Wes damit fertigwerden, ja? Du bist eine Ehefrau. Und Mutter.«

Es war wie ein Messer in ihrer Seite. Sie sagte hitzig: »Ich bin auch –«

»Du bist auch die Dame mit dem meisten Sexappeal in fünfzig Staaten.« Seine Stimme klang tief und aufrichtig, und sie konnte den Hunger in seinen dunklen Augen geradezu sehen. »Ich brauche dich, Kätzchen! Verstehst du nicht? Ich liebe dich!«

»Verflixt, Brad.« Mary war gegen die Seitenwand der Telefonzelle gesunken und fuhr sich mit den Fingern durch die Haare. Sie brauchte ihn auch, verdammt, brauchte seine Hände auf ihrer Haut, seine Stimme in ihrem Ohr statt hundert Kilometer entfernt am Telefon. »Ich komme zurück, sobald ich kann. Das weißt du doch.«

»Wo bist du? Der Sheriff sagte, in Bloomington.«

»Nein, ich bin –« Marty fing sich wieder. Sie war nicht berechtigt, Brad zu sagen, sie wäre in Louisville, ehe sie es auch nur Wes erzählt hatte. Sie sagte: »Ich bin jetzt südlich von Bloomington. Immer noch beim selben Job. Wird noch ein paar Stunden dauern. Ist Tante Vonnie in der Nähe?«

»Sie ist vor einer halben Stunde beleidigt weggegangen.«

»Verflixt, Brad, was hast – ach, egal.« Jetzt war keine Zeit, in dieser kniffligen und langwierigen Schlacht Schiedsrichterin zu spielen. Statt dessen fragte sie: »Ist Chrissie da?«

»Komm nach Hause, Kleines.«

»In zwei Stunden etwa. Laß mich mit Chrissie reden, Brad.«

Er hielt die Sprechmuschel zu, aber sie hörte ihn rufen: »Chrissie, mein Engel! Es ist deine verschollene Mama!«

Dann sagte die Stimme ihrer Tochter: »Mami?«

»Hallo, meine Süße. Wollte dir bloß sagen, daß ich in zwei Stunden zurück bin.«

»Du mußt arbeiten?« Chrissies Ton war anklagend.

»He, jetzt tu mal nicht so, als ob ich Seehundbabies erschlage. Ich gehöre zu den Guten, vergiß das nicht.«

»Mm.«

»Also gut, hör zu.« Marty seufzte. »Erinnerst du dich an die Dame, die ganz früh angerufen hat, wegen dem Feuer?«

»Doch.« Widerwillige Neugier schlich sich in die Stimme ihrer Tochter.

»Und erinnerst du dich an das Skelett, das ich in der Höhle gefunden habe?«

»Klar! Das war – eklig.«

»Das war es. Tja, es hat sich herausgestellt, daß da ein Zusammenhang ist, aber wir wissen noch nicht, welcher. Also arbeiten der Sheriff und ich und alle anderen daran. Sogar das FBI hilft mit. Es ist ein wirklich großer Fall.«

»Mmm.« Es gab ein kurzes Schweigen. »Also Daddy und ich, wir wollen, daß du heimkommst.«

»Ich weiß, Liebling, ich möchte auch heimkommen. Und das tue ich auch, sowie ich mit diesem Teil des Jobs fertig bin.«

»Daddy sagt, Mädchen sollten sich für sowas nicht interessieren.«

»Tja, darüber können wir später sprechen.« Marty wollte keinen Streit. Aber sie sah, wie ihre Knöchel weiß wurden, als sie den Hörer umklammerte. Wenn sie das bei jemandem bemerkte, den sie befragte, dann nahm sie es als Zeichen, dranzubleiben, weil es wichtig war. Und irgendwo im Hinterkopf hörte sie die Worte: *Es ist Ihre Entscheidung. Verteidigen Sie Ihr Selbst. Auch um Ihrer Tochter willen.* Sie sagte: »Chrissie, die Sache ist die: Dein Vater ist in der Unterhaltungsbranche, also ist es sein Job, die Leute vergnügt zu machen. Aber manchmal passieren schlimme Dinge, und jemand muß die Bösen erwischen, auch wenn es nicht lustig ist.«

»Mm.«

»Vielleicht hat er recht, daß kleine Mädchen nicht Sheriff sein sollten, aber für erwachsene Frauen ist es okay, Sheriff zu sein. Es ist wirklich wichtig durchzusetzen, daß die Gesetze befolgt werden, weil wir die Bösen aufhalten wollen, die anderen Schlimmes antun. Es ist wirklich wichtig. Und wenn eine Frau das gut kann, dann sollte sie das tun.«

»Mm.« Noch eine zweifelnde Pause. Chrissie sagte: »Aber hast du denn keine Lust, für Daddy und mich zu sorgen?«

»Liebling, natürlich habe ich dazu auch Lust. Aber ich habe die Art Job, wo man sich auch um andere kümmern muß. Manche von ihnen stecken in großen Schwierigkeiten. Und du und Daddy, ihr seid stark und gescheit, ihr wißt, wie ihr für euch selber sorgen könnt, während ich Leuten mit wirklich schlimmen Problemen helfe. Und danach können wir füreinander sorgen. Ja?«

»Mmm. Okay.«

»Ich komme, sobald ich kann. Okay?«

»Okay.«

»Mach's gut jetzt.«

»Mach's gut, Mammi.«

Als sie einhängte, fiel Marty ein, daß sie vergessen hatte zu fragen, ob Chrissie mit den Schularbeiten fertig war. Verdammt, Brad und Tante Vonnie hatten recht, sie war ein ziemlich kümmerlicher Ersatz für eine Mutter.

Aber sie mußte arbeiten, verdammt nochmal, wenn sie nie wußte, wieviel Brad verdienen würde. Oder ausgeben. Wenn sie ihn nur dazu bringen könnte, sich am Riemen zu reißen und hier in Indiana zu arbeiten, statt nach seinem unerreichbaren Stern zu greifen, dann –

Dann was? Würde sie dann vielleicht den ganzen Tag herumsitzen wollen und Vasen abstauben während sie darauf wartete, daß Chrissie aus der Schule nach Hause kam?

Sei ehrlich, Hopkins, du hast Chrissie die reine Wahrheit gesagt. Du leistest wichtige Arbeit, hilfst bei üblen Problemen, und du tust das liebend gern. Und du bist gespannt wie ein Flitzbogen, was mit Phyllis Denton los ist und was ihre Freunde dir erzählen könnten.

Sie holte ihre Jacke aus dem Kofferraum des Streifenwagens. Floyds Höhlenausrüstung lag immer noch da drin – die mußte sie bald zurückgeben. Sie fuhr die Madison Road entlang. Die Nummer, die sie im Telefonbuch gefunden hatte, war weit draußen, wo die Bürgersteige aufhörten. In der Dämmerung war es schwer, Einzelheiten zu erkennen, aber sie hatte einen Eindruck von Mittelklassehäusern, sorgfältig, aber nicht zwanghaft gepflegt. Die Rasen waren gemäht, aber nicht alle hatten abgestochene Kanten, die Hecken waren ungeschnitten, aber unkrautfrei. Als sie die Hausnummer von Willisons erreichte, sah sie mit Genugtuung, daß unten Licht brannte. Auf der breiten vorderen Veranda gab es eine Schaukel und Terrakottatöpfe mit blühenden Pflanzen, junge Petunien und Ringelblumen. Marty drückte auf die Klingel.

Das Eingangslicht flammte auf, und die innere Tür wurde sofort geöffnet. Ein grauwerdender Mann in den späten Fünfzigern stand auf der anderen Seite der Fliegentür. Er trug ein kariertes Arbeitshemd, Twillhosen und eine Hornbrille auf der klobigen Nase. Dahinter blickten seine blauen Augen besorgt. Wie die Gärten wirkte er sauber, aber nicht pingelig, sein kurzes graues Haar war ungekämmt und borstig. »Hallo, Sheriff.«

»Hallo. Ich bin Hilfssheriff Hopkins, vom Sheriffbüro in Nichols County. Indiana.«

»Indiana!« Er nickte heftig und schob ihr die Fliegentür weit auf. »Bitte, kommen Sie herein. Was haben Sie gehört?«

Ein Mädchen, jünger als Chrissie, hielt sich schüchtern an seinem Gürtel fest. Marty lächelte sie an, dann sah sie sich im Zimmer um. Beigefarbener Teppichboden, ein Backsteinkamin, ein Malbuch und Buntstifte auf einem geblümten Sofa, der große Fernseher in der Ecke zeigte tonlos das bewegliche Gesicht von

Archie Bunker. Marty fragte: »Ist dies das Haus von Alma Willison?«

»Ja. Haben Sie etwas von ihr gehört? In Indiana?«

»Gehört?« Sie wandte den Blick wieder dem Manne zu. Er starrte sie ängstlich an und zwinkerte hinter der Hornbrille mit den Augen. Das kleine Mädchen beobachtete sie beide, auch ihre blauen Augen voller Sorge. Marty fragte: »Wer sind Sie, Sir?«

»Oh. Ich bin Wayne Willison. Ich bin Almas Mann. Und das ist Milly.« Er tätschelte dem kleinen Mädchen den Kopf.

»Sehen Sie, ich arbeite an einem Fall in unserem Bezirk, und jemand sagte, Alma hätte Informationen darüber. Deshalb möchte ich mit ihr reden.«

»Aber sie ist nicht da!« Aufgeregt fuhr er sich in der falschen Richtung mit der Hand über den Kopf, und sie verstand, weshalb sein Haar so borstig abstand.

Marty fragte: »Kommt sie bald zurück?«

»Ich weiß nicht! Ich hatte gehofft, daß Sie ... Sehen Sie, ich war bei der Arbeit. Und ich weiß nicht, wo sie ist, oder wann sie zurückkommt, oder –« Er sah auf das kleine Mädchen hinunter und machte den Mund fest zu.

Marty spürte ein stummes Donnergrollen des Entsetzens in den Eingeweiden, wie die Vibration einer Baßnote, zu weit entfernt, um hörbar zu sein. Sie sagte: »Ihre Frau geht also nicht oft allein weg?«

Er schüttelte vehement den Kopf. »Nie. Wir haben doch Millie, wissen Sie.«

Das kleine Mädchen sah zu Marty auf und sagte: »Wir haben gegraben. Und Großmama ging weg.«

Marty ging in die Hocke, bis sie auf einer Höhe mit dem Mädchen war, und fragte: »Hat sie dir gesagt, wo sie hingeht, Schätzchen?«

»Nein.« Milly hatte einen braunen Pferdeschwanz, der hin- und herschwang, als sie den Kopf schüttelte. »Großmama hat gegraben. Und ich hab' eine Winde rausgezogen, die Sachen erwürgt. Und dann hab' ich die Post geholt, erst habe ich Hände gewaschen. Und dann bin ich wieder rausgegangen. Wissen Sie, einer der Umschläge hatte Handschrift drauf.«

»Gut«, sagte Marty ermutigend. »Und dann?«

»Und dann war Großmama weg. Und ich bin zu Timmys Haus gegangen, und da war sie auch nicht.«

»Und das war das letzte Mal, daß du deine Großmutter gesehen hast?«

»Ja. Sie sollte nicht weggehen, ohne was zu sagen.«

»Stimmt.« Marty stand auf und sah Willison an. »Wann ist das alles geschehen?«

»Gestern nachmittag«, sagte er. »Und Alma hat nie so etwas getan. Als sie gestern abend nicht nach Hause kam, habe ich die Polizei gerufen. Aber sie haben gesagt, sie könnten nicht viel tun, wenn ein Erwachsener weggeht. Sie haben nichts verstanden! Sie macht so etwas nicht! Sie haben gesagt, sie würden die Augen offen halten, aber sie könnten sie nicht zwingen, zurückzukommen.« Staunend schüttelte er den Kopf. »Sie zwingen! Das haben sie gesagt.«

Marty nickte langsam. Manchmal liefen Leute weg, Ehemänner und gelegentlich Ehefrauen, und im allgemeinen wollten sie nicht gefunden werden. Weglaufen war billiger als Scheidung. Und manchmal beschlossen sie nach einer Woche oder zwei, daß das Leben in der großen Welt schlimmer war, als das, wovor sie weggelaufen waren, und sie kamen zurück. Die Polizisten aus Louisville hatten recht, man konnte die Leute nicht zwingen, zusammenzusein. Es war besser, der Familie gegenüber mitfühlende Geräusche zu machen, für alle Fälle den Namen aufzuschreiben und dann mit der Lösung der lösbaren Fälle weiterzumachen.

Aber trotzdem vibrierte dieser dunkle Ton des Entsetzens in ihrer Seele.

Sie fragte Wayne Willison: »Hat sie eine Nachricht hinterlassen? Irgendwelche Botschaften bei den Nachbarn?«

»Nein, und Sie können mir glauben, ich habe alle gefragt! Jan – das ist die Nachbarin, bei der Millie war – hatte nichts gehört.

Almas Gartengeräte und ihr Hut waren draußen, wo Millie sie verlassen hatte. Und sie hat das Auto nicht genommen. Also habe ich überall gesucht, überall, wohin wir zu Fuß gehen können, aber ich habe nichts gefunden – nichts.«

»Vielleicht hat jemand sie mitgenommen.«

»Sie hätte eine Nachricht hinterlassen!«

»Ja, Sir, ich weiß. Also, ich möchte Sie nicht beunruhigen, aber fragen muß ich. Haben Sie irgendeine Art Anruf oder eine schriftliche Lösegeldforderung bekommen?«

Er schüttelte den Kopf. »Nichts. Die Polizei von Louisville hat das auch gefragt. Ich verstehe es einfach nicht.« Seine Stimme war ganz belegt vor Angst um seine Frau.

»Ja, Sir. Es ist schwer zu verstehen.«

»Es gab nur eine merkwürdige Sache. Ich habe es dem Polizisten am Telefon gesagt, und er will vorbeikommen und es sich ansehen, sobald er Zeit hat. Also habe ich es aufgehoben.«

»Was ist es?«

»Kam gestern mit der Post. Millie sagt, sie hat es hereingeholt, ungefähr um die Zeit, als Alma – ging. Aber es ist keine Nachricht oder Drohung oder sowas. Und es wurde vor langer Zeit aufgegeben.« Willison nahm einen Umschlag vom Kaminsims. »Das hier«, sagte er schüchtern. »Wahrscheinlich ist es nichts. Ich werde nicht schlau draus.« Er hielt ihn Marty hin.

Außen war der Umschlag zerknittert, in Louisville abgestempelt, Almas Name und Adresse säuberlich mit Bleistift geschrieben. Der Poststempel war einen Monat alt. »Das ist gestern gekommen, sagen Sie?« fragte Marty.

Er beugte sich zu Milly hinunter. »War das gestern im Briefkasten, meine Süße?«

»Ja. Es ist Handschrift drauf, siehst du? Nicht getippt. Großmama hat gesagt, Briefe wären besonders, wenn Handschrift drauf ist. Aber als ich es ihr sagen wollte, war sie schon weg. In Timmys Haus war sie auch nicht. Ich habe nachgesehen.«

»Das hast du ganz richtig gemacht, meine Süße«, sagte Willison zu ihr.

Der Umschlag war aufgeschlitzt, und Marty schüttelte den Inhalt in ihre Hand. Eine Karte im Format acht mal zwölf. Nichts drauf, keine Botschaft, außer der nur allzu vertrauten Zeichnung mit Kreuz und Blutstropfen.

Tief und schaudernd holte Marty Luft. Sie mußte es Wes sagen. Und der Polizei von Louisville. Sie war verdammt weit außerhalb ihres eigenen Gerichtsbezirks. »Mr. Willison, das kann ein wichtiges Beweisstück sein. Ich möchte gern telefonieren. Und wenn Millie und Sie dann mit mir zu Ihrer örtlichen Polizeidienststelle kommen wollen, kann ich die wohl überreden, sich etwas energischer zu bemühen, Ihre Frau zu finden.«

Willison leckte sich die Lippen. »Danke«, sagte er. Aber Marty sah, daß er wußte, es war keine gute Nachricht.

# 26

»Sie wird nicht mit Ihnen reden«, sagte Callie.

Marty sah Wolfes Pritschenwagen neben der mondhellen Einfahrt parken. Sie schob sich eine Locke aus der Stirn. Es war schon eine lange Nacht gewesen. Sie hatte Wayne Willison und die kleine Milly zur Polizei von Louisville gebracht, erklärt, daß Alma möglicherweise in Schwierigkeiten steckte, daß es mit dem Klan zu tun haben konnte, und sie mit Wes in Verbindung gesetzt. Nachdem sie mit ihm geredet hatten, befahlen sie ihr barsch, sich in ihren eigenen Zuständigkeitsbereich zurückzubegeben. »Damit haben wir das FBI auf dem Hals. Das sind genug Außenseiter«, hatten sie gesagt. »Wir kümmern uns um die Willisons und bleiben in Verbindung.« Und von Wayne Willison hatte sie auch so nicht viel erfahren. Er hatte gesagt, Almas Interessen seien Millie, ihre kirchlichen Aktivitäten und ihr Garten, aber Phyllis Dentons Namen hatte er nicht gekannt. Alma hätte so viele Freundinnen, erklärte er, da käme er nicht mit. Also hatten Marty und Wes beschlossen, die Professorin noch einmal zur Rede zu stellen.

Nicht, daß es was nützte. Callie stand einfach da in ihren Jeans und dem grünen T-Shirt mit dem Bärenjungen drauf, höflich, aber stur. Marty sagte ungeduldig: »Hören Sie, es ist wirklich wichtig.«

Callie nickte. »Es tut mir leid. Aber Laurel ist vom Campus zurückgekommen und hat gesagt, das FBI fragt nach Professor Wolfe. Sie will nicht mit denen reden.«

»Also versteckt sie sich auch vor mir? Wie ich schon sagte, es ist wichtig.«

Callie zuckte die Achseln. »Ja, tut mir leid.«

Marty hatte von der jungen Frau, die sie bei ihrem ersten Besuch so selbstverständlich zum Steinbruch gewiesen hatte, keine so energische Absage erwartet. Eine nett aussehende junge Frau mit Grübchen, schmalen Lippen und intelligenten Augen. Wo lagen ihre Interessen? Wie konnte Marty sie umstimmen? Und wieso war sie überhaupt Wolfe gegenüber so loyal? »Was studiert man bei ihr, Callie?« fragte Marty.

»Biologie. Ein paar wollen Tierärzte werden – sie hat die Approbation, wissen Sie. Andere sind eher theoretisch. Ich studiere Anpassung.«

»Anpassung.«

»Evolutionäre Anpassung bei Höhlenkrebsen. *Orconectes pellucidus*. Wie sich die Spezies entwickelt hat, damit sie in ihre ökologische Nische paßt – Sie wissen schon, die besonderen Orte, an denen sie leben.«

»Sie meinen zum Beispiel, weil Höhlen dunkel sind, brauchen sie keine Augen? Sowas in der Art?«

»Ja. Natürlich ist es nur die halbe Geschichte, daß sie keine brauchen. Die andere Hälfte ist, daß Augen schlecht für sie sind.«

»Schlecht für sie?« Gegen ihren Willen war Marty interessiert. »Wie kommt das? Warum können sie nicht einfach Augen haben und sie nicht benutzen?«

Callie nickte. »Das ist die Frage, auf der meine Abhandlung basiert. Natürlich nicht nur Augen. Es gibt in Wirklichkeit eine Menge Unterschiede zwischen *Oronectes* und Oberflächenkrebsen. Die Dunkelheit verursacht die Unterschiede nur indirekt, weil dort keine Pflanzen wachsen und Nahrung liefern können. Daher ist Nahrungsmangel das große Problem in einer Höhle. Das Ende der Nahrungskette ist kaputt.«

»Was machen sie da?«

»Tja, fangen wir mit den Kleinsten an. Die Mikroorganismen und Würmer und so weiter ernähren sich von Sachen, die mit den Frühjahrsfluten hereingespült werden. Wie Care-Pakete von der Oberfläche. Es gibt nicht viel Nahrung, und sie kommt nur gelegentlich. Also haben die Höhlenwesen sich so entwickelt, daß sie hyperempfindlich für die Nähe von Nahrung sind.« Callie gestikulierte jetzt begeistert. »Außerdem stimmen sie ihre Reproduktionszyklen zeitlich so ab, daß sie von der Überflutungszeit profitieren. Also haben sich weiter oben in der

Nahrungskette räuberische Wesen wie *Oronectes* dahin entwickelt, daß sie energieeffizient sind, langen Fastenzeiten widerstehen können und sich im Einklang mit ihrer Beute reproduzieren. An der Oberfläche können *Oronectes* mit größeren Krebstieren, die Augen haben und dunkel genug sind, um sich vor Räubern zu tarnen, nicht konkurrieren. Aber im Dunkeln, da gewinnen sie haushoch.«

»Na gut, aber ich begreife immer noch nicht, warum sie keine Augen haben.«

»Weil es Energie kostet, Augen auszubilden. Und im Dunkeln ist es Energieverschwendung, welche auszubilden. Daher ist das Individuum mit kleinen oder gar keinen Augen im Dunkeln energieeffizienter.«

»Sie meinen, keine Augen haben ergibt mehr Kilometer auf hundert Liter.«

Callie lachte. »Ja. In einer Spezies nach der anderen gehen die Augen verloren, wenn die Tiere sich in einer völlig dunklen Umgebung entwickeln. Parasitische Würmer, die in den Eingeweiden von Säugetieren leben, sind auch augenlos geworden.«

Zeit, es nochmal zu versuchen. Marty sagte: »Wissen Sie, ich habe ein Kind zu Hause, das ich den ganzen Tag nicht gesehen habe. Bitte sagen Sie Professor Wolfe, daß ich hier bin.«

»Sie weiß das. Sie will nicht mit Ihnen reden.«

Verdammtes Weib. »Ich dachte, es wäre das FBI, dem sie aus dem Wege geht!«

»Sie meinte, sie hätte Ihnen alles gesagt, was sie konnte, und Sie würden schon wissen, wieviel man denen erzählen könnte. Und verschwand in den Wäldern. Ich meine, das mit Ihrem Kind tut mir leid. Aber Tatsache ist, sie wird nicht mit Ihnen reden.«

»Die beste Art das FBI loszuwerden ist diesen verdammten Fall zu lösen! Aber alles, was sie mir gesagt hat, macht die Dinge nur komplizierter!«

Callie nickte nüchtern. »Das macht sie mit all ihren Studenten so. Läßt uns mit neuen Fragen stehen, die wir selbst lösen müssen.«

»Ich bin nicht ihre Studentin!«

Callie lächelte sanft. »Da seien Sie mal nicht zu sicher.«

Marty trat gegen den Verandapfosten. »Also«, sagte sie. »Sagen Sie ihr, Alma Willison ist verschwunden. Und hatte eine Klan-Karte im Briefkasten. Und ich möchte von ihr hören!« Sie wandte sich abrupt ab, warf den schwarzen und undurchdringlichen Wäldern einen verzweifelten Blick zu und stampfte zu ihrem Streifenwagen. Verdammtes Weib! Sie raste die Einfahrt hinunter und bog mit kreischenden Reifen auf die Landstraße ein.

Die Frage des Saxophonisten klang ihr immer noch in den Ohren: *Was für weißen Abschaum habt ihr da in eurem Bezirk?* Und ihre eigene aufrichtige Antwort: *Mein Job ist, diesen Abschaum zu finden und aus dem Verkehr zu ziehen.* Klar, Hopkins, und das machst du auch ganz toll.

Na, versuch's morgen nochmal. Jetzt war es Zeit, zu ihrer zerbröckelnden Familie heimzukehren.

## 27

Der Mittwochmorgen war deprimierend.

Wes Cochran kam in sein Hauptquartier und fand einen Fernsehwagen vor der Tür und eine dick geschminkte, übereifrige, lockenköpfige Brünette, die in eine Kamera sprach. Sie brach ab, als er zur Tür kam und wandte sich an ihn. »Sheriff Cocker, haben Sie den Mörder gefaßt?«

Er bedachte sie mit seinem dämlichsten Sheriff-Cocker-Grinsen und sagte in ihr Mikrophon: »Wir tun, was wir nur können. Und wir bitten um die volle Unterstützung der Bevölkerung.«

»Was steht als nächstes auf...« fing sie an, aber Wes wandte sich ab und trabte die Stufen zum Büro hoch. Wo zum Teufel war Pfann? Den Reportern drinnen lächelte und nickte er zu, wurde aber nicht langsamer, um ihre Fragen zu beantworten, sondern steuerte auf schnellstem Wege sein Allerheiligstes an. Nur, daß er dort Pfann antraf, der sich mit Jessup dahin geflüchtet hatte.

»He, Art, Sie versäumen Ihre große Chance, ins Fernsehen zu kommen«, sagte er milde und nickte beiden zu.

»Ich habe nichts versäumt. Sie hat mir vierzehn Fragen gestellt, und ich habe ihr vierzehnmal die gleiche Antwort gegeben. Das hat mir gereicht. Dann fing sie mit Jessup an, und wir beschlossen, uns zu verstecken.«

Wes ließ alle Hoffnung auf ungestörtes Nachdenken fahren und steckte seinen Kopf wieder ins Hauptbüro. »Hopkins! Sims! Mason! Eine Sitzung ist angesagt!«

Dankbar verließen die drei ihre Schreibtische in dem lauten Raum und gesellten sich zu den anderen in Wes' Privatbüro. Wes sagte: »Tauschen wir mal unsere Erkenntnisse aus und lösen dann endlich diesen Fall. Es hat eine neue Entwicklung gegeben. Art, Sie haben Mr. Jessup gestern abend wegen der Willison angerufen?«

»Ja. Habe ihm eine Nachricht hinterlassen.«

»Aber ich verstehe nicht, was das mit dem anderen zu tun hat«, sagte Jessup.

»Hopkins, berichten Sie, von Anfang an.«

Hopkins sah müde aus. Er konnte es an der Art erkennen, wie ihre Schultern hingen, an den Schatten unter ihren Augen. Wes bekam Gewissensbisse. War dieser Fall zuviel für sie? Sie war gut, verdammt gut, aber sie hatte noch nie mit einer so scheußlichen Situation zu tun gehabt. Er allerdings auch nicht, seit dem Krieg nicht mehr. Ach zum Teufel, er hatte sein Bestes versucht, sie da rauszuhalten, obwohl sie unbedingt hatte dabeisein wollen. Er hatte gewußt, daß ihr nicht klar war, worauf sie sich einließ. Aber dann tauchte die verdammte Klan-Karte in der Bibel des toten Mädchens auf, und sie steckte auch mittendrin. Alles, was er jetzt noch tun konnte, war, sie vor den schlimmsten Auswüchsen des Schlamassels zu schützen.

Nicht, daß sie ihm das danken würde.

Sie faßte ihren Bericht über den Ausflug nach Kentucky in verlegen offizieller Sprache zusammen. »Ich informierte Mr. Willison, daß wir das unverzüglich der Polizei von Louisville zur Kenntnis bringen sollten. Ich rief Sheriff Cochran an, um ihn über die Situation zu informieren und suchte dann mit Mr. Willison und Millie die –«

»Wer ist Millie?« fragte Jessup.

»Das kleine Mädchen, das ich schon erwähnt habe. Willisons Enkelin.«

»Weiter.«

»Ich brachte sie zum nächsten Polizeirevier und erklärte dort Sergeant Ellmann die Lage. Er setzte sich mit Sheriff Cochran in Verbindung.«

»Das war um neun Uhr acht gestern abend«, sagte Wes. »Sergeant Ellmann und ich kamen überein, in Verbindung zu bleiben. Ich teilte ihm mit, daß Vertreter des FBI bei dem Fall mithelfen, und er willigte ein, seine Nachforschungen mit unseren zu koordinieren.«

»Haben Sie irgend etwas über die verschwundene Frau herausgefunden?« fragte Jessup Hopkins.

»Ja, Sir. Auf dem Weg zur Polizei von Louisville habe ich

Wayne Willison nach seiner Frau befragt. Sie ist achtundfünfzig Jahre alt, einszweiundsechzig, zweiundfünfzig Kilo, haselnußbraune Augen, ergrauendes braunes Haar. Die Mutter des kleinen Mädchens ist tot, deshalb lebt sie bei ihren Großeltern, den Willisons. Alma Willison war früher Buchhalterin bei Kentucky Textile Products, ist jetzt aber Vollzeithausfrau. Aktiv in Kirchengruppen, Elternbeirat, Nachbarschaftsaktivitäten.«

»Sind irgendwelche dieser Aktivitäten von einer Art, die den Klan stören könnte?«

»Soweit ich das sagen kann, nicht, außer vielleicht lokale Missionsarbeit für ihre Kirche. Vielleicht kommt es vor, daß sie schwarzen Familien helfen oder so. Ich hatte keine Zeit zu fragen. Willison erwähnte Kirchenvespern, medizinische Auslandshilfe, den Gartenclub. Solche Sachen. Allerdings hatte ich nur Zeit, eine kurze Beschreibung anzuhören. Sergeant Ellermann wird bald ein Foto und weitere Details schicken.«

»Oder Sie können selbst mit Willison reden«, warf Wes ein. »Hopkins, danach kehrten Sie zu Professor Wolfe zurück und baten um weitere Informationen, ist das richtig?«

»Ich habe es versucht, Sir. Es war zu spät, die Dentons noch einmal aufzusuchen, aber Professor Wolfe bleibt lange auf, und ich hatte gehofft, mit ihr reden zu können. Aber sie war nicht da.«

»Wo zum Teufel drückt sie sich herum?« fuhr Jessup dazwischen. »Ich habe fast den ganzen Tag nach ihr gesucht. Bei ihr zu Hause, in ihrem Büro. Wenigstens habe ich einen ihrer Kollegen angetroffen, einen Professor Hart, der versprochen hat, uns zu helfen.«

Hopkins nickte ihm ernsthaft zu, aber Wes glaubte einen Anflug von Heiterkeit in ihren grauen Augen zu entdecken. Er sagte: »Sobald wir hier fertig sind, gehen wir Royce Denton aufsuchen. Er weiß vielleicht, ob es eine Verbindung zwischen dem Denton-Mädchen und Mrs. Willison gibt. Außer der Klan-Karte, meine ich. So, wir haben noch zwei Morde. Hopkins, haben Sie gefragt, ob die Willison Goldstein oder Sears gekannt hat?«

»Ja, Sir. Mr. Willison hat die Namen nicht erkannt. Er hat auch Phyllis Dentons Namen nicht erkannt. Wir haben nur Professor Wolfes Aussage, daß Mrs. Willison Phyllis kannte. Aber Professor Wolfe sagt, sie kennt Mrs. Willison nicht.«

»Können wir wirklich sicher sein, daß da ein Zusammenhang besteht?« fragte Wes. »Was hat Wolfe über die Klan-Karten gewußt?«

»Nichts, sagt sie. Aber das war eine der Fragen, die ich ihr stellen wollte.«

Wes sah sie an, wieder verunsichert wegen dieser eigenartigen und schwer zu fassenden Professorin. Manche Übeltäter schlugen dem Gesetz einmal ein Schnippchen und hielten sich dann für unangreifbar. Gehörte Professor Wolfe in diese Kategorie? Spielte sie mit ihnen, machte sie eine Herausforderung aus einem Verbrechen, das sie selbst begangen hatte? In Martys müden grauen Augen lag keine Furcht. Trotzdem, von jetzt an würde er dafür sorgen, daß sie Rückendeckung hatte, wenn sie mit dieser Wolfe sprach.

Art Pfann sagte: »Der Klan ist heutzutage so aufgesplittert. Es könnten verschiedene Gruppen sein.«

»Es war die gleiche Art Skizze«, sagte Hopkins fest. »Goldsteins und Willisons Karte wurden von demselben Mann gezeichnet. Die anderen beiden habe ich nicht gesehen.«

»Drei«, sagte Wes. »Die Goldsteins bekamen auch eine Karte vor dem Mord. Auf der stand sogar eine Botschaft. Auf Willisons Karte war keine Botschaft?«

»Nein, Sir. Nur die Zeichnung, wie bei Goldstein. Ich nehme an, das ist ein schlechtes Zeichen.«

Wes nickte. Es war ein schlechtes Zeichen, allerdings. »Mr. Jessup, haben Ihre Leute schon eine Verbindung ausfindig machen können?«

»Wir sind doch erst zwei Tage hier!«

»Jawohl, ich weiß. Schwer, in zwei Tagen ein Gefühl für einen Ort zu bekommen.«

»Wir jagen natürlich alles durch den Computer. Ich schicke die

Informationen über die Willison ein, sowie ich sie habe. Und ich rede bald mit dieser Wolfe.«

»Gut. Sims, Mason, was gibt's Neues über Goldstein?«

Grady Sims räusperte sich. »Also, Sir, wir haben alle Nachbarn von Goldstein noch einmal befragt. Wir glauben, daß Marty recht hatte mit ihrer Idee. Ein Nachbar, es war Joe Matthews, hat einen Wagen wie den von Willie Sears gesehen. Das war in derselben Nacht, in der Goldstein getötet wurde, und er war etwas unterhalb von Goldsteins Haus am Hügel geparkt. Matthews kann Goldsteins Haus nicht sehen, wegen einer Hecke. Aber wenn Sears da geparkt hatte, wo Matthews sagt, dann hätte er was sehen können.«

»Gute Arbeit. Kannten sich die beiden? Goldstein und Sears?«

»Soweit wir rauskriegen konnten, nicht. Wir haben jeden gefragt, und viele Leute kannten Willie Sears, spätestens, wenn wir erwähnten, daß er Hausmeister in der Highschool war. Aber niemand kannte Goldstein außer seinem Hauswirt und Reba in der Post. Und all diese Leute aus Bloomington.«

»Habt ihr die Leute gefragt, ob Goldstein oder Sears Phyllis Denton gekannt haben könnten?«

»Jep, ich meine, ja, Sir, aber es ist nicht richtig klar. Willie hat fast zwanzig Jahre in der Highschool gearbeitet, aber Phyllis ist ja nicht alt genug geworden, um zur Highschool zu gehen. Die Leute, die Sears kannten, waren ziemlich sicher, daß er sich an Hal junior und Royce erinnern würde. Aber die kleine Schwester ist vermutlich nicht oft zur Highschool gekommen.«

»Und Goldstein? Da gibt es vermutlich keine Verbindung zu Phyllis, nehme ich an.«

»Wir haben nichts gefunden, nein, Sir.«

Hopkins sagte: »Möchte wissen, ob Goldstein je Motorrad gefahren ist.«

»Motorrad?« Wes nickte langsam. Goldstein war Student gewesen, und etwa zu der Zeit, als Phyllis Denton verschwand, hatte er das Studium sausen lassen. Wenn sie Goldstein mit Phyllis Denton in Verbindung bringen konnten und herausfinden, warum Wolfe sie mit der Willison in Verbindung gebracht hatte, dann blieb nur Willie Sears. Und Sears war schwarz, vielleicht hing er irgendwie mit Goldsteins Frau, Kizzy, zusammen, oder vielleicht war er Zeuge für einen Teil des Mordes an Goldstein. In den Augen einiger Klanmitglieder genug Gründe, jemanden umzubringen.

Aber warum die weiße christliche Frau? Und das weiße christliche Mädchen? Klansmänner schützten doch angeblich weiße christliche Frauen und Mädchen.

Aber wenn sich die weißen christlichen Mädchen mit Juden auf Motorrädern herumtrieben –

Sie brauchten mehr Fakten. Ganz sinnlos, voreilige Schlüsse zu ziehen. Wes sagte: »Royce Denton müßte heute in seinem Büro sein. Gehen wir.«

# 28

Royce Denton überprüfte die Grundbucheintragungen des Braunerschen Besitzes und machte sich eine Notiz, daß Annie den Abschluß in die Wege leiten konnte. Alles war in Ordnung. Gut, daß wenigstens etwas in seinem Leben in Ordnung war. Er hatte ein Stadium erreicht, in dem er die tagtäglichen Testamente und gewöhnlichen Grundbesitz-Transaktionen fast genoß, die ihn so gelangweilt hatten, als er sich zuerst mit seinem Bruder zusammentat und als Anwalt tätig wurde. Damals war er manchmal eifersüchtig gewesen auf Hal, der die meisten interessanten Gerichtsverhandlungen übernommen hatte, die sie bekamen, und dem kleinen Bruder den täglichen Papierkram überließ. Aber bald fing Hal an, Gelüste nach höheren Gefilden zu entwickeln, besonders in der Politik, und er war mit Feuereifer nach Bloomington gezogen, als klar wurde, daß es in Nichols County für zwei Anwälte, die sich jedesmal selbst disqualifizieren mußten, wenn die Gerichtsverhandlung ihrem Vater übertragen wurde, nicht genug zu tun gab. Nachdem Hal gegangen war, hatte Royce die Extraarbeit genossen, die aufregende Rivalität bei Fällen, die gewonnen werden mußten statt lediglich korrekt durchgeführt. Aber neuerdings bedeuteten aufregende Fälle nur mehr Streß.

Er legte seinen Füller in den Onyxhalter zurück. Ausgesucht natürlich von seinem Bruder – das ganze Büro war nach Hals Geschmack eingerichtet, oder eher nach dem Geschmack seines Innendekorateurs: die altgoldenen Wände, die kastanienfarbenen Ledersessel, der blasse mandelfarbene Teppich und die Möbel. Ganz nett, eine Änderung lohnte nicht, obwohl er, wenn es nach ihm gegangen wäre, einen repräsentativen Holzschreibtisch dem glatten Metall vorgezogen hätte, an dem er jetzt saß. Er sollte mal was dagegen tun. Sein ganzes Leben lang hatte er gebrauchte Sachen übernehmen müssen. Gute Qualität – Jacken, Fahrräder, Gewehre, Büros –, aber alles benutzt, von seinem Bruder oder seinem Vater. Selbst seine Ex-Frau, Dorothy, war zuerst Hals

Freundin gewesen. Irgendwann würde er mal was Eigenes ausprobieren müssen, beschloß Royce.

Aber im Augenblick war er dazu zu müde. Schon seit Dorothy ihn verlassen hatte, war er müde, und nachdem er in das alte Haus zurückgekommen war, um für seinen Vater zu sorgen, hatte er den Schwung ganz verloren. Davor war er ganz in seiner Arbeit aufgegangen, so sehr, daß die Scheidung ihn völlig überraschend getroffen hatte. Er hatte gedacht, alles sei in Ordnung. Klar, sie hatten sich manchmal gestritten, aber wer tat das nicht? Und natürlich hatte er manchmal bis spät arbeiten müssen bei den Recherchen für den einen oder anderen Fall. Sein Vater hatte das auch getan. Aber Dorothy hatte kein Verständnis dafür.

Tja, Schnee von gestern.

Aber die Scheidung hatte ihn aus dem Tritt gebracht. Und als dann sein Vater krank geworden war, hatte er das Gefühl, die Fixpunkte seines Lebens wären zusammengebrochen, er bewegte sich nicht mehr auf einer soliden, gut ausgeschilderten Straße, sondern steckte im Sand fest. Mutter war zu mitgenommen, um eine Hilfe zu sein – ganz im Gegenteil; er war es, der dafür sorgen mußte, daß sie nicht völlig aus dem Gleichgewicht geriet. Und auch Hal war von Vaters Krankheit erschüttert und viel zu sehr von seinen eigenen politischen Hoffnungen erfüllt, um Royce' Probleme wahrzunehmen.

Daher war Routinearbeit zum Trost geworden, ein geordnetes Zentrum im Aufruhr seines Lebens.

Er legte die Brauner-Papiere in den Korb für Annie, hatte aber den nächsten Ordner noch nicht geöffnet, als Hal klopfte und ohne abzuwarten hereinstürmte. »Tja, also, hallo!« sagte Royce.

»Tag.« Hal schloß die Tür und ließ sich in den Besucherstuhl fallen, die Beine weit von sich gestreckt. Er lockerte die Krawatte und machte die Augen zu. »Gott, bin ich müde.«

»Ich auch. Was führt dich her?«

»Ich bin auf dem Weg zu Vater. Kanal 6 hat abgesagt, also mache ich einen kleinen Abstecher auf dem Weg zum Lunch. Wie geht's Vater?«

»Ziemlich miserabel, Hal.«

»Schlechter?« Die müden Augen seines Bruders klappten auf, um ihn anzusehen.

»Ja.« Royce nickte. »Sie können das Sedativ nicht noch weiter heraufsetzen. Aber jedesmal, wenn die Wirkung nachläßt, hat er einen Anfall. Ich glaube, er hat seit zwei Tagen nicht richtig geschlafen. Richtig wach gewesen ist er auch nicht.«

»Gott.« Hal fuhr sich mit der Hand über das Gesicht. »Er schafft es nicht, oder?«

Es gab keine Möglichkeit, es schonend zu sagen. »Nein.«

»Verdammt.« Hal bedeckte sein Gesicht noch einen Augenblick mit der Hand und holte tief Luft. Dann fragte er: »Wie geht's Mutter?«

»Außer sich vor Sorge. Will nicht aus dem Zimmer gehen. Selbst, wenn Lisa Dienst hat.«

»Was für ein Schlamassel.« Hal ließ den Kopf nach hinten sinken. »Und diese Geschichte mit Phyllis. Gott, ich kann's nicht glauben! Ich hatte heute schon zwei Reporter am Hals. Fragten mich nach dem tragischen Tod meiner Schwester und nach dem Klan. Was zum Teufel soll ich sagen? Aber der Manager meiner Wahlkampagne sagt, wenn ich mich zu stark dagegen äußere, beleidige ich die Überzeugungen der meisten Wähler in Vaters Alter. Er hat recht. Aber wenn ich es nicht tue ... Verstehst du, der entwickelt so ein Familienvaterimage für mich mit Penny und den Kindern, die Presse dagegen fragt pausenlos nach Motorrädern und Terrorbanden. Gott!«

»Na, er war doch damit einverstanden, die Polizei noch einmal einzuschalten.«

»Es hat doch keiner im Traum damit gerechnet, daß sie diese Klanverbindung finden würden!«

»Ich weiß. Cochrans kleine Polizistin hat da wirklich einen Haufen Dreck aufgewühlt. Trotzdem – ich für mein Teil möchte wissen, was meiner Schwester passiert ist.«

»Ja. Ja, ich auch. Gott, das arme Kind!«

»Ich weiß. Ich möchte die Kerle, die das getan haben, kurz und klein schlagen. Und vielleicht –« Die Sprechanlage summte. Royce sagte: »Ja?«

»Mr. Denton, der Sheriff und ein paar andere Leute sind hier«, ertönte Annies Stimme.

Royce hob fragend die Augenbrauen. Hal nickte und zog seinen Schlips zurecht. »Schicken Sie sie rein«, sagte Royce in den Apparat.

Wes Cochran öffnete die Tür und hielt sie für Marty Hopkins auf, ganz geschäftsmäßig heute in ihrer zackigen Khakiuniform, und für den aalglatten kleinen FBI-Agenten, wie hieß er noch, Jessup. Allgemeines Händeschütteln. Cochran sagte: »Bin froh, daß wir Sie beide hier erwischt haben. Es gibt eine neue Entwicklung, und wir müssen wissen, wie Ihre Schwester da hineinpaßt.«

»Eine neue Entwicklung?« sagte Hal argwöhnisch.

»Sie haben herausgefunden, wer es getan hat?« Royce gab sich Mühe, nicht zu begierig zu wirken. Er wollte es wissen – um seiner Schwester willen, um seiner Eltern willen, um seiner selbst willen. Wer immer Phyllis getötet hatte – oder den Unfall verursacht, der zu ihrem Tod geführt hatte, mahnte er sich selbst und versuchte, trotz seiner Wut fair zu bleiben – wer immer es war, er mußte zahlen.

»Nein, Sir, das wissen wir nicht, noch nicht«, sagte Wes Cochran. »Hieraus kann sich etwas ergeben oder auch nicht. Hopkins, lassen Sie hören.«

»Ich bin nochmal zu der Biologieprofessorin gegangen und habe mit ihr geredet«, sagte Marty Hopkins. Sie sah heute müde aus, fand Royce, aber in ihren Augen leuchtete immer noch Intelligenz und warmes Mitgefühl. »Diejenige, die uns gesagt hat, daß Ihre Schwester in der Höhle ist.«

»Haben Sie nach der Klan-Karte gefragt, die man bei Phyllis gefunden hat?« fragte Royce.

»Ja, Sir, und sie hat gesagt, sie wüßte nichts über den Klan. Aber sie sagte, ich sollte Alma Willison in Louisville aufsuchen.«

Sie hielt inne und beobachtete sie scharf.

Sonderbevollmächtigter Jessup fragte: »Kennen Sie Mrs. Willison?«

Hal runzelte die Stirn. »Nein. Ich kenne sie nicht.«

»Bei mir klingelt auch nichts«, sagte Royce.

Hal fügte hinzu: »Obwohl, da ist was. Louisville?« Er schloß einen Moment die Augen, dann schüttelte er wieder den Kopf. »Tut mir leid. Was immer es ist, ich erinnere mich nicht. Vielleicht fällt es mir noch ein.«

»Was ist also mit dieser Alma Willison?« fragte Royce.

»Ende Fünfzig, einszweiundsechzig, zweiundfünfzig, grauwerdendes Haar«, sagte Wes. »War früher Buchhalterin bei Kentucky Textiles. Fällt Ihnen dazu irgendwas ein?«

Hal schüttelte den Kopf. Der Sheriff sagte: »Weiter, Hopkins, erzählen Sie den Rest.«

»Ja, was hat sie gesagt?« fragte Royce. »Diese Mrs. Willison?«

Marty Hopkins schob eine müde Locke zur Seite. »Sie war nicht da«, sagte sie. »Sie wird seit Montag nachmittag vermißt. Und was das Wichtigste ist, eine Klan-Karte wurde ihr per Post geschickt.«

»Eine Klan-Karte? Und sie ist vermißt?« Konsterniert schaute Hal Royce an. »Was zum Teufel geht hier vor?«

Wes Cochran sagte: »Das wollen wir ja alle rauskriegen. Wir arbeiten selbstverständlich auch mit Louisville zusammen.«

Royce warf ein: »Diese Professorin muß was wissen! Was sagt sie?«

»Sonderbevollmächtigter Jessup wird bald mit ihr sprechen. Wir sind zuerst hierher gekommen, in der Hoffnung, daß Sie helfen können. Hatte Phyllis Freunde in Louisville? Oder ist sie aus irgendeinem Grund dorthin gefahren? Was mir nicht einleuchten will – diese Mrs. Willison ist viel älter als Phyllis.«

Marty Hopkins sagte: »Lehrerin? Pfadfinderführerin vielleicht?«

»Ich erinnere mich nicht!« Hals Fäuste ballten sich und lösten sich wieder. »Und ich verstehe einfach diesen Klan-Kram nicht! Phyllis war ein Kind, um Gottes Willen! Sie war –«

Royce legte seinem Bruder eine Hand auf den Arm. »Hal«, sagte er. »Beruhige dich. Die Presse weiß davon nichts, stimmt's, Sheriff Cochran?«

»Das stimmt.« Cochrans Augen ruhten auf Hal, mitfühlend, aber wachsam. »Wir wissen nicht mal mit Sicherheit, ob die Professorin recht hat und Phyllis die Willison wirklich kannte. Wir suchen nach Bestätigung, das ist alles. Deshalb fragen wir Sie. Noch eine Frage.« Der Sheriff rückte an seinem Hosenbund. »Wir überlegen, ob das Motorradfoto mit Goldstein zu tun haben könnte. Erinnern Sie sich, ob Phyllis seinen Namen je erwähnt hat?«

»Goldstein?« Royce schüttelte den Kopf. »Ich erinnere mich an nichts dergleichen. Hal?«

»Nein.«

»Wir waren in der Zeit nicht oft da«, fuhr Royce fort. »Mutter aber. Wissen Sie was, ich mache Schluß hier und wir gehen alle zu Mutter, wie wär's? Einverstanden, Hal?«

»Ja.« Hal rieb sich das Gesicht. »Sie wird es wissen, nicht?«

Aber es stellte sich heraus, daß seine Mutter keine große Hilfe war. Sie kam halb die Treppe herunter, als sie die Tür gehen hörte, und sah zu, wie sie alle hereinkamen. Hal rannte ein paar Stufen hoch, und sie umarmte ihn mit einem Arm, schaute die anderen an. Ihre müden Augen wanderten von ihm zu Sheriff Cochran zum Sonderbevollmächtigten Jessup und ruhten schließlich auf Marty Hopkins.

»Mutter, wie geht es Vater?« fragte Hal.

Sie schaute nach oben. Ihre Lippen wurden schmal, und sie schüttelte den Kopf. Royce hörte stetige dumpfe Schläge aus dem Schlafzimmer seines Vaters. Klang nicht gut. Woher nahm der alte Mann nur seine Kraft? Seine Mutter fragte: »Gibt es Neuigkeiten? Über Phyllis?« Sie schaute Marty Hopkins an.

»Nichts Neues, Mrs. Denton. Nur noch mehr Fragen.«

»Goldstein«, sagte Royce. »Hat Phyllis jemand namens Goldstein gekannt?«

»Nein. Ich glaube nicht. Sie hat nie einen Goldstein erwähnt.« Ihre Augen wanderten wieder nach oben.

»Vielleicht ein Motorradfahrer?« bohrte Royce nach.

Verwirrt schüttelte sie den Kopf. »Nein. Der Sheriff hat schon früher nach Motorrädern gefragt, aber ich erinnere mich nicht. Ich habe nicht –« Ihre Stimme brach. »Gott helfe mir, ich habe nicht genug auf sie aufgepaßt.«

Tränen rannen seiner Mutter über die Wangen. Royce machte einen Schritt auf sie zu, aber Hal hatte sie schon in den Arm genommen, also wechselte er statt dessen das Thema. »Mutter, diese Professor Wolfe. Die Hilfssheriff Hopkins erzählt hat, wo Phyllis war, weißt du? Sie hat ihr auch gesagt, sie sollte mit einer Frau aus Kentucky namens Alma Willison reden. Sie sagte, diese Mrs. Willison hätte Phyllis gekannt.«

Seine Mutter hob ihren Kopf von Hals Hemd, ein Taschentuch immer noch an die Augen gepreßt. Hoffnungsvoll schaute sie Marty Hopkins an. »Was hat sie gesagt? Haben Sie mit ihr gesprochen?«

Marty schüttelte ernst ihren lockigen Kopf, und Royce sagte: »Wir versuchen es, Mutter. Das Problem ist, diese Mrs. Willison scheint verschwunden zu sein.«

»Verschwunden?« Aus leeren Augen sah sie ihn an. »Was meinst du damit, verschwunden?«

Hal sagte: »Reg sie nicht auf, Royce.«

Wes Cochran räusperte sich. »Entschuldigen Sie, Mr. Denton. Aber es wäre wirklich eine große Hilfe, wenn Mrs. Denton versuchen könnte, sich zu erinnern. Sie sagt, sie weiß nicht, was ihre Tochter mit dem Klan zu tun haben könnte. Aber die Klan-Karte stellt eine Verbindung her zwischen ihr und der Willison.«

»Der Klan? Ich verstehe das nicht.« Angstvoll wanderten ihre Blicke von Wes zu Royce zu Marty.

Marty sagte weich: »Als ich mit Mrs. Willison sprechen wollte, war sie verschwunden. Ihr Mann wußte nicht, wo sie war, sie hatte keine Nachricht hinterlassen. Aber am gleichen Tag war eine Klan-Karte angekommen. Ihre kleine Enkeltochter sagte mir, sie wäre an dem Tag mit der Post gekommen, als Mrs. Willison verschwand. Mrs. Denton, Sie haben mir geraten, nach Alma zu fragen. Warum? Wer ist sie?«

Seine Mutter schauderte, und Hal tätschelte ihre Schulter. Sie sagte: »Eine Klan-Karte? Warum? Ich weiß nicht... Sind die Willisons... Es war eine Klan-Karte bei meiner Phyllis!« Die dumpfen Schläge oben waren jetzt lauter und unregelmäßiger. Angstvoll schaute sie hinauf, dann wieder Marty an. »Ich kenne Alma Willison nicht. Professor Wolfe kann Ihnen das sagen, ich kenne sie nicht. Und ich weiß nichts vom Klan. Es tut mir leid.«

»Professor Wolfe hat Ihnen etwas über Alma gesagt. Was?«

»Bitte, er hat einen Anfall! Ich kann nicht denken, es tut mir leid. Ich verstehe nichts. Ich weiß nicht, hinter wem die her sind.«

Martys Stimme klang sanft, aber eindringlich. »Wir dachten, wenn Phyllis irgendwas mit Goldstein oder seinen Freunden zu tun hatte, dann würde das die Karte erklären helfen. Sie erinnern sich an nichts dergleichen?«

»Es tut mir leid, ich kann einfach nicht helfen.« Ihr Blick wich wieder nach oben aus. »Der Klan... Vielleicht weiß Professor Wolfe Bescheid. Ich verstehe das alles nicht.«

Unvermittelt wurden die Schläge oben noch lauter. Hal sah hinauf, dann stürmte er, zwei Stufen auf einmal nehmend, nach oben, dicht gefolgt von seiner Mutter. Marty Hopkins wollte auch hinaufgehen, aber Royce berührte ihren Unterarm, als sie an ihm vorbeikam. »Wir können nicht helfen«, sagte er. »Zwei sind genug. Selbst Hal ist schon einer zuviel.«

Sie sah ihn an, und ihre grauen Augen waren voll von dem Mitgefühl, nach dem er so hungerte. »Ja«, sagte sie einen Herzschlag später, und ging wieder hinunter zu Wes Cochran.

Schweigend horchten sie auf die dumpfen Geräusche, auf Hals zunehmend fieberhafte Fragen, die leisen, raschen Antworten seiner Mutter und Lisas. Einen langen Augenblick später erschien Hal mit zerwühltem Haar oben an der Treppe. »Verdammt! Wie soll sie das aushalten?« rief er. »Wie soll irgendeiner von uns –«

Schnell wie eine Katze war Marty auf der Treppe. »Mr. Denton, Sir«, sagte sie.

»Wie kann –« Mit wilden Augen schaute er sich um und sah Marty an seiner Seite. »Wie kann sie das nur aushalten?« fragte er mit zitternder Stimme.

»Sie schafft das schon, Sir, wenn Sie ihr helfen. Sie müssen stark bleiben.«

»Er ist so – es ist wie ein Zusammenstoß, wie zwei Lokomotiven, die in einem Körper zusammenkrachen. Soviel Kraft gegen sich selbst.«

»Ich weiß. Kommen Sie nach unten, Mr. Denton, gehen wir uns setzen.«

Wes Cochran sah zu, wie sie Hal die Treppe hinunter half, und sagte: »Wir machen uns besser auf.«

Royce nickte. »Richtig. Tut mir leid, daß sie sich an nichts erinnert. Ich denke, Phyllis war ziemlich verschlossen, was immer sie vorhatte.«

»Ja, Kinder sind oft so«, sagte der Sheriff. »Na, wir gehen dem nach. Lassen Sie es uns wissen, wenn Ihnen etwas einfällt. Wir werden unser Bestes tun.« Er wandte sich zur Tür und legte die Hand auf die Klinke. »Kommen Sie mit, wenn Sie fertig sind, Hopkins.«

Mit einer Zartheit, die Royce ganz durcheinander brachte, hatte sie Hal in einen großen Stuhl gesetzt. »Komme sofort, Sir.«

»Wir halten Sie auf dem Laufenden«, sagte Wes. Er schüttelte Royce die Hand und ging hinaus, gefolgt von Jessup. Royce hörte ihre Schuhe auf dem Kies der Auffahrt knirschen. Er schaute ins Wohnzimmer, wo Hal ausgestreckt im Sessel lag, ohne Jacke, den Schlips wieder gelockert, die Augen vor Erschöpfung geschlossen. Marty drapierte sein Jackett über die Sofalehne und machte sich auf den Weg nach draußen.

Als sie an ihm vorbeikam, sagte Royce leise: »Danke, daß Sie ihn beruhigt haben, Marty. Er ist völlig fertig.«

»Nicht der Rede wert«, sagte Marty. »Sie beide haben im Moment ganz schön zu schlucken.«

»Sie auch.«

Aus der Nähe konnte er sehen, daß die zackige Uniform tiefe Erschöpfung verbarg, daß ihre grauen Augen von Kummer umschattet waren. Aber in diesem weichen Mund lag immer noch ein geheimes Versprechen, Trost zu spenden. Royce berührte ihre Lippen mit der Fingerspitze, überwand sich dann und trat zurück.

Auch sie war rückwärts gegangen. Langsam. »Auf Wiedersehen, ähm, Mr. Denton.« Sie tastete ungeschickt nach der Türklinke.

Er grinste. »Auf Wiedersehen, Mrs. Hopkins.«

Er schaute ihr nach, wie sie zum Streifenwagen rannte, gewandt und kräftig. Dann wandte er sich zögernd wieder seiner Familie zu.

# 29

Heute abend gab es Clint Eastwood im Fernsehen, und der Nachtfalke sah ein paar Minuten zu, nachdem er geduscht hatte. In seinem sauberen weißen Hemd und den weißen Malerhosen saß er vor dem Apparat. Er sah nicht oft fern, niemals Nachrichten oder diese Talkshows mit den hübschen Gesichtern, geschwätzig und unter jüdischer Kontrolle. Er wurde wütend, wenn er da zuschaute. Sie logen, aber es waren raffinierte Lügen, und ihm fielen nie die richtigen Antworten ein. Später, wenn er seine *Vanguards* las, dann fand er die Antworten. Aber er hatte keine fixe Zunge, und obwohl er oft davon träumte, ihnen die Meinung zu sagen, wußte er doch, daß der richtige Weg zum Sieg der war, den er gewählt hatte.

Chip war aus Nam auf Urlaub nach Hause gekommen und hatte seinen kleinen Bruder mit den *Vanguards* und dem neuen Klan bekanntgemacht. Sie erinnerten sich beide noch an die alten Zeiten, als ihr Vater nachts mit seinen Kumpeln unterwegs war. Sie sollten das eigentlich nicht wissen, aber wann immer sein Vater nachts unterwegs war, blieb er am besten wachsam, selbst wenn er so tat, als ob er schliefe. Der Nachtfalke konnte sich nicht erinnern, warum das am besten war. Es gab Mauern in seinem Gedächtnis, und da konnte er nicht durch. Sein Vater war ein guter, gottesfürchtiger Mann, das hatte der Prediger gesagt und die anderen Erwachsenen. Also wußte der Nachtfalke nicht, warum die Mauern, die diese Erinnerungen verbargen, zu leuchten schienen, zu leuchten vor Angst.

Er zog das Dunkel vor, in dem nichts leuchtete.

Jedenfalls war es ja der kleine unbedeutende Pipifax, der Angst hatte. Nicht der Nachtfalke, der stark war vor dem Herrn und in der Kraft seiner Herrlichkeit.

Und an manche Dinge konnte er sich erinnern. Er konnte sich an die Nächte erinnern, wenn sein Vater ausging. Das Haus war dunkel, und dann knuffte ihn Chip in die Rippen, und sie schlichen sich leise ans Fenster. Es war aufregend, die Roben zu sehen, bleich und fast fluoreszierend im Mondlicht, wenn die Fahrer leise davonrollten, um einer armen christlichen Witwe Essen hinzustellen oder einem Nigger oder Juden die Karte zu geben.

»Die werden mit mir wandeln in weißen Kleidern, denn sie sind's wert«, las ihnen ihr Vater vor. »Wer überwindet, der soll mit weißen Kleidern angetan werden, und ich werde seinen Namen nicht austilgen ... werde seinen Namen nicht austilgen ...«

An den Rest konnte sich der Nachtfalke nicht erinnern. Jedenfalls, die Hauptsache war das Überwinden. Das Siegen. Aber heutzutage brauchte man neue Wege, um zu siegen. Chip, auf Urlaub, ehe er wieder nach Nam zurückging und von den Drecksleuten umgebracht wurde, hatte es ihm erklärt. Das Drecksvolk beherrschte die Welt, sagte er. Congs in Nam, Nigger in den Vereinigten Staaten – sie wurden alle von den kommunistischen Zionisten angeführt. Sie hatten schon andere Länder in Besitz genommen, und sogar die amerikanische Regierung infiltriert. Das konnte man daran merken, daß die amerikanische Regierung Geld nach Israel schickte und die Bürgerrechtsmarschierer ermutigte und Nigger mit Bussen in weiße Schulen schickte. Aber sie schickte kein Geld, um dem Arbeiter zu helfen, dem schwer arbeitenden weißen Mann. Ein guter weißer Mann, der versuchte, Amerika zu säubern, konnte sogar von den Marionetten-Bullen verhaftet werden.

Wes Cochran war eine Marionette, hatte er gemerkt. Genau wie seine lächerlichen Pipifax-Hilfssheriffs. Diese Woche hatte er sie gesehen, sogar mit ihnen geredet, und hatte sie alle die falschen Fragen stellen hören.

Im Fernsehen hatte Clint Eastwood jetzt das letzte Showdown und feuerte wild auf irgendwelches Drecksvolk. Der Nachtfalke sah einen Augenblick aufmerksam zu, aber es war laienhaft gemacht, nicht realistisch. Die andere Seite war viel schlauer, als dieser Film zeigte. Wenigstens war Eastwood kein Pipifax.

Der Nachtfalke war auch kein Pipifax. Jetzt nicht mehr.

Er schlug seine Bibel auf. »Danach sah ich, und siehe, eine große Schar, welche niemand zählen konnte, aus allen...« Nein, das war nicht richtig, das war der falsche Vers. Der Vers beruhigte ihn überhaupt nicht. Hier war der richtige, ein bißchen weiter unten: »Diese sind's, die gekommen sind aus der großen Trübsal und haben ihre Kleider gewaschen und haben ihre Kleider hell gemacht im Blut des Lammes.«

Die Bibel war Clint Eastwood haushoch überlegen.

## 30

Marty schwamm in einem sommerwarmen Steinbruch-Tümpel. Irgendwo gab es Kümmernisse, aber in ihr war Frieden, sie war nackt, wurde gestreichelt von den kleinen Wellen und den warmen, pfefferminzduftenden Lüften. Die sonnenhellen Steinbruchwände stiegen hoch hinauf bis zu den Bäumen, und dahinter ragte das Empire State Building bis in den Himmel auf. Die Wellen streichelten ihre Flanken, ihren Bauch, ihre Brüste, ihr Kinn. Als sie ihre Nase erreichten, öffnete sie die Augen und blinzelte. Brad war da. Sie sagte: »Was –«

»Schhh.« Er brachte sie mit einem Kuß zum Schweigen und flüsterte: »Es ist erst fünf Uhr, Kleines. Du mußt nicht aufwachen. Aber du bist so wunderbar. Ich brauchte dich einfach so sehr.«

Sie verdrehte den Kopf, um die Uhr zu erkennen. Er hatte recht, es war 5:05. Das einzige Licht kam von der Nachttischlampe, und er hatte ein Handtuch drumgewickelt, damit sie nicht zu hell war. Die plätschernden Wellen kitzelten ihre Wange und ihr Kinn. Nein, sie war verwirrt, es konnten nicht die Wellen sein. Sie schaute hin und sah, daß es der kleine ausgestopfte Nerz war. Brad ließ ihn über ihren Hals streifen.

Du solltest ein bißchen schlafen, Hopkins, und bereit sein, morgen früh ein paar Verbrechen aufzuklären.

Aber das seidige Nerzfell auf ihren Brustwarzen war unwiderstehlich. Marty sagte »Mmmm« und streckte die Arme nach Brad aus.

Um Viertel nach sechs war sie wieder eingenickt. Als der Wecker klingelte, schlug sie drauf und brachte ihn zum Schweigen. Sie fühlte sich wohl, richtig wohl, innen und außen. Brad, in Jeans, saß im Armsessel und beobachtete sie, Wärme in den dunklen Augen. »Hallo, Superman«, sagte sie benommen und setzte sich auf.

Er lächelte. »Weißt du was?«

»Was?«

»Du bist die Dame mit dem stärksten Sex-Appeal in fünfzig Staaten.«

Sie stand auf, streckte sich, ging zu ihm hinüber und schob sich dabei die Locken aus den Augen. »Ich kriege ja ein bißchen Unterstützung von dir.«

»Ja.« Er nahm ihre Hand, immer noch voller Wärme, immer noch ernsthaft. »Kleines, wir sind gut zusammen. So verdammt gut.«

»Ja, das sind wir.«

»Aber wir müssen hier raus. Wenn ich mit meinem elenden Leben irgendwas anfangen will, dann müssen wir hier raus.«

Ihr Magen verkrampfte sich, und mit diesem Druck verschwand das ganze Wohlbefinden aus ihrem Körper. Sie schüttelte den Kopf. Sie fühlte sich wie ein Wurm. »Brad, ich kann nicht –«

»Kleines, ich weiß, daß es schwer ist, glaub mir das. Und du hast schon so viel getan. Aber wir müssen manchmal Risiken eingehen, um vorwärts zu kommen.«

Er war so liebevoll, so aufrichtig, so talentiert. Er brauchte Hilfe, und sie konnte sie ihm geben. Es war falsch, ihre eigenen selbstsüchtigen Bedürfnisse über seine zu stellen.

Oder nicht?

Marty ging zum Schrank und zog ihren Morgenrock an. Sie suchte sich saubere Unterwäsche und ein Uniformhemd heraus und wollte zur Tür. Brad, mit flehenden Augen, sagte: »Marty?«

»Brad, laß uns etwas Geld sparen, ja? Hier bleiben, etwas Geld sparen, und wenn wir genug haben, können wir –«

»Hier bleiben?« Er war aufgesprungen, hielt ihren Arm fest und gestikulierte mit der anderen Hand. »Verdammtnochmal, Marty, ich bin dreißig Jahre alt! Dreißig! Wenn ich nicht bald meine Chance kriege, bin ich geliefert! Und ich weiß jetzt, wie ich es machen muß. Gott, es ist so nah, ich kann es schmecken! Und wir können es zusammen tun. Du bist meine Hoffnung, Kleines. Mein guter Engel.«

»Ja.« Sie konnte seinen Schmerz fühlen, seine Verzweiflung. Sie konnte ihn retten. Ihre Kraft mit seiner verschmelzen, sich in seiner strahlenden Zukunft auflösen, heiligmäßig, selbstlos – *Verteidigen Sie Ihr Selbst. Auch um Ihrer Tochter willen.*

Marty neigte den Kopf auf die Kleider, die sie in der Hand hielt, um eine Locke zur Seite zu schieben, die ihr wieder ins Gesicht gefallen war. Es ging nicht, sie richtete sich auf und begegnete Brads Blick. »Brad, ich möchte helfen. Das weißt du. Aber ich werde das Haus nicht verkaufen, und ich werde meinen Job nicht aufgeben. Das ist die –«

»Mein Gott, bist du aus Eis?« Brad stieß ihren Arm so hefig weg, daß sie stolperte und fast die Kleider fallen ließ. »Hast du nicht zugehört? Ist es dir einfach egal?«

»Du weißt, daß es mir wichtig ist! Verdammt, ich habe –«

»Na, dann hilf mir! Wir sind eine Familie, verflucht nochmal! Wir müßten uns gegenseitig helfen! Aber du kommst daher und willst das Kommando übernehmen, sagst mir, ich soll in diesem blöden Kaff bleiben, sagst mir, was ich tun soll – Marty, sieh mal, ich weiß, was ich tue. Glaubst du nicht mehr an mich?«

»Natürlich glaube ich an dich! Es ist nur –« Sie sah zu ihm auf, selbst überrascht. »Ich glaube wohl nicht an uns.«

Das brachte ihn zum Schweigen. Er forschte in ihrem Gesicht. »Du machst Witze! Das kann nicht wahr sein! Du – du hast mich betrogen?«

»Nein! Natürlich nicht! Ich meinte, dein Job und mein Job –« Aber sie erinnerte sich an die Berührung von Royce Dentons Finger auf ihren Lippen, und ein Schauer von Schuldgefühl lief ihr über den Rücken.

Brad zeigte auf das Bett. »Das war alles Lüge?«

»Nein!«

»Hast du dich in eine Art Schlampe verwandelt? Wo du diese – Gott, ich hätte es erraten müssen, du trägst diese verdammten Kondome mit dir herum!«

»Brad, ich wußte nicht, wann du zurückkommst!«

»Was für ein Idiot bin ich gewesen! Dachte, du würdest hier auf mich warten – Gott! Du willst nicht weg. Du hast mit dem Geld was anderes vor. Ich verstehe. Oh, jetzt verstehe ich!«

Marty zwinkerte sich die Tränen aus den Augen, rannte aus dem Zimmer und schloß sich im Bad ein.

Sie schrubbte sich hart, versuchte, die Verwirrung abzuwaschen, den Stachel seiner Anschuldigungen. Verdammt, was stimmte nicht mit ihr, daß sie es ihm nicht begreiflich machen konnte? Er brauchte Starthilfe, und sie konnte ihm helfen, aber ihr letztes bißchen Sicherheit aufs Spiel zu setzen, das konnte doch nicht die Lösung sein. Andere Pläne mit dem Geld – ja, allerdings, sie hatte andere Pläne mit dem Geld. Ein Zuhause, das College für Chrissie – das würde sie nicht aufgeben. Und zu sagen, sie sei eine Schlampe! »Bitte, Gott«, betete sie zu dem Wasser, das auf sie heruntersprühte: »laß ihn das nicht denken. Bitte, hilf mir, Brad zu retten. Hilf mir, meine Ehe zu retten.«

Aber Gott antwortete nicht. Sie hörte nur das Echo von Professor Wolfes Stimme im Steinbruch: *Sie haben Glück, wenn Sie sich selbst retten können.*

Chrissie begegnete ihr an der Badezimmertür. Sie trug ihr Manhattan-T-Shirt und hielt Polly an die Brust gedrückt. »Wo ist Daddy?« fragte sie.

»Ich weiß nicht, Liebling.«

»Er ist nicht oben.«

»Ich sehe nach, während du im Bad bist.«

Sie hatte recht, im Haus war er nirgends. Sein Matchsack lag immer noch in der Schlafzimmerecke. Aber sein Arbeitshemd war weg. Wahrscheinlich hatte er Eddie angerufen. Marty zog ihre Hosen an, machte Toast und Kaffee und eine Tasse heiße Schokolade für Chrissie.

Chrissie trank sie schweigend, fragte nur: »Hast du ihn weggeschickt?«

»Nein. Aber er ist wütend, weil er nach Alaska gehen will und ich nicht.«

»Wir könnten doch ein Weilchen hingehen. Dann nach New York. Das hat er doch gesagt.«

»Ja, aber sieh mal, Liebling, wenn wir alle nach Alaska gehen, muß ich meinen Job aufgeben und das Haus verkaufen. Und wir könnten nirgendwohin nach Hause kommen, wenn etwas schiefgeht. Und es könnte schiefgehen. Eigentlich sollte er ja auch von New York aus nach uns schicken.«

»Ja.« Chrissie schob ihren Toast weg und stand auf. »Ich bin nicht sehr hungrig.«

»Ich auch nicht.« Marty ging zu ihrer Tochter, ließ sich auf ein Knie nieder und umarmte den steifen kleinen Körper. »Ach Schatz, ich liebe ihn auch. Er ist ein wunderbarer, zauberhafter Mann. Und es ist wirklich, wirklich schrecklich, daß es nicht funktioniert.«

Chrissie schubste sie weg. »Es funktioniert doch! Du wirst es sehen! Wir gehen ein Weilchen, und dann New York! Du wirst es sehen!«

»Liebling –«

»Ist nicht allmählich Zeit für die Schule?« fragte Chrissie steif. Marty nickte, obwohl es noch früh war. »Ich fahre dich zu Janie, da kannst du warten.« Sie holte ihren Pistolengürtel vom obersten Regal, schnallte ihn um und nahm dann ihr Scheckbuch und steckte es in die Schultertasche. Chrissie stopfte Polly in ihren Ranzen und saß schweigend auf dem Beifahrersitz, bis sie bei Janie ankamen, nahe bei der Schulbushaltestelle. »Bis heute nachmittag«, sagte Marty. »In der Bäckerei, ja?«

Das Mädchen nickte kurz und stakste auf Janies Haus zu.

Marty fuhr weiter zu Straubs Tankstelle. Gil Newton baute einen neuen Motor ein und schwang den Stahlblock so leicht aus dem Weg wie eine Gartentür, um den Tank des Streifenwagens zu füllen. Sie fragte: »Gil, wieviel ist Brad noch für seinen Wagen schuldig?«

»Da muß ich nachsehen.«

»Er ist doch fahrbereit, oder? Sobald er alles bezahlt hat?«

»Ja. Die Teile sind Montag morgen gekommen, und wir haben es gleich gemacht. Ich habe ihn ausprobiert. Er läuft wieder.« Er hängte den Stutzen wieder an die Pumpe und zog den Kassenzettel für sie heraus. Sie folgte ihm in das kleine Büro. Er und Bert Mackay hielten alles erstaunlich sauber für eine Werkstatt.

Es gab eine gescheuerte orangene Arbeitsplatte über den Vorratsbehältern und einen Kalender mit dem Bild eines blonden, blauäugigen Jesus, der die Kindlein zu sich kommen ließ. Ganz nette Abwechslung im Vergleich zu dem nackten Dolly Parton-Geschöpf, das Foleys Schranktür im Sheriffbüro zierte. Marty wartete, während Gil in den Büchern nachsah. »Er schuldet uns noch zweihundertzweiundsechzig.«

»Verflixt. Na, vielleicht können wir das Haus nächstes Jahr streichen.« Sie schrieb einen Scheck aus und gab ihn Gil.

Er legte ihn in die Kasse und machte eine Notiz im Buch. »Wollen Sie die Schlüssel?«

»Nein, geben Sie sie ihm, wenn er vorbeikommt. Ich bin nicht sicher, ob ich ihn sehe, ehe er es braucht. Gil, ich habe noch eine Frage.«

»Ja?«

»Wegen Tom Straub. Er hat doch den Klan in dieser Gegend angeführt, bis er sich vor fünfzehn Jahren aufgelöst hat. Hat er je versucht, Sie oder Bert da mit hineinzuziehen?«

»Nein.« Mit gerunzelter Stirn starrte Gil auf die orangene Theke. »Tom hat viele Stunden hier gearbeitet, sonst hat er nicht viel getan. Er war schon richtig alt, als er mich vor sechs Jahren eingestellt hat. Er hat von den alten Zeiten geredet, das schon, wie er und die Jungs für ihre eigenen Leute gesorgt haben. Armen weißen Familien geholfen, der Kirche gespendet. Er hat Bert und mir geraten, der Kirche beizutreten.«

»Er hat nicht davon geredet, Emmet Hines zusammenzuschlagen?«

Gils dunkle Augen schauten kurz in ihre, und er zuckte die Achseln. »Nein. Tom hat versucht, ein guter Mensch zu sein. Gut zu mir, gut zu Bert. Tom hat versucht, Leuten zu helfen. Er fand, die Leute müßten ihresgleichen helfen.«

»Und Sie glauben nicht, daß Bert in Toms Fußtapfen getreten ist?«

»Wie? Bert ist ein guter Kirchgänger, wenn Sie das meinen.«

»Aha. Na, vielen Dank, Gil.«

Gil nickte, und sie ging wieder hinaus zum Wagen und sah auf die Uhr. Zeit genug für noch einen kurzen Besuch vor der Arbeit. Sie hatte das Gefühl, als wäre sie seit Stunden auf und hätte schon ein paar Schlachten durchgefochten. Noch eine zu bestehen. Sie fuhr zum Wohnwagenparkplatz und hielt bei einem ziemlich mitgenommenen Wagen weiter hinten.

Tante Vonnie war schon für die Arbeit angezogen und kam mit einer Haarbürste in der Hand zur Tür. »Na. Komm rein«, sagte sie kühl.

»Verflixt, Tante Vonnie, du auch? Ich habe wohl gar keine Angehörigen mehr, die froh sind, mich zu sehen.« Marty setzte sich rittlings auf einen Stuhl und legte die Ellbogen auf die Lehne.

»Was meinst du damit?« Tante Vonnie türmte ihr blondes Haar zu einem eindrucksvollen Lockengebilde. Sie schaute kurz vom Spiegel zu Marty.

»Erstens mal, Brad fährt wahrscheinlich weg.«

Tante Vonnie schnaubte. »Das überrascht mich nicht. Wieso?«

»Das Übliche. Ich möchte sparen, statt unser ganzes Geld seinem Alaska-Projekt nachzuwerfen. Also nennt er mich egoistisch und außerdem noch Schlampe. Ich weiß einfach nicht, wie ich es ihm erklären soll.«

Tante Vonnie taute etwas auf. »Es liegt nicht an deinem Erklären, Mädchen. Es liegt an seinem Begreifen. Weißt du, was er von mir verlangt hat?«

»Was?«

»Er wollte, daß ich dich überrede, das Haus zu verkaufen. Ist das zu glauben? Das Haus deiner Mama verkaufen, nach allem, was sie durchgemacht hat, um es zu behalten?«

Marty hatte keine Lust, die Probleme ihrer Mutter durchzukauen. Sie sagte: »Sie war sehr eigen mit dem Haus. Ich meine, als sie schwer krank war, rief sie mich rein und nahm mir das Versprechen ab, Brad niemals als Besitzer eintragen zu lassen. Sie mochte ihn nie besonders.«

»O nein. Sie hatte ihre Gründe, aber sie mochte ihn gern. Brad ist ein wirklich charmanter Mann. Genau wie dein Vater.« Tante

Vonnie stubste die letzte goldene Locke an ihren Platz hoch über ihrem Kopf und wandte sich Marty zu. »Chrissie ist also auch wütend auf dich. Gibt dir die Schuld an den Problemen ihres Vaters. Ist es das?«

»Genau. Sie ist wirklich ganz verzweifelt deswegen. Ich wollte dich bitten, sie bei Gelegenheit in den Arm zu nehmen. Meine Umarmung hat sie heute morgen nicht gewollt.«

»Das kommt vor. Na, ich werde da sein, wenn sie aus der Schule kommt«, versprach Tante Vonnie und streckte die Arme aus. »Komm her, Mädchen, wie's aussieht, kannst du auch eine Umarmung brauchen.«

# 31

Wes Cochran grunzte, als er seine Stiefel anzog. Verdammt, sobald das alles ausgestanden war, würde er wirklich was gegen diesen Bauch unternehmen. Es würde sich lohnen, wenn er mal eine Stunde übrig hatte. Er könnte trainieren und vielleicht an den Wer-kommt-macht-mit-Spielen im Park teilnehmen. Könnte sogar Spaß machen. Aber jetzt nicht. Er stand auf, sammelte Brieftasche, Schlüssel, Notizbuch und Kamm von der Frisierkommode und verteilte alles in den Uniformtaschen. Dann klopfte er die Taschen ab und fuhr stirnrunzelnd mit den Fingern noch einmal über die Platte vom Frisiertisch.

»Hier sind sie.« Shirley, in rosa Baumwolle, kam zu ihm und hielt ihm die Pillen hin. »Wes, streng dich heute nicht so an, ja?«

»Klar doch.« Er streckte die Hand nach der Packung aus.

Sie gab sie nicht her. »Es ist mir ernst, Sportsfreund. Ich kann zählen.«

Da sah er sie an, sah die Sorge in ihren blauen Augen. »Aach, Teufel auch, Shirl, dieser Fall ist einfach zu groß. Aber wenn er gelöst ist, verspreche ich es.«

Sie zog einen Flunsch, nicht überzeugt.

»Sieh mal«, sagte er barsch: »dieser Widerling tut auch Frauen und Kindern was. Sobald er eingelocht ist, kann ich kürzer treten. Vorher nicht.«

Sie überließ ihm das Nitroglycerin und umarmte ihn, samt Bauch und allem, und hielt ihn fest in ihren kräftigen Armen. Er streichelte ihr blondes Haar. Eine Minute später ließ sie ihn seufzend los und sagte nüchtern: »Thermosflasche und Brote sind auf dem Küchentisch.«

»Gut.« Er legte seinen Pistolengürtel um und schnallte ihn auf dem Weg zur Küche fest. Er küßte Shirley zum Abschied, schnappte sich die braune Tüte und die Thermosflasche und ging zum Wagen hinaus. In Gedanken brütete er schon wieder über dem Fall. Leicht gesagt, wenn er gelöst ist. Aber mit Jessup als Babysitter und den verdammten Reportern und auch noch den Bürgern, die lauter Fragen stellten, war es schwer, irgendeinen Gedankengang ohne Unterbrechung zu verfolgen.

Was hatten sie also wirklich? Klan-Karten. Für Goldstein, Sears, die kleine Phyllis und die Willison. Wo zum Teufel war der Zusammenhang? Was die mögliche Verbindung zwischen Phyllis Denton und Goldstein betraf, hatten sie kaum Fortschritte gemacht, aber die Sache mit den Motorrädern lohnte trotzdem weitere Nachforschungen. Bei Willie Sears hatten sie kein Verbindungsglied zu Goldstein oder seiner Frau gefunden. Das Wahrscheinlichste war, daß der schwarze Hausmeister einfach zur falschen Zeit am falschen Ort gewesen war. Er hatte angehalten, um zu pinkeln oder was, hatte oben am Hügel bei Goldstein etwas bemerkt, und dann hatte jemand bemerkt, daß er es bemerkte. Er wurde nach Hause verfolgt, getötet und gekreuzigt – Wes betete, daß es in dieser Reihenfolge geschehen war.

Die Willison-Frau war ein völlig anderes Problem. Hatte sie auch etwas gesehen? Falls ja, was? Goldstein und Sears waren getötet worden vor, wie lange war das jetzt her, vor einer Woche. Heute war wieder Donnerstag. Die Willison war erst Montag verschwunden. Sie lebte in einem anderen Staat – aber die Leute fuhren herum. Angenommen, sie hatte etwas gesehen, und der Kerl hatte so lange gebraucht, um sie aufzuspüren – nein. Nein, das war nicht sehr einleuchtend, er mußte ja wissen, daß sie es inzwischen jemandem erzählt hätte.

Hal junior hatte gesagt, ihr Name käme ihm irgendwie bekannt vor. Vielleicht betraf der Zusammenhang Phyllis. Er sollte Hal junior heute anrufen und sehen, ob er sich an noch etwas erinnerte. Louisville würde heute vermutlich auch mehr Anhaltspunkte haben. Er würde sie bitten, gründlichst zu überprüfen, wann und wohin sie außerhalb der Stadt gefahren war.

Und er würde Hopkins noch einmal nach Bloomington schicken. Sie hatte gesagt, sie könnte Professor Wolfe wahrscheinlich nach ihrer Vorlesung erwischen. Er würde ihr die Wahl lassen: entweder zu versprechen, daß sie nicht mit der Frau allein durch die

Gegend fuhr, oder Bobby Mason als Unterstützung mitzunehmen. Jessup versuchte auch, Wolfe zu finden. Wurde vielleicht sauer, wenn Marty sie zuerst erreichte, aber das war Jessups Problem.

Wes bog in Straubs Tankstelle ein. Gil Newton, mager und scheu in seinem dunklen Overall, hatte Morgendienst wie gewöhnlich. Wes stieg aus, holte sich einen Schokoladenriegel aus dem Automaten und bat ihn, vollzutanken. Er kaute langsam, starrte die aufgerollten Benzinschläuche und die gestapelten Ölkanister an und fragte sich, was eine Frau aus Louisville mit einem gekreuzigten Mann oder dem Skelett eines jungen Mädchens in einer Höhle zu tun haben könnte. Er sah auf, als Gil fragte: »Wie läuft's?« und ihm den Kassenzettel zur Unterschrift gab.

»Ganz gut.« Er nahm den Kuli.

Gil überwand seine Schüchternheit so weit, daß er sagen konnte: »Sheriff, es heißt, Sie, aahm, haben ein paar schlimme Morde.«

»Wir werden schon damit fertig. Aber das stimmt schon, es ist eine hundsgemeine Sache.«

»Ja. Grady hat ein paar Fragen gestellt, und die Frau von Brad Hopkins, wegen Bert. Und ich habe die Zeitung gelesen.«

»Na ja, glauben Sie bloß nicht alles, was diese Mistkerle von Reportern schreiben. Aber wenn sie sagen, der Kerl ist mies, dann stimmt's.« Er sollte mit Grady Sims und Marty Hopkins reden und rausfinden, was sie über Bert Mackay hatten. Viele Fäden, die man in Ordnung halten mußte.

Gil fragte: »Glauben Sie, er, aahm, wird noch mehr Leute erledigen?«

Mist, man konnte nicht mal mehr tanken, ohne gelöchert zu werden. Wes sagte: »Nicht, wenn ich es verhindern kann«, und reichte ihm die abgezeichnete Rechnung durchs Fenster. »Bert Mackay wird später hier sein, nicht?«

»Ja, Sir.« Gil riß ihm die Quittung ab. »Bis dann.«

»Gut, Gil.« Wes goß sich etwas Kaffee in den Deckel der

Thermoskanne, stellte die Tasse aufs Armaturenbrett und drehte den Zündschlüssel.

Beim Abfahren hatte er das nagende Gefühl, daß er etwas vergessen hatte. Etwas Merkwürdiges, wegen der Höhle vielleicht. Etwas, das am Rand seiner Wahrnehmung aufgeblitzt war, nicht richtig gesehen. Oder gehört. Er grübelte einen Augenblick und gab es dann auf. Der Gedanke würde sich von allein an die Oberfläche durchkämpfen. Wenn es überhaupt ein Gedanke war. Inzwischen hatte er Anrufe zu erledigen und eine Untersuchung zu leiten.

Er nahm den Kaffee und schaffte es, ihn auszutrinken, ehe er ins Büro kam.

Zum dritten Mal innerhalb einer Woche fuhr Marty nordwärts nach Bloomington. Zum dritten Mal innerhalb einer Woche zog sie die Tür von Jordan Hall auf und hoffte, Professor Wolfe zu finden. Die Vorlesung war kurz vor drei zu Ende, wie sie wußte, in fünfzehn oder zwanzig Minuten. Sie ging nach oben, um in Wolfes Büro nachzusehen, und war überrascht, als Professor Harts Kopf vier Türen weiter herausschoß.

»Es ist das Sheriff-Mädchen! Hilfssheriff – Hopkins, nicht wahr?«

Marty blieb stehen. »Das stimmt.«

Er trug den gleichen lappigen Pullover wie beim letzten Mal. Er lächelte und fragte: »Na, suchen wir wieder nach Professor Wolfe?«

»Das stimmt. Ihre Vorlesung ist bald zu Ende.«

»Oh, aber ich habe etwas Wichtiges für Sie. Kommen Sie doch einen Augenblick herein.«

Marty warf einen Blick auf die Uhr. »Aber nur einen Augenblick. Sonst komme ich besser später wieder.«

»Nein, nein, ein Moment reicht schon. Sie werden das sehen wollen. Herein, herein!« Er hielt die Tür auf, bis sie hereinkam, machte sie dann hinter ihr zu und ging um seinen Computer herum zum Schreibtisch. Er zog eine Schublade auf. »Also, wo habe ich es?« Er wühlte in der Schublade. »Machen Sie Fortschritte bei Ihrer Untersuchung, Hilfssheriff Hopkins?«

»Einige.«

»Unsere Professor Wolfe ist eine Zeugin, wie ich höre. Aber sie ist schwer zu fassen, nicht wahr? Ein wildes Tier, scheu, bis man es in die Enge treibt, dann plötzlich das Aufblitzen von Reißzähnen.«

»Mir kommt sie sehr gescheit vor«, sagte Marty.

»Auch Wildes kann intelligent sein. Möchten Sie ein paar Chips?« Er hielt ihr die Tüte hin.

»Nein, danke.«

Er nahm selbst eine Handvoll und zog noch eine Schublade auf. »Das FBI fragt auch nach ihr.«

»Ja, ich habe ihren Wagen draußen auf dem Parkplatz gesehen. Sie kooperieren bei dem Fall.«

»Kooperieren. Eine interessante Formulierung. Hier ist es!« Er stürzte sich auf ein Blatt Papier. »Oh, tut mir leid, das ist es nicht.« Seine glitzernden Augen sahen von der Schublade hoch und inspizierten sie. »Sie sind nicht ärgerlich, daß sie dieselben Spuren verfolgen?«

»Sie haben andere Möglichkeiten. Sehen die Dinge aus einem anderen Blickwinkel. Wir sind froh, daß sie da sind«, sagte sie steif.

»Aha. Tja, wo habe ich das Papier nur hingetan?«

»Professor Hart, wäre es nicht besser, wenn ich deswegen später wiederkäme? Ist es so wichtig, daß ich es sofort sehe?« Sie griff nach der Türklinke.

»Oh doch, es ist jetzt wichtig. Es ist Professor Wolfes Semesterplan. Wissen Sie, daß das Semester fast zu Ende ist?«

»Ja, das ist es wohl. Hatte nicht richtig drüber nachgedacht. Ja, ein Semesterplan wäre nützlich. Aber ich muß sie heute erwischen.«

»Selbstverständlich. Aber wissen Sie, das FBI ist viel großzügiger als Ihr Sheriffbüro.«

»Großzügiger?«

»Zu Bürgern wie mir.« Er warf einen Blick aus dem Fenster

und lächelte. »Natürlich hat eine Bundesanstalt größere Mittel, kann ich mir vorstellen. Aber trotzdem –«

Marty war gründlich verärgert. »Hören Sie, Professor Hart, ich zahle keine Schmiergelder, klar? Verschwenden Sie nicht meine Zeit!«

»Ich bitte sehr um Verzeihung, Sheriff-Mädchen.« Er nahm noch eine Handvoll Chips. »Oh, sehen Sie nur, hier ist es die ganze Zeit gewesen.« Er hob ein Blatt Papier vom Schreibtisch und lächelte sie an.

»Danke, Professor Hart.« Marty nahm es entgegen und schaute es kurz an, während sie nach der Türklinke griff. Könnte nützlich sein, wie sie sah. Das letzte Datum auf der Liste war morgen: zensierte Examenspapiere können nach 16:00 Uhr im Fakultätsbüro abgeholt werden. War also heute Prüfungstag? Richtig, da stand es: »Professor Wolfe führt bis 14:30 Uhr Dias zur Identifizierung vor. Die Examenspapiere müssen bis 15:00 Uhr bei Callie Burnham abgegeben werden.«

Marty schaute prüfend auf die Uhr. »Verflixt! Sie kann schon –« Sie sah Professor Harts Lächeln und begriff plötzlich. Sie rannte zum Fenster. Richtig, da waren Jessup und Manning und schoben Wolfe ins FBI-Auto. »Halt!« schrie Marty und bemühte sich verzweifelt, das Fenster weiter hochzuschieben. »Warten Sie!«

Sie ignorierten sie, nur Professor Wolfe schaute kurz hoch, ehe Manning sie auf den Rücksitz drückte. Marty knallte das Fenster zu. Gottverdammtnochmal! Wenn Wolfe sich bereit fand, Jessup irgendwas zu sagen, würden Tage vergehen, ehe Jessup sich herabließ, es an Wes und sie weiterzugeben. Falls er es überhaupt kapierte. Wenn Professor Wolfe aber beschloß, ihm nichts zu sagen, würden die sie mit Sicherheit gründlich davon kurieren, jemals wieder mit der Polizei zu reden.

Hart lächelte sie immer noch an. Arschloch. Marty lächelte zurück. »Vielen Dank für Ihre freundliche Hilfe, Professor Hart«, sagte sie. Dann nahm sie die Tüte Chips, drückte kräftig, kippte sie über seine Computer-Tastatur und marschierte aus seinem Büro.

## 32

Alma Willison hatte sich jedes Glied in ihren Ketten eingeprägt. Das fünfte und sechste von der Wand war dick mit Rost verkrustet, das siebte, achte und neunte weniger. Auf ihrer Seite hatte das Glied, das die Kette mit den Fußschellen verband, eine Scharte, eine kleine scharfkantige Kerbe. Sie stellte sich vor, wie ein früherer Gefangener im Dunkeln daran herumgesägt hatte, Stunde um Stunde, aufrecht gehalten von immer schwächer werdender Hoffnung.

Sie hatte nicht mehr viel Hoffnung.

Sie hatte nicht mal etwas zum Sägen.

Ihre Umgebung kannte sie jetzt. Den ganzen ersten Tag – Dienstag, sagte sie sich, um den Überblick nicht zu verlieren – hatte sie damit verbracht, die Höhle zu erforschen und nach einem Weg nach draußen zu suchen. Und mit Weinen, viel Weinen. Weinen um Wayne, um die mutterlose Milly, um sich selbst, um jede neue Hoffnung auf Entkommen, die zerschlagen wurde. Bis Mittwoch morgen war sie in tiefe Depression versunken. Er hatte ihr Frühstück dagelassen – die vierte Mahlzeit – und war wieder schweigend verschwunden. Inzwischen war ihr klargeworden, daß so ohne weiteres nichts geschehen würde. Er würde sich ihrer Tränen nicht erbarmen und sie freilassen, würde nicht erklären, es sei alles ein Mißverständnis. Wayne würde nicht an der Spitze eines Untergrund-Suchtrupps erscheinen, nachdem er sie mit Bluthunden der Polizei oder sonstwas aufgespürt hatte. Eine Geheimtür im Felsen würde sich nicht ächzend auftun wie im Film. Ihre Füße würden nicht aus den stählernen Fesseln gleiten, woraufhin sie ihren Wärter täuschte, so daß er sie ruhig verließ wie gewöhnlich und sie ihm nachschlich, hinaus aus der Höhle, wo sie ihn alsbald dem Gesetz überantworten würde, das speziell für ihn die Folterbank und die Daumenschrauben wieder in Gebrauch nähme. Nichts von alldem würde geschehen.

Aber nach ein paar Stunden in einem Gemütszustand, der zu ihrer schwarzen Umgebung paßte, hatte sie sich zusammengerissen, so gut es ging. Alma Willison glaubte an Gott, und sie sagte Ihm unverblümt, daß sie nicht verstand, warum all dies geschehen mußte, aber wenn es nun so war, wie wär's, wenn er ihr ein bißchen Kraft gäbe? Sie beruhigte sich und zählte ihre wenigen Pluspunkte.

Der erste und wichtigste war, daß er sie nicht getötet hatte. Sie mußte hoffen, daß eine Art Lösegeldverhandlung im Gange war.

Zweitens war sie kein Dummchen. Sie war schließlich Buchhalterin, fähig zu kühler, logischer Überlegung und systematischem Vorgehen. Also würde sie sich ein System überlegen und Pläne machen für eine Flucht auf eigene Faust.

Sie richtete einen Haushalt ein. Für alles einen Platz, und alles an seinem Platz. Das war im Dunkeln doppelt wichtig. Einen Platz dicht an der Wand bestimmte sie für die MacDonald-Schachteln. Die nahm er nie mit. Eine Ecke der Höhle wurde ihre Latrine. Sie wünschte, es gäbe eine Möglichkeit, sie abzudecken. Na, wenigstens lockte es hier keine Fliegen an. Auf die andere Seite, so weit davon weg, wie ihre Kette erlaubte, legte sie das Polster, das er ihr zum Schlafen gebracht hatte. Eine Stelle zum Waschen gab es natürlich nicht. Bei einigen ihrer Mahlzeiten waren Servietten, und sie wischte sich Gesicht und Hände ab, so gut es ging.

Die Fluchtpläne waren schwerer. Sie wußte nicht, wo sie war, und sie wußte nichts über ihren Wärter, außer daß er Essen bei MacDonalds kaufte. Das konnte man nicht gerade als ungewöhnlich bezeichnen. Aber sie studierte jede seiner Bewegungen. Zum Beispiel zündete er seine Grubenlampe immer in dem letzten Tunnelstück an, ehe er sie erreichte, und wenn er ging, machte er sie an der gleichen Stelle aus. Sie hatte genau aufgepaßt, um sicherzugehen, daß er nicht einfach um eine Ecke verschwand. Das tat er nicht; er machte die Lampe wirklich aus. Das bedeutete also, daß er hinter dieser Stelle kein Licht wollte. Vielleicht konnte es gesehen werden. Vielleicht war er nur sehr vorsichtig, aber vielleicht, nur vielleicht, waren manchmal Menschen da draußen. Menschen, die sie sehen könnten, wenn sie so weit käme. Daraus zog sie also einen Funken Hoffnung.

Sie zog auch noch einen weiteren Schluß. Die schwachen Geräusche, die sie hörte, wenn er kam und ging, waren gleichmäßig und zuversichtlich, selbst wenn das Licht aus war. Er kannte sich hier sehr gut aus. Er streifte im Dunkeln herum, dieser Mann, und fühlte sich an diesem fremden, finsteren Ort zu Hause. Tatsächlich hatte sie das Gefühl, er würde das Licht lieber aus lassen, wenn er sie aufsuchte, nur war sie unvorhersehbar, er wollte erkennen können, was sie tat. Er kam ihr niemals nahe. Selbst wenn er ihr Essen gab, streckte er den Arm weit aus und schob den Behälter dahin, wo sie ihn gerade noch erreichen konnte.

Also erstellte Alma einen Bestandteil eines Plans. Sie war ihm immer entgegengekrochen, wenn sie das Licht sah, so weit ihre Kette es zuließ. Es könnte ihn überraschen, ihr einen kleinen Vorsprung geben, wenn sie sich etwas weiter zurücksetzte. Nicht weit, nur so, daß er dachte, sie wäre an ihrer üblichen Stelle, während sie ihn anspringen konnte, falls das jemals nützlich schien.

Aber sie brauchte einen Plan, ehe sie mit dem Anspringen begann. Und dazu mußte sie mehr über ihn wissen. Ihre Tränen am ersten Tag hatten ihn nicht gerührt. Aber wenn sie Wayne und Millie jemals wiedersehen wollte, mußte sie seine Schwachpunkte herausfinden. Also bereitete sie sich auf das Treffen vor, in dem sie eine Armlänge von der Kette um den Ring wickelte und den Rest so gerade hinlegte, daß er gespannt aussah.

Endlich erschien das Licht. Sie kauerte sich zusammen, zu allem bereit, und sprach ein Gebet.

Sein Licht tauchte auf, blendete sie und erleuchtete die Höhle. Seine schattenhafte Gestalt dahinter bewegte sich vorsichtig auf sie zu, sein Arm streckte sich aus, und er stellte den Behälter hin.

»Danke«, sagte sie. Sie war heiser und mußte sich erst räuspern. »Was haben Sie mir gebracht?«

»Big Mac.« Über Essen zu reden, schien ihm nichts auszumachen.

»Gut«, sagte sie. »Die sind gut. Hatten Sie auch einen?«

»Ja.«

»Gut. Wissen Sie schon, warum ich hier bin?«

»Er hat es mich noch nicht wissen lassen.«

»Vielleicht bald«, sagte sie munter, wie nebenbei. »Werden Sie ihn heute sehen, meinen Sie?«

Er gab ein heiseres Geräusch von sich, das ein Lachen gewesen sein könnte. »Den Titan sehe ich nie. Er wird mir eine Nachricht schicken.«

»Ach so. Er hat Ihnen die Nachricht geschickt, Sie sollten mich holen, richtig?«

»Ja.«

»Wahrscheinlich will er mich sprechen.«

Er schwieg. Sie aß ihren Big Mac und sagte: »Der schmeckt gut.«

Er fragte: »Sind Sie'n Itzig?«

»Was?«

»Sie'n Itzig? Jude?«

»Du liebe Zeit, nein, ich bin Methodistin! Damenkreis bei den Riverside Methodisten, drei Blocks von da, wo Sie mich gefunden haben!«

Er schwieg wieder, und sie auch. Sie versuchte zu verstehen, was das heißen sollte. Warum sollte er glauben, sie sei Jüdin? Hatte es ein Mißverständnis gegeben? Gab es eine Möglichkeit, ihn zu überzeugen, daß es ein Mißverständnis war? Aber falls ja, dann konnte durchaus er derjenige sein, der den Fehler gemacht hatte. Sie beschloß, ihn besser nicht zu fragen. Eine Anschuldigung mochte ihn so aufbringen, daß er etwas Schreckliches tat. Vorsichtig trank sie etwas Kaffee. Seit sie ihn beim ersten Mal verschüttet hatte, war sie vorsichtig.

Seine Hände ballten sich zur Faust und lockerten sich wieder. Schließlich steckte er sie in die Taschen. Er fragte: »Ham Sie je mit'm Nigger geschlafen?«

»Nein!« Einen Augenblick überkam sie Panik bei dem Gedanken, was da noch kommen mochte. Was für gräßliche Scherze hatte dieser Titan mit ihr im Sinn? Aber sie dachte an Milly und fand ihre Selbstkontrolle wieder. Nigger. Itzig. Sie kannte Leute, die über Nigger und Itzigs sprachen. Die sprachen auch über weiße christliche Frauen. Vielleicht sollte sie sich in eine bessere Kategorie einordnen. Denk nach! Sie sagte: »Also wissen Sie, da ist Amy Wilson. Ich bin Alma Willison, und die Leute verwechseln mich dauernd mit Amy Wilson.« Sie betete, daß es eine solche Person nicht gab.

»Sie lügen«, sagte er fest. »Der Titan hat gesagt, finde Alma Willison.«

»Schon. Aber ich wette, ich soll ihm von Amy Wilson erzählen. Sehen Sie, ich habe nie mit jemandem außer meinem Mann geschlafen. Ich bin eine treue, weiße, christliche Frau.«

Seine Hände bewegten sich immer noch unruhig in den Taschen. Sie wünschte, sie könnte sein Gesicht sehen, aber der Lichtschein von seiner Grubenlampe war zu hell. Es war klar, sie hatte ihn außer Fassung gebracht; aber sie war sich nicht sicher, ob das gut oder gefährlich war. Wer war dieser Titan? Jemand Reales? Oder ein Teilchen in der kranken Phantasie dieses Mannes? Wie auch immer, es war am besten, ihn als reale Person zu behandeln.

»Das muß es sein, er will von Amy Wilson hören«, sagte sie. »Sagen Sie ihm, ich will ihm gern behilflich sein.« Sie beugte sich vertraulich vor. »Außer, daß sie mit einem Schwarzen geschlafen hat, wissen Sie, was die Leute sagen? Sie sagen, ihr richtiger Name ist Kahn. Sie ist ein Itzig.«

Mit einem leisen Klirren riß er seine Hände aus den Taschen und stürzte durch den Felsspalt hinaus. Diesmal rief Alma ihm nicht nach. Vielleicht würde er ihre Geschichte glauben, vielleicht sein krankes Hirn überzeugen, daß er wirklich Amy Wilson wollte, und sie gehenlassen.

Was hatte das leise Klirren zu bedeuten gehabt? Plötzlich kam ihr der Gedanke, er könnte etwas fallengelassen haben. Etwas Brauchbares. Sie wand sich vorwärts, mit schleppenden Ketten, und tastete sich zu der Stelle vor, an der er gestanden hatte. Sie legte sich hin, so daß sie die Hände weiter ausstrecken konnte, und tastete den Steinfußboden ab. Viel Hoffnung hatte sie nicht, aber was gab es sonst schon zu tun?

Daher war es ein Schock, als ihre Finger etwas berührten. Klein, hart, durch ein Gelenk verbunden – Schlüssel! Schlüssel, an einem Ring! Sie raffte sie an sich, hielt sie fest in der Hand. Schlüssel, Schlüssel!

Danke, Gott!

Was hing da am Ring? Ihre begierigen Fingerspitzen tätschelten jeden einzelnen, versuchten, ihn zu identifizieren. Dies war wohl ein Hausschlüssel. Noch zwei ähnliche. Dann ein kleiner, Koffer oder Kasse, sowas in der Art. Ein Paar Autoschlüssel –

Autoschlüssel.

Er würde merken, daß sie weg waren. Sofort würde er das merken.

Was brauchte man für das Schloß an ihren Fußschellen? Etwas sehr Kleines, nach dem kreisförmigen Schlüsselloch an den Fesseln zu schließen. Fieberhaft probierten ihre Finger jeden Schlüssel.

Nichts. Kein Schlüssel für die Fußschellen dabei.

Und weit entfernt, ja, hörte sie ihn zurückkommen. Die Geräusche wurden lauter.

Sie suchte sich einen Schlüssel aus. Nicht die Autoschlüssel, nicht den größten oder den kleinsten, sondern einen von den Hausschlüsseln. Sie hörte ihn näherkommen. Mit hämmerndem Herzen fand sie den Schlitz im Schlüsselring und wurstelte ihren erwählten Schlüssel herunter. Dann warf sie die Schlüssel behutsam ungefähr da hin, wo sie die Felsspalte vermutete. Gleichzeitig hustete sie und hoffte, so das Geräusch ihres Aufpralls zu übertönen. Sie hörte ein Stocken im Rhythmus seiner Schritte, dann kam er näher.

Alma wich ein Stück zurück und zog die Decke um sich. Der Eingangsspalt wurde hell, als er seine Lampe anzündete, dann kam der blendende Lichtkreis.

Ihre Lippen waren trocken. »Sie sind ja schnell wieder da«, sagte sie so beiläufig wie sie konnte.

Gottseidank sah er die Schlüssel sofort. Sie hatte im Dunkeln nicht gut gezielt, aber sie waren vom Felsen neben dem Eingang abgeprallt und in die Nähe der Stelle gefallen, an der er gestanden hatte. Er sagte knapp: »Schlüssel fallenlassen.« Er steckte sie ein, wandte sich um und machte sich auf den Rückweg.

Alma wartete vorsichtig, bis das Licht weg war, ebenso das Geräusch seiner Schritte. Wenn er zurückkam, würde sie diesen auch werfen müssen, als ob er irgendwie vom Ring abgegangen wäre. Aber er kam nicht zurück. Sie nahm den Schlüssel in die rechte Hand und fühlte mit der linken an der Kette entlang. Da war sie, die Kerbe, mit der ein früherer Gefangener begonnen hatte.

Alma fing an zu sägen.

# 33

Bei Einbruch der Dunkelheit war Brad noch nicht wieder aufgetaucht. Sein Matschsack lag in der Schlafzimmerecke, und Tante Vonnie erklärte sich nur zögernd bereit, über Nacht zu bleiben. Aber da Marty sich zu zerschlagen fühlte, um mit Chrissie fertigzuwerden, seufzte Tante Vonnie, packte ihre Lockenwickler aus und richtete sich in dem Zimmer ein, das sie Montag verlassen hatte, dem Kind zuliebe, wie sie sagte. Marty war erleichtert. Sie setzte sich an dem Abend mit Tante Vonnie vor den Fernseher und bemühte sich, Interesse für die Show aufzubringen. Aber in Gedanken nagte sie weiter an ihren Problemen herum. Phyllis Denton. Goldstein. Brad. Professor Wolfe. Professor Hart. Jessup. Und Alma Willison. An der Willison-Front hatte es tatsächlich einen kleinen Durchbruch gegeben. Als Marty von ihrem fehlgeschlagenen Versuch, Professor Wolfe nach der Vorlesung zu treffen, zurückgekehrt war, hatte Wes ihr mitgeteilt, daß ein Nachbar der Willisons sich an einen schwarzen Sportwagen mit einem Kennzeichen aus Indiana erinnern konnte, ein Chevrolet vielleicht, der ungefähr zur gleichen Zeit, als Alma Willison verschwand, an der Straße geparkt war. Die kleine Millie bestätigte die Farbe und fügte eine vage Beschreibung hinzu: ein Typ mit einer Mütze wie Johnny Baker, der etwas in den Briefkasten steckte. Die Polizisten von Louisville hatten Johnny Baker aufgespürt, ein Spielkamerad von Milly aus der Sonntagsschule. Seine liebste Mütze war eine weiße Baseballmütze. Das ergab nicht gerade viel, aber mehr, als sie vorher hatten. Wes sagte auch, daß das FBI die Untersuchung der Höhle abgeschlossen hatte, in der Phyllis gefunden worden war. Die Wachen am Tatort hatte man eingezogen.

»Tante Vonnie?« fragte Chrissie, die im Nebenzimmer ihren dunklen Kopf über die Schularbeiten beugte.

»Ja?«

»Frag Mammi, wie die Fossilien von Seelilien aussehen.«

»Das mache ich nicht!« schnappte Tante Vonnie und erhob sich halb, um Chrissie wütend anzustarren. »Deine Mutter sitzt hier direkt neben mir, junge Dame! Streite dich mit ihr, wenn du willst, oder frag sie nach Seelilien, wenn dir das lieber ist, mir ist es gleich. Aber zieh mich da nicht rein!«

»Fuuh!« Chrissie rollte die Augen. »Ich hab' doch bloß gefragt!«

»Meist sehen die Fossilien aus wie Kreise oder Sterne«, sagte Marty. Hatte ja keinen Sinn, noch drauf rumzuhacken – Tante Vonnie hatte es ja klargestellt. »Weißt du, das eigentliche Ding hat einen Stengel, der aussieht wie ein Stapel kleiner Spulen, und eine Art Blüte mit dicken, zugespitzten Dingern als Blütenblättern. Wenn man den Stein also zurechtschneidet, sieht es aus wie Kreise, wenn man den Stengel zerteilt, oder wie Sterne, wenn die Scheibe oben abgeschnitten wird.«

Chrissie starrte ins Leere und stellte sich Felsscheiben vor. »Könnte man das ganze Ding ausgraben? Wie ein Dinosaurierskelett?«

»Ich denke schon. Nur sind diese ziemlich klein, deshalb würde es schwer sein, sie nicht zu zerbrechen.«

Etwas später schickten sie Chrissie hinauf, um sich bettfertig zu machen. Tante Vonnie schüttelte die Schuhe ab und rieb sich die Füße, dann sagte sie: »Ach, verflixt. Ich wollte doch den Garten gießen. Es hat seit Tagen nicht geregnet.«

»Ich mach' das schon.« Marty sprang auf.

»Ach, das kann ich morgen früh erledigen. Jetzt ist es dunkel.«

»Der Mond scheint. Und ein bißchen frische Luft wäre schön. Ich bin in einer halben Stunde zurück.«

Sie rollte den Schlauch von der Rückwand des Hauses ab, zog ihn zum Garten in der hinteren Hofecke und klemmte die Düse hinter die obere Zaunlatte, damit das Wasser sanft auf die kleinen Tomaten und Bohnen regnete. Das leise Rauschen des Wassers klang beruhigend, auch das Grillenzirpen. Weit entfernt hörte sie das Bellen einer Hundemeute. Vielleicht Royce Denton, der mit seines Vaters Hunden draußen war?

Royce. Was war das mit ihm? Er flirtete nicht mit ihr, genaugenommen. Royce hielt sich ans Geschäftliche. Aber dann hatte etwas in ihm plötzlich einen Riß bekommen, und ein Aufblitzen von Trauer und Bedürftigkeit hatte nach ihr gerufen. Aber wie konnte jemand wie Royce sie brauchen? Sie schüttelte den Kopf. Er war reich, er war gebildet. Er hatte diesen ganzen Besitz, eine bedeutende Familie, einen Bruder, der vielleicht in den Kongreß gewählt wurde.

Und nach diesem Aufblitzen, ehe sie noch überlegen konnte, wie sie reagieren sollte, klappte sein Visier zu wie eine Sicherheitstür, und er grinste sie amüsiert an und nannte sie Mrs. Hopkins, wieder vollkommen Herr der Situation.

Waren das Autoreifen vorne in der Auffahrt? Nein, wahrscheinlich nur das Rauschen des Wassers. Sie ging ans untere Ende des Gartens, um sich zu überzeugen, daß auch die Pflanzen dort besprengt wurden.

Vielleicht dachte sie sich das alles nur aus. Vielleicht litt sie so sehr wegen Brad, daß sie nach dem ersten Märchenprinzen griff, den sie sah. Jemand, der alles unter Kontrolle hatte, der schon Geld verdiente, der nicht von ihr verlangen würde, ihr Haus und die Zukunft ihrer Tochter zu verkaufen.

Jemand, der ihr niemals von einem wunderbaren Himmel voller Drachen erzählen würde oder einen Spielzeugnerz mitbringen.

Tränen brannten in ihren Augen. Verdammt, Brad, warum können wir es nicht auf die Reihe kriegen? Wir schauen dieselbe Welt an und sehen zwei verschiedene Visionen.

Und ich liebe dich wegen deiner Vision, verdammt, wirklich.

Sie lehnte sich an den Zaunpfahl, umarmte ihn mit einem Arm und preßte die Lippen zusammen, damit das Schluchzen nicht herauskam. Dann sprach eine weiche Stimme hinter ihr. »Sie sind unglücklich, Martine.«

Marty wirbelte herum, aber sie hatte die Stimme schon erkannt und war nicht mehr überrascht. Sie räusperte sich. »Ja. Mein Mann geht weg, denke ich. Und ich werde ihn vermissen. Und mein Kind liebt ihn.«

»Ein Ehemann, ein Vater. Ein schwerer Verlust.«

»Ja.« Marty fuhr sich mit dem Handrücken über die Nase.

»Ich könnte mit ihm gehen. Meinen Job aufgeben und gehen. Was würden Sie tun, Professor Wolfe?«

»Es spielt keine Rolle, was ich tun würde. Versuchen Sie nicht, meinen Weg zu wählen, Martine. Wählen Sie Ihren eigenen.«

»Soll ich mich vielleicht nicht um andere Menschen kümmern? Meinen Mann, meine Tochter? Die Leute, denen ich bei meiner Arbeit zu helfen versuche?«

»Sicher.« Die Stimme der Professorin klang mitfühlend, fast warm. »Aber kümmern Sie sich auch um sich selbst, Martine, oder Sie verlieren die Wurzeln Ihrer Kraft. Was haben Sie dann noch zu geben?«

Die Wurzeln ihrer Kraft. Mary sah den mondhellen Garten an, das Haus, das ihre Mutter gekauft hatte, die Kalksteinhügel dahinter. Waren das die Wurzeln ihrer Kraft? Nicht direkt. Aber ganz bestimmt waren ihre Wurzeln nicht in Alaska. »Ach Gott, es ist so verwirrend«, sagte sie.

»Ja.«

»He, hören Sie.« Marty drehte sich zur Professorin um. »Sie sind ja nicht hergekommen, um Briefkastentante zu spielen.«

»Nein.«

»Wissen Sie, es, ähm, es tut mir leid wegen dem FBI. Ich hätte geholfen, wenn ich gekonnt hätte.«

»Keine Sorge. Ich habe ihnen nicht erlaubt, mich zu verletzen. Aber sie brauchten so viel Zeit und fragten immer wieder nach dem Klan. Ich weiß nichts darüber. Die verstehen gar nichts. Sie hingegen verstehen, Martine.«

»Nicht genug. Ah, wissen Sie, daß es Professor Hart war, der Ihnen das eingebrockt hat?«

»Ja.« Im Mondlicht konnte Marty nicht genau erkennen, ob Professor Wolfe lächelte. »Professor Hart ist ein törichter Mann. Wie ich höre, hat er diverse Chips in seinem Computer. Aber Martine, das Verschwinden von Alma Willison beunruhigt mich, und die Klan-Karte. Ich hatte gehofft, ich könnte noch einmal in der Höhle nachsehen.«

»Die wird jetzt bewacht. Sie müssen mit einem von uns gehen.«

»Oder durch den Hintereingang.«

»Den Hintereingang?«

»Durch den Bruchsteinhaufen in der Höhle mit den blinden Fischen. Aber das spielt keine Rolle, ich habe jetzt keine Zeit mehr, weil Agent Jessup mich fast den ganzen Nachmittag gekostet hat. Martine, sagen Sie mir eins. Was würden Sie tun, wenn jemand Ihre Tochter vergewaltigte? Sie umbrächte?«

»Was?« Der unvermittelte Themenwechsel war wie ein Schlag in die Magengrube.

»Was würden Sie tun?«

»Ich, ähm, ich würde versuchen, ihn zu kriegen.« War das wieder das Geräusch von Reifen? »Ich würde ihn verfolgen.«

»Wenn er sie umgebracht hätte?«

»Ja, klar, ich würde ihn auch umbringen wollen«, gab Marty zu. »Ich würde es vielleicht so einrichten, daß ich ihn erschieße.«

»Martine, Martine, gebrauchen Sie Ihre Vorstellungskraft! Sie würden Rache wollen. Wirkliche Rache. Sie würden wünschen, seinen Körper so von innen vereinnahmt und zerstört zu sehen, wie er es mit ihrem getan hat, sein Fleisch vernichtet, wie er ihres vernichtet hat.«

»Sein Fleisch?« flüsterte Marty. Das Bild von Goldsteins Leiche stieg in ihr auf: verstümmelt, zerrissen, kastriert und in das flache Grab geworfen. Und Willie Sears, und –

»Mammi! Mammi!« Kreischend raste Chrissie über das mondbeschienene Gras. »Halt ihn auf!«

»Liebling, was ist los?« Marty streckte die Arme aus, und das Mädchen im Schlafanzug stürzte sich hinein, schluchzend und mit Fäusten und Puppe gegen Martys Schultern hämmernd. War sie verletzt? Vergewaltigt? War das die Vergewaltigung, vor der Professor Wolfe sie warnte? Marty packte Chrissies Arme und untersuchte angstvoll Kleider und Gesicht ihrer Tochter.

»Halt ihn auf! Du mußt ihn aufhalten!« schrie Chrissie.

Hinter sich hörte Marty ein Klicken, das Gewehrschloß von Professor Wolfe, die durchlud. Marty fragte drängend: »Wen aufhalten, Chrissie? Was ist passiert?«

»Daddy! Ich hab's versucht – ich hab' gesagt, warte ein paar Tage – aber er ist trotzdem weggegangen.«

»Ach, Liebling...« Halb erleichtert, halb wütend auf Brad, versuchte Marty, sie zu umarmen.

Aber das Mädchen trommelte wieder auf sie ein, kleine nutzlose Hiebe. »Warum können wir nicht nach Alaska gehen? Warum? Warum?«

»Chrissie, wir haben darüber geredet. Es ist nicht –«

»Ich habe ihm gesagt, daß ich nicht richtig Angst hatte! Ich hab's ihm gesagt! Mammi, mach, daß er wartet! Zwing ihn!«

Marty schüttelte hilflos den Kopf. »Ich kann ihn zu gar nichts zwingen. Wenn er wiederkommt, dann, weil er es will.«

»Mammi, habe ich seine Gefühle verletzt? Als ich sagte, ich hätte Angst, nach Alaska zu gehen? Später hab' ich gesagt, daß es nicht stimmt, aber vielleicht waren seine Gefühle verletzt.«

»Nein, Liebling, es hat nichts damit zu tun, was du gesagt oder getan hast. Es ist nicht deine Schuld. Es ist ein Erwachsenenproblem.«

»Hattest du Angst, nach Alaska zu gehen?« fragte Professor Wolfe leise. Sie war durch den Zaun gekommen und hockte bei ihnen, an den Zaun gelehnt, das Gewehr neben sich. Die drei Hunde lauerten weiter hinten im Schatten.

Chrissie schaute die Professorin ernst an. »Ich hatte Angst. Aber er sagte, ich hätte keine, also sagte ich, ich hätte keine. Ich wollte seine Gefühle nicht verletzen. Und er hat gesagt, erst Alaska, dann gehen wir nach New York. Und nach New York möchte ich wirklich schrecklich gern. Wirklich! Und ich möchte bei ihm sein.«

»Das verstehe ich. Wie heißt du?« In ihrer Stimme lag echte Wärme.

»Christine Hopkins.«

»Christine. Ja, ich war auch traurig, als mein Vater ging. Ich fragte mich dauernd, ob meine Mutter auch gehen würde.«

»Ich werde sie nicht verlassen!« protestierte Marty. »Setzen Sie ihr doch nicht so schreckliche Gedanken in den Kopf!«

Aber Chrissie war auf Professor Wolfes Wellenlänge eingestimmt. Sie sagte: »Genau. Das habe ich mich die ganze Zeit gefragt. Was ist, wenn Mammi auch weggeht?«

»Aber ich bin nicht gegangen! Ich tu's nicht!« Marty war verblüfft. Sie hatte nie gemerkt, daß ihre Tochter sich darüber Sorgen machte.

Die Professorin sagte zu Chrissie: »Als mein Vater ging, war es wie ein Verrat. Eltern sollten bei ihren Kindern bleiben, und sie sollten zusammenbleiben.«

»Ja.«

»Es ist wichtig, andere Menschen nicht zu verraten. Meinen Sie nicht auch, Martine?«

»Ja. Ja, aber...«

»Aber?«

»Also gut, verdammt nochmal, es ist auch wichtig, sich selbst nicht zu verraten!«

Die Professorin nickte ernst und wandte sich wieder an Chrissie. »Erwachsen werden bringt lauter Veränderungen. Du trennst dich von deiner Familie, du lernst, wie die Dinge nach Ansicht der Leute sein sollten, du versuchst zu lernen, wie die Dinge wirklich sind in der Wildnis in uns. Du wirst eine Frau. Du wirst du selbst.«

Chrissie drückte ihre Puppe. »Ich will keine Veränderungen.«

»Ich weiß, Christine. Ich wollte auch keine. Aber auf der ganzen Welt ändert sich alles, immerfort. Käfer, Pflanzen, Felsen, Ozeane. Auch Menschen. Wir verlieren Menschen. Aber weißt du, auf eine bestimmte Weise verlieren wir sie nicht. Sie werden ein Teil unseres Selbst, unseres veränderlichen Selbst.«

»Aber ich will bei ihm sein!«

»Ja. Aber vielleicht willst du dein Selbst nicht seinetwegen verraten.«

Chrissie atmete tief ein. Marty war still, staunte über die tiefe Einfühlung von Professor Wolfe, über die merkwürdige Verständigung zwischen den beiden. Das Mädchen sagte: »Ich werde ihn nicht verlieren. Er ist wie ein Fossil in meinem Herzen.«

»Ja, Christine. In meinem Herzen gibt es auch Fossilien.«
»Trotzdem ist es nicht fair.«
Professor Wolfe nickte zustimmend. »Nein. Fair ist es nicht. Martine versucht, die Welt fairer zu machen. Das ist ihr Job, und sie ist gut darin. Sie ist tapfer und wißbegierig. Auf dieser veränderlichen Welt ist es gut, so zu sein. Aber eine Menge Dinge sind trotzdem unfair.«
»Was kann ich also machen?«
»Ich kann dir nicht sagen, was für dich am besten ist. Für mich ist es am besten, die Dinge respektvoll und wahrheitsgemäß zu sehen. Ich mag die Wissenschaft, weil Wissenschaftler versuchen, die Dinge so zu sehen, wie sie sind. Und dann entscheide ich, wie ich mir und anderen gegenüber fair sein kann.«
Chrissie trat gegen ein Grasbüschel, dann schaute sie hoch. »Ich werde traurig sein.«
»Ja. Das ist wahr. Respektiere das.«
»Ich bin wütend auf Mammi.«
»Martine ist wahrscheinlich auch manchmal wütend und traurig.«
»Ja, ich weiß. Das letzte Mal haben wir uns ziemlich angebrüllt.« Chrissie drückte ihre Puppe, dann gab sie sie plötzlich Professor Wolfe. »Hier. Sie kennen sich mit Veränderung echt aus. Ich möchte, daß Sie Polly haben.«
Professor Wolfe nahm die Puppe ernst entgegen. »Danke, Christine. Ich fühle mich geehrt.«
Marty sagte: »Chrissie, bist du sicher? Polly ist doch so ein Trost für dich!«
Chrissie sagte: »Die Dinge ändern sich.«
Sie ging zum Haus, klein, schmal und würdevoll. Marty fand, sie sah zwei Zentimeter größer aus. Sie rannte ein paar Schritte, um sie einzuholen, und sagte: »Chrissie, eins ändert sich nicht. Ich werde immer bei dir bleiben.«
»Vielleicht bin ich immer noch wütend auf dich.«
»Das macht keinen Unterschied. Ich bleibe trotzdem bei dir.«
Chrissie sah ernst zu ihr auf. »Ja. Das weiß ich irgendwie.«

»Gut. Mit Tante Vonnie alles okay?«

»Ja. Sie hat zu Daddy nicht viel gesagt. Sie hat ihm nicht mal gesagt, daß du hier draußen bist. Ich hab's ihm gesagt, aber er meinte, das wüßte er. Er ist trotzdem gegangen.«

»Für ihn ist es auch schwer, Liebling.«

»Ja.«

»Gut. Ich komme rein, sowie ich mit Professor Wolfe zu Ende geredet habe.«

»Aber sie ist weg.«

Marty schaute zurück. Chrissie hatte recht. Wolfe war wieder verschwunden. Sie rief: »Professor Wolfe?«

Es kam keine Antwort. Sie sagte: »Verflixt. Ich dachte, sie könnte mir noch etwas sagen.« Sie hatte so viele Fragen, über Phyllis Denton, über die verstümmelten Mordopfer, über Professor Wolfes eigenen Anteil daran. Aber im Moment blieb sie besser bei der trauernden kleinen Chrissie. Sie sagte: »Ich bin in einer Minute da. Ich rolle nur den Schlauch auf.«

Marty stellte das Wasser ab und lauschte nach Professor Wolfe, aber es war nichts zu hören. Die Hundemeute war jetzt auch still, nur die Grillen zirpten noch. Sie rollte den Schlauch neben dem Haus zusammen und folgte Chrissie hinein.

## 34

Wes kippte seinen Schreibtischstuhl zurück und sah seinen schlaksigen Hilfssheriff an. »Also, Sims, was rausgekriegt über den Schul-Hausmeister?«

»Willie Sears hat in der Woche nichts Ungewöhnliches gemacht.« Grady Sims kratzte das knochige Handgelenk, das aus seinem Uniformärmel ragte, ehe er fortfuhr. »Ging einfach jeden Tag zur Arbeit. Ein paar Schüler gerieten Dienstag nachmittag in eine kleine Parkplatzkeilerei. Willie rief den Vize-Direktor und half ihm, sie auseinanderzukriegen. Davon abgesehen hat er bloß Fußböden gewischt und seinen Lohn kassiert.«

»Nach Dienstschluß?« fragte Jessup. Der kleine Agent machte sich auch Notizen, das Haar aalglatt zurückgekämmt. Seine blassen Finger bewegten den Kuli ruckartig über die Seite.

»Auch nicht, Sir. Ging Sonntag in die Kirche, Kirchenvesper Mittwoch abend. Hat zu niemandem was Ungewöhnliches gesagt. Guckte fern, trank ein paar Bier, tankte seinen Wagen auf, machte bei ein paar Wer-kommt-macht-mit-Basketballspielen mit.«

»Wer hat noch mitgespielt?« fragte Wes.

Grady Sims blätterte eine Seite in seinem Notizbuch um und las ein Dutzend Namen vor. Wes kannte sie. Keine Unruhestifter, bloß gewöhnliche Arbeiter. »Irgendwelcher Ärger bei den Spielen, Sims?« fragte Wes.

Der Hilfssheriff zuckte die Achseln. »Nur das Übliche. Beleidigungen der Gegenseite, Sie wissen schon, bloß aus Spaß. Und sie sagten, Willie hielt sich aus Streit immer raus. Kannte seinen Platz.«

»Irgendwelche Hinweise, Hinweise, daß er Kizzy Horton kannte? Die schwarze Sängerin, Goldsteins Frau?« fragte Jessup.

»Nein, Sir. Ich habe extra nachgefragt.«

»Sie sagt dasselbe«, gab Jessup zu. »Wir haben sie zwei Stunden lang verhört, um eine Verbindung herzustellen. Nichts zu machen.«

»Wir sind wieder da, wo wir vorher waren«, sagte Wes. »Willie Sears hat Donnerstag nacht etwas gesehen. Das ist am Wahrscheinlichsten. Hat gesehen, daß bei Goldstein was los war, und jemand hat bemerkt, daß er es gesehen hat.«

»Das wissen wir nicht mit Sicherheit«, sagte Jessup pompös.

»Nein, das tun wir nicht«, räumte Wes liebenswürdig ein. »Was glauben Sie, warum seine Augen ausgestochen wurden?«

»Ja, schon, aber wir brauchen mehr, brauchen mehr Beweise.«

Wes strahlte den kleinen Agenten an. »He, gute Idee! Nun, Mr. Jessup, haben Sie mit dieser Professor Wolfe gesprochen?«

Jessup gab sich Mühe, ein Pokergesicht zu machen, aber Wes erspähte ein triumphierendes Funkeln in seinen Augen. »Sie gab uns was zum Nachprüfen, ja. Ich werde Sie morgen auf den Stand bringen.«

Wes fühlte, wie sein Kinn sich straffte. Verdammtes Weib. Er sagte milde: »Gut gemacht. Hilfssheriff Hopkins konnte nicht viel aus ihr rauskriegen.« Das stimmte nicht ganz, gab er vor sich selber zu. Wolfe hatte Marty von der Leiche des Denton-Mädchens erzählt und ihr Alma Willisons Adresse gegeben. Aber ehe er Marty heute morgen losschickte, hatte sie ihm von Wolfes nächtlichem Besuch erzählt, von ihren Andeutungen über Vergewaltigung, Mord und Rache und ihrer Behauptung, sie hätte dem FBI nichts gesagt. Aber jetzt saß Jessup hier und tat so, als hätte er die Lösung in der Hand. Wes fragte: »Was hat die Wolfe Ihnen gesagt?«

»Nur einen Ort erwähnt, wo man nach Beweisen suchen könnte«, sagte Jessup selbstgefällig. »Wir werden das nachprüfen und sehen, ob es sich lohnt, daß irgendwer seine Zeit dafür opfert.«

Kooperation zwischen Dienststellen. Ist doch was Wundervolles. Wes schwieg nur lange genug, um sicherzugehen, daß Jessup keine Informationen mehr rausrücken würde, dann sagte er: »Also gut, dann gehen wir vorläufig unsere eigenen Wege. Morgen früh treffen wir uns wieder hier, geht das in Ordnung?«

»Aber sicher«, sagte Jessup.

»Ich habe Hopkins heute morgen zu den Dentons geschickt. Sims, wenn Mason von der Unfallmeldung zurückkommt, setzen Sie beide sich wegen der Willison mit Louisville in Verbindung und sehen zu, ob es was Neues gibt. Ich selbst fahre nach Bloomington.«

»Bloomington? Warum?« fragte Jessup.

»Bloß etwas nachprüfen. Sehen, ob es sich lohnt, daß irgendwer seine Zeit dafür opfert.« Wes zwinkerte dem kleinen Mann zu.

Jessup knallte sein Buch zu und marschierte hinaus. Die anderen folgten ihm.

Wes warf einen Blick auf den Papierkram in seinem Korb. Besser, den erst aus dem Weg zu schaffen. Dann würde er nach Bloomington fahren. Diese verdammte Wolfe-Type treffen und die ganze Geschichte aus ihr rausholen. Es würde ihn nicht überraschen zu erfahren, daß sie es selbst getan hatte, so verrückt wie sie war. Sah ganz so aus, als hätte sie Marty bloß an der Nase herumgeführt, wenn sie Jessup einen Hinweis gegeben hatte. Na, vielleicht war sie eine von den Frauen, die lieber mit Männern redeten. Er hatte so verdammt viel zu tun gehabt. Hatte Marty Hopkins nicht viel helfen können. Aber vielleicht war jetzt die Zeit gekommen, die Sache selbst in die Hand zu nehmen.

# 35

Marty stieg in der Kieseinfahrt aus und machte sich knirschend auf den Weg zur Hausfront mit den Kalksteinsäulen. Wes war skeptisch gewesen, aber sie glaubte, daß Professor Wolfe ihr gestern abend vielleicht doch etwas hatte sagen wollen mit der Andeutung, daß Phyllis vergewaltigt worden sei, daß Richter Denton sich rächen wollte. Aber wie, vom Krankenlager aus? Und wer war der Vergewaltiger? Goldstein? Waren die Klansymbole nichts als eine Rauchbombe, ein Ablenkungsmanöver? Oder war der Klan verantwortlich und Goldstein nur ein unglückseliger Zeuge wie Willie Sears? Sie wünschte, sie wüßte, was der Richter ihnen mitteilen wollte, seit seine Frau ihm gesagt hatte, daß Phyllis' Leiche in der Höhle gefunden worden war. Marty hatte das Gefühl, daß der Richter erst in dem Moment begriffen hatte, was Phyllis zugestoßen war. Vielleicht war ihm im Zusammenhang mit der Höhle etwas eingefallen. Seine Kinder hatten dort gespielt, und er kannte sie wahrscheinlich auch aus seiner Kindheit.

Jedenfalls war Marty entschlossen, heute so lange im Krankenzimmer sitzen zu bleiben, bis er einen lichten Moment hatte.

Royce öffnete ihr die Tür. Als er zurücktrat und vom Flurlicht beschienen wurde, sah sie, daß seine Haut fahler war als vorher, sein trainierter Körper schlaffer, seine Augen stumpfer. »Marty«, sagte er. Heute gab es kein spöttisches »Mrs. Hopkins« zur Begrüßung, kein herausforderndes Grinsen.

»Hallo, Mr. Denton. Ich wollte noch ein paar –«

»Er ist tot, Marty.« Royce räusperte sich. »Er – ich kann es nicht glauben. Verdammt.«

»Oh, das tut mir leid! Das tut mir so leid!« Marty legte eine Hand auf seinen Arm und sah ihm forschend ins Gesicht. »Was ist passiert?«

Royce zuckte die Achseln. »Kriegte einen seiner Anfälle. Es dauerte lange. Er ist nicht mehr zu sich gekommen.«

Marty erinnerte sich an den drahtigen Körper, der sich in seinen Gurten aufbäumte, an den herumspritzenden Speichel. Sie unterdrückte ein Schaudern. »Mein Gott. Es tut mir so leid, Royce.«

Er brachte ein Nicken zustande und tätschelte ihre Hand.

Sie fragte: »Was kann ich tun? Möchten Sie, daß ich Leute anrufe?«

»Nein, das habe ich schon getan. Der Arzt ist unterwegs, das Beerdigungsinstitut, all das. Lisa hilft jetzt Mutter.«

Er schien in Ordnung, erschüttert, aber in Ordnung. Die Polizistin in Marty schaltete sich ein. »Wann ist das passiert?«

»Vor einer halben Stunde.«

»Wer war dabei? Sie, Ihre Mutter?«

»Ja. Und Lisa.«

»Ihr Bruder nicht?«

»Nein. Er ist wegen seiner Kampagne unterwegs. Ich habe ihn noch nicht angerufen.«

»Aha. Wir werden eine Autopsie brauchen, wissen Sie.«

Royce schnitt ein Gesicht, nickte aber. »Ja. Aber wir wissen, was geschehen ist.«

»Ja. Kann ich ihn sehen?«

»Aber er ist –« Seine Augen fielen auf ihr Abzeichen. »Tut mir leid. Manchmal vergesse ich, daß Sie Hilfssheriff sind und von mir nicht erwartet wird, daß ich Sie beschütze. Ja, natürlich, gehen Sie nur hinauf.« Er schloß die Haustür hinter ihr und deutete auf die Treppe. Er folgte ihr nach oben, blieb aber in der Tür stehen, als sie das Krankenzimmer betrat.

Elizabeth Denton und Lisa brachten das Zimmer in Ordnung, sammelten die Medikamente ein, stapelten Kissen und Handtücher. Marty sagte: »Es tut mir so leid, Mrs. Denton.«

Elizabeth Denton sah sie betäubt an.

Marty sagte verlegen: »Vielleicht sind seine Schmerzen jetzt vorbei.«

»Vielleicht.« Verwirrt schaute Elizabeth zum Bett. »Er ist so steif und hart.«

Marty zwang sich, die Leiche anzusehen. Da lag der Richter, hager wie ein Skelett, Arme und Beine ausgestreckt, der Rücken gekrümmt, der Kopf zurückgeworfen. Sie hatten die Gurte abgenommen, aber in der Haltung sah der Körper aus, als stemmte er sich immer noch gegen seine Fesseln. Marty trat ans Bett und berührte einen Arm. Elizabeth hatte recht; die Leiche war vollkommen steif. Marty schaute Lisa an. »Wann ist er gestorben?«

Lisa sah auf die Uhr. »Vor fünfundzwanzig Minuten.«

Das hatte Royce auch gesagt. Marty befühlte den Körper unter dem Arm. Er war so warm wie im Leben. Stirnrunzelnd blickte sie Lisa an.

Lisa sagte: »Ich habe auch noch nie gesehen, daß sie so schnell einsetzt. Vielleicht hat es mit den Krämpfen zu tun.«

»Der Arzt wird es uns sagen«, meinte Marty. Sie schaute wieder den verspannten Körper an, das eingefallene, leere Gesicht. Richter Denton, fragte sie im stillen, was war es? Was wollten Sie uns sagen? Tja, jetzt ist es vorüber, armer Mann. Sie zog seinen Schlafanzugkragen zurecht und wandte sich zu den anderen um. »Lassen Sie mich ein paar Fakten notieren, ehe die Ambulanz kommt.«

Die drei machten ihre Angaben. In den letzten Tagen waren Richter Dentons Krämpfe häufiger geworden, und letzte Nacht, kurz vor drei Uhr morgens, sagte Elizabeth, war ein erneuter Anfall gekommen. Royce war aufgestanden, um seiner Mutter zu helfen, und sie hatten ihn gemeinsam bekämpft wie sonst auch, die Gurte kontrolliert, Kissen unter den um sich schlagenden Kopf des alten Mannes gelegt und gewartet, daß die Zuckungen aufhörten. Aber diesmal hatten sie nicht aufgehört. Nach einer Weile hatten sie Dr. Hendricks gerufen, und der hatte gesagt, sie könnten ihn nicht verlegen, bis der Anfall abgeklungen wäre, aber danach sollten sie ihn augenblicklich ins Krankenhaus bringen. Nach fünfundvierzig Minuten hatten sie den Arzt wieder gerufen. Er hatte Lisa mit krampflösenden Mitteln geschickt, und in einer starren Phase war es ihnen gelungen, ihm eine Injektion zu geben, aber es hatte nichts genützt. Zu dem Zeitpunkt hatte der Richter schon fünf Stunden in Krämpfen gelegen. Als er das nächste Mal still und steif geworden war, hatte Lisa ihm noch eine Injektion machen wollen, aber plötzlich gemerkt, daß alles vorüber war.

»Was hat es diesmal ausgelöst? Irgendwas Besonderes?« fragte Marty.

»Nein. Es war alles normal«, sagte Royce. »Ich meine, normal, seit er krank ist. Die gleiche Medizin, alles.«

»Er wollte gestern abend nichts essen«, berichtete Elizabeth Denton.

»Er hat schon seit Tagen nicht gut gegessen«, ergänzte Lisa. »Die meisten Kranken sind nicht wirklich hungrig. Aber an manchen Tagen lehnte er alles ab.«

»Fast, als ob er es beschleunigen wollte«, murmelte Royce, und plötzlich trat er gegen den Türrahmen und drehte sich von den drei Frauen weg.

Elizabeth sagte weich: »Ich glaube, er hatte Schmerzen. Die Anfälle. In den letzten Wochen hat er manchmal, wenn er einen klaren Moment hatte, darüber geklagt, daß seine Muskeln schmerzten.«

Lisa nickte. »Er war ein tapferer Mann. Ich bin überrascht, daß er so lange durchgehalten hat.«

Von draußen hörte man Sirenen. Marty schloß ihr Notizbuch und folgte Royce nach unten. »Hallo, Ricky«, begrüßte sie den Sanitäter. »Ich fürchte, es eilt nicht.«

»Oh«, sagte Ricky. »Das tut mir leid, Sir.« Er sah Royce an und tippte an seine Mütze, dann folgte er mit seinem Gehilfen Marty nach drinnen. Auf der Treppe teilte sie ihnen mit: »Wir brauchen eine Autopsie.«

»In Ordnung.«

Sie stellte Ricky Elizabeth Denton vor. Lisa kannte er schon. Dann überließ sie sie ihren Aufgaben und ging wieder nach unten. Royce stand am Rand der Auffahrt, die Fäuste in den Taschen, und starrte auf die Wälder. Sie erinnerte sich, wie einsam man sich nach dem Tod eines Vaters fühlen konnte. Royce drehte sich um, als er ihre Schritte hörte.

»Na«, sagte sie.

»Na.«

»Wenn ich irgendwas tun kann, lassen Sie es mich wissen, bitte«, sagte sie.

Er zuckte die Achseln. »Es ist vorbei. Niemand kann etwas tun.«

»Ja, ich weiß. Aber es gibt jetzt eine Menge Dinge, um die man sich kümmern muß. Viel Kleinkram.«

Er gab sich Mühe, aber viel von seinem alten Zwinkern war nicht übrig. »Ich bin Rechtsanwalt, Mrs. Hopkins. Aber trotzdem vielen Dank.«

»Richtig, das war blöd von mir. Ich meinte nur, wenn Sie reden wollen oder so. Ich weiß noch, als mein Vater starb, da wollte ich manchmal – ach, nur jemandem davon erzählen, wie er mir immer Eis gekauft hat. Solche Sachen.«

»Ihr Vater hat Ihnen Eis gekauft?« Langsam gingen sie zum Eingang zurück.

»Ja. Nach dem Baby-Basketball nahmen er und Coach – ich meine, Sheriff Cochran – uns meist in die Milchbar mit, und wir redeten zusammen über das Spiel. Oder manchmal ist mein Vater mit mir ausgegangen, nur wir beide, ohne besonderen Grund.«

»Glückliche Erinnerungen«, sagte Royce.

»Ja. Hauptsächlich. Natürlich hatte ich auch manchmal Ärger. Wie die meisten Kinder«, sagte sie leichthin. Sie wollte nicht über die unheimlichen Nächte reden, wenn ihr lieber, großspuriger Vater spät nach Hause kam und nach Schnaps roch und in der Wut die Möbel durchs Zimmer schmiß.

»Ja, wie die meisten Kinder«, stimmte Royce zu, und plötzlich trat er wie wild gegen das Gitterwerk unter der vorderen Veranda. Eine Leiste splitterte, und er trat wieder und wieder, bis in der Symmetrie von Holz und Kalkstein eine Lücke gähnte. Keuchend lehnte er sich gegen die steinerne Hausecke und starrte die Lücke an.

Beim ersten Geräusch war Marty zusammengefahren, dann hielt sie stand. Sie sagte: »Ich war auch wütend, als mein Vater starb.« Seine gequälten blauen Augen wandten sich ihr zu, und sie wußte, daß sie fast zu ihm durchgedrungen war. Sie konnte sehen, wie er um Fassung rang. »Es ist ganz natürlich, eine Zeitlang wütend zu sein. Sie werden drüber –«

Royce packte ihre Handgelenke, zog sie an sich und küßte sie heftig. Und nochmal, und nochmal. Er preßte ihren Rücken gegen die kühle Kalksteinwand seines Hauses, bis sich die Taschenlampe und die Handschellen an ihrem Gürtel in ihre Taille gruben und sie den Zorn und die Verzweiflung und die Sehnsucht in seinem angespannten Körper fühlen konnte und den wilden Tumult ihrer eigenen Reaktion. Flammender Protest, Erregung, Zustimmung und Schmerz ballten sich in ihrem Kopf zusammen und zerstoben wieder. Und Gedankensplitter: *Er braucht mich. Chrissie liebt Brad. Royce kann mich nicht wollen.* Und von irgendwoher: *Wähle dich selbst.*

Ein entferntes Jaulen war zu hören, ein Wagen auf der Landstraße wurde langsamer. Royce trat zurück und ließ sie an die Wand gelehnt stehen. Eine lange Sekunde standen sie fassungslos da und sahen sich nicht in die Augen. »Gott«, sagte er schließlich, sah sie kurz an und schien aus ihrer Verwirrung Kraft zu ziehen. »Gott, ich wollte nicht –«

»Ja, ich weiß, schon gut.« Was sollte sie sagen? Ich helfe dir da durch, ich werde mich mit Freuden um dich kümmern? Oder vielleicht, trau mir nicht, Royce, ich bin noch zu wacklig, weil ich gerade den vorigen Typ weggejagt habe, der mich brauchte? Sie fragte statt dessen: »Ist das der Arzt?«

Er spähte die Auffahrt hinunter, strich sein Haar glatt, und schaute sich nach ihr um. Sein Grinsen war wieder spöttisch. »Ja. Tja, zurück an die Arbeit, Hilfssheriff Hopkins.«

Keine schlechte Antwort für den Augenblick. Marty steckte ihre Verwirrung weg und marschierte dem eintreffenden Wagen entgegen.

## 36

Wes drehte ärgerlich am Lenkrad und schlidderte um die Kurve in die lange, holprige Einfahrt. »Also, er hat mir nicht erzählt, was sie gesagt hat. Ich weiß nur, daß Jessup tiriliert hat, als hätte er das große Los gewonnen.«

Marty Hopkins hatte einen aufmüpfigen Zug um den Unterkiefer. »Ja, Sir. Ich nehme an, wir erfahren später, ob er was Nützliches hat.«

»Ich begreife Ihre Einstellung nicht, Hopkins. Sie sagen mir dauernd, daß sie verrückt ist, und dann machen Sie eine Kehrtwendung und glauben ihr jedes Wort, das sie Ihnen sagt und nicht ihm.«

»Ja, Sir.« Mit unbewegtem Gesicht starrte sie auf die wuchernden Zweige und Schlingpflanzen, die bis an den Rand des zerklüfteten Fahrwegs reichten.

Er wußte, daß sie enttäuscht war, nach all den Fahrten in diesen gottverlassenen Winkel in den Hügeln, um an Informationen zu kommen. Aber sie mußte lernen, daß das zum Job gehörte. »Sehen Sie mal, Hopkins, Sie wissen doch, daß manche Quellen bei einem Typ besser reden als beim anderen. Man kann sich nicht jedesmal gekränkt fühlen, wenn ein anderer Polizist was rauskriegt.«

»Nein, Sir. Das ist es nicht. Sie hätte diesem Jessup einfach nicht mehr erzählt als mir, das ist es.«

Vielleicht war es ein Fehler gewesen, Hopkins mitzunehmen. Sie war früher von den Dentons zurückgekehrt, als er erwartet hatte, erschüttert, aber imstande, einen kompetenten, präzisen Bericht über Richter Dentons Tod abzugeben. Als er sagte, er mache sich jetzt auf, um mit Professor Wolfe zu reden, hatte sie mitkommen wollen, und er hatte gedacht, es könnte nützlich sein, jemanden dabeizuhaben, der das Terrain kannte. Aber jetzt zeigte sie diese unbegreifliche Loyalität für die verrückte Professorin, und er wünschte, sie wäre nicht dabei.

Wes sagte: »Hören Sie, Hopkins, hier bin ich der Boss. Verstanden? Ich will selbst entscheiden. Ich will hören, was diese Frau zu sagen hat, ohne fürchten zu müssen, daß Sie dazwischenfunken.«

»Ja, Sir.«

»Und wenn Ihnen diese Grundregeln nicht passen, bleiben Sie im Wagen.«

»Ja, Sir. Ich werde still sein.« Sie sprach gezwungen.

Ach, zum Teufel, man mußte die Disziplin wahren, selbst wenn es hin und wieder verletzte Gefühle gab. Wes hielt hinter einem Pritschenwagen nahe beim alten Farmhaus und stieg aus, um sich umzusehen.

Bienen, Wildblumen, struppige Wälder mit einem wuchernden Unterholz aus Schlingpflanzen, ein Habicht, der am heißen, metallischen Nachmittagshimmel seine Kreise zog. Dieser Mai war fast wie August. Wes erspähte eine junge Frau, die in Jeans und T-Shirt an einem Tisch auf der Veranda saß. Er knurrte zweifelnd: »Is' das die Professorin?«

»Nein, Sir. Eine ihrer Studentinnen.«

»Stellen Sie mich vor.«

Marty stieg halb die Treppe hinauf. Die junge Frau sagte: »Hallo, Martine.« Wes fand sie nicht hübsch, bis sie lächelte.

»Hallo, Callie. Dies ist Sheriff Cochran.«

»Ihr Boss. Nett, Sie kennenzulernen, Sheriff.« Das Lächeln galt jetzt ihm. »Sie wollen mir sicher nicht die Hand geben. Ich bin ganz voll Krebstier.«

Wes sah zwei tote Krebse vor ihr auf dem Tisch liegen, der eine ganz wie Dutzende, die er als Junge gefangen hatte, der andere merkwürdig schlank und bleich. Millimeterpapier und blitzende wissenschaftliche Instrumente lagen daneben auf dem Tisch. Er sagte: »Ja, den Handschlag können wir weglassen. Freut mich trotzdem, Sie kennenzulernen. Ist der weiße da krank oder was?«

»Nein. Sein natürlicher Zustand. Hören Sie, Professor Wolfe ist wirklich sehr beschäftigt, weil sie so bald weg muß. Aber vielleicht könnten Sie sie treffen. Sie arbeitet drüben beim Steinbruch.«

»Gut, danke. Wo –«

»Ich kenne den Weg, Sir«, sagte Marty. »Vielen Dank, Callie.« Sie strebte dem Wald zu, und Wes folgte ihr.

»Ich verspreche nicht, daß sie da ist«, rief Callie ihnen nach.

Ein paar Schritte in den dschungelartigen Bewuchs, und Wes beschlichen Zweifel. Es war so still, nichts als das Sirren der Insekten und irgendwo die tieferen Töne der Frösche. Wes hörte gern Motoren, Radios, Leute, die Hallo riefen, die tröstlichen Geräusche von Menschen. Er schob sich einen Zweig aus dem Gesicht und sagte: »Was, wenn wir hier die Nadel im Heuhaufen suchen?«

»Könnte sein, Sir.« Ekelhaft jung und energisch kämpfte sich Marty vorwärts. Wes mußte sich dauernd unter den Ästen und Ranken durchbücken. Er war etwas aus der Puste, als sie schließlich beim verlassenen Steinbruch herauskamen, einem knochenweißen Einschnitt im ungezähmten Grün des Frühsommers. Marty sah jetzt weniger selbstsicher aus. Sie schützte ihre Augen mit der Hand vor der grellen Sonne und suchte den Wald ab, die schmalen, stufenförmigen Simse in den steilen Steinbruchwänden, die ausgedehnte Fläche mit den riesigen, unbrauchbaren Steinblöcken an dieser Seite des Einschnitts. Unten am Grund funkelte das türkisblaue Wasser und brachte Kindheitserinnerungen an Nacktbaden zurück. Dieser Steinbruch war jetzt allerdings ein ziemlich scheußlicher Badeteich, mit den alten Kabeln und Kranteilen, die darin rosteten. Sogar ein altes Auto lag im Schilf.

»Ich sehe sie nicht, Sir. Soll ich mal rufen?«

Wes sah sich noch einmal das Terrain an. »Ja, nur zu.«

»Professor Wolfe!« schrie sie. »Sheriff Cochran will mit Ihnen reden!«

Ihre Stimme rief ein schwaches Echo hervor, und dann war es still, bis die Frösche und die Vögel wieder loslegten. Ein Specht hämmerte munter an einem toten Baum in der Nähe. Selbst in der Sonne fühlte sich der verdammte Ort gespenstisch an. Pappeln hatten sich zwischen den großflächigen Steinhaufen auf dieser Seite breitgemacht, einige hatten schon eine beachtliche Größe. Wes erspähte graues Fell, das sich zwischen den Kalksteinbrocken hinter ihnen bewegte. Ein Opossum, sagte er sich, oder ein Eichhörnchen. Unten am Wasser waren rotgeflügelte Amseln. »Zur Hölle damit«, knurrte er. »Trennen wir uns und machen uns auf die Suche.«

»Warten Sie«, sagte Hopkins. »Sir.«

Er sah sie scharf an und erkannte widerwillig, daß sie recht hatte. Wenn die Professorin in der Nähe war, hatte sie es gehört. Und wenn sie kam, war es sinnlos, wegzugehen.

Das Problem war nur, es kam niemand.

Die ganze Situation hier war ihm unheimlich.

Hopkins schien ganz gelöst. Vielleicht war das ihr Problem, sie nahm die Professorin nicht ernst genug. Machte sich nicht richtig klar, daß die Frau einen Mann getötet hatte, den Autoritäten einen Leichenfund nicht gemeldet und wer weiß, was sonst noch alles. Wes seinerseits spürte das bis in die Eingeweide. Er ertappte sich dabei, wie er die Dunkelheit zwischen den Blättern durchforschte, die Schatten zwischen den gigantischen Steinblöcken, von denen einige größer waren als ein Mensch. Verdammt, er stünde lieber in einer dunklen Gasse in Chicago als am Rand dieses sonnenverbrannten Steinbruchs. Seine Hand legte sich auf das Halfter.

»Hallo, Martine.«

Beim Ton dieser dunklen Stimme fuhr Wes herum, sah aber nichts. Hopkins sagte: »Hallo, Professor Wolfe. Das ist Sheriff Wes Cochran. Er ist, ähm, er ist in Ordnung. Sir!« Sie zeigte ihre leeren Hände.

Da sah er es auch, in dreizehn Metern Entfernung das silberne Blitzen eines Gewehrlaufs, der zwischen zwei großen Steinblöcken herausragte, seine Trägerin unsichtbar. Er zielte nicht auf sie. Noch nicht. Mist. Er sagte: »Professor Wolfe, gnädige Frau, legen wir doch das Gewehr hin, ja?«

Er hielt seine Hände ausgestreckt wie Marty, die Handfläche nach vorn, und schäumte innerlich, weil sie die Oberhand hatte.

Eine Bewegung neben einem anderen Stein, meterweit entfernt, zog einen Augenblick seine Augen auf sich. Ein Wolf, nein, ein Hund, trat mit gesenktem Kopf aus den Schatten. Ein weiterer folgte dichtauf. Als er wieder zum Gewehr zurücksah, stand eine Frau auf dem Felsen. Sie hatte das Gewehr in die Senkrechte gedreht, dem Himmel sei Dank. Sie war groß, mager, in Khakihosen und eine unförmige Fotografenweste gekleidet. Eine gutaussehende Frau, irgendwie klar und ernsthaft, trotz der groben Kleidung anmutig. Ihr Alter war schwer zu raten. Ihr Haar war braun, lose zu einem Knoten im Nacken zusammengedreht. Sie sagte: »Wesley Cochran?«

»Sheriff Cochran«, sagte Wes. Er hakte die Daumen hinter den Gürtel. »Wir haben ein paar Fragen an Sie, Miss Wolfe.«

»Professor Wolfe.«

»Professor Wolfe.« Also legte sie auch Wert auf ihren Titel. Na, sinnlos, gleich falsch anzufangen. Als ob sie das nicht schon getan hätten. Er hoffte, es würde sich nicht herausstellen, daß sie auch noch eine von diesen widerlichen hochgestochenen Intellektuellen war. Er sagte: »Wissen Sie, es gibt eine Menge offene Fragen, und wir glauben, Sie können uns helfen.«

»Ich habe Martine alles gesagt, was ich kann.«

»Sehen Sie, Miss – Entschuldigung, Professor Wolfe, ich glaube aber, daß Sie mehr sagen könnten. Sie haben doch Hilfssheriff Hopkins einen Tip gegeben wegen dem Denton-Mädchen und der Willison-Sache. Jetzt machen Sie Andeutungen über eine Vergewaltigung und Rache. Und dann versuchen Sie uns einzureden, daß Sie nichts mehr wissen! Und der Klan hat irgendwie mit beiden Fällen zu tun, und mit noch zwei Fällen, die vielleicht damit zusammenhängen. Also wirklich, wir glauben, Sie können mehr sagen!«

»Ich weiß nichts über den Klan, Sheriff. Und ich habe Martine alles gesagt, was ich kann.«

»Professor Wolfe, Sie haben gestern mit dem FBI geredet. Warum haben Sie uns diese Information nicht gegeben? Schon längst?«

»Ah.« Schimmerte da Heiterkeit in ihren dunklen Augen? Schwer zu sagen aus der Entfernung. Sie sagte: »Das ist für Martine ohne Interesse. Sie versteht. Die Männer vom FBI tun das nicht.«

»Wovon reden Sie? Wenn Sie Informationen haben, kooperieren Sie gefälligst mit uns!«

»Ich habe mit Martine kooperiert, Sheriff.«

»Jetzt hören Sie mal, Professor Wolfe, wir haben Ihnen eine Menge Spielraum gelassen. Zum Beispiel sind Sie gesetzlich verpflichtet, eine Leiche den Behörden zu melden. Also, wir haben kein Ding draus gemacht, obwohl sie die Leiche des Mädchens vor sechs Jahren gefunden haben und erst jetzt gemeldet!«

»Sheriff, bin ich gesetzlich verpflichtet zu melden, daß sich in Friedhöfen Leichen befinden?«

»Wie meinen Sie das?«

»Diese Leiche war in einem Sarg, in einer unterirdischen Grabkammer. Wenn eine Leiche ordentlich und ehrfurchtsvoll bestattet ist, ist doch die natürliche Folgerung, daß jemand anders sich um die erforderliche Meldung an die Behörden gekümmert hat. Die Situation war ungewöhnlich genug, daß ich mich mit der Familie des Mädchens in Verbindung gesetzt habe, aber Sie werden mir zustimmen, daß ich gesetzlich noch nicht mal dazu verpflichtet war.«

Mist. Die war aalglatt, soviel war klar. Hatte keinen Sinn, die Sache in Pennsylvanien aufs Tapet zu bringen, sie würde einfach sagen, daß sie nicht verurteilt worden war. Wes sagte mit Nachdruck: »Professor Wolfe, selbst angenommen, daß Sie sich an alle Regeln gehalten haben, wir brauchen Ihre Informationen. Dies ist kein Spiel!«

Selbst aus dieser Entfernung schien es, als bohrten sich die dunklen klaren Augen der Professorin in ihn hinein. »Nein, Sheriff. Es ist kein Spiel, mitnichten. Und doch sind Sie es, der sich ereifert, weil das FBI vielleicht einen Punkt gewonnen hat. Und Sie sind es, der davon redet, die Regeln einzuhalten.«

»Einfach das Rechte tun. Wir wissen alle, was recht ist.«

»Weiß ich das? Wissen Sie das? Ich versuche das zu tun, was mir recht erscheint.«

Wes' Schultern strafften sich, aber er sprach ruhig. »Es wäre recht, wenn Sie uns alles sagten, was Sie wissen. Sie können damit anfangen zu erklären, woher Sie Alma Willison kennen.«

»Ich kenne sie nicht.«

»Was wissen Sie –«

»Ich weiß auch nichts über die Klan-Karten. Ich nehme an, Sie wissen viel mehr über Klanmitglieder als ich, Sheriff. Mein Fachgebiet ist Biologie, speziell Paleobiologie und Evolution. Nur wenige Klanleute begeistern sich für Evolution. Die einzige der Leichen, über die ich etwas wußte, war das tote Kind, auf dessen Grabkammer ich im Laufe meiner biologischen Forschungen zufällig gestoßen bin. Und ich habe Martine von ihr erzählt.« Die dunklen Augen wandten sich von ihm ab und richteten sich auf Hopkins. »Martine, ich habe nicht viel Zeit. Haben Sie weitere Fragen?«

Hopkins sagte: »Ähm, eigentlich nicht. Wissen Sie, Sheriff Cochran wollte die Fragen stellen.«

»Na los, nur zu«, schnappte Wes. Die verdammte Professorin forderte ihn heraus, und wenn er nicht aufpaßte, würde sie ihn dazu bringen, seinen Ärger zu zeigen. »Sagen Sie, was Sie zu sagen haben, Hopkins.«

Sie platzte heraus: »Richter Denton ist heute morgen gestorben.«

»Gestorben!« sagte Professor Wolfe. »Wie?«

»Krämpfe«, sagte sie. »Er hatte letzte Nacht einen Anfall. Er dauerte stundenlang, und er ist nicht mehr zu sich gekommen.«

Die Professorin nickte langsam und murmelte: »Also hat ihn Tenia doch getötet.«

»Tina?« Wes warf Hopkins einen Blick zu, aber die sah auch völlig verblüfft aus, dann schaute er Professor Wolfe wieder an. »Wer zum Teufel ist Tina?«

Ein leichtes Stirnrunzeln huschte über das schöne Gesicht der Professorin, und sie wandte sich wieder an Hopkins. »Martine, es war mir eine Freude, Sie zu treffen. Vielleicht begegnen wir uns eines Tages wieder. Leben Sie wohl.«

Hopkins machte einen Schritt auf sie zu. »Professor Wolfe, bitte –«

Die Frau war weg. Hinter den Felsblöcken einfach außer Sicht geglitten. Wütend zog Wes seinen Revolver und rannte auf die Stelle zu. Er sah die zwei Hunde, nein, drei, über ein paar Felsen klettern und dann nach rechts. Er rannte auch nach rechts, um ihr in dem Durcheinander von untauglichen Blöcken und Pappeln den Weg abzuschneiden. Er kraxelte durch eine Lücke zwischen zwei großen Steinen. Hopkins war neben ihm, zog ihn am Ärmel, rief: »Sir! Sir, sie wird nicht –« Ungeduldig schüttelte er sie ab. »Hopkins, zurück zum Wagen! Fordern Sie über Funk bei der Staatspolizei Verstärkung an. Wir müssen sie zum Verhör festnehmen.«

»Aber, Sir –«

»Tun Sie's, Hopkins!«

»Ja, Sir.« Sie machte sich auf zum Farmhaus, auch rennend. Wes suchte die Landschaft aus Bruchsteinen vor sich ab und erhaschte einen Blick auf einen geringelten, pelzigen Schwanz. Er hielt darauf zu.

Dieser verdammten Professorin mußte man dringend ein oder zwei Dinge über das wirkliche Leben beibringen. Dürfte nicht lange dauern, bis er sie eingeholt hatte. Er war froh, daß sie in Richtung des Steinfelds neben ihm gelaufen war und nicht weg von ihm in die Wälder. Zu einem Schußwechsel würde es wohl kaum kommen, dachte er, aber falls doch, wollte er sie nicht so weit weg haben, daß das Gewehr ein großer Vorteil war. Aus der Nähe, zwischen den Felsen, war seine Pistole besser.

Mußte trotzdem auf der Hut vor ihr sein, nach dem, was sie ihrem Angreifer in Pennsylvanien angetan hatte.

Mist. Besser gleich klarstellen, daß er nur fertig reden wollte. Er rief: »Professor Wolfe! Wer ist Tina?« Gott, er schnaufte wie eine Lokomotive.

Sie nicht. Ihre rauhe Stimme ertönte unangefochten aus viel zu großer Entfernung. »Kein Klanmitglied, Sheriff. Leben Sie wohl.«

Er sah einen silbernen Lichtschimmer auf dem Gewehrlauf, der immer noch gen Himmel zeigte, zwischen den Felsen weiter vorn auf und ab hüpfen. Mit aller Kraft rannte er los, keuchte über jeden Riesenblock, nur um vor einem weiteren zu stehen. Ein paarmal konnte er sich dazwischen durchzwängen, aber dann zerkratzten die rauhen Bruchstellen der Steine ihm Haut und Kleider. Wie konnte die verdammte Frau sich so schnell bewegen? Das einzig Gute war, daß sie bei dieser Geschwindigkeit nicht schießen konnte. Halt sie auf Trab. Mach weiter. Nach Luft schnappend steckte er seine Pistole in den Halfter und brauchte beide Hände, um den nächsten Felsen zu erklimmen.

Er hatte sich halb hinaufgezogen, als der Druck in seiner Brust anfing. Gottverdammtnochmal, nicht jetzt! Er fummelte in seiner Tasche nach der Nitroglyzerinflasche und ließ sich am Felsen hinuntergleiten. Er bekam die Tablette unter die Zunge, aber die Riesenfaust in seiner Brust drückte fester zu, quetschte den grausamen Schmerz in seine Schulter und den Arm hinunter. Entsetzt lehnte sich Wes an den schrägen Kalksteinblock zurück. Er schwitzte. Na, wieso auch nicht? Es war ein heißer Tag, und er war gerannt. Davon schwitzte man immer.

Er wunderte sich, warum ihm so kalt war.

Verdammt nochmal, wann würde das Nitroglyzerin loslegen? Das dauerte doch nie so lange. Der Schmerz erdrückte ihn, nahm von seinem Hirn Besitz, warf eine Art Schatten über die reale Welt. Wie aus weiter Ferne wußte er, daß er an einem warmen Kalksteinblock ruhte, Vögel und Frösche hörte und den Habichten zusah, die am heißen Himmel kreisten. Er kannte alle diese Dinge, aber er fühlte, daß er sich von ihnen entfernte, mitgerissen von einem Ozean aus Schmerz und Angst. War dies das Ende?

Jemand beugte sich über ihn, berührte ihn, öffnete sein Hemd, aber er war zu weit entfernt, sich darum zu kümmern, wer es war. Es gab ein Geräusch, ein lautes Geräusch in der entfernten realen Welt, wie ein Gewehrschuß. Aber auch das war zu weit weg, um ihn zu kümmern. Eine Art Friede sickerte in ihn ein.

Die Sonne knallte auf den Kalkstein.
Die Habichte kreisten.
Wes gönnte sich Ruhe.

# 37

Stirnrunzelnd rückte der Nachtfalke den Schirm seiner weißen Baseballmütze gegen die Sonne zurecht und ging über den Gerichtsplatz wieder zu seinem Wagen.

Es war immer noch keine Botschaft vom Großen Titan da. Montag hatte der Nachtfalke eine Nachricht hinterlassen, daß Alma Willison die Karte bekommen hatte und festgehalten wurde, und heute war Freitag. Der Große Titan lobte es immer, wenn jemand die Karte bekam. Er lobte nicht alles. Vor Jahren, als er dieser Provinz des Klans beigetreten war, hatte er den Nachtfalken getadelt, weil er den Wagen eines Niggers verbrannt hatte, obwohl der Nigger der blonden Frau eines Weißen schöne Augen gemacht hatte. Aber dann hatte der große Titan erklärt, daß es noch nicht Zeit sei, Aufmerksamkeit zu erregen. Das könnte den geheimen Plan verraten. Niemanden entführen, nichts verbrennen, nur beobachten, bis die Zeit reif ist, sagte der Große Titan. Zuerst war der Nachtfalke ärgerlich gewesen, weil er sich doch Mühe gegeben hatte, daß es einfach nach einem überhitzen Motor aussah. Drecksvolk brauchte sowieso keine Autos. Aber nach einer Weile verstand er es. Wenn die große Schlacht begann, mußte klar sein, daß jeder Schlag das Werk des Herrn war. Es als Überhitzung zu tarnen, ohne eine Karte oder ein Kreuz dazulassen, das war nicht, was der Große Titan wollte, nicht, was der Herr wollte. Er, der überwindet, würde auf den Moment warten, wo der Zorn Gottes ausbrach. *Ruhe noch für eine kurze Zeit.*

Heute war keine Nachricht da, daß er ruhen sollte.

Es war auch keine tadelnde Botschaft da. Er hatte das Drecksvolk hingerichtet, den Judenbengel und den Nigger, und der Große Titan hatte ihn nicht gescholten. Das war ein gutes Zeichen.

Der Nachtfalke fuhr zur Arbeit zurück und dachte an das, was der Große Titan im Laufe der Jahre zu ihm gesagt hatte. Lob für die Karten. Warnungen vor voreiligen Aktionen. Ermutigung, daß der Tag bald kommen würde, an dem jeder, dessen Name nicht im Buch des Lebens geschrieben stand, in ein Flammenmeer geworfen würde. Und vor ein paar Wochen der kurze Auftrag: Alma Willison, Louisville. Der Große Titan gab nicht immer klare Anweisungen. Aber das war richtig so. *Das Volk, so im Finstern wandelt, siehet ein großes Licht.* Am Ende verstand es der Nachtfalke immer.

Heute war kein Zeichen da.

Keine Anweisung, was er tun sollte.

Keine Anweisung, was er nicht tun sollte.

War es das? Der Nachtfalke bog in die Tankstelle ein. Sollte er weitermachen? Er hatte sich Sorgen gemacht, daß er sich vielleicht wegen des Judenbengels und des schnüffelnden Niggers geirrt hatte, jetzt, wo die Zeitungen und die Fernsehstationen darüber redeten, noch mehr. Aber vom Großen Titan war kein Tadel gekommen.

Kein Lob.

Aber auch kein Tadel.

Dort in seinem Wagen an Straubs Tankstelle, mit Benzingeruch in der Luft und der heiß aufs Blechdach seines Wagens brennenden Sonne, spürte der Nachtfalke, wie ihm ein kühler Schauer der Erregung über den Rücken lief. Vielleicht war die Zeit gekommen! Vielleicht war das Schweigen selbst ein Zeichen! Das Schweigen des Großen Titan war ein Zeichen! Löse die Bremsen. Ruf die unsichtbaren Armeen. Laß die große Schlacht beginnen.

Morgen, dachte der Nachtfalke. Wenn bis morgen kein anderes Zeichen da ist, ist es Zeit, das mächtige Instrument des Herrn zu werden. Zeit zum Gasgeben. Bis unten durchtreten. Vorwärts.

## 38

Marty hatte die Staatspolizei alarmiert, und ein zum Flirten aufgelegter Fahrdienstleiter hatte versprochen, in einer halben Stunde zwei Leute zu schicken. »Kein Problem, Süße«, sagte er. »Schon klar, daß ihr süßen jungen Dinger aus dem Süden nicht wißt, wie ihr eigenhändig einen Prof hochnehmen sollt.«

Marty verkniff sich eine Antwort. Sie hielt es nicht für richtig, daß der Sheriff sie geschickt hatte, die Staatspolizei zu holen. Aber es war schließlich ihr Job, diesen unterbelichteten Typ dazu zu bringen, daß er Hilfe schickte. Sie hockte in der offenen Fahrertür des Streifenwagens, auf der Sitzkante, einen Fuß im Türrahmen, den anderen im Gras. Sie sagte kühl: »Der Fahrweg ist hier nicht markiert, vom Briefkasten abgesehen, und er ist ziemlich schwer zu –«

Der Knall eines Gewehrschusses schallte aus den Wäldern herüber.

Marty bellte: »Zehn-vierzig-neun, zehn-eins!« und schoß aus dem Wagen. Callie rannte schon die Verandastufen hinunter und schaute zum Steinbruch. Marty sprintete an ihr vorbei und rief: »Callie, das ist meine Sache! Bleiben Sie hier! Die Staatspolizei kommt gleich. Sagen sie ihnen, wo sie hin müssen!«

»Noch mehr Bullen?« Callie schüttelte den Kopf. »Keine gute Idee, noch mehr Bullen!«

»Ich weiß«, schrie Marty über die Schulter. »Aber es ist eine noch schlechtere Idee, ihnen nicht zu helfen, stimmt's? Also gehen Sie zurück und bleiben Sie da!« Sie war schon am Waldrand.

»Also gut, was soll's.«

Marty rannte in großen Sätzen den verwilderten Pfad zum Steinbruch entlang. Sie hatte ein schlechtes Gefühl bei der Sache, richtig mies. Der Sheriff packte das falsch an. Und Schießen war so ziemlich das Dümmste, was man tun konnte, unter welchen Umständen auch immer. Marty machte sich keinen Augenblick etwas vor – die Professorin könnte gefährlich sein. Sie war so verdammt reizbar wegen ihrer Privatsphäre, wegen der Bedeutung ihrer geheimnisvollen Welt. Was hatte sie noch über das FBI gesagt? Sie hatte ihnen nicht erlaubt, sie zu verletzen. Sie würde auch Wes Cochran nicht erlauben, sie zu verletzen.

Marty brach aus dem Wald hervor und suchte mit den Augen den felsigen Rand des Steinbruchs ab. Nichts. »Sheriff?« rief sie. Keine Antwort. »Professor Wolfe?«

Immer noch keine Antwort.

Sie zog sich auf die Spitze eines großen Felsblocks hinauf und prüfte die ganze Gegend. Sie entdeckte den Sheriff auf halbem Weg über den zusammengewürfelten Bruchsteinhügel. Er lag sehr still in der hellen Sonne.

»Sir!« rief Marty und kniff die Augen zusammen gegen das grelle Licht.

Keine Antwort. Keine Bewegung.

Sie sprang herunter, kletterte mit Höchstgeschwindigkeit über die Felsbrocken zu ihm hin und schrie dabei: »Gottverdammtnochmal, Professor Wolfe, Sie mußten ihn nicht erschießen! Sie mußten nicht!«

Sie kletterte über einen großen Steinblock neben dem, wo der Sheriff hingestreckt lag, und sprang zu ihm herunter. Wo war das Blut? Sie konnte kein Blut finden. Seine Augen standen offen, und als sie seine Hand nahm, bewegten sich die Finger. »Coach?« fragte sie drängend. »Was ist passiert?«

Sein Puls war kaum zu spüren, und seine Haut bleich und verschwitzt. Aber seine Augen richteten sich auf sie, und er sagte schwach: »Marty?«

»Gleich kommt Hilfe, Coach. Halten Sie durch.« Sie inspizierte seine Beine und Arme. Kein Blut. Wo zum Teufel war er verwundet? Sein Hemd war schon aufgeknöpft, und sie zog es auseinander.

»Muß hier weg. Mein Herz –«

Er irrte sich, er war nicht ins Herz geschossen. Auf seiner graubehaarten Brust und seinem Bauch war kein Kratzer. Sie murmelte: »Nein, Sir, bewegen Sie sich nicht. Noch nicht. Sie liegen hier gut«, und erspähte ein Stück liniertes Papier, das unter dem Hemd unter seinen linken Arm geklemmt war. Marty zog es heraus. Die Worte waren deutlich mit Bleistift geschrieben. »Myocard Infarkt. Behandelt mit 15 mg Morphium IM, 400 mg Lidocain IM, 14:43 h.«

Zwei Uhr dreiundvierzig. Marty sah auf die Uhr. Das wäre vor knapp zehn Minuten gewesen, gerade um die Zeit, als sie den Schuß gehört hatte. Sie beugte sich näher zum Sheriff herunter und zog ihm den Stetson über die Augen. Er sah so blaß aus. »Es ist Ihr Herz, sagen Sie, Coach?«

»Ja. Der Schmerz hat mich gepackt wie ein Schraubstock.«

»Liegen Sie jetzt einfach still. Hat Professor Wolfe Ihnen etwas geschossen?«

»Geschossen?«

»Eine Injektion.«

Einen Augenblick konzentrierte er sich aufs Atmen, und Marty durchzuckte die Erkenntnis, wie schwerkrank er war. Er fragte: »Ehe es passiert ist?«

»Nein, danach. Denke ich.«

»Ich weiß nicht... Ich war da wohl ein oder zwei Minuten fast bewußtlos. Der Schmerz. Jetzt ist es ein bißchen besser.«

»Gut.«

»In einer Minute kann ich vielleicht zurück –« Er wollte sich aufsetzen.

»Coach, verdammt nochmal, legen Sie sich hin!«

»Nicht fluchen, Kleine«, sagte er schwach.

»Coach, hören Sie zu«, sagte Marty. »Sie haben gerade einen Herzanfall gehabt. Ja? Professor Wolfe hat Ihnen irgendeine Spritze verpaßt, Morphium und noch was. Die Staatspolizei ist unterwegs. Ich möchte, daß Sie nicht mal einen Finger rühren, ehe die Sie ins Krankenhaus gebracht haben und wir wissen, was mit Ihnen los ist.«

»Sie sind genauso schlimm wie Shirl«, murmelte er. Aber er lag still.

Marty hielt seine große Hand fest. Sie war ganz erschüttert, Erinnerungen drängten sich auf. Ihr eigener Vater, am einen Nachmittag voll trunkener Lustigkeit, am nächsten Tag tot. Mit zwölf hatte sie sich nicht richtig vorstellen können, daß er fort war, für immer fort. Die Beerdigung war ihr unwirklich vorgekommen, daß ihre Mutter und Tante Vonnie redeten und weinten und sich anschrien, war ihr unwirklich vorgekommen, und der Umzug nach Bloomington Monate später auch. Monatelang hatte sie sich gesagt, es wäre nicht wirklich geschehen. Er kommt bald zurück, und dann ist alles wieder, wie es war.

Tja, er war nicht zurückgekommen. Ganz sinnlos, jetzt an das alles zu denken. Jetzt war es ihre Aufgabe, sich um diesen Mann zu kümmern. Ihr Chef, ihr Freund, ihr zweiter Vater. Marty fuhr sich mit der Manschette über die feuchte Wange.

Er rührte sich ein wenig. »Dieser Schmerz – es war wie das jüngste Gericht.«

»Ja.«

»Es ist jetzt besser. Ich kann –«

»Sie können genau da liegenbleiben, wo Sie sind. Sie sind voll mit Morphium. Sie können nicht einfach aufspringen und über diese Steine tigern.«

»Sie werden herrschsüchtig, Hopkins.«

»Da haben Sie verdammt recht, Sir.«

Er grinste zittrig.

Aus den Wäldern ertönte Knacken und Fluchen. Marty kletterte auf dem Steinblock nach oben und winkte den Polizisten. Einer davon schleifte eine Trage aus Aluminiumrohr hinter sich her. »Hierher!« rief sie. »Und beeilt euch!«

»Verdammt, seht euch die ganzen Steine an!« sagte einer.

Sie fluchten noch mehr. Aber sie beeilten sich.

# 39

Freitag nacht, oder eher Samstag morgen, wachte Chrissie schreiend auf. Marty rannte an ihr Bett, mit Tante Vonnie direkt auf den Fersen. »Was fehlt dir, Liebling?«

Ihre großen dunklen Augen wanderten von ihr zu Tante Vonnie zu den Schatten im Zimmer. Sie saß steif aufrecht, die Arme nach unten gestreckt, die Fäuste ins Laken gekrallt. »Ich weiß nicht.«

Marty schloß sie in die Arme. »Wahrscheinlich ein böser Traum. Erinnerst du dich, wovon er gehandelt hat?«

»Nein.« Sie entspannte sich eine Spur. »Ein böser Traum.«

»Ja. Wir haben alle manchmal böse Träume.« Marty schaute Tante Vonnie an, die im zerknautschten Nachthemd aus gerauhtem Satin und mit Lockenwicklern im Haar am Bettpfosten klebte. »He, Tante Vonnie, wir kommen schon zurecht. Geh du nur und hole deinen Schönheitsschlaf nach. Du wirst morgen nicht viele Erdnußbutterkekse verkaufen, wenn du aussiehst wie eine alte Hexe.«

»Alte Hexe! Wenigstens lasse ich mein Haar nicht wild abstehen wie einen alten Staubwedel!«

»Bei meinem Job ist es nützlich, wenn ich wie eine Hexe aussehe, weißt du das nicht?« Marty schnitt eine wüste Grimasse, und Tante Vonnie schnaubte und ging wieder ins Bett. Marty wandte sich wieder ihrer Tochter zu. »Alles in Ordnung, Kleines?«

»Ja. Bloß ein schlechter Traum. Ich erinnere mich nicht.«

Aber Marty sah, daß sie sich an den Schrecken erinnerte. Sie sagte: »Wenn ich meine Füße von diesem kalten Boden kriege, setze ich mich ein Weilchen zu dir.«

Sie steckte ihre Füße unter die Decke und kuschelte sich an ihre Tochter. Chrissie hatte einen warmen neuen Schlafanzug, aber das war nicht die Wärme, die sie jetzt brauchte. Die Haare des Mächens dufteten wie Blumen, ein neues Shampoo, das sie sich gekauft hatte. Verdammt, warum konnte Brad nicht eine Weile dableiben und Vater sein, wenn sein Kind ihn brauchte?

Oder war es Martys Schuld? Hätte sie mit ihm nach Alaska gehen sollen? Hier brachte sie nichts Nützliches zustande, das war so sicher wie das Amen in der Kirche. Sheriff Cochran lag in diesem Moment im Krankenhaus von Bloomington, weil Marty unfähig gewesen war, ihm klarzumachen, daß Professor Wolfe ihre eigene Art hatte, mit Dingen umzugehen. Vielleicht hätte er sich nicht so aufgeregt, wenn sie es geschafft hätte, das zu erklären.

Und diese Klanmorde. Marty erschauerte. Angeblich war der Klan Geschichte, jedenfalls die Gewalttaten, alles Vergangenheit. Aber diese Mörder waren nicht einfach betrunkene Raufbolde. Was ging in ihrer Heimatstadt vor, welches scheußliche Gift verdarb sie? Wes sagte, die Mörder wären einzelne Irre. Er sagte, daß selbst Klansmänner, die schimpften, daß Schwarze und Juden die Weltherrschaft übernähmen, im Grunde gesetzestreue Bürger wären. Sie hatte das geglaubt, hatte fröhlich den Job übernommen, für die Sicherheit aller zu sorgen, die Betrunkenen und Verzweifelten einzusperren, bis sie nicht mehr gefährlich waren. Aber diese Mörder waren ihr unbegreiflich, sie verwandelten die freundlichen Hügel, die sie immer geliebt hatte, in eine unbekannte, furchterregende Wildnis.

Und die Dentons. Armer Richter Denton. Wer war Tenia? Hatte sie den Richter wirklich umgebracht? Warum hatte Professor Wolfe plötzlich beschlossen, sie zu erwähnen?

Und warum regte sich Marty Hopkins mitten in der Nacht absichtlich auf und schnappte nach jedem finsteren Gedanken, der sich anbot, statt sich auszuruhen, damit sie morgen etwas gegen ihre Probleme unternehmen konnte?

Vorsichtig stieg sie aus Chrissies Bett und nahm ein Aspirin, aber den Rest der Nacht schlief sie nur unruhig und wachte mit Kopfschmerzen und sandigen Augen auf.

Chrissie sah niedergeschlagen aus, und auch Tante Vonnie schlurfte lustlos herum, als sie den Orangensaft austeilte. Alle drei starrten auf ihre Muffins, bis das Telefon klingelte. Marty nahm ab. Es war Chrissies Freundin Janie.

»Mrs. Hopkins, kann Chrissie heute mit uns kommen?« Sie klang überschäumend und sorglos. »Wir fahren zum Einkaufszentrum von Whitehall!«

»Nimmt deine Mama dich mit?« fragte Marty.

»Ja, und Vati. Sie kaufen eine neue Lampe für's Wohnzimmer.«

»Klar, sie darf mit, wenn sie will.« Marty gab Chrissie den Hörer.

Die beiden Mädchen verabredeten sich. Nach dem Frühstück steckte Marty Chrissie fünf Dollar zu, für neue Ohrringe, und setzte sie bei Janie ab. Es war gut, daß das Kind heute eine Ablenkung hatte und an das alles nicht denken mußte. Sie würde schon werden, sie war ein zähes Kind, aber im Augenblick hatte sie Kummer.

Im Augenblick hatte auch Marty Kummer.

Sie fuhr nach Monroe County zu Professor Wolfes Farmhaus. Die drei Hunde bellten Marty schläfrig an, legten sich aber gleich wieder auf die Veranda, als eine blonde Studentin, an die Marty sich nicht erinnerte, zur Tür kam. Sie sagte, Professor Wolfe sei für eine Weile nicht in der Stadt. Callie hätte sie nach Indianapolis gefahren und käme erst in einer Stunde zurück. Marty seufzte.

»Gut, dann komme ich später wieder. Es sei denn, Sie könnten es mir vielleicht sagen. Ich suche jemanden namens Tenia. Wissen Sie, wer das ist?«

Die Blondine schüttelte den Kopf. »Tut mir leid.«

»Professor Wolfe kennt sie. Vielleicht eine ehemalige Studentin?«

»Tut mir leid. Ich habe sie nie jemanden namens Tenia erwähnen hören.«

Marty hielt beim Krankenhaus in Bloomington, aber natürlich durfte sie Wes Cochran nicht besuchen. Der Arzt sagte allerdings, er hätte Glück gehabt. Morphium und Lidocain war richtig als erste Hilfe, sagte er, genau was die Notarztmannschaft ihm auch gegeben hätte. Marty war gleichzeitig froh und frustriert.

Man konnte nie vorhersehen, was Professor Wolfe tun würde, und es schien ihr scheißegal zu sein, ob der Fall gelöst wurde oder nicht.

Auf dem Rückweg zum Hauptquartier kam sie am Denton-Haus vorbei, beschloß aber, nicht anzuhalten. Heute war sie einfach nicht in der Lage, Royce Denton gegenüberzutreten. Statt dessen rief sie an, sobald sie an ihrem Schreibtisch saß. Aber weder Royce noch Elizabeth kannten eine Tenia und erinnerten sich auch nicht, daß der Richter je eine erwähnt hätte.

Sie holte Richter Dentons Terminkalender hervor. Schwarze Ledereinbände, blaßgraue Seiten mit Monatsangaben, kleine, energische Handschrift. Keine Tenia. Keine Tanja oder Tonja. Keine Ernestina, Albertina, Celestina, Justine. Keine Martine. Außer einer Christine Stephenson, einer Gerichtsprotokollantin, die sich vor Jahren in Florida zur Ruhe gesetzt hatte, war der einzige ähnliche Name, den sie in Richter Dentons Notizen fand, Tina Clay, komplett mit Telefonnummer. Wie sich herausstellte, war Tina die Sekretärin eines Richters in Indianapolis, der mit Richter Denton befreundet war. Sie erwischte sie in ihrer Wohnung, und Tina Clay war sehr erstaunt, daß sie am Samstag wegen eines Mannes angerufen wurde, den sie, wie sie sagte, nur am Telefon gesprochen hatte.

»Und was ist mit Professor Wolfe von der UI? Fachbereich Biologie?«

»Tut mir leid. Nie von ihm gehört.«

Niedergeschlagen legte Marty auf und machte sich an den letzten Terminkalender. Nichts. Sie zog ein Tempotuch aus der Schachtel, betupfte ihre brennenden Augen und gestand sich ein, daß sie auf der falschen Fährte sein mußte. Aber welches war die richtige Fährte? Warum hatte Professor Wolfe nicht mehr gesagt? Wie sollten sie diese Tenia jemals finden? Und wenn doch, würden sie dann nur entdecken, daß sie verschwunden war wie Alma Willison?

Die Tür ging auf, und Jessup und Manning kamen herein. Jessup sah heute sauer aus, wie eine kleine Aufzieh-Bulldogge statt wie ein Aufzieh-Beagle. »Guten Morgen, Hilfssheriff Hopkins«, sagte Jessup.

»Guten Morgen, Sir.«

»Schreckliche Nachricht, Nachricht, das über Sheriff Cochran.« Wie immer stürzten seine Worte zu schnell hervor.

»Ja, Sir. Sie sagen, es geht ihm nicht allzu schlecht, aber er kann natürlich eine Weile nicht zur Arbeit kommen.«

»Können wir ihn im Krankenhaus besuchen?«

»Ich weiß nicht, Sir. Als ich heute morgen aus Bloomington wegfuhr, sagte man mir, nur seine Frau dürfte ihn sehen.«

»Schlimm, schlimm.«

»Vielleicht können Sie ihn sehen, wenn er hierher verlegt wird. Kann ich irgendwie helfen?«

Jessup warf Manning einen Blick zu und bewegte dann zustimmend seinen geschniegelten Kopf. »Wir wissen nicht, was wir hier haben«, sagte er. »Wir dachten, ein lokaler, lokaler Gesichtspunkt könnte vielleicht helfen.«

»Tja, ich kann's ja versuchen, Sir. Was ist es?«

»Fotos. Von weggeworfenen Polaroid-Negativen, die wir gefunden haben.«

Er breitete ein halbes Dutzend Bilder vor ihr auf dem Tisch aus, jedes sorgfältig in eine durchsichtige Zellophantüte gesteckt. Marty schaute sich die nackten Gestalten an und runzelte die Stirn. »Wo haben Sie die her?«

»Wir haben neulich mit einer Professor Wolfe gesprochen. Sie sagte, wir würden wichtige, wichtige Hinweise beim alten Feuerturm finden. Sagte, wir sollten unter dem *Cercis canadensis* nachsehen. Das ist ein Judasbaum, wie sich herausstellte. Da fanden, fanden wir die Negative und noch anderen Abfall.«

»Das ist ja komisch«, sagte Marty. »War sonst noch was da?«

»Coladosen, Chipstüten, Papiertücher –«

»Chipstüten?«

»Ja.«

»Neu?«

»Ein paar alte. Einige aus den letzten Wochen, denke ich.«

»Und Professor Wolfe hat Sie da hingeschickt.« Marty schwirrte der Kopf, zwischen Gelächter und Schockiertheit. So also kam Professor Hart zu seinem Vergnügen. Kein Wunder, daß er Wolfes Adresse auswendig konnte! Marty hatte schwer zu tun, ihr Gesicht so ausdruckslos zu halten, wie Coach das tun würde. Sie tippte mit dem Finger auf das Foto. »Haben Sie die Aussicht vom Feuerturm nachgeprüft, Sir? Kann man diese Szene sehen?«

»Ja. Die Fotos wurden oben auf dem Turm aufgenommen.«

»Hat Professor Wolfe gesagt, diese Beweisstücke hätten mit dem Klan zu tun?«

»Sie sagte, sie wüßte nichts, nichts über den Klan. Aber sie sagte, es seien wichtige Hinweise.«

Marty nickte. »Nun, Sir, ich habe das nicht zu bestimmen, aber ich würde vorschlagen, daß Sie damit direkt zum Dekan der Uni gehen. Diese jungen Frauen sind Studentinnen, die auf ihrem eigenen Grundstück schwimmen. Der Feuerturm steht im Staatswald. Dieser Voyeur benutzt Staatseigentum für seine Aktivitäten.«

»Wenn es nicht der Klan ist, sollten wir eigentlich –« Jessup wirkte enttäuscht. Der kleine Agent hatte vermutlich gehofft, brennende Kreuze an dem alten Turm zu finden.

»Das kann man nie wissen, Sir«, sagte Marty. Sie hatte nicht vor, Professor Hart so leicht davonkommen zu lassen. Heimlich Schnappschüsse von Studentinnen zu machen, die in ihrem eigenen Hintergarten nackt badeten, war nicht gerade erwünschtes Verhalten bei Professoren. Sie schlug vor: »Könnte Erpressung sein, Sir. Geldbeschaffung für den Klan.« Erfreut sah sie, wie Jessups Gesicht sich aufhellte. »Man braucht die Studentinnen nicht aufzuregen, wenn es eine andere Möglichkeit gibt. Sie haben nichts Falsches getan. Aber das muß aufhören. Wir werden sehr rücksichtsvoll damit umgehen, wenn Sie es an uns zurückgeben. Natürlich werden wir Ihre Zustimmung brauchen. Es ist ein Staatsforst.«

»Nein, nein.« Jessup hatte wieder Lust, sich damit zu befassen. »Wir reden mit dem Dekan, ehe wir es an Sie zurückgeben.« Er und Manning gingen hinaus. Marty schüttelte den Kopf. Wolfe würde also ihre Rache an Professor Hart bekommen. Sie hatte seine eigenen Hunde auf ihn gehetzt. Eine gefährliche Frau.

Aber die Ablenkung steigerte nur ihr Gefühl von Nutzlosigkeit. Marty rieb sich die Schläfen und nahm noch ein Aspirin. Sie fühlte sich wie eine totale Niete. Sie hatte ihre Familie zerstört, den Sheriff im Stich gelassen, bei den Dentons versagt. Sie hoffte, sie könne wenigstens irgendwelche Informationen über Tenia kriegen. Aber der Sheriff war außer Gefecht, Professor Wolfe nicht erreichbar, Richter Denton für immer dahin. Sie war jeder verdammten Spur gefolgt, bis sie im Sande verlief, und jetzt wußte sie nicht mehr, wohin sie sich noch wenden sollte.

Verflixt. Sie hatte sich so gewünscht, Tenia für den Sheriff zu finden.

Sie versuchte, ihre Notizen noch einmal durchzugehen, in der Hoffnung, daß ihr etwas entgangen war, aber die Worte verschwammen, weil ihre Augen wieder brannten. Als Mason um zwei zurückkam, schnappte sie sich ein Tempotuch, putzte sich geräuschvoll die Nase und sagte hastig: »Heuschnupfen, tut mir leid. Passiert ist nicht viel. Passen Sie eine Weile aufs Telefon auf, ja? Foley kommt um vier. Ich rufe an, muß einem Hinweis nachgehen.« Sie rannte zur Tür hinaus. Eigentlich hatte sie keinen Hinweis zu verfolgen, außer daß Professor Wolfe etwas über die Willisons gesagt hatte, und in der ganzen Aufregung hatte sie vergessen, danach zu fragen. Sie wußte, daß sie es eigentlich nicht tun sollte, aber im Augenblick war eine Fahrt nach Louisville wenigstens etwas, selbst wenn sie eigentlich mit der Polizei von Louisville zusammenarbeiten müßte und das nicht tat, und selbst wenn es eine blöde Frage war, die sie stellen wollte, und selbst wenn sie eine Weltrang-Niete war, die ihren Job und ihre Familie und ihr ganzes blödes Leben vermasselt hatte.

Samstag arbeitete der Nachtfalke in der Frühschicht, daher war er am Nachmittag schon zu Hause, sang »Ew'ger Fels« vor sich hin und packte seine Ausrüstung zusammen.

»Besudelt such ich Deinen Quell«, sang er. Er war heute besudelt, immer noch schwarz um die Fingernägel herum, obwohl er sich schon mehrmals gewaschen hatte. Vor der Zeremonie heute abend würde er sich nochmal richtig abschrubben müssen. »Wasch mich, Heiland, mach mich hell«, sang er und legte sowohl die 22er als auch die 38er dazu und zwei Schachteln Munition. Er packte noch ein paar Extralappen und Kerosin in seine Tasche. Sie sah aus wie eine Arzttasche. Ein Arzt für die Rettung der weißen Rasse. Jetzt noch ein Seil, Draht und eine Drahtschere und eine Säge. Hammer und große Nägel für die Kreuzigung. Karten, und seine Messer, das blau angelaufene Marinemesser und das kleine Messer zum Fischeausnehmen, obwohl, bei der Frau würde er die Augen nicht machen müssen. Und Streichhölzer. »Wenn ich lieg in letzter Not, und mein Aug sich schließt im Tod, wenn ich steig aus diesem Pfuhl, vor auf vor Deinen Richterstuhl, Ew'ger Fels, für mich gespalten, Zuflucht suche ich in dir...«

Alles gepackt. Er stellte die schwarze Tasche an die Tür und hob seine Baseballmütze auf. Nur noch eine Sache zu erledigen heute nachmittag. Für die Fahrt zur Höhle heute abend hatte er sich einen Wagen geliehen. Sicherer, den Wagen von jemand anders zu benutzen. Er war in der Garage untergestellt, fix und fertig. Also mußte er nur noch ein paar Hölzer zur richtigen Größe zurechtschneiden. Das würde er jetzt machen und sie erst gegen Sonnenuntergang zur Höhle bringen. Das dürfte ja leicht sein, wo jetzt die Bullen nicht mehr da waren. Aber selbst unter den Umständen wäre es besser, die Spur zu verwischen, die entstand, wenn er sie in den Tunnel schleifte. Austilgen. Die Polizei mochte ja weg sein, aber sie konnte auch wiederkommen.

Er war zu dem Schluß gekommen, daß der Große Titan selbst die Polizei benachrichtigt hatte. Das war Teil des unsichtbaren Plans. Der Große Titan war gescheit, brilliant sogar, und wenn der Nachtfalke die Zeichen richtig deutete, dann war die Zeit für den großen Durchbruch gekommen. Wenn der große Krieg kam, dann brauchten sie die Zeitungen und das Fernsehen und die Polizei, und der Große Titan wußte das. Das Interesse der

Reporter war ein weiteres Zeichen, daß die Zeit gekommen war. Die Zeit für den großen Krieg gegen das Drecksvolk, wenn alle geheimen Soldaten der unsichtbaren Armee losschlagen würden. Die Frau hinzurichten war Teil der Pläne des Großen Titan, und die Polizei und die Zeitungen gehörten auch dazu. Es war Zeit. Zeit, sich aus der Drangsal zu erheben und sich alle Tränen von den Augen abwischen zu lassen.

Damals, als er noch der kleine Pip gewesen war, hatte ihm niemand die Tränen von den Augen abgewischt. »Sei ein Mann, Pipifax! Steck es ein wie ein Mann!« hatte sein Vater gebrüllt, und der kleine Pip hatte gelernt, aus seinem Körper herauszukriechen und nicht zurückzugehen, bis er noch eine Wand in sein Gemüt eingebaut hatte und die schändlichen Tränen dahinter sicher versteckt waren. Aber das war früher gewesen. Jetzt war er mächtig, das Werkzeug des Herrn, und es war Zeit, sich aus der Drangsal zu erheben. Er schlug die Bibel an der vertrauten Stelle auf. »Diese sind's, die gekommen sind aus der großen Trübsal und haben ihre Kleider gewaschen und haben ihre Kleider hell gemacht im Blut des Lammes.« Er würde überwinden. Er war Teil des großen unsichtbaren Imperiums, das überwinden würde. »Sie wird nicht mehr hungern noch dürsten; es wird auch nicht auf sie fallen die Sonne oder irgendeine Hitze; denn das Lamm mitten auf dem Thron wird sie weiden und leiten zu den lebendigen Wasserbrunnen, und Gott wird abwischen alle Tränen von ihren Augen.«

Der Nachtfalke legte die Uniform ab und zog sich um, schloß die Küchentür hinter sich ab und brachte seine Tasche zu dem geliehenen Wagen in der Garage. Den Haustürschlüssel hatte er irgendwo verloren. Kein großes Problem, aber er sollte dran denken, sich bei der Arbeit umzusehen, ob er da irgendwo herumlag. Er fuhr rückwärts hinaus, an seinem eigenen Wagen in der Einfahrt vorbei, schloß die Garagentür und machte sich auf den Weg, das Werk des Herrn zu tun.

## 40

Hoher Nachmittag an einem Maitag im Kalksteingebiet. Das geliehene Auto des Nachtfalken rollt gutgeölt auf die Wälder zu, auf der Suche nach dem Zorn des Herrn. Irgendwo weit unterhalb der Landstraßen kauert Alma Willison im Dunkel und sägt an einer Kette, mit einem Haustürschlüssel und einem Gebet. Nördlich der Stadt rast eine Ambulanz die Straße von Bloomington nach Nichols County hinunter, an Bord einen Sanitäter, der auf seine Monitoren achtet, sowie einen dösenden Sheriff Wes Cochran, der an diesen Monitoren hängt. Und südlich der Stadt flitzt ein Streifenwagen des Sheriffbüros auf der Straße Richtung Louisville, das Lenkrad fest umklammert von Hilfssheriff Hopkins, die Tränen herunterschluckt und der Verzweiflung nahe ist.

Weit über allen schraubt sich ein Düsenflugzeug zur vorgeschriebenen Höhe hinauf und donnert vom Flughafen von Indianapolis nach Süden. Eine einsame, schlanke Frau in einem der Fenstersitze zieht ein Computer-Laptop unter dem vorderen Sitz hervor und nimmt es auf den Schoß, aber ehe sie es öffnet, hält sie inne, um auf die Szene unten hinabzuschauen. Die Frau sieht Autostraßen und Städte, flaches Ackerland, das in bewaldete Hügel übergeht, Acer und Cercis und Diospyros. Unterhalb der Vegetation sieht sie eine Karstlandschaft mit Sickerlöchern, Quellen, verschwindenden Flüssen und Höhlen. Sie sieht weiter. Sie sieht ein ausgedehntes tropisches Meer, wimmelnd von winzigen Kreaturen in Schalen, die ihre Panzer aus Kalziumkarbonat aufbauen, sich vermehren, sterben, und in immer dicker werdenden Schichten auf den Meeresboden sinken, während jenseits des Meeres Kontinente kollidieren und Berge sich erheben und durch Erosion wieder verschwinden. Sie sieht Gletscher vom Norden heruntergleiten, sich wieder zurückziehen und ausgewaschenes, flachgescheuertes Land und Geröllebenen hinterlassen, und sie sieht kraftvolle Lebensformen die unwirtliche neue Umgebung bevölkern. Sie sieht ganze Arten untergehen und andere zur Blüte kommen, sieht, wie das Leben die Erde verändert und von ihr verändert wird.

Die Frau sieht das zerbrechliche Asphaltnetz, das von einer der jüngeren Arten über die Hügel geworfen worden ist, und sie sieht, daß diese dünnen Fädchen aus Hydrokarbonat den kreisenden Wassern und dem überschäumenden Leben der Erde unterliegen werden. Sie sieht die winzigen Stahlkapseln auf den Asphaltfäden entlangrollen und Mitglieder dieser geschäftigen Spezies, der Menschheit, transportieren. Der Menschheit, die mit ihren kultivierten Feldfrüchten, ihren Viehherden, ihren Parasiten und ihren Symbionten schon jetzt den Kohlenstoff-Zyklus um 20 Prozent, den Schwefelzyklus um 100 Prozent hinaufgetrieben hat. Sie sieht ein neues Zeitalter umfassender Vernichtung schon im Anfangsstadium, und sie blickt darüber hinaus, auf eine Erde, die von neuen, post-humanen Spezies erfüllt ist.

Sie sieht, wie sich das Leben vom Leben und vom Tode nährt, und sie respektiert das.

Unten sieht sie eine Kette von Steinbrüchen, Wunden, in die dünne, wildwuchernde Humusschicht bis tief in das vor Zeiten lebendige Urgestein geschlagen, und sie sieht, wie das Licht von Schwester Sonne vom lebenspendenden Wasser in diesen Tiefen reflektiert wird.

Sie ist eins mit dem reflektierten Licht, mit der Erde, mit dem zyklischen Tanz von Tod und Leben.

Denkt sie an Martine LaForte Hopkins, an Wesley Cochran, an Alma Willison, an den Ku Klux Klan? Vielleicht nicht, denn als sie sich schließlich vom Fenster abwendet, öffnet sie den Deckel ihres Laptops und fängt an, voller Respekt ihre wissenschaftlichen Beobachtungen über evolutionäre Adaption in den bleichen, blinden Kreaturen aufzuzeichnen, die in der dunklen Wildnis in Säugetieren und in Kalksteinhöhlen gedeihen.

## 41

Wes erwachte verwirrt in einer weißen Umgebung. Ach ja, Krankenhaus. Zu viel verdammtes Licht. Und nicht das bekannte Zimmer. Ach ja, sie hatten ihn verlegt. Nach Hause, hatten die Ärzte in Bloomington gesagt, Sie kommen nach Hause. Aber sie hatten das hier gemeint. Na, wenigstens war er von den verdammten Schläuchen ab. Er bewegte die Arme. Fühlte sich gut an.

Shirley döste in dem Stuhl an seinem Bett. Sie sah erschöpft aus, ihr Gesicht war schlaff und faltig, ihr federnder blonder Schopf hing um Stirn und Ohren herunter und zeigte den grauen Ansatz. Plötzlich überschwemmte ihn Liebe und Dankbarkeit für diese müde Frau, die ihn erwählt hatte. In Krankheit und Gesundheit, hatten sie einander als unreife Kinder gelobt, fast ohne nachzudenken, weil es damals so belanglos war. Damals bedeutete Krankheit eine Erkältung oder einen verstauchten Knöchel. Die Tatsache, daß Shirl willens war, sich an diese alte Abmachung zu halten, war plötzlich sein kostbarster Besitz.

Hör auf damit, Alter, schalt er sich. Werd bloß nicht weich.

Er schuldete auch anderen Menschen etwas. Marty Hopkins zum Beispiel. Und dieser verrückten Professorin, die ihn mit dem richtigen Zeug vollgepumpt hatte, ein Gewehr abgefeuert, um Aufmerksamkeit zu erregen, und zum Haus zurückgerannt war, um eine Tragbahre zu holen, wie man ihm sagte. Natürlich, als sie gehört hatte, daß die Staatspolizei kam, war sie wie ein wildes Tier mit den Wäldern verschmolzen, und wer wußte schon, was sie jetzt trieb? Jedenfalls nicht ihre Bürgerpflichten erfüllen und sie über den Fall informieren, das war mal sicher.

Dr. Hendricks kam geschäftig herein, weißhaarig und lebhaft. Shirley rührte sich im Stuhl und schob mit beiden Händen ihr herunterhängendes Haar zurück. »Oh, hallo, Doc«, sagte sie.

»Hallo, Shirley.« Doc nahm die Karten am Fuß des Bettes und sah dann zu Wes hoch. »Wie geht's Ihnen denn so, alter Kämpe?«

»Froh, Ihr runzliges altes Gesicht zu sehen, Doc«, sagte Wes. »Oben in dem Krankenhaus in Bloomington haben sie mich behandelt wie ein kaputtes Radio oder was. Alle Schaltkreise getestet.«

»Tja, Ihren Schaltkreisen geht es besser, aber Sie setzen sich lieber bald mal mit mir zusammen und überlegen, wie man das Gewicht der Welt von Ihren Schultern kriegt, sonst gibt's bald den nächsten Kurzschluß.«

»Ja, einverstanden. Shirley hier sagt mir, ich muß auch anders essen.«

»Und zu Fuß zur Arbeit gehen«, sagte Shirley fest.

»Das sagen wir beide Ihnen schon seit vier Jahren, Sheriff«, sagte Doc.

»Schon gut, schon gut, ich weiß ja, reitet nicht noch drauf rum.«

»Diesmal machst du es«, sagte Shirley. »Noch mehr Tage wie diesen steh' ich nicht durch.«

Wes drückte ihre Hand. »Ich verspreche es, Boss. Sagen Sie, Doc, gibt es irgendwelche Neuigkeiten? Wir haben einen schweren Mordfall, und –«

»Wesley Cochran! Du bist im Krankenhaus!« rief Shirley aus.

»Shirl, Liebling, ich kann einfach nicht aufhören, mir deswegen Gedanken zu machen. Du könntest mich in einen Schrank sperren, und ich würde trotzdem weiterbrüten.«

Doc meinte: »Sie brauchen noch ein Sedativ, Sportsfreund. Aber Art Pfann ist draußen. Er wartet schon seit zwei Stunden.«

»Gut! Schicken Sie ihn rein! Kann ich hier etwas gerader sitzen?« Er zupfte an den Laken herum und versuchte, die Schultern zu heben.

»Warte, Idiot!« Shirley drückte einen Knopf, und das Kopfende des Bettes hob sich und drückte ihn in eine sitzende Stellung.

Doc ging in den Flur hinaus. Wes hörte ihn sagen: »Zehn Minuten.«

Der Staatsanwalt kam herein, gefolgt von Jessups Assistenten Manning. »Tut mir leid, Sie zu stören, Sheriff«, sagte er. »Wie geht's denn so?«

»Tja, Art, nach Shirleys Ansicht bin ich sozusagen krank«, sagte Wes. »Aber mir geht's gut. Was liegt an?«

»Das FBI hat das Gegenstück zu ein paar Fingerabdrücken geschickt«, sagte Pfann. »Jessup mußte nach Bloomington, etwas nachprüfen, aber Manning hat das Zeug. Können wir reden?«

»Ich bin sofort zurück«, warnte Shirley und ging.

Pfann sagte: »Sieht interessant aus. Sagen Sie's ihm, Manning.«

»Typ namens Hardy Packer«, sagte Manning. »Angeblich in diese Bombenattentate verwickelt, die der Klan vor ein paar Jahren oben in Whitecastle verübt hat.«

Trotz der Beruhigungsmittel fühlte Wes einen Adrenalinstoß. »Könnte unser Mann sein«, sagte er. »Wo waren die Abdrücke? Bei Goldstein?«

»Nein, da konnten wir keine kriegen. Der Typ war sehr vorsichtig. Bei Sears das Gleiche – vollkommen sauber. Aber an ein paar Stellen in der Höhle haben wir welche gefunden. Der Sargdeckel.«

»Der Sargdeckel! Den hat er nicht abgewischt?«

»Doch. Auf dem größten Teil davon sind nur die Abdrücke ihres Hilfssheriffs«, erklärte Manning. »Aber ganz hinten in der Ecke hatten wir Glück. Eine Stelle hat er übersehen.«

»Und was wissen wir über diesen Kerl?«

»Das FBI schickt mehr Unterlagen an Agent Jessup. Im Augenblick haben wir nur den Namen und die Information, daß er in dieser Gegend aufgewachsen ist, drüben bei Campbellsburg. Ruhiger Typ, sagen die in Whitecastle, aber Spitzenklasse mit Handfeuerwaffen und Sprengstoff. Als die Bullen in Whitecastle ihm zuleibe rückten, ist er verduftet.«

»Packer«, sagte Wes. »Ich erinnere mich an einen Packer, als ich noch klein war. Der Alte lebte auf einer Farm da draußen. Die Frau ist ihm durchgebrannt, nicht?«

»Ich erinnere mich nicht«, sagte Art Pfann.

Manning sagte: »Richtig, und ein paar Jahre später verlor er seine Farm und nahm seine Söhne mit nach Terre Haute. Der ältere ging zur Marine, fiel in Vietnam. Aber die Spur des jüngeren verliert sich nach den ersten Highschool-Klassen in Terre Haute, bis die Morde in Whitecastle losgingen.«

»Mir fällt ein, daß die alte Packer-Farm nicht allzu weit von der Höhle war. Acht Kilometer etwa.« Wes schüttelte den Kopf. »Aber jetzt gibt es hier niemanden mehr, der so heißt.«

»Es gibt ein Foto. Miserabel, aber immerhin etwas«, sagte Manning. Er nahm es aus dem Umschlag. »Packer ist der zweite von rechts.«

Wes sah es mit zusammengekniffenen Augen an. Fünf Männer, vier in weißen Roben, der zweite von rechts in einer schwarzen. Das paßte. Er hatte einen Bart. Wes deckte den Bart ab und konzentrierte sich auf Nase und Augen. Gottverdammtnochmal, da war doch was Bekanntes. Was? Was?

»Sie kennen ihn nicht?« Manning war sichtlich enttäuscht.

»Ich kenne ihn. Kann ihn bloß nicht einordnen. Art?« Er drückte Pfann das Foto in die Hand, aber der schüttelte auch den Kopf.

»Ich nehme an, er trägt jetzt keinen solchen Bart mehr«, sagte er.

Wes lehnte seinen Kopf an die Kissen. Wer war es? Verdammt, er wurde allmählich alt. Kannte seinen eigenen Bezirk nicht mehr.

Die Schwester kam herein, gefolgt von Shirley. »Es tut mir leid, Sir. Die zehn Minuten sind um.«

»Ja. Schon gut.« Pfann gab das Foto an Manning zurück. »Tja, Sheriff, setzen Sie sich mit uns in Verbindung, wenn Ihnen etwas einfällt. Und passen Sie auf sich auf.«

»Gut. Tut mir leid.« Er sah zu, wie Pfann und Manning auf die Tür zusteuerten und hörte sich plötzlich nachfragen: »Sie sagten, die Fingerabdrücke waren an zwei Stellen in der Höhle.«

»Ja, Sir.«

»War die andere Stelle die Öltülle?«

Pfann drehte sich wieder um. »Richtig, so war es.«

»Zeigen Sie mir das Foto nochmal!«

»Mr. Cochran, Sie müssen ruhen. Anweisung des Arztes«, schalt die Schwester. Sie hielt eine Spritze gegen das Licht.

»He, wollen Sie mich rasend machen?« Ein sehr überzeugendes Gebrüll brachte er nicht zustande, aber es reichte, daß die Schwester die Augen aufriß.

Manning reichte ihm das Foto noch einmal. Wes sagte: »Newton. Gil Newton. Verdammt.«

»Newton?« Manning zog sein Notizbuch hervor.

Wes zeigte Shirley das Foto. »Was sagst du, Shirl? Der Kerl in Schwarz?«

Sie nickte langsam. »Mein Gott, Wes. Du meinst, er ist der – ?«

Pfann, der ihr über die Schulter sah, nickte auch. Wes übergab Manning das Foto und schob seine Decke zurück. »Gil Newton. Geht in unsere Kirche, der Hundesohn. Ist vor fünf oder sechs Jahren hierhergezogen, und der alte Straub hat ihm einen Job in seiner Tankstelle gegeben.«

»Damals war Straub der Große Titan des Klan?« fragte Pfann.

Wes nickte. »Ihr Vater und ich und jeder andere hier brauchte seine Hilfe, um gewählt zu werden, bis Hines zusammengeschlagen wurde.«

Mannings Augenlid zuckte, aber er sagte nur: »Adresse?«

»Draußen an der Dodd Road, bei Guthrie Creek.« Die Schwester kam mit der Nadel herbei, aber Wes schüttelte sie ungeduldig ab. »Mist, er hat vielleicht die Willison aus Louisville! Die Beschreibung des Kidnappers war vage, paßt aber auf Newton, soweit vorhanden. Lassen Sie die Leute da nicht reinstürmen, Art. Es besteht eine Chance, daß sie noch am Leben ist. Vielleicht – vielleicht schicke ich Hopkins. Sie kann gut mit Leuten reden. Wir können...« Er wollte seine Beine über die Bettkante schwingen.

Die Schwester stieß ihn zurück, machte ts-ts-ts und ließ das Kopfende des Bettes herunter. Shirley sagte: »He, Sportsfreund, der Staatsanwalt wird schon die richtigen Leute rufen.«

»Hört mal, ich kenne den Fall! Ich muß hier raus!«

»Kommt nicht in Frage!« rief Shirley. »Ich lasse dich in eine Zwangsjacke stecken, ehe ich dich gehen lasse!«

Art Pfann ging rückwärts zur Tür. »Immer mit der Ruhe, Sheriff. Wir machen das schon richtig. Wir –«

»Gottverdammtnochmal!« Wes kämpfte sich hoch und schwang seine Beine wieder über die Bettkante.

»Wes, hör auf!« Shirley packte seinen Arm. Die Schwester packte den anderen.

Pfann sagte: »He, wir kommen zurück, wenn Jessup kommt«, und eilte aus dem Zimmer, Manning hart auf den Fersen.

»Shirl, geh aus dem Weg! Ich muß an ein Telefon!« sagte Wes. Die verdammten Weiber hatten keine Ahnung, was wichtig war.

»Nein, mein Lieber. Und ich lasse hier niemanden mehr rein, wenn du dich nicht sofort wieder hinlegst!«

»Verdammt nochmal, Shirl!« Das Problem war, er fühlte sich ungefähr so stark wie eine gekochte Nudel. Wenn er jetzt aufstand und dann hinfiel –

»Es ist mein Ernst, Sportsfreund.«

Es war ihr Ernst. Das spürte er. Er seufzte und sagte: »Wie wär's mit einem Handel? Besorg mir ein Telefon.«

Die Schwester runzelte die Stirn, aber Shirley sagte: »Gemacht.«

»Und nichts von diesem albernen Beruhigungszeug!« grollte er und zeigte auf die Nadel.

Die Schwester sagte: »Aber Dr. Hendricks –«

»Näh. Doc Hendricks weiß, daß das gegen meine Religion ist. Mit Doc Hendricks rede ich schon.«

Shirley nahm die Schwester beim Arm. »Holen wir den Arzt. Vielleicht kann der ihn dazu überreden. Und wir lassen auch das Telefon anschließen.« Aber sie wartete, bis Wes wieder auf seinen Kissen lag, ehe sie die Schwester aus dem Zimmer dirigierte.

Die gute alte Shirl war am Ende immer einsichtig. Müde oder nicht, jetzt konnte er nicht schlafen. Er wußte über Gil Newton mindestens so viel wie sonst jemand im Bezirk. Sie würden ihn brauchen. Wes gähnte. Und wenn er sein Telefon hatte, würde er Foley und Hopkins herbeirufen und ...

Als Doc Hendricks und Shirley ein paar Minuten später zurückkamen, war Wes eingeschlafen.

# 42

Wayne Willison war im Vorgarten, als Marty vorfuhr. Er trug ein kurzärmeliges bräunliches Polohemd und jätete Unkraut unter der Hecke. Als sie den Motor abstellte und ausstieg, richtete er sich auf.

»Tag auch«, sagte er und sah sie mit einer Mischung aus Hoffnung und Furcht an. »Sie sind die aus Indiana.«

»Ja, Sir, ich bin Hilfssheriff Hopkins, Mr. Willison. Noch nichts Neues, fürchte ich. Aber ich habe noch ein paar Fragen.«

»Klar. Fragen Sie, was Sie wollen.« Er rieb seine Hände an den Hosen. Er kam ihr älter vor als letztes Mal. Marty fragte sich, ob er überhaupt geschlafen hatte, seit seine Frau verschwunden war.

»Ist Milly in der Nähe?« fragte sie.

»Oben an der Straße.« Er deutete auf eine kleine Kinderschar, die an der Ecke in einem Garten herumlief. »Neuerdings lasse ich sie höchst ungern aus den Augen. Aber ich will sie ja nicht einsperren wie eine Gefangene. Also mache ich Kompromisse und arbeite viel im Garten.« Er schaute sich auf dem gepflegten Rasen um und versuchte zu grinsen. »Das wird nochmal der ordentlichste Vorgarten in fünfzig Staaten.«

»Ja, Sir. Sie haben recht, ein Auge auf sie zu haben.«

»Außerdem schickt die Polizei alle zwei Stunden einen Wagen vorbei.«

»Gut.«

»Nun, möchten Sie, daß ich Milly rufe?«

»Nein. Nein, Sir, die Fragen sind an Sie. Ich würde gern nach Millys Geburtstag fragen.«

Plötzlich waren seine blauen Augen auf der Hut, und Martys Rücken straffte sich. Da war was Wichtiges. Er sagte zu beiläufig: »Alma gibt meist eine Party für sie, ein paar kleine Freunde.«

»Ja, Sir.« Marty überlegte schnell. Wolfe hätte sich für eine Kinderparty nicht interessiert. Aber die Feier einer Geburt... Sie sagte: »Sie sind die Großeltern, nicht? Wer sind die Eltern? Ihr Sohn? Ihre Tochter?«

»Was hat das damit zu tun, daß meine Frau verschwunden ist?«

»Wir wissen es nicht, Sir. Wir versuchen nur, ein vollständiges Bild zu bekommen. Alles ist nützlich.«

»Ich wünschte, Alma wäre hier.«

»Sie meinen, die Eltern sind ihr Geheimnis, sowas in der Art?«

»Sie weiß mehr darüber. Hören Sie, Hilfssheriff Hopkins, ich sehe nicht ein, wie das helfen soll, sie zu finden, aber wie es Milly schaden kann, das sehe ich.«

»Wir werden Milly nicht schaden, glauben Sie mir. Es ist nicht unsere Aufgabe, Geheimnisse zu verraten, Mr. Willison. Aber ehrlich, es könnte helfen, Ihre Frau zu finden.«

»Sie glauben das wirklich? Nun – ja –«

»Die Sache ist die, es könnte mit anderen Informationen, die wir schon haben, zusammenpassen«, erklärte Marty. »Mr. Willison, wer sind die Eltern?«

»Ich weiß es nicht.« Wayne Willison rieb sich den Nacken. »Sehen Sie, wir hatten nur ein Kind, Alma und ich. Ein kleines Mädchen. Sie starb an Leukämie, als sie erst fünf war. Aber dann, vor sieben Jahren, hat jemand Alma gebeten, vorübergehend ein Baby in Pflege zu nehmen. Alma war bei diesem Kirchenkomitee, das armen Familien half, und damit hatte es zu tun. Und Millie war so ein süßes Baby. Ich habe mich sofort in sie verliebt. Und Alma war so glücklich. Ziemlich bald wünschte ich, die Familie käme nie wieder, um sie zu holen.«

»Hat sie noch mehr von der Person erzählt, die wollte, daß sie für Millie sorgt?« Eine dunkle Ahnung hatte Marty befallen.

»Lange Zeit nicht, dann sagte sie, die Mutter wäre tot. Da war es mir schon egal. Ich wollte das Kind für immer behalten.«

»Also haben Sie Milly adoptiert?«

»Tja, das war auch so was. Ich habe es natürlich vorgeschlagen, aber Alma wollte nichts davon hören. Sie wollte sie nicht adoptieren.« Ängstlich schaute er Marty an. »Sie glauben wirklich, es hat was damit zu tun? Vielleicht hat der Vater uns aufgespürt? Glaubt, er müßte sich rächen?«

Marty nickte langsam. Ihr gefiel diese Möglichkeit auch nicht. Angenommen, Millys Vater war Klanmitglied, ein gewalttätiger Kerl. Vielleicht eine Weile im Gefängnis. Er kam raus und fing an, sich an den Leuten zu rächen, von denen er sich einbildete, sie hätten ihm Unrecht getan, einschließlich der Frau, die jahrelang für seine kleine Tochter gesorgt hatte.

Willison fragte schüchtern: »Könnte der Vater sie uns wegnehmen?«

»Nicht, wenn ich dabei etwas zu sagen habe.«

Er sagte kampflustiger: »Sie arbeiten für die Regierung. Die Regierung nimmt manchmal Kinder weg.«

»Wirklich, Sir, ich versuche nur, Ihre Frau zurückzubringen.« Aber eine andere Möglichkeit plagte sie. Sie konnte sich eine Frau vorstellen, die um ihre tote Tochter trauerte, jahrelang trauerte, und schließlich durchdrehte und ein Baby kidnappte und so tat, als wäre seine Mutter tot, und die Familie kümmerte sich nicht darum. Sie fragte: »Mr. Willison, noch eine Frage. Ist Millys richtiger Name Tenia? Tina, Tanja, sowas Ähnliches?«

»Nein. Ihr richtiger Name ist Camille.«

»Hat Ihre Frau je eine Tenia erwähnt? Oder kennen Sie eine?«

»Nicht, daß ich wüßte.«

»Könnte es der Name von Millys Mutter gewesen sein?«

»Das weiß ich nicht.«

Marty seufzte. »Na gut. Gibt es sonst noch was? Irgendwas, das uns helfen könnte, ihre Familie zu identifizieren?«

Er zögerte, und Marty wußte, es gab noch etwas. Sie redete ihm gut zu: »Mr. Willison, ich weiß, daß Sie hin- und hergerissen sind, weil sie nicht wissen, ob es Ihrer Frau wirklich hilft. Aber es ist nützlich, wirklich, wenn wir so viele Fakten kennen wie möglich.«

»Tja. Na, ich habe sowieso schon zu viel gesagt, oder nicht genug. Ich kann genausogut alles sagen. Alma hat eine kleine Schachtel für Milly aufgehoben, etwas von ihrer Mutter.«

»Darf ich das sehen, Sir?«

Zweifelnd schaute er die Straße hinauf. Marty fügte hinzu: »Ich werde ein Auge auf Milly haben, wenn Sie es selbst holen wollen. Wirklich, es könnte uns helfen herauszukriegen, wo wir nach Ihrer Frau suchen könnten.«

Willison sagte: »Bin gleich zurück« und schoß ins Haus. Oben an der Straße hörte die pferdeschwänzige Milly die Tür knallen und unterbrach ihre Jagd nach einem Nachbarsjungen. Sie stand stockstill auf dem Bürgersteig und starrte ihr Haus an. Marty winkte und lächelte beruhigend, aber das Kind wartete, erstarrt, bis die Tür wieder aufging und Willison herauskam. Da stieß Milly einen Schrei aus und raste wieder hinter ihrem kleinen Freund her.

Marty dachte an Chrissie, welche Sorgen sie sich machte, daß auch Marty gehen könnte wie Brad. Die kleine Milly hatte auch einen Vater verloren, und zwei Mütter. Gott, das Leben war hart für kleine Kinder.

Aber als sie Wayne Willisons verhärmtes Gesicht sah, der vom Haus her näherkam, entschied sie, daß das Leben auch für Erwachsene nicht leicht war.

Er trug eine kleine Pappschachtel mit dem Bild von einem Blumenstrauß auf dem Deckel und der kursiven Aufschrift ›Blumenkarten‹. »Das ist es«, sagte er. »Alles, was ich über ihr Leben weiß, ehe sie zu uns kam.«

Er gab Marty die Schachtel, und sie entfernte den Deckel. Drinnen lag eine blaue Karte, auf der nur stand: »Staatsarchiv von Kentucky, Geburtenregister, Buch 733, Seite 514.«

Ihre Geburtsurkunde. Millys Geburtsurkunde. Die Eltern würden draufstehen! Aber, verflixt, so spät am Samstagabend waren die Ämter geschlossen. Und dann, dies hier war auch noch unten in Frankfort. Es gab keine Hoffnung, da hineinzukommen. Sie würde bis Montag warten müssen, es sei denn, sie konnte jemanden in höherer Position davon überzeugen, es lohne sich, dafür einen Archivisten aus seiner Wohnung zu zerren. Vielleicht würde die Polizei von Louisville das tun. Dies war schließlich ein großer Fall, und diese Information könnte eventuell helfen, den Grund für Alma Willisons Verschwinden zu erklären, und ihnen den Namen eines Mannes verraten.

Sie wollte gerade nach ihrem Notizbuch greifen, um die Information aufzuschreiben, da spürte sie, wie in der Schachtel etwas rutschte. Es war noch etwas darin. Sie nahm die blaue Karte heraus. Darunter war Seidenpapier um etwas Klumpiges gewickelt. Vorsichtig schob Marty das Seidenpapier beiseite und hauchte: »O Gott.«

Es war ein Kettchen, ein Goldkettchen, kostbar und wunderschön. Es war in einem lebhaften, sich in Abständen wiederholenden Blattmuster gearbeitet, und Marty erkannte das Muster. Es paßte zu dem Armband an dem kleinen Skelett in der Höhle. Es war die Kette, die das Gemälde in Dentons Eingangshalle zeigte.

Der kleine Triumph, weil eine dunkle Ahnung sich bestätigt hatte, konnte die aufsteigende Übelkeit nicht aufhalten, den Klumpen in ihrer Kehle.

»Was ist los?« fragte Wayne Willison scharf.

Marty schluckte. »Es ist schon in Ordnung, Mr. Willison. Dies ist ein wirklich guter Hinweis. Ich gebe Ihnen eine –« Hoppla. Sie konnte es nicht als Beweismaterial mitnehmen und ihm eine Empfangsbestätigung geben. Sie war weit außerhalb ihres Zuständigkeitsbereichs. Hopkins, die Niete, verbaselt es schon wieder. Sie sagte: »Nein, wenn ich es genauer überlege, rufen Sie die hiesige Polizei an. Die sind für diesen Teil der Angelegenheit zuständig. Ich weiß, was ich in Indiana unternehmen muß. Bringen sie ihnen die Schachtel, so schnell Sie können, ja?«

»Gut.«

»Sagen Sie, hatte ihre Frau Freunde namens Denton? Ein Mädchen, Phyllis Denton? Vielleicht Elizabeth Denton? Richter Harold Denton?« Er schüttelte den Kopf, aber sie fuhr fort: »Hal Denton junior? Royce Denton?«

»Nein. Sie haben letztes Mal schon nach diesen Leuten gefragt. Hal Denton – mir scheint, den Namen hätte ich schon gehört, aber ich glaube, nicht von Alma.«

»Was ist mit einer Frau namens Wolfe? Professorin an der Universität von Indiana?«

»Nein. Ich habe von keinem dieser Leute je gehört, außer vielleicht Hal Denton, und auch da bin ich mir nicht sicher.«

»Na gut. Aber es muß da eine Verbindung geben. Na, sagen Sie der Polizei hier, sie sollen sehr gut auf Millys Schachtel aufpassen. Lassen Sie sich unbedingt eine Empfangsbestätigung geben. Ich mache mich mal auf unserer Seite an die Arbeit.«

»Wissen Sie, wo Alma ist?«

»Noch nicht, Sir, es tut mir leid. Aber jetzt habe ich etwas Handfestes, womit ich arbeiten kann. Ich rufe Sie sehr bald an.«

Sie eilte zu ihrem Streifenwagen, fuhr langsam an den Kindern vorbei, die am Ende des Blocks spielten, und raste dann davon. Sie würde im Büro anrufen, sobald sie über den Fluß war, und sich dann zu den Dentons aufmachen, um noch mehr schlechte Nachrichten zu überbringen.

Der schattenhafte Mann, den sie verfolgte, schien ihr plötzlich realer. Nicht nur gewalttätig, nicht nur verrückt, nicht nur ein anonymes Klanmitglied voller Haßgefühle. Jetzt ahnte sie auch so etwas wie eine Persönlichkeit: ein Kerl, der Frauen vermutlich haßte oder fürchtete, kombinierte sie, da er sich von einem kleinen Mädchen angezogen fühlte, der hübschen blauäugigen Tochter eines Richters – Marty wurde wieder übel. Es war an der Zeit, diesen Kerl aus dem Weg zu schaffen. Sie gab Gas und raste in Richtung ihres Zuhauses und ihrer Tochter.

»Geh schon raus, Shirl, bloß eine Minute. Wir müssen reden«, bat Wes.

Staatsanwalt Pfann war wiedergekommen, mit den Sonderbevollmächtigten Jessup und Manning, die unbehaglich neben dem Krankenbett standen. Shirley hatte die Arme untergeschlagen und musterte sie alle mißtrauisch.

Wes sagte: »Ich rege mich nicht zu sehr auf. Auf Ehre.«

»Und Gewissen!« erinnerte ihn Shirley spitz. »Denk dran. Ich bin in zehn Minuten wieder da.« Sie marschierte aus dem Zimmer und schloß die Tür. Wes fand, er könnte von Glück sagen, daß Shirl sie nicht zugeknallt hatte.

Art Pfann räusperte sich verlegen und polterte: »Wir machen schnell, Wes.«

»Mir geht's gut, verdammt. Es ist mein Herz, nicht mein Hirn.« Wes funkelte den Staatsanwalt an. Junger Gernegroß. »Was unternehmen wir also wegen Newton?«

Pfann sagte: »Wir kriegen einen Durchsuchungsbefehl für sein Haus. Ich bin bei Straubs Tankstelle vorbeigegangen, aber er hat frei bis morgen früh. Also verhaften wir ihn zu Hause.«

Agent Jessup sagte: »Aber wir gehen nicht einfach hin, einfach hin und klopfen an die Tür. Dieser Hardy Packer – wie nennt er sich hier? Gil Newton? – ist kein leichter Fall.«

»Berichten Sie uns von ihm«, sagte Wes.

»Okay.« Der kleine Mann blätterte in den steifen Seiten seines Berichts. »Vor zehn Jahren hatten sie in Whitecastle ein paar Probleme. Anschläge auf eine Synagoge, das Haus eines jüdischen Arztes, jüdischen Arztes, der Wagen eines Schwarzen.« Er hörte sich immer an wie ein zu straff aufgezogenes Spielzeug, in großer Hast, nirgends hinzukommen, dachte Wes. Aber dies war wichtig. »Das Schlimmste war ein Schwarzer, verprügelt, Finger abgehackt, erschossen. Finger in den Mund gestopft, als man die Leiche in einem alten Ölfaß versteckt fand, ein Kreuz mit Ruß an die Seite gemalt. Packer wurde mit einer Gruppe, einer Gruppe anderer Typen festgenommen. Sie befragten ihn und entließen ihn, als jemand ihm ein Alibi gab. Eine Woche später war das Alibi durchlöchert wie ein Sieb, aber als man ihn greifen wollte, war er verschwunden. Spurlos, bis heute. Schließlich klagten sie fünf andere Männer an, und drei davon behaupteten, sie hätten den Schwarzen bloß aufgemischt. Sagten, Packer wäre derjenige, der auf den Abzug gedrückt, die Leiche versteckt und die Bomben gelegt hätte. Er wäre Experte, er wäre cool, er befolgte Befehle. Keiner seiner Kumpel gab zu, gab zu, auf sehr freundschaftlichem Fuß mit ihm zu stehen. Sie sagten, er sei ein Einzelgänger und redete nicht viel, außer über mechanischen Kram.«

Wes nickte. »Das paßt auf Newton, allerdings. Der Hundesohn kriegt kaum den Mund auf außer in Sachen Transmission und Ölwechsel. Trotzdem – ich sehe ihn nicht als jemanden, der eine Mordkampagne plant.«

»Das hat er auch in Whitecastle nicht getan. Packer war, was man den Nachtfalken der Organisation nennt.« Wes nickte. Die schwarze Robe hatte ihm das schon verraten. »Er kümmerte sich um das flammende Kreuz und die Gewalttaten. Aber im Grunde war er Befehlsempfänger. Die anderen hatten das Sagen.«

Wes rutschte auf dem Bett herum. »Auch hier hat jemand das Sagen. Newton ist kein Führertyp.«

»Ja. Wer?« fragte Jessup.

Wes zuckte die Achseln. »Reichlich Möglichkeiten in diesem Bezirk. Es gibt viel Sympathie für Klan-Ideen, nur nicht für die Gewalttaten, und ich nehme an, eine Handvoll Leute sind soagr damit noch einverstanden. Aber der Schurke hinter Newton hält sich gut versteckt.«

»Tja«, sagte Art Pfann: »wenn wir diesen Newton festnehmen, erzählt er uns vielleicht von seinem Auftraggeber.«

Wes grunzte. Newton würde nichts verraten, da war er sicher. Wenn der schweigsame Gil Newton irre genug war, diese Kreuzigungen durchzuführen, dann war er auch irre genug, über seinen Boss den Mund zu halten. Verdammt, sobald Doc Hendricks ihn aus diesem Krankenhaus ließ, würde er nochmal mit dem alten Lester reden. Lesters Boss war auch Newtons Boss. So mußte es sein.

Wes sagte: »Was ich noch fragen wollte. Diese Professor Wolfe hat Sie auf irgendwelche Beweismittel hingewiesen. Wie paßten die dazu?«

Jessup schnaubte. »Überhaupt nicht. Anderes Problem. Irgendein Voyeur machte Polaroid-Schnappschüsse von schwimmenden Studentinnen.«

Art Pfann gnickerte. »Selbstgemachter *Playboy*?«

»Richtig. Ein paar davon waren echte Augenweiden. Jedenfalls stellte sich heraus, daß der Voyeur auch ein Universitätsprofessor war. Ich kannte ihn, nebenbei bemerkt, ein Typ namens Hart. Wir haben ihn durch den Computer laufen lassen, und es gibt keine Verbindungen zum Klan oder einem der Morde. Aber sein Dekan war fuchsteufelswild und hat vor, ihm ein Disziplinarverfahren anzuhängen.«

»Ja, die Uni von Indiana versucht, ihre Studentinnen zu schützen«, sagte Wes. Insgeheim war er entzückt, daß Jessup auf eine falsche Spur gehetzt worden war, und gleichzeitig bekümmert, daß er sich auch hatte hereinlegen lassen und auf der Jagd nach der gleichen falschen Spur durch diese männermordenden Felsbrocken gestürmt war. Hopkins hatte die Professorin richtig eingeschätzt. Er hätte ihrem Urteil vertrauen sollen.

Jessup fragte: »Weiß irgend jemand, wie Packers Haus aussieht?«

Art Pfann schüttelte den Kopf. »Newtons? Ich bin nie da gewesen.«

»Bert Mackay arbeitet bei der Tankstelle mit ihm zusammen. Möglicherweise hat er ihn besucht«, sagte Wes. »Aber es würde mich nicht überraschen, wenn er auch nie dagewesen wäre. Newton hält sich abseits. Sagt nach der Kirche kaum hallo. Was das Haus betrifft – warum lassen wir nicht Sims oder Hopkins dran vorbeifahren, ganz unauffällig, und einen Blick drauf werfen, ohne anzuhalten?«

Jessup runzelte die Stirn. »Wir wollen möglichst wenig Leuten davon erzählen. Woher sollen wir wissen, wo ihre Loyalitäten liegen?«

Dieser kleine Scheißkerl beschuldigte seine Abteilung, Verbindung zum Klan zu haben. Wes sagte freundlich: »Na, ich nehme an, wir könnten ein paar von euch Föderierten in einem großen gepanzerten Laster vorbeischicken, die so tun, als machten sie Schnappschüsse aus dem Urlaubsort. Glauben Sie, das wird ihn täuschen?«

»He, Wes, beruhigen Sie sich«, sagte Art Pfann nervös. »Sie haben es Shirley versprochen. Mr. Jessup, der Sheriff hat recht. Ein unbekanntes Fahrzeug auf der einsamen Straße würde seine Aufmerksamkeit erregen. Ihn verscheuchen. Aber Sheriff Cochrans Streifenwagen fahren sowieso von Zeit zu Zeit vorbei, das ist ganz normal.«

»Sims' Onkel ist bei dieser Klanversammlung gewesen«, beharrte Jessup stur.

»Also gut, wie wär's damit«, schlug Wes vor. »Einer Ihrer Agenten fährt hin, mit – sagen wir, Mason, er hat jetzt Dienst. Sagen Sie ihm nicht mal, welches Haus wir sehen wollen. Wir fahren nur vorbei, ohne langsamer zu werden.«

»Ich finde, das klingt gut«, sagte Art Pfann, und Jessup nickte langsam.

Wes fuhr fort: »Wahrscheinlich ist eine Geisel da. Wir könnten – Nun, Hopkins ist gut darin, schwierige Typen mit Reden zu beruhigen.«

»Wir haben Leute für Geiselverhandlungen«, sagte Jessup steif. »Ausgebildete.«

Wes zuckte die Achseln, in diesem Punkt wollte er nicht streiten. Ihm sollte es recht sein, wenn Hopkins es nicht mit einem Mann aufnehmen mußte, der so verzweifelt und bösartig war, wie dieser Packer zu sein schien. Gottverdammtnochmal, schwer zu glauben, daß es der stille Gil Newton war, von dem sie sprachen. Er sagte: »Also holen Sie Ihre Leute her, wen immer Sie brauchen. Und versuchen Sie, nicht die Gerüchteküche in

Gang zu setzen, daß ein Haufen Konföderierte mit Fallschirmen abspringt, sonst kratzt er die Kurve. Außerdem –« Er runzelte die Stirn. »Und wenn sie es umstellen und warten, bis er rauskommt? Eine Gruppe kann ihm folgen, eine andere geht ins Haus und holt die Geisel. Das könnte einige Schießerei ersparen.«

Art Pfann sagte: »Klingt vernünftig, finde ich.«

Jessup fing an, etwas in seinen Bart zu murmeln, aber es klopfte forsch an der Tür, und Shirley steckte ihren Kopf herein. »Zehn Minuten sind um«, sagte sie.

»Ja, Madame, wir sind gerade am Gehen«, sagte Jessup fast begierig.

»Noch was, Wes?« fragte Pfann.

Er seufzte. »Oh ja. Ich möchte diesen Scheißkerl hinter Gittern sehen. Also vermasselt es nicht, ja?«

Pfann drückte seine Schulter. »Wir werden unser Bestes tun.« Er folgte Jessup, der jemanden im Flur zu begrüßen schien. Dann mischte sich Pfanns dröhnende Stimme ins Gespräch. »Hal! Wie geht's denn so? Gott, es hat mir so leid getan –«

»Ja, danke, Art«, sagte die Stimme von Hal Denton. »Uns geht's ganz gut, unter den Umständen.«

»Ihre Mutter?«

»Erschöpft, natürlich. Royce tut für sie, was er kann. Sie haben den Sheriff eben besucht? Wie geht's ihm?«

»Auf dem Wege der Besserung.«

»Ich sag' ihm mal kurz guten Tag, wenn ich schon hier bin. Bis später, Art.« Und dann stand Hal in der Tür, in Hemdsärmeln und teuren Anzughosen, den Schlipsknoten etwas gelockert. Er lächelte Shirley an. »Hallo, Mrs. Cochran.«

»Tag, Hal. Tut mir leid, von Ihrem Vater zu hören. Sagen Sie Ihrer Mutter, ich komme vorbei, sobald ich hier fertig bin.«

»Ja. Wie geht's Ihrem Patienten?«

Wes sah, wie sie unter seinem Hundertwattgrinsen etwas weich wurde. »Könnte schlimmer sein«, sagte sie, und fügte dann so streng sie konnte hinzu: »Der blöde Hammel versucht dauernd, den Bezirk zu regieren. Regt sich auf.«

»Ja, einige von uns haben überhaupt keinen Verstand.« Hal trat ans Bett und schüttelte Wes die Hand. »Und Sie hören auf sie, Sheriff.«

»Bleibt mir ja nichts anderes übrig«, sagte Wes. »Hey, Hal, es tut mir leid wegen Ihrem Vater.«

»Ja.« Hals Mund wurde schmaler, und Wes sah die Erschöpfung und den Kummer in seinem Gesicht. »Deswegen bin ich hier draußen im Krankenhaus. Dr. Sidhu, Sie wissen schon, der die Autopsie gemacht hat, er hat was Merkwürdigs an den kleinen Tumoren gefunden. Zysten nannte er sie, und sagte, seiner Meinung nach sähen sie nicht nach Krebs aus. Doc Hendricks meint, sie hätten vielleicht mit dem Magenproblem zu tun, das Vater vor ein paar Jahren hatte. Will wegen weiterer Tests nach Indianapolis schicken. Ich bin hier, um die Papiere zu unterschreiben.«

»Kein Krebs?« fragte Wes scharf. »Sie meinen, er könnte recht gehabt haben? Jemand hat versucht, ihn umzubringen?«

Hal schüttelte den Kopf. »Nein, nein, es sind eindeutig natürliche Ursachen. So oder so.« Er lächelte traurig. »Sie brauchen sich deswegen keine Sorgen mehr zu machen, Sheriff. Vater hatte mich ganz verrückt gemacht mit seinem Gerede, daß jemand ihn umbringt. Deshalb habe ich Sie gerufen. Aber er hat halluziniert. Doc sagte, das sei nicht verwunderlich. Er hatte Dutzende von diesen Zysten im Gehirn. In den Muskeln auch, wie sich herausstellte.«

Wes schüttelte den Kopf, während er sich an die hagere Gestalt auf dem Krankenlager erinnerte. »Armer Kerl. Es tut mir leid, das zu hören. Hal, was ich noch fragen wollte, kennen Sie jemand namens Tenia? Vielleicht im Zusammenhang mit Ihrem Vater?«

Hal schüttelte den Kopf. »Nein. Ihr Hilfssheriff hat Royce heute morgen angerufen und auch danach gefragt. Wie kommt das?«

»Wir prüfen nur ein Gerücht. Nichts Wichtiges.« Besonders, da es sich um natürliche Ursachen handelte.

Hal streckte die Hand aus. »Ja. Hören Sie, Sheriff, passen Sie auf sich auf, ja? Ich muß jetzt gehen und Mutter und Royce helfen. Sie sehen seine Sachen durch. Viel Arbeit – Sie wissen schon, alte Karteien und Pappschachteln, einige noch aus seiner Kinderzeit.«

»Ja. Vielen Dank, daß Sie vorbeigeschaut haben, Hal.«

Als er gegangen war, sah Wes, daß Shirley sich die Augen abtupfte. Er sagte: »Die armen Dentons haben eine Menge zu verkraften.«

»Ja.« Sie funkelte ihn aus Augen voller Tränen an. »Aber um sie weine ich nicht so sehr wie um mich.«

»Um dich?«

»Wes, du warst so nah dran!« Ihre Finger nahmen eine Prise Luft, berührten sich fast. »Ist dir überhaupt klar, wie nah dran du warst?«

»Komm schon, Shirl, glaubst du, ich werde je vergessen, wie ich auf diesem gottverlassenen Felsen gelegen und den Habichten zugeschaut habe, mit einem Zwanzigtonner auf der Brust? So hat es sich jedenfalls angefühlt.«

»Na, also, warum hörst du nicht ein Weilchen auf? Ich habe gesehen, wie du munter wurdest, als du dachtest, Richter Denton wäre vielleicht ermordet worden!« Mit zornigem Gesicht trat sie näher an sein Bett. »Warum kannst du nicht Grady Sims und Art Pfann die Sache erledigen lassen?«

»Der liebe Gott hat mich zu einem bestimmten Zweck geschont, Shirl. Und es könnte vielleicht dieser Fall sein. Ich war's, der ihn erkannt hat, stimmt's? Und jemand muß den Hundesohn aufhalten.« Er nahm ihre Hand. »Wenn wir Glück haben, schnappen sie Newton und –«

Das Telefon klingelte. Seine Hand erreichte den Hörer eine Sekunde früher als sie, und sie leistete einen Augenblick Widerstand und versuchte, ihn am Abnehmen zu hindern. Dann ließ sie sich mit einem empörten Seufzer wieder in den Stuhl sinken.

Es war Marty Hopkins. »Hallo, Sir. Foley hat mir Ihre Krankenhausnummer gegeben. Wie geht es Ihnen?«

»Ganz gut, aber Doc Hendricks und meine Frau haben sich verschworen. Wollen mich hier nicht rauslassen. Ah, Hopkins...« Er zögerte, beschloß dann aber, es ihr zu sagen. »Ich habe Neuigkeiten für Sie.«

»Neuigkeiten, Sir?«

»Für Sie. Nicht für Foley oder Mason oder Sims oder sonstwen. Das FBI sitzt auf Kohlen, daß sich die Nachricht unter uns Kluxern herumsprechen könnte.«

»Ja, Sir, das FBI kennt sich in dieser Gegend echt gut aus, Sir.«

Wes prustete vor Lachen. »Immer mit der Ruhe, Hopkins, wir spielen nach den Regeln. Die Nachricht ist, wir haben unseren Mann. Sie nehmen ihn heute nachmittag fest.«

»Heiliges Kanonenrohr! Was ist mein Auftrag, Sir?«

»Ihr Auftrag ist, dem Herrn Arschloch Agenten Jessup aus dem Weg zu bleiben.«

»Sir?« Er konnte ihre Enttäuschung und ihre Ungläubigkeit hören.

»Der gleiche Auftrag wie für alle anderen auch. Übrigens bin ich nicht autorisiert, Ihnen irgendwas davon zu sagen.«

»Ja, Sir, danke. Ich wette, Sie sind auch nicht autorisiert, mir zu sagen, wer es ist?«

»Nein, bin ich nicht. Es ist Gil Newton.«

»Newton! Verflixt, er könnte nicht – Na, er könnte vielleicht Befehle ausführen. Er ist ein wirklich guter Mechaniker. Aber da muß noch jemand sein, der das alles plant!«

»Ja, das habe ich ihnen gesagt.« Er gab ihr eine kurze Übersicht über die Beweise, die Fingerabdrücke und das Foto des Nachtfalken von Whitecastle. »Es heißt, sein richtiger Name ist Hardy Packer. Wohnte drüben bei Campbellsburg, als er noch ein kleiner Steppke war.«

»Packer. Mir scheint, von denen habe ich gehört.«

»Schon möglich. Sie sind nach Terre Haute gezogen, nachdem die Mutter abgehauen war.«

»Glauben Sie, er hat Alma Willison, Sir?«

»Sie gehen davon aus, daß er eine Geisel hat.«

»Gut. Verflixt, ich wünschte, ich könnte dabei sein, Sir!«

»Sie können dafür sorgen, daß wir eine leere Zelle haben. Ich will nicht, daß die Jungs ihre übliche Samstagabend-Razzia machen und das Gefängnis mit Betrunkenen vollstopfen.«

»Ähm, ja, Sir, das mache ich, wenn ich zurück bin. Dies ist eine Art Ferngespräch.«

»Hopkins?« fragte er scharf. »Wo sind Sie?«

»Tja, Sir, ich, ähm, ich bin nach Louisville gefahren. Hab' was gefunden.«

»Was?«

»Über den Denton-Fall.«

»Das ist kaum noch ein Fall, Hopkins. Die Autopsie am Richter hat natürliche Ursachen ergeben.«

»Da ist immer noch Phyllis Denton, Sir. Und Alma Willison.«

»Sie haben was über Willison?«

»Ja, Sir. Sie wissen doch, daß sie diese kleine Milly haben?«

»Die Enkeltochter, ja.«

»Sir, ich glaube, Phyllis Denton war Millys Mutter.«

»Phyllis Den – Hopkins, Sie machen Witze! Phyllis war wie alt, zwölf?«

»Ja, Sir. Mr. Willison sagte, seine Frau hätte immer geheimgehalten, wo Milly herkam. Aber er hat mir eine Schachtel gezeigt, die sie für das Kind aufbewahrte, mit Sachen von ihrer richtigen Mutter. Da war eine Kette drin. Paßt genau zu dem Armband an Phyllis' Skelett.«

»Mein Gott! Wie sind die Willisons an sie gekommen? Meinen Sie, Alma hat Phyllis etwas angetan und das Baby gestohlen?«

»Ja, daran habe ich auch gedacht. Oder vielleicht war Phyllis auf der Flucht vor dem Vater, als sie starb, und er hat jetzt erst herausgekriegt, wo das Baby war. Hat Mrs. Willison aus Rache gekidnapped.«

»Willison hat Ihnen nicht erzählt, wer der Vater war?«

»Willison sagte, er wüßte es nicht, und ich glaube ihm, Sir. In allen anderen Punkten war er ganz offen. In der Schachtel ist eine Notiz. Da steht drauf, daß die Geburt im Staatsarchiv von

Kentucky in Frankfort eingetragen ist. Da steht es vielleicht drin. Aber sie haben nicht vor Montag geöffnet.«

»Die Polizei von Louisville kann da rankommen, oder nicht?«

»Ähm, ja, Sir, ähm, wenn sie auf dem Laufenden sind.«

»Sie haben ihnen noch nicht Bescheid gesagt, Hopkins?«

»Ich habe Mr. Willison gesagt, er soll sie anrufen.«

Richtig, sie würden empfindlich reagieren, daß sie ihr Revier betreten hatte. Er sagte: »Na, seien Sie vorsichtig, Hopkins. In letzter Zeit läuft hier zuviel auf inoffiziellem Wege.«

»Ja, Sir. Ich dachte, ich rede nochmal mit den Dentons, ob sie eine Ahnung haben, wer der Freund war. Ich werde es ihnen vorsichtig beibringen.«

»Gut. Machen Sie das zuerst, dann sorgen Sie dafür, daß im Gefängnis eine leere Zelle auf unseren Newton wartet. Aber sagen Sie Foley und den anderen nicht, warum.«

»Ja, Sir. Bis bald, Sir.«

Wes legte den Hörer auf und lehnte sich zurück. Er war plötzlich erschöpft. Shirley bekam schmale Lippen, und sie ließ ihm das Kopfende herunter. Als er sie anrunzelte, sagte sie: »Ich weck' dich, wenn was Wichtiges passiert, Sportsfreund. Versprochen.«

Tja, irgendwem mußte ein Mann in seinem Leben vertrauen. Wes schloß die Augen.

## 44

Marty verließ die Telefonzelle und lenkte den Streifenwagen Richtung Heimat. Also gab es endlich einen Durchbruch in dem Fall. Sackgassen öffneten sich plötzlich. Sie müßte eigentlich glücklicher sein deswegen. Sie wußten jetzt, wer die Morde begangen hatte. Gil Newton, in Wirklichkeit Hardy Packer, der mit den Bombenanschlägen in Whitecastle zu tun hatte – gut, das konnte sie glauben. Das war der große Durchbruch, auf den sie gewartet hatten. Warum mischte sich also so viel Enttäuschung in ihre Freude?

Vielleicht lag es an ihrem Gefühl, daß noch mehr dahinter steckte. Gil Newton war so ein ungewöhnlicher, stiller Typ – jemand anders mußte mit ihm zusammenarbeiten. Das Ende war nicht so nah, wie das FBI dachte. Und vielleicht war sie auch enttäuscht, weil sie bei der Festnahme nicht dabeisein würde. Wes Cochran auch nicht. Es war, als hätte man seinem Team geholfen, die Beteiligung an den Meisterschaften zu verdienen, um dann direkt vor dem großen Spiel auf die Strafbank zu kommen. Das FBI würde den ganzen Ruhm davontragen, und Coach würde seinen hochgeschätzten Ruf verlieren, die Probleme von Nichols County zu lösen, ohne Außenseiter hineinzuziehen.

Sie erreichte Paoli und bog nach Norden ein. Sein Herz – das war noch so was. Sie konnte ihre Schuldgefühle deswegen nicht loswerden. Warum war sie nicht fähig gewesen, ihm zu erklären, daß Professor Wolfe ihre eigene Art hatte, mit den Dingen umzugehen? Wenn es ihr nur gelungen wäre, das rüberzubringen... Aber es war ihr nicht gelungen, und jetzt lag er in einem Krankenhausbett.

Sogar ihr kleiner persönlicher Triumph lastete schwer auf ihrer Seele. Sie hatte zwar neue Informationen über Phyllis Denton ausgegraben, aber es war schwer, sich zu freuen. Die würden nur eine weitere herzzerbrechende Last auf die Schultern dieser schon allzu beladenen Familie türmen. Sie fürchtete ein Wiedersehen, fürchtete die brutalen Fragen, die sie stellen mußte. Aber das war ihr Job. Und so sehr es auch schmerzen würde, sie wußte, daß auch die Familie wissen wollte, was mit Phyllis geschehen war, wünschte, den Verführer und Mörder zu erwischen und zu strafen.

Aber Marty fürchtete sich trotzdem vor dem Gespräch.

Sie umrundete eine Kurve und sah die Kreuzung mit Landstraße 860. Ein paar Meilen weiter östlich und zwei Meilen nördlich auf der Donaldson Road würden sie zu Phyllis' Höhle bringen. Aber wozu? Sie hatten schon alles gefunden, was da zu finden war. Sie hatten gesucht, die staatliche Spurensicherung hatte gesucht, das FBI hatte gesucht.

Warum also hatte Professor Wolfe gesagt, sie wünschte, sie hätte Zeit, noch einmal da nachzusehen?

Noch während sie sich sagte, daß es sinnlos war, wendete Marty den Streifenwagen Richtung Höhle. Da drin würde es dunkel sein, jetzt, wo die Staatspolizei ihren Generator und die Beleuchtung entfernt hatte. Im Kofferraum lag immer noch der Grubenhelm – den mußte sie Floyd Russel bald zurückgeben –, aber sie sollte nicht allein hineingehen, nach Floyds Meinung. Und es gab ja sowieso nichts zu finden.

Also warum parkte sie, nahm den Helm zwischen den Leuchtkugeln und Bolzenschneidern und Starthilfekabeln heraus, band ihr Haar zusammen, damit der Helm besser paßte, und steckte die Reserveflaschen mit Brennstoff und Wasser für die Lampe in den Gürtel? Weil sie den Dentons nicht gegenübertreten wollte, wie sie sich selbst eingestand. Es noch ein paar Minuten aufschieben. Hopkins, der Angsthase.

Marty kam sich blöd vor, als sie zum Höhleneingang hinaufkletterte.

Commander Gary Trent war Sturmeinsatzleiter bei der Staatspolizei von Indiana. Er wußte, daß Sonderbevollmächtigter Jessup frustriert war, weil er so kurzfristig nur acht Männer hatte auftreiben können. In diesem Teil des Staates gab es dichte, undurchdringliche Wälder, eine Menge Hohlwege und alte Scheunen, und Jessup saß auf Kohlen, was passieren könnte, wenn Packer sich an ihnen vorbeischlich, während sie versuchten, ihn einzukreisen. Aber ehe er zur Staatspolizei gekommen war, hatte Trent an zwei Kampfeinsätzen im brennenden Dschungel teilgenommen und gewiefte, hochmotivierte Feinde auf ihrem eigenen Terrain verfolgt, und er war zuversichtlich. »Diese acht Männer sind mit allen Wassern gewaschen«, sagte er. »Wir plazieren sechs in den Wäldern ums Haus herum und schicken zwei mit einem UPS-Paket an die Haustür. Sie bleiben im Hintergrund. Behalten den Überblick«, fügte er diplomatisch hinzu.

»Richtig«, sagte Jessup. Er schien sich selbst als eine Art General zu betrachten, der schlau die Kampagne plante. Commander Trent betrachtete ihn als weltletztes Arschloch. Jessup sagte: »Also, vor einer halben Stunde ließen wir einen Streifenwagen des Sheriffs vorbeifahren. Er war zu Hause.«

»Haben die ihn drin gesehen?«

»Sein Wagen stand in der Einfahrt. Es ist eine abgelegene Gegend, ohne Auto kommt man nirgends hin.«

Trent kannte Wes Cochran flüchtig und hätte lieber mit ihm zusammengearbeitet. Cochran wußte, wie Trent, daß Leute manchmal nicht zu Hause waren, selbst wenn ihre Wagen in der Einfahrt standen. Er wußte, wie Trent auch, daß Leute manchmal ohne Auto jagen oder fischen gingen, oder auf Geländetour, oder auf Mord. Aber Trent hatte den Dschungel überlebt, indem er sich auf die Realität konzentrierte statt auf die Fantastereien der oberen Ränge, also sagte er zu Jessup nur: »Sehen wir uns die Karte nochmal an.«

Sie hatten es hier mit gestrüppreichen Wäldern zu tun, Kuppen und Hügeln, Massen von Unterholz um diese Jahreszeit. Sie würden die Reservemannschaft auf einer der nahen Nebenstraßen absetzen, damit sie dann fünf Kilometer schwer bewaffnet durch die Wälder marschierten und Packers Haus umstellten. Wenn die Reserve an Ort und Stelle war, würden zwei Mann in einen UPS-Laster mit einem großen Paket ankommen. Unter den zu weiten

UPS-Uniformen würden sie leichte Waffen und die neuesten automatischen Revolver tragen. In dem Paket war ein Vorschlaghammer für den Fall, daß niemand so höflich war, ihnen die Tür zu öffnen.

Trent inspizierte das eingezeichnete Terrain, entschied, wie er seine Männer einsetzen wollte und sagte knapp: »Gehen wir.«

Marty Hopkins sah sich in der Felskammer, wo Phyllis Dentons Sarg gestanden hatte, genau um. Abgesehen von dem Kreuz, das auf die bräunliche Wand gerußt war, gab es jetzt nichts zu sehen. Selbst die Limoflaschen von ehedem, hinterlassen von den Picknickern von ehedem – vielleicht einem jungen Royce? – waren in die Labors abgeschleppt worden. Sie machte sich auf den Rückweg nach draußen, blieb aber stehen, als sie an den Eingang zum Kriechgang kam, der in die Höhle mit den blinden Fischen führte.

Nicht nötig, dort nachzusehen.

Aber Professor Wolfe hätte dort nachgesehen.

Mit einem genervten Seufzer tauchte Marty in den Tunnel ein. Professor Wolfe war eine genauso schlimme Chefin wie Wes Cochran. War irgendwie in sie eingedrungen und erteilte Anordnungen, die nicht leicht zu ignorieren waren.

Na, jedenfalls würde das nicht lange dauern. Sie mochte diesen Teil der Höhle nicht sehr, die Enge nach der größeren Kammer, die Art, wie allerlei Geschöpfe am Rand des Lichtscheins eiligst davonstrebten, wie sie sich hier als Eindringling in eine reine wilde Welt fühlte. Sie stopfte ihre Taschenlampe in den Ärmel, damit sie an der engen Stelle ganz sicher nicht damit hängenblieb. Und hier kam sie schon – die Decke wurde immer niedriger und drückte sie herunter, bis sie mit dem Bauch auf dem matschigen Boden schleifte. Als ob man der Belag in einem riesigen steinernen Sandwich wäre. Räucherspeck, Salat und Hopkins auf Stein. Sie robbte weiter und wand sich endlich aus dem Tunnel heraus in die Höhle, wo die langsamen, blassen Fische in dem klaren Strom schwammen.

Da war nichts. Am hinteren Ende, neben dem Haufen aus Felsbrocken, wo der Fluß verschwand, war der senkrechte Spalt. Das war der Eingang in den gewundenen Tunnel, der in die Kammer mit dem Eisenring führte. Auf der anderen Seite des flachen Flüßchens waren die vom Wasser abgeschliffenen Felsbrocken hoch aufgetürmt, die Reste eines Deckeneinsturzes vor langer Zeit, hatte Floyd Russel gesagt. Dicht beim Gipfel war ein Durchlaß, zu klein für Erwachsene, hatte er gesagt.

Wolfe hingegen hatte gesagt, es gäbe einen Hintereingang in diese Höhle. Durch einen Steinhaufen. Konnte das dieser sein?

Marty wußte, daß sie dergleichen nicht allein versuchen durfte. Aber vielleicht konnte sie nur mal eben einen heimlichen Blick drauf werfen, wo sie schon hier war. Sie trat auf einen Felsen mitten im Fluß und sprang dann auf die andere Seite. Etwa einen Meter fünfzig weiter oben in dem Steinhaufen sah sie es – eine fünfundsiebzig Zentimeter hohe Öffnung, größer als der schlammige Kriechtunnel, durch den sie gerade gekommen war. Sie wollte gerade hineinkriechen, als sie ein schwaches Husten hörte.

Ihr Körper reagierte schneller als ihr Gehirn. Sie kauerte plötzlich hinter einem größeren Felsbrocken, mit klopfendem Herzen, angestrengt horchend, die Pistole in der Hand. Einen Augenblick später kam es wieder – ein Räuspern, weit entfernt, nur schwach vernehmbar über dem Gurgeln des Wassers.

Es kam von der anderen Seite des Flusses, aus dem Eingang zu dem zerklüfteten Tunnel, der in die Eisenring-Kammer führte.

Also, Hopkins, ganz ruhig jetzt. Coach hatte gesagt, das FBI würde Newton festnehmen. Außerdem ist es Samstag. Höchstwahrscheinlich ist das nur ein Jugendlicher, der die Höhle erforscht, wo sie jetzt wieder offen ist.

Sie überquerte das Flüßchen nochmals, so rasch sie konnte, und schlüpfte in die Felsspalte.

Hier war es schwer, kein Geräusch zu machen, weil sie so gebückt gehen mußte. Sie hörte das leise Tappen ihrer Füße auf dem Stein, als sie die Fluß-Geräusche hinter sich zurückließ, spürte mit jeder Faser das blendende Licht ihrer Grubenlampe. Hier kam eine Biegung. Der Huster würde wissen, daß sie kam, wegen des Lichts. Also benutze ein paar Finten, Hopkins. Sie blieb stehen, nahm die Lampe vom Helm herunter und hielt sie in der linken Hand in Kopfhöhe, die Pistole entsichert in der rechten. Geh in die Hocke, das Licht immer noch hoch gehalten. Schiebe es um die Ecke, so daß es den nächsten Teil des Durchgangs beleuchtet. Wenn niemand schießt, spähe dahinter hervor, halte den Kopf niedrig und bleib in den dichten Schatten hinter der Lampe, und wenn die Luft rein ist, schleich dich um die Ecke.

Okay. Kein Problem in diesem Abschnitt.

Auch keine Geräusche. Sie hoffte, ihr Wild war ihr nicht irgendwie entwischt. Obwohl sie zugeben mußte, daß sie das gleichzeitig auch wünschte.

Noch eine Biegung, oder zwei? Sie konnte sich nicht erinnern.

Ihr Arm wurde allmählich müde vom Lampehalten. Ihr fehlte nur noch ein Sockel, und sie wäre die Freiheitsstatue. Eine müde Freiheitsstatue. Also schau, daß du es hinter dich bringst, Hopkins. Sie schob die Grubenlampe um die nächste Ecke.

Keine Schüsse.

In den Schatten gekauert, mit gezücktem Revolver, kroch Marty zentimeterweise um die Ecke.

Da war die Kammer mit den blonden Wänden. Und in der Mitte ein Haufen dreckiger Lumpen. Eine Bewegung zwischen den Lumpen – eine Hand schützte Augen, die sich gegen ihr Licht zusammenzogen.

Eine Stimme sagte unsicher: »Hallo.« Ein Kind, oder eine Frau. Sie sagte: »Haben Sie etwas von McDonalds mitgebracht?«

»Nein, das nicht.«

Beim Klang von Martys Stimme schnappte die Gestalt nach Luft und zuckte mit einem klirrenden Geräusch zurück. Die Decke fiel von ihr ab, und Marty erblickte eine völlig verwahrloste Frau. An dem Bein, das sie sehen konnte, befand sich eine metallene Fußschelle, eine Kette. Furcht verzerrte das schlammverschmierte Gesicht der Frau.

Marty drehte die Grubenlampe so, daß sie auf ihr eigenes Gesicht schien, und sagte: »Ich bin Hilfssheriff Hopkins. Sind Sie –«

»O Gott! O Gott sei gedankt! Holen Sie mich hier raus, bitte, bitte, holen Sie mich raus!« Die Frau begann zu schluchzen.

Marty sah keine Anzeichen einer Waffe. Sie steckte ihre Pistole in den Halfter. »Ja. Ich setze nur den Helm auf und zeige Ihnen den Weg hinaus. Sie tragen eine Kette?«

»Ja. O Gott, schnell, er könnte kommen! Haben Sie –« irgendwas. Marty konnte es nicht verstehen, sie schluchzte so laut.

»Ganz ruhig. Sind Sie Mrs. Willison?«

»Ja. Ja. Haben Sie ihn erwischt?«

»Die anderen nehmen gerade fest, schätze ich. Kann ich mir mal die Kette ansehen, Mrs. Willison?«

»Oh, machen Sie schnell, bitte machen Sie schnell!«

Marty probierte ihren Handschellenschlüssel, aber er funktionierte nicht. »Mrs. Willison, es tut mir leid. Ich muß erst den Bolzenschneider holen.«

»Lassen Sie mich nicht allein!« schrie Alma Willison und klammerte sich an Martys Ärmel. »Holen Sie mich hier raus! Lassen Sie mich nicht allein!« Sie fing an zu husten und zu schluchzen.

»Immer mit der Ruhe, Mrs. Willison. Ich bin sofort zurück. Hier, trinken Sie etwas Wasser.« Sie zog ihre Reservewasserflasche aus dem Gürtel und gab sie Alma Willison, die durstig trank. Marty gab ihr auch die Taschenlampe. »Hier, wenigstens müssen Sie nicht im Dunkeln warten. Es dauert nur eine Minute.«

»Machen Sie ihn nicht wütend! Er weiß, daß ich eine weiße christliche Frau bin. Aber er hat Pistolen – O Gott, er wird Sie nicht zurückkommen lassen! Er wird mich umbringen!«

»Die anderen nehmen ihn gerade fest«, tröstete Marty, obwohl sie vor Nervosität eine Gänsehaut bekam. »Ich komme gleich zurück, ehrlich.«

»Gehen Sie nicht weg! O Gott, gehen Sie nicht weg!« Alma Willisons Schluchzer wurden heftiger.

Marty hastete durch den Tunnel, vorangetrieben durch das Weinen hinter ihr. Als sie vergaß, sich zu bücken und mit ihrem Helm gegen die niedrige Decke krachte, wurde sie etwas langsamer und dachte an Floyd Russels Warnung, die Lampe nicht kaputtzumachen.

Sie eilte am Wasser entlang zu dem horizontalen Spalt, der das Ende des Kriechtunnels markierte, und quetschte sich hinein. Bald robbte sie hastig, nichts wie durch. Gar nicht so verschieden von einem Dreiradrennen, fand sie, furchtbare Anstrengung in verkrampfter Haltung. Ihr wäre ein anständiges Basketballspiel lieber.

Sie erreichte die Haupthöhle, sprintete zur Öffnung und hastete die Steinbrocken hinauf. Der Streifenwagen parkte auf halber Höhe. Sie öffnete den Kofferraum, wühlte sich durch die Signallampen und Decken und die andere Notausrüstung, zog den Bolzenschneider heraus und rannte zurück zur Höhle.

Als sie in großen Sätzen durch die geräumige Eingangskammer eilte und dabei einen Blick in die frisch gereinigte Ecke warf, wo die Limoflaschen und die Öltülle gelegen hatten, tauchte die Erinnerung endlich auf, die an ihr nagte, seit sie mit dem Sheriff gesprochen hatte. Es war Elizabeth Dentons Stimme, die von früheren Eindringlingen in die Höhle sprach, von dem ›*Packer*-*Jungen, der seinen Namen an der Felswand hinterlassen hatte*‹. Royce und Hal junior hatten die Graffitti abgewaschen. Den Namen ausgetilgt.

Hatten die jungen Dentons Hardy Packer gekannt?

Marty schob den Bolzenschneider, der über sechzig Zentimeter lang und sehr schwer war, vor sich in den Kriechgang. Es war also nicht nur Alma Willison, mit der sie reden mußte. Sie hatte ein ganzes Bündel neuer Fragen für die Dentons, sobald sie diese arme Frau hier herausgebracht hatte.

## 45

Der Nachtfalke hatte die zwei Pfähle, die er für das Kreuz brauchte, von einem trockenen toten Baum geschnitten, der gut brennen würde. Er lud sie in den Wagen, den er von Johnny Peters geliehen hatte. Johnny ließ sich neue Stoßdämpfer einbauen, und Montag morgen würde der Wagen fertig sein, pieksauber und schnurrend wie ein Kätzchen. Aber im Augenblick war er für den großen Krieg beschlagnahmt. Natürlich konnte er das Johnny nicht erzählen, aber Johnny würde es nichts ausmachen. Auch ihm war von dem Drecksvolk übel mitgespielt worden. Es brauchte nur zwei Glas Bier, und Johnny legte los über den jüdischen Anwalt, der ihn zwang, so viel Unterhalt für die Kinder zu zahlen, die seine nichtsnutzige Frau mitgenommen hatte, als sie abgehauen war. Und alles bloß, weil er versucht hatte, sie auf Vordermann zu bringen. Der Nachtfalke konnte es nicht begreifen. Jedermann wußte, daß man Kindern öfter mal eins überziehen mußte, sonst wurde nichts Rechtes aus ihnen. Er selbst konnte sich an reichlich Prügel erinnern. Aber da kam dieser jüdische Anwalt daher und nahm Partei für die Frau. Wollte Johnny nicht mal seine eigenen Kinder sehen lassen, zwang ihn aber trotzdem zu zahlen. Ja, Johnny wäre erfreut, wenn er wüßte, daß er zu der großen Sache beitrug.

Er fuhr Johnnys Wagen von der Autostraße auf einen ländlichen Schotterweg, das Gatter hinter sich schließend, dann an zwei Feldern vorbei zu einem unbefestigten Pfad, der sich in die bewaldeten Hügel hinaufschlängelte. Er parkte unter einem großen Nußbaum in einem dichten Teil des Waldes und nahm die Pfähle und seine Ausrüstung aus dem Kofferraum. Leise trug er die Pfähle den Pfad entlang. In zwei Stunden würde die Sonne untergehen, aber jetzt konnte er noch von der Straße unten gesehen werden, wenn er nicht aufpaßte. Er kam an den Waldrand und erstarrte.

Ein Streifenwagen des Sheriffs stand auf halber Höhe.

Ein Gemisch aus Wut und Angst stieg brodelnd auf, aber der Nachtfalke unterdrückte es und sank langsam in die Hocke, um nachzudenken. Der Sheriff – nein, er hatte heute morgen bei der Arbeit gehört, daß der Sheriff im Krankenhaus war. Den Sheriff hatte der Herr schon geschlagen. Das wäre dann also ein Hilfssheriff, ein Hilfssheriff in der Höhle. Warum? Sie hatten die Heilige in ihrem Sarg und alles, was noch da war, doch schon weggeschafft. Höchstwahrscheinlich waren sie einfach verzweifelt, schauten einfach nochmal nach, in der Hoffnung, etwas zu entdecken, das ihnen entgangen war.

Sie würden nicht sehr tief eindringen. Das hatten sie vorher auch nie getan. Sie würden nicht zu dem Fluß mit den blinden Fischen gehen. Oder doch?

Was, wenn sie auf irgendeine Art etwas von der Frau erfahren hätten? Er konnte sich nicht vorstellen, wie, aber was dann?

Es würde nichts ändern. Wie auch immer, er mußte nachsehen. Er nahm die 38er und das Marinemesser seines Bruders aus seiner Tasche und stellte sie dann außer Sicht hinter einen Felsen. Die zwei Pfähle ließ er unschuldig am Fuß eines Baumes liegen. Leise schlich er sich zum Höhleneingang, legte sich zwischen die Felsen, wo er von der Straße aus nicht zu sehen war, und horchte.

Nichts.

Der Nachtfalke glitt in die Höhle und stieg, ohne seine Lampe anzuzünden, die wohlbekannte Route zum Höhlenboden hinunter. Immer noch geräuschlos und ohne Licht. Mit den Fingerspitzen an der Wand rannte er durch die große Höhle zu der Kammer, wo der Sarg der Heiligen gewesen war.

Niemand war da.

Er eilte zurück bis zur Öffnung des Kriechgangs, der in die Höhle mit den blinden Fischen führte. Dort konnte er auch niemanden hören. Aber der Kiesel, den er auf den Boden des Kriechgangs gelegt hatte, war bewegt worden. Da mußte der Hilfssheriff also sein. Und plötzlich verstand der Nachtfalke, und er jubilierte.

Der Herr schlug die Abteilung des Sheriffs.

Und der Nachtfalke war eins Seiner erwählten Instrumente.

Erwählt für mehr als nur Alma Willison. Erwählt, das Gesetz selbst anzugreifen, das Gesetz des Drecksvolks.

Er brauchte einen Plan. Er wußte nicht, wie viele Hilfssheriffs da waren. Aber an einem Samstag, mit Sheriff Cochran im Krankenhaus, höchstwahrscheinlich nur einer oder zwei. Es wäre ratsam, ihr Fahrzeug zu entfernen, um die Flucht zu verhindern und neugierige Augen zu vermeiden. Wie die Augen von Willie Sears. Er schlich sich zurück zum Höhleneingang, suchte die einsame Landstraße nach vorbeifahrenden Autos ab und schlüpfte dann aus der Höhle und zum Streifenwagen hinunter. Es dauerte nur einen Augenblick, den Motor kurzzuschließen. Er fuhr ihn zur Straße hinunter und dann den Schleichweg hinauf, auf dem er selbst gekommen war. Er parkte ihn unter dem Walnußbaum neben Johnnys Wagen und entfernte die Verteilerkappe, so daß niemand ihn wegfahren konnte. Dann schloß er den Reißverschluß an seinem schwarzen Sweatshirt und kehrte zur Höhle zurück.

»Sie sind wiedergekommen!«

»Ja, Mrs. Willison, natürlich bin ich wiedergekommen.« Marty freute sich, daß Alma Willisons Panik sich etwas gelegt zu haben schien. In ruhigem, geschäftsmäßigem Ton sagte sie zu Alma: »Hier, halten Sie Ihre Füße ein bißchen auseinander. Diese Fußschellen werden Sie tragen müssen, bis wir einen passenden Schlüssel finden. Aber die Kette kriegen wir ab.«

»Ich habe an der Kette gesägt. Sehen Sie?« Sie zeigte auf ein rostiges Glied.

Richtig, es war eine Kerbe drin. Marty sagte: »Ja, Mrs. Willison.«

»Stunden und Stunden habe ich daran gesägt.«

»Ja, Mrs. Willison.« Marty hatte das Glied neben der linken Fußschelle in den Backen des Bolzenschneiders. Sie machte sich bereit und preßte keuchend die langen Griffe zusammen. Die Kette brach.

»O Gott! O danke, danke!« Alma Willison fing an zu weinen.

»Schon gut. Jetzt den anderen Fuß, Mrs. Willison.«

Immer noch weinend hielt Alma Willison ihren anderen Fuß hin. Wieder stemmte sich Marty auf die Griffe und knipste die Kette von den Fußschellen ab. »Das hätten wir«, sagte sie.

Halb rennend, halb kriechend eilte Alma auf die Öffnung zu, blieb dann ganz plötzlich stehen und flüsterte: »Ist er da draußen?«

»Nein, Mrs. Willison.«

»Sie kennen ihn nicht. Er kommt im Geheimen. Er wird mich töten. Wir müssen tun, was er will, oder er wird mich töten. Sie auch.« Ihr Grauen war beklemmend.

Marty fragte sanft: »Soll ich vorangehen, Mrs. Willison?«

»Sie wissen nicht, was er will! Sie könnten ihn wütend machen!«

Marty seufzte. Warum war es so verdammt schwer, Leute zu retten? *Sie haben Glück, wenn Sie sich selbst retten können*, hatte Professor Wolfe gesagt. Trotzdem, sie konnte Mrs. Willison verstehen, wenn sie so lange in der Gewalt dieses Kerls gewesen war, so lange im Dunkeln. Und es war keine grundlose Furcht – es bestand immer die Möglichkeit, daß er tatsächlich auftauchte, obwohl das FBI ihn sich bestimmt inzwischen geschnappt hatte, mitsamt dem ganzen Ruhm.

»Gut, Mrs. Willison. Ich gehe vor. Wenn irgendwas Sie ängstigt, können Sie direkt hierher zurückgehen und tun, was immer Sie für das Beste halten.«

»Ich will nicht zurückgehen!«

»Also gehen wir.« Marty bückte sich und verschwand in der Öffnung, und einen Augenblick später hörte sie Alma Willisons zögernde Schritte hinter sich, dann legte sich Almas Hand auf ihren Rücken.

»Gehe ich zu schnell für Sie?«

»Nein«, flüsterte Alma.

»Gut, also in einer Minute kommen wir in einen größeren Raum, mit einem kleinen Fluß drin. Können Sie den Fluß hören?«

»Ja.«

»Wir gehen ein kleines Stück am Fluß entlang, und dann kommt der schwerste Teil. Wir müssen eine kurze Strecke auf dem Bauch durch einen niedrigen Tunnel kriechen. Er wird ziemlich bald größer, aber wir müssen trotzdem kriechen. Erinnern Sie sich daran beim Reinkommen?«

»Nein. Er hat mich bewußtlos geschlagen, glaube ich. Ich bin erst da drin an diesem dunklen Ort aufgewacht.«

»Ach so. Na, nachdem wir durch den Kriechtunnel gekommen sind, können wir den Rest des Weges aus der Höhle mehr oder weniger aufrecht gehen.« Marty stellte sich vor, wieviel Kraft dazu gehörte, eine bewußtlose Frau durch den Kriechgang zu zerren. Gil Newton war kein großer Mann. Dann fiel ihr ein, wie er diese Maschine beiseite geschoben hatte. Vierhundert Pfund, und er hatte sie so leicht bewegt wie einen Fußschemel. »Nur noch ein bißchen weiter«, sagte sie, zu ihrer eigenen Ermutigung und zu Almas. Sie kam um die letzte Biegung. Nur ein paar Schritte von der Öffnung in die Kammer mit den blinden Fischen. Sie sah das Licht ihrer Grubenlampe auf dem Fluß glitzern.

Ein Knall. Donnernde Echos grollten von einer Höhlenwand zur anderen.

Schneller als ein Gedanke war sie zurück um die Ecke gehuscht, mit klingenden Ohren, die Pistole in der Hand.

Ein Schuß. Jemand schoß auf sie. Mündungsfeuer – ja, da war ein Mündungsfeuer gewesen, an dem winzigen Eingang zum Kriechtunnel, dreißig Meter entfernt auf der anderen Höhlenseite. Also blockierte er ihren Weg nach draußen. Sie packte fester zu, damit die Pistole in ihrer verschwitzten Hand nicht so schrecklich wackelte. Sie war nicht verletzt – die Kugel hatte den Kalkstein neben ihr getroffen. War Alma Willison in Ordnung?

Besser als in Ordnung. Als das Dröhnen in ihren Ohren abebbte, hörte Marty den hastigen Rückzug von Alma in ihre Kammer. Dem Himmel sei Dank dafür.

Wer war es? Kein Polizist. Selbst die vom FBI identifizierten sich, ehe sie schossen. Mußte Almas Wärter sein. Mußte Newton sein. Ein Mann, der Goldstein und Sears ermordet und verstümmelt hatte, der Alma Willison entführt hatte. Und Richter Dentons Tochter? Sie war in dieser Höhle gewesen. Vielleicht hatte dieser Kerl –

Spielte jetzt keine Rolle. Was jetzt eine Rolle spielte, war sein Revolver.

Ein einzelner Schuß. Wahrscheinlich keine Automatik, wahrscheinlich eine 38er wie ihre. In dem Punkt standen sie gleich.

Er benutzte kein Licht. Vielleicht hatte er es nur kurz gelöscht, aber es bestand kein Zweifel, daß er sich hier im Dunkeln besser bewegen konnte als sie. Hardy Packer, ein kleiner Junge, der in dieser Höhle spielte, seinen Namen an die Wand schrieb, Phyllis einen Schrein errichtete, komplett mit Klankarte und Rußkreuz, die gekidnappte Alma Willison hier versteckte – noch während die Bullen die Höhle bewachten, wie ihr klar wurde –, ja, dieser Mann kannte die Höhle verdammt viel besser als sie.

Wenn Alma Willison Grady Sims wäre oder ein Höhlenkenner wie Floyd Russel – oder wenn sie nur in normaler Verfassung gewesen wäre –, hätte sie eine Hilfe für Marty sein können. Aber Alma war zu durcheinander, um noch zuverlässig zu sein, es war sogar denkbar, daß sie Newton half und nicht ihr. Gottseidank war sie zurückgerannt. Trotzdem war es besser, das Geschehen von ihr weg zu lenken. Sie konnte keine Alma brauchen, die plötzlich von hinten kam, ihren Pistolenarm packte und schrie: »Nicht schießen, Sie machen ihn wütend!«

Der Bolzenschneider lag vor ihren Füßen. Sie hatte ihn fallenlassen, als sie nach der Pistole griff. Das brachte sie auf eine Idee. Sie sagte: »Grady, Sie bewachen diesen Durchgang, ja? Licht aus, damit Sie sein Mündungsfeuer sehen können.« Sie sprach leise, als ob sie mit jemandem redete, der nur ein paar Schritte entfernt stand, aber sie rechnete damit, daß sowohl Newton wie Alma Willison das meiste hören konnten. »Ich kümmere mich um den Kerl mit der Waffe und bringe dann den Bolzenschneider mit, damit wir sie hier rauskriegen.« Dann murmelte sie ein paar Silben, so tief sie konnte, und schloß mit ihrer eigenen Stimme: »Gut. Bis gleich.«

Genug geredet. Wenn sie Glück hatte, war Alma Willison so verängstigt, daß sie sich nicht vom Fleck rührte, und Newton rechnete mit zwei Hilfssheriffs. Jetzt zum zweiten Akt. Das Haarband benutzen, um die Lampe ans Ende des Bolzenschneiders zu binden, ihn seitwärts und nach oben halten. Ducken, dicht an die Wand gepreßt. Während sie hantierte, rief sie: »Gil, ganz ruhig jetzt. Wir wollen ja nicht, daß hier jemand zu Schaden kommt, okay?«

Keine Antwort.

»Wir sollten darüber reden, Gil, ja?«

Keine Antwort.

Sie holte tief Luft und schob den Helm vorsichtig an der gegenüberliegenden Wand nach vorn.

Wieder krachten Schüsse, eine Flutwelle von Geräuschen überschwemmte die Höhle. Zwei schlugen in die Wand über ihrem Kopf, und einer streifte den Bolzenschneider. Sie spürte die Schockwellen im ganzen Arm. Marty zählte die Schüsse, weil das wichtig war. Vier Schüsse, mit dem ersten fünf. Einer stand noch aus. Sie rief: »Lassen Sie Ihre Waffe fallen! Sie sind verhaftet!«

Keine Antwort.

Das Blitzen des Mündungsfeuers hatte ihr gezeigt, daß er immer noch auf der anderen Seite der Höhle am Ausgang des Kriechgangs stand. Aber sie wollte noch nicht zurückschießen. Das würde ihre Stellung verraten, anderthalb Meter von ihrer Lampe entfernt.

Sie schob sich um die Tunnelecke in die Flußkammer, sorgfältig darauf bedacht, in den tiefen Schatten zu bleiben, sorgfältig darauf bedacht, den Bolzenschneider mit dem aufgespießten Licht weit von sich entfernt zu halten, obwohl ihr vor Anstrengung fast der Arm abfiel. Sie trat in die Mitte des Flusses, da jaulte der sechste Schuß vorbei.

»Verdammtnochmal, ich bin getroffen!« schrie Marty. Es stimmte nicht, aber es ermöglichte ihr, die Lampe auf dem Bolzenschneider fast bis auf die Wasseroberfläche zu senken, um ihren Arm etwas zu entlasten. Sie erreichte das andere Ufer und fing an, den Bruchsteinhaufen hinaufzuklettern. Sie zerrte das Licht hinter sich her und schob sich zwischen die Felsblöcke. Mühselig zog sie den Helm weiter, ließ ihn hinter dem ersten Felsbrocken verschwinden. Mühselig drehte sie die Lampe zurecht, bis sie von ihr weg über den Fluß leuchtete, so daß er sich nicht unbemerkt zum Eingang von Alma Willisons Gefängnis schleichen konnte. Als ihre Ohren nicht mehr von den Schüssen dröhnten, hörte sie die metallischen, klickenden Geräusche, mit denen Newton nachlud.

Hier hinter den Felsen war sie sicher, aber nur für den Augenblick. Marty zog ihre Handfeuerwaffe, legte den Bolzenschneider so hin, daß sie ihn von oben erreichen konnte, und kletterte einen Block höher. Sie zielte in Richtung des Kriechgangs, wo sie sein Mündungsfeuer hatte aufblitzen sehen, griff dann mit der Linken nach dem Helm, hob ihn in Knöchelhöhe und leuchtete den Kriechgang an.

Nichts.

War er abgehauen?

Da trafen zwei Schüsse den Felsen bei der Lampe zu ihren Füßen und spuckten Steinsplitter nach ihr. Sie richtete ihre Waffe schnell auf das Mündungsfeuer, schoß zweimal und ließ sich wieder hinter die Felsen fallen.

Er hatte den Kriechgang am anderen Ende der Höhle verlassen. Ihr wurde klar, daß er im Dunkeln den Fluß überqueren konnte. Auf dieser Seite des Wassers war er durch dieselben Felsblöcke außerhalb ihrer Schußlinie, die ihr Deckung gaben. Sie mußte höher hinauf.

Der Spalt da oben. Da könnte er nicht hinter sie gelangen. Das wäre am sichersten. Sie leuchtete im Bogen nach oben, um den Spalt zu betrachten, und zog zwei weitere Schüsse auf sich. Aber beim Zurückschwingen sah sie für einen Sekundenbruchteil eine dunkle, gebückte Gestalt seitwärts aus dem Lichtschein springen. Sollte sie auch ihr Licht hier draußen lassen, um... Nee. Auf keinen Fall würde sie die Lampe aufgeben. Sie kraxelte die Felsen hoch und in den Spalt hinein.

Der war nicht so eng wie der andere Kriechgang. Dieser war etwa einszwanzig breit und fünfundfünfzig Zentimeter hoch. Auf Händen und Knien hastete sie krabbelnd voran und zog die Lampe hinter sich her, aber auf der anderen Seite. Zu weit wollte sie nicht gehen – Alma Willison war in Gefahr, wenn er dachte, Marty wäre zu weit entfernt oder zu ernsthaft verletzt, um wieder herauszukommen. Sie brachte eine scharfe Rechtskurve im Tunnel hinter sich und drehte sich um. Sie stellte die Lampe hoch in die Ecke, damit sie den Eingang beleuchtete – nein, Hopkins, locke ihn herein! Sie rückte die Lampe so zurecht, daß es auf der gegenüberliegenden Seite des Tunnels dunkel war.

Mit entsicherter Waffe wartete Marty.

# 46

Der Nachtfalke war voller Freude. Der Herr hatte ihm schließlich doch würdige Gegner geschickt. Zuerst war er enttäuscht gewesen, als er die Stimme der Marionette hörte. Die Frau von Brad Hopkins, wo war schon der Ruhm des Sieges über die? Aber er hatte gehört, wie sie mit Grady Sims sprach, ihm sagte, er sollte die Höhle bewachen, wo die Geisel war. Die wirkliche Schlacht würde also gegen Sims sein. Trotzdem, es war besser, die Hopkins-Frau zuerst loszuwerden. Es zeigte sich, daß sie zäher war, als er gedacht hatte. Hatte geschrien, als er sie anschoß, aber obwohl ihre Bewegungen jetzt merkwürdig und ruckartig waren, hatte sie es geschafft, hinter dem Bruchsteinhaufen in Deckung zu kommen. Und clever. Sie hatte sich ausgerechnet, wo er war. Eine ihrer Kugeln war nur Zentimeter von seiner Schulter gegen die Höhlenwand gekracht. Also brauchte der Herr seine Geschicklichkeit und sein strategisches Können, um sie zu erledigen.

Das Beste wäre, sie in den Spalt zu drängen, entschied er. Die Felsblöcke davor würden ihn vor Sims' Kugeln schützen, obwohl Sims noch nicht feuerte. Vielleicht war er dahin gegangen, wo die Gefangene war. Der Felsspalt führte zu einem Kriechgang, der auf den ersten zweieinhalb Metern leicht zu bewältigen war, dann kam eine rechtwinklige Linkskurve und nochmal knapp zwei Meter, dann eine rechtwinklige Rechtskurve, nach der es sich rasch so weit verengte, daß man nicht durchkam – eine enge, V-förmige Röhre, oben sechzig Zentimeter breit, aber die schrägen Seiten rückten so dicht zusammen, daß die Wände unten nur Zentimeter auseinander waren. Und dazwischen nichts. Der Boden war schon vor langer Zeit in die Höhle darunter gebrochen, und es blieb nur ein langer, gezackter Riß, zehn bis zwanzig Zentimeter breit. Wenn man eine Lampe nach unten richtete, konnte man die Höhle darunter sehen, mit einem Flüßchen wie in der Höhle der blinden Fische. Einmal war der kleine Pip durch die V-förmige Röhre gegangen, hatte sich gegen die Wände gestemmt, damit er nicht herunterrutschte und sich in dem Spalt einklemmte; aber Chip war schon zu groß geworden, um mitzukommen, und hatte ungeduldig gerufen, er sollte zurückkommen, er ginge jetzt. Pip hatte sich beeilt, aber sein Bruder war schon weit vorn, als er durch die Röhre zurückkam, und er war im Dunkeln so schnell gekrochen, wie er konnte, weinend, sich den Kopf stoßend, weil Chip die Taschenlampe hatte, voller Schrecken, bis er den weit entfernten Schimmer der Lampe seines Bruders sah. Und danach hatte sein Vater das tränenverschmierte Gesicht bemerkt und gebrüllt: »Schon wieder geplärrt, Pipifax? Wann wirst du endlich ein Mann?« und seinen Gürtel abgeschnallt, und Pip war aus dem Zimmer gelaufen und –

Der Nachtfalke schüttelte den Kopf. Er hatte gelernt, nicht zu weinen. Es war alles zum Besten gewesen, alles hatte dazu geführt, daß er ein mächtiges Werkzeug des Herrn geworden war. Und jetzt prüfte der Herr ihn wieder, indem er ihm diese Hilfssheriffs schickte, diese verschlagenen Marionetten des Drecksvolks, weil es an der Zeit war, die Gesetze des Drecksvolks zu zerschlagen. Der Große Titan würde stolz auf ihn sein.

Er hörte eine Bewegung hoch oben im Steinhaufen, sah das Licht hinter den Felsen auf- und niederschwanken und im Spalt verschwinden. Gut, treib die Marionette da rein. Es würde nicht mehr lange dauern. Sie würde bald neu laden müssen. Er würde warten, bis ihr Licht um die nächste Ecke verschwunden war, und –

Das Licht bewegte sich jetzt schon nicht mehr. Die Marionette hatte sich zu früh umgedreht.

Nur die Hälfte des Ganges war erleuchtet. Er könnte sich hart an die dunkle Seite halten – aber nein, das könnte eine Falle sein, genau, was die Marionetten wollten. Na, es gab noch andere Kampfmethoden. Er streifte sein schwarzes Sweatshirt ab und verknotete jeden Ärmel am Bündchen. In dem Licht, das aus dem Spalt sickerte, sah er einen länglichen Stein auf dem Haufen, etwa vierzig Zentimeter lang. Perfekt. Er riß ihn schnell aus dem Licht und duckte sich wieder, auf der Hut sowohl vor Sims als auch vor der Marionettenfrau, dann zog er das Sweatshirt über den Stein, so daß er in den beiden Armlöchern steckte. Dicht am Spalt hockend, bereit loszuschlagen, schleuderte das Werkzeug des Herrn das steinbeschwerte Sweatshirt in den Spalt. Als der Schuß kam, warf er sich in den Spalt, die Beine wie Kolben stoßend, und arbeitete sich zum Licht vor.

Aber das Licht wurde schwächer. Im Dunkeln schlug er sich das Knie an dem Sweatshirt-umwickelten Stein auf und erkannte, daß die Marionette nicht direkt hinter der Kurve nachlud, wo er es erwartet hatte. Die Marionette rannte, vielleicht sah sie seine Attacke voraus. Schlau – aber nicht schlau genug. Er kam um die Ecke und feuerte schnell, aber das Licht verschwand um die nächste Ecke.

Gut. Dränge die Marionette hinein, drücke sie in die V-förmige Röhre und töte sie, wo die Höhle sie einklemmt. Laß sie nicht anhalten zum Laden. Die war verschlagen, diese Marionette, aber beim Kriechen konnte sie nicht laden. Dafür mußte sie anhalten. Und wenn es ihm gelang, sie in den engen Teil zu drängen, wo sie sich nicht umdrehen konnte, würde sie nicht gut genug schießen können, selbst wenn sie lud. Ihm blieb alle Zeit der Welt, sie zu vernichten. Treib sie tiefer, tiefer hinein, bis der Felsen selbst sie so einklemmt, daß sie nicht weiter kann.

Marty spürte, daß der Fels dichter aufrückte. Als sie um die zweite Kurve kam, verklemmte sich der Bolzenschneider. Der war jetzt nutzlos, weil nicht genug Platz war, die Lampe von sich weg zu halten. Hastig machte sie die Lampe los und steckte sie auf ihren Helm, dann rammte sie den Bolzenschneider aufrecht hinter sich fest. Das mochte ihn lange genug aufhalten, daß sie einen Hinterhalt legen konnte. Obwohl dieser Tunnel allmählich zu eng wurde für größere Aktivitäten. Sie hastete um die nächste Ecke, fummelte an ihrem Patronengürtel, fand die Munition, hielt an, um zwei Runden zu laden, spannte den Hahn.

Und konnte sich nicht umdrehen.

Hinter sich hörte sie einen dumpfen Aufschlag und ein Ächzen. Er war auf den verklemmten Bolzenschneider getroffen, und sie hatte für einen Augenblick einen Vorteil, solange er ausknobelte, was passiert war. Sie rutschte zurück zu der Biegung, um die sie gerade gekommen war, und federte seitwärts, damit sie Waffe und Licht gleichzeitig auf ihn richten konnte. Sie drückte einmal auf den Abzug und hechtete wieder in Deckung. Er schoß jetzt auch. Etwas stach ihr ins Bein, aber sie ignorierte das und strebte vorwärts. Verdammt, wurde das eng. Ungefähr drei Meter vor sich konnte sie etwas erkennen, das wie eine größere Höhlung aussah. Sie schob sich vorwärts, wand sich wie ein Aal zwischen den engen Wänden. Du mußt die größere Höhle erreichen, dich umdrehen und ihn erschießen, wenn er durchkommt. Und das schnell, Hopkins, wenn du dein Hinterteil nicht voll Blei haben willst.

Ihre Schulter schrammte schmerzhaft am Stein entlang. Verdammt! Aber das Licht zeigte ihr weiter oben in der kleinen V-förmigen Röhre mehr Platz. Sie wand sich aufwärts, Arme und Beine gegen die schräg abfallenden Wände gedrückt, und bewegte sich wieder voran.

Plötzlich merkte sie, daß sie ihn schon eine Minute lang nicht gehört hatte.

Halte nicht an, Hopkins. Beweg dich! Aber horche.

Sie hörte ein Wispern, wie das Flüßchen in der Fischhöhle. Und dann hörte sie etwas reißen.

Sie zwang sich wieder vorwärts, hielt sich im Tunnel weit oben, die Arme und Beine gegen die Wände gestemmt, und wußte nicht, was das Geräusch bedeutete, nur daß es nichts Nettes sein konnte. Es war eng hier, ein schmaler, matschig aussehender Boden ungefähr dreißig Zentimeter unter ihr, und selbst hier oben, wo es am breitesten war, hatte sie nur zwei oder drei Zentimeter Bewegungsfreiheit. Ihr Helm kratzte an der Decke. Sie bewegte sich, indem sie die linke Seite vorschob, Schulter und Hüfte gleichzeitig, dann die rechte, dann –

Dann rutschte ihr Fuß ab und steckte fest.

Sie zog heftig, aber er war irgendwo unter ihr eingeklemmt. In dieser Enge konnte sie nichts sehen. Sie würde nach hinten greifen müssen und das Problem mit der rechten Hand erfühlen. Aber leg die Waffe weg, Hopkins, oder du hast deine eigene Kugel in deinem blöden Fuß.

Sie legte die Waffe vorsichtig auf einen Felsvorsprung und fing an, den Arm vorsichtig unter sich zu manövrieren, so daß sie nach dem verklemmten Bein hinten greifen konnte. Angespannt horchte sie auf Newton hinter sich, hörte aber nichts. Coach hatte gesagt, Bomben. Machten Bomben Reißgeräusche? Hatte er eine gelegt und war weggelaufen? Sie wand sich, um ihren Arm zu befreien, und ihr Helm berührte den Revolver. Die Waffe glitt die schräge Wand hinunter auf den dunklen Boden unten. Sie verschwand.

Es gab ein Platschen.

Marty erstarrte, und zum ersten Mal richtete sie ihre Lampe nach unten, um den schmalen, matschigen Boden zu betrachten. Und sah, daß kein Boden da war.

Das Schwarze war kein Matsch. Es war Leere.

Sie hatte sich an die Decke eines V-förmigen Tunnels ohne Boden gepreßt. Nur ein langer, zehn Zentimeter breiter Spalt öffnete sich nach unten in eine andere, tiefergelegene Höhle. Durch den Spalt hindurch erkannte sie im Licht ein Flüßchen, das drei Meter unter ihr ruhig über den Kalkstein rieselte.

Und über ihre Waffe. Da lag sie im Wasser, dunkel gegen die Kiesel.

Und ihr Fuß klemmte in dem Spalt.

Und hinter sich hörte sie ein leises Geräusch. Newton rührte sich wieder.

»Au, Scheiße«, flüsterte Marty Hopkins.

# 47

Der Nachtfalke checkte sich durch: rechtes Bein ausstrecken, linkes Bein, rechter Arm, linker Arm – ja, der Schmerz in seiner Schulter verstärkte sich, wenn er das tat, aber kampfunfähig war er nicht. Seine Finger waren kräftig, die Bewegungen nur etwas gehemmt durch die Bandage, die er aus seinem Hemd gerissen und fest um seine Schulter gewickelt hatte. Er hatte ziemlich geblutet, aber der Druck der Bandage hatte das gestoppt. Er war stolz, für den Herrn verwundet zu sein.

Er überlegte hin und her, ob er seine Lampe anmachen sollte. »Sie werden nicht bedürfen einer Leuchte noch des Lichts der Sonne, denn Gott der Herr wird sie erleuchten, und sie werden regieren von Ewigkeit zu Ewigkeit.« Andererseits, diesen Teil der Höhle kannte er nicht so gut wie alles übrige. Nachdem der kleine Pip im Dunkeln alleinblieb, hatte es ihm hier nicht mehr so gut gefallen.

Aber es war ein Vorteil, ohne Licht zu arbeiten, ein Schatten unter Schatten, besonders jetzt, wo er den flüchtenden Marionetten-Hilfssheriff jagte. Die Marionette hatte Angst vor Sachen, die aus dem Dunkeln auf sie zu kamen. Das einzige Problem war, wenn sie etwas Unerwartetes tat. Wie zum Beispiel diesen Bolzenschneider in die Passage klemmen. Er war direkt dagegen gerannt und hatte ein paar Sekunden herumtasten müssen, um zu verstehen, was los war. Und in den Sekunden war sie plötzlich an der Ecke aufgetaucht, mit flammendem Licht, das ihn blendete, und ehe er noch seine Waffe hochkriegte, hatte sie ihn in die Schulter geschossen und war verschwunden.

Aber die Wunde war nicht schlimm, kein Knochen getroffen.

Er untersuchte die Bandage und rezitierte dabei, um den Schmerz zu unterdrücken. »Danach sah ich, und siehe, eine große Schar, welche niemand zählen konnte, aus allen Nationen und Stämmen und Völkern und Sprachen, vor dem Thron stehend und vor dem Lamm, angetan mit weißen Kleidern und –«

Nein. Das konnte nicht richtig sein. Nicht alle Nationen und Rassen. Weiße Nationen. Weiße Roben, weiße Menschen. Alle Nationen und Rassen – das konnte nicht stimmen. Oder doch?

Nein. Aber es gab ihm ein unsicheres Gefühl.

Kein Grund, sich unsicher zu fühlen. Die Wunde war nicht schlimm. Und die Hopkins würde da vorn steckenbleiben und in Panik geraten. Die Zeit war auf seiner Seite, er brauchte also nicht zu hetzen. Er ging zurück um die Ecke und tastete nach seinem Sweatshirt, das immer noch da lag, wo er es hingeworfen hatte, damit es ihre Schüsse auf sich zog. Er knotete die Ärmel auf und nahm den Stein heraus. Seine Bandage war fest gewickelt und behinderte seine Bewegungen nicht sehr, als er das Sweatshirt vorsichtig überstreifte. Natürlich stach es ein bißchen, aber er hatte ja immer gewußt, daß Drangsal kommen würde. Der *Vanguard*, der *Crusader*, das *National Alliance Bulletin*, die Bibel – alle sagten, vor dem Sieg kam die Drangsal.

Sie werden regieren von Ewigkeit zu Ewigkeit.

Der Nachtfalke atmete die kühle, saubere Luft ein, atmete aus, atmete ein. Eine gutfunktionierende Maschine, keine schlimmeren Probleme als eine Delle in der Seite. Mit der Waffe in der rechten Hand drang er wieder vorwärts, der Marionette des Drecksvolks nach, vorwärts zum Sieg.

Über dem sanften Gurgeln des Flusses unter ihr hörte Marty, wie die gedämpften Geräusche hinter ihr erneut begannen. Er war wieder unterwegs. Na, sieh es mal positiv, Hopkins. Wenn er noch in der Nähe ist, bedeutet das wohl, daß er keine Bombe gelegt hat. Sie wackelte mit ihrem Bein, erreichte aber nur, daß der Schuh noch fester steckte. Oh, Mann. *Mammi, du bist so ein Trampel*, würde Chrissie sagen. Falls sie Chrissie je wiedersah.

Wütend ruckte sie mit ihrem Bein, und plötzlich rutschte ihre Ferse in dem eingeklemmten Schuh. Noch ein Ruck, und ihr Fuß war frei. Barfuß, aber frei. Sie schob sich hoch in die breitere Oberseite der Röhre und robbte wieder vorwärts. Sie schob sich durch die Röhre, ohne nach unten auf das gurgelnde Wasser zu schauen, und hoffte, die größere Höhle vor ihr möge einen Boden haben. Der Stein schien sie zu packen wie eine geballte Faust. Verdammt, Professor Wolfe, war das mit dem Weg nach draußen eine Lüge? Sie dachte einen Augenblick nach, atmete aus, schob mit beiden Füßen und aller Kraft, und plötzlich war ihr Kopf draußen, ein Arm, eine Schulter. Ja, hier gab es einen Boden, und Platz. Wundervollen Platz, ungefähr einszwanzig hoch. Beide Schultern durch. Die Hüften klemmten. Marty ächzte vor Anstrengung. Sie hörte es klicken, als er hinter ihr den Hahn spannte. Wie wild drehte sie ihre Hüften seitlich, um den Vorteil der Höhe der V-förmigen Röhre auszunutzen, und mit einem weiteren Zappeln war sie durch und rollte zur Seite. Die Waffe hinter ihr ging los, aber die Kugel traf die gegenüberliegende Höhlenwand.

Und jetzt, welche Richtung?

Hastig schwenkte sie ihre Lampe herum und sah, daß die Kaverne rechtwinklig zur V-Röhre verlief. Nach rechts verengte sie sich zu einem Tunnel, nur wenig größer als die Röhre, der sie gerade entronnen war. Ein steiler Felshaufen zur Linken war aus einem Loch in der Decke heruntergefallen. Na, besser rauf als runter. Marty kraxelte den Felssturz etwa drei Meter hoch und fand sich an einem Ende eines Ganges von fast zwei Metern Höhe. Zum ersten Mal nach allzu langer Zeit richtete sie sich auf, merkte, wie sehr ihr Bein schmerzte, wie kalt der Höhlenboden unter ihrem nackten Fuß war, wie gut es sich anfühlte, schnell vorwärtszukommen, selbst, wenn man hinkte. Sie tastete ihre Wade ab. Ihr Hosenbein war feucht, und als sie ihre Finger ins Licht hielt, waren sie rot. Scheiße! Scheiße, sie war angeschossen!

Ruhig, Hopkins, darüber kannst du dir später Gedanken machen. Erst komm hier raus. Zum Streifenwagen. Funke nach Unterstützung. Aber nach einigen Schritten mußte sie anhalten. Ein Quergang führte nach links. Welche Richtung? Von hier aus konnte sie nicht erkennen, ob ein Gang weiter nach oben führte als der andere.

Sie zog ihren Lippenstift aus der Tasche, malte ein C an die Wand des Hauptgangs und gleich um die Ecke des Seitengangs ein X. Die Buchstaben sahen dünn aus, und sie fragte sich, ob sie erkennbar waren, falls sie zurückkommen mußte. Na, ihr Verfolger konnte sie auch nicht sehr gut sehen. Es würde ihn noch ein Minütchen kosten, durch die Röhre zu kommen, obwohl er wahrscheinlich nicht so blöd war, seinen Schuh einzuklemmen. Und wenn er erst durch war, würde er schneller sein als sie mit ihrem verdammten blutenden Bein.

Sie eilte den Tunnel mit dem C hinunter. Für Chrissie.

Der Nachtfalke war verblüfft. Wie war die Marionette aus der Röhre gekommen? Vor lauter Frust hatte er einen Schuß verschwendet, als er sah, wie ihre dunkle Silhouette in der Röhre sich plötzlich wand und wegschlüpfte. Wie hatte sie das geschafft? Dann, als ihr Licht über die Höhlenwände hinter der Röhre glitt, sah er, daß das letzte Stück etwas breiter war als früher. Irgendwann in den letzten fünfzehn Jahren hatte sich ein Fels von einer Wand abgespalten und war hinuntergerollt, über den Riß im Boden.

Das machte ihn wütend. Er stürzte sich auf diese schmale Röhre, rasend, weil seine Falle nicht funktioniert hatte. Aber er würde diese lästige Marionette schon bald töten. Sie töten und ... *Wenn dir aber dein Auge Ärgernis schafft, so reiß es aus.* Er würde sie töten, ihren Abzugsfinger abschneiden und ihr in den Mund stopfen. Oder in den Arsch. Der Gedanke erregte ihn. Der Große Titan würde stolz sein.

In diesem engen Teil der Höhle kam man nur langsam voran, aber er würde schneller durchkommen als sie. Er konzentrierte sich auf seine Kraft, die Kraft des Herrn, in den Muskelbündeln in Armen und Beinen, in seinem starken Rücken. Er hob seine Schultern in die breitere Oberseite des Dreiecks. Der Herr prüfte ihn, aber er würde die Prüfung bestehen und die Marionette töten. Er würde überwinden. Er bewegte Arme und Schultern, links, rechts, links, rechts, und fräste sich den Tunnel entlang. Weit unter sich konnte er das Gurgeln des Flusses hören.

Es war immer noch ein enger Tunnel.

Aber jetzt, wo der Felsen heruntergefallen war, würde es nicht mehr so schwer sein, durchzukommen. Die Marionette war glatt durchgekommen.

Es war möglich, daß sie sich umdrehte und versuchte, ihn in diesem Tunnel zu erschießen. Vorsichtig bewegte er sich weiter, die Waffe auf den V-förmigen Schimmer ihres Lichts auf den blonden Wänden der vor ihm liegenden Kammer gerichtet, bereit abzudrücken, sowie ihr Umriß sich zeigte.

Dann wurde ihr Licht schwächer. Sie verließ die Kammer. Gut, sie war noch immer auf der Flucht. Er wollte nicht, daß sie wartete, um auf ihn zu schießen, wollte sich nicht mit einer letzten Anstrengung aus der Röhre winden, wenn ihre Waffe auf ihn gerichtet war. Er hielt seinen rechten Arm vor sich, damit seine Pistole gleichzeitig mit ihm herauskäme. Ein paar Meter noch, dann konnte er bequem schießen, selbst wenn sie bald zurückkam. Er streckte seine Arme vor und schob mit kräftigen Beinen. Gut. Jetzt noch –

Seine linke Schulter rutschte ab.

Was war los? Er zog sich einen oder zwei Zentimeter zurück und griff mit seiner Pistolenhand hinüber, um zu fühlen, was los war. Seine Finger trafen auf Nässe. Wasser in dieser Röhre? Normalerweise tropfte Wasser von oben, aber die Decke war trocken.

Vor ihm war alles schwarz. Sie war weg.

Der Nachtfalke schob seine Waffe in sein Sweatshirt, hielt die gekrümmte Hand über die Lampe und drehte das Rad. Alsbald flammte das Licht auf, und er mußte vor der Helligkeit die Augen zukneifen.

Enge Steinwände hielten ihn fest. Schwarzer Spalt als Fußboden, durch den man den Fluß darunter dahinplätschern sah. Ein Schuh steckte im Spalt, blutverschmiert. Fast hätte er laut gelacht. Die Marionette hatte einen Schuh verloren! Und sie blutete! Das würde es nur leichter machen, sie –

Das Blut tropfte immer noch.

Und es kam von oben, lief die Wand hinunter am Schuh vorbei und in den Fluß.

Der Nachtfalke drehte den Kopf, um mit seiner Lampe nach links zu leuchten, und sah, daß der Ärmel seines Sweatshirts vom Blut rot und schwammig geworden war. Kein Wunder, daß er an der Wand abrutschte. Er hatte dicke Kompressen auf die Wunde gelegt und festgebunden, aber die Bandage mußte sich verschoben haben, als er sich durch den Tunnel gebohrt hatte. Blonder Steintunnel, seine Hand weiß dagegen, der Ärmel jetzt leuchtend dunkelrot. Verwundert starrte er hin. Noch ein Tropfen glitt von seinem Ellbogen herunter und sein Herz pochte albern.

Dann sagte seines Vaters Stimme: »Sei ein Mann, Pipifax!« Die Wände in seinem Kopf glühten Gefahr, und der Nachtfalke riß sich zusammen.

Er konnte zurückgehen, aber es war gut möglich, daß die Marionette hinterherkam und ihn angriff, wenn er sich hinsetzte, um seine Wunde zu versorgen. Glitschig oder nicht, vorwärts war besser. Erst würde er sie töten, dann die Bandage richten. Er würde aus der Drangsal zum Sieg kommen. Aber er machte besser etwas Dampf. Die Zeit war nicht mehr auf seiner Seite.

Er atmete tief ein, wieder aus, wieder ein. Grell schien sein Licht auf die steil abfallenden Wände der Röhre vor ihm und wurde sanfter von der lederfarbenen Höhle dahinter reflektiert. Nur noch ein paar Meter. Der Nachtfalke setzte sich in Gang und schob sich vorwärts.

In Hardy Packer/Gil Newtons Wohnzimmer gesellte sich Kommandant Gary Trent zu dem Sonderbevollmächtigten Jessup.

»Der Mann ist weg«, sagte Trent.

Jessups Stimme konnte die bittere Enttäuschung nicht verbergen. »Sieht sauber aus hier.«

Sauber war gar kein Ausdruck. Gleich zu Anfang, als er Jessup durch die gesplitterte Haustür führte, hatte Trent einen schwachen Geruch bemerkt. Nachdem es Trent gelungen war, den kleinen Agenten zu beruhigen, ja, sie hätten daran gedacht, im Schlafzimmer, in den Schränken, im Keller und auf dem Boden nachzusehen, und nein, die Männer im Wald hätten niemanden entfliehen sehen, hatte er Zeit gehabt zu bemerken, daß der Geruch Chlor war. Die ganze Wohnung war vor kurzem gebleicht worden, und das nicht zum ersten Mal. Blasses, gescheuertes Holz, ein Tisch mit ein paar hellen Stühlen in der Küche, im Schlafzimmer eine schmale Matratze mit weißen Laken und weißer Decke. Im Wohnzimmer stand ein einziger Polsterstuhl, auf den alten Fernseher in der Ecke ausgerichtet, ein Heimtrainer aus dem Versandhaus, ein weißes Bücherregal, vollgestopft mit Haßpamphleten und Zeitschriften – *Vanguards*, *Crusaders* – und drei oder vier Bibeln. Es hingen nur wenige Bilder an der Wand, eins davon der verschwommene Schnappschuß eines grimmig blickenden Mannes hinter zwei stockstheifen Jungen von vielleicht neun und zwölf Jahren, das andere ein Osterbild mit einem schneeweißen Engel vor einem leeren Grabmal.

Kein Staub unter dem Bett, kein Fett im Ausguß, kein Ring um die Wanne. Sie würden die Abflußsiebe von Waschbecken, Wanne und Waschmaschine analysieren, sie würden alles analysieren, was die Spurensicherung aufsaugen würde, aber dieser Bursche war sauber und sorgfältig. Genau wie Jessup, dachte Trent.

»Wollen Sie das Schlafzimmer sehen?« fragte Trent.

»Na gut.« Jessup folgte ihm in das ordentliche Zimmer. Trent öffnete die Schranktür und zeigte ihm die zwei Roben und zwei Kapuzen, die hübsch gefaltet auf dem Bord lagen. Eine war weiß, die andere kohlschwarz. Beide hatten die Klan-Insignien mit dem Blutstropfen auf der Brust. Es hingen auch zwei Tankstellenoveralls als Reserve im Schrank. Jessup sagte: »Eingleisiges Hirn. Keine Hobbys, nehme ich an.«

Trent nickte. Klanroben, Klantraktate, Bibeln, Handfeuerwaffen. Viele Revolver. Der Kerl konnte eine ganze Armee mit dem Inhalt seines Wohnzimmerschranks ausrüsten. Aber das war's dann auch, außer dem Heimtrainer und dem Fernseher. Kein Schnaps, keine Zigaretten oder sonstige Drogen, nicht mal ein Playboymagazin. Der Kerl war rein wie frischgefallener Schnee.

Und wo war er? Vielleicht auf der Jagd. Oder er hatte ein anderes Transportmittel gefunden und war weit weg.

Sie machten sich an die Durchsuchung.

Es war zwei Stunden später, als einer von Trents Leuten eine alte Nummer des *Vanguard* aufschlug und die Zettel fand, einst zusammengerollt, aber jetzt sorgfältig geglättet zwischen den Seiten. Es gab ungefähr zwanzig davon, handgeschrieben mit kleinen, energischen Buchstaben, undatiert. Auf vielen standen Dinge wie: »Beobachte, bis die Zeit reif ist«, oder: »Geduld. Es ist noch nicht Zeit, Aufmerksamkeit zu erregen.« Aber auf einem stand: »Rassenschande an der Lawrence Road«, und auf einem anderen »Alma Willison, Louisville, Kentucky.«

Jessup ließ Fotos davon machen, ehe er die Papiere zur Analyse ins Labor schickte.


Marty kroch schon Ewigkeiten durch die Dunkelheit. Nein, wahrscheinlich nur eine halbe Stunde. An jeder Kreuzung markierte sie die Abzweigungen, und zweimal, als die gewählte Strecke an einem toten Punkt endete, war sie zurückgekrochen und hatte die Markierungen so verändert, daß sie wiedererkennen würde, welche Pfade nutzlos waren.

Sie zitterte vor Kälte. Eine Weile war ihr durch das Adrenalin und die fürchterliche Anstrengung mehr als warm gewesen, aber das ließ allmählich nach, und ihre dünne Sommeruniform war nicht für Temperaturen um 12 Grad gedacht. Außerdem hatte sie es fertiggebracht, sie zu zerreißen, als sie sich durch den Stein quetschte, lange Risse an ihrem linken Schenkel und am Rücken, und natürlich an ihrer Wade, wo die Kugel Fleisch und Stoff zerfetzt hatte. In der Höhle wehte eine schwache Brise, die es auch nicht besser machte.

Sie kam an eine weitere Kreuzung, inspizierte jeden Tunnel, entschied, daß der linke aufwärts führen müßte, und sah dann, daß sie ihn schon markiert hatte.

Was zum Teufel –?

Schon gut, Hopkins, keine Panik. Rechne dir's aus. Als sie das letzte Mal eine Gabelung markiert hatte, war sie nach links gegangen und dabei bergauf gekrochen. Dann hatte sich die Gang wieder nach links gewendet, abwärts. Eindeutig abwärts, aber es gab keine Optionen nach oben. Dann ging es wieder nach links und blieb eben bis zu dieser Kreuzung.

Gut, das war einleuchtend. Sie war im Kreis zum selben Tunnel zurückgekommen. Wenn sie wieder nach links und aufwärts ging, würde sie wieder da landen, wo sie mit dieser Schleife angefangen hatte. Markierung ändern und weiter.

Doch sie zögerte noch. War das wirklich die beste Strategie? Sie hatte ihre Waffe verloren und war seitdem hektisch geflohen. Finde den Hintereingang, den Wolfe erwähnt hat, schau, daß du rauskommst, geh zum Streifenwagen und funke nach Hilfe. Keine schlechte Strategie, wenn sie auf dem Weg wirklich herauskommen konnte. Aber das konnte Stunden dauern, wenn sie jede verdammte Gabelung der Höhle erst erkunden mußte.

Es konnte mehr als Stunden dauern. Es konnte ewig dauern.

Wäre es besser, den Weg zurückzugehen, den sie kannte?

Er würde sie erschießen. Aber gab es eine Möglichkeit, ihn zu überlisten? Ihr Licht irgendwo zurücklassen, sich in einem Seitengang im Dunkeln verstecken, und wenn er kam und darauf schoß, ihn vielleicht von hinten anspringen?

Nee. Er war so verdammt stark. Ein Handgemenge war nicht die Antwort, selbst wenn er die Waffe nicht hätte.

Vielleicht warten, bis er vorbei war, dann den bekannten Weg zurückrennen? Aber wie sollte sie den Weg finden, wenn sie ihre Lampe zurückließ?

Marty starrte die zwei Tunnel an und dachte eine unausführbare Option nach der anderen durch.


Alma Willison kauerte in ihrer Decke. Eine Weile hatte es Schüsse gegeben, zwei oder drei Salven, dann eine Pause, dann noch zwei oder drei, alle mit Donnergetöse und Echos. Die letzten hatten geklungen, als wären sie weit weg. Aber jetzt war schon eine ganze Zeit überhaupt nichts gewesen. Er hatte diesen Hilfssheriff umgebracht. Bald würde er zurückkommen, das wußte sie. Sie würde ganz von vorn anfangen müssen, ihn beruhigen. Die verräterische Taschenlampe und die Wasserflasche hatte sie schon unter den MacDonalds-Schachteln versteckt. Wenn er die fand, würde er sie töten. Sie hatte auch die durchgekniffenen Kettenglieder wieder auf die Fußschellen gesteckt. Wenn er bemerkte, daß sie durchschnitten waren, würde er sie auch töten.

Dieses junge Hilfssheriff-Mädchen war dumm gewesen, sich einzubilden, daß sie helfen könnte. Sie hatte Almas ganze sorgfältige Vorarbeit zerstört. Sie mußte ganz von vorn anfangen.

Er würde bald zurückkommen. Alma zog die Decke fester um sich und wartete.

Schwere Arbeit, durch diese Röhre zu kommen. Der Nachtfalke kämpfte sich vorwärts, hielt sich weit oben im breiteren Teil, aber nach einer Weile waren seine Schultern schmerzhaft eingeklemmt, und er war immer noch gut einen Meter vom Ausgang entfernt. Vielleicht sollte er das Sweatshirt abpellen. Es nahm Platz weg. Vorsichtig zog er den Reißverschluß auf und schlängelte sich heraus. Schwierig auf diesem engen Raum, wo er die Waffe festhalten mußte und seine Knie und Ellbogen gegen die Seiten stemmen, damit er nicht herunterrutschte und sich im engen Teil verklemmte. Dann, die Waffe in der rechten Hand und das Sweatshirt in der linken, arbeitete er sich weiter vor.

Diesmal kam er bis sechzig Zentimeter vor dem Ende, ehe er feststeckte.

Er keuchte vor Anstrengung, und sein Herz flatterte wieder. Irrte er sich? War er zu groß geworden, um durchzukommen, obwohl der Durchgang größer geworden war als in seiner Jugend? Obwohl die Marionette von Hilfssheriff durchgekommen war?

Er ruhte einen Moment aus und dachte nach.

Sollte er umkehren?

»Sei ein Mann, Pipifax«, sagte die Stimme. »Ich zeig' dir, was ein richtiger Mann ist.«

Nein, nein! Hör zu! In Panik sammelte der Nachtfalke seine Argumente. Wenn er umkehrte, konnte er den Hilfssheriff töten, der die Gefangene bewachte. Die Hopkins war längst weg. Sie hatte sich wahrscheinlich jetzt schon in der Höhle verlaufen. Hilfssheriff Sims, der bei der Gefangenen wartete, könnte ihn suchen kommen, wenn er zu lange wartete. Sims war ein Mann, die Hauptaufgabe, und im Augenblick wäre es leicht, ihn zu überraschen. Der Große Titan wäre erfreut. Der Nachtfalke begann sich zurückzuziehen.

Sein Knie schlidderte die blutglitschige linke Wand herunter und klemmte im Spalt fest.

Ganz ruhig jetzt. Zieh es raus – nein, zu viel Schmerz auf die Art, verletze die Maschine nicht. Versuch es anders.

Sei ein Mann, Pipifax!

Aufgebracht zerrte er wie ein Mann. Er keuchte. Flüchtiger Atem. *Ew'ger Fels, für mich gespalten*. Er bekam das Knie raus und stemmte es gegen den Felsen. *Zuflucht suche ich in dir*. Seine Lampe glitzerte auf der geröteten Wand, auf dem blassen Felsen weiter vorn. Eine Stimme sagte: »Sei ein Mann, Pipifax!«

Sie war auf einem Thron, die Stimme war auf einem Thron. *Wenn ich lieg' in letzter Not, und mein Aug' sich schließt im* – Nein, nein! Sei ein Mann! Der Nachtfalke schraubte sich vorwärts. Aber seine Beine wollten sich nicht bewegen. Er sah den Tunnel länger und schmaler werden, wie einen Gewehrlauf. *Wenn ich steig' aus diesem Pfuhl, auf zu Deinem Richterstuhl* –

Die Stimme auf dem Thron sagte zu ihm: »Diese sind's, die gekommen sind aus der großen Trübsal und haben ihre Kleider gewaschen und haben ihre Kleider hell gemacht im Blut des Lammes. Darum sind sie vor dem Thron Gottes und dienen ihm Tag und Nacht in seinem Tempel.«

Die Gestalt auf dem Richterthron blendete ihn. Sie war aus Licht gemacht und strahlte in alle Richtungen. Die Gestalt sagte: »Schon wieder geplärrt, Pipifax?«

Es war wahr, Pip wußte das. Er war voller Zorn und Hilflosigkeit, und er hatte geweint. Selbst jetzt noch konnte er die warmen Tränen auf seiner Wange fühlen. Als er sie abwischen wollte, rutschte seine verwundete Schulter ab und klemmte sich im Spalt fest.

»Sei ein Mann, Pip!« Die Gestalt war riesig und ganz aus Licht. Die schützenden Wände in Pips Kopf schmolzen in dem Licht. Die Gestalt schnallte den Gürtel ab. »Ich zeige dir, was ein richtiger Mann ist!«

Die Erektion war enorm, rot, glühend. Die Gestalt sagte: »Steck es ein wie ein Mann, Pip!«

Gehorsam öffnete der kleine Pip den Mund.

»Sie wird nicht mehr hungern noch dürsten«, intonierte die Gestalt. »Es wird auch nicht auf sie fallen die Sonne oder irgendeine Hitze; denn das Lamm mitten auf dem Thron wird sie weiden und leiten zu den lebendigen Wasserbrunnen, und Gott wird abwischen...«

Die Stimme versiegte, und das Licht, und das Wispern des Flusses, und das Tropf, Tropf von den Tränen des kleinen Pip und dem Blut des Nachtfalken, die mit den Wassern unten verschmolzen.

## 48

Marty hatte die Lampe gelöscht und kauerte im Dunkeln, schmiegte sich dicht in eine schmale Einbuchtung und paßte auf.

Sie wußte, wo sie war. Sie hatte beschlossen umzukehren, in der Hoffnung, in dem Labyrinth an ihm vorbeizukommen, und jetzt war sie fast wieder bei der engen, V-förmigen Röhre, wo sie ihren Schuh und ihre Waffe verloren hatte. Von ihrem Versteck aus konnte sie die Spitze des Steinhaufens sehen, den sie hochgeklettert war, sowie sie sich aus der Röhre gequält hatte. Sie konnte sie sehen, weil irgendwo weiter unten Licht war. Ihr erster entsetzter Gedanke war gewesen, Gil Newton sei auf dem Weg, daher hatte sie sich in diesen Winkel zurückgezogen, ihre Lampe gelöscht und jede Sekunde damit gerechnet, daß er auftauchen würde. In jeder Faust hielt sie Steine, ein jämmerlicher Ersatz für die Waffe, die sie verloren hatte. Sie hoffte, er würde an ihr vorbeigehen und sie könnte den Steinhaufen hinunterhuschen, durch die Röhre und raus aus der Höhle, während er seine Runde in den Tunneln drehte. Wenn er nicht vorbeiging – wenn er sie sah –, wäre es das Ende. Immerhin, vielleicht konnten ihre Steine noch etwas Schaden anrichten, bevor sie fiel.

Aber sie paßte jetzt schon zwanzig Minuten auf, und er war noch nicht gekommen.

Noch merkwürdiger, das Licht hatte sich nicht bewegt. Selbst wenn sie still saßen, bewegten doch die Menschen manchmal den Kopf. Vielleicht hatte er den Helm abgenommen und irgendwo festgemacht, um sie irrezuführen.

Okay, Hopkins, was sind deine Möglichkeiten?

Sie konnte ihre Suche nach dem Hinterausgang wieder aufnehmen – aber die Erfolgschancen waren sehr gering. Sie konnte bleiben, wo sie war, und darauf warten, daß jemand den Streifenwagen bemerkte, den sie dicht beim Höhleneingang zurückgelassen hatte, und ihr zu Hilfe kam – aber das konnte viele, viele Stunden dauern, und selbst wenn Newton sie nicht zuerst fand, würde sie bis dahin an Durst und Kälte sterben. Jetzt schon mußte sie ihre Zähne zusammenbeißen, damit sie nicht klapperten und sie verrieten, und ihre Wade pochte, wo die Kugel getroffen hatte. Und die arme Alma Willison, schon vorher halb verrückt vor Angst, könnte etwas Dummes anstellen. Es war ein kleines Wunder, daß sie überhaupt noch am Leben war, aber das würde nicht so bleiben, wenn Newton entdeckte, daß man sie befreit hatte.

Vielleicht hatte er Alma schon erwischt. Hatte eine seiner Lampen in der Röhre gelassen, um Marty abzuschrecken, war zurückgegangen, um Alma zu töten und zu entkommen. Und Marty war direkt in die Falle gegangen.

Wenn es so gewesen war. Es gab auch andere Möglichkeiten. Vielleicht war er gleich da unten, saß neben seinem Helm, trank vergnügt heißen Kaffee aus der Thermoskanne und wartete, bis sie herauskam, damit er sie erschießen konnte.

Sie konnte auch wartend in diesem Tunnel sterben. Also lieber nachsehen.

Sie holte tief Luft, packte ihre Steine fester und ging auf Zehenspitzen zur Öffnung, wobei sie sich in der Schwärze neben dem Lichtschein hielt, der von unten herausleuchtete. Die Steine parat, steckte sie millimeterweise den Kopf vor, um zu sehen, woher das Licht kam.

Und zuckte sofort zurück. Die Lampe selbst konnte sie nicht sehen, aber das Licht kam aus der V-förmigen Röhre und schien deutlich auf eine Hand mit einer Waffe.

Aber es folgten keine Schüsse.

Was machte er?

Wenn das Licht auf seinem Helm war, dann steckte er zu weit hinten in der Röhre, um sie zu sehen. Wenn dies ein Hinterhalt war, warum kam er nicht heraus? Sie hatte ihre Schwierigkeiten gehabt, sicher. Aber Newton war zäh, kenntnisreich bezüglich dieser Höhle, stärker. Und größer.

Aber nicht so viel größer. War er – lieber Himmel, konnte der Mann feststecken?

Marty spähte noch einmal den Steinhaufen hinunter. Die Hand bewegte sich nicht. Das Licht bewegte sich nicht. Eine schwarze Masse neben der Hand bewegte sich nicht.

Selbst wenn er plötzlich aus dem Tunnel geschnellt kam, würde er einen Moment brauchen, um sich durchzuquetschen.

Wenn sie sich schön rechts hielt, blieb sie im Schatten, ohne ihm überhaupt ins Blickfeld zu geraten.

Okay, Hopkins, eine bessere Chance bekommst du nie. Los!

Schnell glitt sie den Felshaufen hinab und duckte sich auf der rechten Seite in den Schatten. Ein kleiner Brocken löste sich und kullerte nach links, und sie preßte sich an die Wand und wartete auf den Schuß, aber es kam keiner.

Die Hand hatte sich immer noch nicht bewegt.

Marty tauschte ihre Steine gegen einen schweren Brocken ein, nicht ganz so groß wie ein Basketball, schlich im Krebsgang die schattige Wand entlang, bis sie neben der schmalen V-förmigen Öffnung stand, und schmetterte den Stein auf das Handgelenk. Die Waffe fiel klappernd aus den weißen Fingern, aber das Schwarze blockierte den Spalt, in dem ihre eigene Waffe verschwunden war. Sie griff zu und schnappte sich seine Waffe, sprang in Kampfstellung zurück und zielte in die Röhre. »Sie sind verhaftet!« japste sie.

Nichts rührte sich. Die weiße Hand bewegte sich nicht. Sie lag jetzt in einem unsinnigen Winkel.

»Gil, brauchen Sie Hilfe?« fragte sie.

Keine Antwort.

Sie konnte keine Atemgeräusche hören, nur das schwache Plätschern des Flusses weit unter ihnen.

Es könnte ein Trick sein. Er könnte noch eine Waffe haben. Marty drückte sich wieder in den Schatten, aus seiner Sichtweite. Sie drehte das Rädchen, um ihre Grubenlampe anzumachen. Es schien eine Ewigkeit zu dauern, vielleicht, weil sie nicht wagte, die Hand aus den Augen zu lassen, die immer noch auf dem abschüssigen Gestein der Röhre lag, jetzt in diesem merkwürdigen Winkel, aber nicht blutend. Endlich machte es *plop*p, und ihr eigenes Licht leuchtete wieder. Sie richtete die Waffe aus und schob sich vorsichtig seitwärts, um in den Tunnel zu schauen.

Die schwarze Masse war ein Sweatshirt. Mit der linken Hand schob sie es aus dem Weg.

Gil war in zerfetzten Hemdsärmeln. Eine Schulter, nackt bis auf einen roten Fetzen, war in den Spalt am Boden des V gerutscht, und sein Kopf baumelte etwas seitlich, aufrechtgehalten durch die steil ansteigende Wand. Sein Gesicht war blaß, der Mund offen, und die Augen weit aufgerissen in blindem Entsetzen. Sie konnte Tränenspuren auf seinem Gesicht sehen.

»Gil!« rief sie. Mit der Waffe noch in der rechten, packte sie das zerschmetterte Handgelenk mit der linken Hand.

Kein Puls.

Von hier aus konnte sie Blut auf seiner Schulter sehen, Blut, das den Fetzen durchtränkt hatte, der drumgewickelt war, Blut, das die Höhlenwand herunterlief.

Behutsam schob sie den glitschigen Fetzen beiseite. Die Wunde war ein winziges Loch. Schwer zu glauben, daß daher so viel Blut kommen konnte. Aber es würde ja auch eine Austrittswunde geben, zerrissener, wo die Kugel herausgekommen war.

Wo ihre Kugel herausgekommen war.

Sie hatte ihn getroffen. Eine ihrer Kugeln hatte ihn getroffen.

Sie hatte ihn umgebracht.

Übelkeit schüttelte Marty. Übelkeit und – gib es zu, Hopkins, Erleichterung. Du hast die große Schlacht gewonnen.

Sie schluckte und brauchte länger als nötig, die Waffe in den Halfter zu stecken. Dann biß sie die Zähne zusammen, packte mit beiden Händen seinen Arm und zog. Er rührte sich nicht. Sie versuchte es mit Schieben und keuchte vor Anstrengung. Sie versuchte, ihn anzuheben, aber er war fest eingeklemmt. Sie packte wieder seinen Arm und zerrte.

Nichts ging.

Marty beugte sich vor und rief in die Röhre: »Mrs. Willison?« Ihre Stimme sprang von Fels zu Fels und kehrte als Echo zu ihr zurück.

Es gab keine Antwort.

»Mrs. Willison, es ist alles in Ordnung! Können Sie zu dem Felshaufen neben dem Fluß kommen?«

Immer noch nichts. Wahrscheinlich war sie nicht zu hören. Der Gang, der den kleinen V-förmigen Tunnel mit der Höhle der blinden Fische verband, ging um zwei rechtwinklige Ecken. Vielleicht trugen Stimmen nicht.

Oder vielleicht war Alma Willison schon entkommen. Oder vielleicht war Alma Willison schon vor Angst gestorben. Etwas – Marty wußte, daß es nicht wirklich war, es war in ihrem Kopf – schwebte auf großen, weichen Flügeln durch die Schatten.

Marty rief wieder. Sie schrie, bis sie heiser war, aber es kam keine Antwort. Sie lehnte sich zurück, keuchend und bibbernd. Kalt, ihr war kalt. Gil Newtons blinde Augen starrten immer noch mit diesem Ausdruck des Entsetzens in ihr Gesicht. Sanft streckte sie die Hand aus und schloß die starren Augen, und mit der Rückseite der Finger wischte sie ihm die Tränenspuren vom Gesicht. Dann nahm sie das schwarze Sweatshirt, immer noch klebrig von Blut, und drapierte es um ihre zitternden Schultern.

Sie hatte einen Menschen getötet. Später würde sie sich damit befassen.

Im Augenblick bestand das Problem darin, daß sein Tod auch sie töten könnte. Sein unbeweglicher Körper verstopfte den einzigen Ausgang, den sie kannte.

Denk nicht an deine Chancen, hatte Coach sie immer ermahnt, wenn das Spiel kritisch wurde. Denk dran, den Ball zu bewegen. Also los, Hopkins. Such den anderen Ausgang.

Marty kletterte den Steinhaufen hoch, der zu dem Labyrinth von Gängen führte, um die Schultern das Sweatshirt eines toten Mannes.

Es war schon lange her, seit sie den letzten Schuß gehört hatte, und Alma wurde allmählich hungrig. Sie wußte nie, wann er ihr Essen bringen würde. Vielleicht hatte diese dumme Hilfssheriff-Frau ihn dazu gebracht, daß er es vergaß.

Sollte sie versuchen, wegzugehen?

Es war nicht sicher, wegzugehen. Er würde sie töten. Er war da draußen.

Aber warum war er dann nicht gekommen?

Alma schloß die Augen und betete. Sie erinnerte sich, daß sie einmal Buchhalterin gewesen war, logisch und systematisch. Sie erinnerte sich, daß die dumme Hilfssheriff-Frau ihre Kette durchgeschnitten hatte. Sie erinnerte sich, daß sie einst gewünscht hatte, sie würde durchgeschnitten. Sie selbst hatte stundenlang daran gesägt.

Sie erinnerte sich an Wayne, und sie erinnerte sich an Milly.

Still hakte Alma ihre Ketten wieder auf. Sie ging auf Zehenspitzen zu den aufgestapelten MacDonalds-Schachteln und zog die Taschenlampe darunter hervor. Dann verließ sie vorsichtig die Kammer.

Der schlimmste Teil war da, wo sie vorher die Schüsse gehört hatte. Sie flüsterte noch ein Gebet und schlich auch um diese Ecke. Als nichts passierte, spürte sie eine wilde Freude.

Hopkins hatte etwas davon gesagt, daß man dem Fluß folgen müßte und dann durch einen niedrigen Tunnel kriechen. Es dauerte eine Weile, bis sie den Eingang fand, nur ein horizontaler Schlitz im Fels. Sie hätte ihn vielleicht ganz übersehen, wenn die Taschenlampe nicht den Messingschimmer abgeschossener Patronen im Innern des Tunnels hätte aufblitzen lassen. Sie versuchte, nicht an das zu denken, was da drinnen lauern mochte, und zwängte sich in den Gang, auf dem Bauch kriechend so schnell sie konnte. Bald wurde es größer, und sie konnte sich auf Hände und Knie erheben. So mit der Taschenlampe in der Hand voranzukriechen, ließ den Lichtkreis herumzappeln wie eine betrunkene Elfe, Tinkerbell. Alma kicherte. Das würde Milly gefallen.

Sie kam aus dem Tunnel in eine riesige Höhle. Im Strahl der Taschenlampe sah sie eine zwei Meter hohe Decke. Sie erinnerte sich, daß Hilfssheriff Hopkins gesagt hatte, daß man von hier aus aufrecht aus der Höhle gehen konnte. Aber in welche Richtung?

Links oder rechts? Rechts oder links? Sie hockte da wie erstarrt, unfähig, sich zu entscheiden, und dachte schließlich daran, noch einmal zu beten. Dann fiel ihr ein, daß sie logisch und systematisch war. Versuch es links, und wenn das nicht geht, versuch es mit rechts. Sie ging los, an der Wand entlang, damit sie den Weg nicht verlor.

Nach der zweiten Biegung sah sie hoch oben, über einem Haufen Steinblöcke, eine kleine Öffnung. Der rote Abendhimmel schimmerte durch.

Alma hoppelte die Felsen hoch wie ein Kaninchen und kicherte wieder. Im Zwielicht konnte sie unten die Straße erkennen. Aber sie wurde langsamer, als sie den unbekannten Hügel herunterkam.

Dies war sein Territorium. Er war mächtig. Er würde sie wieder einfangen. Er hatte auch die Hilfssheriff-Frau irgendwie aufgehalten. Sie durfte nicht zulassen, daß er sie erwischte.

Zitternd suchten Almas angstvolle Augen den Horizont ab. Und entdeckten, da drüben links, einen Kirchturm gegen den dämmerigen Himmel.

Sie hauchte ein Dankgebet und hastete darauf zu. Zweimal kamen auf der Straße Autos an ihr vorbei, und jedesmal tauchte sie in die Büsche, damit er sie nicht sehen konnte. Gott war mit ihr. Musik ertönte aus der Kirche. ›Großer Gott, wir loben dich‹ auf der Orgel. Aber als Alma hineinschlich, war es dunkel bis auf das Licht des Organisten. Sie setzte sich an den Rand einer Kirchenbank.

Der Organist war eine braunhaarige Frau in den Vierzigern. Sie beendete das Stück und sah sich fragend um. »Eula? Bist du das?« Als sie Alma entdeckte, blieb ihr die Luft weg. »Mein Gott, Liebes, wie sehen Sie denn aus! Wer sind Sie? Was ist Ihnen passiert?«

»Ich möchte nach Hause.« Almas Finger gruben sich in das dünne Kissen auf der Bank. »Bitte.«

Unsicher erhob sich die Organistin. »Ich bin Betty Strathman. Wie heißen Sie?«

»Alma. Bitte, ich möchte nach Hause.«

»Wo ist das, zu Hause?«

»Madison Road.«

»Madison Road?«

»Louisville.«

»Gott, meine Liebe, Sie sind aber weit von zu Hause! Wo ist Ihr Wagen?«

»Ich – ich weiß nicht.«

Betty Strathman runzelte die Stirn. »Was ist passiert? Sie sind ganz voll Schlamm. Hat Ihnen jemand was getan?«

»Nein, bitte!« Panik überschwemmte Alma. Laß es niemand wissen, oder sie sagen es, und er findet mich! Sie sagte: »Ich bin gefallen. Es war alles meine Schuld!«

Betty fragte sanft: »Sind Sie krank, meine Liebe?«

Alma stürzte sich auf die Idee. Sie sagte demütig: »Bloß meine Nerven. Es geht mir jetzt besser. Manchmal habe ich diese Zustände und gehe von zu Hause weg.«

»Geht es Ihnen bestimmt besser? Möchten Sie einen Arzt?«

»Zu Hause habe ich einen. Bitte.«

»Gut, ich rufe den Sheriff an, und –«

»Nein, nein!« Almas Entsetzen ließ Betty Strathman mitten im Satz abbrechen. Der Sheriff hatte keine Macht über ihn, das wußte sie. Wie konnte sie die Frau daran hindern, sie zu verraten? »Bitte, die bringen mich in – in ein Krankenhaus!«

Betty Strathman nickte langsam. »Ich weiß, meine Liebe. Mein eigenes Tantchen wurde vor ein paar Jahren in ein Heim gesteckt. Fand es schrecklich. Lief dauernd weg. Sind Sie sicher, daß es Louisville ist, wo Sie hinwollen?«

»Ja, bitte. Mein Mann wird sich Sorgen machen.«

Die Erwähnung eines Ehemannes glättete Bettys Stirn. »Na gut, kommen Sie mit in die Damentoilette und machen Sie sich ein bißchen frisch. Ich kann Sie mitnehmen bis zum Café bei Paoli, und ich wette, eines der Mädchen von der Nachtschicht in der Konservenfabrik von Louisville bringt Sie dann weiter.«

Also landete Alma Willison mit geschrubbtem Gesicht, aber immer noch schmuddeligen Kleidern, in Waynes Armen, kurz bevor die Zehn-bis-sechs-Schicht in der Konservenfabrik anfing. Sie fing an, hemmungslos zu weinen, gewaltige schaudernde Schluchzer, die auch Milly zum Weinen brachten. Wayne, in völliger Auflösung vor Erleichterung und Sorge, brachte sie ins Krankenhaus, wo sie zur Beobachtung aufgenommen wurde. Erst nach Mitternacht, als Alma unter schweren Sedativa in Schlaf gesunken war, dachte Wayne daran, die Polizei von Louisville anzurufen.

»Sie schläft jetzt, Sir?« fragte der Fahrdienstleiter.

»Ja. Der Doktor sagt, sie braucht jetzt viel Ruhe.«

»Also gut, dann reden wir morgen mit ihr. Sie ist ja heil wieder da, also kein Grund zur Eile, nicht?«


Marty wußte nicht mehr, wie lange sie durch die Höhle gehinkt und gekrochen war.

Lange genug, daß der Gedanke mit den schwarzen, staubigen Flügeln mehrmals vorbeigeflattert war.

Lange genug, um Gils klebriges Sweatshirt steif werden zu lassen.

Tante Vonnie wäre schockiert. »Schreck laß nach, Mädchen, du hast so viel modisches Gefühl wie eine Kröte!« Chrissie würde sagen: »Au, Wahnsinn!« Aber sie würde die ganze Woche in der Schule damit angeben.

Marty untersuchte immer noch Tunnel, die sie beim ersten Mal übergangen hatte. Dieser Gang endete nach ein paar Kurven und Windungen in einem Steinhaufen. Sie kletterte ein kurzes Stück nach oben, weil sie sich an die zusammengebrochene Decke in der Nähe von Gil Newtons Leiche erinnerte. Aber dieser Felsberg war größer, und es führte kein Weg hindurch, obwohl sie versucht hatte, ein paar Steine ziemlich weit oben beiseite zu rücken. Als ein koffergroßer Felsbrocken wegrutschte und den Haufen hinunterkollerte, um Haaresbreite an ihrem linken Bein vorbei, hörte sie auf. Diesen Weg würde Wolfe nicht gemeint haben.

Es war hoffnungslos. Verflixt, sie konnte sich ebensogut hinsetzen, ihr armes Bein ausruhen und in Frieden sterben, statt rumzurasen wie ein Kaninchen im Sack.

Aber sie hatte versprochen, bei Chrissie zu bleiben.

Auf geht's, Hopkins. Weitermachen.

Sie kehrte an die Kreuzung zurück, die mit einem roten X bezeichnet war, und ging weiter zum nächsten unerforschten Seitengang.

Dieser war ziemlich groß, einsfünfzig hoch, genug, um gebückt zu gehen. Sie bückte sich und marschierte los.

Ihr Licht schien blaß.

Halt den Kopf hoch, Hopkins. Halt es gerade.

Aber es wurde nicht heller.

Wie lange war sie hier drin gewesen? Marty hockte sich hin, nahm die Lampe aus der Halterung und sah, daß der Brennstoff zur Neige ging. Sorgfältig nahm sie die Reserveflasche mit Karbid aus der Tasche und legte sich alles zurecht, ehe sie ihr Licht ausmachte, die Asche auf den Höhlenboden entleerte und die Lampe nach Gefühl wieder füllte. Gottseidank hatte sie die Reserve mitgebracht.

Sie drehte das Rädchen, und das Licht sprang wieder an. Sie steckte die Lampe wieder auf den Helm und trottete weiter.

Es war wirklich trübe.

Was war los?

Sie nahm die Lampe ab und schaute sie mit zusammengekniffenen Augen an. Plötzlich wurde ihr eisig kalt. Das Wasser war fast alle. Wasser, das auf das Karbid tropfte, produzierte das Gas.

Wenn das Wasser alle war, ging das Licht aus.

Und sie hatte Alma Willison ihre Reservewasserflasche gegeben.

Moment mal! Es gab Flüsse in dieser Höhle. Den mit den blinden Fischen und den, wo ihre Waffe hineingefallen war.

Aber eine Leiche blockierte den Weg zu beiden.

Vielleicht führte einer der unteren Gänge, die sie ausgelassen hatte, zu einem Fluß.

Und vielleicht auch nicht.

Finde einen Weg nach draußen, Hopkins. Beweg dich!

Sie humpelte schnell den Gang entlang. Im schwachen Licht sah sie, daß er enger wurde. Noch ein unpassierbarer Weg. Sie eilte zurück zur Kreuzung, malte noch ein rotes X zum Zeichen, daß beide nirgends hinführten – aber wozu die Mühe, Hopkins, du wirst es ja doch nicht sehen, wenn das Licht aus ist – und steuerte fast im Laufschritt die nächste Abzweigung an.

Aber das schwächer werdende Licht hielt sich nur noch ein paar Meter. Ehe sie an die Abzweigung kam, flackerte es und ging aus.

Sie streckte die Hand aus, um die Wand zu berühren. Ihre rauhe Kälte war entmutigend, aber doch irgendwie tröstlich, irgendwie hielt sie die großen schwarzen Flügel fern. Sie lehnte sich mit dem Rücken an den Stein, während sie langsam zu Boden sank und sich setzte.

Noch nie, nie in ihrem ganzen Leben hatte Marty eine Finsternis erlebt, die so schwarz war wie diese.

# 49

»Newton war also nicht zu Hause, was?« sagte Wes zu Art Pfann. »Tja, Teufel auch, es ist Samstag abend, was erwarten diese G-Männer eigentlich?«

Der Staatsanwalt schüttelte den Kopf. »Sein Wagen war da. Er muß bei einem Freund sein.«

»Wußte gar nicht, daß er welche hat.« Aber wenn man bereit war, für den Klan etwas zu tun, hatte man automatisch Freunde, wie Wes wußte.

»Hier.« Art überreichte ihm einen Umschlag. »Diese Zettel wurden in Newtons Haus gefunden. Die Originale sind unterwegs in die Labors vom FBI. Ich habe Ihnen einen Satz Fotos besorgt.«

Wes grunzte und warf einen Blick auf die beiden obersten. »Unterschrieben mit GT. Ich wette, Jessup kämmt das Telefonbuch durch.«

»Macht er.«

»GT. Sagt mir auch nicht viel. Aber ich denke drüber nach. Ich sag' Ihnen was. Hopkins hat hart an dieser Sache gearbeitet. Foley sagt, sie ist spät dran, noch nicht wieder da. Aber wenn sie kommt, zeige ich sie ihr.«

Art Pfann nickte. Er sah älter aus, dachte Wes. Nichts beschert einem so schnell graue Haare wie das Entkommen eines Mörders.

Er und Art blätterten die neunzehn Fotos der Zettel durch, die man bei Gil Newton zu Hause gefunden hatte. Ein paar davon konnten sie eine in grobe Zeitfolge einordnen. Goldstein mußte neuer sein, der war erst vor zwei Monaten in den Bezirk gezogen. Diese andere Notiz, Horace Thomas die Karte zu schicken, war wahrscheinlich von vor vier Jahren. Horace Thomas war ein Schwarzer, der eine Weile in Andy Raggs Transportgeschäft gearbeitet hatte und dann plötzlich seine Familie zusammenpackte und verschwand. Andy, ein umgänglicher Bursche, hatte sich beschwert: »Hätte nicht gedacht, daß Horace auch so unzuverlässig ist wie die anderen.«

Es gab ein paar Notizen mit Namen, die Wes nicht kannte. Natürlich kannte er Alma Willison – die war wahrscheinlich neueren Datums. Aber die meisten Anweisungen forderten Geduld, das Warten auf den Herrn.

Art schüttelte den Kopf. »Dies Zeug ist ziemlich kurzab. Wir werden eine Menge weitere Beweise brauchen, um einen Fall draus zu machen.«

»Erwischen wir ihn lieber erst«, sagte Wes. »Noch eins. Unser Mann repariert Autos. Warum stöbern Sie nicht Bert Mackay auf und kriegen raus, welche Wagen zur Reparatur in der Tankstelle stehen müßten und sehen nach, ob einer fehlt?«

»Gute Idee! Da mache ich mich gleich dran!« Verjüngt eilte Pfann aus dem Zimmer.

Wes fühlte sich nicht verjüngt. Er hatte das Gefühl, seine Schlafenszeit sei schon überschritten. Als daher Shirley wiederkam und sagte, es wäre Zeit, seine Pillen zu schlucken und unter die Decke zu kriechen, grummelte er nicht allzu viel. Er würde nur ein kleines Nickerchen machen. Art würde ihn wecken, wenn was passierte.

Irgendwie wunderte er sich doch, was Hopkins so lange machte.

Marty starrte in immer tiefere Tiefen von Finsternis. Diese großen verschwommenen Ängste flatterten verführerisch um sie herum. Laß sie nicht zu nahe kommen. Denk nach, Hopkins. Denk nach!

Also gut. Was hast du für Möglichkeiten?

Kreischen! An die Wände hämmern! Nach Mama schreien!

Ruhig, Hopkins. Zugegeben, schön ist es nicht.

Marty zog die Knie dichter an die Brust und legte die Arme drum. Komisch, wie die Finsternis die Geräusche deutlicher machte – das Rascheln ihrer Uniformhosen, das Scharren ihres einen Schuhs auf dem Höhlenboden, sogar das Geräusch ihres eigenen Atems. Ihre Augen waren weit aufgerissen, sahen angestrengt von einer Seite zur anderen, als ob die Dunkelheit vielleicht vergehen würde, wenn sie nur fest genug hinschaute. Aber Wolfe hatte gesagt, kein Licht wäre auf diese Felsen gefallen, seit er lebendes Seegetier gewesen war, vor dreihundertfünfzig Millionen Jahren.

Keine Ablenkungsmanöver, Hopkins. Denk nach!

Na, gut. Drei Möglichkeiten. Nummer eins, weiter einen Weg nach draußen suchen, an den Höhlenwänden entlang tastend. Das würde sehr lange dauern. Nummer zwei, dahin zurückkehren, wo Gil Newton im Stein gefangen lag, auf die Geräusche der Rettungsmannschaft warten – das würde auch sehr lange dauern. Nummer drei, hier sitzen und sterben.

Nee, das würde Chrissie nicht gefallen. Drei ist gestrichen.

Marty kam wieder auf die Füße und tastete sich voran, eine Hand vor sich ausgestreckt, um auftauchende Hindernisse zu ertasten, die andere ließ sie an der Wand entlang streifen, um die Orientierung zu behalten.

Einen Weg nach draußen suchen oder zu Newton zurückgehen und warten?

Tja, so im Dunkeln gab es eigentlich keine zwei Möglichkeiten, erkannte sie. Ohne ihre Markierungen an den Kreuzungen zu sehen, konnte sie nicht zu Newton zurückfinden. Alle Systeme, die sie bisher in ihren Suchaktionen benutzt hatte, waren für die Katz. Sie konnte die Gänge, die sie schon untersucht hatte, nicht von den anderen unterscheiden. Panik erfaßte sie. Komm schon, Hopkins, reiß dich zusammen. Wenigstens schießt keiner mehr auf dich.

Na und? Der Hungertod ist genauso sicher und nicht viel gemütlicher.

Sie erinnerte sich an das Entsetzen in Gil Newtons toten Augen.

Ihre Mutter hatte friedlich ausgesehen. Sie hatte monatelang Schmerzen gehabt, aber gegen das Ende hin schien sie friedlicher. Aber natürlich war Tante Vonnie dagewesen und hatte geholfen und ihr hinterher die Augen geschlossen.

Wer würde Martys Augen schließen?

Reiß dich zusammen, Hopkins!

Sie kam an eine Kreuzung. Was jetzt? Gut, die Hauptsache war, sich nicht zu verlaufen. Laß eine Hand an der Wand, damit du nicht aus Versehen denselben Weg noch einmal gehst. Sie tastete sich in den neuen Gang hinein.

Würde sie enden wie Phyllis Denton, ein Skelett, das in ferner Zukunft von einem entsetzten Höhlenforscher entdeckt wurde?

Und in der unmittelbaren Zukunft entdeckt von diesen ekligen Dingern, die Professor Wolfe studierte. Nahrung für Höhlenwesen. Ein Care-Paket von der Oberfläche. Hopkins auf Stein, njam, njam.

Sie dachte daran, wie Professor Wolfe davon gesprochen hatte, hoch auf einem Berg oder tief in einer Höhle zu sein. »Man weiß, daß man allein ist«, hatte die dunkle Stimme gesagt. »Man hat nur sich selbst. Man weiß, daß man sterben wird. Die eigene Sterblichkeit wird zur unausweichlichen Tatsache, wie die Schwerkraft.«

Richtig.

Ihre tastenden Finger fühlten die kalten Wände. Aus Leichen gemacht. Anderen Wesen, die einst die Sonne geliebt hatten und jetzt mit ihr begraben waren. Winzige, tote Gefährten. »He, Jungs«, sagte Marty zu ihnen: »wie ist das so? Tot sein?«

Es gab keine Antwort. *Du mußt ein einsam Tal durchwandern, und du mußt wandern ganz allein.* Sie tastete sich weiter.

Komisch, wie man eigentlich nie an den Tod dachte, bis es soweit war. Sie hatte immer gedacht, daß sie irgendwann in der fernen Zukunft sterben könnte wie ihre Mutter, und eine nur verschwommen vorgestellte erwachsene Chrissie sorgte für sie.

Chrissie, Chrissie. Tut mir leid, Spatz.

Ihr bloßer Fuß trat ins Leere, und sie warf sich nach hinten, wild mit den Armen fuchtelnd. Auch die Schwerkraft ist eine unausweichliche Tatsache, Hopkins! Als sie ihr Gleichgewicht wiedergefunden hatte, kniete sie sich vorsichtig hin und klopfte mit beiden Händen den Höhlenboden vor sich ab. Eine Einbruchstelle, entschied sie, vielleicht groß genug, um zu einer tiefergelegenen Ebene herunterzuklettern. Aber wie weit hinunter? Und wollte sie überhaupt auf eine tiefere Ebene? Sie lauschte, hörte aber kein rieselndes Wasser. Und wenn sie im Dunkeln da hinunter stieg, konnte sie vielleicht nicht wieder auf diese Ebene zurück. Es war besser, diesen Tunnel für eine Weile aufzugeben. Sie drehte sich um und humpelte zurück.

Sie war am Ende ihrer Kräfte. Nicht sehr dramatisch, dieser Tod. Nicht sehr ruhmreich. Die Leute sagten immer, sie wollten in Würde sterben, aber hier gab es keine Würde. Schrecken, ja. Der Ausdruck auf dem Gesicht des armen Gil Newton – denk lieber nicht dran, Hopkins. Denk an Professor Wolfes hypnotische Stimme. »Sie haben nur sich selbst.« Das klang würdevoll. Aber hey, Prof, was ist, wenn das Selbst verirrt ist, und verängstigt, und hungrig und durstig, und erschöpft, und ein wehes Bein hat, und pinkeln muß? Verflixt, nicht die geringste Würde mehr übrig.

Na, wenigstens dem letzten Problem konnte sie abhelfen. Niemand konnte sie hier sehen, soviel war sicher. Privatsphäre garantiert. Sie konnte sich einfach hier hinhocken und –

O Gott.

Es würde nicht klappen. Oder doch? Die Chemikalien oder was würden nicht stimmen. Oder?

Aber viel schlimmer, als es jetzt war, konnte es ja nicht werden.

Marty schnallte den Gürtel auf, schob die Hosen herunter, nahm die Lampe vom Helm. Sie schnickte den Deckel vom Wasserbehälter auf und pinkelte mit großer Sorgfalt in das kleine Loch. Es war eine ziemlich unsaubere Angelegenheit, den Strahl im Dunkeln zu finden, aber bald wurde sie durch das Geräusch belohnt, wie sich der Behälter füllte. Als es fertig war, legte sie den Deckel wieder auf, wischte alles ab, so gut sie konnte, legte ihre Hand schützend um die Lampe und drehte das Rädchen.

Beim vierten Versuch erfüllte strahlendes Licht den Tunnel.

»Juhuu! Juhuu!« Marty hüpfte auf und ab und fiel beinahe hin, weil ihr die Hosen noch um die Knöchel hingen. Sie zog sie wieder hoch, machte den Gürtel zu, steckte die Lampe wieder auf den Helm und machte sich geradezu beschwingt auf den Rückweg zur Kreuzung. Sie markierte sie und ging los, den nächsten Abzweig zu untersuchen. »Und du mußt wandern ganz allein«, sang Marty.

Ihr Hochgefühl dauerte nicht lange. Das Licht war wundervoll – aber vorübergehend, wie sie wußte. Das verwundete Bein pochte vor Schmerz. Der Hunger kam und ging, aber der Durst war jetzt ein ständiger Begleiter.

Und sie rannte in eine Sackgasse nach der anderen. Manche Gänge spitzten sich zu und wurden zu eng, um weiterzukommen. Andere waren von Steinhaufen blockiert, die von der Decke heruntergebrochen waren.

Irgendwann würde sie schlafen müssen. Die Müdigkeit fesselte sie mit schweren Ketten, die sich um ihre Glieder legten und jeden Schritt zum Kampf machten, jeden Gedanken flüchtig. Und trotz aller Anstrengung, selbst mit dem Sweatshirt, schlotterte sie wieder vor Kälte.

Marty hinkte durch den Gang zur nächsten Kreuzung. Sie wußte, daß sie tiefer nach unten kam. War das ein schlechtes Zeichen? Schwer zu sagen. Wenn sie nur nicht so müde wäre. Denk nach, Hopkins! Sie mühte sich ab, einen Gedanken zu fassen. Sie war nicht so weit unten wie die Flußhöhlen. Gut. Vielleicht sollte sie diese Ebene durchsuchen, bis sie wieder dahin kam, wo Newton lag, und dann die tieferen Teile ausprobieren. Sie stolperte vorwärts. Diese Gang war lang. Roch auch schlammig. Über zwei Meter hoch, rundgewaschen von einem lange versiegten Fluß. Matsch auf dem Boden – vielleicht doch noch nicht so lange? Bald verengte er sich zu einem niedrigen Kriechgang, aber sie glaubte, dahinter einen größeren Raum zu sehen. Sie krabbelte durch den Matsch und streckte den Kopf heraus. Groß, aber wahrscheinlich wieder eine Sackgasse. Trotzdem zog sie sich heraus. Hier führte ein kopfhoher Gang steil aufwärts, es war aber schwierig, durchzukommen, wegen dem Matsch und dem Schutt auf dem Boden, und weil ihr Bein schmerzte, und weil sie am Ende ihrer Kräfte war. Ihr Licht schien auf einen riesigen

Haufen Fels und Schutt, der das Ende des Ganges blockierte. Marty seufzte, streckte sich und kehrte ihm den Rücken, um zurückzukriechen.

He, Hopkins, was soll das heißen, Schutt?

Sie schaute sich um. Etwas Weißes zwischen den Felsbrocken. Durch den Modder hinkte sie darauf zu, dann wich sie zurück. Ein Knochen! Gott, diese Höhle war wirklich voller Tod! Sie wandte ihr Gesicht ab.

He, Hopkins. Tu, was du mußt.

Sie schaute wieder hin. Ein großer Knochen, über dreißig Zentimeter lang – jaah, von Eichhörnchen ist hier nicht die Rede. Und mehr Weißes schimmerte weiter oben zwischen den Blöcken, von etwas verdeckt.

Marty ging näher heran und inspizierte den Felshaufen. Der Rest des Skeletts lag ungefähr einen Meter fünfzig weiter oben. Riesiger Beckenknochen, eine Menge Rippen, ein paar verstreute Wirbel so groß wie Baseball-Bälle. Der Schädel war auch da, lang und ausgezackt zwischen den Zweigen. Eine Kuh!

Eine Kuh, Hopkins?

»Eine Kuh«, murmelte Marty. »Und Zweige. Tote Sträucher. Wie sind –« Sie humpelte näher und schaute zur Decke hoch. Der Felshaufen hatte das Loch nicht ganz verstopft, das entstanden war, als er auf den Höhlenboden fiel. Als Marty zwischen den Steinen ein paar Stufen hochgeklettert war, konnte sie weit sehen, ganz weit. Sie konnte eine ausgefranste, mondbeschienene Wolke sehen.

Wolke. Mond. Himmel.

Himmel!

Es war nur ein schmaler Spalt zwischen den heruntergebrochenen Steinen geblieben, aber verflixt und zugenäht, wenn eine Kuh da durchkam, dann schaffte sie das auch. Marty kraxelte auf dem Felshaufen bis nach oben, wo ein paar magere Ranken ihr Dasein fristeten.

Sie war am Grunde eines Sickerlochs. Einer Grube vielmehr, an der breitesten Stelle viereinhalb Meter und sechs Meter bis zum oberen Rand, das meiste davon senkrechter Fels. An einer Seite gab es einen Überhang. Einige Büsche klammerten sich auf halber Höhe fest, aber als sie hochsprang und danach griff, lösten sie sich und bewarfen sie mit Erdklumpen.

Diese Kuh hatte einen großen Vorteil gehabt. Sie war runtergekommen, nicht rauf.

Wie sollte sie herauskommen?

Ein toter junger Baum war auf den Boden des Sickerlochs gefallen. Sie stemmte ihn gegen die Grubenwand und kletterte hoch, aber damit kam sie nur etwa eineinhalb Meter höher. Danach brachen die Äste unter ihren Füßen.

Sie brauchte eine bessere Leiter. Oder ein Seil. Oder einen Helikopter. Oder einen Kran. Sie brauchte die ganze verdammte Feuerwehr.

Na, dann hol sie dir, Hopkins.

Marty legte den Schößling wieder hin und fing an, abgestorbene Büsche zu sammeln und jeden Zweig, den sie finden konnte. Die steckte sie zwischen die Zweige des Schößlings und band sie locker mit Ranken fest. Dann manövrierte sie unter Ächzen und Stöhnen den schlanken Stamm wieder aufrecht an die Grubenwand, mit dem Reisigende nach oben. Sie nahm einen toten Zweig, brannte ein Ende an ihrer Grubenlampe an und hielt es an ihr gebündeltes Reisig.

Es dauerte eine Minute, aber die meisten Zweige waren abgestorben und trocken und fingen schließlich Feuer, eine riesige Fackel in der Nacht. In Gil Newtons Waffe war immer noch etwas Munition, und sie feuerte alle paar Minuten und schrie »Hilfe!« oder »Feuer!«

Nichts geschah.

Nach einer Weile erstarben die Flammen und hinterließen nur den verkohlten Schößling und die zerfransten Wolken am Himmel.

»Hilfe!« rief Marty noch einmal ohne Hoffnung. »Feuer!«

»Das Feuer ist ziemlich aus, Miss.« Die Stimme eines Mannes.

»O Gott! Hilfe! Bitte, Sir, helfen Sie mir!«

»Wo sind Sie?« Der Strahl einer Taschenlampe streifte über die Büsche am Rand.

»Unten im Sickerloch. Haben Sie ein Seil oder sowas?«

Der Lichtstrahl fand ihr Gesicht, und Marty mußte blinzeln. Er sagte: »Ich hole eins. Sind Sie da reingefallen?«

Die Stimme war vertraut. Marty sagte: »Bud? Bud Hickman?«

»Ja. Marty Hopkins?«

»Ja.«

»Meine Güte, Marty! Sind Sie verletzt?«

»Nicht allzu schlimm. Aber hören Sie, wenn Sie in die Nähe eines Telefons kommen, rufen Sie doch das Sheriffbüro an, ja? Ich muß mit dem Sheriffbüro reden.«

»Aber klar, Marty. Bin wieder da, so schnell ich kann.«

Bud und seine Taschenlampe entfernten sich. Marty sank auf einen Felsen an der Wand und lehnte sich zum Warten zurück. Sie würde Chrissie doch wiedersehen! Ihre Augen suchten den verschleierten Mond zu einem dankbaren Stoßseufzer.

Das war für eine Weile ihre letzte klare Erinnerung.

## 50

»Sir!«

Wes sah von den Fotos der Notizen aus Newtons Wohnung auf. Marty Hopkins kämpfte sich ins Zimmer, in ein Krankenhaushemd gehüllt. Wes freute sich. Doc Hendricks hatte ihm gesagt, daß sie gestern am späten Abend, als man sie hereingebracht hatte, nicht in der Verfassung gewesen war zu reden. Heute hinkte sie, ein Bein verschwand unter Bandagen, aber sie schaffte es trotzdem, noch vor Chrissie und Tante Vonnie hereinzukommen. Die drängten sich hinter ihr hinein, beide in ihren Sonntagskleidern. Vonnie schimpfte: »Marty, du solltest im Bett sein! Und geh Wes nicht auf die Nerven, er –«

Hopkins ignorierte sie und platzte heraus: »Sir! Alma Willison! Sie ist in der Höhle! In der, wo wir Phyllis Dentons Leiche gefunden haben!«

»Marty! Komm sofort zurück!« Vonnie jammerte und wandte sich an Shirley, die auf dem Stuhl neben dem Bett saß. »Shirley, es tut mir leid, sie ist einfach –«

»Tja, Hopkins«, sagte Wes und legte die Fotos neben sich aufs Bett. »Sie sehen nicht gerade aus, als könnten Sie zur Kirche gehen. Aber Sie sind nicht halb so schlimm dran, wie man mir erzählt hat.«

»Sir. Alma Willison!«

»Alma Willison ist in Louisville«, informierte er sie. »Gestern abend zu Hause aufgetaucht, aus heiterem Himmel.«

»Oh, Gott sei Dank!« Hopkins lehnte sich an sein Fußende, und jetzt erst erkannte Wes, wie erschöpft sie war. Tapfer, die Kleine.

Vonnie strich ihr rosa geblümtes Kleid glatt und entschuldigte sich. »Shirley, ich weiß nicht, was ich mit ihr anfangen soll! Kaum hatten sie ihre Infusionsnadel draußen, rannte sie schon über den Gang, um Wes zu nerven!«

Chrissie hatte Sorgenfalten auf ihrem kleinen Gesicht und

zupfte ihre Mutter am Hemd. »Mammi, komm schon!« Marty tätschelte ihren Kopf, schaute aber weiter Wes an.

Wes sagte: »Ja. Reden wir, Hopkins.«

Shirley seufzte und erhob sich. »Gib's auf, Vonnie. Die werden nie gesund, wenn wir sie nicht schwätzen lassen.«

»Aber der Arzt hat gesagt, sie soll im Bett bleiben!« sagte Chrissie.

Shirley beugte sich zu ihr hinunter. »Schätzchen, diese beiden haben wichtige Dinge zu erledigen. Und wenn sie das nicht tun können, regen sie sich auf, und es geht ihnen schlechter statt besser. Also, deine Mama kann sich hier ans Bett setzen und es sich bequem machen, und wir lassen sie fünf Minuten reden. Danach können sich beide ausruhen. Okay?«

Chrissie schaute mit diesen großen dunklen, sorgenvollen Augen zu ihrer Mutter auf, und Marty küßte sie auf die Stirn. »Chrissie, Liebling, Mrs. Cochran hat recht. Ich werd' schon wieder.«

»Nun tu doch bloß nicht so stark!« protestierte Chrissie in einem Tonfall, der so nach Marty klang, daß Wes ein Lächeln unterdrückte.

»Aber ich bin stark! So stark wie du allemal«, sagte Marty. »Liebling, es tut mir leid, daß ich dir so einen Schreck eingejagt habe. Aber sieh mal, es ist nicht dein Job, für mich zu sorgen. Ich bin die Erwachsene, und du bist das Kind, erinnerst du dich? Geh jetzt mit Tante Vonnie zur Kirche und laß mich mit dem Sheriff reden.«

Shirley dirigierte Vonnie und Chrissie energisch zur Tür hinaus, und Hopkins humpelte zum Stuhl hinüber und setzte sich. »Ist Alma Willison in Ordnung?«

»Mehr oder weniger«, sagte Wes. »Ich kenne die Details nicht. Foley bekam einen Anruf aus Louisville, und die sagen, sie wäre zur Beobachtung im Krankenhaus. Hysterisch, als sie ankam, also hat man sie mit Drogen vollgepumpt, und jetzt ist sie ziemlich angeschickert. Louisville hat noch nicht mit ihr gesprochen. Aber hören Sie.« Er änderte seine Lage im Bett. »Die Hauptsache ist Gil Newton. Das FBI hat ihn verloren. Ist ihnen glatt durch die manikürten kleinen Finger gerutscht.«

»Das müssen Sie mir gerade sagen!« Sie deutete auf ihr Bein. »Er hat mich doch angeschossen!«

»Was?« Mit einem Ruck setzte Wes sich auf. Verdammter Doc Hendricks, er hätte sie eher mit Hopkins reden lassen sollen! »Wo war er?« Er griff nach dem Telefon.

»In der Höhle. Er ist tot.«

»Tot?«

»Ja, Sir.«

Seine Hand schwebte immer noch über dem Hörer. »Bestimmt?«

»Ja, Sir.«

»Na gut.« Wes forschte in ihrem müden Gesicht und legte sich in die Kissen zurück. »Wie wär's, wenn Sie ganz von vorn anfangen, Hopkins?«

»Ja, Sir.« Sie holte tief Luft. »Ich kam aus Louisville zurück, und der Abzweig zur Höhle ist gleich da, also habe ich angehalten, um noch einmal reinzuschauen.«

»Wieso?«

»Kein richtiger Grund, Sir. Es war nur, ähm, Professor Wolfe sagte, sie wünschte, sie hätte Zeit, noch einmal hinzugehen.«

Wes schnaubte. »Wolfe! Warum hat sie das gesagt? Die Dame, die nichts über den Klan weiß?«

»Ja, Sir. Vielleicht ist das die Wahrheit. Vielleicht wollte sie nachsehen, weil ich ihr gesagt hatte, daß eine Klankarte bei Phyllis lag, und die hatte sie nicht bemerkt. Also jedenfalls ging ich rein und fand Mrs. Willison.«

»Sie kann aber nicht die ganze Zeit dagewesen sein. Die Staatspolizei hat die Höhle bewacht.«

»Ja, Sir, aber mit rund um die Uhr haben sie erst Dienstag angefangen, nachdem wir die Klankarte gefunden hatten. Mrs. Willison wurde Montag entführt. Und er hatte sie ganz nach hinten gebracht, weg vom vorderen Teil der Höhle. Die Männer am Eingang waren außer Hörweite.«

»In Ordnung. Später zeichnen Sie mir besser eine Karte. Also, Sie fanden sie.«

»Ja, Sir, an den Fels gekettet. Ich habe die Ketten gekappt und wollte sie rausbringen, aber ehe wir sehr weit kamen, tauchte Newton auf und schoß auf uns. Sie rannte zurück, und ich ging los, um ihn möglichst von ihr wegzulocken.« Ihr Gesicht war weiß, und sie leckte sich die Lippen. »Er, ähm, jagte mich in diesen anderen kleinen Tunnel. Wir schossen aufeinander. Ich quetschte mich durch eine ganz enge Stelle und entkam in einen anderen Teil der Höhle. Später kam ich zurück, und Gil lag tot da, festgeklemmt an dieser engen Stelle. Ich glaube, er ist verblutet. Ich glaube, ich habe ihn getroffen. Ich konnte – konnte ihn nicht bewegen.« Sie schwieg. Ihre blasse Stirn war feucht.

Wes stellte sich vor, in der Höhle zu sein, stellte sich die Kugeln in den Tunneln vor, stellte sich eine Stelle vor, die so eng war, daß ein Mann drin steckenbleiben konnte wie in einer Falle. »Nur ruhig, Hopkins. Sie sind draußen. Es ist vorbei.«

»Ja, Sir. Ich bin okay.« Sie sah nicht okay aus. Sie holte tief Luft und sagte: »Es ist nur – ich wollte ihn festnehmen. Ich wollte ihn nicht erschießen, Coach, und – und –«

»Es galt, er oder Sie, richtig?«

»Ja, Sir, aber –«

»Hopkins, ich kenne niemanden, der gern Menschen tötet. Außer vielleicht Gil Newton, und den sind wir jetzt los. Ich bin froh, daß Sie es getan haben, und ich bin froh, daß Sie sich deswegen mies fühlen. Klar?«

»Ja, Sir.«

»Also.« Er verlagerte sein Gewicht. Jetzt hieß es sachlich sein. Wenn das ganze verdammte Department sich schließlich hier versammelte, dann müßten sie diese Krankenhausnachthemden auch im offiziellen Beige einfärben. Er sagte: »Wir müssen die Leiche holen. Wo ist sie?«

»Immer noch in der Höhle. Festgeklemmt, wie schon gesagt, Sir.«

Wes nahm das Telefon und rief den Staatsanwalt zu Hause an.

»Hey, Art!« sagte er. »Wes Cochran hier. Froh, daß ich Sie noch vor der Kirche erwische. Wir haben Newton für Sie. Tot.«

»Newton? Tot?« Art Pfanns Stimme dröhnte durch die Leitung. »Machen Sie Witze? Wo sind Sie?«

»Immer noch auf dem Krankenbett. Newton ist draußen in der Höhle, wo –«

»Sie haben Halluzinationen!«

»Wieso? Haben Sie ihn irgendwo?«

»Nein. Was meinen Sie damit, Höhle?«

»Hören Sie nur einen Augenblick zu, Art. Hopkins hat ihn in der Höhle erwischt, ihn erschossen. Ihr Leute könnt ihn einsammeln, wenn ihr interessiert seid.« Es herrschte Schweigen in der Leitung. Art Pfann sprachlos, das war mal was Neues. Wes sagte noch: »Oder Sie können ihn da liegenlassen. Teufel, Art, mir ist es egal.«

»Ist, hrm, ist Hopkins da?«

»Sie glauben, der alte Mann phantasiert, was? Hier ist sie.« Zwinkernd überreichte er ihr den Hörer. Das alte Team hatte sich gut geschlagen.

»Ja, Sir, Mr. Pfann«, sagte Hopkins und setzte sich gerade hin, als wäre Pfann im Zimmer. »Nein, mir geht's gut, sie wollen mich bloß vor heute abend nicht rauslassen. Aber Sie können sich an Floyd Russel wenden. Er ist Höhlenkundler im Spring Mill State Park. Sagen Sie ihm, Newton ist in der engen Röhre hinter der Höhle mit den blinden Fischen. Nicht die Stelle mit dem Eisenring, die enge Stelle. Er wird schon wissen... ja, Sir, das stimmt. Ja, Sir, hier ist er.« Sie übergab den Hörer an Wes und sank im Stuhl zurück.

»Alles mitgekriegt, Art?« fragte Wes.

»Ja. Aber Sie brauchen nicht so selbstgefällig zu klingen, alter Schlawiner.«

»Rufen Sie mich an, wenn Sie ihn finden, Art.«

»Klar.«

Wes legte auf, sah Hopkins an und hörte auf zu feixen. »Was noch?« fragte er zart.

»Sir?« Ruckartig sah sie auf. Sie hatte die Armlehne angestarrt.

»Hey.« Wes streckte eine Hand aus, und sie zögerte, dann legte sie ihre zittrig hinein. Wes drückte ihre Hand. »Ich habe in Korea ein paar Leute umgebracht, Marty. Die oder ich, genau das gleiche. Aber trotzdem – besonders dieser eine Typ. Ich erinnere mich an sein Gesicht, er war so jung. Er läßt mich nicht los. Ich träume immer noch von ihm.«

»Das wußte ich nicht.«

»Tja, Teufel auch, man muß weitermachen, mit Gepäck und allem.«

»Ja.« Sie nickte. »Ja.«

»War noch was? Nachdem sie entdeckt hatten, daß Sie ihn getötet hatten?«

»Eigentlich nicht. Es war nur – er war im Weg, festgeklemmt. Ich konnte ihn nicht bewegen. Ich konnte nicht raus. Ich mußte einen anderen Weg nach draußen suchen.«

Wes pfiff durch die Zähne. »Großer Gott, Hopkins, ich glaube, ich würde lieber auf mich schießen lassen! Sie wissen, daß Bud Hickman Sie zwei Meilen weiter unten in einem Sickerloch gefunden hat.«

»Zwei Meilen«, sagte sie staunend. »Mehr nicht?«

»Sie werden wieder. Sie haben es großartig gemacht.«

»Danke, aber...« Sie versuchte zu lächeln. »Aber vielleicht borge ich mir lieber Chrissies Nachtlicht für ein paar Tage.«

»Teufel, Hopkins, kaufen Sie sich ein eigenes! Nehmen Sie einen Engel, einen Donald Duck – was Sie wollen. Das Department kommt dafür auf.«

Da mußte sie doch kichern. »Ich werde Foley um das Anforderungsformular für Nachtlichter bitten, Sir.«

»Tun Sie das.«

Sie setzte sich gerader hin und versuchte, wieder dienstlich zu werden. »Ist sonst noch was passiert?«

»Sie haben ein Bündel Klan-Zeug in Newtons Haus gefunden, und eine Waffensammlung.«

»Ja, das war klar.«

»Ja. Und die hier haben sie auch gefunden. Fotografiert, ehe sie ins Labor geschickt wurden. Kleine Notizen.« Er breitete die Fotos neben sich auf dem Bett aus, und sie stand auf, um sie neugierig zu betrachten. Als sie keinen Kommentar abgab, sagte er: »Könnte Newtons Auftraggeber sein. Aber die verraten nicht viel.«

»Nein, Sir. Vorsichtiger Bursche.« Sie runzelte die Stirn über die Fotos.

»Jessup denkt, Newton könnte sie selbst geschrieben haben.«

»Könnte sein. Ich weiß nicht, da ist irgendwas, aber ich komme nicht drauf.« Sie schüttelte den Kopf. »Tut mir leid, Sir.«

»Na, ruhen Sie sich erstmal aus«, riet Wes. »Sagen Sie mir Bescheid, wenn Ihnen was einfällt.«

»Ja, Sir. Und Sie ruhen sich auch aus.«

»Jetzt machen Sie sich meinetwegen keine Sorgen. Ich bin der Erwachsene, erinnern Sie sich?«

Er scherzte, aber sie sah ihn aus düsteren Augen an. »Ich auch, Sir.«

»Klar sind Sie das. Sie haben es sehr gut gemacht, Hopkins.«

Sie zuckte die Achseln, runzelte ein letztes Mal die Stirn über die Fotos von den Notizzetteln und hinkte aus dem Zimmer.

## 51

Für die kurzlebigen Menschen sieht der Atlantische Ozean unvergänglich aus, aber er ist nicht so alt wie der Kalkstein von Indiana. Er wurde in jüngerer Zeit geboren, während die Dinosaurier herumstromerten. Seine lebensreichen Wasser erstrecken sich vom eisigen Norden über die warmen Tropen und weiter, bis in den eisigen Süden. Auf dem nordamerikanischen Festlandsockel unten bei den Bahamas ist er eine flache tropische See, die sanft an die Strände rollt und phantastische und schöne Lebensformen nährt.

Eine hagere Frau im Taucheranzug glitt zwischen den lebhaften Fischen und den verzweigten Korallenwäldern herum. Sie genoß die Herrlichkeit dieser leuchtenden, wäßrigen Wildnis, aber ihr Interesse galt den winzigsten Bewohnern. Sie dachte nicht an die Nachricht von ihren Studentinnen in Indiana, die in ihr gemietetes Häuschen an der Küste geschickt worden war. Die Nachricht faßte mehrere lokale Zeitungsartikel zusammen: ihre Bekannte, Hilfssheriff Hopkins, hatte ein Klanmitglied bei einer Schießerei in einer Höhle getötet; eine Geisel, Alma Willison, war lebendig davongekommen; der Sheriff von Nichols County lag noch im Krankenhaus, erholte sich aber gut; der Dekan der UI hatte von Professor Hart, der ein unziemliches voyeuristisches Interesse an gewissen weiblichen Studenten an den Tag gelegt hatte, die Amtsniederlegung verlangt und erhalten. Professor Wolfe hatte zufrieden genickt und sich müßig gefragt, zu welchem Schluß die zuverlässige grauäugige Kriegerin Martine wohl in Sachen Phyllis Denton kommen würde. Aber sie hatte die Nachricht aus Indiana beiseite gelegt und sich wieder den faszinierenden Kämpfen und Harmonien des Lebens in diesem tropischen Meer zugewandt. Jetzt, während sie durch die sonnenbeschienenen Wasser schwamm, sammelte sie sorgfältig und respektvoll Exemplare von Foraminiferen, kleinen einzelligen Kreaturen, die wuchsen und sich vermehrten und winzige

Schalen aus Kalziumkarbonat bauten und starben, wobei sie in Millionen zu Boden sanken, um eine ständig dicker werdende Schlammschicht aus Kalziumkarbonat zu bilden.

Professor Wolfe hatte nicht lange über Indianas flüchtige Probleme nachgedacht, weil sie Wichtigeres zu beobachten hatte.

Sie sah zu, wie sich Kalkstein bildete.

## 52

Montag morgen wachte Marty in ihrem eigenen Bett auf, die Morgensonne schien im vertrauten Winkel durch die Jalousien, und das vertraute Geräusch von Tante Vonnies laufendem Wasserhahn kam aus der Küche. Vertraut und doch fremd, entfernt. War sie wirklich nur eine Nacht fortgewesen? Vorsichtig stieg sie aus dem Bett, streckte sich bedächtig, prüfte Gelenke und Muskeln. Ihre verbundene Wade schmerzte noch, aber sonst fühlte sie sich nicht schlecht. Älter, das schon. Uralt.

Sie wußte, wer die Nachrichten an Gil Newton geschrieben hatte. Merkwürdig, sie hatte nicht das Gefühl von »Aha! So ist das also!«, nur ein trauriges Wiedererkennen von etwas, das sie schon seit langer Zeit beinahe gewußt hatte. Die Frage war, was tun mit diesem Wissen. Sie nahm ihre Uniform und Unterwäsche und steuerte das Badezimmer an, wobei sie der geschlossenen Tür zurief: »Chrissie! Aufstehen!« Das antwortende Grunzen des Mädchens löste ein Schwindelgefühl staunender Dankbarkeit in ihr aus. Sie wollte hineinrennen, sie umarmen, im Hautkontakt fühlen, wie lebendig Chrissie war, wie lebendig sie selber war. Aber als sie die Tür öffnete, streichelte Chrissie gerade traurig ihr Manhattan-T-Shirt. Sie versteckte es schuldbewußt hinter ihrem Rücken und jaulte: »Mammi, du sollst doch anklopfen!«

»Entschuldige, Liebling. Du hast recht.« Marty schloß die Tür und ging weiter zum Bad. Ihre Tochter, Fleisch von ihrem Fleisch. Auch von Brads. Versuchte, ihren Vater zu lieben, versuchte zu schätzen, was er schätzte, versuchte, ohne ihn auszukommen. Marty empfand fast schon schmerzhaft das Bedürfnis, ihr zu helfen. Aber wie?

Lieber etwas später drüber nachdenken. Heute gab es Arbeit. Als sie geduscht hatte, rief sie Wes Cochran an und sprach die Sache mit ihm durch.

Nach dem Frühstück fuhr sie Chrissie zu Janie, damit sie zusammen den Schulbus erwischen konnten, dann machte sie sich auf den Weg zu den Dentons. Als sie in die Auffahrt einbog, bemerkte sie den Nebel in denselben Bodenwellen, das Schimmern derselben Blumenhartriegel hinten im Wald, dieselben Wagen, die im Wendehammer parkten. Ihre Reifen knirschten auf dem Kies, und weit hinterm Haus bellte die Hundemeute. Es war, als ob man eine Kindheitsszene wiedersah, alles genau wie früher und doch ganz anders.

Hopkins, du sentimentale Flasche, tu deinen Job. Sie parkte neben Hal juniors Wagen und humpelte die Kalksteinstufen hoch zur dunklen Tür.

Elizabeth Denton öffnete ihr, angetan mit einem braunen Jackenkleid mit hübschen weißen Biesen an Kragen und Manschetten. »Oh! Bitte, kommen Sie herein«, sagte sie.

»Tut mir leid, Sie zu stören, Mrs. Denton. Ich hatte gehofft, ich könnte mit Ihren Söhnen sprechen, ehe sie zur Arbeit aufbrechen müssen. Ich hoffe, ich störe Sie nicht beim Frühstück.«

»O nein, gar nicht, wir sind alle fertig. Sie sind draußen und füttern die Hunde. Bitte, machen Sie es sich bequem, ich gehe sie rufen.« Sie eilte davon, als wäre sie das Dienstmädchen.

Marty ging in die Bibliothek und warf einen flüchtigen Blick auf das große alte Rollpult, die Ohrensessel und den Eichentisch, die Bücherregale. Sie wanderte im Raum umher und überflog die Titel. Gesetzbücher, Bestseller, Jagdbücher, Geschichtsbücher. Sie blieb stehen und zog eins aus dem Regal. Sie hatte den Umschlag schon einmal gesehen, den merkwürdigen augenlosen Kopf, die Haken um den Mund. Ein Buch aus der Bibliothek der Universität von Indiana. Auf der Innenseite kleiner Druck, ein paar Fotos, langer Index. Marty fand, wonach sie suchte, blätterte zu den angegebenen Seiten und las den Abschnitt sorgfältig durch, ehe sie das Buch zurückstellte. Es kam ungefähr hin. Ungefähr.

»Hilfssheriff Hopkins!« Royce stürmte ins Zimmer, ein scherzhaftes Zwinkern in den Augen. »Unsere Nationalheldin! Na, wenigstens Bezirksheldin.«

Hal junior war direkt hinter ihm. »Hervorragend, was Sie getan haben«, rief er mit Überzeugung. »Art Pfann hat gestern angerufen, nachdem sie die Leiche aus der Höhle geholt hatten. Gil Newton! Wer hätte das gedacht? Wir haben immer selbst an der Tankstelle gehalten! Jedenfalls war es großartig.«

»Es war nur mein Job«, sagte Marty steif. Wer zum Teufel war Hal, daß er sich anmaßte, *hervorragend* zu sagen? Was wußte er schon über völlige Finsternis, über völlige Einsamkeit, über das Töten eines Menschen in einer schrecklichen, blutverschmierten Röhre, eines Menschen, den man zu kennen glaubte? Dann bekam sie Gewissensbisse. Auch er hatte in einem Alptraum gelebt, während Körper und Geist seines Vaters vor seinen Augen an diesen furchtbaren Zysten dahinsiechte. Sie konnte seinen Schmerz nicht ermessen, so wenig wie er ihren. Sie schob Schuldgefühl und Mitleid und Zorn beiseite und sagte: »Ich habe ein paar Fragen an Sie. Der Sheriff meinte, Sie wären noch hier, weil Sie die Sachen Ihres Vaters durchsehen müssen.«

»Klar.« Hal junior sah auf die Uhr und lehnte sich an den Schreibtisch. »Wir müssen in ein paar Minuten los, aber fragen Sie nur.«

»Ihr Vater war Klanmitglied«, sagte Marty.

Hal erstarrte, aber Royce sagte leichthin: »Ich weiß noch, als ich klein war, pflegte er auszugehen. Und wir fanden seine Robe auf dem Boden. Eindrucksvolle rote Angelegenheit. Aber es hörte weitgehend auf, noch ehe ich aus dem College kam. Mit der scheußlichen Geschichte vor fünfzehn Jahren hatte er nichts zu tun.«

Marty schaute zu Elizabeth Denton hinüber, die am Fenster auf einer Stuhlkante saß, etwas abseits von ihnen. »Mrs. Denton? Ist er in den letzten zwei Jahren zu Klan-Versammlungen gegangen?«

»Ja.«

»Mutter!« protestierte Hal und richtete sich auf.

»Hal, die ausgezeichnete Hilfssheriff Hopkins versucht nicht, deine Kampagne zu besudeln«, sagte Royce. »Sie sammelt nur Fakten. Stimmt's, Hilfssheriff Hopkins?«

»Aber sind das Fakten?« fragte Hal aufgebracht. »Ich glaube nicht, daß es Versammlungen gegeben hat! Hast du Beweise, Mutter?«

»Jemand mußte ja die Robe waschen und bügeln, und flicken«, sagte Elizabeth. »Er war ein Großer Titan. Mußte gepflegt aussehen.«

»Gepflegt!« rief Hal aus. »Gott, Mutter, warum hast du nicht –«

Royce sagte: »Hal, die interessantere Frage ist, woher Hilfssheriff Hopkins das mit dem Klan wußte.«

»Das FBI hat die Botschaften gefunden, mit denen Gil Newton mitgeteilt wurde, was er zu tun hatte«, erklärte Marty. »Sie waren in der Handschrift Ihres Vaters.«

»Mein Gott!« Hals Zorn wandelte sich zu Bestürzung, und er fuhr sich mit der Hand durch sein sonnengebleichtes Haar. »Wie ist das möglich? Sind Sie sicher?«

»Man läßt sie noch von einem Experten begutachten. Aber ich bin sicher, ja. Ich kenne seine Handschrift. Ich habe Stunden damit verbracht, seine Terminkalender zu lesen. Und außerdem waren die Notizen mit GT. unterzeichnet.«

»Großer Titan«, sagte Royce. Er sah jetzt so erschüttert aus wie Hal. »Sie meinen doch nicht, daß er diese Morde angeordnet hat!«

»Das kann nicht sein!« beharrte Hal. »Das würde er nicht tun! Und er war krank! Er konnte nicht schreiben, konnte nicht telefonieren – und überhaupt, er konnte die meiste Zeit nicht klar denken!«

»Was wollen Sie damit sagen?« fragte Royce. »Daß er verrückt geworden ist und einen Mord im alten Stil wollte? Den Newton ihm geliefert hat?«

»Ich versuche immer noch, einen zeitlichen Rahmen zu finden«, erklärte Marty. »Sehen Sie, er hat viele Nachrichten geschrieben, auf denen stand: Geduld, es ist noch nicht Zeit. Aber es gibt eine zu Goldstein. ›Rassenschande an der Lawrence Road‹. Die muß neu sein, weil Goldstein erst vor zwei Monaten dort hingezogen war. Ihr Vater ist vor sechs Monaten krank geworden, nicht?«

»Das stimmt!« rief Hal voller Eifer.

Aber Royce schüttelte den Kopf. »Es war fortschreitend«, sagte er. »Er konnte nicht arbeiten, aber in den ersten paar

Monaten ist er immer noch herumgekommen. Wenn er aufwachte und sich gut fühlte, dann fuhr er zum Gericht oder sonstwohin.«

»Mrs. Denton?« fragte Marty.

»Ja, das stimmt. Vor zwei Monaten wurden die Anfälle häufiger, und der Arzt verschrieb mehr Medikamente, so daß er im Bett bleiben mußte. Davor – tja, er sollte eigentlich nicht fahren, aber an guten Tagen tat er es manchmal doch. Er ging sogar noch ein paarmal aus, als er schon die Sedativa bekam.«

»Beim zweiten Mal hat er beinahe das Auto in den Graben gefahren«, sagte Royce. »Da beschloß ich, wieder herzuziehen und Mutter und Lisa beizustehen.«

»Wo ist er das letzte Mal hingefahren?« fragte Marty.

»Zur –« Elizabeth Dentons Augen wurden groß, und langsam hob sie die Finger an die Lippen. »Mir war nicht klar – er ist zur Tankstelle gefahren.«

»Mutter, woher kannst du das so genau wissen?«

»Weil er sich hinterher über Bert Mackay beschwert hat. Bert Mackay, dieser Idiot, sagte er dauernd. Oh, ich habe es nicht begriffen!«

Marty runzelte die Stirn. Was hatte Bert Mackay noch gleich gesagt? Konnte merken, daß der Richter nicht mehr ganz beisammen war, hatte er gesagt. Hatte Mühe mit dem Wegfahren und schüttelte die Fäuste, nachdem er Bert einen Zettel für den Mechaniker gegeben hatte, und da stand nichts drauf als – es stand drauf: Noch ist nicht Zeit. Also hatte Bert ihn weggeschmissen. Marty schluckte. Goldstein war ermordet worden, weil dieser Zettel Gil Newton nicht erreicht hatte. Richter Denton hatte seinem gewalttätigen Nachtfalken aufgetragen, Goldstein ins Visier zu nehmen, und war dann unfähig gewesen, ihn zurückzupfeifen.

Also war Goldstein ermordet worden, und der Zeuge, Willie Sears.

Hal sagte unglücklich: »Gibt es eine Möglichkeit, das geheim zu halten?«

Marty wappnete sich. »Es tut mir leid, Mr. Denton. Das ist noch nicht alles.«

»Wie kann das noch nicht alles sein? Mein Gott, wenn Sie ihn beschuldigen, diesen Klanmörder dirigiert zu haben –«

»Wir können es beweisen, Sir. Die andere Sache betrifft Ihre Schwester Phyllis. Die Sache ist die, Phyllis hatte ein Baby.«

Royce und Hal junior sprachen zur gleichen Zeit. »Was?« »Sie machen Witze! Sie war zwölf, um Gottes Willen!« Aber Marty beobachtete Elizabeth Denton, die in ihrem ordentlich paspelierten Kleid mit verschlungenen Händen und gesenktem Kopf unbeweglich am Fenster saß.

»Mrs. Denton«, sagte Marty zart. Als Elizabeth Denton den Kopf hob, tränenlos, sagte Marty: »Sie wußten davon, nicht wahr? Von Phyllis' Baby? Sie versuchten, für die beiden zu sorgen.«

»Ich brachte sie raus aus Indiana«, sagte Elizabeth. Die zwei Männer rückten näher aneinander und starrten ihre Mutter an. »In Louisville gibt es ein Heim für Mädchen in Schwierigkeiten. Auf Umwegen habe ich sie dorthin gefahren. Es mußte geheim bleiben. Als alle anfingen, nach ihr zu suchen, wurde es schwierig. Manchmal konnte ich so tun, als ob ich irgendwo suchte, und sie statt dessen besuchen. Ich habe zwei Briefe von ihr aufgegeben. Ich kaufte ihr sogar eine Lederjacke und machte einen Schnappschuß von ihr neben einem Motorrad, um den Sheriff irrezuführen.«

»Das hast du gemacht?« rief Hal. »Mutter, warum? Und warum hast du uns nichts gesagt?«

»Ich wollte nicht, daß euer Vater davon weiß. Ihr hättet es ihm gesagt, das wißt ihr. Er war der Starke, ihr habt zu ihm gehalten. Also wagte ich nicht, es irgendwem zu sagen.«

»Warum nicht?« wollte Hal wissen. Marty hob zur Warnung ein wenig die Hand, aber er stürmte zu Elizabeth hinüber und baute sich mit geballten Fäusten vor ihr auf. »Mein Gott, Mutter, wir haben jahrelang gesucht! Jahrelang dachten wir, sie wäre weggelaufen! Aber dies...Und wer hat Phyllis das angetan? Mein Gott, ich werde ihn kreuzigen!«

Elizabeth sah mit erloschenen braunen Augen zu ihm auf. »Euer Vater war der Vater des Kindes.«

Hal starrte sie an, ohne zu begreifen. Aber Royce wandte sich ab und schwang seine Faust krachend in den geschlossenen Rollschrank seines Vaters. Zwei der Eichenlamellen barsten. Bei dem Geräusch schien Hal in sich zusammenzusinken. Er stöhnte: »Mein Gott«, und sank in einen der ledernen Armsessel.

Royce hatte sich ein wenig zusammengerissen, aber seine Stimme schwankte noch, als er fragte: »Sie haben Beweise für diesen Flecken auf der Familienehre, Hilfssheriff Hopkins?«

»Es gibt Unterlagen in Kentucky.« Marty verlagerte ihr Gewicht. Ihr Bein schmerzte, aber es schien ihr nicht angebracht, sich zu setzen. »Die Tatsache wurde ins offizielle Geburtenregister eingetragen.«

»Ich wollte sichergehen, daß das Kind seine Erbschaft beanspruchen kann«, sagte Elizabeth. »Und nachdem Phyllis Selbstmord begangen hatte –«

»Selbstmord?« fragte Hal.

»Nach der Geburt fühlte sie sich so elend.« Eine Träne glitzerte auf Elizabeths Wange, aber sie fuhr gefaßt fort. »Ich konnte nicht viel bei ihr sein, weil euer Vater und der Sheriff die Suche inzwischen übernommen hatten und immer wollten, daß ich zu Hause am Telefon saß, falls der Kidnapper anrief. Und wenn ich ohne Erlaubnis gegangen wäre, hätte euer Vater mich natürlich – er wäre sehr ärgerlich geworden. Trotzdem habe ich es geschafft, wegzukommen und das Baby zu einer Kirchengruppe drüben in Louisville zu bringen, und ich bat sie, jemanden zu finden, der für sie sorgt. Ich dachte, wenn es Phyllis besser ging, könnte sie die Adoptionspapiere unterschreiben. Aber Phyllis hat diese Pillen genommen, und – und starb.« Elizabeth schaute einen Augenblick weg, mit gesenktem Kopf. »Und dann dachte ich – das Baby ist auch seine Tochter. Das Baby steht im Testament.«

»Sein Testament.« Royce lutschte an seinen blutigen Knöcheln, lachte plötzlich auf, ein rauhes Lachen. »»Zu gleichen Teilen unter meinen überlebenden Kindern aufzuteilen.‹ Was für ein Hohn für den Alten!«

Marty fragte: »Haben Sie Phyllis in der Höhle begraben, Mrs. Denton?«

»Eines Nachts habe ich Geld aus seiner Brieftasche gestohlen und ein paar Männer aus Louisville zur Hilfe angeheuert. Dem Beerdigungsinstitut habe ich gesagt, wir brächten sie auf einen Familienfriedhof. Das war die Wahrheit, in gewisser Hinsicht. Also wurde sie mir übergeben, und nachdem wir sie in die Höhle gelegt hatten, sprengten wir den Eingang. Ich dachte nicht, daß trotzdem Leute hineinkönnten.«

»Nicht viele konnten das«, sagte Marty tröstend. Also hatte Professor Wolfe den Sarg so gesehen, wie Elizabeth Denton ihn verlassen hatte, und später hatte Gil Newton ihn gefunden und aus irgendwelchen Gründen, die nur er kannte, die Klankarte hinterlassen.

»Aber Mutter, warum hast du uns nichts gesagt?« fragte Hal wieder. »Wir hätten der armen Phyllis helfen können. Und dem Baby –«

»Nein!« Elizabeth war plötzlich so wild, daß Marty ganz kalt wurde. »Ihr habt immer seine Partei ergriffen. Ich wollte nicht, daß dem Baby das gleiche passiert wie Phyllis! Und mir!«

»Dir? Mutter, natürlich war Vater etwas aufbrausend, aber er hat immer gesagt, du hättest ihn dazu getrieben«, protestierte Hal.

»Mr. Denton«, sagte Marty bestimmt, »sehen Sie den Tatsachen ins Gesicht. Richter Denton prügelte seine Frau. Er prügelte und vergewaltigte seine Tochter. Wahrscheinlich hat er auch Sie und Ihren Bruder geschlagen.« Royce' Hände mit den blutigen Knöcheln krampften sich um die Stuhllehne, und sie wußte, daß sie recht hatte. »All das verstößt gegen das Gesetz, klar? Er mag Richter gewesen sein, aber ein Verbrecher war er auch.« Sie wandte sich an Elizabeth. »Mrs. Denton, warum haben Sie ihn nicht angezeigt?«

Drei Paar Denton-Augen schauten Marty ungläubig an. Elizabeth sagte leise: »Es hätte nichts genützt. Seine Freunde beherrschen die Gegend. Sie würden es nicht glauben, oder wenn doch, dann wäre es ihnen egal, und er hätte uns schlimmer geschlagen als je zuvor.« Royce und Hal junior nickten. »Und angenommen, jemand hätte mir geglaubt und ihn ins Gefängnis gesperrt. Was sollte ich dann anfangen? Er hat mir kein eigenes Geld zugestanden. Er nahm, was meine Eltern mir hinterlassen hatten. Er ließ mich nicht mal Schecks unterschreiben. Kein Geld, keine Arbeit, drei Kinder zu erziehen...«

Marty nickte langsam. Sie wollte gern glauben, daß sie selbst anders entschieden hätte. Aber sie erinnerte sich, wie schwer es für Mary Sue Peters gewesen war, eine gerichtliche Verfügung gegen Johnny durchzukriegen, wo jedermann wußte, daß er ein Trunkenbold war und die Kinder dauernd mit blauen Flecken zur Schule kamen. Und Johnny hatte nicht mal einen Bruchteil so viel Macht und Einfluß wie Richter Denton. *Armer Richter, seine Frau ist verrückt geworden, sowas zu behaupten* – das würde jeder denken.

Damals hätte auch Marty so gedacht.

Hal saß immer noch hundeelend im Ohrensessel und verbarg das Gesicht in den Händen. »Das muß doch bestimmt nicht alles herauskommen? Er ist jetzt tot. Was würde das nützen? Es würde niemandem helfen!«

»Nun, Sir, wir müssen es natürlich Staatsanwalt Pfann berichten.«

Hal schaute auf, Hoffnung in den Augen. »Ja. Art Pfann hat den Fall unter sich, nicht wahr? Ich kann mit ihm reden. Vielleicht zu einer Verständigung kommen.«

Royce war näher zu seiner Mutter gerückt. Marty sagte: »Mir scheint, Sir, wir sollten zu einem Einvernehmen wegen des kleinen Mädchens kommen.«

Elizabeth flüsterte: »Ja.«

»Was meinen Sie damit?« fragte Hal.

»Sehen Sie, die Sache ist die, sie hat jetzt eine nette Pflegefamilie. Ich fände es einfach schrecklich, die auseinanderzureißen. Und außerdem steht ihr eine Erbschaft zu, richtig?«

»Ein Drittel des Vermögens«, sagte Royce.

»Wir sind die Testamentsvollstrecker, Royce«, sagte Hal hoffnungsvoll. »Wir können das Kind herholen. Oder wir könnten –«

»Nein!« stieß Elizabeth hervor.

»Du gehörst nicht zu den Testamentsvollstreckern, Mutter«, sagte Royce ruhig. Seine Hand umklammerte die Schulter seiner Mutter, und Elizabeth zuckte zusammen. Marty erinnerte sich an die Gewaltsamkeit des unerwarteten Kusses, der sie zum Schweigen gebracht und Royce wieder die Oberhand verliehen hatte. Dentons liebten nicht, sie kontrollierten.

Sie sagte kalt: »Mr. Denton, Sir, lassen Sie mich ausreden. Als ich heute morgen mit Sheriff Cochran sprach, sind wir übereingekommen, daß wir Staatsanwalt Pfann Bericht erstatten müssen. Wir haben aber noch nicht entschieden, ob wir dem Sonderbevollmächtigten Jessup berichten sollten oder nicht.«

Einen Augenblick herrschte knisterndes Schweigen.

Dann seufzte Hal. »Das FBI. Also gut, das kleine Mädchen kann bleiben, wo sie ist. Und ihre Erbschaft bekommen. Wir wollen das Rechte tun. Und wir wollen nicht, daß die Vormunde des Mädchens dies alles publik machen, indem sie vor Gericht gehen. Wir werden es nicht anfechten, nicht wahr, Royce?«

»Ist das Ihr Preis, Hilfssheriff Hopkins?« fragte Royce.

Einen Augenblick war Marty zu wütend, um zu antworten. Hal sagte schnell: »Sag das nicht, Royce, sie versucht zu helfen.«

»Je oh je, großer Bruder, und wie gern wir das doch vertuschen möchten. Und wie sehr wir uns wünschen, Kongreßabgeordneter zu werden, nicht wahr?«

Hal sagte ärgerlich: »Hör auf damit, Royce. Erstens, wir tun das Rechte. Wir wollen Vaters Ruf retten. Und Phyllis – mein Gott, wir sind es ihr schuldig! Es ist das Richtige. Zweitens, wenn dies vor Gericht kommt, kriegt lange Zeit keiner von uns irgendwas. Und drittens, deine Karriere ist auch nicht mehr viel wert, wenn all das herauskommt.« Er warf einen Blick auf die Uhr. »Royce, ich muß mich auf den Weg machen, sonst verpasse ich meine Ansprache. Kannst du die Papiere wegen der Erbschaft dieses Kindes aufsetzen? Ich bin gegen drei zurück zum Unterschreiben. Laß uns das hinter uns bringen.« Als Royce nickte, eilte er hinaus.

Royce sah ihm nach. »Ist noch nicht durchgedrungen. Armer Hal. Ich sehe ein Leben vor uns, in dem wir ständig so tun müssen, als ob, immer in der Hoffnung, daß niemand die Wahrheit herausfindet –«

Elizabeth murmelte: »Das ist nicht sehr verschieden von dem Leben, das wir bisher geführt haben.«

»Aber es blieb alles in der Familie. Jetzt können Art Pfann und diese entzückenden Leute vom Sheriffbüro uns nach ihrer Pfeife tanzen lassen.« Royce knallte die Hacken zusammen und verbeugte sich vor Marty. »Hilfssheriff Hopkins, ich werde mit dem offiziellen Papierkram anfangen, den Sie verlangen. Darf ich Sie zu Ihrem offiziellen Wagen begleiten?«

»Danke sehr, Mr. Denton«, sagte Marty kühl. »Aber ich habe noch ein paar medizinische Fragen wegen Phyllis. Vielleicht fände Ihre Mutter es angenehmer, wenn Sie nicht dabei wären.«

Royce salutierte. »Ihr Wunsch ist mir Befehl.« Aber Marty spürte den bitteren Unterton seiner scherzhaften Worte und sah ihm mit Bedauern nach.

# 53

Marty wartete, bis das Knirschen der Reifen in der Einfahrt nicht mehr zu hören war, ehe sie sich wieder an Elizabeth Denton wandte. »Mrs. Denton, ich habe wirklich noch ein paar Fragen, aber es geht nicht um Phyllis. Es handelt sich darum, wie Ihr Mann gestorben ist.«

Elizabeths Augen, plötzlich belebt, forschten in Martys Gesicht.

»Ich meine, wir wissen, was ihn umgebracht hat. Im Krankenhaus hat man uns gesagt, daß es kein Krebs war, sondern Zysten im Gehirn. *Cysticerose*.« Sie zog das graue Buch wieder aus dem Regal, schlug es an der Stelle auf, die sie vorher gefunden hatte, und las laut vor: »Der Lebenszyklus von *Taenia solium*, dem Schweinebandwurm, hängt von zwei Wirten ab. Der ausgewachsene Wurm wirft eiertragende Segmente namens Proglottiden ab. Werden diese Proglottiden von einem Schwein aufgenommen, so werden die Eier in den Eingeweiden ausgebrütet, dringen durch die Darmwände in den Blutkreislauf ein und werden in die Muskeln des Tieres transportiert. Dort schließen sich die Larven in Zysten ein. Wenn dieser Muskel von einem Menschen aufgenommen wird, in Gestalt von Schweinefleisch, das nicht hoch genug erhitzt wurde, um die Larven abzutöten, kriechen die Larven aus den Zysten und heften sich an die menschliche Darmwand. In dieser nahrhaften, wenn auch dunklen und sauren Umgebung, entwickeln sich die Larven zu erwachsenen Bandwürmern von bis zu drei Metern Länge. Der ausgewachsene Bandwurm besteht aus einem augenlosen Kopf (scolex), der an der Darmwand haftet, und ungefähr eintausend eiertragenden Proglottiden. Im Prozeß ihrer Reifung fallen sie ab und werden mit den menschlichen Fäkalien ausgeschieden. Werden die Proglottiden von einem Schwein aufgenommen, beginnt der Zyklus von vorn. Der menschliche Wirt mag Bauchschmerzen, Schwäche oder gesteigerten Appetit verspüren, aber oft gibt es gar keine

Symptome, und die Diagnose basiert darauf, daß die Proglottiden im Kot zu sehen sind‹.«

Marty hielt den Finger auf die Stelle und sah Elizabeth an. »Dr. Hendricks sagt, daß Ihr Mann vor sechs Jahren einen Bandwurm hatte.«

»Ja«, sagte Elizabeth.

»Das war ein paar Monate, nachdem Ihre Tochter verschwunden war.«

»Eher ein Jahr«, sagte Elizabeth zögernd.

»Ist dies Buch der Grund, weshalb ich mit Professor Wolfe reden sollte?«

»Ich wußte, Sie würden es bald herausfinden. Ich dachte, sie könnte Ihnen helfen, es zu verstehen.«

»Hat die Professorin Ihnen gesagt, was Sie tun sollten?«

»Nein. Nein, ich habe sie nur einmal getroffen.«

»Nur einmal?

»Eines Nachts war ich allein draußen im Garten, und sie tauchte hinter mir auf. Erst hatte ich Angst, aber sie war sanft und verständnisvoll. Sie sagte, sie hätte einen Sarg in einer Höhle gefunden, und sie gab mir die Karte, die ich dagelassen hatte, mit Phyllis' Namen drauf. Sie – irgendwie bringt sie einen dazu, über wichtige Dinge zu reden.«

»Ich weiß.«

»Ich erzählte ihr, wie unglücklich ich war. Und sie sagte: ›Sie sind auch wütend, Elizabeth.‹ Und das hatte ich nie gewußt! Ich hatte nie gewagt, wütend zu sein! Ich wußte, daß ich unglücklich war, das schon. Ich wußte, daß ich hilflos und schuldig war, weil ich meine Tochter nicht gerettet hatte. Aber ich wußte nicht, daß ich so wütend war. Ich erzählte ihr die Geschichte, alles über Phyllis und ihren Vater und das Baby und Alma Willison. Und ich wurde immer wütender und wütender. Ich sagte ihr, ich wünschte, daß er versteht, was er getan hat. Wirklich versteht. Ich wollte, daß er so verzweifelt, wie Phyllis verzweifelt war. Ich wollte in seinen Körper eindringen, wie er in Phyllis' eingedrungen war. Ich wollte ihn von innen töten, wie er sie getötet hatte.«

Die eisige Wildheit war wieder in Elizabeths Stimme und Haltung. »Ich fragte die Professorin, was ich tun sollte.«

»Was hat sie gesagt?«

»Sie sagte, ich müßte für mich selbst wählen.«

Klar, dachte Marty, genau das würde sie sagen. »Hat sie Ihnen von diesem Buch erzählt, das sie geschrieben hat?«

»Nein. Aber als sie zuerst davon sprach, daß sie Phyllis gesehen hatte, war ich natürlich sehr traurig. Ich wollte nicht, daß er es herausbekam. Ich fragte sie, wie es kam, daß sie in der Höhle war, und sie erklärte, sie sei Evolutionsbiologin und studierte Tiere, die sich an das Leben in der Dunkelheit angepaßt haben.«

Wie zum Beispiel *Taenia*, dachte Marty, und wie die gespenstischen blinden Fische. Wie Elizabeth Denton. Wie Gil Newton.

Wie Marty Hopkins?

Nee, Hopkins, von dir kann man wirklich nicht behaupten, du hättest dich gut an die Dunkelheit angepaßt.

Elizabeth fuhr fort: »Eine Woche später mußte mein Mann an der UI einen Vortrag halten. Ich ging mit ihm zu dem Essen, dann wurde er zu einem Drink mit seinen wichtigen Freunden eingeladen, und ich wartete in der Bibliothek auf ihn. Ich suchte nach den Büchern von Professor Wolfe. Und da war der Schweinebandwurm, wie ein Geschenk. Ich fürchte, ich habe das Buch gestohlen. Ich tat es in meine Tasche und ging in die medizinische Abteilung und riß ein paar Seiten mit Bildern von befallenem Schweinefleisch heraus, damit ich wußte, wie es aussieht.«

Sie hielt inne. Marty entschied sich dagegen, ihr ihre Rechte vorzulesen. Sie wollte jetzt nicht unterbrechen und war sich sowieso nicht sicher, ob sie wollte, daß das alles offiziell aufgenommen wurde. Also sagte sie: »Und Sie kauften welches und paßten auf, daß seine Portion nicht gut durch war?«

»Das war leicht. Er liebte hausgemachte Wurst. Er bekam einen fast drei Meter langen Bandwurm, sagte Doc Hendricks. Aber wissen Sie, das störte ihn nicht sehr. Keine richtigen Symptome.

Er ging nur aus Ekel zum Arzt. In seiner schmutzigen Unterwäsche ringelten sich lebendige Proglottiden-Segmente. Ich fand sie dort.«

Marty unterdrückte ein Schaudern und machte weiter. »Gut, also keine Symptome. Es gibt einen weiteren Schritt, nicht wahr? Lassen Sie mich noch ein bißchen weiterlesen, damit ich es verstehe. ›Bei Menschen tritt eine dauerhafte Wirkung durch ausgewachsene *Taenia solium* höchst selten auf. Die Larvenstadien können jedoch Probleme verursachen. Wenn ein Mensch reife Proglottiden mit Eiern aufnimmt, durch unhygienische Nahrung oder befallene Hände oder Kleidung, dann wird der Mensch anstelle des Schweines zum Zwischenwirt. Die Eier schlüpfen, und die winzigen Larven wandern durch die Muskeln und das Gehirn des menschlichen Wirts, wo sie Zysten bilden, genau wie beim Schwein. Zuerst gibt es meist wenig Symptome, aber nach ein paar Jahren sterben die Larven in den Zysten ab und zersetzen sich. Die Toxine der zersetzten Larven vergiften das umliegende Wirtsgewebe von Muskeln oder Hirn, und neurologische Symptome, epileptische Anfälle eingeschlossen, sind häufig. Besonders starker Befall mit Larven kann den Tod des Wirts verursachen.‹«

Elizabeth senkte den Kopf.

Marty sah sie noch in ihrer Küche stehen und große Fleischbrocken – und was noch? – in den Fleischwolf stecken und zusehen, wie das dicke Band gemahlenen Fleisches sich in der Schüssel türmte. Übelkeit rumpelte in ihrem Magen, und sie holte tief Luft und schloß das Buch. »Also auf die eine oder andere Art hat Richter Denton ein paar dieser Proglottiden verschluckt. Und sechs Jahre später begannen sie abzusterben und sein Gehirn zu vergiften. Und Sie wußten, was los war, aber Sie sagtem dem Arzt nichts davon.«

»Dr. Hendricks hat da keinen Zusammenhang hergestellt. Ich nehme an, es ist ziemlich selten. Und es gab sowieso nichts, was ein Arzt hätte tun können. Er gab ihm Antitumor-Medizin, aber die tötete die Larven wahrscheinlich bloß schneller.«

»Ja. Als – am Ende hat er es gewußt. Er konnte sich kaum mitteilen, aber er redete davon, daß seine Tochter ihn umbrachte. Und von Professor Wolfe.«

»Ja. Mein Plan war, es ihm zu sagen, wenn er – falls er sehr krank würde. Und vor ein paar Monaten, als er jeden Tag Anfälle hatte, gab ihm der Arzt mehr Sedativa und sagte, er sollte im Bett bleiben. Er gehorchte den Anweisungen. Er hatte wirklich Angst um seine Gesundheit. Und daher dachte ich, er würde im Bett bleiben, wenn ich ihm sagte, daß Phyllis weggegangen war, weil sie schwanger war. Erst glaubte er mir nicht. Er sagte, das seien Lügen, sie wäre zu jung gewesen, und er bedrohte mich. Lag da in seinem Bett und bedrohte mich. Ich erwähnte Alma Willison, damit er wußte, daß es eine wirkliche Person gab. Und – ich konnte es nicht glauben, aber krank wie er war, stand er auf und schlug mich mit einem Stuhl und schwankte aus dem Haus und fuhr zum Gericht. Aber er brauchte seine Beruhigungsmittel, also kam er gleich zurück, und diese Fahrt hatte keine Folgen. Es sei denn...« fügte sie ängstlich hinzu.

»Ja.« Marty nickte. »Ich glaube, diese Fahrt hatte Folgen. Ich glaube, er hinterließ Gil Newton den Zettel mit der Nachricht wegen Alma Willison. Und Newton fand sie, wartete auf weitere Instruktionen, und als keine kamen, entführte er sie.« Und als nächstes hätte er sie getötet. Ein Suchtrupp hatte seine Ausrüstung mit den Lappen und dem Kerosin gefunden, und die für ein Kreuz zurechtgeschnittenen Hölzer.

»Oh, Gott!« Elizabeth ließ ihr Gesicht in ihre Hände fallen, die erste Geste der Reue, die Marty gesehen hatte. »Ich hatte solche Angst, als Sie sagten, im Sarg wäre eine Klankarte. Ich dachte, er hätte sie gefunden. Ich hatte Angst, er würde auch das Baby finden, obwohl ich sie in Kentucky versteckt hatte. Ich hatte gedacht, ich hätte ihn hilflos gemacht, aber das war ein Irrtum. Ich dachte, er würde nie davon sprechen – aber bei den Leuten mußte er keine Gründe angeben, nicht? Er konnte einfach befehlen.«

»Ja.«

Einen Augenblick später fuhr Elizabeth fort: »Eine Weile habe ich ihm dann nichts mehr erzählt. An manchen Tagen fühlte er sich gut und schlug mich, aber ich habe ihm nichts mehr gesagt. Schließlich ging es ihm so schlecht, daß der Doktor Anweisung gab, ihn festzubinden. Ich wartete auf seine lichten Momente – inzwischen gab es davon nicht mehr viele. Und ich erzählte ihm von den Würmern in den Zysten, und was Professor Wolfe gesagt hatte. Und ich sagte ihm, daß Phyllis tot war, und daß er sie umgebracht hatte. Er konnte nicht mehr sehr vernünftig reden. Aber er verstand. Zum Schluß hat er verstanden, warum er starb.«

»Das hat er bestimmt«, sagte Marty. Sie stellte ihr wundes Bein anders hin. »Mrs. Denton, ich werde Sie festnehmen müssen. Sie wissen das.«

»Ja. Was wird geschehen?«

»Sie werden einen Anwalt brauchen. Vielleicht Ihr Sohn?« Elizabeth schüttelte energisch den Kopf, und Marty fuhr fort: »Wir werden Sie über Ihre Rechte belehren und eine offizielle Aussage aufnehmen, und Art Pfann wird entscheiden, was weiter geschieht.«

»Es spielt keine Rolle mehr. Wenn das Kind in Sicherheit ist, spielt es keine Rolle. Sie werden auf Phyllis' Kind aufpassen, ja?«

»Ja, Ma'am. Ich glaube nicht, daß Ihre Söhne Schwierigkeiten machen werden, aber ich passe auf.«

»Gut. Komme ich ins Gefängnis?«

»Vielleicht nicht.« Marty hielt ihr die Tür auf, und sie betraten die breite Veranda. »Hängt von den Anwälten ab. Aber was kann Art Pfann Ihnen schon anlasten? Daß Sie halbrohes Frühstück serviert haben?«

Elizabeth Denton lächelte nicht. Sie sagte: »Als er Phyllis getötet hat, tötete er auch mich. Also spielt es wirklich keine Rolle mehr.«

Ohne jedes Bedauern warf sie einen Blick zurück auf das große Kalksteinhaus und kletterte in den Streifenwagen.

# 54

Chrissie stieß die Glastür auf und schoß in die strahlende Julisonne hinaus. Wind zauste ihr dunkles Haar und drückte ihr das himbeerrote T-Shirt eng an die Rippen. Marty, direkt hinter ihr, mußte eine Hand heben, damit ihr die Locken nicht in die Augen geweht wurden. Sie folgte ihrer Tochter an den Rand der Plattform, wo Chrissie den schützenden Maschendraht berührte, der die steinerne Brüstung absicherte. »Was soll der ganze Draht hier, Mammi?«

»Dafür sorgen, daß niemand hinunterfällt.«

Das Mädchen schaute sechsundachtzig Stockwerke hinab auf die Autos, die unten auf der Straße fuhren. »Wahnsinn«, sagte sie. »He, ist das da das World Trade Center?«

»Ja, das ist es.«

»O Gott, Janie wird das einfach nicht glauben! Und wo ist das Chrysler Building?«

»Andere Richtung. An dem dicken Mann vorbei, siehst du's?«

Chrissie wuselte sich zwischen den anderen Touristen durch und beschlagnahmte einen Teil der nördlichen Brüstung. Marty folgte ihr langsamer, schaute auf die Hausdächer, die heißen Straßen, den breiten flachen Fluß hinunter. Auf der anderen Flußseite war noch mehr Stadt, unendlich viel Stadt, die in einer diesigen Ferne verschwand. Hinter dem Dunst war eine Linie blauer Hügel, auch verschwommen. Hinter den Hügeln, weit dahinter, lag Indiana. Ihre Heimat, und auch die Heimat dieses großartigen Gebäudes.

Chrissie schaute sich mit leuchtenden Augen die hochaufragenden Konstruktionen im Norden an, rund um das silbrige Chrysler Building. »Daddy hat recht«, sagte sie. »Dies ist eine Zauberstadt.«

»Ja.«

»Eines Tages kann ich sie vielleicht auch mit ihm sehen.«

»Ja, wahrscheinlich.«

»Aber ich bin froh, daß ich sie selbst gesehen habe.«

Da wußte Marty, daß es sich gelohnt hatte, den letzten Rest des für den Hausanstrich gesparten Geldes auf diesem dreitägigen Wochenende in der verzauberten, aber sehr teuren Stadt zu verjubeln. Sie sagte: »Ganz recht, Chrissie. Wir müssen auf niemanden warten. Wir machen es einfach selbst.«

»Ja. Hey, dieser Stein kommt von zu Hause, nicht?«

»Aus dem Empire State-Steinbruch. Dein eigener Großvater hat mitgeholfen, ihn auszugraben.«

»Klasse. Sieh mal, Mammi, ist das eine versteinerte Seelilie?«

Über die schmale himbeerrote Schulter schaute Marty auf den Kalksteinblock, glatt zugehauen, aber jetzt ein wenig verwittert. Sie konnte einen glitzernden Meeresboden aus Urzeiten sehen, übersät mit winzigen gitterartigen Fächern und Kordeln, und – ja, da war es, eine Scheibe wie ein Hemdknopf. Ein Seelilienstengel. Dieses riesige, magische Gebäude war ein Denkmal des Lebens.

»Richtig, Chrissie«, sagte sie und strich mit den Fingern über den Stein.

Muscheln am Himmel.